ARTHUR PHILIPP

Die Feuerdiebin

Die Saga von Feja
1. Die Dunkelmagierin
2. Die Feuerdiebin
Band 3 in Vorbereitung

Arthur Philipp

Die Feuerdiebin

Roman

blanvalet

MIX
Papier aus verantwortungsvollen Quellen
FSC® C083411

Verlagsgruppe Random House FSC® N001967

1. Auflage

Neumarkter Str. 28, 81673 München
Redaktion: Angela Kuepper
Umschlaggestaltung und -illustration: Isabelle Hirtz, Inkcraft
Karten: © Melanie Korte
HK · Herstellung: sam
Satz: Vornehm Mediengestaltung GmbH, München
Druck und Bindung: CPI books GmbH, Leck
ISBN 978-3-7341-6123-0

www.blanvalet.de

König Gimlar hustete. Der Wind hatte wieder gedreht und wehte ihm den Rauch des Lagerfeuers ins Gesicht. Sein Gegenüber stocherte mit unbewegter Miene in der Glut. Gimlar räusperte sich: »Ich sage es noch einmal. Die Berge, der Langwald, ja, alle Ländereien westlich und nördlich dieses Flusses sollen auf ewig Eurem Volk gehören!«

Der Were zuckte nicht einmal mit der Wimper.

Meister Alfand, Zauberer und Kanzler des Reiches, wurde unruhig. Erkannte der Alte die Großzügigkeit des Königs denn nicht? Er konnte nicht länger schweigen: »Damit werden wir verhindern, dass unsere Leute ohne Eure Erlaubnis dort weiter Land nehmen und Siedlungen gründen. Das ist ein Geschenk. Der König verlangt nichts dafür.«

»Er schenkt uns nur, was uns bereits gehört«, sagte der Were mit starkem Akzent und stocherte weiter mit seinem Stock im verglimmenden Holz. Er nannte sich Her-Mothach, offenbar nach dem Fluss, an dessen Ufer dieses kleine Feuer brannte, und er genoss hohes Ansehen bei seinem Volk. Viel mehr wusste Alfand nicht über den Mann. Am anderen Flussufer lagerten Dutzende seines Volkes, aber Her-Mothach war als Einziger zu diesem Treffen erschienen, gestützt von einer jungen Frau, die nun abseits stand und gar nicht zuzuhören schien. Auch bei ihr fragte sich der Zauberer, welche Stellung sie innehaben mochte. Auf ihrer glatten Stirn war das Bildnis einer blauen Schlange gestochen. Er hielt sie für eine Ganesa, eine Heilerin. Sie hatte noch kein Wort gesagt, aber auch Her-Mothach sprach nicht viel. Dabei wurde hier über die Zukunft seines ganzen Volkes entschieden.

»Ihr wollt etwas dafür«, stellte der Were fest. Sein Gesicht blieb völlig unbewegt.

Es ist kein Wunder, dass die Leute sie die Starren nennen, dachte der Zauberer. *Selbst ich kann nicht erraten, was er denkt.* Langsam, aber sicher verlor er die Geduld.

»Die Bauern sagen, dass Eure Ganesas ihre Felder mit einem Fluch belegt haben. Nichts will recht gedeihen. Wir erwarten lediglich, dass sie damit aufhören. Und natürlich müsst Ihr den Lehnseid schwören. Dafür gewährt der König Euch alles Land bis zu den Bergen und westlich dieses Stromes. Das ist die halbe Insel!«, rief er.

»Tausende und Abertausende habt Ihr Aschlinge schon aus ihrer Heimat vertrieben. Doch höre ich nicht, dass sie auf ihre Felder zurückkehren dürfen. Und was ist mit den heiligen Bergen? Werdet Ihr die Minen in den Totenbergen schließen?«

»Der König braucht Eisen«, entgegnete der Zauberer.

»Und braucht der König auch das Wild aus dem Langen Walde?«

»Es ist ein herrliches Jagdrevier«, warf Gimlar ein, »doch ich kann ein anderes finden.«

Der Were nickte und sah Alfand lange an. Währenddessen schien der Wind dem alten Zauberer Rauch in die Augen zu treiben. »Werden die Aschling-Zauberer unsere heiligen Orte wieder verlassen?«

»Sofern sie sich auf jenem Land befinden, das der König Euch gewährt, ja«, versprach Alfand. Er spürte, wie der Mann hinter ihm unruhig wurde. Es war Abot Jarknar vom Grauen Orden.

»Ich werde mit meinen Brüdern sprechen«, sagte Her-Mothach und erhob sich in einer erstaunlich geschmeidigen Bewegung.

Meister Alfand kam mit erheblich mehr Mühe auf die Beine. Der Were nickte ihm und dem König nur knapp zu und winkte seine Begleiterin herbei. Sie stützte ihn, während sie durch die breite Furt ans andere Ufer des Flusses wateten. Der Zauberer fragte sich, ob das überhaupt nötig war. Eben war der Alte noch behände wie ein junger Mann gewesen. Er wurde aus den Weren einfach nicht schlau.

»Sie wissen nicht, wie man sich einem König gegenüber zu benehmen hat«, brummte er.

»Glaubt Ihr, dass sie mein Geschenk annehmen werden, Kanzler?«, fragte der König.

»Wenn sie nur einen Funken Verstand haben, schlagen sie ein, Hoheit. Da sie selbst nie zu den Waffen greifen, ist Euer Gesetz ihr einziger Schutz vor unseren landhungrigen Siedlern«, gab Alfand zur Antwort und wandte den Blick vom König ab. *Er sieht müde aus*, dachte er.

Seit zwanzig Jahren herrschte Gimlar nun über Edun, unumstritten, seit sein Bruder in jener fürchterlichen Schlacht auf dem Schwarzfeld zu Tode gekommen war. Und doch blieb es ein ewiger Kampf mit widerborstigen Fürsten und Bauern, die bei allen Gegensätzen immerhin eines gemeinsam hatten: nämlich, dass sie sich Land nahmen, das ihnen nicht gehörte.

Gemeinsam gingen sie zurück zum Lager. Meister Jarknar vom Grauen Orden folgte ihnen. Er schien mit eigenen Gedanken beschäftigt.

»Von welchen heiligen Plätzen hat dieser Mann gesprochen?«, wollte der König wissen, als sie sein Zelt betraten.

»Die Orden erkunden das Land«, antwortete Alfand ausweichend. »Offenbar gibt es Orte, an denen die Magie besonders stark zutage tritt. Den Weren scheint es nicht zu gefallen, dass wir sie gefunden haben.«

»Wir wissen noch viel zu wenig über diese Stätten, Hoheit«, warf Abot Jarknar ein, der zu ihnen aufgeschlossen hatte. »Wir dürfen sie nicht leichtfertig herschenken.«

»Mein Gesetz wird auch für die Orden gelten«, erklärte der König scharf und legte seinen Kronreif auf einen Stuhl.

»Die Bruderschaft des Feuers wird sich wie immer Eurem Willen beugen, Hoheit«, versicherte Alfand.

»Und die anderen Orden?«, fragte der König und sah Jarknar an.

Er braucht die Bruderschaften, wenn er die Fürsten im Zaum halten will, dachte Alfand.

»Wir sehen keinen Grund, diese Stätten aufzugeben«, erwiderte Jarknar. »Die Weren leisten keinen Widerstand.«

»Das Angebot des Königs ist wohl durchdacht, Jarknar«, hielt ihm Alfand schroff entgegen.

»Ohne Frage ist es das. Schließlich gehört der Königswald, in dem Euer eigener Orden eine dieser heiligen Stätten beansprucht, nicht zu den Ländereien, die hier verschenkt werden sollen, oder?«

»Das ist ein Zufall«, erklärte Alfand kalt.

»Dann werde ich die Bruderschaften der Erde und des Sturms fragen, ob sie auch an Zufall glauben«, zischte der Abot und verließ das Zelt.

Alfand bemerkte den fragenden Blick des Königs und erklärte: »Sie werden sich weiter beschweren, aber ich kann sie zur Einsicht bringen, Hoheit. Auch unsere Brüder vom Grauen Orden werden es am Ende nicht wagen, sich Eurem Willen zu widersetzen.«

»Ihr meint, sie werden es nicht wagen, sich *Euch* zu widersetzen, Kanzler«, erwiderte der König mit einem spöttisch-melancholischen Lächeln.

Alfand verbeugte sich anstelle einer Antwort.

Als sich am nächsten Morgen der Herbstnebel lichtete, waren keine Weren mehr zu sehen. Alfand stand am Ufer und starrte hinüber. Sie hatten die Laubhütten, in denen sie genächtigt hatten, abgebaut und vielleicht auch mitgenommen, wer konnte das bei diesem merkwürdigen Volk schon sagen? Der König, seine Soldaten und die Magier starrten fassungslos über den Fluss. Die Starren waren einfach verschwunden.

Doch da zeichnete sich im Schilf eine einzelne Gestalt ab. Es war die junge Frau mit der blauen Schlange auf der Stirn, die

Her-Mothach gestützt hatte. Sie hob einen langen Stab und rief mit heller Stimme etwas in ihrer Sprache. Alfand vermutete, dass es eine Beschwörung war, doch als sie die Worte ein zweites und noch ein drittes Mal ausstieß, erkannte er deren Sinn und seufzte.

»Was will dieses Weib?«, fragte König Gimlar, der neben ihm am nebligen Ufer stand.

»Sie verflucht uns, sagt, wir seien Lügner und Betrüger. Und sie droht Euch mit Unheil, falls Ihr je den Mothach überqueren solltet.«

»Sie droht dem König?«, fragte einer der Hauptleute. »Soll ich sie festnehmen lassen, Herr?«

Gimlar schüttelte den Kopf. »Ein Fluch?« Er wirkte eher verblüfft als beunruhigt.

»Soweit ich es verstanden habe, sagt sie, dass Euch und jeden Eurer Nachfolger auf der anderen Seite des Flusses der Tod ereilen wird. Vielleicht meinte sie sogar jeden Eurer Nachfahren. Mein Werisch ist nicht sehr gut, Herr«, gestand Meister Alfand.

Die Ruferin verschwand. Einen Augenblick lang sah Alfand noch die schweren Zöpfe der jungen Frau durch das Schilf blitzen, dann war sie fort.

»Aber warum, bei den sechs Monden, verflucht sie uns? Was hat das zu bedeuten?«, wollte der König wissen.

»Es bedeutet, dass die Starren Euer Geschenk nicht wollen, Hoheit«, meinte Abot Jarknar grimmig. Der König sah Alfand fragend an, und der nickte.

»Ein merkwürdiges Volk«, murmelte Gimlar.

»Wollt Ihr dennoch bei Eurem Angebot bleiben?«, fragte der Kanzler.

Der König schüttelte den Kopf, und Alfand sah ihm an, wie gekränkt er darüber war, dass die Weren seine Großzügigkeit ohne eine Erklärung zurückgewiesen hatten. »Wenn sie mein Geschenk nicht wollen, werde ich es ihnen nicht aufzwingen. Es erspart mir viel Ärger mit meinen Fürsten, nicht wahr?«

Alfand war sich nicht sicher, was hier vor sich ging, doch er hatte das starke Gefühl, dass aus dieser Sache Unheil erwachsen würde. Die Magie der Weren war von ganz anderer Art als die der Utorer. Sie schien nicht so mächtig und glanzvoll wie die ihre, aber sie war tief im Land verwurzelt. Gimlar durfte das nicht auf die leichte Schulter nehmen.

Der alte Zauberer starrte hinüber. Da war etwas im Nebel, jenseits des Flusses … Bäume? Nein! Er spürte, wie ihn eine jener Visionen ereilte, die ihm manchmal, ohne dass er sie beschwören musste, die Zukunft enthüllten. Da war ein mächtiger Wald, und er stürzte hinein wie ein fallender Rabe. Er spürte die Wärme eines Spätsommertages unter den schwarzen Flügeln. Plötzlich traf er auf einen Bach, der sich durch eine Lichtung schlängelte. Da hockte ein Mädchen am Ufer. Es schöpfte Wasser mit hohler Hand. Dieses Mädchen … es kam ihm bekannt vor. Im Unterholz regte sich etwas. Doch nein, es war gar kein Buschwerk, das die Quelle umstand, es waren schattenhafte graue Schuppen wie von einer gewaltigen Echse! Bemerkte das Mädchen sie nicht? Wie ruhig es dort trank! Dieses Gesicht … Ein Stöhnen entrang sich Alfands Brust. Ja, es war dasselbe, Unheil bergende Mädchen, das ihm seine Gesichte vor vielen Jahren schon einmal gezeigt hatten. Damals hatte es einen verfallenen Tempel betreten. Die Erinnerung durchzuckte ihn schmerzhaft. Diese ungewisse Vision quälte ihn schon seit Jahren. Und jetzt hockte das Mädchen an einer Quelle. War dies eine Bedrohung aus ferner Zukunft? Wurde es bedroht von einem Drachen – oder gar beschirmt?

Plötzlich erschienen Männer dort. Alles änderte sich, und die Bilder wirbelten durcheinander. Meister Alfand durchfuhr der Schmerz wie ein Blitz, er schnitt quer durch seinen Leib. Er fasste sich an die Brust und erwartete, dort Blut zu sehen. Als er wieder aufblickte, lag ein Mann im Gras in kostbarer, fellbesetzter Kleidung. Ein Schwert steckte in seinem Rücken. Wer war dieser Mann? Alfand schwebte auf Rabenschwingen zu ihm hinab, um ihn näher zu betrachten. Plötzlich erhob sich ein

Schatten aus Schuppen und Klauen im Wald, und ein gewaltiges Maul tat sich auf und verschlang ihn, den Erschlagenen und dann den ganzen Wald.

Alfand wurde schwarz vor Augen. Er strauchelte und bemerkte erst nach einer ganzen Weile, dass der König ihn aufgefangen hatte und festhielt.

»Was habt Ihr gesehen, alter Freund?«, fragte er besorgt.

»Der Wald …«, flüsterte Alfand. »Ich sah einen Drachen – und jenes Mädchen, von dem ich Euch erzählte. Hütet Euch vor diesem Wald, Hoheit, überlasst ihn den Weren! Ob sie ihn wollen oder nicht – schenkt ihn den Starren! Die Frau im Schilf, ihr Fluch …« Er packte den König am Arm. »Ihr und kein König nach Euch sollte je diesen Fluss überqueren oder gar den Langen Wald betreten. Unheil lauert dort auf Euch und Eure Nachfahren, Gimlar, ja, auf Euer ganzes Reich. Und es erscheint in Gestalt eines Mädchens!«

Erstes Buch

Herbstmonde

1.

Der Rothaarige stand an der Straße, und er ging einfach nicht weiter. Feja verfluchte ihre Unachtsamkeit. Sie war nahe der Heimat und nicht in Stimmung für eine Begegnung am Wegesrand. Aber der Mann hatte sie gesehen und schien im Schatten der Eiche auf sie zu warten. Seine Kleidung war die eines Handwerkers, und sein Gesicht unter dem schon lichten roten Haarkranz wirkte offen und ehrlich. Er stand leicht gebeugt, und als sie näher kam, erkannte sie, dass sein Wuchs durch einen kleinen Buckel verunstaltet war. Ein stattlicher Zimmermannshammer hing an seinem Gürtel.

»Seid gegrüßt, Wanderin!«, rief er ihr zu. »Meister Urm Falwart, stets zu Diensten. Wenn Ihr ein Haus zu bauen oder andere Arbeiten in Holz auszuführen habt, bin ich Euer Mann. Vielleicht habt Ihr von mir gehört? Wer sich meinen Namen nicht merken kann, nennt mich den Buckligen.« Er deutete mit einem Grinsen auf seinen Buckel und sah sie erwartungsvoll an.

»Gilte vom Schildhof«, antwortete Feja. Den falschen Namen gebrauchte sie seit einiger Zeit. Sie fühlte ein vages Misstrauen gegen den Mann, ohne den Grund zu kennen. »Ich bin auf dem Weg nach Hause, doch ich fürchte, dass wir Eure Dienste dort nicht brauchen.«

Der Zimmermann lachte und erwiderte: »Das habe ich auch nicht erwartet. Aber in diesen unsicheren Zeiten solltet Ihr einfach wissen, wen Ihr vor Euch habt. Vielleicht können wir ein kleines Stück gemeinsam reisen, denn so ist es doch weniger gefährlich. Ich bin auf dem Weg nach Holt, das heißt, eigentlich will ich noch weiter in den Königswald. Ich hörte, die Feuermagier haben Arbeit. Wo liegt dieser Schildhof, von dem Ihr redet?«

»Tief im Langwald«, sagte Feja, die verhindern wollte, dass der Mann sich als Begleitung anbot. Er schien ihr übertrieben leutselig. »Wir können also nur ein Stück gemeinsam gehen«, setzte sie hinzu.

»Das ist bedauerlich. Ich bin immer froh, wenn ich Gesellschaft habe, denn mein Hammer ist zwar ein treuer Gefährte, aber ein schlechter Gesprächspartner.« Er lachte wieder laut, bevor er fragte: »Und habt Ihr keine Schwierigkeiten mit den Starren? Ich weiß zwar, dass sie gemeinhin friedfertig sind, doch jene, die sich in diesen Wald und die Berge zurückgezogen haben, waren mir immer etwas unheimlich.«

»Die Weren? Es gibt niemand Harmloseres als sie«, antwortete Feja bedächtig. »Mit einigen in diesem Wald sind wir befreundet, auch wenn es schwer ist, das Vertrauen dieser verschlossenen Menschen zu gewinnen.« Sie hoffte, bald Hunagach zu treffen, einen werischen Freund ihrer Familie. »Sie mögen es allerdings nicht, wenn man sie ›Starre‹ nennt.«

Der Zimmermann kratzte sich am Kopf. »Ja, das sollte ich mir abgewöhnen, solange wir im Schatten dieser Bäume wandern. Verschlossen sind sie allerdings. Ich habe nie verstanden, wieso sie sich nicht dagegen gewehrt haben, dass wir Utorer ihnen einst ihre Insel entrissen haben. Beinahe tausend Jahre haben sie unsere Herrschaft klaglos ertragen. Doch wer weiß schon, ob das so bleibt? Aber sagt, woher kommt Ihr gewandert, wenn ich fragen darf?«

»Aus Braake«, erwiderte sie, während sie weitergingen. Auch dort war sie Weren begegnet: Meister Adach, den sie in Braake den Krötenkönig nannten, weil er in einer überfluteten Tempelruine mit allerlei Fröschen, Unken und Kröten hauste. Der war selbst für einen Weren seltsam, aber Feja mochte ihn. Als sie jetzt darüber nachdachte, fiel ihr auf, dass auch die anderen Weren, die sie dort getroffen hatte, außergewöhnlich waren: der weißhäutige Ailon Bainach, der Knochenmann der Graufeste, der freundliche Weber Hrellech und der etwas unheimliche Rotschmied Orchon, der sie für eine Sendbotin des Schicksals gehalten hatte. Sie seufzte und versuchte, die Rückkehr der düsteren Gedanken, die sie mit ihm verband, abzuwenden. Das dichte Grün zu ihrer Linken wirkte schon vertraut. Es war nicht mehr weit bis nach Hause. Daran wollte sie denken und an nichts anderes.

»Und was habt Ihr in Braake getan?«

»Ich war dort bei einem Tuchhändler angestellt«, erklärte sie. Sie konnte dem Mann schließlich nicht sagen, dass sie auf der Graufeste die Kunst der Magie erlernt hatte.

»Tatsächlich? Ich war auch dort, denn nach dem Erdbeben gab es für Zimmerleute mehr als genug Arbeit. Mich wundert, dass ich Euch nie auf dem Markt gesehen habe.«

»Wir haben die Stadt kurz vor dem Beben verlassen«, sagte Feja schnell.

»Dann seid Ihr aber lange unterwegs, mein Fräulein, denn dieses Verhängnis ereignete sich doch schon vor einem Jahr.«

Feja biss sich auf die Lippen. Sie musste besser aufpassen, was sie sagte. Der Zimmermann war möglicherweise nicht so harmlos, wie er sich gab. Ein Jahr war sie nun schon aus Braake fort? Vor eineinhalb Jahren hatte sie den Langwald verlassen, um ihren Vater in Braake zu suchen. Er wollte mit seinem Bruder auf einem Westfahrer anheuern, weil sie doch so dringend Geld brauchten. Als sie die Stadt erreichte, war das Schiff schon lange ausgelaufen und noch immer nicht zurückgekehrt von der gefährlichen Fahrt. Sie fand, dass das den Fremden nichts anging.

»Wir sind über die Dörfer gezogen«, behauptete sie. »Die Menschen dort bekommen nicht oft Händler zu sehen, und mein Herr machte ihnen gute Preise.«

»Wirklich? Das ist nobel für einen Kaufmann. Wie ist sein Name?«

»Caron«, sagte sie. Es war der erste Name, der ihr einfiel. Meister Hrellech, der Weber, hatte sie dem Lehrmeister der

Graufeste vorgestellt. Der Zauberer hatte sie überredet, eine Schülerin des Grauen Ordens zu werden – ausgerechnet sie, die nicht einmal lesen und schreiben konnte. Sie hatte eingewilligt, denn da ihr Vater verschwunden war, hatte sie nicht gewusst, wohin. Leider hatte Meister Caron sich dann lange nicht um sie gekümmert. Sie verstand die Gründe, denn es waren unruhige Zeiten für die Bruderschaft gewesen. Und doch dachte sie, dass sich manches Unheil vielleicht hätte verhindern lassen, wenn er ihre Ausbildung übernommen hätte.

»Der Name Caron sagt mir nichts, Fräulein, doch gebe ich zu, dass ich selten Tuche kaufe. Ich bin ein Mann des Hammers, nicht der Nadel und des Fadens.«

Sie nickte und dachte an die Freunde, die sie unter den anderen Schülern des Ordens gefunden hatte: den treuen Nerius, der klüger war als so mancher Meister, die lange Gabra, die fröhliche Bele, die kraftstrotzende Nemma, den tapferen Hallir … Leider gab es auch andere, Tyrbull Tygram zum Beispiel und seinen hinterhältigen Vetter Lygger. Die Tage auf der Feste waren so aufregend gewesen, dass Feja lange nicht gemerkt hatte, wie sie in ein Netz gefährlicher Intrigen geraten war. Schlimmer, sie war zu einer tragenden Säule jener Verschwörung geworden, die Meister Dregin, der neue Abot des Ordens, ausgeheckt hatte, denn ihre Begabung für die Magie hatte sich als einzigartig herausgestellt.

Lange hatte sie vergeblich nach dem Lindross gesucht, ihrem ureigenen Zugang zur Zauberei. Es schauderte sie, wenn sie an die Kette schlimmer Ereignisse dachte, die zur Offenbarung ihrer Kraft geführt hatten. Malthur, Beles Geliebter, war in eine Falle geraten, die ihr, Feja, gegolten hatte. Ihr Feind Tyrbull Tygram hatte sie gestellt, aber Malthur, sein eigener Vetter, war ihr zum Opfer gefallen. Dann hatte er sie auch noch dafür verantwortlich gemacht und wieder versucht, sie zu töten. Sie hätte ihn vielleicht doch umbringen sollen an jenem Tag. Wie ein Schlag hatte es sie getroffen, als sie sich, ohne zu wissen, was und wie sie es tat, seine magische Energie einverleibt hatte. Um ein

Haar hätte sie auch seine Lebenskraft aus seinem Körper gerissen. Tyrbull hätte es verdient gehabt, doch sie war erschrocken zurückgezuckt, als sie gemerkt hatte, was sie tat.

Feja seufzte. Malthur war tot, Nerius durch dieselbe Falle verkrüppelt, und Beles ansteckende Fröhlichkeit hatte sich in einen alles verschlingenden Hass verwandelt. Feja schüttelte sich. Bele hätte sie beinahe dazu gebracht, sich von der Brücke in den Tod zu stürzen. Span hatte es im letzten Augenblick verhindert. Span …

Schon am ersten Tag war sie dem jungen Ordensbruder begegnet. Er war stumm, was sie so peinlich lange nicht erkannt hatte. Später hatte er dann über die Schatten mit ihr sprechen können. Der Gedanke an ihn schmerzte. Sie hatte ihn geliebt, aber Meister Dregin hatte Span, seinen Lieblingsschüler, benutzt, um sie für seine finsteren Ziele zu gewinnen. Wie tief es sie getroffen hatte, als sie erkannt hatte, dass Span sie wohl nur aus diesem Grund verführt hatte! Dregin und Span hatten sie dazu gebracht, einen Mann zu töten. Erst da hatte sie das Ausmaß der Täuschung erkannt.

Am Ende hatte Span doch ihre Partei ergriffen gegen Dregin, als es in einem Kampf auf Leben und Tod darauf angekommen war und sie vergeblich versucht hatte, den Dämmerstein, das Herz des Grauen Ordens, zu zerstören. Plötzlich fühlte sie wieder dieses Verlangen nach der Kraft jenes Kristalls in sich. Die eigene Magie mit der Macht zu stärken, die aus dem Inneren der Welt stammte, war ein unbeschreibliches Gefühl. Sie vermisste den Rausch, den dies auslöste. Der Versuch, den Dämmerstein zu zerstören, hatte in einem Erdbeben geendet. Die Feste war halb eingestürzt, und auch die nahe Stadt Braake hatte schwer gelitten. Menschen waren umgekommen – durch ihre Schuld.

Knapp war sie entkommen. Span war zurückgeblieben, und sie war völlig ratlos und wusste nicht, wohin. Der Orden betrachtete sie als Verräterin, ihr Vater blieb verschollen, schlimmer noch, es hatte sich herausgestellt, dass er das Schiff nicht bestiegen hatte, auf dem er Braake verlassen wollte. Und sein Bruder, ihr Onkel, war nach seiner so sehnlich erwarteten Rückkehr spurlos in Braake verschwunden, bevor sie mit ihm hatte reden können.

»Und wo ist dieser Händler jetzt? Warum seid Ihr nicht bei ihm?«, fragte der Zimmermann, dem das Schweigen wohl zu lange dauerte.

»Ich war mit ihm eine Weile in Isgath«, sagte sie gedankenverloren. Das war sogar die Wahrheit. Nachdem sie Braake verlassen hatte, war sie nach Süden gewandert.

»Wirklich? Eine schöne Stadt. Ich habe dort vor einigen Jahren Dächer repariert. Habt Ihr das Rathaus gesehen?«

Eine merkwürdige Frage. Wollte er sie prüfen? »Ihr meint, das mit dem grünen Dach? War das Euer Werk?«

Der Bucklige lachte wieder. »Aber nein, mein Fräulein! Werische Handwerksmeister haben es vor hundert Jahren in Kupfer ausgeführt. Nun sitzt der Grünspan darauf und lässt es wie helles Laub leuchten. So wart Ihr nur wegen der Geschäfte Eures Herrn dort?«

»Ja, genau«, erwiderte Feja. Dabei war sie nach Isgath gegangen, um ihren Vater zu suchen. Sie hatte keinen Anlass, ihn in dieser Stadt zu vermuten, doch irgendwo musste sie ja anfangen. Außerdem hatte sie gehofft, dort Meister Caron und Ailon Bainach zu finden. Der Zauberer und der Knochenmann hatten ihr bei ihren Kämpfen beigestanden und deshalb den Grauen Orden verlassen.

Der Bucklige hielt mühelos mit ihr Schritt. »Wie lange wart Ihr in der Stadt? Habt Ihr das Winterfest besucht? Es gibt nichts Vergleichbares in ganz Edun.«

»Leider nicht, denn wir sind noch im Herbst weitergezogen.« Ihre schwache Hoffnung, ihr Vater könne sein Glück auf einem Schiff in einer anderen Hafenstadt gesucht haben, hatte sich schnell zerschlagen. Immerhin hatte ihr ein Seemann erzählt, dass zwei Männer, auf die die Beschreibung von Meister Caron und Ailon Bainach passte, ein Schiff nach Kaldyr bestiegen hätten. Eine Reise per Schiff hatte sich Feja da aber schon nicht mehr leisten können. Also war sie zu Fuß nach Kaldyr gewandert, nur um zu erfahren, dass sie die Gesuchten um zwei Tage verpasst hatte.

»Wie ärgerlich. Das Winterfest bringt doch den meisten Händlern gute Geschäfte«, sagte Meister Falwart.

»Er hat seine Tuche zu einem guten Preis in Kaldyr losgeschlagen. Ich kündigte meinen Dienst auf, denn ich habe dort Freunde getroffen.« In Wahrheit war sie tagelang die Weißwellenküste entlanggewandert, bis sich die Spur der beiden Männer schließlich in einem werischen Dorf ganz verlor.

»Als Händler begegnet man vielen Menschen, doch hatte ich stets das Gefühl, dass das ewige Feilschen unbeliebt und einsam macht. Ich hingegen kann meine Arbeit dafür rühmen, dass sie mir mehr als nur Gold einbringt. Wie oft kam ich als Fremder in eine Stadt und ging als Freund! Und Ihr habt Freunde in Kaldyr? Wie sind ihre Namen? Ich habe dort an drei Häusern mitgebaut. Vielleicht wohnen sie in einem davon?«

»Nein, sie wohnen in einem Dorf in der Nähe«, wich Feja der Frage aus. Sie war den ganzen Herbst und Winter bei den Weren geblieben. Die Fischer dort wussten seltsamerweise, was sie in Braake getan hatte. Sie hatten ihr ein Dach über dem Kopf, Kleidung und Nahrung angeboten, und Feja, die keine einzige Münze mehr besaß, hatte die Einladung angenommen. Da es nicht ihre Art war, auf Kosten anderer zu leben, hatte sie sich, so gut es ging, nützlich gemacht. Es hatte sich bald gezeigt, dass die Weren auf dem Markt in Kaldyr bessere Preise erzielten, wenn eine Utorerin ihren Fang feilbot.

»Und Ihr seid von der Weißwellenküste ganz alleine bis hierher gewandert? Das ist mutig, nein, sogar verwegen! Gerade für ein junges, hübsches Fräulein wie Euch.«

»Die Menschen bieten einer ehrlichen Wanderin gerne einen Platz in der Scheune oder gar im Haus an, wenn sie nur bereit ist, für eine kleine Weile mit anzupacken, Meister Falwart.«

»Aber was zieht Euch nun wieder in Eure Heimat, mein Fräulein?«

»Ich habe nun einmal Familie und wollte nicht für immer meinen Freunden zur Last fallen«, sagte Feja. Den ganzen Winter über war sie bei den Weren geblieben, die sie jedoch mit einer gewissen Scheu behandelten. Im Frühjahr hatte sie das Dorf verlassen und war weiter nach Brim gewandert. Die Familie ihrer Stiefmutter Adra stammte von dort, und Adra hatte doch nach Brim gehen wollen, als es offensichtlich geworden war, dass sie den Drachenhof nicht länger halten konnten. Ihre Stiefmutter war jedoch nie dort angekommen. Das Letzte, was die Eltern gehört hatten, war, dass sie den Wald verlassen wollte. Alle waren sie verschwunden, und Feja war als Tochter des Mannes, der Adra in den finsteren Langwald »gelockt« hatte, nicht willkommen. Zum Glück hatten diese kaltherzigen Verwandten keine Ahnung gehabt, dass ihre Stiefenkelin in jene verhängnisvollen Ereignisse in Braake verwickelt gewesen war, sonst hätten sie am Ende noch die Wachen gerufen.

Also hatte Feja beschlossen, in den Langwald zurückzukehren. Vielleicht würde ihre Stiefmutter doch noch auf dem Drachenhof sein, vielleicht war sogar ihr Vater wieder daheim. Feja klammerte sich an diese Hoffnung, so gering sie auch war.

Die Sonne stach durch das lichte Grün, das den Weg überschattete. Der Bucklige wischte sich den Schweiß von der Stirn. »Dann seid Ihr fast so weit umhergewandert wie ich, mein Fräulein. Meine Hochachtung.«

»Und Ihr wart zuletzt in Braake, Meister Falwart?«

»Oh ja, da war viel zu tun. Dieses schreckliche Beben hat viele Häuser zerstört und manches Leben genommen. Und das Fürchterliche daran ist, dass es von Menschenhand verursacht wurde.«

»Wie das?«, fragte Feja. Sie hatte schon viele übertriebene Geschichten über das gehört, was in Braake geschehen war, und zwar meist von Leuten, die nie in der Stadt gewesen waren. Dieser Zimmermann musste es jedoch aus erster Hand erfahren haben.

»Es gab da eine mächtige Zauberin. Sie hat den Seedrachen geweckt, der unter der Feste der Graumagier ruhte. Der hat die Welt erzittern lassen, bevor die Magier ihn wieder bändigen konnten. Und das muss wahr sein, denn warum sonst wäre die Graufeste noch schwerer zerstört worden als die Stadt selbst?«

»Es gibt keine Drachen mehr, Meister Falwart.«

»Seid Ihr da sicher, mein Fräulein? Habt Ihr eine bessere Erklärung für das Beben?«

»Das nicht«, sagte sie, obwohl es nicht stimmte. Der Dämmerstein hatte nur einen kleinen Sprung davongetragen, als sie versucht hatte, ihn zu zerstören. Doch schon das hatte gereicht, um die Erde beben zu lassen. Sie wäre um ein Haar dort umgekommen. »Was wurde aus dieser mächtigen Zauberin?«, fragte sie, nun selbst neugierig geworden.

»Oh, die Nykken, wie die Weren ihre Nixen nennen, haben sie entführt, hinabgerissen in die tiefe See.«

»Die Nykken? Wirklich? So ist sie tot?«

Der Zimmermann nickte ernsthaft. »Hochmeister Ferror vom Flammenorden hat zwar ein Kopfgeld auf sie ausgesetzt, aber noch ist niemand nach Lente gekommen, um es einzufordern, und keiner hat sie seither gesehen. Also muss sie tot sein, und das ist auch besser so, denn sie hat viele furchtbare Dinge getan. Habt Ihr nichts davon gehört?«

»Ich muss die Stadt verlassen haben, bevor sie diese Dinge tat«, erwiderte Feja verdrossen.

»So wisst Ihr nichts von der großen Schlacht?«

»Ich habe Geschichten von einem Kampf im Graufenn gehört, die schienen mir jedoch übertrieben«, erwiderte sie.

»Es gab eine gewaltige Schlacht zwischen Magiern, einem Heer des Königs und aufständischen Bauern. Und am Ende waren alle tot.«

»Alle?«, fragte Feja. Nun war sie beinahe belustigt. »Wie ist das möglich? Eine Seite muss doch gewonnen haben.«

Der Zimmermann kratzte sich am Kinn. Er war schlecht rasiert, und rote Bartstoppeln wucherten auf seinen Wangen. »Das habe ich auch nicht recht verstanden. Ich hörte die Geschichte der Schlacht von einem Maurer, der einen Bauern kannte, dessen Bruder dort in der Nähe einen Hof führt. Er erzählte mir, die Magier seien mit den Aufständischen in einem Regensturm ertrunken. Den wiederum habe diese fürchterliche Feuerdiebin heraufbeschworen, nachdem sie den Zauberern des Flammenordens irgendwie ihre Magie geraubt habe. Hunderte habe sie mit ihren Blitzen erschlagen, und wer übrig war, ertrank. Die Graumagier seien noch zu Hilfe geeilt, aber zu spät gekommen, um sie zu retten.«

Feja runzelte die Stirn. Den Namen Feuerdiebin hatte sie hin und wieder gehört, wenn andere, die nicht dabei gewesen waren, von jener Schlacht erzählten. Sie hatte sogar schon Aushänge gesehen, mit denen nach ihr unter diesem Namen gesucht wurde. Die Beschreibung war jedoch ungenau. So meinten einige, dass die Zauberin glühende Augen und flammend rotes Haar haben müsse, weil sie sich doch von Flammen nähre. Die ganze Geschichte schien von Tag zu Tag mehr verdreht zu werden. Einig waren sich die Utorer nur darin, dass diese flammenfressende Hexe für das Gemetzel im Alten Grund verantwortlich sei. Dabei hatte Feja mit Meister Caron versucht, die Schlacht zu verhindern. Die Graumagier hatten ihre alten Feinde vom Orden des Feuers erst in die Falle gelockt und waren ihnen dann in den Rücken gefallen.

»Jedenfalls gab es einen richtigen Aufstand in Braake und dann ein Erdbeben. Ihr habt da viel Aufregung versäumt, aber vermutlich ist das auch besser so. Die Zauberin soll übrigens, gerade wie Ihr, aus dem Langwald stammen, mein Fräulein.«

»Wirklich? Wie ist denn ihr Name? Vielleicht kenne ich sie von früher.«

»Ihren Namen weiß ich nicht. Sie wird eben Feuerdiebin oder auch Wyrmochs Tochter genannt, denn es heißt, dass sie den alten Fluch des Drachen erfüllt habe. Ja, es soll halb Drachen-, halb Werenblut in ihren Adern fließen. Habt Ihr von ihr gehört?«

»Nein, von so einer Frau habe ich noch nie gehört.«

»Es ist wohl auch besser, sich aus den Angelegenheiten der Zauberer herauszuhalten. Sie bringen doch nur Ärger«, rief der Zimmermann. »Dabei habe ich selbst einen Neffen, der um ein Haar einmal ein Wassermagier geworden wäre. Mein Bruder war so stolz auf ihn, doch konnte der Knabe sein, wartet, wie hieß das noch … sein *Bargan* … genau, er konnte sein Bargan nicht finden!«

»Lindross«, berichtigte Feja. Sie hatte die alte Gerichtseiche erspäht. Dann war es nicht mehr weit bis zur Weggabelung. Als sie vor über einem Jahr die Heimat verlassen hatte, hatten mehrere Leichen an dem Baum gehangen. Damals hatte ein Bauernaufstand im Land getobt, denn die Asche vom fernen Feuerberg im lang versunkenen Utor hatte die Ernte vernichtet. Die Gehenkten waren verschwunden, so wie der Aufstand zusammengebrochen war.

»Wie bitte?«, fragte der Zimmermann.

Feja war sich plötzlich nicht mehr sicher, ob es den Drachenhof überhaupt noch gab. War er verlassen? Und wenn nicht? Wen würde sie dort vorfinden? Sie war nicht recht bei der Sache und antwortete daher: »Das Bargan müsst Ihr Euch wie eine Art Gefäß denken. Es beschreibt, wie viel von dem magischen Fliod – oder Fluss – jemand aufnehmen kann. Das Lindross aber ist der Zugang, den ein Schüler zum Fliod finden muss. Erst dann wird auch seine Midgav, seine angeborene Begabung, offenbar.«

»Richtig, Lindross war das Wort! Doch woher wisst Ihr all diese Dinge?«

Feja merkte erst jetzt, dass sie aus der Rolle gefallen war. Schnell sagte sie: »Ich hatte einen Freund, der als Kind von den Grauen Magiern aufgenommen worden war. Er hat mir davon erzählt.« Das war nicht einmal gelogen. Sie dachte wieder an Span, mit dem sie mehr als nur Magie geteilt hatte, Span, der sie gerettet hatte und doch auf der Graufeste geblieben war. Es versetzte ihr einen Stich, dass sie nicht wusste, wie es ihm ergangen war. Plötzlich zog es sie mit Macht zu ihm. Sie schluckte.

»Ein Freund? Höre ich da Wehmut in Eurer Stimme? Das klingt mir fast nach einer Liebesgeschichte. Habt Ihr seinetwegen Braake verlassen?«

In der Stimme des Buckligen glaubte Feja etwas Lauerndes zu hören. Plötzlich kam es ihr so vor, als stelle sich der Mann nur ahnungslos. Sie antwortete nicht auf seine Frage. Stattdessen sagte sie: »Hier ist es. Das ist die Abzweigung, an der ich Euch verlassen muss. Folgt dieser Straße, Meister Falwart. Sie wird Euch sicher nach Holt führen.«

»Und Ihr wollt wirklich mitten hinein in diesen unheimlichen Wald? Das scheint mir gefährlich. Der Aufstand ist zwar vorüber, aber es könnten sich immer noch Räuber in diesem Dickicht verbergen.« War seine Besorgnis echt? Feja fühlte eine immer stärkere Abneigung gegen die Gesellschaft dieses Mannes.

»Ich bin hier geboren und kenne mich aus. Ihr müsst Euch um mich keine Sorgen machen. Ich wünsche Euch eine gute Reise.«

»Euch auch, mein Fräulein! Gebt acht auf Euch und grüßt Eure Eltern! Und wenn sie einmal die Dienste eines Zimmermanns benötigen, fragt nach Urm Falwart, auch bekannt als der Bucklige. Ich mache Euch auch einen guten Preis!«

Feja blickte ihm nach, bis sie den roten Haarkranz nicht mehr sehen konnte. Sie wollte sichergehen, dass dieser Zimmermann sie nicht verfolgte. Er wusste erstaunlich viel über die Dinge, die vorgefallen waren. Sie versteckte sich eine Weile am Wegesrand, doch Meister Falwart kehrte nicht zurück. Dann bog sie in den Wald ab. Der Weg war mit Gras bewachsen und wurde bald schmaler. Sie verließ ihn, als sie in einigen riesigen Buchen die vertrauten Gehölze ihrer Kindheit erkannte. Es war nicht mehr weit. Sie spürte einen Kloß im Hals und blieb stehen. Vor eineinhalb Jahren war sie aufgebrochen, um ihren Vater zu suchen. War es nicht Unsinn zu hoffen, dass er heimgekehrt war? Oder war er der Grund, warum Adra nicht nach Brim gegangen war? Wenn nicht, wie sollte sie ihrer Stiefmutter dann unter die Augen treten? Sie kam mit leeren Händen. Und wenn der Drachenhof doch verlassen war? Was sollte sie dann tun?

Sie gab sich einen Ruck und ging weiter. *Eines nach dem anderen*, dachte sie bei sich, *eines nach dem anderen.*

Der Gaul trabte. Er schien immer schneller zu werden. »Das ist leicht zu erklären«, sagte Skuran Orchon, um seine wachsende Unruhe zu überspielen. »Er weiß, dass er sich seinem heimatlichen Stall nähert.«

Und du näherst dich deinem Verhängnis, antwortete eine Stimme, die nur er hören konnte.

Der junge Mann auf dem Kutschbock warf ihm einen seltsamen Blick über die Schulter zu.

»Habe ich unrecht?«, verteidigte sich Orchon.

»Nein, das ist es nicht«, sagte der Ordensbruder und schnalzte mit der Zunge. Letzteres galt dem Pferd, das in den Schritt verfiel, als sie den langen Damm erreichten. Orchon spähte voraus. Die Zinnen und Türme der Graufeste schälten sich aus dem Dunst über dem Meer.

»Ich dachte, die Festung sei bei dem Beben zerstört worden«, rief Orchon. Das wäre ihm bedeutend lieber gewesen.

»Nicht vollends, doch hat sie schwer gelitten.« Der junge Mann wandte ihm die verbrannte Hälfte seines Gesichts zu. »Ich fürchte, auch Euer Meisterwerk im Tempel hat es nicht gut überstanden, Meister Orchon.«

Der Rotschmied wandte den Blick ab, nickte und nagte an seiner Unterlippe. Die Graumagier hatten ihn in Kliwe aufgespürt. *Es war dumm, in diese Stadt zu gehen*, spottete die Stimme.

»Viele Weren sind dorthin geflohen«, murmelte Orchon. Er erinnerte sich mit Schrecken daran, wie der wütende Mob durch Braake getobt war und Schuldige für das Unglück der Stadt gesucht hatte.

Die Graumagier hatten den jungen Mann mit dem verbrannten Gesicht und zwei Gewappnete nach Kliwe geschickt. Sie hatten ihn »eingeladen«, umgehend die Graufeste aufzusuchen. Dabei hatten sie nicht mal Zwang ausüben müssen, denn ihre Anwesenheit war Drohung genug. Also hatte Orchon seine wenigen Habseligkeiten zusammengepackt und war nach Braake zurückgekehrt. Er hätte gerne nach seiner Schmiede gesehen, aber das hatten die Soldaten nicht zugelassen.

»Wir hüten sie für Euch, Meister Orchon«, hatte der ältere der beiden Gewappneten gesagt.

Dann hatten sie ihn in die Kutsche gesetzt, und jetzt rollte sie über den Damm, der zur Heimstatt dieses gefährlichen Ordens führte.

Mit jedem Schritt, den der Wagen über den Dammweg rollte, kehrten alte Erinnerungen zurück: Merkwürdigerweise dachte Orchon zuerst an das Mondspielwerk, das er vor vielen Jahren für die Bruderschaft im Tempel errichtet hatte. Er hatte ihnen ein Meisterwerk geliefert. Alle sechs Monde erschienen stets zur richtigen Zeit vor einem Vorhang, der den Horizont darstellte. Der alte Abot Yrnos hatte ihn gut dafür bezahlt. Glückliche Tage waren das gewesen. Dann aber war Durku, sein einziger Sohn, krank geworden. Und da hatte Orchon erkennen müssen, wie begrenzt doch die Macht der utorischen Zauberer war. Die Söhne Stors hatten Durku nicht gesund machen können, und der Orden der Heiler war ein Witz. Jede werische Ganesa verstand mehr von der Heilkunst als diese Scharlatane in den schönen Roben, die ihm viel Geld dafür abnahmen, dass sie nichts erreichten. Doch das Wissen der Ganesas war nutzlos, weil die Verbindung zur Alten Magie abgerissen war. Nein, nicht abgerissen – als die Utorer diese Insel eroberten, hatten ihre Zauberer sich auf die heiligen Orte der Weren gesetzt und den Strom aus der Tiefe unterbrochen. Er hatte Jahre gebraucht, um die Zusammenhänge zu verstehen, und vergeblich nach einem Weg gesucht, die Alte Magie zurückzubringen. Dann hatte er von dem Mädchen erfahren, das im Zeichen des schwarzen Mondes und des Drachen geboren worden war. Er hatte Hoffnung geschöpft und nach seinen begrenzten Möglichkeiten alles dafür getan, sie in die richtige Richtung zu lenken. Ein gefährliches Spiel, denn die Zauberer durften natürlich nicht wissen, was er vorhatte.

Und doch hast du nur erreicht, dass alles immer schlimmer geworden ist, höhnte die Stimme in seinem Kopf. *Dein Sohn ist tot, und du bist dem Orden in die Hände gefallen, den du hintergangen hast.*

»Halt den Mund«, murmelte Orchon. »Immerhin habe ich Feja am Ende die Augen geöffnet.« Ihn schauderte, weil er wieder an die beiden Männer dachte, die er deswegen getötet hatte und die immer noch in seinem Keller vergraben lagen. Feja hatte, ohne auch nur etwas zu ahnen, auf dem Grab ihres Vaters und ihres Onkels gestanden, als er ihr endlich ihre Bestimmung enthüllt hatte. Und doch hatte die Stimme nicht unrecht: Er hatte versagt. Durku, sein armer Sohn, war gestorben, und Feja hatte die Macht der utorischen Zauberer nicht gebrochen. Aber das war sein Fehler gewesen. Er hatte sich verrechnet. Feja war nämlich gar nicht unter der so seltenen Alleinherrschaft von Todes- und Lebensmond geboren, nein, sie war in jener kurzen Zeitspanne auf die Welt gekommen, als der Lebensmond Galtara alleine den Himmel beherrscht hatte. Dies geschah noch viel seltener, doch welche Bestimmung dem Mädchen durch Galtara in die Wiege gelegt worden war, das vermochte er mit seinen schwachen Fähigkeiten nicht herauszufinden.

Das Haupttor stand offen. Die Mauer war eingerüstet, und drei Männer waren dabei, Schäden auszubessern. In der Unterfeste entdeckte Orchon eine eingestürzte Hütte, deren Steine für den Wiederaufbau hinter dem Obstgarten aufgeschichtet waren. Unter den Apfelbäumen hockte der verrückte Alte, der schon früher immer dort gesessen hatte. Er lächelte, schnitzte an einem Stock und beachtete die Kutsche nicht, die unter erheblichem Lärm über das bucklige Pflaster in die Oberfeste rollte.

»Bei den Monden!«, entfuhr es Orchon, als er das Ausmaß der Zerstörung dort sah. Der Bergfried war eingestürzt und noch nicht wieder aufgebaut. Arbeiter waren damit beschäftigt, die Mauern des schwer beschädigten Haupthauses zu erneuern. »Sind viele Eurer Brüder umgekommen?«, fragte er.

Der Kutscher nickte. »Drei Wachen, die oben auf dem Turm waren. Auch wurden etliche Männer verletzt.«

»So auch Ihr?«, fragte Orchon und konnte nicht verhindern, dass er die verbrannte Wange des jungen Mannes anstarrte.

Der verzog das entstellte Gesicht zu einem schrecklichen Grinsen. »Nein, das geschah andernorts.«

»Bruder Hallir, da seid Ihr endlich!«, rief eine dröhnende Stimme. »Und Ihr habt den Rotschmied mitgebracht. Hat er Schwierigkeiten gemacht?«

Hallir sprang vom Wagen. »Natürlich nicht, Meister Svelgar.«

»Warum hat es dann so lange gedauert? Meister Buklar hat schon vor Stunden Eure Rückkehr nach Braake gemeldet. Der Abot brennt vor Ungeduld.«

»Dieser Gaul hier ist alt und schlecht genährt, Meister. Er konnte einfach nicht schneller, selbst wenn er gewollt hätte.«

Skuran Orchon kletterte langsam vom Wagen und fand sich der massigen Gestalt des Schwertmeisters der Grauen Magier gegenüber. Er roch nach Wein.

»Meister Svelgar! Wie schön, ein vertrautes Gesicht zu sehen. Könnt Ihr mir sagen, warum man mich hierhergebeten hat?«

»Gebeten? Waren unsere Männer so höflich, Euch zu bitten und nicht einfach hierherzuschleifen? Das ehrt sie. Folgt mir, Ihr werdet sehnsüchtig erwartet.«

Der Schwertmeister ging voraus. Mit Genugtuung sah Orchon, dass die Buckelsteine, die einst den heiligen Platz der Weren markiert hatten, noch genauso unversehrt wie vor dem Beben im Hof aufragten. Svelgar öffnete die Pforte des halb eingestürzten Tempels. Orchon folgte ihm zögernd und blieb fast augenblicklich stehen. Ein Krater klaffte im Boden, und die Außenmauer war auf großer Breite weggebrochen. Erst fragte sich Orchon, warum man sie nicht längst ersetzt hatte, dann aber erkannte er, dass der Felsen, der sie einst getragen hatte, ebenfalls verschwunden war. Möwen schwebten vor diesem Loch in der Luft, und Orchon konnte das Meer dahinter sehen. Unwillkürlich wanderte sein Blick zum Tempel und dem Spielwerk, das er einst für den Orden gebaut hatte. Es war noch da, aber in einem jämmerlichen Zustand. Die Monde waren auf dem geborstenen Altar aufgereiht. Sie waren verbeult, der schwarze Nir sogar in zwei Hälften zerbrochen. Orchons Blick wanderte empor, und er bemerkte, dass auch das Dach des Tempels eingestürzt war. Die Monde hatten kein Erdbeben angekündigt, und doch war es über die Stadt und die Feste gekommen. War er deshalb hier? Weil er als Monddeuter versagt hatte? Er blickte auf die von ihm geschmiedeten Kugeln und sagte: »Ich weiß nicht, ob ich das wieder in Ordnung bringen kann.«

Bruder Svelgar lachte. »Nicht deshalb haben wir Euch gerufen. Hier hinunter, und achtet auf Euren Kopf.«

Der füllige Ordensbruder bewegte sich erstaunlich behände auf die andere Seite des Kraters, der den Fußboden verschlungen hatte. Orchon entdeckte eine Treppe. Er hatte immer geahnt, dass der Orden etwas unter dem Tempel versteckte. Sein Herz schlug plötzlich schneller, doch seine Füße waren wie gelähmt.

»Kommt Ihr?«, rief Svelgar von unten herauf.

Orchon gab sich einen Ruck. Die Treppe war in den Felsen gehauen. Offenbar war sie verschüttet gewesen. Notdürftig behauene Holzbalken stützten Wände und Decke, und der Rotschmied sah im ungewissen Licht einer Laterne Spalten und Risse im Fels über ihm und in den Stufen. Er zog den Kopf ein und folgte dem Magier hinab in die Tiefe. Das Licht veränderte sich. Der gelbliche Schimmer der Lampen wich einem bleichen Grau. Staub lag in der Luft. Orchon erkannte, dass hier früher einmal eine niedrige Halle gewesen sein musste, doch nun hatten Felsbrocken den Raum in ein Gewirr kleiner Kammern und schmaler Gänge zerteilt. Er blinzelte. Der Schwertmeister war verschwunden.

»Hier herüber, Schmied.«

Orchon bückte sich und tastete sich vorsichtig unter zwei Felsen hindurch, die sich aneinanderzulehnen schienen. Ein misstönendes Sirren lag in der Luft. Das fahle Licht wurde heller. Er blinzelte, ging um einen mächtigen Brocken herum – und hielt wie gebannt inne. Er stand der Quelle des Lichts gegenüber! Es war ein großer Kristall, der sich langsam um sich selbst zu drehen schien. Der Schmied hörte das durchdringende Sirren jetzt sehr deutlich. Er schüttelte unwillkürlich den Kopf, um dieses unangenehme Geräusch loszuwerden, aber es half nicht. Ein Schatten schob sich vor die Quelle des Lichts.

»Ich grüße Euch, Meister Orchon.«

»Dregin? Abot Dregin? Seid Ihr das? Es hieß, Ihr wäret tot!« Ein kalter Schauer lief Orchon über den Rücken.

Der Schatten kam näher. Etwas an ihm stimmte nicht. Der Rotschmied blinzelte, um besser zu sehen.

»Ihr hättet in Braake bleiben sollen, Orchon, dann wüsstet Ihr längst, dass die Meldungen über meinen Tod falsch waren.« Die Stimme des Abots klang gepresst, angestrengt. Mit der Rechten stützte er sich auf einen Stab, während seine Linke auf der Schulter eines stämmigen Mädchens ruhte, das ihn zu führen schien und trotz seiner Jugend schon die graue Robe einer Ordensschwester trug. Dregins Haltung war gebeugt. Orchon begriff, dass das nicht an der niedrigen Decke lag. Dieser Mann litt Schmerzen. Er war nun noch näher gekommen, und das Licht von Svelgars Laterne fiel auf sein Gesicht. Erschrocken wich Orchon zurück. Die Augen! Dregins Augen waren vollkommen weiß! Sie schimmerten matt im Halbdunkel.

»Bei den Monden! Was ist Euch widerfahren?«

»Das ist nicht wichtig, Orchon. Viel wichtiger ist, was dem Herzen unserer Feste geschah.« Er machte einen halben Schritt zur Seite, und Orchons Blick glitt hinüber zu dem sich langsam drehenden Kristall. Er vergaß seine Angst und trat näher heran.

»Was ist das für ein Wunderwerk?«

»Dies ist der Dämmerstein. Ein Quell großer Macht, jedoch …«

»Jedoch?«, fragte der Rotschmied. Der Kristall zog ihn an, doch das unangenehme Sirren wurde immer lauter, je näher er ihm kam.

»Er wurde bei dem Beben … verletzt. Wir müssen ihn heilen.«

Orchon konnte den Blick nicht vom Dämmerstein lösen. Die Bedeutung der Worte drang nur langsam zu ihm durch. »Augenblick … Ihr erwartet, dass *ich* dieses Wunderding repariere? Aber wie? Es hat weder Zahnräder noch Hebel, und es ist auch kein verbeulter Kupferkessel, den ich mit ein paar Hammerschlägen herrichten könnte. Ich weiß ja nicht einmal, was dieser Kristall tut.«

»Tretet näher an ihn heran, Orchon. Nur keine Sorge, wir geben auf Euch acht.«

Orchon gehorchte zögernd. Der schimmernde Stein drehte sich über einer breiten Erdspalte. Gebannt blieb er stehen und starrte hinab in die schier endlose Tiefe. Dregin war plötzlich neben ihm und drückte ihm den langen Stab, das Zeichen seines Amtes, in die Hand. »Nun nehmt diesen Stab und berührt den Stein.«

Orchon schluckte. Seine Knie zitterten vor Angst. Doch hatte er noch mehr Angst vor Dregin als vor dem weißen Kristall. Zögernd hob er den Stab, streckte ihn aus und berührte den Stein. Es geschah – nichts.

»Versucht, ihn zu verschieben«, flüsterte der Abot ihm zu.

Der Rotschmied stemmte den Stab nun fester gegen den Stein. Der aber blieb, wo er war, und drehte sich ungerührt um die eigene Achse. Plötzlich glitt der Stab ab, und Orchon verlor das Gleichgewicht. Mit einem Laut des Schreckens ließ er den Stab fallen. Der blinde Abot hatte ihn am Kragen gepackt und hielt ihn fest. Verblüfft stellte Orchon fest, dass er auch den Stab gefangen hatte. »Ich verstehe nicht …«, gestand er.

»Die Magier im alten Utor haben vor langer Zeit aus mehreren Himmelssteinen eine gewaltige Kugel – die Mangyr – geformt oder geschmiedet, wenn Ihr so wollt. Mit der darin versammelten Macht wollten sie verhindern, dass der Feuerberg, auf dem die Stadt erbaut war, ausbrach. Nun, das misslang. Beim Untergang der Stadt zerbrach die Mangyr oder wurde zerteilt, das wissen selbst die Weisen nicht. Und ein Teil der Allkugel wurde an diesen Ort gebracht.«

»Ihr meint, es gibt noch mehr solcher Steine?«, fragte Orchon und staunte den Kristall an. Er drehte sich langsam weiter, und das Licht rief immer neue Brechungen in ihm hervor. Orchon glaubte, ein Muster zu erahnen. Er musste dieses Ding ergründen!

»Das soll Euch nicht kümmern. Dieser Kristall wurde über das weite Meer hierhergebracht – doch wie? Wir haben alles versucht, vom feinsten Zauber bis zur rohesten Gewalt – nichts kann ihn von seinem Platz lösen. Jedoch können wir ihn nicht heilen, solange er dort schwebt. Und dies ist die Aufgabe, mit der ich Euch betraue: Findet heraus, wie wir ihn bewegen können. Vollbringt dieses Werk, und wir werden Euch reich entlohnen, Orchon!«

»Ich bin nur ein einfacher Schmied, Herr. Wie soll mir gelingen, was selbst Zauberer nicht vermögen?«

»Ihr seid ein Mann mit vielen Talenten und solltet Euer Licht nicht unter den Scheffel stellen. Euer Wunderwerk oben im Tempel wurde zerstört – erschafft ein neues, größeres! Ich weiß, dass Ihr es könnt.« Er kam noch einen Schritt näher, richtete sich auf, und seine leuchtend weißen Augen waren bedrohlich nah. »Ihr solltet mich besser nicht enttäuschen, Rotschmied.« Dann sackte er ein Stück in sich zusammen und wirkte plötzlich nur noch halb so groß. »Doch genug davon. Meister Svelgar, seid so gut und geleitet Meister Orchon in sein Quartier. Und zeigt ihm die Schmiede, in der er arbeiten wird.«

Der Schwertmeister musste Orchon am Arm packen und hinausziehen, sonst wäre er einfach stehen geblieben, gebannt vom Lichtspiel des Kristalls.

»Ihr seht beeindruckt aus, Freund. Doch sagt, wie geht es Eurem Kopf?«, fragte der Ordensbruder kurzatmig, als er seinen enorm dicken Leib durch die Felsen zwängte.

»Meinem Kopf? Alles wohl, Meister Svelgar. Nur dass dieser unangenehme Ton noch ein wenig in den Ohren nachklingt.«

»Unangenehm? Tatsächlich?«

»Bin ich ein Gefangener?«, fragte der Rotschmied, als sie sich über die halb verschüttete Treppe nach oben bewegten.

»Ihr seid unser Gast, doch wäre es unklug, unsere Gastfreundschaft zurückzuweisen«, lautete die Antwort. »Außerdem soll ich Euch im Namen unseres Abots daran erinnern, dass Ihr wegen gewisser Dinge in Eurem Keller ohnehin nicht nach Hause gehen solltet. Wisst Ihr, was er damit meint?«

»Nein, nein, keine Ahnung«, versicherte Orchon schnell. An die beiden Männer, die er dort verscharrt hatte, wollte er lieber nicht denken. Jetzt begriff er: Der Abot ließ ihm durch Svelgar ausrichten, dass er darüber Bescheid wusste. Im Tempel fasste Orchon den Schwertmeister am Arm. »Wie könnt Ihr hoffen, dass ich vollbringe, woran die Meister Eures Ordens gescheitert sind? Es ist unmöglich! Wie soll ich den …«, er suchte nach den richtigen Worten. Eigentlich lag ihm das Wort Dämmerstein auf der Zunge, aber er vermochte es nicht auszusprechen.

Der Ordensbruder nickte ihm aufmunternd zu. »Wundert Euch nicht, wenn Ihr außerhalb der Kammer nicht über das reden könnt, was Ihr dort gesehen habt. Der alte Bann, der uns half, es jahrhundertelang verborgen zu halten, wirkt immer noch. Jetzt folgt mir. Ihr kennt unseren Schmied, Meister Uri? Er wird Euch dabei helfen, das Unmögliche zu vollbringen. Abot Dregin setzt große Hoffnung in Euch, Rotschmied. Es wäre fatal, ihn zu enttäuschen.«

Ginnar Dregin spürte den Schmerz des jungen Mädchens, das ihn führte. Er nahm die Hand von ihrer Schulter, löste die magische Verbindung, und sofort verschwand die Welt wieder in lichtloser Dunkelheit. »Du kannst gehen, Nemma, ich danke dir für deine Dienste.«

Das Mädchen verabschiedete sich leise und eilte auf unsicheren Beinen aus der Kammer. Dregin seufzte. Manchmal glaubte er, ein schwaches Glimmen am Ende eines schmalen Ganges zu sehen, aber inzwischen wusste er, dass er sich das nur einbildete. Der alte Vithun hatte ihn einen Verbindungszauber gelehrt, mit dessen Hilfe er durch die Augen anderer sehen konnte. Doch selbst Nemma, die robusteste unter den jungen Brüdern und Schwestern, ertrug die Nähe des Dämmersteins nicht lange.

Wie hatte es so weit kommen können? Hatte er dem Zwielicht nicht gut gedient? Er hatte gelogen und getäuscht, genötigt und gemordet, um den Orden auf den dunklen, den richtigen Weg zurückzubringen. Seine Vorgänger hatten die alten Pfade verlassen, hatten die Bruderschaft zur Unkenntlichkeit verweichlicht. Diese Narren glaubten an den Frieden, daran, dass ihre vielen Feinde, vor allem der Flammenorden, sie in Ruhe lassen würden, wenn sie sich nur selbst zurückhielten. Doch er hatte dem ein Ende gesetzt. Der alte Abot Yrnos hatte die Verantwortung übernommen, als der Mord an einem Mitglied des Flammenordens nicht aufgeklärt werden konnte. Das war vorhersehbar gewesen. Deshalb hatte er, Dregin, ihn ja begangen. Zu dem Zeitpunkt schien ihm das Schicksal noch zuzulächeln. Hatte es ihn nicht selbst mit einem Geschenk ermutigt, geradezu verführt? Feja!

Sie war ihm in die Arme gelaufen, ein dürres Mädchen von ungeheurem Potenzial. Dregin lachte bitter auf. Er hatte Feja wirklich für ein Geschenk des Schicksals gehalten. Span, sein Lieblingsschüler, hatte sie auf die dunklen Pfade locken sollen, die sie, naiv, wie sie war, verabscheute. Dabei war ihr doch eine solch dunkle Kraft in die Wiege gelegt worden. Wie hatte er innerlich gejubelt, als sie herausgefunden hatten, dass sie eine Lebensdiebin war! Das war eine Begabung, die nur alle paar hundert Jahre zutage trat. Den jungen Tyrbull Tygram hätte sie fast umgebracht. Verdient gehabt hätte er es, denn er war ein hinterhältiger Schwachkopf. Was für ein Tag! Nie schienen die Monde ihm gewogener.

Und wie elegant er danach jede Bedrohung seiner Pläne aus dem Weg geräumt hatte! Er hatte die anderen möglichen Nachfolger des alten Abots aus dem Feld geschlagen und war selbst zum Oberhaupt des Ordens aufgestiegen.

Der Flammenorden war mit vielen Brüdern nach Braake gekommen und hatte plump versucht, die Schwäche der Bruderschaft auszunutzen. Aber er hatte den Spieß umgedreht, hatte sie in eine Schlacht gegen die aufständischen Bauern gelockt und war ihnen mit allen Männern, die er aufbieten konnte, in den Rücken gefallen. Am Ende des Tages war jeder einzelne dieser aufgeblasenen Brüder tot – nun, fast jeder. Ein glänzender Sieg, wie ihn die Söhne Stors lange nicht erlebt hatten. Es war beinahe schade, dass sie hinterher alles Geschick aufbieten mussten, um ihre wahre Rolle bei der Schlacht zu verheimlichen. Diese Trottel in der Hauptstadt glaubten offenbar wirklich, dass sie versucht hätten, die Flammenzauberer zu warnen und zu retten.

Und schon da war Feja abtrünnig geworden, hatte alles getan, um seine Pläne zu durchkreuzen. Hätten die Aufständischen nicht insgeheim unter der Führung eines seiner Getreuen gestanden, wäre es ihr vielleicht sogar gelungen, die Schlacht zu verhindern. Und Span, der fast wie ein Sohn für ihn war, hatte ihn verraten. Er hatte sich, als es darauf ankam, auf ihre Seite gestellt. Hier in dieser Kammer hatten sie miteinander gekämpft. Er hätte das unerfahrene Mädchen besiegt, wenn Span nicht plötzlich die Seiten gewechselt hätte. War Span so von Liebe verblendet gewesen, dass er ihr Vorhaben nicht erkannt hatte? Um ein Haar wäre es ihr gelungen, den Dämmerstein, das Herz der Bruderschaft, zu vernichten. Sie hatte ihn nur beschädigt, aber auch das war ein Beweis, welch ungeheure Macht sie besaß – und nicht zu ihrer wahren Bestimmung nutzen wollte. Eine Lebensdiebin in ihren Reihen … Dregin unterdrückte einen Seufzer. Bei ihrem Kampf um den Kristall war die Kammer eingestürzt. Um ein Haar wäre er hier gestorben, doch der Dämmerstein hatte ihn gerettet. Sein Augenlicht hatte er verloren, weil er in die Macht geblickt hatte, die aus der Tiefe durch diesen Kristall floss. Dieses weiße Licht war das Letzte, was seine Augen gesehen hatten.

Dregin schloss die Lider und beschwor das Zwielicht, die Mutter aller Zauber seines Ordens. Sein magischer Sinn spannte sich, und das schwarze Nichts verwandelte sich in ein Gewirr aus grauen Umrissen, Schatten, die vor einem gleißend hellen Feuer in der Mitte der Kammer zurücksprangen. Nein, völlig blind war er nicht. Schwester Nemma war fort, doch nun nahte ein anderer Schatten. Dregin erkannte schon am Klang der Schritte seine rechte Hand, den neuen Sturmrat des Ordens.

»Es ist, wie ich vermutete«, sagte Dregin. »Dieser Were kann dem Stein gegenüberstehen, ohne zu leiden.«

»Dann hat er uns wirklich etwas voraus«, seufzte Meister Valir. »So viel Macht fließt durch den Kristall, aber ich halte seine Nähe kaum aus, seit er beschädigt wurde.«

Der Ordensbruder schien sich die Schläfen zu massieren. Für Dregin war der Schmerz inzwischen so allgegenwärtig, dass er ihn fast vergessen konnte. »Nein, ihm wie allen Starren fehlt lediglich der magische Sinn, über den wir Utorer verfügen. Deshalb sind mir die werischen Schädel auch verschlossen. Ich kann nicht in seine Gedanken eindringen. Aber ich kann ihn auf andere Art und Weise dazu bewegen, uns zu helfen.«

»Meint Ihr wirklich, dass dieser Schmied das vermag, Herr?«, fragte Meister Valir.

Dregin nickte und richtete sich auf. Wenn er sich langsam bewegte, konnte er die vielen gebrochenen und kaum verheilten Knochen in seinem Leib aushalten. »Er ist erfindungsreich, vor allem in der Not. Ihr solltet seinem Keller wirklich einen Besuch abstatten.«

»Ihr meint, wegen des Spielwerks, von dem Meme Sulling erzählt hat?«

»Es wurde zerstört, als diese Narren beim großen Aufruhr ihre eigene Stadt plünderten. Unsere Alchemistin hat sich die Überreste genau angesehen. Sie glaubt, dass Orchon mit dieser Maschine die Zukunft vorhersagen konnte.«

»Ich kenne ihre Berichte, doch habe ich nicht begriffen, wie das gehen soll.«

»Es hängt irgendwie mit der Monddeutung zusammen, wie sie die Weren ausübten, als sie selbst noch über Magie verfügten. Orchon fehlt jede magische Begabung, aber er hat sich mit endlosen Tabellen beholfen, und seine Vorhersagen waren gut. Er hat mir vorhergesagt, wann die Feuerbrüder am verwundbarsten sein würden.«

»Dennoch begreife ich nicht, wie er uns beim Dämmerstein helfen soll. Es geht hier nicht um Spielwerke und Metall. Der Kristall ist beschädigt, und der Fliod, der durch ihn hindurchfließt, ist wie vergiftet und schwer zu ertragen. Wir müssten den Schaden beheben, was nichts ist, das ein Schmiedehammer könnte. Was nützt es da, ihn zu bewegen?«

Dregin lächelte, als er antwortete: »Ich glaube auch nicht, dass Orchon diesen Stein reparieren kann, Valir, aber bewegen muss er ihn – oder vielleicht auch einen anderen … Ich habe einen Plan, doch er ist noch im Werden, und es wäre zu früh, ihn zu enthüllen.«

»Schön«, sagte Valir, und Dregin hörte ihm an, dass er leicht verstimmt war, weil er nicht eingeweiht wurde. »Habt Ihr auch einen Plan, was unseren Ärger mit den Feuermagiern betrifft?«

»Oh, sie spielen in all meinen Plänen eine Rolle, so wie auch wir sicher einen festen Platz in den Gedanken ihres Hochmeisters Ferror haben. Sie sind angeschlagen. Dass ihr stolzes Aufgebot von einem Bauernheer vernichtet wurde, hat sie dem Gespött der ganzen Welt preisgegeben.«

»Ein verwundetes Tier ist ein gefährliches Tier, Herr. Sie mögen in jener Schlacht im Alten Grund zwar viele gute Männer verloren haben, aber dennoch sind sie uns immer noch doppelt oder dreifach überlegen.«

»Nur an der Zahl, nicht an Verstand und schon gar nicht an Entschlossenheit! Habt Ihr nicht gehört, dass sie einen Prozess gegen uns anstrengen? Sie rufen das Hochgericht an! Wir fügen ihnen die schwerste Niederlage seit Menschengedenken zu, und sie rufen nicht etwa eine Ordensfehde aus und kommen mit Feuer und Schwert über uns, nein, sie rennen zum König und betteln um Gerechtigkeit! Sie werfen uns vor, sie im Stich gelassen zu haben. Anscheinend haben sie noch nicht einmal begriffen, dass wir und nicht diese Bauern ihre Streitmacht vernichtet haben. Sie wanken, Valir, und ich habe vor, sie zu fällen. Ja, ich sage Euch voraus, dass wir etwas erreichen können, wovon selbst unsere Ahnen nicht zu träumen wagten – wir werden den Orden des Feuers vernichten!«

»Oder er uns, wenn Euer geheimnisvoller Plan schiefgeht«, gab der Sturmrat trocken zurück.

Dregin zuckte mit den Achseln. »Ich kann Euch immerhin verraten, dass Meister Orchon der Schlüssel zu diesem Plan ist. Doch nun geht und holt Bruder Span aus dem Kerker.«

»Wie lange wollt Ihr ihn dem Kristall noch aussetzen, ehrwürdiger Abot? Er hat schon viele Stunden dort zugebracht, und ich fürchte, dass es seinem Geist schadet. Es war schon gefährlich, als der Dämmerstein noch nicht beschädigt war, doch nun …«

»Er wird sich dem Stein so lange stellen, bis sein Widerstand gebrochen ist. Habt Ihr etwa Mitgefühl, Valir? Span trägt Schuld an dem, was dem Herzen unserer Macht geschah, vergesst das nicht!«

»Und doch war er es, der nicht aufhörte zu graben, bis er Euch aus den Trümmern zog, Abot.«

»Ein gerettetes Leben, und sei es auch meines, kann den Schaden am Kristall nicht aufwiegen, Valir. Nun geht und bringt ihn mir. Sein Frevel ist noch lange nicht gesühnt.«

Da waren Stimmen im Wald. Feja hörte sie schon eine ganze Weile. Jetzt blieb sie stehen und lauschte. In der Ferne hämmerte ein Specht. Es war sonst still unter den alten Bäumen, bis auf das ferne Stimmengewirr. In dieser Richtung ungefähr lag der Drachenhof. Für einen Augenblick dachte sie, es sei ein

Fest, vielleicht eines, mit dem die Rückkehr ihres Vaters gefeiert würde – aber die Stimmen klangen rau und fremd. In ihnen war nichts, das an die unbeschwerte Heiterkeit der Feste erinnerte, die Feja in diesem Wald erlebt hatte. Sie begann, sich vor dem zu fürchten, was sie auf dem heimatlichen Hof vorfinden würde.

Die Sonne stand hoch, und Licht fiel durch die hohen Buchen auf den weichen Boden. Da ragte ein bemooster Stein aus dem Unterholz empor. Feja erkannte ihn wieder: Die Leute aus der Gegend nannten ihn den Alten Mann. Angeblich war er einst ein Mensch gewesen, der sich am Rande einer Lichtung unter die Bäume gesetzt und den Vögeln gelauscht hatte. Es hieß, er habe die Zeit vergessen und sei darüber zu Stein geworden. Er hatte sich einen guten Platz ausgesucht, fand Feja. Die Buchen waren alt, und sie standen nicht sehr dicht. Falter tanzten in den Sonnenstrahlen, die durch das Blätterdach brachen. Ganz in der Nähe rieselte Wasser über ein paar Felsen. Feja kannte hier jeden Stein. Der Bach, den sie gleich überqueren würde, war so klein, dass er nicht einmal einen Namen hatte. Ihr Vater hatte ihn einfach Waldbach genannt. Er bildete eine Grenze: Bis an sein Ufer durfte ihre Familie Holz schlagen. Wenn sie den Bach überquerte, war sie wieder zu Hause.

Sie blieb stehen, die Zehen fast im Wasser, und scheute diesen einen Schritt. Sie beugte sich hinab und schöpfte Wasser aus dem Rinnsal. Ein kleiner Wasserkrebs geriet ihr zwischen die Finger und wirbelte hektisch umher. Feja öffnete die Hand und ließ ihn davonkriechen. Er verschwand zwischen den Steinen. Das Wasser war eiskalt und erfrischend. Feja legte ihr Hemd ab und wusch sich. Sie hatte es fast geschafft, und sie verstand nicht, warum sie so unsicher war. Sie war aufgebrochen, ihren Vater zu suchen, aber sie hatte ihn nicht gefunden. War es das, was sie zögern ließ? Wie sollte sie all das, was geschehen war, ihrer Stiefmutter erklären? *Vielleicht ist es auch nur der Hunger*, dachte sie. Adra war eine gute Köchin und vermochte selbst aus nichts etwas zu zaubern. *Und wenn sie fort war?*

Adra hatte fortziehen wollen, weil sie den Hof nicht mehr hatten halten können, nicht bei all den Flüchtlingen, die der Aufstand in den Wald getrieben hatte und die in ihrer Not irgendwann nicht mehr fragten, ob sie sich etwas nehmen durften.

Ein Rabe zog mit lautem Krächzen dicht über Feja hinweg und riss sie aus ihren Gedanken. Da waren ein paar neue Stimmen im Wald, die sehr nahe klangen. Feja raffte Beutel und Hemd zusammen und versteckte sich im Unterholz.

Vier Männer tauchten weiter unten am Bach auf, von denen die hinteren zwei vielleicht die Diener oder Leibwächter der beiden anderen waren. Ihre Herren trugen Jagdkleidung. Bei dem einen war sie mit einem Fell besetzt, wie Feja es noch nie gesehen hatte. Es war goldgelb mit schwarzen Punkten und sah sehr kostbar aus. Der Träger dieses Kleidungsstückes schritt durch den Wald, als gehöre er ihm. Auch das Wams seines Begleiters wirkte teuer, doch trug er es nicht mit der gleichen Selbstverständlichkeit. Er sah vielmehr aus, als habe er sich verkleidet, und seine eng stehenden Augen blickten unglücklich drein. Die Diener folgten mit etwas Abstand und waren weit schlichter gekleidet. Der jüngere der beiden hatte einen schwarzen Bart. Er musterte finster und ohne Unterlass das Dickicht, als erwarte er irgendeine Gefahr. Feja zog sich tiefer in die Schatten zurück. Jetzt bedauerte sie es, dass sie ihr Bargan seit Tagen nicht aufgefüllt hatte.

Der zweite Diener schien von ganz anderer Art. Er war im Großvater-Alter, seine gedrungene Gestalt wirkte jedoch gestählt, und sein Gesicht war das eines alten Kämpen. Das Haar war abrasiert, sodass die kleinen, abstehenden Ohren zu sehen waren. Der Mann schien sich mit dem Wald nicht abzugeben, aber Feja spürte, dass er wenigstens ebenso wachsam wie der andere war. In seinen Zügen lag etwas, das Feja gleichzeitig vertraut und auch fremd vorkam. Sie war so fasziniert von seiner Erscheinung, dass sie fast nicht auf die beiden vorderen Männer achtete, die sich ihrem Versteck langsam näherten. Der mit dem kostspieligen Pelzbesatz sagte jetzt:

»Mir ist klar, dass Ihr gleich wieder Bedenken vorbringen werdet, Gyltorn, doch seht Euch um! Wir finden Kastanien,

Eichen und Lärchen ohne Zahl in diesem Wald, bestes Material für Schiffsplanken. Und weiter im Norden, am Fuße der Mondberge, wachsen riesige Tannen, die nur darauf warten, zu den Masten einer neuen Flotte zu werden.« Er blieb stehen und schlug mit der flachen Hand gegen den Stamm einer Buche. »Die sind von ganz anderem Wuchs als das windzerzauste Gestrüpp, das an unseren Küsten wächst. Ihr werdet es sehen … in drei Jahren ist unser Reich wieder eine Seemacht, die selbst den Skrosiern gewachsen ist.«

»Aber dieser Wald gehört seit alters den Weren«, wandte der andere ein. »Der König wird schon deshalb Eurem Plan nie zustimmen. Der Bauernaufstand ist mit Mühe und Not gemeistert, und ein Bruch der alten Gesetze würde nur neues Ungemach bedeuten. Das kann er nicht gutheißen. Er war doch schon dagegen, dass wir jenseits des Mothachs jagen.«

»Ja, weil er an alte Flüche glaubt. Und Ihr seid noch schlimmer. Überall seht Ihr nur Hemmnisse und Widerstände. Ich frage mich, warum ich Euch mitgenommen habe, Gyltorn. Doch halt, nun weiß ich es wieder! Meine Schwester wünschte es. Sie glaubte wohl, Ihr könntet mich mit der Zeit Euch gewogen stimmen. Doch falls das ihr Plan war, ist er gründlich gescheitert. Ja, ich kenne Euch nun besser, Mornir Gyltorn, aber das gereicht Euch nicht zum Vorteil. Ihr seid als Jäger noch weniger zu gebrauchen als im Rat. Ich weiß nun endgültig, dass Euch auf beiden Feldern das Entscheidende fehlt. Dafür sehe ich umso klarer das, was Ihr im Übermaß habt. Es ist das Schlangenhafte in Euch, wohl ein Erbteil Eures Familienzweiges. Ihr kriecht und windet Euch um Hindernisse herum, statt sie mannhaft beiseitezufegen. Ihr könnt einer Gefahr nicht ins Auge sehen, kein Ziel mit offenem Visier angehen, nein, Ihr müsst Euch von hinten anschleichen. Da Euch das Wohlergehen meiner Schwester angeblich so am Herzen liegt, sagt mir, wie könnte ich ihre Hand einer solchen Schlange überlassen?« Er machte eine Pause, so, als wolle er dem anderen Gelegenheit zu einer Antwort geben. Spott und Verachtung lagen in seinem Blick.

»Und Euer Rat, Gyltorn, ist von Ängstlichkeit bestimmt. Für Euch ist das hier ein Wald, in dem Ihr fürchtet, Euch zu verlaufen, und Ihr klammert Euch an halb vergessene Verträge, nur um einem möglichen Streit mit den Weren aus dem Weg zu gehen. Für mich sind diese Bäume die Zukunft des Reiches. Die Starren werden nicht verhindern, dass der König sich nimmt, was der König braucht. Das haben sie noch nie getan. Hochmeister Ferror ist übrigens ganz meiner Meinung.«

Unter diesem Wortwechsel gingen die Männer weiter. Feja konnte die Antwort des kleineren Mannes schon nicht mehr verstehen. Er schien vorsichtig zu widersprechen, aber offensichtlich fehlte ihm das Rückgrat oder auch nur die Aufrichtigkeit, dem anderen die Stirn zu bieten. Vielleicht schwang deshalb in der Stimme des Ersten so viel Verachtung mit.

Feja blieb in ihrem Versteck, bis auch die Diener nicht mehr zu sehen waren, dann zog sie sich wieder an und schlich weiter. Sie hatte ein ungutes Gefühl.

Seit Wochen schon war sie auf dem Heimweg, und je näher sie der Heimat kam, desto langsamer wurde sie. Sie kletterte über das alte Gatter, das sie vor drei Jahren mit ihrem Vater gemeinsam in Ordnung gebracht hatte, und überquerte die Westweide, die es einzäunte. Nirgends war eine Spur von ihren Schafen oder Ziegen zu sehen. So wie die Weide aussah, war sie erst kürzlich abgegrast worden. Feja sah Hufspuren. Ihre Familie besaß kein Pferd. Sie tastete sich durch den Brunnenhain weiter voran. Es roch nach Rauch – und nach gebratenem Fleisch und frischem Brot.

Jemand fluchte, und ein paar Männer lachten. Über den Holundersträuchern konnte Feja jetzt die Scheune sehen. Hirschfelle waren an die Wand gespannt. Sie schlich durch das Buschwerk und erblickte das Haus. Es versetzte ihr einen Stich. Die Tür hing schräg in den Angeln, und vom Dach fehlten einige Sparren. Gras wuchs aus den Dielen vor dem Eingang. Nein, ihre Stiefmutter musste schon lange fort sein. Sie hätte nie zugelassen, dass der Hof derart verwahrloste.

Ein Dutzend Männer lagerte an einem Feuer, über dem ein Wildschwein briet. Feja runzelte die Stirn. Offensichtlich hatte sich auf ihrem Hof eine Jagdgesellschaft eingenistet, zu der die vier gehören mussten, die sie im Wald belauscht hatte. Sie entdeckte auch einen, nein, zwei Männer in den roten Roben der Feuermagier. Eine Reihe von Lederzelten war hinter der Scheune aufgeschlagen. Soldaten und Jäger saßen davor an einem weiteren Feuer, und an der Tränke drängten sich Pferde. Sie zählte elf Tiere, aber viel mehr Jäger. Dann hörte sie ein Schnauben von der anderen Seite des Hauses. Hatten die Fremden noch ein Gatter für ihre Tiere angelegt? Aus irgendeinem Grund fand sie die Frage wichtig.

Mehrere Männer lungerten vor dem Haus herum, also schlug sie einen weiten Bogen. Ein Stück hinter dem Hof, im Schatten einer alten Eiche, hatte ihr Urgroßvater einst das Grab für seine Frau ausgehoben und sich vor langer Zeit zu ihr gesellt. Fejas Großeltern waren ebenfalls unter der Eiche begraben, und auch ihre Mutter ruhte dort in einem Geviert aus gemauerten Feldsteinen. Die Fremden hatten eine der Mauern abgerissen und aus den Steinen einen Ofen gebaut. Feja starrte hinüber. Sie hatten auch einen weiteren Pferch dort angelegt. Ein stattlicher Rappe scharrte mit den Hufen in dem weichen Grund, und ein Fuchsschimmel zupfte Gräser von der bemoosten Mauer. Zwei Männer hielten Wache – und einer entleerte gerade lachend seine Blase an einer der Grabstelen.

Zornestränen schossen Feja in die Augen. Sie pinkelten auf das Grab ihrer Mutter? Ihre Hand fuhr zum Messer in ihrem Gürtel. Am liebsten wäre sie losgestürmt und hätte den Mann niedergestochen, doch sie zwang sich, tief durchzuatmen, wie Span es ihr beigebracht hatte. Was konnte sie tun? Die Männer zur Rede stellen? Vermutlich würden sie nur über das Bauernmädchen lachen … oder Schlimmeres. Nein, mit Worten war hier nichts zu erreichen. Sie blickte zum Himmel. Eortha, die Zeitgeberin, zeigte sich in voller Pracht, und auch Brunas, der Feuermond, versprach Kraft. Die Monde standen günstig, um ihr Bargan zu füllen. Sie würde sich eine Lichtung suchen und in der Nacht magischen Fliod aus den Monden ziehen. Noch vor dem Morgen würde sie diese Männer mit den dunklen Künsten der Graumagier von dem Hof vertreiben.

Feja zog sich zurück. Eine innere Stimme warnte sie. Was hatte sie denn zu gewinnen? Vielleicht vermochte sie die Männer zu erschrecken – und dann? »Das wird man sehen«, murmelte sie, als sie über das Rinnsal sprang, an dem sie sich erfrischt hatte. Ganz in der Nähe war eine Lichtung, an der sie die Nacht erwarten wollte. Sie folgte einem alten Trampelpfad und war so in Gedanken, dass sie die vier Männer erst bemerkte, als sie fast mit ihnen zusammenstieß. Erschrocken blieb sie stehen.

»Wen haben wir denn da?«, rief der Mann mit dem kostbaren Wams. Sein Diener schob sich rasch vor ihn, die Hand auf dem Schwertgriff.

»Nur eine Bauerntochter, Herr«, sagte Feja rasch und senkte den Kopf.

»Ist das so? Lass dich ansehen«, forderte der Mann, den Feja für einen hochgestellten Fürsten hielt. Sein schwarzbärtiger Diener kam langsam auf sie zu, die Hand immer noch am Griff seiner Waffe.

Feja verharrte regungslos. Ein paar schnelle Schritte – und sie wäre im Wald verschwunden. Aber sie sah nicht ein, dass sie vor den Eindringlingen davonlaufen sollte. Wenn dieser Mann zu der Jagdgesellschaft gehörte, sie vielleicht anführte, dann würde sie ihm ihre Meinung sagen.

»Du bist die erste Waldbewohnerin, die wir hier zu Gesicht bekommen und die keine Werin ist.«

»Dann habt Ihr die anderen wohl verscheucht«, platzte es aus Feja heraus.

»Hoho, das Waldmädchen erhebt seine Stimme«, rief der Edelmann. Das schien ihn zu amüsieren. »Habt Ihr das gehört, Gyltorn? Ihr gefällt offenbar nicht, dass wir hier jagen.«

»Hoheit, wir sollten dieses Mädchen seiner Wege ziehen lassen«, riet sein Begleiter mit leiser Stimme.

»Sie scheint mir verdächtig, Herr«, rief der dunkelhaarige Diener. Er näherte sich Feja und zog sein Schwert aus der Scheide. »Was hat sie hier zu suchen? Vielleicht spioniert sie für einen Eurer Feinde.«

»Was ich hier …? Ihr seid es, die hier nichts zu suchen habt! Das ist unser Hof! Eure Männer haben kein Recht, sich dort breitzumachen!«

»Weißt du nicht, mit wem du redest?«, zischte sie der Diener an.

Feja wusste es tatsächlich nicht. Der andere hatte diesen Mann *Hoheit* genannt. Aber das konnte nicht der König sein. Nerius hatte ihr von König Gimlarin erzählt. Er musste älter sein, und man nannte ihn *den Gütigen*. Das war der letzte Name, der ihr für diesen anmaßenden Kerl eingefallen wäre. »Dies ist der Langwald, freies Land! Fürsten gelten hier nichts.«

»Ist es nicht erfrischend, die unverstellte Stimme des Volkes zu hören, Gyltorn?« Der Fürst schien das sogar ehrlich zu meinen. Feja musste zugeben, dass dieser Mann mit dem offenen Gesicht und den hellblonden Haaren auch eine sehr gewinnende Seite hatte.

»Verzeiht, mein Prinz, sagte sie eben nicht, dass sie von dem Hof stammt, auf dem wir lagern?«, erwiderte sein Begleiter.

»Und?«, fragte der Mann, der also ein Prinz war, ungehalten.

»Dies ist der Drachenhof, Hoheit. Erinnert Euch, Ihr habt darauf bestanden, diesen berüchtigten Ort aufzusuchen. Stammt denn nicht die junge Hexe, die die Männer des Flammenordens in den Hinterhalt gelockt hat, von ebendiesem Hof?« Für einen Augenblick schienen alle wie erstarrt. Nur der alte Diener, der bisher ruhig hinter seinem Herrn gestanden hatte, trat jetzt schützend vor ihn und zog seinen Dolch.

Feja konnte es nicht glauben. Schon wieder wurde hier ziemlich genau das Gegenteil von dem behauptet, was tatsächlich geschehen war.

»Das soll die berüchtigte Feuerdiebin sein?«, fragte der Prinz mit einem ungläubigen Stirnrunzeln. »Ist sie nicht ertrunken?«

Feja öffnete den Mund, aber bevor sie etwas sagen konnte, spürte sie eine Klinge an ihrem Hals. Der Diener hatte sie mit der Linken gepackt und drückte ihr das Schwert an die Kehle. Sie stolperte überrumpelt zurück. Er drängte sie gegen einen Buchenstamm.

»Seid vorsichtig!«, rief der Mann, den der Prinz Gyltorn genannt hatte. »Wenn sie diese Hexe ist, ist sie gefährlich!«

»Bist du das?«, zischte der Diener. Es klang wie eine Herausforderung. Sein Gesicht war nah an ihrem. »Bist du eine Gefahr? Oder doch nur ein dummes Mädchen, das nicht weiß, wer vor ihr steht?«

Fejas Erstarrung löste sich. Sie packte die Schwerthand ihres Gegners. »Wollt Ihr es herausfinden?«, flüsterte sie wütend.

»Das ist jedenfalls keine einfältige Magd«, warnte der alte Diener.

Der Prinz seufzte. »Was glaubt Ihr, Gyltorn? Kann das die junge Frau sein, die Hunderte Zauberer, Gardisten und Bauern zur Schlachtbank geführt hat?«

»Das weiß ich nicht, Hoheit. Wir sollten es jedoch in Erwägung ziehen und prüfen.«

»Ah, prüfen, überdenken, beratschlagen … Das ist genau, was ich meinte, Gyltorn! Vielleicht ist sie es, vielleicht nicht. In solchen Situationen muss ein Mann, vor allem ein Fürst, eine rasche Entscheidung treffen. Töten wir sie, erweist sie sich vielleicht als unschuldig. Lassen wir sie laufen, stellt sich womöglich heraus, dass sie eine berüchtigte Magierin und Bedrohung für das Reich ist. Was ist also zu tun? Mir scheint das keine schwere Frage zu sein, Landgraf! Ihr versteht das allerdings nicht, denn Ihr seid kein Mann, Ihr seid eine Schlange. Arkur – töte sie!«

Der Bärtige nickte und holte mit dem Schwert aus. Feja konnte es nicht glauben: Diese Männer, die auf das Grab ihrer Mutter pissten, wollten sie aufgrund von Lügen und Verleumdungen töten – obwohl sie nicht einmal wussten, ob sie die Richtige hatten?

Ihre Instinkte erwachten. Sie fing den Schwertarm mit der

Linken ab und rammte dem Mann ihr Knie in den Unterleib. Doch ihr Gegner ließ sie nicht los. Seine freie Hand fuhr an ihre Kehle. Er war stark, kräftiger, als er aussah, stärker als sie. Sie aber war eine Schülerin dunkler Künste, und sie verfügte über Kräfte, von denen dieser Mann nichts verstand. Sie hielt immer noch seinen Schwertarm unklammert, fühlte die Haut unter ihren Fingern. Dann öffnete sie ihr Bargan und suchte nach dem Fliod in der Lebenskraft ihres Gegners. Diese Männer hatten viele Lügen über sie gehört; hatte ihnen denn niemand gesagt, dass sie eine Lebensdiebin war?

Es traf sie wie ein Schlag, und auch der Diener zuckte zusammen. Sein wütendes Gesicht, dem ihren so nah, verfärbte sich. Angst stand plötzlich in seinen Augen. Sein Mund öffnete sich, und ein verzweifeltes Stöhnen drang über seine Lippen. Feja spürte den Strom der Kraft, die aus seinem Leib floss. Es war eine Welle überschäumender Energie. Plötzlich schwand die Wut, und sie begriff, was sie tat. Jäh stand ihr ein anderes Gesicht vor Augen, das von Tyrbull Tygram, ihrem alten Feind in der Schule der Graumagier. Auch er hatte ihr eine Klinge an den Hals gehalten – und sie hatte in diesem Augenblick ihr Lindross, ihren Zugang zur Magie, gefunden. Aber Tyrbull war selbst ein Zauberer, und sie hatte ihm nur seine magische Energie geraubt. Dieser Mann hier war kein Magier. Sie konnte ihm nur das Leben nehmen! Erschrocken ließ sie ihn los. Der Diener starrte sie mit glasigen Augen an. Sie stieß ihn entsetzt von sich, doch es war zu spät. Er taumelte einen Schritt zurück, dann brach er leblos zusammen.

Der Prinz zog sein Schwert. Der alte Diener duckte sich zum Angriff. Selbst der Landgraf hielt ein kurzes Schwert in der zitternden Rechten. Für einen Augenblick bewegte sich niemand. Dann zog ein krächzender Rabe tief über die Lichtung. Feja drehte sich um und sprang davon. Ihre Wut war fort, davongeweht von dem Erschrecken über ihre Tat. Sie hatte den Diener des Prinzen umgebracht!

Mornir Gyltorn, Landgraf vom Lothfold, stand wie gelähmt. Was war gerade geschehen? Dieses Mädchen ... es hatte etwas gemacht, ganz ohne Waffen. Dann war es verschwunden, und jetzt lag Arkur reglos auf dem Waldboden. Prinz Sifrid hielt sein Schwert in der Hand. Auch er wirkte unschlüssig, das erste Mal, seit er ihn kannte. »Ist er tot?«, fragte er.

Der Prinz antwortete nicht. Er ging zu seinem Leibdiener, beugte sich hinab und betrachtete ihn. »Wahrhaftig, das war diese Magierin, von der alle reden. Wie hat sie das gemacht?«

»Wir müssen hier fort, Hoheit. Wenn sie zurückkehrt ...«

»Redet keinen Unsinn, Gyltorn. Sie ist davongelaufen, aber das wird ihr nichts nützen, denn wir werden sie jagen. Jetzt steckt Euer lächerliches Schwert weg, bevor Ihr Euch noch selbst verletzt. Kommt her und seht ihn Euch an. Er ist gestorben wie ein Mann. Wahrhaftig, ich wollte, statt ihm läget Ihr hier. Es wäre ein kleinerer Verlust.«

Mornir Gyltorn folgte der Aufforderung mit Widerwillen. Er hielt immer noch sein Kurzschwert in der Hand. Es war die kostbare Arbeit eines Meisterschmieds, besetzt mit Edelsteinen. Aber es stimmte schon, er war kein Mann des Schwertes. Leider war das die einzige Art Männer, die für den Prinzen zählte.

»Sollten wir nicht Alarm schlagen, Hoheit?«

Der Prinz nickte. »Arkurs Tod wird nicht ungesühnt bleiben. Doch hatte er auch sein Gutes.«

»Was soll gut an dem Tod eines treuen Dieners sein?«

»Er schärft die Sinne und zeigt, was in einem Mann steckt und was nicht. Seht Euch Euren Trewe an. Er zuckt nicht mit der Wimper. Ich weiß, die meisten Leute denken, er sei zu alt, um Euch zu schützen, aber in seinen verwitterten Zügen sehe ich die Erfahrung vieler Kämpfe und nicht die Spur von Angst. Ihr hingegen zittert wie Espenlaub, obwohl die Gefahr längst vorüber ist.« Der Prinz legte die Hand auf das Gesicht des Toten und schloss ihm die Augen. »Arkur konnte Euch übrigens auch nicht leiden. Und bei seinem Tod schwöre ich zu verhindern, dass mein Vater die Hand meiner Schwester einem Mann gibt, der sich bei kleinster Gefahr die Beinkleider nässt.« Der Prinz sah Gyltorn dabei nicht einmal an. Er drückte die Hand seines toten Dieners. »Fahre wohl, Arkur. Du warst ein tapferer Mann, und Nir wird dir einen guten Platz in seinem Reich zuweisen. Und er wird mit mir einer Meinung sein, dass heute und hier der falsche Mann gestorben ist.«

Mornir Gyltorn fühlte Wut. Selbst jetzt, da er seinen toten Diener betrauerte, musste der Prinz ihn beleidigen und verspotten. Es war ein Fehler gewesen, ihn bei dieser Jagd zu begleiten. Er war ihm nicht nähergekommen, ganz im Gegenteil. Sifrid war der älteste Sohn des Königs und saß schon halb auf dem Thron, weil sein Vater Gimlarin sich kaum noch für das Regieren interessierte. Wenn der Prinz gegen die Hochzeit stimmte, auf die er seit Jahren so viele Mühen und Mittel verwendete, würde es nie etwas werden. Der Landgraf schloss die Augen und sah all seine komplizierten Pläne zu Staub zerfallen.

Als er die Augen wieder öffnete, blickte er auf den breiten Rücken des Prinzen und das kurze, juwelenbesetzte Schwert in seiner eigenen Hand. Eigentlich war es ganz einfach. *Warum nicht?*, fragte ihn eine kalte innere Stimme. Gyltorns Blick wanderte vom Rücken des Prinzen zur Spitze seines Schwertes. Sie glitzerte kalt im Sonnenlicht, und ihm wurde in entsetzlicher Schärfe bewusst, dass er jetzt oder nie das größte Hindernis seiner Pläne aus dem Weg räumen konnte. Sifrid hatte die Hände an die Schläfen des Toten gelegt und gab ihm flüsternd einen Segen für den Weg in die Unterwelt mit.

Gyltorn biss die Zähne zusammen und stach zu. Die Klinge fuhr Sifrid zwischen den Schulterblättern hindurch. Ein erstickter Aufschrei entrang sich seiner Kehle. Er erhob sich, blickte ungläubig auf die Spitze des Schwertes, die fingerbreit aus seiner Brust ragte. Seine Hände suchten auf dem Rücken vergebens nach dem Griff.

Gyltorn starrte ihn erschrocken an. Hatte er das wirklich getan? Der Prinz strauchelte auf ihn zu, packte ihn am Kragen, glotzte ihn mit weit aufgerissenen Augen an. Er wollte noch etwas sagen, aber es kam nur Blut über seine Lippen. Dann kippte er zur Seite und rührte sich nicht mehr. Der Wald war ganz still. Nichts schien sich zu regen. Nur krächzte noch einmal ein Rabe missmutig, irgendwo in der Nähe.

Sein Leibdiener stand plötzlich neben Gyltorn. Wortlos beugte er sich hinab zum toten Prinzen und zog ihm das Schwert aus dem Rücken. Er griff sich ein paar Blätter und wischte die Klinge, so gut es ging, ab. Dann drückte er sie Gyltorn in die Hand. »Steckt die Waffe in die Scheide und lasst sie unter allen Umständen dort, bis ich sie gründlicher gereinigt habe, Herr.«

»Das Schwert, Trewe?«, fragte Gyltorn wie betäubt. Er bekam keine Antwort. Sein Diener zerriss die Blätter, mit denen er das Blut abgewischt hatte, und zerstreute sie unter einigen Dornenhecken. »Steckt es weg, Herr«, sagte Trewe sanft, als er zurückkehrte. Mechanisch schob der Landgraf die Waffe in die Scheide.

Der alte Kämpe entwand dem toten Arkur seine nutzlose Waffe. Er untersuchte den Prinzen, drehte ihn auf den Rücken und bohrte ihm dann die Klinge von vorne in die Wunde, bis sie hinten wieder austrat. »Das muss genügen«, verkündete er grimmig.

»Was … was tust du da?«

»Ich sorge dafür, dass Ihr Euren Kopf behaltet, Herr. Also, Folgendes ist geschehen … Diese Zauberin lauerte uns auf und griff ohne Vorwarnung an. Sie tötete den tapferen Arkur mit ihrer verfluchten Magie und dann den Prinzen, auf den sie es vermutlich von vornherein abgesehen hatte. Das alles geschah so schnell, dass wir nichts tun konnten.«

»Wir konnten nichts tun«, wiederholte Gyltorn langsam. Er fasste sich. Trewe hatte recht. Sie konnten es dem Mädchen in die Schuhe schieben.

Der Diener packte ihn plötzlich an beiden Schultern. »Das war eine kühne Tat, Herr. Ihr habt entschlossen und richtig gehandelt!«

»Ich habe den Prinzen ermordet.«

»Ihr habt einen Mann getötet, der Euch Euer gutes Recht vorenthalten wollte. Eure Ahnen wären stolz auf Euch.«

»Aber was sollen wir jetzt tun?«

»Jetzt schlagen wir Alarm. Wir werden die verfluchte Mörderin jagen – und zu den Monden beten, dass wir sie nicht fangen, jedenfalls nicht lebend.«

»Nicht?«

»Sie könnte alles verraten, Herr. Hoffen wir, dass die Grauen Magier wirklich Meister des Verbergens und Versteckens sind!«

Feja rannte, bis ihre Lungn branntn. Sie hatte einen Mann getötet. Ein Teil von ihr war der Meinung, dass er selbst daran schuld war. Hatte er ihr nicht sein Schwert an die Kehle gehalten? Hatte er sie nicht umbringen wollen?

Dieses Gefühl, Leben zu nehmen, war berauschend. Ihr Bargan war zum Bersten gefüllt, und der Fliod schien überfließen zu wollen, doch sie fühlte sich hundeelend. Sie hatte einem Mann das Leben genommen, der doch nur einem Befehl gehorcht hatte. In einem Anflug von Grimm dachte sie, dass sie wohl besser den Herrn … Sie wies diesen Gedanken erschrocken zurück.

»Falsch bleibt falsch, wie Vater immer sagte«, murmelte sie.

An einer umgestürzten Kastanie hielt sie an und schöpfte Atem. Jagdhörner erklangen in der Ferne. Feja war durch den dichtesten Wald gelaufen, weil sie dachte, dass ihren Verfolgern ihre Pferde dort nichts nützen würden. Sie hatte einige Kniffe angewendet, die sie von Span gelernt hatte, um Spuren zu verwischen, hatte Bogen geschlagen und war sogar eine Weile durch einen Bach gewatet, in der Hoffnung, Hunde und Jäger in die Irre führen zu können. Doch offenbar verstanden die Männer ihr Handwerk und ließen sich nicht so leicht abschütteln. Es war nicht mehr weit bis zur Siedlung der Weren. Feja rannte weiter. Sie hatte Freunde dort, eigentlich nur einen Freund, aber auf den konnte sie sich verlassen.

Wenig später sah sie die gelben Strohdächer durch den Wald leuchten. Sie rannte den schlichten Palisadenzaun entlang zum Tor und fand es verschlossen. Also rief sie nach den Wachen.

Endlich zeigte sich über den Holzpfählen ein junger Kopf. »Hwe skriemet? Et it net wilekom«, rief er auf Werisch.

»Feja vom Drachenhof steht hier, wie du wüsstest, wenn du die Augen aufgemacht hättest, Bornech! Lass mich ein, ich muss Hunagach sprechen!«

Der Were brummte eine unverständliche Antwort, aber wenig später öffnete er das schwere Tor einen Spalt. »Tritt schnell ein, der Wald ist voller Fremder und voller Gefahren.«

»Das habe ich gemerkt«, erwiderte sie düster.

»Ich dachte, du wolltest auf einem Schiff über die Meere segeln«, sagte der Were, der kaum älter war als sie.

»Geht es dem Dorf gut?«, wich sie aus.

Bornech nickte. »Viele von den fremden Aschlingen haben den Wald verlassen. Vielleicht, weil der Aufstand niedergeschlagen wurde, vielleicht sind sie auch verhungert. Schon lange hat niemand mehr an unser Tor geklopft, wenigstens nicht, um zu betteln.«

»Wo ist Hunagach? Auf seinen Feldern?«

»Bei seinem Haus. Er zählt Bienen«, lautete die Antwort.

Feja fand den Weren hinter seinem Haus, wo er sich tatsächlich um seine Bienenstöcke kümmerte.

»Wie ist die Ernte?«, fragte sie, froh, das vertraute Gesicht eines Freundes wiederzusehen.

»Schlecht wie noch jedes Jahr«, antwortete er mit unbewegter Miene. Er stellte das Räucherwerk beiseite. »Lass dich ansehen! Groß bist du geworden, Feja!«

»Ich war doch gerade mal ein Jahr fort«, widersprach sie lachend.

»Oh nein, fast doppelt so lange warst du nicht hier. Im Spätwinter bist du fort, und nun ist der zweite Sommer fast vollendet. Und viel scheint geschehen zu sein. Wie ist das Meer? Hast du deinen Vater gefunden?«

Sie schüttelte traurig den Kopf. »Er war gar nicht auf dem Schiff, von dem ich dir erzählte, und niemand weiß, was aus ihm wurde. Sag, ist meine Stiefmutter wohlauf? Hast du von ihr gehört?«

»Sie gab den Hof auf, kurz nachdem du gegangen warst. Nun lebt sie in einer Stadt der Aschlinge, Brim, wenn ich mich recht erinnere.«

»Dort ist sie nicht!«, rief Feja bestürzt. »Und ihre Verwandten wissen auch nichts.« Sie starrte ins Leere. Dieser Tag brachte nur schlechte Nachrichten und böse Taten.

»Das muss nichts bedeuten. Die Zeiten sind unruhig, und viele Wege verwirren sich«, meinte der Were ruhig. »Doch erzähl, wie ist es dir ergangen?«

Feja seufzte. »Ich hätte viel zu berichten, Hunagach, doch leider habe ich keine Zeit. Hörst du die Jagdhörner im Wald? Ich bin das Wild, das sie jagen.«

»Die Fremden, die wie Aaskrähen auf eurem Hof eingefallen sind?«

»Eben die. Ich fürchte, ich habe einen von ihnen getötet.«

»Du? Was ist geschehen?«

»Ich werde es dir erzählen, doch ich muss weiter. Ich brauche Vorräte, Hunagach, wenigstens für heute und morgen, und einen guten Rat, wo ich mich verstecken kann.«

Hunagach nahm sie mit ins Haus und packte ihr Brot, Käse, Honig und sogar etwas Schinken in ihren Beutel, während sie mit kurzen Worten von ihrer Begegnung mit dem Prinzen und seinen Begleitern berichtete.

»Einen Diener hast du getötet? Eigenartig, dass sie mit so vielen nach dir jagen. Bauern und Diener gelten ihnen doch sonst nicht viel.«

»Ob er nun Lumpen oder samtene Roben trägt, ein Mensch ist ein Mensch, hat mein Vater immer gesagt.« Das Gesicht des Sterbenden stand wieder vor ihren Augen.

»Dein Vater ist ein weiser Mann, Feja. Doch außerhalb des Langwaldes scheint die Weisheit dünn gesät.«

»Da hast du allerdings recht«, seufzte Feja.

Sie traten vor das Haus. Die Hörner klangen näher, und jetzt hörte Feja auch die Hunde bellen. »Ich kann dir kein gutes Versteck nennen, doch rate ich dir, in die Berge zu gehen. Du kennst den Frostbach, nicht weit von hier? Dann folge ihm, bis ein schmales Rinnsal von Westen in ihn mündet. Laufe bis zu seiner Quelle. Du wirst dort ein paar Felsen erklettern müssen. Wenn du deine Verfolger weder durch Wasser noch durch die Dämmerung abschütteln kannst, wirst du dort wenigstens die Hunde los. In die Berge werden sich diese Männer hoffentlich nicht wagen. Doch sei auf der Hut. Unsere werischen Brüder dort mögen keine Aschlinge – und sei es auch nur ein einzelnes Mädchen. Sie sind weit unfreundlicher als wir.«

Feja nickte. Sie war mit ihrem Vater in den Bergen gewandert, doch hatte er immer sehr darauf geachtet, dass sie sich von den spärlichen Siedlungen der Weren dort fernhielten.

Hunagach brachte sie zum Tor. »Die Berge«, sagte er langsam, »es mag geschehen, dass dir dort dein Schicksal begegnet.«

»Was meinst du damit?«

»Nichts, es ist nur eine Ahnung, dass dein Pfad etwas Unerwartetes für dich bereithält. Bleibe auf der Hut, Feja vom Drachenhof!«

Feja bemerkte erst jetzt, dass die anderen Weren des Dorfes sich nicht blicken ließen. »Ich hoffe, ich habe euch keinen Ärger gebracht«, sagte Feja langsam.

Hunagach zuckte mit den Achseln. »Wir werden ihnen offen sagen, dass du hier warst und weitergezogen bist. Wohin? Das mögen die Monde wissen. Wir können es nicht sagen, und das ist die Wahrheit, denn die Berge sind groß, und selbst du weißt nicht, wohin dein Weg dich führen wird. Wir haben also nichts zu befürchten.«

»Vielleicht solltet ihr das Dorf besser verlassen. Ich habe ein sehr schlechtes Gefühl bei diesen Jägern.«

Doch Hunagach schüttelte den Kopf. »Dies ist unsere Heimstatt in unserem Wald. Die Fremden haben hier nichts zu suchen, und auch das werde ich ihnen sagen.«

Wieder klangen Hörner durch den Wald. Sie schienen bedrohlich nah. Feja umarmte den Weren, dann machte sie sich auf den Weg. Der Frostbach war nicht weit, doch die Dämmerung war noch fern. Sie wünschte sich, Span wäre bei ihr. Ihr Gefährte und Geliebter verstand sich besser als sie darauf, Spuren zu verwischen. Aber er war nicht hier, und so musste sie auf ihr Glück und ihre eigenen Fähigkeiten bauen.

»Es ist wieder eine falsche Fährte, auf die Euer Trewe uns gesetzt hat!«, fluchte Hauptmann Nervic.

»Er tut wirklich sein Bestes, doch ist er nun einmal kein Mann des Waldes«, nahm Mornir Gyltorn seinen Leibdiener in Schutz. Er schwitzte, und das nicht nur wegen der Hitze. Ein Hornsignal ertönte ganz in der Nähe. »Ah, Meister Lohwart hat die Spur wiedergefunden!«, rief der Hauptmann und hastete schon davon.

Ein halbes Dutzend Jäger folgte ihm. Die Männer wirkten grimmig entschlossen, und sie schienen nicht müde zu werden. Trewe trat aus dem Wald hervor. »Ich werde sie nicht mehr oft täuschen können, Herr«, sagte er.

Gyltorn rieb sich nervös den Nacken. »Ich habe dem Hauptmann eingeschärft, dass sie gleich schießen sollen. Hoffen wir, dass sie so gut mit dem Bogen umgehen, wie sie Spuren lesen können.«

»Sie ist eine Graumagierin, Herr. Die sind nicht leicht zu töten. Außerdem …«

»Ja?«

»Einer der Jäger ist misstrauisch geworden. Ich glaube, er hat die Blätter gesehen, mit denen ich Euer Schwert gereinigt habe.«

»Aber du hast sie doch zerrissen.«

»Ich hätte sie verbrennen sollen. Doch dafür war eben keine Zeit. Nun lasst uns den Hörnern folgen. Wir müssen dabei sein, wenn das Wild gestellt wird.«

Gyltorn seufzte wieder. Er war es nicht gewohnt, so weite Strecken zu Fuß zurückzulegen. Als Reiter war er auch nicht geschickt genug, um den dichten Wald auf dem Rücken eines

Pferdes zu durchqueren. Sie mussten sich sputen, um Hauptmann Nervic einzuholen.

Wenig später erspähte er die gelben Dächer einer Siedlung.

»Das muss das werische Dorf sein, von dem die Jäger erzählt haben. Das ist gut, Herr«, meinte Trewe. Er war über zwanzig Jahre älter als Gyltorn, schien jedoch nicht so schnell müde zu werden wie sein Herr.

»Warum ist das gut?«, fragte Gyltorn.

Er bekam keine Antwort, denn sie hatten Nervic und seine Jäger eingeholt. Die Männer schienen sogar auf sie zu warten. Gyltorn sah, dass es Streit gegeben haben musste zwischen dem Hauptmann und Meister Lohwart, dem älteren der beiden Feuermagier, die mit zur Jagdgesellschaft gehörten.

»Was gibt es?«, fragte der Landgraf keuchend.

»Eine Siedlung der Starren, Herr. Wie sollen wir vorgehen?«

»Was meint Ihr, Nervic?«

»Der Hauptmann fürchtet sich!«, rief Lohwart höhnisch. »Er redet plötzlich von des Königs Gesetz, das die Weren in diesem Wald schützt. Doch Prinz Sifrid ist ermordet worden! Wir sollten seine Mörderin mit Feuer und Schwert zur Strecke bringen – und all jene, die ihr helfen!«

Gyltorn verstand gut, warum der Magier so außer sich war. Hochmeister Ferror hatte ihn persönlich mit Sifrids Schutz betraut. Und nun war der Prinz tot.

»Es gilt das Gesetz«, gab der Hauptmann zurück. »Ja, die Spur führt hierher, also hat sich Sifrids Mörderin vielleicht dort versteckt. Wir müssen das Dorf durchsuchen, doch sollten wir fragen. Wir müssen nicht über friedliche Bauern herfallen.«

»Der Hauptmann hat recht«, rief Gyltorn schnell. »Streng genommen haben wir hier keine Macht. Der Langwald gehört seit ewigen Zeiten den Starren. Wir dürfen nicht mit Gewalt vorgehen, wenn wir unser Ziel auch mit Worten erreichen können.« Er hoffte einfach darauf, durch die Verhandlungen Zeit zu gewinnen.

Der Zauberer schnaubte verächtlich, aber der Hauptmann wirkte erleichtert. Er begann, seine Leute in Gruppen einzuteilen. Trewe trat an seinen Herrn heran und flüsterte: »Er will die Hundeführer auf die andere Seite des Dorfes schicken. Das müsst Ihr verhindern. Sie wird nicht so dumm sein, dass sie hier auf uns wartet, aber je später sie das herausfinden, desto besser.«

Gyltorn nickte und wandte sich an den Hauptmann: »Es scheint auf den ersten Blick klug, ein paar Männer das Dorf umgehen zu lassen, doch was, wenn es zum Kampf kommt?«

»Ein Kampf? Das sind Starre – die wehren sich doch nie, schon gar nicht, wenn wir nur Fragen stellen.«

»Ich hörte anderes, Hauptmann!«, rief Lohwart. »Diese Halbwilden müssen die Feuerdiebin doch seit Monaten versteckt halten, vielleicht sogar in diesem Dorf. Wie sonst kann es sein, dass unsere Brüder sie nicht fanden? Ja, ich sage Euch, dieser Ort ist eine Brutstätte des Bösen!«

Gyltorn warf einen Blick auf die niedrige Palisade, die vielleicht taugte, um Wölfe und Räuber fernzuhalten, jedoch nicht für einen Krieg gebaut war. Dahinter sah er die strohgedeckten Dächer schlichter Hütten. Rauch stieg friedlich gen Himmel, und Bienen summten um die Palisade. Nichts deutete darauf hin, dass hier irgendein Übel ausgebrütet wurde. Er fing einen Blick von Trewe auf, straffte sich und sagte: »Wir achten die Gesetze des Königs. Und hört auf, meine Befehle infrage zu stellen!«

»Natürlich, Herr«, erwiderte Nervic. »Dann lasst uns an diese Pforte klopfen.«

»Das übernehme ich!«, rief Lohwart mit vor Wut zitternder Stimme. Bevor Gyltorn noch etwas sagen konnte, schleuderte der Magier mit einem Schrei einen Feuerball gegen das Tor. Pfähle zerbarsten mit lautem Knall, und die Riegel sprangen krachend auf. »Mir nach!«, brüllte der Zauberer. »Diese Starren verstecken die Mörderin unseres Prinzen!«

Und die Männer, voller Rachedurst, zogen ihre Waffen und stürmten brüllend in die Siedlung. Hauptmann Nervic hob hilflos die Schultern und folgte ihnen. Gyltorn hatte seine Waffe ebenfalls gezogen, aber er blieb zurück, weil Trewe ihn an der Schulter fasste.

»Sehr gut«, sagte der Diener, als das Schreien und Morden begann.

»Das ist entsetzlich!«, rief Gyltorn.

»Das ist es, doch der Kampf wird sie aufhalten und die Spuren, falls es hier welche gab, verwischen.«

Sie betraten die Siedlung vorsichtig und mit der Waffe in der Hand. Da lagen leblose Körper auf der Erde, Männer und Frauen, Hütten brannten, und in den Behausungen brüllten Jäger und Soldaten, während die Weren seltsam stumm blieben. Hauptmann Nervic irrte zwischen Rauchschwaden umher und rief Befehle, die niemand beachtete. Gyltorn sah, dass er ein totes Kind, nicht einmal ein Jahr alt, im Arm hielt. Von Grauen erfüllt, wandte er sich ab, aber wohin er auch sah, erblickte er nichts anderes als Mord und Brand.

Der Kampf schien bereits abzuflauen, und die Soldaten trieben Überlebende in der Mitte der Siedlung zusammen.

»Wo ist sie?«, schrie Lohwart, dessen weißer Bart angesengt war. »Wo versteckt ihr die Mörderin?«

Die Weren – Männer, Frauen und Kinder – standen stumm beieinander, die Mienen unbewegt, als sei ihnen nicht gerade schreckliches Unrecht widerfahren. Selbst dass ihre Hütten brannten, schien sie nicht zu kümmern. Schließlich trat einer von ihnen vor. Sein Gesicht war voller Blut, die Lippe aufgesprungen und ein Auge geschwollen. Er sagte sehr ruhig: »Wir beherbergen keine Mörderin, Herr. Gewalt war uns fremd, bis Ihr wie Wölfe über uns hergefallen seid. Falls Ihr das Mädchen sucht, dass wir als Feja kennen, so solltet Ihr Hunagach fragen, den Sprecher dieses Dorfes, denn er kennt sie gut, und nur mit ihm hat sie heute gesprochen.«

»Und wo ist dieser Hunagach?«, herrschte ihn Lohwart an.

»Er liegt dort, von Euren Pfeilen durchbohrt und von Euren Hunden zerrissen.« Der Were deutete auf einen Leib, der kaum noch als menschlich zu erkennen war.

»Dann hat sie das Dorf wieder verlassen?«, fragte der Hauptmann, weil Lohwart erbleicht und stumm auf den Toten starrte.

»Sie war kaum das Zehntel einer Stunde hier, Herr«, erwiderte der Were.

»Die Hunde! Sie sollen die Fährte aufnehmen!«, verlangte Lohwart.

Nervic sah Gyltorn erwartungsvoll an. Dem blieb nichts anderes übrig, als mit einem Nicken zuzustimmen. Aber die Hunde waren zu aufgeregt. Sie hatten gejagt und von ihrer fürchterlichen Beute gefressen. Sie konnten die Fährte nicht wiederfinden.

Feja fand, dass der Frostbach seinen Namen verdient hatte. Ihr Füße waren inzwischen eiskalt, doch sie blieb im Bachbett, solange es eben ging. Das Land wurde hügeliger, und einmal musste sie an einem Felsabsatz einen kleinen Wasserfall umgehen. Als sie sich, oben angekommen, umdrehte, sah sie über dem Wald dichten Rauch aufsteigen. Er war viel zu stark für ein einfaches Herdfeuer. Entsetzt spähte sie hinüber. In dieser Richtung lag das Dorf der Weren. Kein Zweifel, ihre Verfolger hatten es in Brand gesteckt.

»Feuermagier«, murmelte sie.

Feja war drauf und dran umzukehren. Sie hatte sich zu spät Gedanken darüber gemacht, dass sie Hunagach in Gefahr brachte. Ihr war klar, dass sie gegen so viele Männer nichts ausrichten konnte und ihre Hilfe nicht mehr rechtzeitig käme, und doch wäre sie am liebsten zurückgegangen. Ihr Bargan war gefüllt. Sie verharrte, unfähig, weiterzugehen. Dann hörte sie Jagdhörner. Nein, es war zu spät. Sie stieg wieder in den Bach und hastete weiter.

Bis zum Einbruch der Dämmerung folgte sie dem Wasserlauf. Dann stieß sie auf ein Rinnsal, das sich zwischen großen Felsen in den Frostbach ergoss. Es musste jenes sein, von dem Hunagach gesprochen hatte. Er hatte ihr gesagt, dass es sie in die Berge führen würde. Sein Rat schien ihr immer noch klug. Sie schickte ein Gebet zu den Göttern, dass er unverletzt war.

Irgendwann, es war längst dunkel geworden, stieß sie auf raue Felsen und die Quelle des Rinnsals. Sie trank daraus, und da sie die Hunde nicht mehr hörte, beschloss sie zu rasten. Hastig verschlang sie etwas Schinken, Brot und Käse. Seit dem frühen Morgen war sie auf den Beinen. Kaum hatte sie gegessen, als die Müdigkeit sie mit Macht überfiel. Sie lehnte sich an eine Esche und schloss nur für einen Augenblick die Augen.

»Nicht einschlafen«, murmelte sie – und nickte ein. Grün breitete sich die halbe Welt unter ihr aus. Endlos zog sich der Wald am Fuß des Gebirges dahin. Und da waren die Berge, die ihre Spitzen in den Wolken verbargen. Da flossen Gewässer, Bäche, Wasserfälle, Rinnsale, die sich ihren Weg in den Felsen gegraben hatten. Feja flog darüber hinweg, immer weiter hinauf. Jemand war bei ihr, jemand, den sie nicht recht erkennen konnte – eine flüchtige Gestalt, durchsichtig wie aus Wasser. Diese Gestalt wies ihr den Weg. Dichter Nebel verschluckte sie beide, und als er sie wieder ausspuckte, sah Feja unter sich einen kristallklaren See, eingefasst von grauen Felshängen. Am Ende des Sees stand eine merkwürdige Hütte. Davor brannte ein niedriges Feuer. Saß da jemand? Feja zog es dorthin, doch sie fühlte sich urplötzlich ganz schwer. Sie sank tiefer, berührte die spiegelglatte Oberfläche des Sees. Das Wasser war eiskalt.

Feja schreckte hoch. Alles war nass. Verstört blickte sie sich um. Im Licht der Monde erkannte sie, dass die Quelle über die Ufer getreten war. Ihr Schlafplatz, ja, die ganze Senke war knöcheltief überschwemmt. Dann hörte sie die Hunde. Ihr Gebell klang bedrohlich nah. Feja sprang auf, nahm den Beutel zwischen die Zähne und kletterte in tiefer Dunkelheit die Felsen empor.

Was hatte sie da gerade gesehen? War das wieder einer der Träume gewesen, wie sie ihr die Nykken manchmal geschickt hatten? Was hatte diese Nixe ihr sagen wollen? Sie stieß auf einen Überhang und kam nicht weiter. Sie war schon halb die steile Felswand hinauf, als ihr endlich einfiel, dass sie das Zwielicht rufen konnte. Sie schloss die Augen und streckte die magischen Sinne aus. Es verwandelte schwarze Nacht in zahllose Grauschattierungen, und endlich fand sie einen Weg.

Dann wusste sie es plötzlich: Edamaras Tränen! Meister Adach, der König der Frösche, hatte ihr von diesem See erzählt. Angeblich war es der letzte Ort, an dem die Weren noch Zugang zu ihrer Art von Magie fanden. Eine uralte Ganesa, eine der weisen Frauen dieses Volkes, sollte dort hausen. Der Kräutersammler hatte ihr geraten, diesen Ort aufzusuchen. Vielleicht würde sie am See Antworten finden. Hatte Hunagach ihr nicht auch vorausgesagt, dass sie in den Bergen ihr Schicksal finden würde? Ein Stein löste sich unter ihrem Griff und polterte in die Tiefe. Feja biss die Zähne zusammen und kletterte weiter. Die Nykke hatte ihr einen See gezeigt. Wollte sie ebenfalls, dass sie dort hinging? Ja, das musste es sein. Endlich hatte sie ein Ziel.

Mornir Gyltorn war müde, aber er konnte diese gefährliche Jagd nicht abblasen, solange die Männer noch eine Spur hatten. Vor allem die beiden Feuermagier erwiesen sich als außerordentlich hartnäckig. Sie ließen die Jäger im Licht der Fackeln nach Spuren suchen. Hauptmann Nervic war meistens am Ende der Schar zu finden. Er sagte nicht mehr viel und überließ die Führung den Magiern.

Doch nun geriet die Jagd ins Stocken, denn sie standen vor einer Felswand. »Ich weiß, dass sie diesem Rinnsal hier gefolgt ist«, sagte der jüngere Zauberer, dessen Namen sich Gyltorn nicht merken konnte. »Doch seht, Meister, dieses Gewässer ist über seine Ufer getreten und hat alle Spuren verwischt. Die verfluchte Mörderin versteht sich entweder auch auf Wassermagie – oder sie ist mit den Nykken im Bunde!«

»Redet keinen Unsinn, Glenvir«, knurrte Lohwart, aber auch er starrte missmutig auf die geflutete Senke und die steile Felswand vor ihnen. Dann forderte er: »Hauptmann, lasst Eure Männer ausschwärmen. Eine Spur, die verloren ist, kann wiedergefunden werden.«

Gyltorn räusperte sich. »Es ist spät, Hauptmann. Ich glaube, wir sollten einsehen, dass wir sie verloren haben. Dunkelheit und Zwielicht sind Verbündete der Grauen Magier, vergesst das nicht. Sie hat uns vielleicht schon vor Stunden in die Irre geführt.«

»Schlagt Ihr etwa vor aufzugeben, Erlaucht?«, fuhr ihn der Zauberer an.

»Mäßigt Euren Ton, Lohwart. Und ja, notgedrungen will ich die Jagd für heute beenden. Glaubt mir, niemand will dieses Mädchen mehr zur Strecke bringen als ich, doch werden wir sie so nicht finden. Die Männer sind erschöpft, und die Hunde haben sie verloren. Jetzt verraten sie ihr mit ihrem Gekläffe nur noch, wo wir sind.«

Meister Lohwart blieb uneinsichtig: »Sagt mir, Erlaucht, wie sollen wir dem König je wieder unter die Augen treten? Sein ältester Sohn, der unter unserer Obhut stand, wurde ermordet! Ob wir eine Spur haben oder nicht – wir dürfen diese Jagd nicht abbrechen!«

Trewe meldete sich zu Wort: »Mein Herr hat recht. Mit unserer großen Zahl erreichen wir nichts, außer dass wir das Wild verscheuchen. Schicken wir jedoch unsere besten Jäger in Gruppen zu zweien oder dreien aus, könnten sie Erfolg haben.«

»Ich weiß, Ihr habt so manche Schlacht geschlagen, Trewe, und ich achte Eure Kampferfahrung, aber zwei oder drei Jäger gegen eine Dunkelmagierin, die mit bloßen Händen töten kann?«, fragte der Hauptmann zweifelnd.

»Ein gezielter Schuss aus der Ferne könnte sie überraschen und unschädlich machen«, meinte Trewe.

Lohwart erhob Einwände: »Ich will sie lebend, denn ich bezweifle, dass diese Hexe aus eigenem Antrieb gehandelt hat. Sie hat vielleicht Verbündete. Ja, ich sage Euch, dass die Weren ihr helfen, Gyltorn. Davon müssen wir den König überzeugen. Es ist ein Jammer, dass wir in diesem Dorf nicht mehr erfahren haben.«

»Meint Ihr jenes Dorf, das Ihr ohne Not und im Widerspruch zu den Gesetzen des Königs angegriffen habt?«, fragte Trewe.

Der Zauberer sah ihn mit hasserfüllten Augen an. »Ihr habt Werenblut in den Adern, Trewe, und das könnt Ihr eben nicht verleugnen.«

»Er hat recht«, sagte der Hauptmann düster. »Wir hätten dieses Dorf niemals angreifen dürfen. Und wir können die Zauberin in der Dunkelheit nicht verfolgen.« Dann rief er, ohne länger auf die Einwände von Meister Lohwart einzugehen: »Wir rasten hier für die Nacht, Männer, aber beim ersten Licht des Tages werden wir unsere besten Späher und Jäger aussenden. Sie werden die Verfluchte zur Strecke bringen.«

Gyltorn hörte beifälliges Gemurmel. Dann fielen die erschöpften Männer dort, wo sie standen, ins Gras.

»Ist es nicht leichtsinnig, ihr unsere besten Männer auf den Hals zu hetzen?«, fragte Gyltorn seinen Diener leise, als der ihm ein Lager für die Nacht vorbereitete. »Was, wenn ihre Pfeile sie nur verwunden und nicht töten?«

»Noch gefährlicher wäre es, sie sich selbst zu überlassen. Irgendwann wird sie erfahren, dass der Prinz tot ist. Was, wenn sie beschließt, jemandem zu erzählen, was wirklich geschehen ist, Herr? Ich werde mich übrigens der Jagd anschließen.«

»Du bist nicht bekannt dafür, Spuren zu finden, Trewe.«

»Aber ich bin ganz gut darin, Spuren zu verwischen, Herr. Außerdem werde ich mich einem bestimmten Jäger anschließen. Kennt Ihr den Mann namens Worim?«

Gyltorn schüttelte den Kopf.

»Das ist derjenige, der die blutigen Blätter bemerkt hat. Unsere wilde Jagd hat ihm keine Zeit gelassen, viel darüber nachzudenken. Ich werde dafür sorgen, dass er aufhört zu atmen, bevor er sich einen Reim darauf macht.«

»Du willst ihn …?«

»Ich muss. Doch wird es wie ein Unfall aussehen. Ihr sagtet es selbst, Herr, diese Jagd ist gefährlich. Ihr solltet nach Lente zurückkehren, und lasst Euch weder durch diesen Magier noch durch sonst jemanden von der Seite des toten Prinzen verdrängen. Der König muss Euch bei Sifrid sehen. Dann werdet Ihr in seiner Gunst steigen, vielleicht sogar so hoch, dass er Eurer Verlobung mit seiner Tochter endlich zustimmt.«

»Ja, ein würdevoller Trauerzug wird mich gegenüber den

anderen Bewerbern in Vorteil bringen«, sagte Gyltorn langsam. Der Schrecken über seine eigene Tat verblasste mehr und mehr, und er begann, die Möglichkeiten, die daraus folgten, zu durchdenken. »Immerhin kann ich von den letzten Atemzügen des Prinzen berichten. Ich werde den König zu Tränen rühren.«

»Ich sehe, Euer Einfallsreichtum kehrt zurück. Ihr habt heute kühn gehandelt, Herr. Tut es weiterhin, und der Traum, wieder einen Gyltorn auf den Thron zu bringen, könnte wahr werden.«

Skuran Orchon war unzufrieden, und er ließ es an Meister Uri aus. »Nein, nein und nochmals nein!«, rief er. »Dieses Werkzeug mag taugen, einen Nagel zu fertigen, doch fehlt Euch alles, was ich für die feinere Arbeit benötige, die ich hier vollbringen soll.«

Meister Uri ließ sich nicht so leicht aus der Ruhe bringen: »Sagt mir einfach, was Ihr braucht, und ich werde es für Euch besorgen.«

»Ach, das würdet Ihr nicht verstehen!«

»Vielleicht verstehe ich es«, sagte eine sanfte Stimme an der Tür der Schmiede.

Orchon zuckte zusammen. »Verzeiht, Abot Dregin, aber ich glaube wirklich, ich käme schneller voran, wenn ich an meiner eigenen Esse …« Der Satz erstarb ihm auf den Lippen. Die weißen Augen des Magiers schienen ihn zu durchbohren.

»So habt Ihr schon einen Plan, Meister Orchon?«, fragte der Abot überaus freundlich.

»Nein, doch will ich das eine oder andere versuchen. Dazu brauche ich feinere Werkzeuge und andere Metalle als die, welche mir dieser Grobschmied anbieten kann.«

»Ich werde einige der jüngeren Brüder in Eure Werkstatt senden, um zu holen, was Ihr benötigt. Macht einfach eine Liste.«

»Eine Liste, jawohl, Herr«, murmelte Orchon.

»Bevor Ihr jedoch Eure Hände arbeiten lasst, solltet Ihr vielleicht Euren Kopf bemühen.«

»Meinen Kopf?«

»Ihr wisst offensichtlich noch gar nicht, was Ihr eigentlich braucht, weil Ihr wahrscheinlich nicht die leiseste Ahnung habt, wie Ihr die Aufgabe, die ich Euch gestellt habe, bewältigen wollt. Daran solltet Ihr zunächst arbeiten. Ich habe Rücksprache mit meinen Brüdern gehalten. Wir haben beschlossen, Euch unsere alten Pergamente studieren zu lassen. Ihr werdet in ihnen vermutlich nicht viel über die Mangyr und ihre Splitter finden, aber vielleicht entdecken die Augen eines Schmiedes etwas, das Zauberer nicht gesehen haben.«

»Ihr lasst mich Eure alten Schriften einsehen, Herr?«

»Ich verstehe Eure Verwunderung, Meister Orchon. Nicht alle in unserem Orden sind damit einverstanden, Euch einen noch tieferen Einblick in unsere Geheimnisse zu gewähren. Und einer von jenen wird Euch zur Seite stehen und Euch im Auge behalten. Er erwartet Euch in unserer Kammer der Schriften.«

»Es gibt hier eine Bibliothek?«, fragte Orchon.

»Ihr wirkt überrascht.«

»Es ist nur, dass Ailon Bainach dies nie erwähnt hat.«

Ein Schatten glitt über das Gesicht des Abots, als Orchon den Namen seines Freundes erwähnte. Er hatte gehört, dass der Knochenrichter der Feste verschwunden war, wusste jedoch nichts über die Gründe.

»Es ist nur eine bescheidene und unvollständige Sammlung«, sagte der Abot. »Jetzt kommt, unser Verkünder wartet bereits auf uns, und Pridis Vithun ist kein Mann, der gerne wartet.«

Skuran Orchon erinnerte sich dunkel an den knochigen Greis. Der hatte sich seinerzeit, als er am Spielwerk für den Tempel baute, nur zwei- oder dreimal blicken lassen und dabei ein paar abfällige Bemerkungen über »eitlen Tand« gemacht.

Der Rotschmied folgte dem Abot über den Hof in das halb zerstörte Haupthaus und dort über eine Treppe in die Tiefe hinab. Aus dem Augenwinkel betrachtete er das Oberhaupt des Ordens. Dregin stützte sich auf seinen Stab, das Zeichen seiner Würde. Sein Gesicht zeigte Spuren von unterdrücktem

Schmerz, aber er benutzte den Stab nicht, um seinen Weg zu finden. Erst dachte Orchon, er habe sich diesen einfach eingeprägt, doch dann stieg der Abot über ein verlorenes Holzscheit, das noch nicht lange dort liegen konnte. Er schien irgendwie auch ohne Augenlicht sehen zu können. Der Mann wurde ihm immer unheimlicher.

Er war beinahe erleichtert, als er in das grimmige Gesicht des alten Vithun blickte, der ihn mit unverhohlener Verachtung begrüßte. Als der Abot gegangen war, sagte der Verkünder: »Ihr seid der Were, der dieses nutzlose Ding in unseren Tempel gestellt hat.«

»So ist es, Herr.«

»Dann seid willkommen in der Kammer der Schriften. Bedient Euch. Nichts scheint mehr geheim zu sein. Die Geschichte unserer Bruderschaft liegt offen vor Euch. Greift zu!«

»Ich bin nicht wegen der Geschichte Eures ehrwürdigen Ordens hier, Herr. Ich muss mehr über … das Ding unter dem Tempel erfahren.« Orchon bemerkte, dass ihm erneut die Zunge stockte, als er über den Kristall sprechen wollte. Dieser alte Bann war wirklich mächtig – und er wirkte auf Weren ebenso wie auf Aschlinge.

»Nur zu, versucht Euer Glück!« Der Alte wies auf mehrere lange Regale, die mit Schriftrollen und Pergamenten gefüllt waren.

»Aber wo soll ich beginnen?«

Der Alte zuckte mit den Schultern. »Das ist Eure Sorge. Meine Sorge ist, dass Eure werischen Finger unsere kostbaren Schriften beschädigen könnten. Ich werde also über Euch wachen!«

»Es gibt doch sicher ein Verzeichnis oder eine Liste, in welcher der Bestand aufgeführt ist.«

Vithun lachte bitter. »Wozu? Die Inhalte dieser Kammer werden seit Generationen von Verkünder zu Verkünder weitergegeben. Wir haben noch nie so etwas wie ein Verzeichnis gebraucht.«

»Dann kennt Ihr jede dieser Schriften, Herr?«

»Selbstverständlich.«

»In dem Fall erbitte ich Euren Rat, Herr. Wo soll ich beginnen?«

»Ich bin genötigt worden, Euch zu beaufsichtigen, Schmied, aber ich bin nicht verpflichtet, Euch zu helfen. Findet es selbst heraus!«

Orchon schluckte seinen Ärger über den sturen alten Zauberer hinunter. Er deutete eine respektvolle Verbeugung an und nahm die erstbeste Rolle aus dem Regal. Er fand eine zweite Laterne und entzündete sie. Die Schrift der Rolle war verblichen, und sie führte keinen Titel, dafür enthielt sie viele Namen. Nach langem Rätseln fand Orchon heraus, dass er offenbar eine Aufzählung von Besitztümern des Ordens aus dem Jahre 642 nach der Landung in Händen hielt. Die Liste war lang, und die Abgaben, die einem König Halgar in Lente entrichtet wurden, waren lächerlich niedrig. Aber weder der König noch der Verfasser dieser Rolle schienen etwas mit dem geheimnisvollen Dämmerstein unter der Feste zu tun zu haben. Orchon ließ den Blick über die vollgestopften Regale schweifen. *Hier wirst du nie finden, was du suchst*, höhnte die Stimme in seinem Kopf. »Halt den Mund«, murmelte der Rotschmied. Ihm dämmerte, dass diese Arbeit viel Zeit erfordern würde.

2.

Feja tastete sich in der Morgendämmerung zwischen den Tannen voran. Ganz in der Nähe rauschte Wasser zu Tal. Sie war nun schon zwei Tage und zwei Nächte auf der Flucht. Die Müdigkeit saß ihr in den Knochen, doch solange sie das Gefühl hatte, dass ihre Verfolger ihr dicht auf den Fersen waren, wagte sie einfach nicht, sich auszuruhen.

Sie teilte das Buschwerk und erblickte einen Wasserfall. Jenseits der nur noch vereinzelt stehenden Bäume stemmten sich die Bergriesen des Mondgebirges in den neuen Tag. Sie waren weit beeindruckender als die Regenberge im Westen. Feja trat aus dem Dickicht ins Freie. Sie hatte vergessen, wie erhaben diese Gipfel waren – und wie viele es von ihnen gab. Ihr Vater hatte ihr ein paar Namen genannt: der Alte, das Rabenhaupt, die Eisspitze, das Grauhorn. Aber dies waren nicht die Berge, die sie mit ihrem Vater erkundet hatte. Die Bergketten, die sich vor ihr erstreckten, liefen weit nach Osten und Westen, ja, sie schienen in beide Richtungen kein Ende zu nehmen. Wie sollte sie inmitten dieser steinernen Riesen einen kleinen See finden? Die Nykke hatte ihr im Traum eine Art Weg gezeigt, dazu hätte sie jedoch Bächen folgen müssen, die sie nicht kannte.

»Am besten, du fragst einfach«, murmelte sie und versuchte zu vergessen, dass die Bergweren Aschlinge nicht mochten.

Sie kühlte die müden Füße im Wasserfall und warf einen Blick in ihren Vorratsbeutel. Hunagachs Wegzehrung war fast aufgebraucht. Sie aß den letzten Schinken mit der letzten Kante trockenen Brotes und wickelte das Stück Käse wieder ein. Zu ihren Füßen dehnte sich der Langwald, ebenso endlos wie die Berge, nach West und Ost. Dunst lag über dem dichten Grün. Irgendwo dort unten musste der Drachenhof sein, ihr Zuhause, zu dem sie so gern zurückgekehrt wäre. Doch das ging nicht, denn nicht weit davon entfernt hatte sie einen Mann getötet.

Ein leises Heulen erklang in der Ferne. Waren das die Hunde ihrer Verfolger? Feja lauschte mit angehaltenem Atem. Erleichtert stellte sie fest, dass es ein Wolf war. Ein zweiter antwortete auf den Ruf. Feja sah sich um. Für einen Augenblick glaubte sie, eine geduckte Tiergestalt auf einem weit entfernten Berggrat zu sehen, aber dann war es nur ein Stein.

Sie wandte sich nach Westen und hoffte, dass sie in die richtige Richtung ging. Nebelfetzen zogen durch die weit verstreut stehenden Tannen, doch bald verdichteten sie sich zu einem zähen Grau. Irgendwo hoch oben leuchtete die Sonne, aber sie konnte den Nebel, der sich über den Berghang legte, nicht zerstreuen. Das machte Feja zunächst nichts aus, denn der Nebel würde sie vor ihren Verfolgern verbergen. Da waren jedoch auch die Wölfe. Den ganzen Tag hörte Feja ihr Heulen. Mal schienen sie ihr voraus, mal hinter ihr zu sein, immer verborgen im Dunst.

Auch im Langwald gab es Wolfsrudel. Sie hielten sich von den Menschen fern, und nur wenn der Winter wirklich streng war, trauten sie sich in die Nähe der Höfe. Es gab zwar viele Geschichten über verhängnisvolle Begegnungen mit diesen Räubern, doch Feja hatte schnell herausgefunden, dass es eben nur Geschichten waren. Sie konnte sich an genau einen bitteren Winter erinnern, in dem ein Rudel in einen Pferch eingebrochen war und einige Schafe gerissen hatte. Am nächsten Tag war ihr Vater mit den anderen Männern zur Jagd aufgebrochen. Sieben Wolfsschädel hatten sie später an Bäume rund um die Siedlung genagelt. Das Rudel war nie wiedergekommen. Doch jetzt war Spätsommer. Es gab genug Wild im Wald. Warum folgten diese Wölfe einem Menschen?

Am Nachmittag lichtete sich der Nebel, und endlich konnte Feja einen ihrer grauen Begleiter sehen. Er schlich, einen guten

Steinwurf entfernt, hinter ihr über den Hang. Da waren noch mehr. Sie konnte sie hören. Feja fürchtete sich nicht. Sie war eine Graumagierin und konnte sich ihrer Haut wehren, doch das Verhalten der Tiere erschien ihr immer seltsamer.

Sie blieb stehen. Der Wolf im Hang blieb ebenfalls stehen. »Ich bin keine leichte Beute. Wie lange willst du mir noch folgen?«, rief sie. Natürlich bekam sie keine Antwort.

Feja ging weiter, und der Wolf setzte seine Verfolgung fort. Er schien es nicht eilig zu haben. Dann sah sie einen zweiten, der zwischen den Kiefern umherschlich. Und sie hörte noch wenigstens einen dritten. Mit dem Einsetzen der Abenddämmerung begann Feja, sich Sorgen zu machen. Irgendwann musste sie schlafen. Sie konnte die Wölfe auch nicht mit einem Feuer auf Abstand halten, denn das hätte viele unerwünschte Blicke auf sich ziehen können. So verließ sie die offenen Hänge, stieg ein Stück in den Wald hinab, suchte nach einem Lagerplatz und fand eine halb umgestürzte Kiefer, die von ein paar Felsen gestützt wurde. Sie prüfte den Stamm und fand ihn stark genug. Sie kletterte ein Stück hinauf und band sich mit dem Gürtel für die Nacht fest. Die grauen Verfolger sammelten sich einen Bogenschuss entfernt und starrten immer wieder zu ihr hinüber.

»Ihr benehmt euch zwar nicht wie die Wölfe im Langwald, aber ich hoffe, dass ihr nicht auch noch klettern könnt«, murmelte Feja. Dann streckte sie sich aus und war schnell eingeschlafen. Sie schlief lange und traumlos, bis ein nahes Geräusch sie aufweckte. Sie wollte aufspringen, doch der Gürtel hielt sie fest. Da saß ein Rabe auf einem abgestorbenen Ast, beäugte sie kurz, dann krächzte er dunkel und flog mit schwerfälligem Flügelschlag davon.

»Kein gutes Zeichen«, murmelte Feja.

Die Wölfe hatten sich genähert, schlichen um die Kiefer und starrten hinauf. Als Feja den Gürtel löste und sich erhob, liefen sie davon.

Feja reckte sich und hielt ihr Gesicht in die Morgensonne, die den Bergwald in rötliches Licht tauchte. »Höchste Zeit, dass ich aufbreche«, murmelte sie. Über ihr ragten die weißen Gipfel unnahbar in einen wolkenlosen Spätsommerhimmel. Sie stieg vom Baum und sah sich nach etwas Essbarem um, fand aber in dieser Höhe keine Brombeeren mehr. »Habt ihr schon gefrühstückt?«, rief sie ihren Begleitern mit lauter Stimme zu. »Ich hoffe es für euch, denn von mir werdet ihr keinen Bissen bekommen.«

Die Wölfe zuckten kurz zusammen, doch weder griffen sie an, noch zogen sie sich zurück. »Vielleicht warten sie darauf, dass ich irgendwann entkräftet zusammenbreche. Und dann fallen sie über mich her«, murmelte sie. Kurz entschlossen lief sie einige Schritte auf die Tiere zu. Einer der Wölfe knurrte, bei den anderen stellten sich die Nackenhaare auf, als sie Kampfhaltung annahmen. Feja beschwor das Zwielicht und schleuderte mit einer schnellen Bewegung eine Blutblende gegen den Wolf, den sie für den Anführer hielt. Der jaulte auf, als sich die rötliche Dunkelheit über seine Augen legte, kläffte und versuchte, das unbekannte Etwas abzuschütteln. Er wälzte sich auf dem Boden, rutschte ein Stück den Hang hinab und kam mit einem wütenden Knurren wieder auf die Beine. Seine Nackenhaare sträubten sich, und er duckte sich zum Sprung. Für einen Augenblick dachte Feja, dass er angreifen würde, dann drehte er sich um und hetzte bergab davon. Die beiden anderen folgten ihm.

»Auf den Gedanken hätte ich auch früher kommen können«, murmelte Feja. Allerdings erinnerte sie sich dunkel daran, wie Meme Salmango sie gelehrt hatte, dass Tiere anders auf Zauberei reagierten als Menschen. Die Blende hatte nicht lange gehalten, aber sie hatte die Wölfe immerhin in die Flucht geschlagen. Zufrieden stieg Feja den Hang hinauf. Sie war nun einen ganzen Tag nach Westen gewandert, und immer noch war in dieser Richtung kein Ende der Berge abzusehen. Wenn sie zu den Gipfeln schaute, sah sie vor sich nur einen undurchdringlichen Riegel aus Gestein. Die Wölfe schienen verschwunden, doch im Osten, etwa da, wo sie am Vortag gewandert war, entdeckte sie zwei kleine Punkte, die sich zu bewegen schienen. Noch mehr

Wölfe? Oder waren es menschliche Verfolger? Sie runzelte die Stirn. Seit wann machten Hochgeborene so viel Aufhebens um einen getöteten Diener? Nein, das mussten Wanderer sein. Aber der nagende Zweifel blieb.

Viel später sah sie eine schmale Rauchfahne jenseits eines Bergkamms aufsteigen. *Endlich*, dachte sie. Sie kletterte um den felsigen Kamm herum. Hinter einigen scharfen Felskanten wurde der Weg plötzlich leichter. Sie stieß sogar auf eine Art Trampelpfad und gelangte an den Saum einer sanft ansteigenden Wiese, die von mehreren weißen Tieren abgegrast wurde. Erleichtert erkannte Feja, dass sie auf eine Schafherde gestoßen war. Mitten auf der Wiese glomm das kleine Feuer, dessen Rauch sie gesehen hatte. Gerade jetzt erhob sich ein Mann. Er nahm einen kurzen Bogen von der Schulter.

Feja hob die Hände, um anzuzeigen, dass sie in friedlicher Absicht kam.

Der Were rief ihr etwas zu, was sie nicht verstand. Es klang nicht freundlich. Sie ging einige Schritte weiter. Der Mann rief wieder etwas auf Werisch und sandte einen Pfeil, der sich einige Schritte vor ihr in die Wiese bohrte. Die Schafe waren aufmerksam geworden. In kleinen Bocksprüngen wichen sie vor Feja zurück.

»Hwat will et?«, rief der Mann am Feuer mit rauer Stimme. Ein Geruch von gebratenem Fleisch wehte von dort heran.

Feja kratzte ihr Werisch zusammen und antwortete: »Nuhar en Maegadha, wo het kemt in Frejde.«

»Blejb foret!«, rief der Mann.

Sie dachte nicht daran. Sie hatte Fragen, vor allem aber hatte sie Hunger. Sie ging einige Schritte weiter. Der Mann schoss einen weiteren Pfeil ab, dann noch einen, der dicht über Feja hinwegsauste. Sie blieb nicht stehen. Er fluchte und senkte den Bogen. »Dummes Aschling-Mädchen«, schimpfte er.

»Ihr sprecht meine Sprache?«

Er brummte und winkte sie schließlich heran. »Was will eine Gaucha auf meiner Weide? Und wie konnte sie so weit kommen, wo sie doch so dumm ist, fliegenden Pfeilen entgegenzugehen?«

»Ich kenne Euch!«, rief Feja. »Ich sah Euch einmal auf dem Markt in Holt. Ihr habt Wolle feilgeboten.«

»Ich kenne dich aber nicht.«

»Ich war mit meinem Vater dort, Falasir vom Drachenhof. Vielleicht kennt Ihr ihn?«

Er starrte sie finster an. »Er hat nicht bei mir gekauft.«

»Natürlich nicht. Wir haben eigene Schafe. Ich erinnere mich jedoch gut an das riesige Bündel Wolle, das Ihr auf Eurem Rücken in die Stadt geschafft habt. Habt Ihr es wirklich von hier bis Holt getragen? Das ist ein weiter Weg.«

»Erst recht für eine Gaucha, die Berge besteigt, welche ihrem Volk seit alters verboten sind.«

»Mein Name ist Feja. Vielleicht habt Ihr wenigstens meinen Namen schon gehört. Ich habe nämlich werische Freunde im Langwald und auch in Braake.« Die Weren an der Küste hatten von den Ereignissen in Braake gewusst, aber dieser Mann schüttelte nur den Kopf und schien unbeeindruckt.

Feja stach der Geruch von Lammfleisch in die Nase. Er schien aus dem kleinen Topf zu kommen, den der Mann am Feuer abgestellt hatte. Ihr Magen knurrte. »Ich muss in die Berge, Mener Schäfer, denn ich bin auf der Suche nach einem bestimmten Ort.« Sie konnte die Feindseligkeit des Mannes förmlich mit Händen greifen. Also sagte sie: »Ein Were hat mir aufgetragen, dorthin zu gehen, ein Bewahrer oder Ganamon in Eurer Sprache.«

In den starren Gesichtszügen des Weren zuckte kein Muskel. Er erwiderte: »Es gibt keinen Ganamon mehr in Edun. Und die Weisheit der Weren ist mit ihnen verloren gegangen. Du hast mit einem Lügner und Betrüger gesprochen.«

»Sein Name ist Adach, und er ist gewiss kein Schwindler.«

»Ich kenne ihn nicht, ebenso wie ich Falasir oder den Drachenhof nicht kenne. Deine Worte sind leer und ohne den Segen der Wahrheit, ganz wie die Asche, die mit euch nach Edun kam.«

»Edamaras Tränen!«, platzte es aus Feja heraus. »Dorthin schickt mich der Ganamon! Und die Nykke, die mir im Traum erschien, zeigte mir einen See in den Bergen. Sie will auch, dass ich dort hingehe.«

»Diesen Ort gibt es nur in Geschichten«, entgegnete der Were finster, »und in diesen Geschichten ist er den Aschlingen verschlossen. Die Nykken schlafen. Sie reden nicht mehr mit Menschen. Nicht mit Weren und schon gar nicht mit den Gauchen. So ist also nicht nur jener Adach, den du nanntest, ein Lügner, auch du scheinst die Wahrheit nicht zu pflegen.«

Feja war ratlos. Dieser Mann war wie eine Wand, an der alles, was sie sagte, einfach abprallte. Er legte wieder einen Pfeil auf die Sehne, aber seine Augen waren auf den Hang gerichtet. Feja drehte sich um. Die Schafe kamen blökend die Wiese hinauf. Sie wirkten unruhig. Dann entdeckte sie den Wolf zwischen den Felsen.

»Warga!«, fluchte der Were. Mit erstaunlicher Geschwindigkeit sandte er einen gut gezielten Pfeil zwischen die Steinbrocken. Der Wolf zuckte im letzten Moment zurück und verschwand.

»Sie folgen mir schon seit gestern«, seufzte Feja.

Jetzt sah sie der Were scharf an. Er wich einen Schritt vor ihr zurück und hob seinen Bogen. »Ha! Het de Wargmaegadha!«

»Wolfsmädchen? Nein, ich bin gewiss nicht das Wolfsmädchen, Mener Schäfer!« Es war zum Verzweifeln. Auch Meister Adach hatte anfangs geglaubt, sie sei dieses wilde Mädchen aus den Legenden, das mit den Wölfen jagte. Der Kräutersammler war jedoch ein harmloser Mann, auch wenn er über das Leben mit den Fröschen halb verrückt geworden war. Dieser Schäfer war nicht verrückt, und er richtete seinen Bogen auf sie. Sie hob beschwichtigend die Hände. »Bitte. Ich bin nur eine einfache Wanderin, diese Wölfe sind mir so feind wie Euch, Mener Schäfer.«

»Verschwinde von meinen Weiden, Gaucha. Oder mein Bogen wird prüfen, ob dein Blut menschlich ist.«

Feja zögerte. Sie hätte den Mann mit Magie überwältigen können, aber sie war nicht hier, um mit Hirten zu kämpfen. Sie verließ die Wiese. Am Hang drehte sie sich noch einmal um.

Der Mann zielte immer noch auf sie. Sie ging weiter bis zum nächsten Gebirgsbach. Als sie dort rastete, tauchten zwei Wölfe zwischen den Felsen auf.

»Warum lauft ihr mir nach? Könnt ihr euch nicht mit ein paar Schafen zufriedengeben!«, schrie sie. Die Wölfe gaben ihr keine Antwort.

Gegen Mittag stillte sie ihren Durst an einem weiteren kalten Bach, während die Wölfe die Sonne anheulten. Einer war näher gekommen. Er starrte sie an, sie starrte zurück. »Solltet ihr nicht lieber einen der Monde anheulen? Ist es nicht das, was Wölfe sonst tun?« Sie blickte zum Himmel. Zwischen den eisigen Gipfeln war der dunkle Umriss von Nir zu sehen. Ein Rabe kreiste mit weit gespannten Flügeln vor dem Mond. »Todesmond und Raben«, seufzte Feja, »die Zeichen werden immer düsterer.« Die frostigen Gipfel erschienen ihr mit einemmal feindselig, so als wollten auch sie nicht, dass sie diesen geheimnisvollen See fand. Sie machte sich wieder auf den Weg. Noch war sie nicht bereit, sich entmutigen zu lassen.

Gegen Abend sah sie Gämsen über die Hänge klettern. Sie war hungrig genug, eine Jagd zu versuchen, aber während sie sich schwerfällig über den steilen Hang tastete, hüpften die Tiere leichtfüßig davon. Feja warf den Wölfen einen auffordernden Blick zu, aber die Räuber schienen auch nicht zu glauben, dass sie die Gämsen einholen könnten.

»Wenn ich nur einen Bogen hätte«, murmelte Feja wütend über ihre eigene Ungeschicklichkeit.

Dann fiel ihr ein, dass sie über etwas beinahe ebenso Gutes verfügte. Sie erspähte eine Gams, die ein Stück zurückgeblieben war, schlich näher heran, beschwor das Zwielicht und schleuderte eine Blutblende auf das Tier. Noch nie hatte sie diesen Zauber über eine so große Entfernung gewirkt. Beim ersten Mal verfehlte sie das Ziel. Die Gams merkte offenbar dennoch, dass etwas nicht stimmte, denn sie begann, höher zu steigen. Der zweite Versuch saß. Das geblendete Tier blökte, hüpfte erschrocken zur Seite, trat fehl und stürzte in die Tiefe. Feja rannte, kroch und rutschte, so schnell es irgend ging, zu ihrer Beute. Die Gams zuckte schwach. Feja setzte dem Leiden mit ihrem Messer ein Ende. Dann lud sie sich ihre Beute auf die Schulter und stieg hinab bis zur Waldgrenze. Die Wölfe ließen sie nicht aus den Augen.

Feja sammelte Holz und entzündete in einer Senke ein Feuer, und es war ihr gleich, ob jemand es sah oder nicht. Sie verschlang einen Schenkel der Gams, briet die anderen an und verstaute sie in ihrem Beutel. Dann erhob sie sich, nahm den Rest ihrer Beute und ging den Wölfen entgegen. »Das könnt ihr haben«, rief sie und warf ihnen das Fleisch zu, »nur lasst mich endlich in Ruhe!«

Die Wölfe zögerten, aber bald sah Feja sie fressen. Ihre scharfen Zähne leuchteten im Feuerschein, als sie die Rippen der Gams zermalmten.

Für die Nacht suchte sich Feja wieder eine Kiefer mit ausladenden Ästen, kletterte hinauf, fluchte über das viele Harz, das an den Händen und in den Haaren klebte, und band sich für die Nacht mit ihrem Gürtel fest. Ihre grauen Verfolger, inzwischen waren es vier, beobachteten sie, und sie war kurz davor, ihnen die Zunge herauszustrecken, während sie versuchte, es sich bequem zu machen. Galtara, der Lebensmond, spendete zusammen mit dem Feuermond Brunas schwaches Licht. Feja versuchte, sich die Bilder in Erinnerung zu rufen, die ihr die Nykke gezeigt hatte. Wenn sie einen der Wasserläufe fand, würde sie auch den Rest des Weges finden. Mit neuer Zuversicht schlief sie ein. Sie erwachte noch vor dem Morgenrauen, weil sie sich im Schlaf fast von ihrem Ast gerollt hätte. Der Gürtel hielt sie, aber nun war sie wach. Sie brach sofort auf.

Gegen Mittag stieß ein fünfter Wolf zum Rudel. »Wollt ihr warten, bis ihr zehn seid – oder hundert? Und dann traut ihr euch?«, rief sie ihnen zu. Sie stieg weiter den Berg hinauf und sah bis zum Nachmittag außer den Wölfen nur weit entfernt einige Gämsen. Bei einer Rast an einem schmalen Wasserfall meinte sie jedoch, zwei sich bewegende Punkte am Waldrand zu sehen. Waren es dieselben Wanderer, die sie am Tag zuvor erspäht hatte? Sie schienen näher gekommen. Dann waren sie vermutlich nicht so harmlos, wie Feja hoffte.

Die Punkte verschwanden hinter einem Felsgrat. »Warum kümmert ihr euch nicht um diese beiden«, fragte sie den nächsten Wolf. Der starrte sie nur stumm an. Plötzlich wechselten seine Augen die Farbe!

Feja starrte ihn mit offenem Mund an. Ja, das Tier sah sie mit durchdringend grauen Augen an. Der Wolf wandte kurz den Kopf ab. Als er Feja wieder anblickte, waren seine Augen wieder so bernsteingelb wie zuvor. Ein Schauer lief ihr über den Rücken. Hatte sie sich das nur eingebildet? Der Wolf sprang plötzlich davon. Feja machte sich eilig wieder auf den Weg.

Sie stieß auf einen neuen Pfad und folgte ihm über einen Kamm in ein weiteres Tal. Immer tiefer ging es in die Berge hinein. Ein dichter Kiefernwald wuchs in der Senke. Feja fand kein Zeichen menschlicher Besiedlung, dafür sah sie Wasser zwischen den Bäumen glitzern. Ein See! Sollte das etwa …? Ihr Herz schlug schneller. Sie überhörte die Stimme in ihrem Hinterkopf, die ihr sagte, dass ein geheimer See unmöglich so leicht zugänglich sein konnte. Als sie den Waldrand erreichte, wandte sie sich noch einmal um. Die Wölfe verharrten am Eingang des Tales. Das nahm sie als gutes Zeichen und hielt geradewegs auf den See zu. Der schmale Weg gerann zu einem Trampelpfad, nein, eher ein Wildwechsel. Feja dachte sich nichts dabei. Der See war schon nah. Sie bog um eine große Tanne und blieb stehen, denn plötzlich hörte sie schweres, röchelndes Atmen. Sie verlangsamte ihre Schritte, umging eine graue Kiefer und sah, keine zwanzig Schritte entfernt, einen riesigen Bären! Sie erstarrte. Der Bär lag mit geschlossenen Augen auf dem Weg und sonnte sich. Irgendein halb vergessener Instinkt verriet Feja, dass sie Glück im Unglück hatte. Der Wind war auf ihrer Seite, wehte ihr den strengen Geruch des Bären zu.

Vorsichtig, schritt für Schritt, wich sie zurück. Sollte sie einen Zauber wirken, sich im Zwielicht verstecken? Ihre Hand zuckte schon, aber Meme Salmango hatte sie auch gelehrt, dass manche

Tiere Magie witterten. Sie tastete sich rückwärts durch den Wald und merkte zu spät, dass ihr Hemd sich in einem Ast verfangen hatte. Der riss sich los, und ein kleines Rascheln durchbrach die spätsommerliche Stille. Der Bär brummte, kam auf die Beine und richtete sich auf. Er war ungefähr dreimal so groß wie das Mädchen, das sich vor ihm verbergen wollte. Ein tiefes Grollen stieg aus seiner Kehle. Er hatte sie entdeckt!

Feja schleuderte ihm eine Blutblende entgegen, drehte sich um und rannte. Äste peitschten ihr ins Gesicht, Zweige rissen an ihren Kleidern. Hinter ihr brüllte der Bär. Sie rannte schneller als je zuvor in ihrem Leben und erreichte den Waldrand. Sie blickte über die Schulter zurück. Der Bär erschien zwischen den Bäumen. Er verfolgte sie und holte schnell auf. Sie hastete den Bergkamm hinauf und konnte das gewaltige Tier immer lauter keuchen hören. Dann entdeckte sie eine Gruppe von Felsen zu ihrer Linken. Sie rannte hinüber und sprang mit einem mächtigen Satz, den sie ohne die Angst im Nacken nie gewagt hätte, auf die unterste Stufe. Hastig kletterte sie weiter. Der Bär brüllte, kratzte mit den Krallen über den Stein. Aber er blieb am Fuß der Felsen zurück. Feja kletterte höher und stellte bald fest, dass sie in eine Sackgasse geraten war. Hier ging es nicht weiter. Der Bär kam nicht herauf, doch wenn sie aus dem Tal hinaus wollte, dann musste sie an ihm vorbei.

Sie verfluchte ihr Pech. Der Bär strich unruhig um den Fuß der kleinen Felsansammlung. Seine mächtigen Pranken scharrten an den Steinen. Er brüllte noch einmal, dann ging er eine Weile vor den Felsen auf und ab. Feja hoffte, dass er irgendwann die Lust an der Jagd verlieren würde. Aber dann legte sich der Bär auf den Boden. Er schien Geduld und Zeit zu haben.

Feja blieb nichts anderes übrig, als abzuwarten. Irgendwann würde dieses Untier schon Hunger oder Durst bekommen und verschwinden. Der Abend dämmerte bereits. Der schwarze Nir erschien über den schroffen Gipfeln, dann folgten Galtara und Brunas, schließlich auch der schnelle Sturmmond Aithir. Die Monde gaben gutes Licht, doch leider leuchteten sie für den Bären ebenso wie für Feja.

Sie erhob sich und versuchte, mit dem Licht der Monde ihr Bargan aufzufüllen. Sie spürte, wie der Fliod in sie strömte, aber es war eigentlich eher ein Tröpfeln, nicht wie der Rausch, den sie gespürt hatte, als sie jenem Diener … Sein schreckensbleiches Gesicht stand ihr plötzlich lebhaft vor den Augen. Sie hatte diesen Mann umgebracht. Es schauderte sie.

»Diesen verfluchten Prinzen hätte ich töten sollen, nicht seinen Diener«, murmelte sie. Sie verlor die Konzentration, und der Fliod versiegte. Zu ihren Füßen lag der gewaltige Bär. Schlief er? Sein Atem ging ruhig. Feja begann, ein Stück hinabzuklettern. Der Bär hob den Kopf. Also blieb sie, wo sie war.

Sie fand eine Stelle, wo sie sich ausstrecken konnte. Sie war zuversichtlich, dass der Bär am Morgen verschwunden sein würde, und versank in einen unruhigen Schlaf.

Durchgefroren und zerschlagen erwachte sie in der Dämmerung. Die Sonne färbte die ersten Berggipfel blutrot. Feja erhob sich. Der Bär war noch dort. Er schien zu schlafen. Sollte sie es wagen? Er atmete tief und ruhig. Endlich gab sie sich einen Ruck. Sie bückte sich, um hinabzuklettern, fühlte ein seltsames, warnendes Kribbeln im Nacken und zuckte zurück. Etwas sauste haarscharf an ihrem Kopf vorbei und klirrte gegen das Gestein. Sie reckte sich und entdeckte, geduckt hinter einigen Felsbrocken, zwei Männer mit Bögen in der Hand. Sie standen zwischen ihr und dem Ausgang des Tals. Ein zweiter Pfeil flog heran, und Feja sprang zu Seite. Sie verlor erst den Halt, dann das Gleichgewicht. Im letzten Augenblick bekam ihre Linke einen Felsvorsprung zu fassen, an dem sie sich festkrallte. Steine polterten herab. Der Bogenschütze schimpfte laut, sein Nebenmann lachte – ein helles Geräusch, das in der klaren Morgenluft weit schallte. Der Bär erhob sich. Die Schützen fluchten. Vermutlich entdeckten sie das Raubtier erst jetzt.

Feja schwang sich zur Seite, ihre Zehen fanden auf einem fingerbreiten Sims halt. Ächzend presste sie sich gegen die Felsen. Ein dritter Pfeil riss ihr Wams am Rücken auf. Der Bär stellte sich auf die Hinterbeine, witterte und brummte drohend. Einer der beiden Männer schoss einen Pfeil auf den Bären ab. Er hätte vielleicht das Herz gefunden, wenn der Bär sich nicht gerade wieder fallen gelassen hätte. So bohrte sich der gefiederte Schaft in die linke Schulter. Das Untier brüllte auf und setzte sich in Bewegung. Atemlos sah Feja zu, wie der Bär über den Hang stürmte. Die beiden Männer wichen nicht. Vielleicht waren sie mutig, vielleicht wussten sie auch, dass es kein Entkommen gab. Sie spickten den Bären mit Pfeilen, aber sie konnten ihn nicht aufhalten. Er riss den ersten Mann zu Boden und zerfetzte ihm mit seiner Pranke die Brust. Der zweite Jäger warf sich mit dem Messer auf den Bären. Er versenkte die Klinge im Fell, doch das Raubtier fuhr herum und versetzte ihm einen Schlag, setzte nach und zermalmte den Schädel seines Feindes. Dann brüllte er seine Wut heraus und warf die beiden Jäger mit den Pranken noch ein paar Mal hin und her. Endlich hatte er genug. Er fraß nicht, sondern schleppte sich, aus vielen kleinen Wunden blutend, stöhnend und keuchend zu Tal.

Feja wartete, bis er zwischen den Bäumen verschwunden war. Erst dann kletterte sie vom Felsen. Sie lief zu den beiden Jägern hinüber. Sie waren furchtbar entstellt, trotzdem erkannte sie einen der beiden wieder. Er hatte auf dem Drachenhof an einem der Lagerfeuer gesessen.

Ein Rabe landete auf einem nahen Felsen. Feja vertrieb ihn mit einem Steinwurf.

»Verschwinde«, rief sie. Sie bedeckte die Toten hastig mit einigen schweren Steinen, um sie vor Aasfressern zu schützen. »Mögen die Götter euch gnädig aufnehmen«, murmelte sie und griff nach einem der Bögen nebst Köcher. »Und mögen mir die Götter diesen Frevel verzeihen.« Auch das lange Jagdmesser des einen Jägers nahm sie an sich. Es war besser als ihre kurze Klinge. Das des anderen musste noch zwischen den Rippen des Bären stecken. Sie hörte ihn unten am See brüllen.

Feja machte, dass sie fortkam. Oben auf dem Kamm hielt sie an. Die Wölfe schienen in einiger Entfernung auf sie zu warten. Feja betrachtete die Berge. Abweisend und hoch standen sie vor dem Morgenhimmel. Sie sah die unnahbaren Gipfel, und ihr sank der Mut. Wie sollte sie diesen See nur je finden? Es musste Hunderte Täler und Schluchten in diesen Bergen geben. Mit einem Mal fühlte sie sich verloren und unendlich allein auf der Welt. Alle Menschen, die ihr etwas bedeuteten, waren verschwunden: ihr Vater, ihre Stiefmutter, Meister Caron und Ailon Bainach. Wen sollte sie nun um Rat fragen? Plötzlich durchzuckte sie ein Gedanke. Nicht alle ihre Freunde waren verschwunden, sie kannte doch jemanden, der als Kind selbst an diesem geheimnisvollen See gewesen war: Meister Adach!

Natürlich! Der Kräutersammler musste den Weg kennen! Sie verdrängte die aufkeimenden Zweifel. Der Were wurde als Krötenkönig und Herr der Lurche verspottet, denn er lebte in einem überfluteten Tempel unweit von Braake, war halb verrückt und redete von sich selbst stets in der Mehrzahl. Dennoch, er war ein Freund, und er konnte, nein, er *musste* sie führen. Das zwang sie allerdings, nach Braake zurückzukehren. Sie starrte lange gedankenverloren ins Nichts. Mit Nerius hatte sie einen weiteren guten Freund nahe Braake, aber dort lag auch die Feste der Graumagier. Es gab vermutlich in ganz Edun keinen gefährlicheren Ort für sie.

Sie blickte noch einmal hinauf zu den Bergen und den Wölfen, die sie nicht aus den Augen ließen. Wieder war ihr, als weise das ganze Gebirge sie ab, als stecke eine alte Kraft in diesen Bergen, die einfach nicht wollte, dass sie den verborgenen See fand.

»Für jetzt habt ihr gewonnen«, rief sie den steinernen Riesen zu, »doch ich komme wieder und nicht allein!« Mit diesen Worten machte sie sich auf den Weg.

Skuran Orchon rieb sich die müden Augen. Seit Tagen schon versuchte er, aus den alten Schriftrollen etwas über den Kristall unter dem Tempel zu erfahren. Er hatte viele Dinge herausgefunden, über angesehene Mitglieder des Ordens zu Zeiten König Hamgars, über strittige, aber offenbar nie vergessene Gebietsansprüche der Bruderschaft aus den Tagen von König

Dethir dem Alten, über einen alten Disput unter den Meistern, ob wirklich der Gott Stor selbst den Orden gegründet hatte, und einiges über die Wirkung verschiedener Giftpflanzen, die man in Tsungama fand; über den Kristall unter dem Tempel jedoch erfuhr er – nichts.

Seufzend legte er eine weitere Rolle beiseite. Er besah sich das Pergament, das er sich für Notizen zurechtgelegt hatte. Bisher stand nicht mehr als die Zeitangabe – *In der achten Eortha, Spätsommer 981* – darauf geschrieben. Das hatte er notiert, um die Tinte zu prüfen. Das Tintenfass stand nutzlos neben einer der Laternen, die er zusätzlich hatte aufstellen lassen, und warf schwarze Schatten.

Plötzlich durchzuckte ihn eine Idee. Er griff zur Feder und setzte sie auf das Pergament. Er wusste genau, was er schreiben wollte, aber dann ließ er die Feder sinken. *Was ist? Siehst du ein, dass du versagen wirst?*, höhnte die Stimme in seinem Hinterkopf.

»Ganz im Gegenteil«, murmelte Orchon. »Meister Vithun«, wandte er sich an seinen schweigsamen Aufseher, »könnt Ihr Eurem Abot ausrichten lassen, dass ich ihn dringend sprechen muss? Am besten im Tempel.«

»Ich bin nicht Euer Laufbursche, Schmied.«

»Dann schickt bitte einen Eurer jüngeren Brüder. Es ist wichtig!«

Der Verkünder folgte dieser Aufforderung mit offensichtlichem Widerwillen. Orchon raffte seine Pergamente, Feder und Tintenfass zusammen und verließ die staubige Bibliothek. Eine der jüngeren Ordensschwestern, ein stämmiges Mädchen namens Nemma, die schon einige Besorgungen für ihn erledigt hatte, führte ihn über den Hof. Dort übte Meister Svelgar mit einer Handvoll neuer Schüler das Fechten.

Die Arbeiten im Tempel schienen kaum voranzukommen. Immerhin hatte irgendjemand reichlich Mauersteine auf dem schönen Pflaster aufgehäuft. Er hatte den Schmied gefragt, warum es so langsam voranging, und zu seiner Beunruhigung erfahren, dass man schon viel weiter wäre, wenn der Felsen, auf dem die Feste stand, nicht noch zweimal tiefer abgesackt wäre.

Orchon fragte sich inzwischen, ob der Schaden überhaupt zu beheben war, wo doch selbst die massive Außenmauer und Teile des Felsens darunter weggebrochen waren.

»Habt Ihr etwas herausgefunden?«, fragte der Abot, der kurz nach dem Rotschmied über die Schwelle schritt. Die dunkelhäutige Magierin war an seiner Seite.

»Das habe ich in gewisser Weise, Herr. Ich habe festgestellt, dass es in Eurer Bibliothek nichts herauszufinden gibt.«

Die Miene des blinden Abots verfinsterte sich. »Ihr könnt unmöglich in so kurzer Zeit alle Schriften durchgesehen haben.«

»Natürlich nicht, Herr. Aber erlaubt, dass Eure Begleiterin demonstriert, was ich meine.«

»Tut ihm den Gefallen, Meme Salmango«, meinte der Abot.

»Bitte, Meme, nehmt die Feder und schreibt nieder, was Ihr über das … unter dem Tempel wisst.«

Die dunkelhäutige Magierin griff mit ihren goldberingten Händen nach der Feder, tauchte sie in das Tintenfass, setzte an und erklärte nach drei vergeblichen Versuchen: »Es geht nicht.«

»Seht Ihr, Herr, das ist die Schwierigkeit. Der Bann, der gewoben wurde, verhindert nicht nur, dass man über das dort unten spricht, er verhindert auch, dass man etwas darüber schreibt!«

»Ich verstehe«, erklärte der Abot düster.

»Auch gehen Eure Aufzeichnungen zwar weit, aber nicht weit genug zurück. Ich hoffte, in Euren Schriften etwas über die Zeit der Gründung dieser Feste zu finden, weil es den Bann damals vielleicht noch nicht gab. Doch scheinen alle Aufzeichnungen der ersten Jahre verloren zu sein.«

Jetzt schüttelte der Abot den Kopf. »Abot Yrnos, mein Vorgänger, ließ einige der Schriften in unser Haus nach Braake bringen, um sie dort zu studieren. Allerdings ist diese Niederlassung während des Aufstandes verwüstet worden. Danach kamen wir mit dem Fenngrafen überein, sie ihm einstweilen als Zeichen unseres guten Willens für die verstärkte Stadtwache zu überlassen, und die Pergamente landeten vermutlich in seiner Bibliothek. Doch weiß ich nicht, ob Ihr dort finden werdet, was Ihr sucht.«

Skuran Orchon hatte auf der Festung das eine oder andere aufgeschnappt und wusste, dass der Abot die Lage beschönigte: Nach dem Aufruhr und dem Beben hatte der Fenngraf den Orden aus der Stadt verbannt. Jetzt schien er ihn immerhin wieder zu dulden, doch das hatte offensichtlich seinen Preis. Es überraschte ihn nicht, dass der stolze Dregin das nicht zugeben wollte. »Dann muss ich in die Stadt, ehrwürdiger Abot, und sehen, was sich dort an Schriften findet.«

Dregin nickte langsam. »Ich werde Euch Bruder Hallir als Begleiter mitgeben. Wendet Euch an den neuen Bibliothekar der Stadt. Er ist ein ehemaliges Mitglied unseres Ordens und nach allem, was ich höre, trotz seiner jungen Jahre in den alten Schriften bewandert. Soweit ich weiß, hat er sich auch um alte Urkunden aus Lente bemüht. Vielleicht erinnert Ihr Euch an ihn? Es ist Nerius, der jüngste Sohn des Grafen Dimgast.«

Orchon nickte, und die Stimme in seinem Kopf sagte: *War er nicht ein guter Freund von Feja? Du solltest ihm vielleicht beichten, was du ihrem Vater angetan hast. Es würde eine Last von deinen Schultern nehmen.* »Unsinn«, murmelte der Rotschmied. Er bemerkte den irritierten Blick der dunkelhäutigen Zauberin nicht.

»Glaubt Ihr wirklich, dass dieser merkwürdige Schmied eine Lösung für diese Aufgabe findet, Herr?«, fragte Meme Salmango, als Orchon den Tempel verlassen hatte.

»Er eher als irgendjemand sonst. Doch ist ihm nicht zu trauen. Er mag uns Magier nicht. Er gibt uns die Schuld am Tod seines Sohnes Durku.«

»Woran ist er gestorben?«

»Aschenpest, soweit ich weiß.«

»Es waren nicht die Magier, die diese Krankheit nach Edun brachten.«

»Vielleicht doch, Meme Salmango. Die Weren sind der Ansicht, dass wir ihnen damals ihre Magie geraubt hätten. Und mit der Magie seien auch die Kräfte ihrer Heilerinnen geschwunden. Sie sollen früher Wunder gewirkt haben. Ich bedauere es selbst, dass die Ganesas der Weren das nicht mehr vermögen.« Dregin streckte sich vorsichtig. Es war schwierig, eine Körperhaltung zu finden, in welcher ihn keine Schmerzen plagten.

»Das ist ein guter Grund, dem Schmied nicht zu trauen«, meinte die Meme.

»Deshalb lasse ich ihn über den Kern seiner Aufgabe auch im Unklaren. Er muss nicht wissen, dass er am kühnsten Raub aller Zeiten teilhaben wird. Zu unserem Glück wird Orchon von großem Wissensdurst getrieben. Er wird alles tun, um das Rätsel, das ich ihm gestellt habe, zu lösen. Ob er uns dann die Lösung auch verrät oder ob er versuchen wird, uns zu täuschen, ist eine andere Frage. Doch lassen wir das. Wir sollten Meister Buklar und die anderen aus der Stadt zurückrufen. Das Nachtflüstern brachte interessante Neuigkeiten aus Lente.«

»Welcher Art, ehrwürdiger Abot?«

»Prinz Sifrid ist tot.«

»Der Erbprinz?«

»Ebender. Er wurde offenbar im Langwald von einer jungen Magierin ermordet. Es heißt, sie habe einen seiner Leibwächter mit bloßen Händen getötet. Das geschah unweit eines Hofes, der Drachenhof genannt wird.«

»Augenblick … Ihr glaubt, das war unsere Feja?«

»Feja gehört nicht mehr zu uns, Meme Salmango, vergesst das nicht! Sie nennen sie die Feuerdiebin. Offenbar haben sie das wahre Wesen ihrer Macht noch immer nicht begriffen und die Berichte, die wir dem neuen Vogt von Veisa diktiert haben, geglaubt.« Dregin lächelte grimmig. Jeder seiner gebrochenen Knochen schmerzte – und das war Fejas Schuld. »Ich habe nie geglaubt, dass sie ertrunken ist. Wie es aussieht, habe ich wieder einmal recht behalten.«

»Soll ich mich mit einigen Brüdern auf die Suche begeben, Herr?«

»Das werden wir besprechen, wenn die anderen hier sind. Nach allem, was ich über König Gimlarin weiß, wird ihn der Tod seines Ältesten noch tiefer in seine allseits bekannte Verzagtheit treiben. Auch der Kanzler, unser guter Freund Ferror von den Feuermagiern, dürfte hart getroffen sein. Der Hochmeister hatte Sifrid sorgfältig zur eigentlichen Macht im Reich aufgebaut. Sein Tod hinterlässt eine gewaltige Lücke. Vermutlich wird hinter dem Sarg des Prinzen schon das Hauen und Stechen um Einfluss begonnen haben. Auch wir sollten überlegen, wie wir aus Sifrids Tod Nutzen ziehen können. Was Feja betrifft, nun, natürlich erwarte ich, sie am Ende tot zu sehen. Doch jetzt habe ich eine andere Aufgabe für Euch. Wie Ihr wisst, beherbergen wir seit der Schlacht gegen die Feuermagier in den Tiefen unserer Feste einen Gast …«

»Ihr meint Lygger Tygram, den Abtrünnigen, der uns verraten und sich den Feuermagiern angeschlossen hat?«

»Ebenjenen. Dem jungen Flammenzauberer bekommt der Aufenthalt dort unten nicht sonderlich gut. Man könnte sagen, dass sein Geist inzwischen umnachtet ist. Ich möchte, dass Ihr zwei oder drei zuverlässige Männer auswählt, die ihn nach Norden schaffen. Uns gehört dort eine alte Küstenfeste, die Moorburg. Ihr kennt sie? Gut. Der kleine Verräter soll sie jedoch gar nicht erreichen …«

König Gimlarin schien in die Betrachtung der Ahnentafel versunken. Sie bedeckte eine halbe Wand in der Thronkammer und bestand eigentlich aus vielen einzelnen Holztafeln. »Mein Urahn soll bei der Gründung des Reiches ausgerufen haben, dass es tausend Jahre währen soll. Wusstet Ihr das, Lothfold?«

»Ich kenne diese Geschichte, Hoheit«, erwiderte Mornir Gyltorn, den es immer wieder irritierte, dass der König ihn beim Namen seiner Besitzungen ansprach. Früher hatte man das angeblich so gehandhabt, aber inzwischen war der König der Einzige, der die alte Form verwendete.

»Nun hat es neunhundertundeinundachtzig Jahre überdauert, doch was geschieht, wenn das tausendste anbricht?«

Gyltorn hörte diese Frage nicht das erste Mal. Er fand es anmaßend, dass Gimlarin den großen König Gimlar seinen Urahn nannte. Die Linie des Reichsgründers war im Mannesstamme schon lange erloschen. Nur über verzweigte weibliche Nebenlinien vermochte Gimlarin seine Abstammung von dem legendären ersten König von Edun herzuleiten, aber das konnte Gyltorn auch. Mit Grovart dem Schönen hatten sie einen gemeinsamen Vorfahren, der vor kaum mehr als hundert Jahren verstorben war. Gimlarin war vielleicht der vierzigste König des Reiches, doch seine Verwandtschaft zum ersten König war nicht enger als die von Gyltorn selbst.

»Alfands Warnung, wir haben sie vergessen …«, seufzte Gimlarin.

»Verzeihung, Hoheit?«

»Gimlars Nachfahren droht Unheil, wenn sie den Mothach überschreiten. So lautete doch der Fluch der Weren, vor denen der große Alfand uns gewarnt hat. Warum haben wir nicht auf ihn gehört, Lothfold?«

»Waren denn nicht schon viele Könige und Prinzen jenseits dieses Flusses und im Langwald? Und sind sie nicht alle zurückgekehrt?«

»Nicht alle, Lothfold, nicht alle. Ich stand in den letzten Jahren oft mit vielen Fragen vor dieser Tafel, doch nie so verzweifelt wie heute. Sifrid, mein erstgeborener Sohn, ist tot!«

»Es sind traurige Zeiten, Hoheit«, pflichtete Gyltorn dem König bei.

»Finstere Zeiten sind es, in der Tat. Doch können wir ihnen die Stirn bieten. Ihr habt noch zwei weitere, tüchtige Söhne, Hoheit«, ertönte die schneidende Stimme von Hochmeister Ferror, dem Kanzler des Reiches, der in die Kammer trat.

»Ja, natürlich«, murmelte der König mit einem unsicheren Seitenblick. »Doch warum beschleicht mich das Gefühl, dass dieser ruhmreiche Stammbaum bald für immer fallen könnte?«

»Dieser Baum hat schon viele Stürme überstanden, Hoheit. Eure Söhne und Töchter geben Anlass zur Hoffnung. Sie zeigen, dass dem alten Gewächs immer neue grüne Zweige entwachsen – wenn man nur rechtzeitig das verdorrte und tote Holz entfernt.«

Gyltorn bemerkte den verachtenden Blick des Hochmeisters, der ihn wie zufällig streifte, als er von verdorrtem Holz sprach. Er hatte ein oder zwei bissige Anmerkungen dazu auf der Zunge, doch schluckte er sie hinunter. Es war der Flammenorden gewesen, der seinen Urgroßvater Warfrid aus der Thronfolge gestrichen und dafür dessen jüngeren Bruder Helvir auf den Aschenthron gesetzt hatte. Helvir hatte die Krone an seinen Sohn Gimlar IV. weitergegeben, der hatte sie dem vielgeliebten Hilgart Landfreund vererbt, und über den war sie auf Gimlarin den Gütigen gekommen, den sie aber nur noch zu bedrücken schien.

»Mein Sohn Sifrid wäre ein weit besserer König geworden, als ich es je sein werde«, klagte der Gimlarin jetzt. »Habt Ihr sein Begräbnis vorbereitet, Kanzler Ferror?«

Der hochgewachsene Magier deutete eine Verbeugung an. »Deshalb bin ich hier, Hoheit. Die Gruft Eurer Familie wurde geöffnet. Die Steinmetze haben Tag und Nacht gearbeitet und den Sarkophag fertiggestellt. Wir können Sifrid also einen würdigen Platz an der Seite seiner großen Vorfahren geben.«

Der König lächelte melancholisch. »Erzählt mir noch einmal von seinem Tode, Lothfold«, verlangte er.

Gyltorn verneigte sich unangenehm berührt und wiederholte die Geschichte, die er dem König schon so oft erzählt hatte: »Es geschah im Langwald, auf unserem Jagdausflug. Ich war mit Eurem Sohn abseits des Lagers im Wald unterwegs, wo wir Angelegenheiten des Reiches besprachen.«

»Darauf möchte ich wetten«, murmelte der Hochmeister der Feuermagier so leise, dass nur Gyltorn es hörte. Der Landgraf versuchte, sich nicht aus der Fassung bringen zu lassen. »Gerade als ich mit meinem Leibdiener ein Stück zurückgeblieben war, um ihm Anweisungen für den Abend zu geben, brach auf einmal dieses Mädchen, gekleidet wie eine Bauernmagd, aus dem Unterholz hervor. Euer kluger Sohn fand sie gleich verdächtig und stellte sie zur Rede. Als sie sagte, dass sie vom Drachenhof stamme, da erkannte ich, wer sie war. Doch war es bereits zu spät. Sie tötete mit bloßen Händen den treuen Arkur, der sich vor seinen Herrn gestellt hatte, raubte ihm sein Schwert und ermordete Euren Sohn. Das alles ging so schnell, dass weder ich noch mein Leibdiener eingreifen konnten. Sie floh. Ich wollte ihr nachsetzen, doch Trewe ermahnte mich dazu, mich um den Prinzen zu kümmern, der leider schon im Sterben lag. Er flüsterte mir noch etwas zu, was schwer zu verstehen war. Trewe meinte, er habe mir seinen Segen gegeben, doch wage ich nicht, Derartiges zu behaupten, Hoheit. Ich weiß doch, dass Euer Sohn meiner Hochzeit mit Eurer Tochter nicht ohne Vorbehalte gegenüberstand.«

»Eure Aufrichtigkeit ehrt Euch, Lothfold«, seufzte der König und ließ sich auf einen Stuhl fallen.

»Sie ist geradezu unglaublich«, warf der Hochmeister spöttisch ein.

Gyltorn fand, dass der beißende Unterton schwer zu überhören und reichlich unpassend in Gegenwart eines trauernden Vaters war, aber der König war in seinem Kummer gefangen und achtete nicht auf solche Feinheiten.

Der Landgraf war recht zufrieden mit sich. Trewe hatte ihm geraten, in seiner Geschichte nah an der Wahrheit zu bleiben, und das hatte er getan.

»Sagt, Meister Ferror, was wisst Ihr über diese Magierin?«, fragte der König.

»Sie ist jung, doch schon eine Meisterin ihres Faches. Der verfluchte Graue Orden hat sie ausgebildet, und die Götter allein wissen, welche dunklen Künste sie bei ihm gelernt hat. Der neue Vogt von Veisa erwähnt sie mehrfach in seinem Bericht. Ihr müsstet ihn gelesen haben, Hoheit.«

»Es ist dieselbe Zauberin, die Eure Ordensbrüder in eine Falle lockte?«

Der Hochmeister nickte grimmig. »So heißt es im Bericht, zu dem ich jedoch noch viele Fragen habe. Der Vogt behauptet, sie habe unseren Leuten in der Schlacht ihr magisches Feuer geraubt. Damit wäre ihr eine Macht angeboren, wie sie nur die wenigsten Meister der Flammen je erlangt haben. Doch war auf jener unglückseligen Lichtung im Langwald kein Feuer im Spiel, wenn ich den Landgrafen richtig verstehe. Deshalb frage ich Euch noch einmal, Gyltorn, wie *genau* hat sie diesen Diener ums Leben gebracht? Ihr sprecht immer von ihren bloßen Händen, doch wie ging es vonstatten? Hat sie ihm das Genick gebrochen, oder hat sie ihn erwürgt?«

»Weder – noch, ehrwürdiger Ferror. Sie berührte ihn nur an seinem Schwertarm, und dann schien alles Leben aus ihm zu weichen. Ich kann es nicht anders beschreiben und würde es nicht glauben, wenn ich es nicht mit eigenen Augen gesehen hätte.«

»Mehr wisst Ihr nicht? Das habe ich doch schon Eurer Niederschrift entnommen.«

»Was bedeutet das, Ferror?«

»Es bedeutet, dass dieses Mädchen sehr gefährlich ist, Hoheit. Es verfügt offenbar über eine Macht, die wir noch nicht verstehen. Ich werde Anweisung erteilen, dass sich noch weitere Meister meines Ordens an der Jagd beteiligen.«

»Und – dass diese Zauberin vom Drachenhof stammt?«

»Dem müssen wir keine überragende Bedeutung beimessen, Hoheit, das kann ich Euch versichern.«

»Ihr glaubt nicht, dass sie Wyrmochs Fluch zum Leben erweckt hat? Oder jenen Fluch, vor dem Alfand, Euer erster Hochmeister in Edun, uns warnte?«

»Natürlich nicht!«, verkündete der Magier im Brustton der Überzeugung. »Allerdings bestätigt der Vorfall auf das Traurigste meinen alten Verdacht. Die Hexe ist nicht ertrunken, wie uns der Graue Orden einreden wollte, und die Weren aus dem Langwald hielten sie vermutlich die ganze Zeit versteckt. Den Starren den Wald und die Berge zu überlassen war der größte Fehler, den je ein König beging. Es ist höchste Zeit, ihn zu berichtigen, Hoheit. Denkt nur an den letzten Aufstand! Zu Tausenden verkrochen sich die Aufrührer in jenem Wald. Wir hätten die Bauern weit schneller wieder unter ihr Joch gezwungen, wenn sie sich nicht zu den Weren geflüchtet hätten. Und nun haben die Starren auch die Mörderin Eures Sohnes versteckt.«

Der König blickte unglücklich zu Boden. »Vielleicht war es aber auch mein Fehler, Ferror. Vielleicht hätte ich nicht gestatten dürfen, dass die Aufständischen im Langwald gejagt wurden. Das war gegen den Geist unserer alten Gesetze und Verträge. Und vielleicht ist nun der Tod meines Sohnes …« Seine Stimme verebbte.

»Nicht doch, Hoheit! Bei den alten Abmachungen haben Eure Ahnen nicht vorhersehen können, dass sich Aufrührer und Räuber unter den Wipfeln dieses Waldes ihrer gerechten Strafe entziehen. Noch dazu haben unsere Soldaten die Starren geschont, wo es eben noch vertretbar war. Und wie danken sie es Euch? Sie verbergen die gefährlichste Hexe des Landes, sehen zu, wie sie Euren hoffnungsvollen Sohn erschlägt, und stellen sich obendrein den tapferen Männern in den Weg, die dieses Weib jagen!«

Meister Lohwart hatte den Teil des Berichtes verfasst, der sich mit den Ereignissen im werischen Dorf befasste, und die ganze Geschichte vollkommen verdreht. Es las sich, als habe Lohwart die halbe Siedlung in reiner Notwehr niederbrennen müssen. Gyltorn hatte beim Lesen sehr gestaunt, aber er hielt es nicht für ratsam, das jetzt anzumerken. Es war offenkundig, welches Ziel Ferror mit seinen Worten verfolgte.

»Ja, wenn die Weren zu den Waffen greifen, haben sich die Zeiten wahrhaft geändert«, seufzte der König. Gyltorn sah ihm an, dass er nicht wusste, was er tun sollte.

In diesem Augenblick betrat Königin Wigfrida die Kammer durch eine Nebentür. Trauer stand ihr in ihr freundliches Gesicht geschrieben. »Ihr Herren, bitte entschuldigt uns. Ich habe Dinge mit dem König zu bereden, die nur Vater und Mutter eines zu früh verstorbenen Sohnes etwas angehen.«

Gyltorn und der Kanzler zogen sich mit tiefen Verbeugungen zurück.

»Sagt, Ferror, was hat es mit diesem Fluch und dem Drachenhof auf sich?«, fragte Gyltorn, als sie die Kammer verlassen hatten.

»Das ist nur ein alter Aberglaube, der bei den Weren früher umging. Und selbst die hatten die Legende von Wyrmoch längst vergessen. Leider scheinen sie sich nun wieder zu erinnern. Ihr solltet sie nicht mehr erwähnen, oder wollt Ihr den König in seinen Sorgen bestärken? Er hat sich immer schon vor dem tausendsten Jahr unseres Reiches gefürchtet, und seit Sifrids Tod scheint er an nichts anderes mehr denken zu können.« Der Kanzler richtete den Blick in die Ferne. »Abot Dregin hat behauptet, die Feuerdiebin sei ertrunken. Ich frage mich, ob er diese Hexe in den Langwald gesandt hat. Nein, er kann nicht so dumm sein, an den alten Mächten rütteln zu wollen, die in den Bergen schlafen. Außerdem hat sie die halbe Graufeste zerstört …« Er schüttelte den Kopf. »Lassen wir das. Vielleicht lässt sich die alte Legende noch zu unserem Vorteil nutzen.« Er trat nah an den Landgrafen heran, den er um einen Kopf überragte. Gyltorn fiel wieder einmal auf, wie sorgfältig geschnitten und gekämmt die weiße Mähne des Magiers war. Er roch nach Lavendel. »Eure Geschichte scheint zu stimmen, und dennoch habe ich das Gefühl, das Ihr mir etwas verschweigt.«

»Ich habe die lautere Wahrheit berichtet. Fragt lieber Euren Meister Lohwart, wie genau *er* es mit seinem Bericht nahm.«

Ferrors Augen funkelten. »Ihr werdet doch nicht den Ruf eines Mannes beschädigen wollen, der nur versuchte, die gefährlichste Zauberin des Reiches zu stellen, oder?«

»Dann zweifelt auch nicht an meinen Worten! Im Gegensatz zu Eurem Meister habe ich keinen werischen Angriff erfunden!«

Der Magier sah ihn immer noch von oben herab an. »Und doch scheint mir hier etwas verdreht. Der König mag Euch Glauben schenken, aber einen Hochmeister des Feuers könnt

Ihr nicht so leicht täuschen.« Plötzlich wurde er jedoch ganz freundlich: »Vielleicht ist Euch auch nur etwas entfallen, eine Kleinigkeit, unbedeutend für Euch, gleichwohl wichtig für einen Magier, der gewisse Zeichen erkennen würde. So etwas kann in der Aufregung natürlich geschehen, nicht wahr?«

»Mag sein«, stimmte Gyltorn zu, bevor ihm dämmerte, wie leichtsinnig seine Worte waren. Nun war es zu spät.

»Dann seid Ihr also einverstanden, dass einer unserer Zauberer Euch prüft, Gyltorn? Meister Folund ist sehr gut darin, in die Gedanken eines Mannes einzudringen und Vergessenes zutage zu fördern.«

Gyltorn schüttelte energisch den Kopf. »Einen Fremden in meine Gedanken lassen? Ich bin ein Rat der Krone. Ihr könnt nicht erwarten, dass ich mich diesem entwürdigenden Verfahren unterziehe. Und es ist beleidigend, dass Ihr meinen Bericht anzweifelt!«

»Aber wenn Ihr doch nichts zu verbergen habt? Niemand unterstellt Euch eine Lüge, Gyltorn, doch Ihr selbst habt zugegeben, dass Euch etwas entfallen sein könnte.«

»Und doch gibt mir mein hohes Amt gewisse Privilegien!«, wehrte sich Gyltorn, der sich selbst verfluchte, weil er dem Alten auf den Leim gegangen war.

»Nun, ich werde den König fragen, wie er das sieht. Wenn er mehr über den Tod seines Sohnes erfahren kann, wird er sicher auch wünschen, dass Meister Folund Euch befragt. Ihr werdet Euch doch nicht dem Wunsch des Königs widersetzen wollen, oder?« Er ließ die Maske der Freundlichkeit fallen und zeigte offen seine Verachtung: »Ihr verbergt etwas, Landgraf, dessen bin ich mir sicher. Vermutlich seid Ihr davongelaufen, als es gefährlich wurde. Ja, wahrscheinlich habt Ihr Sifrid im Stich gelassen, denn Ihr wart nie bekannt dafür, besonders tapfer zu sein. Wir werden es bald wissen. Ich bin sehr gespannt, wie sich die Schlange vom Lothfold aus der Schlinge der Wahrheitsprüfung herauswinden will.« Er nickte Gyltorn mit einem geringschätzigen Lächeln zu und ging davon.

Der Landgraf stand noch eine Weile allein in dem dunklen Gang. Der Hochmeister hatte keine Ahnung, welche Untat er verbarg. Er konnte wohl einfach der Versuchung nicht widerstehen, ein Mitglied des Hauses Gyltorn zu demütigen. Sollte aber ein Magier die ganze Wahrheit über den Vorfall im Wald enthüllen, würde ihn das auf kürzestem Wege auf den Richtblock bringen.

Feja blieb stehen. Der Wald vor ihr lag ruhig in der Abenddämmerung da. Die Buchen wiegten sich sanft im Wind, Schmetterlinge flatterten über das lichte Gras, nichts störte den Frieden. Genau das weckte ihr Misstrauen. Es war viel zu still in diesem Wald. Kein Specht klopfte, kein Eichelhäher war zu hören, und nirgendwo rührte sich auch nur ein einzelnes Wild. Sie kauerte sich hinter eine gestürzte Kastanie. Der Abend rückte schnell näher, und als es dunkel genug war, beschwor Feja das Zwielicht und streckte ihre magischen Sinne aus. Zunächst war da nur ein graues Gewirr von Ästen und Zweigen. Dann wurden die Schatten klarer. Weit entfernt stand ein Reh am Rande einer Lichtung und rührte sich nicht. Feja hatte das Gefühl, es streicheln zu können, so nah war es, als sie ihre Sinne auf sein klopfendes Herz richtete. Aber sie durfte sich nicht ablenken lassen. Sie erkundete den Wald und hörte bald weitere Herzschläge. Rehe, Füchse … eine Maus huschte durch welkes Laub. Dann kam etwas anderes dazu, ein leichtes, stetiges Tropfen, das schnell dichter wurde. Ein Schauer zog über den Wald! Feja fluchte innerlich. Wasser war ein Feind der Graumagier und ihrer Kunst. Der Regen durchdrang alles und verwandelte die feinen Schattierungen des beschworenen Zwielichts in ein verwaschenes Einerlei. Aber war da nicht ein dunkler Umriss im Geäst eines Baumes, kaum mehr als einen Pfeilschuss entfernt? Sie versuchte, die ungezählten Tropfen auszublenden, und meinte, den Herzschlag eines Menschen zu hören.

Sie legte noch mehr Kraft in den Zauber, und für einen Augenblick war sie fast sicher, einen zweiten, vielleicht sogar einen dritten Mann dort im Wald zu erspüren. Dann wusch der Regen die Vision fort. Sie klärte ihre Sinne und kletterte auf eine Blutbuche.

Die Wolken hatten das Licht der Monde verschluckt. Feja erkannte dennoch, dass die beiden – oder die drei – Männer ihren Platz klug gewählt hatten: Jeder, der nach Westen wollte und die Königsstraße mied, musste diese Senke durchqueren. Im Norden schlängelte sich ein sumpfiger Seitenarm der Runa durch den Langwald, im Süden versperrte ein langer Bruch den Weg. Ihn zu umgehen würde Tage dauern, außerdem boten die Felsen dort hervorragende Plätze für weitere Hinterhalte. Von allen schlechten Möglichkeiten schien diese Senke ihr am Ende doch die beste. Ein Pfad verlief zwischen den Bäumen, eingeengt durch dichte Brombeerhecken.

Feja atmete tief durch. Sie sammelte Kraft, beschwor den Schattenschirm, der alle Bewegungen verbarg, und schlich voran. Sie stellte bald fest, dass es schwieriger als sonst war, den Zauber aufrechtzuhalten. Der Schirm sollte die verräterischen Bewegungen von Ästen und Büschen verhindern, aber der Regen durchlöcherte ihn. Feja ließ ihn schließlich fallen und konzentrierte sich darauf, ihre Schritte zu dämpfen. Das Wasser fiel nun in dichten Schleiern vom Himmel. Es verhinderte zwar, dass sie wirksam zauberte, doch schluckte es auch verdächtige Geräusche. Feja tastete sich langsam voran. Sie konnte selbst mit Magie kaum etwas sehen. Ihr einziger Trost war, dass es ihren Feinden ähnlich ergehen musste. Sie schlich abseits des schmalen Pfades durch den Wald. Plötzlich blieb sie stehen. Ihre Nackenhaare hatten sich aufgestellt. Sie versuchte, mit dem Zwielicht die Umgebung zu ergründen, entdeckte zunächst jedoch nichts Verdächtiges. Dann ertastete ihre Hand das straffe Hanfseil, das durch das Laub lief. Eine Falle! Sie folgte dem Seil vorsichtig und fand einen mit langen Holzstacheln gespickten Ast. Jemand hatte ihn weit zurückgebogen. Wäre sie über das Seil gestolpert, hätte der Ast sich gelöst und sie durchbohrt.

Sie verfluchte ihre Jäger und spürte ihren Zorn wachsen. Vielleicht sollte sie den Männern zeigen, was sie konnte … Sie schlich weiter, die Hand am Dolch. Dort war der Baum, in dessen Ästen der erste der Jäger lauerte. Sie hielt den Atem an und konnte dem Zwielicht ein zerrissenes Bild abtrotzen. Der Mann war noch dort oben. Er schien einen Bogen bereitzuhalten. Hatte er sie bemerkt?

Feja wartete und zwang sich mit allem, was sie von Meme Salmango und Span gelernt hatte, zu äußerster Ruhe. Sie konnte ihr eigenes Herz schlagen hören, kaum schneller, als wenn sie geschlafen hätte. Da sie keine Anzeichen sah, dass der Mann sie bemerkt hätte, tastete sie sich weiter voran. Die beiden anderen Jäger, die sie mehr erahnt als gesehen hatte, mussten ein Stück zu ihrer Rechten stehen. Also hielt sie sich links. Sie fand eine zweite verdächtige Hanfschnur. Dieses Mal verzichtete sie darauf, die Falle weiter zu ergründen. Sie wich aus und stieß auf eine dichte Dornenhecke. Hier gab es kein Durchkommen. Also versuchte sie es auf der rechten Seite, auch wenn sie dies näher an die beiden Häscher heranbrachte. Sie bewegte sich lautlos und lauschte angespannt. Sie hörte nichts außer dem rauschenden Regen.

Sie beschwor das Zwielicht erneut und meinte endlich, in dem verwaschenen Grau den zweiten Mann zu sehen. Er kauerte hinter einer Buche. Der dritte war dicht bei ihm, aber er schien auf dem Boden zu liegen. Feja runzelte die Stirn. Etwas stimmte da nicht. Die beiden waren keine zwanzig Schritte entfernt. Der Liegende rührte sich jetzt. Feja lauschte angestrengt. Sie hörte ein leises, warnendes Knurren. Das war kein Mann – es war ein Hund! Sie beendete den Zauber sofort, doch es war zu spät. Der Hund hatte die Magie gewittert und schlug laut an.

»Fass!«, rief der Jäger.

Der Hund schoss durch das Gebüsch direkt auf sie zu. Er kam nicht allein. Feja warf sich im letzten Augenblick zur Seite und spürte die Federn des Pfeils, der an ihrer Wange vorbeizischte. Schon war der Hund da. Es war ein riesiges Untier mit einem gewaltigen Kiefer. Feja riss ihren Dolch heraus und duckte sich unter seinem Sprung hindurch. Der Jäger kam durch das Unterholz herangepoltert. Gerne hätte sie eine Blutblende auf ihre Feinde geschleudert, doch der Regen war einfach zu dicht. Ein helles Hornsignal klang durch den rauschenden Regen. Das musste von dem Mann in der Baumkrone kommen. Rief er etwa noch Verstärkung herbei? Das Tier griff wieder an, Feja versuchte, den schnappenden Zähnen auszuweichen, aber der Hund erwischte sie am Ärmel und verbiss sich darin. Sie spürte ein weiteres Geschoss herannahen, konnte nicht richtig ausweichen. Der Pfeil durchbohrte ihren Umhang, schnitt durch das Fleisch über ihren Rippen und bohrte sich in die Flanke des Hundes. Das Tier brach winselnd zusammen. Sie fuhr mit einem schmerzvollen Stöhnen herum. Der Jäger ließ fluchend den Bogen fallen und griff zum Schwert. Instinktiv sprang Feja zurück. Ein weiterer Pfeil war wie aus dem Nichts auf sie abgeschossen worden. Er bohrte sich knirschend in einen Baumstamm.

Feja warf sich zur Seite und fühlte im Laub etwas reißen. Ein scharfes Sausen schnitt durchs Gehölz. Nur eine Handbreit über ihr schnellten lange Stacheln an einem starken Ast ins Leere. Wie viele Fallen hatten diese Männer denn noch gestellt? Sie sprang auf und griff ihren Gegner an. Der brüllte und hieb mit dem Schwert nach ihr. Sie unterlief den Schlag und verwundete ihn mit dem Dolch am Schwertarm. Mit einem Schrei ließ er die Waffe fahren, nur um mit der anderen Hand ein Jagdmesser aus dem Gürtel zu reißen. Feja erahnte die Bewegung mehr, als sie zu sehen. Sie packte den Mann am Hals. Sofort strömte ein berauschender Strom magischer Kraft durch ihren Leib. Nein, das wollte sie nicht! Erschrocken ließ sie den Mann los. Der brach ächzend zusammen. Sie hörte den zweiten Feind. Er stürmte in ihrem Rücken durch das Buschwerk heran. Plötzlich war da wieder dieses scharfe Sausen, gefolgt von einem dumpfen Schlag und einem erstickten Stöhnen. Der Mann war in seine eigene Falle gelaufen! Er stand zwischen den Büschen, ein dunkler Umriss, der mit gesenktem Kopf voller Unglauben auf die hölzernen Spitzen zu starren schien, die ihn durchbohrt hatten.

Feja hielt für einen Augenblick inne. Aus weiter Ferne erklang ein dünnes Hornsignal. Also kamen tatsächlich noch mehr Jäger. Sie hörte die beiden Männer stöhnen und spürte selbst einen schneidenden Schmerz. Ein Pfeil hatte ihr das Fleisch von den Rippen gerissen. Blut sickerte aus der Wunde. Gleichzeitig fühlte sie sich zum Bersten stark. Sie hatte viel Kraft aus diesem Mann gesogen. Ein Teil von ihr sah den wehrlos daliegenden Jäger und verlangte nach mehr. Sie näherte sich ihm vorsichtig. Er konnte sich nicht einmal mehr wehren. Sie streckte schon die Hand aus, dann schüttelte sie den Kopf und machte, dass sie fortkam. Sie musste weit weg sein, bevor die Männer eintrafen, die das Horn gerufen hatte, und sie hoffte, dass der verfluchte Regen wenigstens ihre Spuren verwischen würde.

3.

Wasser tropfte durch die Decke des Palastes. Gleich drei hölzerne Eimer waren in der halb leeren Kammer verteilt, um es aufzufangen. Draußen ging ein schwerer Schauer nieder und kündigte den nahenden Herbst an. Skuran Orchon versuchte, im ungewissen Licht der Laternen in der Miene seines Gegenübers zu lesen. Es fiel ihm schwer zu erkennen, ob der junge Mann wegen des eindringenden Regens oder wegen seiner Anwesenheit so gereizt war.

»Dort«, verkündete der Bibliothekar und wies mit der Linken auf eine Regalwand im trockenen Teil der langen Kammer, »findet Ihr Abschriften alter Aufzeichnungen aus dem ersten und zweiten Jahrhundert unseres Reiches, besonders aber über die Gründung von Braakc.«

»Das ist wirklich beeindruckend, Durchlaucht«, versicherte Orchon.

»Ich sagte Euch bereits, Meister Orchon, dass dies der Titel meines Vaters und nicht der meine ist«, erklärte Nerius Dimgast.

Orchon versuchte, nicht auf dessen verkrüppelten rechten Arm zu starren. Er erinnerte sich nur zu gut an den Vorfall: Der junge Graf war auf der Graufeste in die Tiefe gestürzt und hatte nur knapp überlebt. Sein Vater, der mächtigste Mann im Graufenn, hatte den ganzen Orden für dieses Unglück verantwortlich machen wollen, aber Abot Dregin hatte geschickt den Zorn auf Meister Caron gelenkt. Orchon hatte damals als

Mondkundiger helfen sollen, die Wahrheit ans Licht zu bringen, hatte sie jedoch verschleiert, weil er nur so das Mädchen hatte schützen können, in das er so große Hoffnungen gesetzt hatte.

Wie sehr hatte er gehofft, diese Feja könne Wyrmochs Fluch erfüllen und die Magie und vor allem die Heilkunst der Weren zurückbringen. Er hatte es in den Monden gesehen und sich geirrt. Sein Sohn Durku war gestorben, und alle Hoffnung war zerstoben.

Warum trauerst du nicht um ihn? Warum stehst du hier zwischen all den Schriftrollen und suchst etwas, das du besser nicht finden solltest?, fragte die Stimme in seinem Kopf. Orchon versuchte, sie zu ignorieren.

»Wenn Ihr mir sagt, was genau Ihr zu finden hofft, kann ich Euch vielleicht helfen«, sagte der Bibliothekar.

»Wie? Nun, je älter, desto besser. Mich beschäftigen vor allem die utorischen Magierorden. Ich möchte herausfinden, wie sie sich auf Edun entfalteten. Es heißt, hier lägen auch Schriften aus der Bibliothek des Grauen Ordens?«

Nerius Dimgast runzelte die Stirn. »Das ist wahr. Leider wurden viele bei den Plünderungen beschädigt oder zerstört. Doch Ihr habt Glück, ich habe letzte Woche einige Schriften erhalten, die aus dem ersten Jahrhundert, ja, sogar noch aus dem alten Utor stammen. Es war nicht leicht, sie zu bekommen.«

»Es ist erfreulich, dass der Fenngraf so viel Gold in den Aufbau einer Bibliothek steckt«, meinte Skuran Orchon.

Der junge Mann bedachte ihn mit einem Blick, den Orchon nicht deuten konnte. »Ihr findet besagte Schriften in der hinteren Kammer. Behandelt sie mit Vorsicht. Es sind natürlich nur Abschriften, aber einige sind dennoch Hunderte Jahre alt. Wenn Ihr etwas braucht, gebt mir Bescheid. Der Fenngraf wünscht, dass ich Euch unterstütze, was verwunderlich ist, wenn man bedenkt, was geschehen ist.«

»Die Zeit heilt alle Wunden, Herr«, gab Orchon zurück. Die Stimme in seinem Kopf lachte verbittert auf. Er versuchte, sie zu ignorieren, und stürzte sich in die Arbeit. Bruder Hallir, sein Schatten, wich ihm nicht von der Seite; immerhin war er hilfsbereiter als der knurrige Verkünder auf der Feste.

Bald vergaß Orchon, weswegen er in dieser Kammer saß, denn jede Schriftrolle offenbarte neue Schätze. »Wirklich erstaunlich«, murmelte er, als er eine Rolle mit Zeichnungen ausbreitete. Darin ging es um Schiffsbau. Der Rotschmied verstand nicht viel von Schiffen, aber erkannte eine sinnreiche Konstruktion, wenn er sie sah.

Sein Begleiter warf einen gelangweilten Blick auf das Pergament. »Mich wundert es, dass der Fenngraf Nerius gestattet, all diese vergilbten Schriften anzuschaffen. Ich nehme an, dass Graf Dimgast das meiste davon bezahlt.«

Orchon öffnete eine weitere Rolle. Hier ging es um den Tempelbau und wie man die Kräfte abfing, die hohe Gewölbe auf Außenmauern ausübten. Er stieß einen leisen Pfiff aus. »Seht nur, Bruder Hallir. Offenbar verfügten die alten Utorer über Wissen, das ihre Nachfahren vergessen haben. Das kann außerordentlich nützlich sein. Wenn der junge Dimgast das erkannt hat, kann er viel für Braake erreichen.«

»Ihr meint, er kann diesem Palast ein Dach verschaffen, durch das es nicht hindurchregnet?«

»Oder er errichtet einen Tempel, der bei einem Erdbeben nicht zusammenbricht«, erwiderte Orchon verstimmt, weil sein Begleiter den offensichtlichen Segen dieser alten Schriften nicht erkennen wollte.

»Wir sind aber nicht hier, um Schiffe oder Tempel zu bauen, oder?«

Orchon seufzte. »Das ist leider wahr, Bruder Hallir. Da Ihr zu lesen versteht, seid doch so gut und versucht, Euch einen Überblick zu verschaffen, was sich hier in den Regalen findet. Diese Pergamente und Rollen scheinen noch völlig ungeordnet. Sucht nach Berichten von der Landnahme und nach allem, was Ihr über Zaubererorden findet. Der Rest muss leider warten.«

Skuran Orchon verbrachte etliche Tage in der Bibliothek. Er las viel über die ersten Könige und manches, was ihn überraschte. König Gimlar hatte den Weren die halbe Insel angeboten, aber die hatten das Angebot aus Gründen, die der namenlose Chronist nicht kannte, abgelehnt. Erst Jahrzehnte später schloss ein König Baldhar einen Vertrag mit den Weren. Er überließ ihnen »auf ewig« den Langwald und die Mondberge. Das war nur ein Bruchteil von dem, was ihnen Gimlar angeboten hatte. Und dieses Mal nahmen sie an.

Etliche Pergamente später stieß Orchon auf den ersten brauchbaren Hinweis: Gimlar II., der dritte König auf Edun, verdiente sich den Beinamen der Turmbauer, weil er die utorischen Siedlungen mit Türmen gegen werische Überfälle sicherte. Orchon runzelte die Stirn. Sein Volk war doch so entsetzlich friedliebend, Gewalt war ihm fremd. Aufmerksam studierte er die verblasste Schrift. Er stieß auf einen dürren Absatz, in dem es hieß, dass die Zaubererorden schon lange »gewisse Plätze« in Besitz genommen hatten, was die Weren plötzlich nicht länger dulden wollten. Leider schrieb der Chronist nicht mehr darüber, und die Spur verlor sich in langen Aufzählungen der Jahre mit schlechten Ernten.

Am folgenden Tag entdeckte Orchon einen Namen, der ihm bekannt vorkam: Jarknar, genannt der Wanderer. »Sagt, Bruder Hallir, ist in der Geschichte Eures Ordens nicht ein gewisser Jarknar von Bedeutung?«

Der Ordensbruder grinste. »Ihr wart schon oft in seiner Halle, Meister Orchon. Er war es, der die Graufeste gründete. Wartet, ich glaube, ich habe seinen Namen vor ein paar Tagen im Kapitel einer Schriftrolle gelesen.«

»Warum habt Ihr mir das nicht gesagt?«

»Das habe ich, doch Ihr wart derart vertieft in Eure Pergamente, dass Ihr es wohl überhört habt.«

Leider konnte sich Bruder Hallir nicht erinnern, wo er die Rolle hingelegt hatte, und so suchten sie eine volle Stunde, bis der Ordensbruder sie endlich aus einem Berg anderer Schriften hervorzog. Über dem Text waren rote Zeichen gemalt: ein Auge über einer Krone und einem Stab. Orchons Herz schlug schneller. Das hieß, dass diese Schrift nur vom König und von Magiern gelesen werden durfte. Mit feiner Handschrift behandelte der wiederum namenlose Chronist die Zeit des ersten Königs auf Edun. Orchon stieß zuerst nur auf zahlreiche Namen, die ihm nichts sagten. Es ging um Seefahrer, die die Küsten der Insel erkundet und Karten angefertigt hatten. Doch dann war da die Rede von Jarknar dem Wanderer, der Edun auf dem Rücken eines Pferdes und zu Fuß kreuz und quer durchstreift hatte. Der Schreiber maß dem offenkundig nur wenig Bedeutung bei, dabei konnte Orchon aus den trockenen Bemerkungen herauslesen, dass Jarknar recht schnell die heiligsten Orte der Weren gefunden hatte. Der Stil änderte sich. Offenbar hatte ein neuer Chronist übernommen. Er vermerkte in einer Randbemerkung über Erbstreitigkeiten unter Gimlars Söhnen, dass die Orden »heilige Orte der Starren« in Beschlag genommen hätten, um »Splitter von Hellfyrs Schöpfung, über die nichts gesagt werden kann«, zu verankern. Er listete sogar die Orte auf: Königswald, Boddlei, Nargatt, Walbucht, Braake.

Hellfyr? Orchon kannte den Namen. Das war der große Magier gewesen, der einst die Mangyr, die Allkugel, geschaffen hatte, um den brodelnden Vulkan zu zähmen, der dann doch das alte Utor mit Feuer und Asche vernichtet hatte und seither nicht zur Ruhe kam. Die Splitter – der Chronist sprach ohne Zweifel von den magischen Kristallen! Sie waren den Orden anvertraut und an die heiligen Orte der Weren gebracht worden. Es gab also mehr als den einen, den der graue Orden verwahrte. Jetzt begriff Orchon endlich, warum der Flammenorden neben seiner beeindruckenden Residenz in der Hauptstadt auch noch eine Festung im Königswald unterhielt.

Dann stieß Orchon auf einige Zeilen, die ihn fesselten: Jarknar war auf seinen Wanderungen in den Mondbergen auf einen Ort gestoßen, der »von seltsamster Kraft« sei. In einem See habe er *Tränensteine* gefunden, die auf »seine Kunst die ungünstigste

Auswirkung« gehabt hätten. Der Fliod sei dort »ganz gestört und zerstoben« worden. Skuran Orchon traute seinen Augen nicht. Er wusste genug über Aschling-Zauberei, um zu wissen, dass der Strom magischer Kraft Fliod genannt wurde. Es gab also Steine, die ihre Magie störten? Es war kein Wunder, dass sie das geheim halten wollten.

Er las die Stelle noch einmal. Es war offenkundig, dass der Kristall unter dem Tempel durch Magie über dem schmalen Abgrund gehalten wurde … Mit den beschriebenen Tränensteinen konnte er diese Kraft vielleicht unterbrechen und den Dämmerstein bewegen! Dann durchfuhr ihn ein Gedanke wie ein Blitz: Konnte er mithilfe der Tränensteine den Kristall vielleicht nicht nur bewegen, sondern auch … zerstören?

Er holte tief Luft. Die utorischen Magier hatten die Alte Magie der Weren in Ketten gelegt. Er hatte schon immer vermutet, dass ein Geheimnis unter der Feste etwas damit zu tun hatte, schon als er noch nichts vom Dämmerstein wusste. Dieser Kristall war nicht das einzige Glied in der Kette. Was, wenn es ihm gelänge, ihn zu vernichten? Würden dann auch die anderen Glieder reißen? Würde die Alte Magie zurückkehren? Ihm wurde schwarz vor Augen.

»Ist Euch nicht wohl, Meister Orchon?«

»Doch, doch, ganz im Gegenteil, Bruder Hallir«, sagte er heiser. »Es sieht so aus, als gäbe es einen Ort auf dieser Insel, wo wir genau das finden, was wir suchen.«

»Wirklich? Wo soll das sein?«

Orchon hob die Rolle, die ihm aus den Fingern geglitten war, wieder auf. Dort hieß es, der gesuchte Bergsee sei werischen Legenden zufolge vor Anbeginn der Zeit mit den Tränen der Göttin Edamara gefüllt worden. Die Weren nannten ihn *Mara-Tir*. Von diesem See hatte er noch nie gehört, aber er schien die Waffe in sich zu bergen, die er so dringend suchte. Mit ihr konnte er vielleicht den Graumagiern den Schlag versetzen, den dieses Mädchen nicht hatte führen wollen. Seine Hände zitterten vor Aufregung.

Du ergehst dich in Wunschdenken, höhnte die innere Stimme, *du weißt nichts über diese Steine und nichts über den Ort. Vermutlich wirst du ihn nie finden.* »Halt den Mund«, murmelte Skuran Orchon und studierte noch einmal die Zeilen über Jarknar. Aber so oft er den Text auch las – es stand nirgends geschrieben, wo genau in den Mondbergen der Zauberer den verborgenen See gefunden hatte.

Die ganze Stadt trug Trauer. An jedem Haus hing eine schwarze Fahne oder doch wenigstens ein dunkles Stück Stoff, und über dem Palast wehten riesige schwarze Banner. Gyltorn war froh, dass die lange Beisetzungsfeier endlich vorüber war. Viele Redner hatten Sifrid gehuldigt und ihn zu einem Wunder an Gelehrsamkeit, Mut und Tatkraft verklärt, und jeder hatte seine Mörderin verflucht und doch damit, ohne es zu wissen, ihn, Mornir Gyltorn gemeint. In dem Tempel entzündeten sie immer noch Kerzen mit der Bitte, die Übeltäterin schnell der gerechten Strafe zu überführen. Gyltorn bildete sich ein, den Rauch bis auf die Straße zu riechen, durch die er nach Hause eilte.

Er hatte unauffällig versucht, mehr über diese Feja in Erfahrung zu bringen, und nichts als wilde Gerüchte gehört. Es hieß, sie trüge einen feuerspeienden Drachen in sich, vielleicht hatte sie aber auch vor, den alten Drachen Wyrmoch wiederzuerwecken, zwischen dessen Knochen sie angeblich zur Welt gekommen war. Andere raunten, sie habe ihn bereits erweckt und, auf ihm reitend, die Graufeste zerstört. Gyltorn hielt das meiste für blühenden Unsinn. Hochmeister Ferror bemühte sich nach Kräften, die Gerüchte vom König fernzuhalten, doch vergeblich. Waren sie auch widersprüchlich, Gimlarin glaubte sie alle. Er hatte kein Ohr für den Verdacht des alten Zauberers, dass Feja immer noch im Auftrag des Grauen Ordens handele. Gyltorn schüttelte gedankenverloren den Kopf. Ferror hatte nicht erklären können, warum sie dann die Graufeste zerstört haben sollte.

Und das schien das Einzige zu sein, was man sicher wusste. Gyltorn wurde heiß und kalt, wenn er daran dachte, über welche Macht dieses Mädchen gebieten musste.

Er fühlte sich besser, als er die schwere Pforte des Stadthauses seiner Familie hinter sich schloss. Noch erleichterter war er darüber, dass Trewe ihn dort erwartete.

»Du bist schon zurück! Was kannst du mir berichten?«

»Die Jagd war bisher erfolglos, und sie hat sich mehr in ein Fallenstellen verwandelt. Überall im Langwald hoffen die Männer darauf, dass ihnen die Feuerdiebin vor ihren Bogen läuft. Einige Jäger sind ganz verschwunden, vielleicht sind sie also tot.«

»Und dein Begleiter?«

»Er stürzte in eine Felsspalte und brach sich das Genick, Herr.«

»Gut, sogar sehr gut, Trewe. Es ist erfreulich zu sehen, dass wenigstens dieser Teil unseres Planes gelang. Leider gibt es hier einige Schwierigkeiten, die wir nicht vorhergesehen haben.«

Er berichtete seinem Leibdiener kurz von der Drohung des Hochmeisters, ihn einer Wahrheitsprüfung zu unterziehen.

»Das ist beleidigend, Herr. Ihr dürft dem nicht zustimmen.«

»Kanzler Ferror hat leider recht, wenn er sagt, dass mich das verdächtig machen würde. Außerdem ist es der Wunsch des Königs. Dem kann ich mich nicht widersetzen, wenn ich Prinzessin Ifholde heiraten will. Ich habe angeboten, den zweiten Zeugen der Ereignisse prüfen zu lassen; leider weiß Ferror, dass du ein Halb-Were bist und seine Wahrheitsfinder nicht in deine Gedanken eindringen können. Ich hatte gehofft, damit genug guten Willen bewiesen zu haben, aber der König ist ganz besessen davon, dass ich noch etwas über seinen geliebten Sohn wissen könnte, was mir entfallen ist.«

»Dann gebt Euch beleidigt und macht zur Bedingung Eurer Einwilligung, dass kein Feuermagier Euch prüft. Ihr seid ein Mitglied des Hohen Rates. Das mag nach mehr klingen, als es bedeutet, doch Ihr habt neben der Würde auch gewisse Rechte. Ein Magier eines anderen Ordens soll die Prüfung vornehmen.«

»Wo läge da der Unterschied?«, fragte Gyltorn stirnrunzelnd.

»Darin, dass derjenige nicht unter der Knute des Hochmeisters steht. Außerdem kenne ich die beiden einzigen Zauberer in Lente, die dann infrage kämen. Meister Hollark von den Wassermagiern ist nicht an Politik interessiert – und leicht zu verführen.«

»Und der andere?«

»Meister Turre von den Sturmzauberern. Er ist ein ehrlicher Mann, was ihn für unsere Zwecke unbrauchbar macht. Um ihn müssten wir uns kümmern – bevor Ihr das Angebot unterbreitet, Herr.«

»Kümmern? Du meinst, du willst einen Magier …?«

Trewe unterbrach ihn. »Je weniger Ihr über diese Angelegenheit wisst, desto besser. Ihr seid dem Thron bedeutend näher gerückt, Herr. Die Hochzeit mit der Prinzessin scheint zum Greifen nah. Vielleicht erleben wir es noch, dass mit einem Eurer Kinder wieder ein Gyltorn auf dem Aschenthron sitzt, ganz wie die Familie es geplant hat.«

Mornir Gyltorn nickte finster. Seine Mutter hatte ihm von Kindesbeinen an eingebläut, dass die Krone von Rechts wegen ihm zustünde und nicht Gimlarin, dem Nachkommen eines Zweitgeborenen. Sie hatte diese Kränkung nie verwunden und sprach über kaum etwas anderes, wenn er im Lothfold war, einer der Gründe, warum er sie nicht mehr oft besuchte. Sie war enttäuscht, dass er nicht mehr Ehrgeiz entwickelte, und empfand es nur als schwachen Trost, dass er durch die *mögliche* Heirat mit Ifholde *vielleicht* seine Kinder oder Enkelkinder auf den Thron bringen würde. Der König hatte leider noch zwei weitere Söhne, die in der Erbfolge vor Gyltorns noch gar nicht gezeugten Kindern standen. Allerdings waren es vor Kurzem noch drei gewesen …

In dieser Nacht schlief er schlecht und wurde schließlich von großem Lärm aus dem Schlaf gerissen. Er trat an das Fenster seines Schlafgemachs und sah hinaus. Viele Menschen strömten auf die Straßen und schrien aufgeregt durcheinander. Ein Feuer war mitten in der Stadt ausgebrochen!

Der Landgraf blieb bis zum Morgengrauen am Fenster stehen und sah zu, wie der Feuerschein erst stärker, dann allmählich schwächer wurde. Er schickte eine seiner Mägde aus, sich zu erkundigen, und erfuhr von ihr, dass neben dem Haus einer Zaubererbruderschaft noch drei weitere große Anwesen in der Straße der Könige bis auf die Grundmauern zerstört worden waren. Noch dazu seien drei tapfere Männer beim Kampf gegen das Feuer von einer einstürzenden Wand erschlagen worden. Später, als die letzten Glutnester erloschen waren, fand man unter den Trümmern weitere Leichen. Mornir Gyltorn tat tief bestürzt, als er auf dem Weg in den Palast hörte, dass neben einigen Hausknechten auch Meister Turre von den Sturmmagiern ganz und gar verbrannt sei.

Feja hockte unter den Zweigen einer ausladenden Eiche und lauschte auf den Regen. Es war kalt geworden, und die Zeitgeberin Eortha, die ruhig und zuverlässig ihre Bahn zog, stand weit im letzten Viertel. Noch ein oder zwei Tage, und im Langwald würden sie die Herbstfeuer entzünden. Feja spähte hinüber zur Straße. Sie hatte in den letzten Stunden nur wenige Menschen dort gesehen. Ein Händler war mit seinem Maultierkarren vorbeigezogen, und ein paar Handwerker waren Richtung Braake marschiert. Es war nicht mehr weit bis zur Stadt.

Zwei Wochen lang war Feja durch den Langwald gewandert, meistens im Schutz der Nacht. Bei jeder Rast hatte sie ihr Bargan im Licht der Monde gefüllt und nie mehr als drei Stunden am Stück geschlafen. Sie hatte sich von Waldbeeren und Wild ernährt und menschliche Siedlungen gemieden. Jetzt saß sie unter der Eiche und fragte sich, ob es ihr wirklich gelungen war, ihre Verfolger abzuschütteln. Einmal noch hatte sie zwei dieser Männer zu Gesicht bekommen. Das war vor neun Nächten gewesen. Der kalte Regen, der seit Tagen in Schauern über dem Land niederging, mochte ihre Spuren verwischt haben.

Ob Span noch auf der Feste war? Wie es wohl Hallir, Gabra und

Nemma ergangen war? Die Graufeste übte eine seltsame Anziehungskraft auf sie aus. Span hatte dort bleiben wollen, obwohl er sich gegen Dregin gestellt hatte. Aber der war in der Kammer des Dämmersteins zermalmt worden. Der Kristall … Feja spürte die schon vergessen geglaubte Sehnsucht nach diesem schimmernden Stein, der wie nichts anderes Fliod für einen Magier bündelte.

Sie riss sich zusammen. Deswegen war sie nicht auf dem Weg nach Braake, und sie würde auch keine Gelegenheit haben, ihre Freunde zu treffen. Die Graumagier wollten sie vermutlich tot sehen nach dem, was sie getan hatte. Feja spähte in die Dämmerung. Der Tag neigte sich seinem Ende zu, und auf der anderen Seite des Buschwerks wartete hoffentlich der Mann, für den sie diesen Weg auf sich genommen hatte.

Feja erhob sich und schlich durch die Büsche weiter. Endlich sah sie das verfallene Gemäuer weiß durch das Blattwerk schimmern. Sie hatte den Tempel der Frösche erreicht. Vorsichtig näherte sie sich der alten Ruine. Rinnsale von Regenwasser schlängelten sich durch die geborstenen Außenmauern. Feja kletterte über eine schiefe Mauer. Da war das Eingangsportal. Wie lange war es her, dass sie das erste Mal vor diesem Steinhaufen gestanden hatte und zitternd vor Kälte über die Schwelle getreten war?

Der Regen hatte den dachlosen Innenraum mit noch mehr Wasser als damals gefüllt. Es sickerte schon über die Schwelle. Weder Frösche noch Kröten konnte Feja entdecken. Ob sie auf der Suche nach einem Unterschlupf für den Winter davongekrochen waren? Meister Adach wohnte auf der anderen Seite des Tempels. Sie hätte also auch einfach außen herumgehen können. Aber aus Gründen, die sie selbst nicht ganz verstand, schien ihr das verkehrt. Also zog sie ihre Stiefel aus und betrat den Tempel. Das Wasser reichte ihr schnell bis zu den Knöcheln. Es war gar nicht kalt, und Feja dachte an die Geschichte von der warmen Quelle, die irgendwo in der Nähe aus dem Boden trat. Die Braaker hatten wohl nichts von ihr gewusst, als sie versuchten, diesen Tempel zu errichten, aber je höher sie die Mauern zogen, desto tiefer sackte der Boden ab. Schließlich gaben sie auf und überließen das Bauwerk dem Verfall und den Fröschen – bis Meister Adach hier einzog.

Feja stapfte durch die trübe Brühe. Sie erkannte im schwachen Licht den unvollendeten und geborstenen Steinaltar. Dort hatte sie geschlafen, als ihr das erste Mal eine Nykke im Traum erschienen war. Warmer Feuerschein drang durch eine offene Tür hinter dem Altar.

»Gibt es denn niemanden hier, der einer Wanderin ein paar Kräuter verkaufen möchte?«, rief sie.

Hinter der Türhöhlung murmelte jemand ein paar werische Flüche. Dann zeigte sich eine dürre Gestalt mit wirrem Haar. »Welche Gaucha ist so einfältig, bei dem Wetter und zu dieser Stunde nach Kräutern zu fragen?«, rief der Were, ein brennendes Holzscheit in der Hand. Dann erstarrte er, und ein freudiges Strahlen deutete sich in den alten Augen an. »Das Maegadha? Es ist zurück!«

Feja lächelte. »Vielleicht habe ich es ohne Euch nicht ausgehalten, Meister Adach.«

Der Were hatte sich wieder in der Gewalt und verbarg seine Freude hinter den starren Gesichtszügen seines Volkes. »Und es ist immer noch dumm wie ein Aschling, kehrt zurück in die Stadt seiner Feinde! Etwas muss dem Maegadha den Verstand geraubt haben.«

»Ich freue mich auch, Euch zu sehen«, sagte Feja grinsend.

Der Kräutersammler kniff ein Auge zusammen. »Freude? Ja, Freude empfinden auch wir. Aber dumm ist es trotzdem.«

Feja fiel dem Alten einfach um den Hals. Adach erstarrte unter der Umarmung. Dann murmelte er ein paar werische Bemerkungen, in denen es darum ging, dass sich so etwas einfach nicht gehörte, doch Feja sah deutlich ein schelmisches Leuchten in seinen Augen.

»Dann komm an unser Feuer, Maegadha. Einfältig ist es, aber das ist kein Grund für uns, im Regen stehen zu bleiben. Wenigstens wir sollten den Verstand bewahren.«

Wenig später wärmte Feja ihre Hände am Feuer und teilte

mit dem Kräutersammler die Reste eines Kaninchens, das sie am Morgen mit dem Bogen erlegt hatte.

Ganz wie früher hielt es Meister Adach für eine Sünde, während des Essens zu reden. Feja bestürmte ihn dennoch so lange mit Fragen, bis er widerwillig Auskunft gab. Und obwohl er behauptete, als armer Einsiedler nicht viel von der Welt zu wissen, war er erstaunlich gut informiert. Feja erfuhr, dass Nerius Bibliothekar in Braake geworden war und dass die Graufeste immer noch wiederaufgebaut wurde. »Sie haben Schwierigkeiten, Mauern zu errichten, da der alte Fels sie nicht mehr tragen will. Sie schichten Stein auf Stein, dann gibt der Fels nach und macht ihr Werk zunichte. Doch sie sind zu stolz, die Feste aufzugeben.«

Feja fragte auch nach Nemma, Hallir, Gabra und anderen Mitschülern, doch von denen wusste Adach nichts zu berichten, einfach weil er ihre Namen nicht kannte, oder wenn er sie kannte, nicht wusste, zu wem sie gehörten.

»Und wer ist jetzt Abot?«, fragte sie.

Der Were brummte missmutig, biss in seinen Kaninchenschenkel und sagte kauend: »Dregin.«

»Aber … das ist unmöglich! Er war in der Kammer! Die halbe Feste ist über ihm zusammengestürzt!«

Meister Adach zuckte mit den Achseln. »Er hat es überlebt. In Braake nennen sie es ein Wunder. Wir nennen es einen Fluch.«

»Und Span? Wenn Dregin noch lebt …«

»Von deinem Freund wissen wir nichts. Weder hörten wir, dass er lebe, noch, dass er tot sei. Es ist also beides möglich.«

»Das ist schrecklich!«

Adach nagte Fleisch von einem Knochen. »Es ist, wie es ist. Die Leute schwätzen viel. Am meisten reden sie derzeit von dem toten Prinzen.«

»Was für ein Prinz?«, fragte Feja, in Gedanken noch bei Span. Die Ungewissheit war furchtbar.

»Hast du es nicht gehört? Alle reden sie davon und nennen es ein großes Unglück. Sie sagen, eine Magierin habe ihn getötet, tief im Langwald.«

Feja lief ein kalter Schauer über den Rücken. »Eine Magierin?«

»Sie sagen, es sei dieselbe, die auch die Feuerzauberer und die armen Bauern in eine Schlacht gelockt habe.«

»Aber – das sind alles Lügen!«

»Wir wissen das, Maegadha. Wir wissen, was im Alten Grund geschah und dass es nicht deine Schuld war. Und daher denken wir, dass auch das andere eine Lüge ist. Das ist es doch, oder?«

Feja nickte betreten. Endlich verstand sie, warum ihre Jäger so hartnäckig waren. Sie glaubten, sie hätte den Prinzen getötet! Der Mann war also tot? Wie war er umgekommen?

»Wir haben es auch nicht geglaubt«, schnaubte Adach. »Doch sag, Maegadha, was bringt dich auf die törichte Idee, uns zu besuchen? Du solltest ans andere Ende dieser Insel fliehen. Die grauen Hexer suchen immer noch nach dir.«

»So wie es aussieht, sind sie nicht mehr die Einzigen. Ich bin Eurem Rat gefolgt, Meister Adach, jedenfalls habe ich es versucht. Ich wollte Edamaras Tränen finden und ihre Hüterin, die so viel von Zauberei versteht.«

»Es ist dir nicht gelungen? Natürlich, er ist schwer zu finden, dieser See, selbst für Weren. Wir haben aber gedacht, dass Galtara dich führen würde. Ist nicht der Lebensmond das Zeichen deiner Geburt?«

Sie nickte. »Mir erschien eines Nachts auch eine Nykke. Sie zeigte mir einen See hoch in den Bergen. Doch wies sie mir einen Weg durch Bäche, die ich nicht kenne und denen ich selbst dann nicht folgen könnte, wenn ich sie fände. Ich bin kein Fisch, wisst Ihr?«

»Wir wissen das, aber die Nykken nicht. Sie haben lange geschlafen und vergessen, was Menschen können und was nicht.« Der Kräutersammler verlor sich in immer leiser werdendem Gemurmel in werischer Sprache. Er starrte in die Glut des Feuers und verstummte irgendwann.

»Deshalb bin ich hier, Meister Adach. Ich brauche Eure Hilfe. Ihr müsst mir mehr über den Weg sagen.«

»Wir haben dir alles erzählt, woran wir uns noch erinnern. Da ist ein Nebel, den sie gewoben hat, um unsere Erinnerungen. Wir dürfen nicht zurückkehren.«

»Wer hat diesen Nebel gewoben?«

»Sie, die Herrin vom See, die Sammlerin der Tränen, die Hüterin der alten Zauber.«

»Ihr meint die Ganesa, bei der ich mehr über die Zauberkunst lernen sollte?«

Der Were nickte brummend und verschränkte die Arme vor der Brust, bevor er sich halb abwandte. Offensichtlich wollte er nicht mehr dazu sagen.

Feja blieb hartnäckig. »Wenn Ihr mir den Weg nicht sagen könnt, dann könnt Ihr ihn mir vielleicht zeigen.«

»Zeigen? Eine Gaucha an die heilige Stätte führen? Das würde die Hüterin nicht verzeihen! Du musst den Weg selbst finden. Und auch wenn wir es wollten – hat das Maegadha nicht zugehört? Wir wissen den Pfad nicht mehr!«

»Er fällt Euch vielleicht wieder ein, Meister Adach. Ihr werdet Euch bestimmt erinnern, wenn Ihr erst auf dem Weg seid.«

Der Were brummte missmutig und erhob sich, um, wie er hervorstieß, Feuerholz für die Nacht zu sammeln. Feja ließ ihn gehen. Er würde Schwierigkeiten haben, da draußen auch nur einen trockenen Zweig zu finden, und hatte, das war Feja nicht entgangen, zudem einen stattlichen Vorrat von Holz in einer Ecke aufgestapelt. Sie nahm sich vor, ihm Zeit zu lassen. Meister Adach war stur und schwer umzustimmen. Aber stur konnte sie auch sein. Sie war fest entschlossen, erst dann zu gehen, wenn Meister Adach sie führte.

Abot Dregin hatte die Versammlung mit Bedacht zu so später Stunde angesetzt. Dunkelheit lag in Jarknars Halle, und die Dunkelheit erlaubte es ihm, das Zwielicht zu beschwören und wenigstens die Umrisse seiner Mitbrüder zu sehen.

»Geht es dem Orden so schlecht, dass er sich nicht einmal ein paar Kerzen leisten kann?«, schnarrte der Verkünder, der wie immer als Letzter in die Halle geschlurft kam.

»Dies ist kein Tempel, in dem die Einfältigen die Götter mit einem kleinen Licht um Hilfe anflehen«, wies Dregin ihn kalt zurecht. »Ich habe Euch zusammengerufen, Brüder, weil die Nacht Neuigkeiten aus Lente brachte.« Er wartete, bis er sicher war, die volle Aufmerksamkeit der Anwesenden zu haben, dann fuhr er fort. »Es gab ein Feuer, dem ein Meister des Sturmordens zum Opfer fiel.«

»Ein Brand? War er natürlicher Art, oder hatten unsere Freunde von der Bruderschaft der Flammen ihre Hand im Spiel?«, fragte Sturmrat Valir.

»Meister Fyr Sjargur, der uns in der Hauptstadt vertritt, glaubt, dass es von Hand und nicht durch Magie gelegt wurde. Das heißt natürlich nicht, dass unsere roten Freunde nichts damit zu tun haben«, erklärte Dregin. »Jedenfalls bemüht sich Sjargur, den Verdacht auf sie zu lenken.«

»Wird das reichen, um die Anklagen, welche die Feuermagier gegen uns erheben, zu entkräften? Oder könnte es wenigstens ihre Position bei Hofe schwächen? Es heißt, der König sei Wachs in den Händen von Hochmeister Ferror«, warf Meme Salmango ein, die dunkelhäutige Magielehrerin des Ordens.

»Das trifft zu. Gimlarin der Gütige hatte das Regieren schon halb seinem Sohn Sifrid überlassen. Der Tod des Prinzen ist ein harter Schlag für Ferror, denn er hat alles darangesetzt, ihn zu einem Freund des Feuers zu machen. Bei den beiden jüngeren Prinzen liegt die Sache anders.«

»Gut, dann rächt sich jetzt, dass Ferror sich nur um den voraussichtlichen Thronfolger gekümmert hat«, meinte Sturmrat Valir.

»Vergesst nicht, dass auch König Gimlarin den Feuermagiern blind vertraut«, schnarrte der Verkünder. »Und, wie immer das Hochgericht auch besetzt sein mag, die Richter werden wissen, was der König erwartet. Ich hoffe, Ihr glaubt nicht, dass wir durch das Verdrehen von ein paar Tatsachen unsere Bruderschaft vor dem Bannstrahl des Königs bewahren können.«

»Das bleibt abzuwarten«, meinte Dregin gelassen, was ihm ein verächtliches Schnauben von Vithun einbrachte. Er nahm sich vor, den Alten bei nächster Gelegenheit daran zu erinnern, dass er seinem Abot Respekt schuldete.

»Auf jeden Fall ist die Sache ernst«, warf der Sturmrat ein. »Seit Jahrhunderten hat kein Orden mehr das Hochgericht angerufen. Ich habe erst nicht verstanden, warum die Feuermagier diesen Weg gehen, aber allmählich begreife ich, dass sie es dem König überlassen wollen, uns zu vernichten.«

»Werden uns nicht die anderen Orden beistehen?«, fragte Buklar, der Schattenmarschall. »Sie können doch nicht wollen, dass die Feuermagier noch mächtiger werden. Und wie genau lautet nun eigentlich die Anklage?«

»Hochverrat«, erklärte Dregin geduldig. »Sie beschuldigen uns, die Verräterin Feja ausgebildet zu haben. Des Weiteren werfen sie uns vor, bei der Schlacht im Alten Grund zu spät zu ihrer Hilfe erschienen zu sein.«

»Dann wissen sie immer noch nicht, dass wir es waren, die sie in die Falle gelockt haben? Und sie haben keine Ahnung, dass wir ihnen nicht zu Hilfe gekommen, sondern in den Rücken gefallen sind?«, fragte Schwertmeister Svelgar. Er hatte die Hände über dem enormen Bauch gefaltet. Dregin hatte zwischendurch schon gedacht, der Mann sei eingenickt. Svelgar tat gerne, als kümmere er sich nicht um das, was um ihn herum vor sich ging. Doch er blieb ein listiger Fuchs, selbst wenn er wie jetzt angetrunken war.

»Sie wissen vieles nicht, und das soll auch so bleiben. Und was die anderen Orden betrifft, Buklar, so ist es kein Geheimnis, dass die Meister des Sturms den Roten Brüdern ihre Macht neiden. Sie mögen uns zwar auch nicht, aber ich habe schon einen Plan, wie ich sie auf unsere Seite ziehen kann. Die Wassermagier sind wie immer unentschlossen. Sie werden am Ende mit der herrschenden Strömung schwimmen. Ich gehe davon aus, dass wir sie mit ein wenig Druck und Überzeugungskraft dazu bringen werden, sich richtig zu entscheiden. Bei den Erdzauberern ist noch völlig offen, ob sie dem Hochgericht überhaupt beiwohnen werden. Ihr seltsamer Drang, das Wesen der Steine und Bäume zu ergründen, hat sie in alle Welt zerstreut. Es ist nicht einmal gesagt, dass es in Edun noch welche gibt. Jedenfalls haben sie die Aufforderung, einen Richter zu entsenden, unbeantwortet gelassen.«

»Und der Orden der Heiler?«, fragte Meme Salmango.

»Nach den letzten Berichten, die uns Meister Toger Eyrim aus deren Burg geschickt hat, ist man dort der Vorherrschaft des Feuers ebenfalls überdrüssig. Sie werden für uns stimmen.«

»Und Ihr traut seinen Worten? Er ist nicht gerade freiwillig nach Walbucht gegangen«, sagte die dunkelhäutige Zauberin bedächtig.

»Aber er kennt seine Pflicht«, entgegnete Dregin, der den ehemaligen Schatzmeister des Ordens seinerzeit bei der Wahl zum Abot übertölpelt und dann nach Walbucht verbannt hatte.

»Wenn König Gimlarin uns für schuldig hält, könnte das unser Ende bedeuten, ganz gleich, was die Richter denken. Ich glaube nicht, dass einer unserer verehrten Brüder in der Magie es sich mit dem Flammenorden *und* dem Thron verderben will«, entgegnete Valir. »Zumal unser Ruf nicht der beste ist.«

»Nur zu wahr!«, rief Pridis Vithun düster. »Unsere Feinde sammeln sich in der Hauptstadt wie ein Rudel Wölfe, das uns beim ersten Zeichen von Schwäche zerreißen wird.«

»Deshalb werde ich selbst nach Lente aufbrechen«, erklärte Dregin ruhig. »Meister Sjargur ist ein fähiger Mann, doch ist es wohl besser, wenn ich bei diesem Prozess unsere Verteidigung selbst übernehme. Ich habe noch den einen oder anderen Pfeil im Köcher, mit dem ich unsere Feinde überraschen werde.«

»Ist nicht Abot Yrnos noch in Lente?«, fragte Meister Starf, der Herr der Handwerker in der Feste.

»Yrnos hat sein Amt niedergelegt, habt Ihr das vergessen?«,

fuhr Dregin den Mann an. »Er hat sich von allen Angelegenheiten des Ordens zurückgezogen und Edun mit unbekanntem Ziel verlassen!«

Starf murmelte eine Entschuldigung. Dregin führte den seltsamen Einwurf darauf zurück, dass der Meister der Handwerker nicht oft bei diesen Versammlungen zugegen war.

»Wann wollt Ihr aufbrechen?«, fragte Meme Sulling, die Alchemistin des Ordens.

»In drei oder vier Tagen. Meister Orchon behauptet zwar, dass er einen Ansatz zur Lösung seiner Aufgabe gefunden habe, ich habe jedoch keine Zeit, darauf zu warten, dass er irgendwann damit herausrückt. Ich übertrage es Euch, Valir, ihn im Auge zu behalten. Es ist ein schneller Segler aus Nargatt auf dem Weg nach Braake, der mich nach Lente bringen wird. Meister Bredhir ist an Bord. Ich werde in der Hauptstadt Verwendung für seine silberne Zunge haben.«

»Da ist noch etwas anderes«, warf Meister Svelgar ein. Obwohl er am anderen Ende des Tisches saß, konnte Dregin riechen, dass der Mann aus allen Poren nach Wein stank. Der Schwertmeister erhob sich schwerfällig. »Ich habe lange über den Bericht von Sifrids Tod gegrübelt, und etwas daran will mir nicht recht schmecken.«

»Weil man es nicht trinken kann?«, fragte Meme Sulling bissig.

Ein paar der Meister lachten. Abot Dregin blieb ernst. Der Schwertmeister war selbst betrunken scharfsinniger als die meisten anderen an diesem Tisch. »Wollt Ihr uns nicht sagen, was Euch an dem Bericht missfällt, Svelgar?«

»Es heißt, die Magierin – und wir alle sind uns wohl einig, dass Feja gemeint ist – habe den Leibwächter des Prinzen mit bloßer Hand getötet. Nach allem, was wir darüber wissen, kann sie auf diese Art ihr Bargan in Augenblicken bis zum Bersten füllen, ist es nicht so?«

Zustimmendes Murmeln erfüllte die Halle.

»Weiter heißt es, sie habe dann das Schwert des Toten aufgehoben und damit den Prinzen durchbohrt. Sie hätte das Schwert jedoch gar nicht gebraucht. Warum hat sie es an sich genommen? Warum Zeit verlieren und nach einer Waffe greifen, wenn sie den Prinzen mit einer Handbewegung hätte töten können? Sie hat das Schwert ja nicht einmal behalten.«

»Jetzt, wo Ihr es sagt, gebe ich zu, dass ich mich auch gewundert habe«, erklärte Meme Salmango. Dregin hörte das leise Klingeln ihrer schweren Ohrringe, als sie sich erhob. »Feja hat es lange abgelehnt, Menschen auch nur zu verletzen, ob mit Magie oder Schwert. Ich kann glauben, dass sie sich ihrer Haut wehrte, als man sie festnehmen wollte, aber wenn sie nur entkommen wollte, hätte sie sich mit magischer Kraft leicht einen Weg bahnen können. Meister Svelgar hat also recht, wenn er sagt, dass da etwas nicht zusammenpasst.«

Wieder murmelten die Brüder Zustimmung. »Von wem stammt eigentlich der Bericht?«, fragte Meme Sulling.

»Von Mornir Gyltorn, dem Landgrafen vom Lothfold. Er war mit seinem Leibdiener dort«, erklärte Dregin. Er hasste Feja aus tiefster Seele, aber er war nicht so dumm, berechtigte Zweifel an dieser Geschichte einfach beiseitezuschieben. »Ich bin ihm vor vielen Jahren einmal begegnet. Er schien mir ein sehr undurchsichtiger Mann zu sein, der die Kränkung seiner Vorfahren nicht verwunden hat.«

»Gyltorn?«, fragte der Verkünder mit viel Verachtung in der schnarrenden Stimme. »Dann ist er ein Nachfahre von König Horvart dem Schönen, genauer gesagt, von dessen ältestem Sohn Warfrid, den man nicht umsonst den Wahnsinnigen nannte. Der Flammenorden hat seinerzeit verhindert, dass Warfrid den Thron bestieg, und stattdessen seinen jüngeren Bruder Helvir darauf gesetzt. Der jetzige König Gimlarin ist ein Urenkel von Helvir – der einzige übrigens. Ich hoffe, ich langweile Euch nicht mit meinem Wissen, Svelgar?«

Der Schwertmeister stellte den Krug ab, aus dem er so geräuschvoll getrunken hatte. »Ganz im Gegenteil, Vithun, nur weiter. Ich will wissen, was für ein Mann dieser Gyltorn ist.«

»Sein Vater war der berüchtigte Gren Gyltorn, der bei dem Krieg gegen die Seeräuber auf den skrosischen Inseln so manches Gemetzel veranstaltete. Er war ebenso blutrünstig wie brünftig, wie es heißt. Zu meiner Zeit spotteten die Barden von Lente, er habe auf diesen Inseln beinahe so viele Witwen wie Kinder hinterlassen.«

»Dann ist dieser Mornir Gyltorn in der Erbfolge nicht weit von der Krone entfernt, oder?«, fragte Meme Salmango.

»Wie man es nimmt. Es stehen noch die beiden jüngeren Brüder von Prinz Sifrid vor ihm«, erklärte Verkünder Vithun.

Dregin hatte noch nicht viel über den Landgrafen nachgedacht, aber nun begann sich ein Bild abzuzeichnen. Er sagte: »Die Söhne sind noch unverheiratet, und wenn ich mich recht erinnere, bemüht sich Gyltorn schon seit Jahren um die Hand der jüngsten Königstochter. Sollte er die Tochter bekommen und seine Schwäger ohne Nachkommen sterben, wären seine Kinder an der Reihe. Dann wären die Gyltorns wieder auf dem Thron und die Scharte von Warfrid ausgewetzt. Und nach allem, was ich weiß, waren die Feuermagier und vermutlich auch Prinz Sifrid immer gegen diese Verbindung.«

»Gyltorn hätte also gleich mehrere Gründe, den Prinzen zu töten«, stellte Meme Salmango fest.

»Er scheint mir jedenfalls verdächtiger als unsere Feja«, verkündete der Schwertmeister.

Für einen Augenblick war es bemerkenswert ruhig in der Halle.

»Wenn wir das erkennen, werden es die Feuermagier nicht auch irgendwann erraten?«, fragte Sturmrat Valir langsam.

»Nicht unbedingt«, meinte Meister Svelgar schnaufend. »Sie haben viele Lügen über Feja gehört und sind fraglos bereit, ihr alle Untaten der Welt zuzutrauen. Immerhin ist …, verzeiht, *war* sie eine von uns. Hochmeister Ferror wird versuchen, uns einen Teil der Schuld an Sifrids Tod zuzuschieben. Solange Feja auf der Flucht ist und niemand sie von diesem Verdacht reinwäscht, werden sie keinen anderen Schuldigen suchen.«

Dregin lächelte, als er sagte: »Dann wollen wir sie vorerst in ihrem Verdacht nach Kräften bestärken und nur einem Manne enthüllen, dass wir es besser wissen. Ich werde mit der kommenden Nacht Meister Sjargur eine Nachricht zukommen lassen. Er soll diesen Landgrafen vom Lothfold genauer in Augenschein nehmen. Er könnte ein nützlicher Verbündeter werden.«

»Den Gyltorns liegen Wahnsinn und Hinterlist im Blut. Dieser Mann wäre ein zweifelhafter Bundesgenosse, vielleicht sogar eine Gefahr«, schnarrte der Verkünder. »Es könnte sein, dass er die Wölfe weckt, an denen wir vorüberschleichen wollen.«

Dregin zuckte mit den Schultern. »Sollte er sich als untauglich erweisen, können wir ihn immer noch besagten Wölfen zum Fraß vorwerfen. Es wird unserem Ruf gewiss nicht schaden, wenn wir dem König den wahren Mörder seines Sohnes liefern. Wie Ihr seht, entwickeln sich die Dinge zu unseren Gunsten.« Dregin spürte, dass Svelgar, Salmango und einige andere skeptisch blieben, aber er hatte es nicht nötig, sie zu überzeugen, denn er war der Abot, und sein Wort war Gesetz. Er entließ die Versammlung kurz darauf, nur den Verkünder bat er zu bleiben.

»Was kann ich für den ehrwürdigen Abot tun?«, fragte Pridis Vithun, als die Schritte der anderen verklungen waren.

»Ihr könntet Euch zunächst den ewig spöttischen Unterton abgewöhnen«, fuhr ihn Dregin an.

Sein alter Lehrmeister lachte heiser. »Ich nehme an, du leidest immer noch Schmerzen, mein Junge, nicht wahr?«

Dregin wehrte mit einer abfälligen Bewegung ab. »Sie sind nur eine wirksame Erinnerung daran, was uns widerfahren ist, Meister Vithun. Wir wurden besiegt, unser größter Schatz beschädigt. Ich werde es vor den anderen nie zugeben, aber ich fürchte, die Zukunft unseres Ordens hängt am seidenen Faden. Und bevor Ihr mir nun erklären werdet, dass das alles meine Schuld ist, gebe ich zu, dass mir … Fehleinschätzungen unterlaufen sind.«

Zu seiner Überraschung hieb der Verkünder nicht in die gleiche Kerbe. »Wir alle machen Fehler. Entscheidend ist, dass wir aus ihnen lernen. Du hast diesem Mädchen zu viel Vertrauen geschenkt, und was den jungen Span angeht, so hast du dein Urteilsvermögen durch väterliche Zuneigung trüben lassen. Das wird nicht wieder vorkommen, oder etwa doch?«

»Was meint Ihr?«

»Du hast Hallir zum Bruder und Nemma und Gabra zu Schwestern des Ordens gemacht, andere gleichen Alters nicht. Die drei waren Freunde von Feja, schon als sie hier noch wenige hatte! Bevorzugst du sie, weil sie dich an deine stärkste Schülerin erinnern?«

»Zufall.«

Der Verkünder lachte heiser. Dann sagte er: »Feja ist immer noch in deinen Gedanken, doch ist das vielleicht sogar gut. Eine Lebensdiebin, die erste seit Jahrhunderten ... Du darfst sie nicht außer Acht lassen.«

»Wie ich schon ausführte, wird sie als Ablenkung und Sündenbock gute Dienste leisten und ...«

»Sie ist viel mehr als das, Ginnar!«, unterbrach ihn der Verkünder scharf. »In ihr steckt eine mächtige Gabe. Die wird nach Geltung verlangen, ob Feja das will oder nicht. Das musst du in deinen Plänen berücksichtigen.«

Dregin schwieg darauf. Feja war irgendwo im großen Langwald verschwunden. Sie würde sich nicht ewig verstecken können. Und dann?

»Überhaupt, unsere Schüler«, fuhr der Verkünder fort. »Ich sehe sie im Hof üben und wundere mich. Eine neue Feja ist nicht darunter. Ein oder zwei mögen das Zeug zum Meister haben, ein halbes Dutzend wird brauchbare Brüder abgeben, aber wir haben dreißig aufgenommen!«

»Wir werden sie brauchen. Wir hatten Verluste und zu lange nur wenig Nachwuchs. Der Orden war viel zu wählerisch in den letzten Jahren und Jahrzehnten, Meister Vithun.«

»Aus gutem Grund. Du kannst ihre Gesichter nicht sehen – ich schon. Sie taugen nicht für die dunklen Wege, auf die du den Orden geführt hast, mein Junge. Und galt das nicht auch für Feja? Auch sie hat sich der Dunkelheit am Ende verweigert.«

Dregin antwortete nicht. Der Verkünder bohrte nun doch in der alten Wunde. »Ich habe einen hohen Preis bezahlt, und jeder Tag voller Schmerzen und ohne Augenlicht erinnert mich an meinen Irrtum.«

»Ich verstehe. Dennoch solltest du dankbar sein. Du hast den Einsturz der Kammer überlebt, und das ist ein Wunder. Du bist auch nicht so schlimm verletzt worden, dass du nicht mehr zaubern könntest. Denk hingegen an den jungen Dimgast, dem ein viel geringeres Unglück den Arm verkrüppelte und ihn für alle Zeit für die Magie verdarb. Blind nennst du dich? Dir gibt doch das magische Zwielicht wenigstens eine Ahnung von der Welt. Und ich habe dir beigebracht, durch die Augen anderer zu sehen. Wie geht es Nemma, die so oft dein Augenlicht ersetzen muss? Das arme Mädchen weiß vermutlich nicht, wie gefährlich diese Art der Verbindung ist.«

»Es ist, wie es ist«, gab Dregin unwirsch zurück. »Als Ihr mich diese Kunst lehrtet, Vithun, da sagtet Ihr, das Sehen durch die Augen eines anderen sei nur eine und bei Weitem nicht die stärkste Form dieses sehr alten Zaubers.«

»Wir hatten dich gerade erst aus den Trümmern gezogen. Du warst geschwächt. Mehr hättest du nicht verkraftet, mein Junge.«

»Doch das ist nun über ein Jahr her. Ihr wisst, dass die Fähigkeit zu dieser Art von Magie mir angeboren ist. Ich muss mehr über diesen Zauber wissen!«

»Er ist alt, und es gibt Gründe dafür, dass er lange nicht gelehrt wurde, denn er ist zerstörerisch und tückisch. Es heißt, wer ihn erforscht, erwirbt die Macht, tief in den Verstand eines anderen einzudringen, mit seinen Augen zu sehen und seinen Ohren zu hören – und sogar durch seinen Mund zu sprechen. Ja, er soll den ganzen Leib des anderen übernehmen und an seiner Stelle handeln können. Doch die Alten warnen uns. Dieser Zauber ist gefährlich für beide Seiten. Gedanken und Gefühle können sich vermischen, noch lange nachdem die Verschmelzung beendet ist. Ich meine, du solltest dich mit Nemmas Augen zufriedengeben, mein Junge. Es sind nur drei Tage bis zu deiner Abfahrt.

Und in drei Tagen kannst du den Zauber vielleicht erlernen, aber meistern wirst du ihn keinesfalls.«

»Und ich sage, wir ergründen diese Kunst, Meister Vithun. Ich werde lange fort sein, und schwierige Aufgaben müssen auch hier bewältigt werden. Wäre es da nicht besser, ich könnte mit Rat und Tat zur Seite stehen? Nein, kein Wort mehr. Ich bin der Abot, ich habe entschieden. Am besten fangen wir gleich an.«

Skuran Orchon sah die Ruinen des Tempels mit gemischten Gefühlen. Früher hatte er sich gerne mit seinen Freunden Adach und Hrellech hier getroffen, doch inzwischen war viel geschehen. Er hatte nicht vergessen, dass sie ihm ihre Hilfe verweigert hatten, als er sie am dringendsten gebraucht hatte.

»Es ist seltsam«, sagte sein junger Begleiter, »aber ich war tatsächlich noch nie hier.«

»Warum solltet Ihr auch? Hierher kommen nur jene, die gegen die Plagen von Alter und Krankheiten Abhilfe suchen. Beides ist doch Eurer Jugend fremd, Bruder Hallir.«

Der Magier verzog das Gesicht, sodass die Brandwunde seine Züge verzerrte.

»Verzeiht, ich habe mich so an diese Narben gewöhnt, dass ich sie schon ganz vergesse«, murmelte der Rotschmied.

Bruder Hallir tat die Angelegenheit mit einem Schulterzucken ab. »Ich verstehe nicht, was Ihr hier zu finden hofft, Meister Orchon. Es heißt, der Krötenkönig sei reichlich verrückt.«

Skuran Orchon seufzte. »Hagaras Adach ist ein Ganamon, ein Bewahrer. In seinem Kopf findet Ihr die Erinnerungen der Vorfahren, und zwar nicht, wie sie durch Erzählung und Schriften weitergegeben wurden. Es sind wirkliche Erinnerungen. Und wenn einer dieser Ahnen an dem Ort war, den wir suchen, kann er sich hoffentlich entsinnen.«

Orchon entdeckte seinen alten Freund in der Fensteröffnung seiner Behausung. Für gewöhnlich verkaufte er dort seine Kräuter an die Braaker, er nutzte sie aber auch als Ein- und Ausgang. Jetzt bemerkte Adach seine Besucher, winkte ihnen zu und kletterte hinaus.

»Zu einer ungünstigen Zeit kommst du, Skuran. Wir müssen sammeln. Der Regen macht die Kräuter frisch.«

»Wir?«, fragte Hallir leise.

»Er spricht von sich immer in der Mehrzahl. Vermutlich, weil er diese vielen Leben in sich trägt«, erklärte Orchon ebenso leise. »Lass uns dir helfen, alter Freund«, rief er dann laut.

»Freund, Freund …«, murmelte Adach und tat, als durchsuche er Ritzen und Mauervorsprünge. »Verschwunden warst du und voller dunkler Pläne. Verlangt hast du finstere Taten von uns. Willst du das wieder tun? Kommst du doch mit einem Diener von Zwielicht und Dunkelheit!« Er rupfte hie und da ein Pflänzchen aus, das Orchon für einfaches Gras gehalten hätte. Täuschte er sich, oder war Adach unruhiger als sonst? Er folgte ihm.

»Ich verlange gar nichts von dir, Hagaras. Ich will dich oder vielmehr die Ahnen etwas fragen. Ich suche einen Ort, einen heiligen Ort unseres Volkes, der in den Mondbergen verborgen liegt.«

»Wir wissen nichts von solchen Orten.« Adach stapfte durch eine ausladende Pfütze.

Orchon umging sie und verlor den Ganamon zwischen den alten Mauern kurz aus den Augen. »Er wird Mara-Tir genannt. Angeblich hat die Göttin Edamara ihn mit Tränen gefüllt.«

Der Kräutersammler warf Orchon einen durchdringenden Blick zu. »Alle fragen sie nach dem See. Wir kennen ihn nicht! Wir wissen keinen Weg!«

Orchon runzelte die Stirn. »Alle? Wen meinst du?«

»Wanderer, Rumtreiber, Zauberer – Gesindel eben. Und nun du!«, fauchte Adach.

Der Rotschmied hob begütigend die Hand. »Schon gut, alter Freund. Ich will gar nicht weiter in dich dringen. Glaubst du, dass eine der Ganesas diesen Ort kennt?«

»Woher sollten sie? Seit Jahrhunderten ist er vergessen. Er soll es bleiben. Niemand darf dorthin. Niemand will dorthin.« Der Kräutersammler starrte finster vor sich hin. Dann wandte er sich ab und begann wieder, scheinbar wahllos Pflanzen zu rupfen.

Orchon dankte ihm und gab Bruder Hallir ein Zeichen, sich zurückzuziehen.

»Er weiß etwas«, sagte Orchon, als sie die Ruinen verlassen hatten. »Es ist zu schade, dass Ihr nicht wie bei den Aschlingen in seine Gedanken eindringen könnt.«

»Nicht jeder Magier vermag das, Meister Orchon, und nach allem, was ich darüber weiß, kann dieser Zauber viel Schmerz und Schaden verursachen. Ihr könnt nicht wollen, dass wir das einem Eurer Freunde antun.«

»Natürlich nicht«, murmelte Orchon. »Ich wusste nichts von den Schmerzen.«

»Er war übrigens nicht allein«, sagte Hallir. »Da war etwas … vielmehr jemand Vertrautes in diesem merkwürdigen Gemäuer. Ich sollte zurückgehen und herausfinden, um wen es sich handelt.«

»Nein, Bruder Hallir, tut das nicht. Adach sagte, dass auch andere nach dem Mara-Tir fragten, und es wäre doch möglich, dass es dieser geheimnisvolle Gast ist. Wir sollten uns verstecken. Wenn er Besuch hat, wird der sich früher oder später zeigen. Und vielleicht haben wir dann jemanden, in dessen Verstand die Grauen Magier eindringen können.«

Hallir lächelte sein schreckliches, verzerrtes Lächeln. »Ich habe nicht gesagt, dass ich mich diesem Gast zeigen werde, aber ich will hören, was sie im Tempel zu bereden haben. Ihr solltet Euch so lange dort hinter den Hecken verbergen.« Der junge Zauberer zog sein Messer aus dem Gürtel, betrachtete es prüfend und bestrich es dann mit einer Substanz, die Orchon für Gift hielt. Hallir steckte die Klinge wieder weg und verschwand geräuschlos zwischen einigen Büschen.

»Warum fragen uns alle nach dem Mara-Tir?«, fuhr Adach Feja an, als er durch die Fensterhöhle zurück in seine Behausung kletterte. »Was hat das Maegadha getan? Wem hat es davon erzählt?«

»Niemandem, abgesehen von einem unfreundlichen Schäfer hoch in den Bergen, den ich nach dem Weg fragte. Er sagte, er habe nie von diesem Ort gehört, allerdings habt Ihr ihn mir gegenüber anders genannt, Meister Adach. Jetzt wundert mich nicht mehr, dass der Schäfer von Edamaras Tränen nichts wusste.«

»Das ist auch besser so. Geheim ist der Name, geheim ist der Ort. Wo hörte Skuran von ihm? Alles will er wissen, alles erforschen. Es kümmert ihn nicht, was daraus folgt. Und ein grauer Hexer geleitet ihn, das ist schlecht, sehr schlecht!«

»Sein Begleiter heißt Hallir. Er lernte mit mir auf der Feste. Ich habe Euch nach ihm gefragt. Er ist ein Freund.« Hallirs verbranntes Gesicht, das sie von Weitem gesehen hatte, hatte eine Menge Erinnerungen in Feja geweckt.

Der Were sah sie böse an: »Das war er, als du noch eine Graue warst. Doch das bist du nicht mehr, nicht wahr? Tot wollen sie dich sehen, weil du ein Loch gemacht hast in ihre Welt. Und jetzt sickert Alte Magie hindurch. Spürst du es nicht?«

Feja schüttelte den Kopf. »Glaubt Ihr, dass Meister Orchon für die Bruderschaft nach Edamaras Tränen sucht?«

Der Kräutersammler nagte unruhig an seiner Unterlippe. »Dumm ist er, noch dümmer, seit sein Sohn Durku tot ist.«

»Wenn an diesem Ort alte werische Magie ruht, wie Ihr sagtet, wäre es dann nicht gefährlich, wenn der Orden ihn fände? Wäre es nicht besser, wir wären zuerst dort und würden sie warnen?«

»Wir? Wir können den Tempel nicht verlassen! Die Nykke erlaubt es nicht. Wer hütet ihre Kinder, wenn wir fort sind?«

»Es wird Herbst, Meister Adach. Die Kröten, Unken und Frösche suchen schon nach ihren Winterquartieren. Sie werden eine Weile ohne Euch auskommen.«

»Wir erinnern uns nicht an den Weg!«

Feja blieb hartnäckig: »Wir müssen Eurem Gedächtnis vielleicht nur nachhelfen. Es fällt Euch bestimmt wieder ein, wenn wir erst an Orte gelangen, die Ihr damals gesehen habt.« Sie war nicht so zuversichtlich, wie sie tat, aber was für eine Möglichkeit hatte sie sonst? Mit einem Mal ergriff sie eine seltsame Unruhe, und sie fuhr herum, weil sie sich beobachtet fühlte. Doch es war nur eine Kröte, die langsam durch die Kammer kroch.

»Es ist weit, hoch in den Bergen. Viele Tage müssten wir reisen, und meine Beine sind alt und schwach!«

»Ich glaube, da kann ich Abhilfe schaffen, Meister Adach«, sagte Feja lächelnd. »Ich kann uns Pferde besorgen.«

Der Were sah sie mit flackerndem Blick an. Noch einmal erhob er Einwände: »Mara-Tir ist versteckt vor allen Fremden. Wir können es nicht finden, wenn *sie* es nicht will.«

»Die Herrin der Tränen?«

»Mächtig ist sie und gefährlich. Sie kann dich mit einem Blick töten, Maegadha. Das wollen wir nicht, das wollen wir ganz gewiss nicht!«

»Und doch habt Ihr mir geraten, dort hinzugehen, Meister Adach. Glaubt Ihr nicht, dass sie die Trägerin von Wyrmochs Fluch willkommen heißen wird?«

»Wyrmochs Fluch? Nur Skuran Orchon glaubte diese Geschichte. Wir nie. Und wenn, dann glaubten wir falsch!«

»Schön. Wann brechen wir auf?«

»Will es uns denn nicht in Ruhe lassen? Will das Maegadha nicht sehen, was gut für es ist?«

»Nein, Meister Adach. Ich werde fragen und fragen, bis Ihr mir diesen Weg zeigt. Die Grauen Magier wollen meinen Tod, und wie ich erfahren musste, will den inzwischen auch der König in Lente. Wohin soll ich also gehen, wenn nicht in die Berge, die den Aschlingen verboten sind? Ich werde nirgendwo sicherer sein.«

»Verflucht sei die Spitzfindigkeit, die das Maegadha gewiss von den Gauchen-Hexern gelernt hat!«

»Dann ist es beschlossen? Sehr gut. Wir brauchen Pferde, und ich habe eine Idee, wo wir sie bekommen können.« Ihre Nackenhaare stellten sich plötzlich auf. Sie erhob sich von ihrem Platz und trat in den Tempel hinaus. Der dunkle Teich lag unbewegt und still. Für einen Moment hatte sie das starke Gefühl gehabt, dass noch jemand in der Ruine war, aber nun war dieses Gefühl fort.

Skuran Orchon traute seinen Augen nicht: Hagaras Adach verließ den Tempel der Frösche! Er trug ein Reisebündel auf dem Rücken und schwang einen Wanderstab. Noch erstaunlicher war jedoch, wer da an seiner Seite marschierte: Feja aus dem Langwald, die junge Magierin, die sich geweigert hatte, das Schicksal zu erfüllen, das er für sie gesehen hatte! Sie hätte nur ihr Leben opfern müssen, und die Ketten, die die Alte Magie von der Welt fernhielten, wären gesprengt worden.

»Ich sagte Euch doch, dass ich die Verborgene kenne!«, flüsterte Bruder Hallir, der geräuschlos zwischen den Hecken auftauchte. »Es ist Feja.«

»Ich hoffe, Ihr wollt nichts Unüberlegtes tun«, warnte Orchon.

»Unüberlegt? Gewiss nicht. Ein Teil von mir würde sie gerne stellen, doch wäre das voreilig. Außerdem …« Er fuhr mit einem Seufzer fort: »In der Schlacht im Alten Grund lief ich genau in den Feuerball eines Flammenmagiers. Mein Gesicht kann es bezeugen. Ich war halb bewusstlos und wäre vermutlich im hohen Schilf zugrunde gegangen, wenn Feja mich nicht gefunden und Hilfe herbeigerufen hätte. Nein, wir werden es dem Abot sagen.«

»Aber wir müssen den beiden folgen. Adach weiß den Weg nach Mara-Tir!«

»Ich habe sie belauscht. Er scheint den Weg vergessen zu haben, und Feja hofft, dass er sich unterwegs erinnert.«

»Dennoch dürfen wir sie nicht aus den Augen verlieren. Sie sind unsere einzige Spur!«

»Wir werden sie nicht verlieren, Meister Orchon. Wir sind die Grauen Magier. Außerdem weiß ich, wo ihr Weg sie zunächst hinführt.«

Sie eilten zurück zur Graufeste, und Hallir meldete dem Abot in der Dämmerkammer, wen sie im alten Tempel beobachtet hatten. Zu Orchons Enttäuschung hatte Dregin sie auf der Treppe in Empfang genommen, und er konnte vom Kristall nicht mehr als das bleiche Licht sehen, das über die Wände flackerte. Er lauschte auf das leise Sirren, das den Utorern offenbar ernste Schmerzen bereitete. Da war aber noch etwas anderes, ein leises Klirren wie von Eisen.

»Und es ist kein Irrtum möglich? Es war Feja?«, fragte der Abot schließlich.

»Ohne Zweifel, Herr.«

»Wenn wir uns nicht beeilen, entkommen sie uns«, murmelte Orchon.

Der Abot schien ihn mit seinen unheimlichen weißen Augen anzusehen, dann wandte er sich an den Ordensbruder: »Ihr habt klug gehandelt, Hallir. Zwar habt Ihr viel gelernt, doch bezweifle ich, dass Ihr es alleine mit der Lebensdiebin aufnehmen könntet. Und Ihr sagt, Ihr wisst, was sie als Nächstes vorhat?«

»Sie sagte, dass sie Pferde beschaffen will. Da sie schlecht nach Braake auf den Markt gehen kann, wird sie sich an einen Freund wenden – Nerius Dimgast.«

»Das scheint naheliegend. Geht und sagt dem Verkünder, dass Feja im Graufenn ist, Bruder Hallir. Er soll sie bei Einbruch der Dunkelheit aufspüren. Und bittet Meme Salmango herzukommen.«

»Und dann werdet Ihr sie jagen?« Orchon fragte sich, was dieses seltsame metallische Geräusch verursachte. Es klang nach Ketten. Versuchten sie etwa, ohne ihn den Kristall zu bewegen?

»Ja und nein. Wir werden sie jagen, aber nicht zur Strecke bringen. Nach Euren eigenen Worten brauchen wir die Tränensteine, um den Dämmerstein zu bewegen. Warum lassen wir Feja sie nicht für uns finden? Dann können wir sie immer noch töten, nicht wahr? Gut. Dann sind wir uns also einig«, schloss er, obwohl Orchon gar nicht geantwortet hatte. »Geht und macht Euch bereit, beim ersten Licht des Tages aufzubrechen, Meister Orchon.«

Ginnar Dregin wartete, bis der Rotschmied verschwunden war, erst dann erlaubte er sich, dem Gefühl der Schwäche nachzugeben, das ihn plagte. Er lehnte sich gegen einen Felsen und schöpfte Atem. Die Knochen in seinem Leib schienen zu brennen, und das Sirren des Dämmersteins war wie ein Sägen in seinem Kopf. Dregin ließ das beschworene Zwielicht, das ihm die Sehkraft so ungenügend ersetzte, fahren und stöhnte erleichtert auf, als die Anstrengung vorüber war. Dann straffte er sich und tastete sich in den hinteren Teil der Kammer. »Hast du es gehört? Deine geliebte Feja ist wieder in Braake.«

Der Gefangene antwortete nicht, denn Bruder Span war stumm, seit der Orden ihn als Kind und einzigen Überlebenden eines Schiffsunterganges geborgen hatte. Seine Ketten rasselten leise.

»Ihr habt mich gerufen, ehrwürdiger Abot?«, erklang die Stimme von Meme Salmango von der Treppe her.

»Seht Ihr das?«, fragte er in die Dunkelheit. »Sein Widerstand ist erloschen. Wenn Ihr in Spans Schädel vordringt, werdet Ihr nichts als Leere finden. Selbst der Name seiner Geliebten lässt ihn kalt.«

»Eindringen in seinen Kopf? Diese Art von Zaubern liegt mir nicht«, erwiderte Meme Salmango kühl. »Der Dämmerstein hat ihn also gebrochen, wie Ihr es vorhergesagt habt.«

»Ich weiß, dass Ihr das missbilligt, Meme Salmango, aber es war notwendig. Erst sah ich es nur als Strafe, doch nun ergibt sich daraus eine neue Möglichkeit. Es wird mir leichterfallen, meinen Verstand mit dem seinen zu verschmelzen.«

»Ihr wollt seinen Geist also wirklich unterjochen? Habt Ihr

diesen Zauber nicht gerade erst gelernt? Was, wenn er misslingt?«

»Span wird wie ein Teil von mir sein, jedenfalls dann, wenn ich ihn brauche. Sonst mag er frei seiner Wege gehen.«

»Vithun sagte mir, dass es Jahrhunderte her ist, dass dieser Zauber zuletzt angewendet wurde. Er sei unberechenbar und gefährlich – für beide Parteien in dieser Verbindung.«

Dregin zuckte mit den Achseln. »Bruder Span hat sich gegen uns gestellt. Nun wird er die Gelegenheit bekommen, seinen Fehler wiedergutzumachen. Er wird bei dieser Jagd meine Augen und Ohren sein. Und Ihr werdet auf ihn achten – und darauf, was dieser Rotschmied tut. Er ist mir ein wenig zu erpicht darauf, uns zu helfen.« Er erläuterte ihr kurz seinen Plan.

»Feja soll uns also, ohne es zu wissen, zu diesem See führen? Habt Ihr nicht Sorge, dass sie uns entkommt?«

»Ihr werdet sie nicht entkommen lassen, Meme Salmango, so einfach ist das. Hallir wird Euch begleiten, auch Gabra solltet Ihr mitnehmen. Schickt die beiden hierher, sie müssen ihr Bargan füllen, bevor sie aufbrechen.«

»Mit dem Dämmerstein? Ihr wisst doch, wie schmerzhaft das ist.«

»Ich weiß es«, zischte Dregin ungeduldig, »sie brauchen jedoch schnell viel Kraft. Und dann schickt auch die anderen hier herunter, die Meister, die Brüder und die neuen Schüler. Wir wollen nicht vergessen, wer wir sind und was die stärkste Quelle unserer Macht ist. Ja, ich weiß, die Feuermagier scheinen sich ganz auf diesen lächerlichen Prozess gegen uns vor dem Hochgericht zu konzentrieren, aber vielleicht ist das nur eine Finte. Wir müssen auf einen Angriff vorbereitet sein. Und wer soll uns dann verteidigen? Unsere geborstenen Mauern?«

»Auch die neuen Schüler? Die meisten von ihnen haben noch nicht einmal ihr Lindross gefunden. Ihr wisst, dass eine Begegnung mit dem Kristall für immer den ihnen bestimmten Zugang zur Magie versperren kann, und auch die Midgav, ihre angeborene Gabe, könnte verschüttet werden.«

»Es fehlt uns die Zeit, sie wochenlang ihren Weg suchen zu lassen, und ich will sehen, wie sie sich schlagen, wenn sie dieser Macht gegenüberstehen.«

»Es könnte sie zerbrechen, Herr«, warnte die Magierin.

»Dann wären sie es auch nicht wert, dieser Bruderschaft beizutreten, oder? Geht, Meme Salmango. Ihr habt einen Auftrag. Folgt Feja, lasst Euch von ihr zum See führen – und bringt uns die Steine, von denen Orchon spricht.«

Sie wandte sich zum Gehen, aber dann fragte sie: »Warum will Feja eigentlich zum Mara-Tir?«

»Was meint Ihr?«

»Wir suchen den See wegen der verborgenen Macht – Feja auch?«

Dregin runzelte die Stirn. »Nein, vermutlich will sie sich dort verstecken«, erwiderte er langsam. Doch der Zweifel war geweckt. War es denkbar, dass sie ebenfalls von der Macht der Steine wusste? Hatte sie etwa vor, sie gegen den Dämmerstein einzusetzen? Dregin spürte, dass die Sorge sein Herz plötzlich mit eisigem Griff umklammerte. Wollte sie etwa vollenden, was sie begonnen hatte? Diese Möglichkeit hatte er noch gar nicht in Betracht gezogen. »Ihr habt vielleicht recht, Meme Salmango. Wir dürfen dieses Mädchen und seine Macht nicht unterschätzen. Sollte Feja sich als Bedrohung erweisen, muss sie sterben, verstanden?«

»Ich verstehe, doch hoffe ich, dass es nicht nötig sein wird«, sagte die Zauberin und ging.

Dregin blieb in der Dunkelheit zurück. Je länger er darüber nachdachte, desto größer schien ihm die Gefahr, die er bisher übersehen hatte. Umso wichtiger war es, eine tödliche Waffe gegen Feja in der Hand zu haben – Span.

Als die dunkelhäutige Magierin gegangen war, löste Dregin die Ketten, in die er seinen früheren Lieblingsschüler gelegt hatte.

»Ich habe dir einst vertraut, doch dieses Mädchen hat deine Gedanken vergiftet. Sie ließ dich vergessen, wer dich aufnahm, kleidete, nährte und in der Magie unterwies. In ihren Armen hast du missachtet, dass du ein Bruder unseres Ordens bist. Ich weiß, dass es schmerzt, dem Dämmerstein einen ganzen Tag ausgesetzt zu sein. Wüsste ich einen anderen Weg, dich zurückzubringen, wäre ich ihn gegangen. Ich spüre selbst, wie der Misston den Fliod stört. Und auch das ist ihre Schuld. Sie hat den Kristall beschädigt. Soll ich dir die Schmerzen nehmen?«

Span rührte sich nicht. Er versuchte nicht zu fliehen, er zeigte aber auch nicht, dass er verstanden hatte, was Dregin gesagt hatte. Der Abot legte die Hände an die Schläfen seines Schülers und berührte dessen Stirn mit der seinen. »Ich kann dir wiedergeben, was du verloren hast. Willst du das nicht auch?«

Span regte sich immer noch nicht. Dregin schloss die blinden Augen und beschwor das Zwielicht. Seine Gedanken drangen in Spans Verstand ein. Nun musste er die richtigen Worte finden, um die Verbindung herzustellen. »Du wirst vergessen, dass du dieses Mädchen mochtest, doch wirst du dich erinnern, was sie dir nahm. Ich werde dir helfen. In der Dunkelheit, wenn die Zweifel kommen, werde ich bei dir sein. Ich werde dir deine alte Stärke zurückgeben – und du wirst mir die Augen geben, die ich verloren habe. Mein Geist wird deinen Geist beschützen. Unsere Gedanken werden sich verbinden, in der Nacht, der Mutter aller Schatten.«

Jetzt kam Leben in Span. Er begann, sich zu wehren, und versuchte, Dregin von sich zu stoßen, doch er war geschwächt.

»Unser Denken wird eins«, stieß Dregin hervor. Der Widerstand war stärker, als er erwartet hatte. »Dein Geist wird mir dienen, deine Augen, deine Ohren, dein Leib, sie werden mir gehören auf immer!«

Span zuckte zusammen. Seinem Mund entwich ein seltsames Stöhnen. Dregin spürte, wie er verkrampfte, und dann – blickte er unvermittelt durch die Augen seines Schülers in sein eigenes Gesicht. Er erschrak bei dem Anblick seiner blinden Augen und ließ Span los. Der junge Magier wich mit einem stummen Schrei zurück, was Dregin vollends verwirrte, denn er fühlte, was Span fühlte. Er streckte in einer beruhigenden Geste seine Hand nach ihm aus – und die Verbindung riss ab. Die Dunkelheit kehrte zurück. Dregin stützte sich erschöpft auf seinen Stab und hörte Span keuchen. Er fasste sich schnell wieder: »Du kannst gehen, Bruder. Meme Salmango erwartet dich. Sie wird dir erklären, was du zu tun hast.«

Der junge Ordensbruder verschwand mit unsicheren Schritten, und Dregin sackte vollends in sich zusammen. Dieser Zauber hatte ihm alles abverlangt. Warum war ihm die Kontrolle so schnell wieder entglitten?

»Als ich mich bewegt habe«, murmelte er. »Ich habe die Herrschaft über seinen Körper verloren, als ich meinen eigenen benutzt habe.«

Feja saß am Ufer des Fennlings und wartete voller Ungeduld auf die Ankunft von Meister Adach. Der Kräutersammler hatte sie gerade noch rechtzeitig gefragt, ob Nerius denn überhaupt auf Gut Dimgast sei. Schließlich sei er inzwischen für »die dummen Schriften der Aschlinge« zuständig. Das hatte Feja nicht bedacht. Also hatte sie den widerstrebenden Adach überreden müssen, in Braake nach ihm zu suchen. Adach hatte sich erst geweigert, aber dann kam Feja auf den Einfall, ihn zu seinem Freund, dem Weber Hrellech, zu schicken. Der war nicht ganz so weltfremd wie der Kräutersammler und würde hoffentlich wissen, was zu tun war.

Das war nun viele Stunden her. Die Dämmerung kroch schon über das Land, und Feja wurde immer unruhiger. Was, wenn die Bruderschaft erfuhr, dass sie hier war? Meister Vithun, der greise Verkünder der Graumagier, war in der Lage, sie zu finden, wenn Dunkelheit herrschte. Sie blickte auf zu den Monden. Galtara, der Erstmond, benannt nach der Göttin des Lebens und der Magie, ging im Osten auf. Ihm gegenüber jagte der schnelle Sturmmond Aithir seit Stunden der Sichel der blauen Afa nach, die sich schon anschickte, hinter dem Horizont zu entschwinden. Nur wenige Wolken zogen über das Firmament, es würde eine helle Nacht werden, gut für einen schnellen Ritt – wenn man denn erst einmal Pferde hatte.

Endlich hörte sie Hufschlag. Sie sah drei Reiter durch den Auwald herannahen. Drei? Bald erkannte sie Nerius, und ihr Herz wurde leichter. Neben ihm klammerte sich eine dürre Gestalt an den Hals eines Pferdes. An seinem wirren Haarschopf erkannte sie Adach. Und der Dritte? »Meister Hrellech!«, rief sie erstaunt.

»Ich wollte mir nicht nehmen lassen, dich zu sehen, Feja aus dem Langwald«, antwortete der Weber.

Nerius sprang vom Pferd. Er ging ein paar Schritte auf sie zu, zögerte dann aber. Feja fiel ihm um den Hals. »Es ist so schön, dich zu sehen, Nerius. Und es tut so gut zu wissen, dass du mir helfen willst.«

»Als ob diese Untiere eine Hilfe wären«, schimpfte Adach und rutschte ungelenk vom Pferd.

Auch Hrellech stieg ab. »Du weißt schon, dass es Wahnsinn ist, nach Braake zurückzukehren, oder? Die ganze Welt sucht nach dir, und niemand will dich lieber tot sehen als der blinde Abot.«

»Blind?«

»Dregin wurde bei dem Erdbeben verschüttet und schwer verletzt«, bestätigte Nerius. »Er verlor das Augenlicht und soll kaum gehen können.«

Feja runzelte die Stirn. »Und er kann noch Zauber wirken? Ich dachte, dazu brauchte man …« Sie verstummte.

»Zwei gesunde Arme?«, ergänzte Nerius mit einem traurigen Lächeln.

Ihr Blick ging unwillkürlich zu seinem rechten Arm, der schlaff herabhing.

»Ich sagte dir schon, dass es mir nichts ausmacht. In gewisser Weise hat mich mein Sturz befreit. Ich konnte den Orden verlassen, dem ich doch nur auf Wunsch meines Vaters beigetreten war.«

Um die verlegene Stille zu durchbrechen, ging Feja einfach auf Meister Hrellech zu und fiel ihm ebenfalls um den Hals.

»Was haben die Aschlinge nur immer mit ihren Umarmungen«, brummte der Weber.

»Sie möchten einfach ausdrücken, dass sie sich freuen«, erklärte Feja lächelnd.

»Und warum sagen sie es dann nicht einfach? Einerlei, zwar würde ich gerne die ganze Nacht mit dir über deine Abenteuer plaudern, doch ist das Fenn für dich kein sicherer Ort, Feja.« Der Weber nahm ein Bündel von seinem Rücken. »Ich kann dir zwar keine Pferde bieten wie dein junger Freund hier, doch habe ich euch Umhänge mitgebracht, die ihr bald brauchen werdet. Der Herbst steht vor der Tür, und in den Bergen wird er sich wie der Winter anfühlen. Die Wolle ist nach Werenart gefettet. Sie lässt Luft hindurch, aber keinen Regen oder Schnee.«

Feja bedankte sich, dann stutzte sie. »Das sind drei …«

»Ich werde euch begleiten«, erklärte Nerius schlicht.

»Du? Das ist zu gefährlich!«

»Es ist nicht gewagter, als der angeblichen Mörderin von Prinz Sifrid Pferde zu überlassen. Schon das wird als Hochverrat gelten und könnte mich an den Galgen bringen.«

»Ich habe den Prinzen nicht …«

Nerius hob grinsend die Hand. »Du kannst mir die Geschichte unterwegs erzählen.«

»Lieber verzichte ich auf die Pferde, als dich in diese Sache mit hineinzuziehen. Der Orden jagt mich, das ganze Reich ist mir auf den Fersen, und die Weren in den Bergen sind feindselig gegenüber Fremden, das habe ich selbst erlebt.«

»Das schreckt mich nicht.«

»Das sollte es aber. Mehr als einmal bin ich meinen Verfolgern nur knapp entkommen.« Nerius konnte seit seinem Sturz von der Möwenbrücke nicht mehr zaubern, und schon bevor sein Arm verkrüppelt worden war, war er kein guter Kämpfer gewesen. Sie brachte es jedoch nicht übers Herz, das auszusprechen.

Nerius ging nicht auf ihre Einwände ein. »Wenn ich es richtig verstanden habe, müssen wir in die Mondberge. Wenn du verfolgt wirst, können wir nicht die Südstraße nach Holt nehmen, denn dort werden sie dich zuerst vermuten. Es gibt andere Wege … Ich könnte mehr sagen, wenn ich wüsste, wo genau es hingehen soll, Feja.«

Sie öffnete den Mund, um noch einmal zu erklären, warum sie ihn nicht mitnehmen wollte. Aber dann schwieg sie doch.

»Wohin, ja, wohin?«, murmelte Adach.

»Mir hast du einmal erzählt, dass du mit deinem Vater vom Hügelmeer aus aufgebrochen bist, um deine Bestimmung in den Mondbergen zu finden, mein Freund«, sagte der Weber. »Und ihr sucht doch nach dem Ort, an dem du Ganamon wurdest, oder?«

»Ja, auf grünen Hügeln standen unsere Hütten. Doch ist das lange her. Hundert Jahre? Mehr? Wir erinnern uns nicht. Weder Haus noch Weg werden wir da finden.«

»Dennoch sollten wir dort beginnen«, schlug Nerius vor. »Es ist immerhin ein Anfang. Dann nehmen wir die alte Rinderstraße nach Osten. Es ist mir auch lieber, wenn wir den Langwald meiden könnten.«

Bevor Feja fragen konnte, warum ihm das lieber war, hatte Hrellech sein Pferd zu ihr geführt. »Es ist ein gutmütiges Tier, wie mir scheint, denn es trug klaglos einen Weren, der nicht reiten kann, und dazu die schweren Satteltaschen, die wir mit Vorräten vollgestopft haben.«

»Wir wären besser dran ohne diese steifbeinigen Tiere«, murmelte Meister Adach. »Sie zwingen uns, auf Straßen zu bleiben, die wir meiden sollten. Viele gute, heimliche Wege werden uns verwehrt. Und auf steilem Berghang taugen sie gar nichts!«

»Aber sie werden uns rasch bis an die Berge herantragen. Und wir müssen schnell sein«, erklärte Nerius. »Meister Adach hat mir nicht viel über unser Ziel gesagt, doch ich glaube, ich habe das eine oder andere erraten. In den Mondbergen scheint es einen verborgenen Ort der Weren zu geben, und da willst du hin. Nach einem solchen lässt Abot Dregin auch Meister Orchon suchen.«

»Orchon ist ein Narr, er wird den Mara-Tir niemals finden«, knurrte Adach.

»Mara-Tir? So heißt unser Ziel? Dann fürchte ich, dass er schon ahnt, wo dieser Ort liegt. Der Rotschmied war viele Tage in der Bibliothek von Braake. Ich habe mir angesehen, was er gelesen hat, denn es war klar, dass er für Dregin sucht. Zuletzt las er einen Bericht über Jarknar den Wanderer. Der Gründer der Graufeste hat einen Ort dieses Namens selbst besucht. Es stand dort nichts über seine genaue Lage, aber was, wenn in den geheimen Schriften des Ordens mehr zu finden ist?«

»Warum sollte der Abot nach diesem See suchen?«, fragte Feja.

Nerius zuckte mit den Schultern. »Er ist angeblich magisch, und Magie bedeutet Macht. Du kennst Dregins Machthunger.«

Feja seufzte: »Früher hieß es, Magie ist Leben, und Leben ist Magie. Jedenfalls habe ich es so von Meister Caron gelernt.«

»Der Abot hat das schon lange vergessen«, meinte Nerius.

Adach schnaubte verächtlich. »Nur alte Zauberkraft wird am Mara-Tir genährt, keine Aschling-Hexerei.«

»Und doch gibt es dort eine magische Kraft. Und schon das allein zieht den Grauen Orden an.«

»Dann müssen wir uns also auch noch beeilen«, murmelte Feja. Sie lachte und sagte: »Wie sollen wir schnell sein, wenn wir den Weg nicht kennen? Die Gipfel der Mondberge sind zahllos!«

»Wir werden uns erinnern«, versprach Meister Adach plötzlich, und grimmige Entschlossenheit schwang in seiner Stimme mit: »Wenn uns der Unglücksgaul nicht vorher das Genick bricht, werden wir uns erinnern.«

Pridis Vithun brach endlich sein Schweigen. »Ich sehe sie«, verkündete er mit Triumph in der Stimme.

»Wo?«, fragte Abot Dregin.

»Nicht einmal in der Nähe von Gut Dimgast, wie der junge Hallir glaubte. Sie ist am Fennling, doch nicht allein.«

»Dann will sie Nerius wohl dort treffen. Könnt Ihr erkennen, wer sie begleitet?«

Der Verkünder antwortete erst nicht. Vielleicht schüttelte er den Kopf, aber das konnte Dregin nicht sehen. »Das Bild verwischt«, verkündete die schneidende Stimme jetzt. »Sie brechen auf. Sie kommen rasch voran. Ich denke, sie haben Pferde.«

»Dann hatte Bruder Hallir doch nicht völlig unrecht, wie mir scheint«, sagte Dregin lächelnd.

»Dennoch war es ein Fehler, diese Kinder zu Brüdern und Schwestern unseres Ordens zu machen«, knurrte der Verkünder. »Ich habe fünf Jahre auf dieser Feste gelebt und gelernt, bevor ich mich Bruder nennen durfte!«

»Das waren andere Zeiten, Meister Vithun. Natürlich, sie lernen noch, aber sie lernen schnell.«

»Wenn sie die Magie nicht vorher umbringt oder sie den Orden verraten …«

»Statt die immer gleichen Klagen vorzubringen, solltet Ihr mir sagen, in welche Richtung Feja sich bewegt.«

»Sie reiten nach Osten. Wenn ich mich nicht sehr täusche, nehmen sie die Rinderstraße.«

Dregin wandte sich bewusst förmlich an die junge Magierin, die ihnen die ganze Zeit zugehört hatte: »Ihr habt es gehört, Schwester Nemma. Begebt Euch in den Hof und unterrichtet Meme Salmango davon. Sie soll so schnell wie möglich aufbrechen. Und dann bittet Meme Sulling, mich in der Halle zu treffen.«

Das Mädchen verschwand, und Dregin erhob sich ächzend.

»Wann wirst du nach Lente aufbrechen, mein Junge?«, fragte der Verkünder in alter Vertraulichkeit.

»Übermorgen. Ich habe noch einige Vorbereitungen zu treffen.«

»Und wem wirst du die Befehlsgewalt hier übertragen?«

Dregin runzelte die Stirn. »Natürlich Sturmrat Valir, wem sonst? Etwa Euch?«

»Bruder Valir war lange in der Fremde. Wer weiß, ob er unter den Brüdern über genug Autorität verfügt?«

»Ich weiß es«, entgegnete Dregin brüsk und verließ die Kammer des Verkünders. Der Alte konnte es nicht lassen. Er hatte offenbar immer noch nicht verwunden, dass er nicht zum Abot gewählt worden war. Während Dregin sich die Treppe hinabschleppte, fragte er sich, ob Vithun Schwierigkeiten bereiten würde, während er fort war. »Ich muss Valir warnen«, murmelte er. Er traute Vithun zwar keine Verschwörung zu, aber er konnte auch anders Schaden anrichten.

Meme Sulling erwartete ihn in Jarknars Halle. Er konnte schon von Weitem den Hauch von Schwefel riechen, der die Alchemistin stets umgab. »Habt Ihr, worum ich Euch gebeten habe?«

»Es ist schwierig herzustellen, ehrwürdiger Abot, und daher ist der Vorrat, den ich Euch mitgeben kann, begrenzt. Ich werde mehr nach Lente senden, sobald es fertig ist, denn Ihr werdet es brauchen.«

Sie gingen über den Hof hinüber zum Rüsthaus, durchquerten es, und schließlich schloss Meme Sulling die Pforte zur Turmtreppe auf. »Als ich sie das letzte Mal sah, schien es Bele besser zu gehen«, sagte Dregin.

»Ja, so scheint es«, entgegnete die Alchemistin. Sie stieg vor ihm die lange Treppe hinauf. »Doch ist es auch wirklich so – oder täuscht sie uns nur? Die kleine Bele ist schließlich sehr gut darin, die Gefühle anderer zu beeinflussen.«

»Deswegen soll sie mich auch begleiten, Meme. Sie wirkt so zart und unschuldig, aber am richtigen Ort kann sie eine Waffe sein, gefährlicher noch als eine Lebensdiebin.«

Die Alchemistin rasselte mit dem schweren Schlüsselbund. »Das ist wahr«, sagte sie, »es ist nur leider so, dass ich nicht weiß, gegen wen sich diese Waffe am Ende richten wird. Gebt acht, dass Bele Euch nicht zum Verhängnis wird. Ich musste mehr als eine Wache von diesem Turm abziehen, weil Beles Schwermut sie sonst noch in die Tiefe gestürzt hätte – und das, obwohl sie nicht einmal im selben Raum waren.«

Sie stiegen ein weiteres Stockwerk hinauf. Endlich öffnete Meme Sulling die schwere Tür. »Steh auf, Bele. Unser Abot hat mit dir zu sprechen.«

Dregin hätte sie zu gerne besser gesehen, das beschworene Zwielicht zeigte ihm jedoch nur eine kleine Kammer und darin den Umriss eines zarten Mädchens. Er hörte Möwen vor der schmalen Schießscharte und wie das Meer gegen den Felsen brandete.

»Bele, sag, wie geht es dir?«, begann er freundlich.

»Es ist einsam hier oben, ehrwürdiger Abot. Und nichts kann die dunklen Schatten vertreiben, die Malthurs Tod in diese Kammer wirft.«

»Ja, der Tod deines Geliebten war auch für uns ein schwerer Verlust«, sagte Dregin. Obwohl er darauf vorbereitet war, schlug ihm die abgrundtiefe Traurigkeit des Mädchens aufs Gemüt. Er konnte förmlich spüren, wie sie seine Tatkraft lähmte. Er riss sich zusammen und dachte, dass er diese Macht nur auf das richtige Ziel lenken musste. »Ich habe gute Neuigkeiten für dich. Wir wollen dich aus dieser Kammer, in der wir dich zu deiner eigenen Sicherheit so lange unterbringen mussten, befreien.«

»So darf ich hinaus?«, fragte Bele und klang dennoch mutlos.

Dregin setzte ein Lächeln auf. »Mehr als das. Wir machen eine Seereise, Bele. Wir fahren in die Hauptstadt, nach Lente. Das wird deinen Kummer lindern. Sag, hast du nicht Lust, den König und seine Söhne kennenzulernen?«

4.

Mornir Gyltorn zog die Kapuze tiefer in die Stirn. Trewe führte ihn im Nieselregen durch Seitenstraßen, die er noch nie in seinem Leben betreten hatte. Die Abenddämmerung tauchte die Häuser in ungewisses Licht, und die Leute, die ihnen begegneten, schienen mit ihren eigenen Angelegenheiten beschäftigt zu sein. Dennoch wurde Gyltorn das Gefühl nicht los, verfolgt zu werden. Er sagte es Trewe, der daraufhin in eine wenig mehr als schulterbreite Gasse einbog und an deren Ende anhielt. »Da ist niemand, Herr«, stellte er fest, nachdem sie eine ganze Weile gewartet hatten.

Gyltorn nickte, aber das Gefühl blieb. Sie durchquerten die halbe Unterstadt auf Nebenwegen, um schließlich das Seeviertel von Lente zu erreichen. Alte und stattliche Häuser zogen sich die Hügel hinauf, und die Straßen waren still und beinahe menschenleer. Gyltorn drehte sich um und sah plötzlich das Meer und die Bucht. »Hier wurden nach der Landung die ersten Häuser errichtet«, sagte er fasziniert. »Ich nehme an, dass der Anblick des Meeres sie daran erinnerte, wo sie herkamen. Vielleicht hofften sie auch, dass sie eines Tages zurückkehren würden.«

»Es gibt kein Zurück«, stellte Trewe nüchtern fest. »Jetzt kommt, wir sind fast da, Herr.«

Eine Querstraße weiter fanden sie das Haus, das sie gesucht hatten. Es stand etwas zurückversetzt, und das alte Mauerwerk war schwarz vom Ruß. »Genauso habe ich mir das Heim eines

Zauberers immer vorgestellt«, murmelte Gyltorn. Wasser tropfte vom Dach in zwei große steinerne Bottiche, die den Eingang flankierten. Er sah sich noch einmal um. Niemand war zu sehen, doch das Gefühl, beobachtet zu werden, war übermächtig.

Trewe klopfte an die dunkle Pforte. Die schwang auf, aber es war niemand dort, der sie geöffnet hätte. Selbst Trewe, der sich sonst nie etwas anmerken ließ, wirkte überrascht. »Das heißt wohl, dass wir eintreten sollen, Herr.« Er ging voraus über die Schwelle. Der Landgraf folgte ihm zögernd.

Durch die weit offene Tür fiel blasses Licht in eine leere Vorhalle. Gyltorn sah Staub auf dem Treppengeländer. Schwere Leuchter hingen an den Wänden, die meisten trugen keine Kerzen. Plötzlich flog eine Seitentür auf, und eine kleine, flinke Gestalt kam in die Halle gestürmt. »Verzeiht, verzeiht, ich hatte so spät nicht mit hohem Besuch gerechnet!«

Der Landgraf kannte den Mann flüchtig aus dem Palast, es war Meister Hollark von den Wassermagiern. Sein Haarkranz hatte sich gelichtet, seit er ihn das letzte Mal gesehen hatte. Hollark trug eine schadhafte Robe und hielt eine seltsame runde Glasscheibe in der Hand, mit der er aufgeregt wedelte. Sein Lächeln wirkte freundlich, aber auch verwundert.

»Was verschafft mir die Ehre, Erlaucht?«

»Die Tür …«, sagte Gyltorn nur und deutete auf die Pforte, die sich so geheimnisvoll geöffnet hatte.

»Ja, sie klemmt ein wenig«, rief der Zauberer und schloss sie von Hand. »Oh, Ihr meint, wie ich sie geöffnet habe? Das ist einfachste Mechanik. Ein paar Seilzüge, ein Gegengewicht, etwas fließendes Wasser, mehr braucht es dazu nicht. Es ist also keine Zauberei, wenn Ihr so wollt. Doch bitte, folgt mir. Es steht sich nicht sehr angenehm in dieser zugigen Halle.«

Gyltorn folgte dem klein gewachsenen Zauberer. Hollark war selten bei Hofe, er hatte ihn vielleicht drei- oder viermal dort gesehen und nie auch nur ein Wort mit ihm gewechselt. Seltsam, dass der Mann ihn in der dunklen Eingangshalle gleich erkannt hatte.

Sie traten über die Schwelle in eine große Kammer, die vermutlich für Gesellschaften gedacht war. Ein ausladender offener Kamin beherrschte die eine Seite, hohe Fenster die andere, und der Landgraf zählte zwei Dutzend Stühle. Aber die Flammen im Kamin waren lange erloschen, die Fenster verhängt und die Stühle in einer Ecke zusammengeschoben. Die große Tafel in der Mitte des Raumes war hingegen bedeckt mit vielen Gefäßen in allen Größen und etlichen Schriftrollen und Pergamenten. Zahlreiche willkürlich verteilte Kerzen erleuchteten ihn.

»Ich würde Euch einen Platz anbieten, leider bin ich mitten in einer wichtigen Studie und habe nicht viel Zeit. Doch sagt mir, Erlaucht, was führt den Landgrafen vom Lothfold in das bescheidene Haus des Wassers?«

Gyltorn hatte das Gefühl, dass es nicht klug wäre, mit der Tür ins Haus zu fallen, und fragte höflich: »Welcher Art sind Eure Studien, Meister Hollark?«

»Oh, ich habe einige neue, das heißt, eigentlich wiederentdeckte Schriftrollen aus dem alten Utor bekommen. Es ist erstaunlich und traurig zu sehen, wie viel verloren gegangen ist und dass wir es in tausend Jahren nicht vermochten, die alte Größe wiederherzustellen.«

»Und diese Scheibe?«, fragte der Landgraf und deutete auf das Glas, mit dem der Zauberer herumwedelte.

»Es dient der Vergrößerung. Seht nur …« Er vergaß alle höfischen Regeln und zog Gyltorn an seinem Arm zum Tisch. Dann hielt er das Glas über ein Pergament, dessen verblasste Buchstaben plötzlich doppelt so groß wurden. »Erstaunlich, nicht wahr? Ich habe die Beschreibung dieses kleinen Wunders auf einem Pergament aus der Bibliothek des alten Utor gefunden. Auch die Spielerei mit der Tür habe ich aus einer alten Schrift. Für unsere Ahnen schien beides so selbstverständlich zu sein, dass es in den Chroniken gar nicht erst erwähnt wird.« Der Magier seufzte. »Doch seid Ihr nicht wegen meiner Manuskripte hier, oder?«

»In der Tat habe ich ein etwas heikles Anliegen, Meister Hollark«, begann Gyltorn. »Um es kurz zu machen – der Flammenorden möchte mich einer Wahrheitsprüfung unterziehen.«

Der Magier blinzelte. »Ah, ich habe davon gehört. Ihr wart Zeuge, als Prinz Sifrid starb. Ich kann verstehen, dass der König alles über diesen traurigen Tag erfahren will.«

»Natürlich, dennoch ist es beleidigend, als Mitglied des Kronrates diesem Verfahren unterzogen zu werden.«

Der Magier lächelte immer noch freundlich, doch konnte Gyltorn sein Misstrauen deutlich spüren. »Und warum sucht Ihr mich in dieser Angelegenheit auf? Die Feuermagier haben ihren Meister Folund, und der ungeduldige Meister Turre von den Sturmmagiern ist für gewöhnlich der Nächste, der in solchen Fällen beauftragt wird. Er ist viel bewanderter in dieser Kunst als ich.«

»So habt Ihr es nicht gehört? Meister Turre kam ums Leben bei einem Brand …« Gyltorn betonte die letzten Worte.

»Meister Turre? Welch ein Verlust!«, rief der Wassermagier.

»Ohne Frage. Deshalb nehme ich an, dass der Flammenorden sich nun an Euch wenden wird.« Er hatte sich viel Mühe gegeben, das Gerücht zu streuen, die Bruderschaft des Feuers sei für den Brand verantwortlich. Offenbar hatte dieser weltvergessene Zauberer jedoch gar nichts von dem Vorfall gehört.

»Ah, ich verstehe. Doch warum machen es unsere Brüder von den Flammen nicht selbst?«

»Weil ihr beleidigendes Ansinnen einer versteckten Anklage gleichkommt. Ich habe dieser unwürdigen Prozedur nur unter der Bedingung zugestimmt, dass sie eben *nicht* von einem Meister des Feuers durchgeführt wird.«

»Und deshalb seid Ihr nun hier?«

»Ich habe zwar in dieser Angelegenheit nichts zu verbergen, Meister Hollark, doch kenne ich auch Geheimnisse des Hofes, die zu offenbaren gefährlich wäre.«

»Oh, ich kann schweigen«, erklärte der Magier hastig.

»Dessen bin ich mir sicher. Sagt, waren diese Manuskripte kostspielig?«, fragte Gyltorn, einer Eingebung folgend.

Der Zauberer blinzelte kurz irritiert, dann sagte er mit einem traurigen Lächeln: »Nun, sie wurden aus der alten Bibliothek von Utor herbeigeschafft, und Ihr wisst, wie gefährlich die Fahrt in die untergegangene Heimat ist. Der Glutberg spuckt immer noch Feuer und überzieht die alte Stadt mit immer neuen Schichten von Lava. Natürlich lassen sich die Aschfahrer ihre Fährnisse und Mühen vergolden. Das meiste wird vom königlichen Hofe aufgekauft, der sich als Erbe des alten Utor begreift. Es ist eine Schande, dass diese Rollen dann in irgendeinem Archiv verschimmeln, weil die Chronisten lieber neue Belanglosigkeiten vermerken, als die Weisheit der Alten zu studieren. Sie sind Jahre im Rückstand, wenn nicht Jahrzehnte, was allein schon das Katalogisieren betrifft. Noch schlimmer sind die Kopisten, die das alte Wissen abschreiben. Jede Schnecke wäre schneller und würde weniger Fehler machen. Aber andere als die kopierten Pergamente sind leider nicht zu bekommen. An manchen Tagen macht es mich rasend, dass ich diese Schätze nicht einmal ansehen darf, obwohl sie nur einen Steinwurf von mir entfernt darauf warten, gehoben zu werden. Und leider fehlen meinem Orden die Mittel und auch die Einsicht in die Notwendigkeit, mich ausreichend mit Gold zu versorgen.«

»Ich könnte Euch in dieser Angelegenheit helfen, Meister Hollark.«

»Ihr? Wirklich? Das wäre sehr großzügig … Doch halt, Ihr erwartet dafür etwas, oder?«

»Nur dass Ihr bei erwähnter Prüfung nicht zu tief in meine Gedanken eindringt.«

»Aber genau das ist meine Aufgabe!«

»Ich weiß, doch es ist die einzige Möglichkeit, den König zu retten.«

»Den König?«

»Seht Ihr nicht, dass hier ein Machtkampf tobt? Glaubt Ihr, es ist ein Zufall, dass ein hoch angesehener Sturmmagier einem Feuer zum Opfer fällt? Nein, der Flammenorden versucht, seine Macht zu festigen, die durch den Tod des armen Sifrid erschüttert wurde. Und ist diese Bruderschaft nicht schon immer über Leichen gegangen, wenn es um ihre Macht ging? Hat sie nicht auch den einst hoch angesehenen Orden der Wassermagier an den Rand der Bedeutungslosigkeit gedrängt?«

»Nun, das ist wahr«, sagte der Magier langsam.

»Ich kenne Namen, Meister Hollark, Namen von aufrechten Freunden der Krone, die den Machthunger der Feuermagier begrenzen wollen. Einige davon gehören zu Männern mit Verbindungen zu Eurem Orden. Sie dürfen nicht bekannt werden.«

»Ich werde mich bei meiner Befragung selbstverständlich auf das Ereignis im Langwald beschränken, Erlaucht«, sicherte der Zauberer zu, »aber ich kann den Wunsch des Königs nicht ablehnen. Und ich hoffe, Ihr erwägt nicht, den Ausgang der Prüfung mit Gold zu erkaufen. Denn ich müsste Euch in diesem Fall sehr brüsk des Hauses verweisen.«

Trewe meldete sich zu Wort: »Wusstet Ihr, dass die Gyltorns eine umfangreiche Sammlung von Schriftrollen aus Utor ihr Eigen nennen?«

»Schriftrollen? Etwa Originale?«

»Herwart Gyltorn war selbst dreimal in der untergegangenen Stadt und kehrte mit vielen Schätzen zurück. Sie könnten Euch zur Verfügung stehen. Steigt mein Herr weiter in der Gunst des Königs, kann er Euch eines Tages vielleicht auch Zugang zu den verschlossenen Schränken der Chronisten verschaffen.«

»Wirklich? Das läge in seiner Macht?«

»Wenn sein Stern weiter steigt. Ihr wisst, dass er mit Gimlarins Tochter Ifholde so gut wie verlobt ist, oder?«

»Aber … den König belügen?«

»Sagt einfach, Ihr könntet nichts sehen als das, was mein Herr geschildert hat. Am besten wird es sein, dass Ihr gar nicht erst in seinen Verstand eindringt. Dann müsst Ihr Euch auch keine Gedanken über die dort verwahrten Geheimnisse machen.«

»Aber …«

Trewe senkte die Stimme. »Es wäre auch ein erster Schritt, Eurem Orden wieder zu mehr Macht und Ansehen zu verhelfen.

Eure Brüder wären Euch vermutlich ebenso dankbar, wie es der zukünftige Schwiegersohn des Königs sein wird. Das wird Euch die Anerkennung und die Mittel verschaffen, um Eure wichtige Arbeit fortzuführen. Denkt nur – unbegrenzter Zugang zu vergessenem Wissen!«

»Unbegrenzt?« Der Zauberer leckte sich die Lippen.

»Wenn Ihr Euch jedoch aus falsch verstandenem Ehrgeiz in diese unseligen Machtkämpfe bei Hofe einmischen wollt, möchte ich Euch warnen. Denkt nur, was dem armen Meister Turre widerfahren ist! Verbrannt im Feuer … Und wenn so etwas nun Euch geschähe? Wer sollte Eure Forschung fortführen?«

Hollark blinzelte verunsichert. »Ja, ich verstehe. Und es sind wirklich Originale?«

Seine Begeisterung war unübersehbar, dennoch erhielten sie an diesem Abend von dem Zauberer nicht mehr als die Zusicherung, über die Sache nachzudenken. Auf dem Heimweg fragte Gyltorn: »Wir haben ihn fast so weit, Trewe, doch was sollte dieses Gerede von Großvater Herwart? Er war zwar in Utor, aber er kam nur mit Gold und Silber zurück. Verstaubte Schriftrollen interessierten ihn nicht.«

»Das weiß Meister Hollark zum Glück nicht, Herr. Wir müssen ihn nur hinhalten, bis diese unselige Befragung vorüber ist.«

»Das wird nicht genügen. Wir müssen ihn mit ein paar echten Kostbarkeiten ködern, Trewe. Nimmt er sie an, gibt es für ihn kein Zurück mehr. Sag, kennst du nicht noch einige Aschfahrer vom Krieg gegen die Seeräuber von Skros?«

»Zwei oder drei, doch leider nicht so gut, dass sie mir wertvolle Manuskripte schenken würden, Herr. Wir müssten sie also kaufen, das wird teuer, und unsere Kassen sind leer, weil auch die Geschenke für Prinzessin Ifholde und die Ausrichtung der Jagd im Langwald nicht billig waren.«

»Das ist mir bewusst. Deshalb habe ich unsere Steuereintreiber im Lothfold schon angewiesen, endlich die gestundeten Abgaben einzufordern.«

»Das wird den Bauern nicht gefallen, Herr. Die letzten Jahre waren hart. Erst das weiße Jahr mit der Asche, die vom alten Utor herüberwehte, dann der Aufstand …«

»Deswegen habe ich sie ja auch lange schonend behandelt. Aber das können wir uns jetzt nicht mehr leisten. Ich denke, in Meister Hollark ist unser Gold gut angelegt.«

Seit drei Tagen waren sie nun unterwegs, doch Meister Adach hing immer noch auf seinem Pferd wie ein zu groß geratener Frosch und hielt sie auf.

»Es ist einfach nicht die Art der Weren, sich so fortzubewegen. Zu Fuß wären wir besser dran«, sagte er und verlangte eine Rast.

»Wir sind gerade erst aufgebrochen!«, rief Feja.

»Für einen Morgen ist das genug. Der Himmel hat aufgeklart, und die Pferde können eine Pause vertragen«, meinte Nerius begütigend.

»Meinetwegen«, sagte Feja. Sie sprang vom Pferd und musterte die Gegend.

Nerius half dem Kräutersammler, obwohl sein rechter Arm verkrüppelt war, aus dem Sattel. »Ihr werdet immer besser, Meister Adach«, behauptete er. »Noch ein paar Tage, und Ihr sitzt fester im Sattel als ein utorischer Ritter.«

Der Were murmelte ein paar Flüche, die Feja nicht verstand. Sie blickte zurück. Die Regenberge lagen hinter ihnen. Im Norden wurde das Land immer flacher, aber nach Osten hin zeichneten sich unter weißen Wolkenbänken einige blaugrüne Linien ab: das Hügelmeer, wo ihre Suche beginnen sollte. Im Süden ragten die weißen Gipfel der Mondberge auf, wo der geheimnisvolle See verborgen lag.

Nerius kümmerte sich um die Pferde, und Feja ging hinüber zu Meister Adach, der sich mit krummem Rücken gegen einen der seltener werdenden Bäume lehnte.

»Wie weit ist es noch bis zu Eurem Dorf?«, fragte sie höflich, obwohl sie mit keiner genauen Antwort rechnete.

»Hundert Jahre ist es entfernt. Vielleicht nur ein oder zwei Tage, wenn wir weiter auf diesen Ungeheuern reiten.«

»Ihr müsst zugeben, dass wir so viel schneller vorankommen als zu Fuß.«

»In die Berge können wir sie nicht mitnehmen.«

»Wahrscheinlich nicht.«

Der Kräutersammler senkte die Stimme: »Und ihn auch nicht.«

»Nerius?«

»Er ist ein Aschling durch und durch. Er hat am Mara-Tir nichts verloren.«

»Ich bin auch eine Utorerin.«

»Du bist mehr. Du trägst seltsame Magie in dir. Wir können nichts versprechen, aber die Hüterin will dich vielleicht in Augenschein nehmen. Auch wenn du nicht allein zu ihr findest.«

»Glaubt Ihr denn, dass dort immer noch dieselbe Ganesa haust? Ihr sagtet, es sei lange her, dass Ihr dort wart.«

»Hundert Jahre oder tausend. Wer zählt schon die Jahre? Nur sie, sie ist ewig. Nährt sich von den Tränen, welche die Göttin wegen unseres Schicksals weint.«

Feja seufzte. Sie konnte nur hoffen, dass Adach in den wirren Erinnerungen an so viele Leben auf den Weg zum See stoßen würde. »Jedenfalls wird Nerius uns begleiten. Er ist ein Freund, und ohne ihn und seine Pferde wären wir verloren.«

»Das gilt in der Ebene, wo die vierbeinigen Untiere halbwegs nützlich sind. In Berg oder Wald ist das nicht so. Du musst ihn fortschicken. Zu seinem eigenen Besten!«

»Wir werden sehen«, murmelte Feja. Sie ging hinüber zu Nerius. »Warst du schon einmal in dieser Gegend?«

Er nickte. »Mit meinem Vater und meinen Brüdern auf einem Jagdausflug. Im Hügelmeer gibt es eine Art von Rehen, die zu jagen selbst mir Spaß gemacht hat, vielleicht, weil sie meist entkommen sind. Und wir mussten aufpassen, nicht aus Versehen eines der Pferde zu erlegen, die dort weiden. Die Rossezüchter verstehen da keinen Spaß.«

»Du hast mir nie von deinen Brüdern erzählt, Nerius.«

»Sie sind beide älter als ich, was ein Segen ist, denn so bin ich nicht in Gefahr, einmal das Erbe meines Vaters antreten zu müssen. Gryfarin dient im Heer des Königs, und Hasdir, der mittlere von uns dreien, befehligt einen unserer Tsungama-Segler.«

»Ihr habt eigene Schiffe?«, fragte Feja beeindruckt.

Nerius murmelte verlegen, dass es ja nur vier seien.

»Das klingt fast, als würdest du dich schämen. Wir hatten nur ein paar Schafe und Hühner und früher auch ein Pferd. Noch vor ein paar Jahren wusste ich nicht einmal, wie ein Schiff aussieht. Ich war arm und ungebildet, aber zum Glück wusste ich auch das nicht, sonst hätte ich mich nie getraut, den Wald zu verlassen.«

Nerius streckte sich. »Mit den Seglern hatte ich bislang wenig zu tun. Doch komm, wir sollten weiterreiten. Wir halten wirklich zu oft an, und ich habe das unbestimmte Gefühl, dass wir verfolgt werden.«

Feja nickte. Sie hatte das gleiche Gefühl, so wie sie überhaupt immer wieder feststellte, dass sie mit Nerius in vielen Ansichten und Gedanken übereinstimmte. Sie überredete Adach aufzusteigen, was schwierig war. Schließlich ritten sie weiter nach Osten.

»Könnt Ihr sie noch sehen?«, fragte Skuran Orchon und reckte sich im Sattel.

Meme Salmango starrte durch das Rohr. »Ich sehe sie. Nicht mehr als drei kleine Punkte auf einer Bodenwelle. Dieses Ding ist erstaunlich, Meister Rotschmied. Woher wusstet Ihr, dass Glas so etwas kann?« Sie reichte das Rohr an Gabra weiter.

»Ich traf in der großen Bibliothek von Lente einmal einen Mann, einen Wassermagier, der mich auf einige erstaunliche Manuskripte aufmerksam machte.«

»So machte das hier ein Wasserzauberer?«, fragte die lange Gabra, die das Fernrohr mit Argwohn betrachtete.

»Nein. Er hatte sich Gläser schleifen lassen, die Dinge auf den Kopf stellten oder vergrößerten, aber es war für ihn nur eine Spielerei, denke ich.«

»Auf jeden Fall ist es nützlich«, meinte Meme Salmango. »Wir könnten ihnen nicht mit dem nötigen Abstand folgen, wenn wir dieses Ding nicht hätten. Für Leute auf der Flucht bewegen sie sich erstaunlich langsam.«

Orchon versuchte, im Sattel eine Position zu finden, in der ihm nichts wehtat. Adach konnte vermutlich ebenso wenig reiten wie er selbst.

»Wenn du nicht hindurchschaust, kannst du dieses Ding ruhig mir für eine Weile geben, Gabra. Ich will etwas herausfinden«, sagte Bruder Hallir. Er nahm das Fernrohr, blickte damit aber nach Westen.

»Was gibt es da zu sehen?«, fragte die dunkelhäutige Magierin.

Hallir gab ihr das Rohr. »Reiter aus Richtung Rignar. Vielleicht hat es nichts zu bedeuten, doch mir scheint, dass sie uns folgen.«

Jetzt blickte auch Meme Salmango mit dem Fernglas nach Westen. »Sie sind noch weit entfernt, und ich kann nicht erkennen, ob sie überhaupt in unsere Richtung reiten.«

»Sie haben die Straße verlassen«, gab Hallir zu bedenken. »Es könnten Jäger sein, aber es könnte auch sein, dass wir ihre Beute sind.«

Orchon konnte im Westen nichts dergleichen sehen. Das Fernglas war seine Erfindung, doch keiner der Magier dachte daran, ihn hindurchsehen zu lassen. Er nahm es äußerlich mit Gleichmut hin, denn er war zu dem Schluss gekommen, dass er es hätte schlimmer treffen können. Hallir und Gabra waren angenehme Reisegefährten, und diese Tsungamerin war ihm zwar unheimlich, aber von all den gefährlichen Zauberern auf der Feste schien sie ihm noch die Berechenbarste zu sein. Nur der Fünfte in ihrer kleinen Gruppe bereitete ihm durch seine bloße, stille Anwesenheit Unbehagen. Er wusste, dass Bruder Span nicht sprechen konnte, doch war er in der Lage, sich mit den anderen durch irgendeine Zauberei zu verständigen. Er ritt mit dem Packpferd immer am Ende des Zuges und schien keinen Wert auf Gesellschaft zu legen. Orchon fragte sich, warum man ihn mitgenommen hatte. Er hatte den jungen Mann seinerzeit in Braake zusammen mit Feja gesehen und war sich ziemlich sicher, dass die beiden ineinander verliebt gewesen waren. War er denn der Einzige, der das gefährlich fand?

»Sollen wir wegen der Reiter etwas unternehmen, Meme Salmango?«, fragte Hallir.

»Wir werden sie im Auge behalten. Es sind nicht mehr als zehn oder zwölf, und ich glaube inzwischen auch, dass sie uns folgen. Vielleicht werden wir bald erfahren, was sie wollen. Ich kann doch davon ausgehen, dass ihr zum Kampf bereit seid?«

»Natürlich, Meme!«, rief Gabra, und Hallirs Augen leuchteten. Orchon war weit weniger auf einen Kampf erpicht, aber ihn fragte keiner.

Feja hatte noch nie so eine Landschaft gesehen. Der Boden wurde von Meile zu Meile welliger, und das gelbliche Gras reichte den Pferden bis zum Bauch. Irgendwann, ohne dass sie es gleich merkte, waren sie mitten in den Hügeln. Feja war unruhig und blickte immer wieder zurück, doch es war kein Verfolger zu sehen. Nur einmal glaubte sie, in der Ferne ein paar Punkte – vielleicht andere Reiter, vielleicht auch nur ein paar Rehe – zu erkennen, aber dann waren sie wieder verschwunden.

Gegen Abend hielten sie auf einem besonders hohen Hügel an. »Es erinnert wirklich an das Meer«, meinte Feja.

»Vor allem, da man hier weit und breit keine Anzeichen für ein Dorf oder eine Siedlung oder wenigstens einen Bauernhof sieht«, seufzte Nerius.

»Wir sind an dreien vorbeigeritten«, sagte Meister Adach mit einem Kichern. »Die Aschlinge erkennen die Zeichen nicht. Nur eine Senke weiter nach links oder rechts, und wir wären über die Hütten der Weren gestolpert.«

»Was denn für Zeichen?«, fragte Nerius unwirsch.

Der Kräutersammler zuckte mit den Schultern. »Sie wollten

nicht von uns gesehen werden. Löschen die Feuer, sodass kein Rauch sie verrät. Dabei soll es bleiben.«

»Sind wir denn auf dem richtigen Weg, um Euer Dorf zu finden, Meister Adach?«

Der Were kratzte sich am Kinn. »Vielleicht, Maegadha, vielleicht auch nicht.« Er glitt steif vom Pferd, riss ein paar Bündel Gras aus und roch daran. Dann sagte er: »Als wir jung waren, war das Gras immer grün. Wie die Wälder. Aber die Asche kam mit den Gauchen, und ihre Zauberei lässt das Land verdorren.« Dann warf er das Gras in die Luft und sah zu, wie der kalte Wind es verwehte. Er fing einzelne Halme, schnupperte noch einmal an ihnen und drehte sich dabei im Kreis. Dann blickte er lange hinauf zu den Monden. Ein leiser Schwall werischer Worte kam über seine Lippen.

Feja tauschte einen besorgten Blick mit Nerius. Sie glaubte inzwischen, dass der Kräutersammler keine Ahnung hatte, wo sein altes Dorf lag. Feja blickte über die endlosen gelbgrünen Bodenwellen. Das Gebirge im Süden schien zum Greifen nah, vermutlich waren es jedoch mehr als zwei Tagesritte bis dorthin. Ein Rabe zog mit lautem Krächzen in der Dämmerung nach Westen. Feja hielt das für ein schlechtes Zeichen.

»Ha!«, rief der Were plötzlich.

»Ihr wisst den Weg zu Eurem Dorf?«, fragte Feja hoffnungsvoll.

Der Were schüttelte den Kopf. »Nein. Der ist verloren unter den Erinnerungen an den hohen Himmel und seine Monde. Und unser Dorf? Vermutlich ist es lange schon verlassen, die Familie verweht wie das Gras. Sie flüstert in der Nacht durch die Halme. Hört ihr es nicht?«

Nerius schüttelte missbilligend den Kopf, aber Feja hatte das Gefühl, dass Meister Adach auf etwas Bestimmtes hinauswollte. »Ihr habt Euch an etwas anderes erinnert?«

Er nickte. »Das Gramtal! Unser Weg führte damals durch das Gramtal. Wir wissen es wieder.«

Jetzt war Nerius wirklich aufgebracht: »Dann sind wir einen

riesigen Umweg geritten. Hätte Euch das nicht früher einfallen können?«

Der Were zuckte mit den Achseln. »Unsere Gedanken reisen nicht schneller als unsere Beine. Wären wir zu Fuß gegangen, wäre es uns in den Regenbergen eingefallen. Die Pferde sind es, die unseren Erinnerungen vorauseilen.«

»Schön, das Gramtal also«, seufzte Nerius. »Und von dort führt der Weg dann in die Mondberge?«

Der Were schüttelte den Kopf. »Nein. Er beginnt im großen Wald irgendwo. Eine Schlucht, ein Wasserfall, ein Bach, hohe Felsen. Wo genau, willst du wissen? Das kann ich nicht sagen. Nur dass der Weg nicht im Gramtal beginnt.«

»Also wieder zurück in den Langwald«, rief Feja.

»Der Langwald …«, murmelte Nerius und wirkte betroffen.

»Was hast du?«

»Gar nichts. Ich ärgere mich nur über diesen Umweg.«

Feja glaubte ihm nicht. Da war noch etwas anderes. Später, am Lagerfeuer, nickte Meister Adach mehrfach im Sitzen ein und legte sich dann ohne weitere Umstände einfach ins Gras. Sie deckte ihn zu. »Das Reiten nimmt ihn sehr mit. Er ist es eben nicht gewohnt.«

»Oder er wird einfach alt. Glaubst du, dass es wirklich über hundert Jahre her ist, dass er an diesem heiligen Ort war?«

»Ich weiß es nicht. Ich meine … wie alt ist Meister Adach? Du bist doch aus Braake, du müsstest es wissen.«

»Eigentlich war er schon immer da. Meines Vaters Vater erzählte mir einmal, dass ihn schon seine Großmutter mit Geschichten vom alten Krötenkönig zu ängstigen versucht habe. Angeblich würde er ungehorsame Kinder in Frösche verwandeln. Wenn ich ihn mir ansehe, wage ich nicht, seine Jahre zu schätzen.«

»Mir geht es genauso«, gab Feja zu. »Sein Gesicht erscheint trotz der vielen Falten und weißen Haare jung, aber seine Augen wirken, als hätten sie die Ewigkeit gesehen.«

Eine Weile saßen sie stumm am Feuer. »Ich bin übrigens froh, dass du mitgekommen bist, Nerius.«

»Das sagst du nur, weil du jemanden hast, der mit dir die Wache teilen kann«, erwiderte er grinsend.

Feja seufzte, denn das hatte sie nicht gemeint. Dann jedoch spielte sie mit: »Damit gehört dir die erste Wache. Sagen wir, von jetzt bis zum Morgengrauen?«

Nerius lachte und nannte sie unverschämt. Sie scherzten eine Weile miteinander, aber das Gespräch verebbte, weil Nerius beim Scherzen bleiben wollte, während Feja das Gefühl hatte, dass sie über andere Dinge reden sollten. Er schien das nicht verstehen zu wollen. Schließlich saßen sie schweigend nebeneinander und starrten lange in die Glut. *Immerhin*, dachte Feja, als sie sich zum Schlafen im Gras ausstreckte, *kann man mit Nerius sehr gut schweigen.*

Sie brachen noch vor dem nächsten Morgenrot auf. Nerius versuchte, Meister Adach dazu zu überreden, sie zu einer der werischen Siedlungen zu führen, aber der lehnte das vergnügt ab.

»Wenn die Aschlinge zu einfältig sind, die Zeichen zu sehen, dann haben sie auch nicht verdient, die Siedlung zu betreten.«

Unter einem wolkenverhangenen Himmel ritten sie Richtung Südwesten. An der Landschaft änderte sich nicht viel, nur dass die Mondberge allmählich näher rückten. Feja war froh, dass die schneebedeckten Gipfel Orientierung boten, denn im endlosen Hügelmeer hätten sie sonst leicht die Richtung verlieren können. Gegen Mittag bemerkte sie einen Schwarm Tauben, der in einiger Entfernung über einem Hügel kreiste. Der einzige Grund, der ihr für das Verhalten der Vögel einfiel, war, dass sie über einem Taubenschlag flogen. Also gab es dort wohl ein Gehöft oder gar ein Dorf. Sie behielt ihre Beobachtung jedoch für sich, denn sie fürchtete, dass sie ein Besuch in einer Siedlung nur Zeit kosten würde. Immer wieder ging ihr Blick über die Schulter. Einmal sah sie wieder mehrere Punkte auf einem Hügel, gar nicht weit entfernt. Aber dann verschwanden sie in einem Wellental und tauchten nicht wieder auf.

»Das war knapp«, meinte Meme Salmango. »Wer hätte ahnen können, dass sie die Richtung wechseln?«

»Eigentlich hätte ich es wissen müssen«, meinte Skuran Orchon. Er hatte einen zweiten Umhang über seinen ersten gezogen, denn es zog ein schneidender Nordwind über die Hügel. »Das Ziel liegt in den Mondbergen, so viel ist sicher. Ich verstehe immer weniger, warum Adach sie ins Hügelland geführt hat.«

»Ich habe nicht den Eindruck, dass sie auf kürzestem Weg auf die Berge zuhalten«, meinte Bruder Hallir, »und ich kenne diese Hügel gut, weil meine Familie in dieser Gegend Rosse züchtet.«

»Ich habe nie begriffen, wie sich jemand freiwillig mit diesen großen und störrischen Tieren abgeben kann«, seufzte Orchon, der immer noch Schwierigkeiten mit seinem Pferd hatte.

Hallir lachte. »An einem klaren Herbstmorgen vor Sonnenaufgang mit seinen Brüdern über die Hügel zu reiten und dann zu sehen, wie Hunderte dieser herrlichen Tiere im Licht der ersten Sonnenstrahlen aus dem Dunst auftauchen … es gibt nichts Vergleichbares unter dem Himmel. In den ersten Wochen auf der Graufeste wäre ich zu Fuß nach Hause gelaufen, nur um das noch einmal zu sehen.«

»Und heute?«, fragte Orchon neugierig.

Der Ordensbruder zuckte mit den Achseln. »Heute weiß ich, dass die Welt mehr zu bieten hat, und seit ich in das geblickt habe, was unter dem Tempel …« Der Satz verebbte, und der Blick des jungen Bruders bekam etwas finster Verklärtes. Er schüttelte den Kopf. »Lassen wir das. Wenn Feja weiter in diese Richtung zieht, dann will sie ins Gramtal.«

Orchon hatte einmal gesehen, wie die jungen Brüder und die Schüler im Morgengrauen voll ungeduldiger Vorfreude zu dem Geheimnis unter dem Tempel geführt worden waren. Und er hatte bemerkt, wie erfüllt und gleichzeitig verstört und schweigend sie zurückgekehrt waren. Dieser Kristall schien eine übermächtige Wirkung auf sie zu haben.

»Was ist das Gramtal?«, fragte Gabra.

»Ein Tal, das zwischen Mond- und Regenbergen liegt«, sagte Hallir. »Der einzige Weg nach Süden für viele, viele Meilen.«

Orchon seufzte. Mit dem Gramtal verbanden die Weren die dunkelsten Stunden ihrer Geschichte. Er war noch nie dort gewesen, aber allein der Name jagte ihm einen Schauer über den Rücken.

»Wenn wir ihr nächstes Ziel kennen, können wir eine Rast einlegen«, entschied Meme Salmango. »Wir sind ihnen ohnehin zu nahe gekommen. Das ist auch ein guter Zeitpunkt herauszufinden, was diese Männer, die auf unseren Spuren reiten, von uns wollen.«

»Sie folgen uns wirklich?«, fragte Orchon erschrocken.

Die dunkelhäutige Magierin lächelte. »Wir wissen es sicher seit gestern Nacht, als sie so leichtsinnig waren, Feuer zu machen.«

»Es sind kalte Tage«, murmelte der Rotschmied, der auf die Annehmlichkeiten eines wärmenden Feuers hatte verzichten müssen, »und dieser eisige Wind ist widerlich.«

»Ihr nennt dieses laue Lüftchen eisig?«, fragte Hallir lachend. »Ihr solltet im Winter wiederkommen, wenn der Sturm von Norden her über die Rossheide fegt. Er lässt das Meer gefrieren und bläst das Eis in beißenden Splittern meilenweit ins Land hinein. Was glaubt Ihr denn, woher die Kristallküste ihren Namen hat?«

»Es hat schon einen Grund, warum wir Weren dort niemals siedelten«, brummte Orchon.

»Lassen wir das«, meinte Meme Salmango und erteilte ihre Anweisungen: »Wir beide werden sie genau hier erwarten, Meister Orchon, gewissermaßen als Köder. Unsere Gefährten werden sich dort, dort und dort drüben hinter den Hügelkuppen verstecken.«

»Ist das nicht leichtsinnig?«, fragte Orchon. »Ich bin kein Krieger, doch selbst mir ist klar, dass man den Feind eher auf einer Hügelkuppe als in einer Senke erwarten sollte.«

»Wir wissen noch nicht, ob es ein Feind ist«, erklärte die

Magierin, »außerdem sind es nicht mehr als ein Dutzend.« Sie sprang vom Pferd und drückte Orchon die Zügel ihres Tieres in die Hand.

»Magier mögen ein Dutzend Kämpfer nicht fürchten, aber wir Weren haben leider keinen Zauberschild, der uns vor Pfeilen und Schwertern schützt.«

Die Zauberin zeigte ihr schönes Lächeln. »Wir auch nicht.« Sie streckte sich. Ihre Begleiter waren hinter den Hügeln verschwunden. »Da wir nun für einen Augenblick ungestört sind, Meister Orchon, möchte ich Euch etwas fragen.«

»Verzeiht, aber sollten wir uns nicht auf jene Reiter vorbereiten, Meme?«

»Ich bin vorbereitet. Ich bin jedoch auch neugierig, was genau wir an jenem Ort zu erwarten haben, zu dem Feja uns führen soll.«

»Ich weiß nicht viel mehr als Ihr, Meme«, gab Orchon nervös zurück. Er spürte schon ein Zittern des Erdbodens. Wer immer dort kam – er war nicht mehr weit.

»Es gehört zu den Angewohnheiten unseres Abots, wenig über seine Pläne zu sagen. Er will diese Tränensteine, von denen Jarknar einst berichtet hat, so viel weiß ich. Doch welche Macht haben sie, und was kann ein Schmied damit anfangen?«

»Sie scheinen die Magie der Gauch … der Utorer zu beeinträchtigen. Der Abot hofft, dass wir damit den … Ihr wisst schon, das Ding unter dem Tempel … vom Abgrund fortbewegen können.«

Die Magierin sah ihn mit ihren dunklen Augen nachdenklich an. »Ich verstehe«, sagte sie langsam. »Doch wie soll das helfen, den Schaden zu beheben?«

Orchon zuckte mit den Schultern. Inzwischen konnte er das Donnern der Hufe hören. »Mit Magie, nehme ich an«, sagte er unruhig. *Und das glaubst du wirklich?*, fragte die höhnische Stimme in seinem Kopf. »Nein«, murmelte er. »Nein, da stimmt etwas nicht.«

»Ruhe jetzt, sie sind da!«, zischte die Meme.

Die Verfolger tauchten im scharfen Trab auf der Hügelkuppe auf. Der Anführer stieß einen Warnruf aus, als er sie bemerkte, und die Schar hielt auf halbem Weg in die Senke fluchend die Pferde an. Orchon zählte zwölf Männer, Soldaten, und ein Banner flatterte über ihnen im Wind. Es zeigte goldene Schilfhalme auf blauem Grund – das Wappen von Braake. Sie schienen unschlüssig, dann löste sich einer von ihnen aus dem Trupp. Es war ein junger Mann, unter dessen offenem Helm lange strohblonde Haare hervorleuchteten. Orchon kam er bekannt vor.

»Ich grüße Euch, Meme Salmango«, rief der Reiter.

»Und ich grüße Euch«, gab die Zauberin ruhig zurück.

»Wir reiten im Auftrag des Fenngrafen und haben keinen Streit mit Euch!«, erklärte der Soldat.

»Und doch folgt Ihr unseren Spuren … Augenblick, Tyrbull Tygram? Bist du das unter dem Helm?«

»Ich bin nicht mehr Schüler der verdammten Feste, Meme Salmango, sondern ein Leutnant in der Wache von Braake. Ich verlange den gebührenden Respekt!«

»Dann verzeiht, Leutnant«, sagte die Zauberin mit hörbarem Spott in der Stimme. »Doch erklärt, warum Ihr uns verfolgt.«

»Wir verfolgen nicht Euch, und mehr müsst Ihr nicht wissen. Wir werden einfach weiterziehen.«

»Ich glaube nicht«, entgegnete Meme Salmango und ließ einen leisen Pfiff hören.

Ihre drei Gefährten tauchten auf den Hügelkuppen auf. Sie griffen nicht einmal zu den Waffen, noch wirkten sie irgendwie kampfbereit, aber Orchon konnte sehen, wie beunruhigt die Reiter waren.

»Ihr habt kein Recht, uns aufzuhalten. Außerdem seid Ihr nur zu fünft.«

»Sagt das Euren Männern, bevor sie sich noch in die Hose machen. Kommt schon, Tygram, Ihr wisst doch, wozu wir in der Lage sind. Lasst uns reden. Niemand muss hier zu Schaden kommen, aber falls doch, dann wird es kein Zauberer sein.«

»Wir reiten im Namen des Fenngrafen!«

»Das sagtet Ihr bereits. Da Ihr nicht uns verfolgt, gehe ich davon aus, dass Ihr Eurer alten Freundin Feja nachsetzt.«

Tyrbull Tygram nickte düster. »Sie hat Prinz Sifrid ermordet. Es ist eine hohe Belohnung auf ihren Kopf ausgesetzt. Außerdem hat sie den jungen Dimgast behext und gezwungen, sie zu begleiten.«

»Ah, daher weht der Wind. Ihr reitet unter dem Banner von Braake, vermutlich auf Befehl von Graf Dimgast. Er will seinen Sohn zurück. Du … verzeiht, Leutnant, die alte Gewohnheit …, *Ihr* wisst vermutlich, dass das Unsinn ist. Feja kann einem anderen die Magie aus dem Körper reißen, wie Ihr am eigenen Leib erfahren musstet –, aber jemanden unter ihren Willen zwingen, das kann sie nicht.«

Der junge Tyrbull sah sie lauernd an. »Dann wollt Ihr behaupten, dass Nerius Dimgast ihr aus freien Stücken geholfen hat? Dann wäre er ein Hochverräter, der geköpft werden muss.«

Die Miene der Zauberin verfinsterte sich. »Ihr solltet den Fenngrafen fragen, ob er seinen Neffen auf dem Schafott sehen will. Am besten fragt Ihr ihn gleich, denn Eure Jagd ist zu Ende. Kehrt nach Braake zurück.«

»Der Graue Orden stellt sich schützend vor die Verräterin? Soll ich das dem Fenngrafen melden?«

»Wir verfolgen sie und werden sie stellen – zu gegebener Zeit. Wir sind sogar bereit, Nerius nach Braake zurückzubringen. Ihr seht, Ihr müsst Euch nicht weiter mit der Angelegenheit befassen, Tyrbull.«

»Ich habe meine Befehle, und ich werde mich nicht von Euch hindern lassen, sie auszuführen.«

»Das ist ein weites Land, Junker Tygram. Es soll schon ganze Heere verschluckt haben. Wie gefährlich ist es da erst für eine Handvoll Reiter? Es könnte Jahre dauern, bis ein Wanderer zwischen diesen Hügeln zufällig über Eure Knochen stolpert.«

»Ihr droht den Männern des Fenngrafen?«

»Wenn sie keine Einsicht zeigen.«

»Verzeiht«, mischte sich Skuran Orchon ein. »Wenn ich es richtig verstehe, wollen wir doch alle das Gleiche, nämlich diese Feja zur Strecke bringen. Warum tun wir uns nicht zusammen? Der Weg ist noch lang und gefährlich. Ein paar Männer mehr könnten hilfreich sein.«

Meme Salmango warf ihm einen giftigen Blick zu. Auch Tyrbull Tygram schien nicht sehr angetan von dieser Idee zu sein. Dann gab die Zauberin plötzlich nach.

»Ihr habt recht, Meister Orchon. Wir sollten zusammen reiten. Doch werden wir Feja erst festnehmen, wenn ich es sage. Wenn Ihr damit einverstanden seid, Junker Tygram, bin ich es auch.«

Orchon konnte sehen, wie erleichtert die Reiter waren, als sich diese goldene Brücke vor ihnen abzeichnete. Ihr junger Anführer schien jedoch noch mit sich zu kämpfen. Eine ganze Weile starrte er finster vor sich hin, dann sagte er: »Wenn das Kopfgeld uns gehört, dann sind wir einverstanden. Wir reiten Seite an Seite, doch werden wir keine Befehle von Euch annehmen.«

»Hauptsache«, sagte die Zauberin so leise, dass Tygrams Männer es nicht hören konnten, »Ihr nehmt Vernunft an, ohne dass ich Euch dazu erst umbringen muss, Tyrbull.«

Je näher sie dem Gramtal kamen, desto schweigsamer wurde Meister Adach. Auch Feja fühlte sich bedrückt. Sie schob das zunächst auf die Berge, die auf beiden Seiten immer näher an ihren Weg heranrückten, aber dann bogen sie um eine steil aufragende Bergflanke, und ihre Pferde hielten ganz von alleine an. Vor ihnen lag ein Tal, in dem außer grauem Gras nichts zu gedeihen schien. Hoch oben krächzten Krähen, sonst war, außer dem leisen Seufzen des Windes, nichts zu hören.

»Fühlst du auch diese Kälte, Nerius?«, fragte Feja leise.

»Es fällt wenig Sonne in dieses Tal«, versuchte er zu erklären und blickte betreten drein.

»Was ist hier geschehen, Meister Adach?«, wollte Feja wissen.

»Das ›Gramtal‹ wird dieser Ort in eurer Sprache genannt, und der Name ist gut gewählt. Vor langer Zeit wurden wir in dieses Tal gedrängt. Der Morgaur verjagte unser Volk von den Weiden des Südens. Ein tränenvoller Weg von Anbeginn. Doch hier in diesem Tal wurden die Aschlinge, die den Zug antrieben, von Gier überwältigt. Sie machten alle nieder und raubten das wenige, was wir besaßen. Tausende starben an jenem Tag.«

»Ich glaube, er meint König Brekan Schwarzherz«, erklärte Nerius leise. »Es ist ein dunkles Kapitel in der Geschichte des Reiches. Brekan ließ die Weren aus den reichen Provinzen des Südens vertreiben. Dann entstand das Gerücht, dass sie verborgene Schätze von Gold und Silber mit sich führten. Deshalb fielen die Ritter, die sie geleiten sollten, in diesem Tal über sie her und brachten fast alle um. Über achthundert Jahre ist das nun her. Es heißt, dass seither hier nichts mehr gedeihen will. Wer kann, meidet diesen Weg.«

»Doch, etwas wächst, weit im Süden, wo wir ein Grab schufen für die Gebeine der Unseren«, meinte der Were düster.

»Du hast mir einmal von König Brekan erzählt. Usgach der Eisentod war einer seiner Ritter, nicht wahr? Er hat dort, wo ich wohnte, Wyrmoch erschlagen, den letzten Drachen.«

»Du meinst Gramling den Jäger. Ja, er tötete Wyrmoch, und ich nehme an, die Weren nannten ihn Eisentod wegen seiner Rüstung. Aber Gramling war an dem Gemetzel in diesem Tal nicht beteiligt! Und was hier geschah, war auch nicht der Wille des Königs.«

»Warum ist dir das so wichtig?«, fragte Feja, die sich erinnerte, dass Nerius schon beim ersten Mal wütend geworden war, als sie diesen Ritter bei seinem Weren-Namen genannt hatte.

»Viel Schlimmes ist damals geschehen, aber nicht alles war so, wie die Weren sagen. Brekan gab den Befehl, sie zu vertreiben, nicht, sie zu ermorden.«

Meister Adach lenkte das Pferd näher heran. Er starrte Nerius ins Gesicht und sagte dann: »In deinen Adern fließt Brekans Blut. Du hast dieselben Augen. Wir sehen es.«

Nerius erbleichte, und Feja fragte verblüfft: »Ist das wahr? Bist du mit König Brekan verwandt?«

»Nur sehr, sehr weitläufig. Wir Dimgasts entstammen einer Linie, die angeblich auf den Urgroßvater von Gimlar den Gründer zurückgeht, und dann gibt es da noch eine eingeheiratete Ururenkelin aus dem Hause des Königs in der mütterlichen Linie«, gab er seufzend zu. »Brekan wiederum war der Urenkel vom ersten Gimlar. Schaut mich nicht so entsetzt an. Selbst damals war es nur eine Verwandtschaft fünften oder sechsten Grades. Außerdem ist Brekan Schwarzherz seit Jahrhunderten tot, und sogar seine näheren Verwandten hielten nie viel von ihm.«

Feja runzelte die Stirn. Sie hatte noch nie begreifen können, wie Nerius sich all die Namen merken konnte.

»Und doch siehst du ihm ähnlich. Gib auf dich acht, wenn du durch dieses Tal reitest. Die Ahnen könnten dich wiedererkennen«, raunte Meister Adach.

»Unsinn!«, rief Nerius und gab seinem Pferd die Sporen.

Feja wollte ihm folgen, aber Adach fiel ihr in die Zügel. »Je eher der Aschling umkehrt, desto besser. Hier ist es gefährlich für ihn, und danach wird es noch schlimmer.«

»Er kann nichts für die Taten unserer Vorfahren«, rief Feja und folgte Nerius. Sie hatte mit Bedacht »unserer« gesagt. Meister Adach schien gelegentlich zu vergessen, dass sie auch eine Utorerin war.

»Er meint es nicht böse«, sagte sie, als sie den Freund erreichte.

»Das vielleicht nicht, aber er spricht aus, was er denkt. Er und seine Ahnen halten offenkundig nicht viel von unseren Königen und denen, die mit ihnen verwandt sind.«

»Kannst du ihm das verdenken? Ganz Edun gehörte einmal den Weren, und heute vergessen schon viele Utorer, dass ihnen der Langwald und die Mondberge gehören.«

»Meinst du damit gewisse Freibauern, die auf dem Drachenhof wohnen?«, fragte Nerius mit einem Grinsen.

»Die gewiss nicht! Wir haben die Weren stets geachtet! Allerdings haben die sich nicht groß um uns gekümmert und wir uns auch nicht um sie. Eigentlich geht im Langwald einfach jeder seiner Wege und achtet darauf, dass er dabei niemandem auf die Füße tritt.«

Feja blieb an Nerius' Seite, auch wenn Meister Adach Schwierigkeiten hatte, sie einzuholen. Sein Pferd schien nur widerwillig dem alten Weg zu folgen. Irgendwann schloss der Were wortlos zu ihnen auf. Feja fühlte ein immer stärker werdendes Gefühl der Bedrohung. Außer dem Hufschlag ihrer Pferde, der laut von den Bergen widerhallte, hörte sie nichts, keinen Vogel, kein raschelndes Gras.

Sie ritten den ganzen Tag, und nicht einmal der Kräutersammler verlangte eine Rast. Am Abend fiel die Dunkelheit schnell in das Tal ein, aber sie hielten dennoch nicht an. Endlich zeigten sich im Mondlicht Spuren von Grün, und dann traten die Berge auf beiden Seiten zurück. Feja stieß einen erleichterten Seufzer aus. Ihr Pferd lief von selbst schneller, ebenso das von Nerius. Plötzlich wichen beide Tiere zur Seite aus. Fejas Zelter wehrte sich gegen die Zügel, als sie ihn zwingen wollte, den kürzeren Weg zu nehmen, und erst da bemerkte sie, dass auch der alte Pfad hier einen Bogen machte, obwohl linker Hand eine saftige Wiese lag. Feja holte Nerius wieder ein und rief ihm zu, anzuhalten, denn Meister Adach war zurückgefallen. Als sie sich umdrehte, sah sie, dass er abgestiegen war und sein Tier am Halfter führte.

»Was macht er denn da? Er wird doch auf dieser Wiese nicht rasten wollen.«

»Das wohl nicht«, meinte Nerius düster. »Das ist keine Wiese, sondern das Grab, von dem er sprach. Ich habe darüber gelesen. Ein halbes Jahr nach dem Gemetzel kamen Weren aus ganz Edun hier zusammen. Sie hoben eine lange Grube im steinigen Talgrund aus und legten ihre Toten hinein. Angeblich haben sie sogar die Erde, mit der sie sie zudeckten, eigens hergeschafft.«

»Wenigstens haben wir dieses unheimliche Tal gleich hinter uns. Ich werde froh sein, wenn wir unter den Bäumen des Langwalds reiten.«

»Der Langwald, ja«, sagte Nerius langsam, und selbst in der Dunkelheit konnte Feja sehen, dass ihn etwas bedrückte. Sie fragte ihn danach, aber er wich wieder nur aus.

Nachdem sie das Westkap bei Tjonde umrundet hatten, war der Wind endlich auf ihrer Seite. Die *Seeschwalbe* glitt schnell über die Wellen, und der Kapitän verkündete, dass sie Lente in weniger als fünf Tagen erreichen würden. Ginnar Dregin war dennoch unzufrieden. Er schob es auf das Meer, auf dem er sich nie wohlfühlte, und die beengten Verhältnisse an Bord, die ihn zwangen, sich mit seinen Reisegefährten die einzige Kabine zu teilen. An Deck brannte der scharfe Wind in seinen blinden Augen und ließ sie tränen, was er höchst unangemessen für den Abot eines uralten Ordens fand. Seit Anbruch der Nacht saß er dennoch auf dem Vorderdeck, versuchte, sein Bargan zu füllen, und stellte fest, dass das unruhige Auf und Ab des Schiffes ihm selbst diese ursprünglichste aller Übungen erschwerte.

»Eigentlich mag ich das Meer, aber nur, weil ich vergesse, wie wenig es zur Magie unseres Ordens passt«, erklärte Meister Bredhir, der ihm Gesellschaft leistete.

»Warum passt es nicht?«, fragte eine junge Stimme. Sie gehörte Eni, einer vielversprechenden jungen Schülerin, die Dregin für die Reise ausgewählt hatte.

»Wasser blockiert die meisten unserer Zauber«, erklärte Meister Bredhir. »Nimm zum Beispiel das Nachtflüstern. Der geübte Magier kann der Dunkelheit eine Nachricht anvertrauen, die ans andere Ende von Edun reisen kann, doch bei jedem Bach oder Fluss, den sie überqueren muss, wird sie schwächer. Und hier, auf dem Meer, verebbt das Nachtflüstern schnell zu einem unverständlichen Wispern. Sobald wir mehr als, sagen wir, zehn Meilen vom Ufer entfernt sind, sind wir ganz abgeschnitten.«

»Wie geht das mit dem Nachtflüstern, Meister?«, fragte Eni und klang sehr beeindruckt.

»Das wirst du mit der Zeit schon noch lernen«, gab Bredhir zur Antwort. »Doch jetzt solltest du unter Deck gehen. Die Nacht ist kühl, und wir wollen doch nicht, dass du dich erkältest.« Dregin hörte, wie sie davonging. »Sie scheint gelehrig und wissbegierig zu sein«, sagte Bredhir.

»Das ist sie, außerdem wollte ihr Vater sie unbedingt in unserem Orden haben und ließ es sich einiges an Gold kosten. Und das ist etwas, das in letzter Zeit knapp geworden ist in Jarknars Halle«, erklärte der Abot.

»Merkwürdig«, meinte der junge Meister. »Meist kamen doch nur die zu uns, die sich über alte Bande unserem Orden verpflichtet fühlen oder deren Familien im Graufenn lebten. Aber wenn ich sie richtig verstanden habe, kommt Eni aus Nyrdal, nicht wahr?«

»Sie entstammt einem alten Rittergeschlecht, das im Lothfold ein Gut besitzt und auch Einfluss in Lente hat. Ich hoffe, dass es den für uns geltend machen wird. Wie es aussieht, haben einige schon begriffen, dass der Stern unseres Ordens steigt. Seid Ihr anderer Meinung, Bredhir?«, fragte er, als sein Ordensbruder nicht antwortete.

»Der Flammenorden verhält sich eigenartig«, sagte Bredhir endlich. »Haben sie all die falschen Berichte, die der neue Vogt von Veisa für uns verfasste, wirklich geglaubt? Sie haben etliche Männer im Alten Grund verloren. Man sollte meinen, dass sie auf Vergeltung drängen, vielleicht sogar eine Fehde ausrufen, doch sie haben ewig gebraucht, um auch nur diesen Prozess anzustrengen. Und was ist mit der Königsgarde? Die hatte ebenfalls hohe Verluste in der Schlacht zu beklagen. Warum ruft sie nicht nach Rache? Warum hören wir nichts vom König? Ich weiß, dass Gimlarin nicht nur der Gütige, sondern hinter vorgehaltener Hand auch der Gleichgültige genannt wird, aber dennoch …«

Dregin beschäftigten schon seit geraumer Zeit die gleichen Fragen. »Nach allem, was unser Bruder Sjargur aus Lente meldet, ist das alte Bündnis zwischen Garde und Orden über dieser Niederlage zerbrochen. Sie sind wohl immer noch damit beschäftigt, sich gegenseitig die Schuld an der Katastrophe zuzuschieben. Und wir haben ihnen mit Feja, die sie angeblich in die Falle lockte und ihnen in der Schlacht das magische Feuer raubte, einen schönen Sündenbock geliefert.

Aber Ihr habt recht, auch ich befürchte, dass die Rote Bruderschaft sich heimlich zu einem Gegenschlag rüstet. Ich hörte, dass sie Zauberer aus Tsungama und Skros zurückgerufen haben. Doch warum dann noch dieser Prozess? Das alles will keinen Sinn ergeben. Auch deshalb muss ich nach Lente. Ich muss herausfinden, was die Flammenbrüder vorhaben.« Dregin erhob sich. Der Wind zerrte an seiner Robe. »Seid so gut, Meister Bredhir, und sagt dem Kapitän, er soll dichter unter Land segeln. Ich werde später einen Zauber versuchen, für den mein Geist das Meer überwinden muss. Habt Ihr unter Deck einen Ort gesehen, wo ich für eine Stunde ungestört sein kann?«

»Der Kapitän hat eine kleine abgeteilte Kajüte. Ich denke, ich kann ihn überreden, sie Euch für eine Weile zu überlassen.«

Dregin lächelte. Bredhirs Überredungskünste waren legendär. Die Bauern, die er in seinem Auftrag betrogen und in die Schlacht geführt hatte, hatten ihn wegen seiner Zungenfertigkeit den *Silbernen* getauft. Auch dieses Mal versagte seine Kunst nicht. Der Kapitän änderte den Kurs. Gegen Mitternacht zog sich Dregin in die enge Kabine zurück, legte sich auf das fremde Bett und schloss die Augen. Er blendete das Heulen des Windes, das Knarren der Schiffsspanten und das Schnarchen der Mannschaft aus, versenkte sich ganz in die Magie und passte seinen Atem dem Auf und Ab der Wellen an. Dann schickte er seinen Geist auf die Reise durch die Dunkelheit. Zuerst war da nichts, nur eine weite, öde Leere, schwarz, ohne jede Form, die dennoch unter ihm schwankte. *Das verdammte Meer*, dachte Dregin. Er zwang sich zur Ruhe, hielt Ausschau in der Dunkelheit und meinte endlich, in der Ferne einen Funken zu sehen. Er bewegte seinen Geist darauf zu. Der Funke wurde heller. Da war etwas, ein Umriss, eine Gestalt in der Dunkelheit. Dregins Geist näherte sich, umkreiste sie, und schließlich wagte er es, sie zu berühren. Es traf ihn wie ein Blitzschlag. Er spürte, wie sein Körper auf dem Bett verkrampfte und wie ihm der Atem stockte. Er öffnete die Augen … und blickte in die Glut eines schwachen Feuers. Er hörte ein Keuchen. Es war seines und auch wieder nicht. Er hob die Hand und betrachtete sie. Wo war er? Da waren Männer und Pferde. Hohe Felsen überragten ein kahles Tal. Die gegenüberliegende Steilwand wurde von den Monden beschienen. Da hielt ein Mann in der Rüstung der Stadtwache von Braake Wache. Was hatte das zu bedeuten? Er stand auf, fühlte die jugendliche Spannung seiner Glieder. Jemand sagte etwas. Er wandte sich der Stimme zu. Es war Gabra. Anscheinend fragte sie ihn, ob etwas nicht stimme, aber die Stimme klang verzerrt und dünn. Auch das Feuer verzerrte sich jetzt. Dregin fühlte sich wie betrunken. Der Boden schwankte. Er zwang sich zu einem Schritt. Noch immer starrte ihn Gabra befremdet an. Er sah sie doppelt, dann verschwammen alle Konturen, klärten sich, und schließlich sah er sie so gut, als säße sie in der Kabine, in der sein eigener Leib sich stöhnend in Krämpfen wand.

Dregin lächelte Gabra mit fremdem Gesicht zu, wollte etwas sagen, aber dann packte ihn jemand an der Schulter. Ein erneuter Blitzschlag fuhr in seinen Leib. Das Bild zerriss, und er hörte die Stimme von Meister Bredhir, der besorgt auf ihn einredete. Dregin kam ächzend zu sich.

»Sagte ich nicht, dass ich nicht gestört werden will?«, keuchte er.

»Euer Stöhnen hat das ganze Schiff geweckt, und der Kapitän wollte die Kabine stürmen lassen, um die Dämonen, die von ihr oder von Euch Besitz ergriffen haben, zu vertreiben. Mit anderen Worten, er war bereit, Euch umzubringen, wenn er damit nur diese Seegeister losgeworden wäre, die sich in seiner geliebten Heimstatt einnisten wollten.«

»Wie lange …?«

»Einige Minuten. Doch sagt, was ist geschehen? Welchen Zauber habt Ihr gewirkt? Ihr seht aus, als hättet Ihr mit Ungeheuern gekämpft.«

»Sagt dem Kapitän, dass alles in bester Ordnung ist. Er muss sich keine Sorgen machen. Oder wartet, ich sage es ihm selbst.«

»Besser nicht. Euer Mund ist voller Blut. Offenbar habt Ihr Euch die Lippen blutig gebissen, und Euer Gesicht sieht zum Fürchten aus. Wartet hier, ich werde unseren Gastgeber beruhigen. Sonst will er uns am Ende doch noch über Bord werfen. Ihr bleibt liegen und erholt Euch.«

Dregin nickte schwach. Er fühlte sich zerschlagen, aber dann lächelte er zufrieden. Er hatte es geschafft. Trotz des Meeres, trotz der Entfernung hatte er Spans Geist gefunden. Doch wer waren diese Soldaten, die er gesehen hatte? Wenn er erst einmal festen Grund unter den Füßen hatte, musste er diese Reise gleich noch einmal unternehmen.

Am Morgen ritten sie unter den Bäumen des Waldes, was Feja nach dem beklemmenden Ritt durch das Gramtal sehr willkommen war. Sie hatte die Führung übernommen, denn Meister Adach wusste vorerst nicht weiter. »Ein Wasserfall. Und ein Teich. Felsen, die aus dem Boden wachsen. Daran erinnern wir uns. Aber war es Richtung Sonnenauf- oder Sonnenuntergang? Das wissen wir nicht mehr«, hatte er auf ihre Frage geantwortet.

Nerius ritt hinter ihr über den schmalen Waldpfad und schien in Gedanken versunken. Bald trafen sie auf einen Bach, der sich durch eine Lichtung schlängelte. Feja hielt ihr Pferd an. »Was ist mit dir los, Nerius? Dich bedrückt etwas, das kann ich spüren.«

Er seufzte. »Es ist eine alte Geschichte. Eine Legende, vermutlich nicht mal wahr. Sie wird *Alfands Warnung* genannt. Es heißt, die Weren hätten über alle Nachfahren von König Gimlar einen Fluch verhängt. Er soll sie treffen, wenn sie diesen Wald betreten.«

»Das hat doch nichts mit dir zu tun. Du hast selbst gesagt, dass du aus einer anderen Linie stammst.«

»Schon, aber dann ist da noch Gimlars Ururenkelin in der mütterlichen Linie. Durch sie stamme ich von Gimlar im Blute ab, obwohl die weibliche Linie bei allen Erbansprüchen nicht zählt. Dann träfe es mich doch.«

»Das ist ganz schön kompliziert mit all den Linien und Flüchen, oder? Da bin ich ja froh, dass meine Vorfahren einfache Bauern waren. Ich weiß nicht einmal, wer meinem Urgroßvater Farnur vorausging. Und schon vom Urgroßvater weiß ich nur den Namen, nicht, was er getan hat oder was für ein Mensch er war.«

»Farnur war ein aufrechter Mann, aber wir fanden seinen Jähzorn schwer zu ertragen«, warf Meister Adach beiläufig ein.

Feja starrte ihn an. »Ihr habt ihn gekannt?«

Die Augen des Kräutersammlers blickten ins Nichts, vielleicht auch in weit entfernte Zeiten. »Wir haben viele gekannt, die im Langwald lebten. Farnurs Vater hieß Belg und war ein großer Jäger. Nein, der war nicht sein Vater. Belg baute den Hof auf jenem Platz, an dem seit Wyrmochs Tod keine Bäume wachsen wollten. Das war klüger, als wir dachten, denn der Hof steht immer noch, und andere, jüngere, hat sich der Wald lange schon wieder geholt.«

Feja sah den Kräutersammler an, als sähe sie ihn zum ersten Mal.

Dann sagte Nerius: »Es sind die Erinnerungen Eurer Ahnen, nicht wahr? Ihr wart nie selbst dort – ein anderer Bewahrer hat Belg gekannt, oder?«

Adach schaute immer noch in die Ferne. »Wir, andere, alle … Alles ist eins.« Dann klärte sich sein Blick, er lachte leise, stieß Feja vergnügt in die Seite und sagte: »Er versteht es. Für einen Aschling ist er gar nicht so dumm. Er ist klüger als das Maegadha.«

»Dieser Belg, wann hat er gelebt? Was war er für ein Mensch?«, fragte Feja seltsam berührt, von ihrem Ahnen zu erfahren.

»Er lebte zu seiner Zeit und war einer, der Höfe baute und nicht redete, wenn es nicht sein musste. Aber weiter jetzt. Wir glauben uns zu erinnern, dass der Pfad erst weit im Osten in die Berge führt.«

»Siehst du, jetzt hast du auch eine lange Ahnenreihe«, meinte Nerius grinsend.

»Eine Reihe mit zwei Namen und einem großen Loch. Nicht sehr viel, wenn du mich fragst. Und Könige oder Prinzen werde ich jedenfalls nicht darin finden.«

»Das ist im Langwald wohl auch besser so«, sagte Nerius mit einem Seufzer.

Bei der abendlichen Rast verlangte Meister Adach wieder, dass sie die Pferde zurücklassen sollten.

»Lieber schlecht geritten als gut gelaufen«, hielt Nerius dagegen.

Feja stimmte ihm zu, und damit schien die Angelegenheit entschieden. Am Morgen wurde Feja von einem Schauer aus Blättern geweckt, die ein starker Wind von den Bäumen blies. »Es lässt sich nicht länger leugnen, dass der Herbst begonnen hat«, sagte sie bei ihrem kargen Frühstück.

»Ich habe die Monde heute Nacht nicht gesehen«, meinte Nerius gähnend. »Ich kann dir nicht sagen, ob die erste Herbst-Eortha schon begonnen hat.«

»Herbst ist es. Das sagen unsere Knochen, und die wissen es«, brummte der Kräutersammler.

»Außerdem habe ich meine Meinung wegen der Pferde geändert«, sagte Feja.

»Was meinst du?«

»Es ist ohne Frage bequemer zu reiten, und der Weg mag noch weit sein, aber Pferde sind groß, und ihr Hufschlag kündigt uns weithin an. Als ich das letzte Mal in diesem Wald war, schlichen hier Männer durchs Unterholz, die meinen Kopf wollten. Da ich jetzt weiß, warum sie mich jagen, glaube ich nicht, dass sie inzwischen aufgegeben haben. Es ist sicherer, die Pferde zurückzulassen.«

»Mitten im Wald? Die armen Tiere!«

»Wir sind noch weit von Mitten-im-Wald entfernt, Nerius«, erklärte Feja mit einem Lächeln. »Außerdem sind es Pferde. Sie werden den Weg zum heimischen Stall schon finden.«

»Sind klüger als Gauchen. Kehren um, wenn es Zeit ist. Der Aschling-Junge sollte mit ihnen gehen.«

»Ich werde Feja nicht verlassen«, erwiderte Nerius sehr bestimmt.

»Wenn du umkehren willst, wäre jetzt ein guter Zeitpunkt, Nerius. Du hast mir mehr geholfen, als ich es je von einem Freund erwarten durfte. Von hier aus komme ich schon zurecht«, meinte Feja leise.

»Ich werde dich nicht mit diesem verrückten Kräutersammler allein lassen!«, lautete die ebenso leise, aber entschiedene Antwort.

»Es ist mir auch lieber, wenn du bei uns bleibst, Nerius«, meinte sie lächelnd.

Sie nahmen den Pferden Sattel und Zaumzeug ab, und dann schickte Nerius die Tiere heim. Er blickte ihnen nach, bis der letzte Hufschlag im dichten Wald verklungen war. »Gute Reise – und hütet euch vor Wölfen!«, rief er ihnen nach. Weil es ihm widerstrebte, die guten Sättel einfach am Wegesrand liegen zu lassen, versteckten sie sie im dichten Buschwerk. Dann nahmen sie aus den Satteltaschen alles, was sie gebrauchen und tragen konnten, und packten es in ihre Reisebündel. Nerius hob plötzlich den Kopf.

»Hast du das gehört? Ein Wiehern. Gar nicht weit. Vielleicht sind sie umgekehrt …«

Aber die Pferde kehrten nicht zurück, und schließlich war Nerius bereit, aufzubrechen. Meister Adach verließ sofort den breiten Pfad. Der Langwald wurde immer dichter, und als Feja sich noch einmal umdrehte, konnte sie die Lichtung, auf der sie ihre Reittiere verabschiedet hatten, schon nicht mehr sehen.

»Wir werden die Pferde nicht zurücklassen«, zischte der junge Tygram.

»Es wird uns nichts anderes übrig bleiben«, gab die Magierin kühl zurück. Sie hatten im Schatten hoher Buchen angehalten.

»Wir sind die Reiter des Fenngrafen!«

»Es steht Euch natürlich frei umzukehren.«

»Wir hätten die Sache schon längst beenden können. Leicht hätten wir sie eingeholt. Und jetzt entkommen sie uns im Unterholz! Es war ein Fehler, auf Euch zu hören, Meme Salmango.«

»Ihr hättet Feja nur über unsere Leichen bekommen, Leutnant, also gar nicht«, spottete die Magierin, und Tyrbull Tygram antwortete mit einem Fluch.

Skuran Orchon stand bei seinem Tier, streichelte es am Hals und beobachtete den Streit, dessen Ende leicht vorherzusagen war. Adach hatte seinen Schützling in ein wahres Dickicht geführt. Für Pferde war da kein Durchkommen.

Der junge Befehlshaber der Braaker Reiter wehrte sich jedoch gegen diese Einsicht. Endlich nahm ihn einer seiner erfahrenen Unterführer zur Seite und redete ihm gut zu. Bruder Span tauchte aus dem Wald auf. Er war vermutlich der Spur gefolgt. Orchon nahm das jedenfalls an. Der Magier war stumm, aber dennoch schien er sich immer wieder mit den anderen auszutauschen. Jetzt nickte er der Meme einfach zu, und selbst der Were verstand, was damit gemeint war: Bruder Span hatte die Fährte gefunden.

»Wir werden nun unseren Weg fortsetzen. Kommt mit oder bleibt zurück. Das überlassen wir Euch«, beschied die Meme dem Leutnant.

»Wir denken nicht daran, Feja Euch zu überlassen. Wir haben unsere Befehle, und wir werden sie ausführen.« Tyrbull Tygram kommandierte drei Männer ab. Sie sollten die Pferde nach Braake führen und dem Fenngrafen Bericht erstatten. Dann machten sie sich marschfertig. Orchon überredete Hallir und Gabra, einen großen Teil seiner Werkzeuge, von denen er nicht wusste, ob er sie überhaupt je brauchen würde, zu tragen. Er ließ sich ein Stück zurückfallen, als sie aufbrachen. So kam er in die Nähe des Leutnants, der seine schlechte Laune wie ein Banner vor sich hertrug.

»Es ist nicht leicht, mit diesen Zauberern auszukommen«, sagte er freundlich, denn er dachte, er könnte in dem jungen Mann vielleicht einen Verbündeten für den Notfall finden.

Tyrbull Tygram antwortete ihm jedoch nur mit einem eisigen Blick. Orchon beeilte sich, wieder zu den Magiern aufzuschließen. Dieser Leutnant schien voller Zorn auf alles und jeden zu sein, vor allem hegte er offenbar einen tiefen Groll gegen die Magier. Damit hatten sie etwas gemeinsam. Skuran Orchon fragte sich, ob er das nicht zu seinem Vorteil nutzen konnte.

5.

Feja starrte zu dem einsamen Waldhof hinüber. Er lag scheinbar friedlich unter dem blassen Herbsthimmel. Sie sah Hühner und Ziegen und hörte auch eine Kuh im niedrigen Stall, doch sie bemerkte keine Menschen. »Da stimmt etwas nicht«, sagte sie schließlich.

»Kannst du nicht mit deiner Gabe herausfinden, was es ist?«

»Nein, Nerius, dazu müsste es dunkel sein, oder ich müsste einen Schatten finden, der mit Haus oder Stall verbunden ist.«

»Du fürchtest einen Hinterhalt?«

»Vielleicht. Warum ist hier niemand zu sehen? Der Hof wirkt wie ausgestorben, aber hörst du die Kuh? Sie ist vor nicht allzu langer Zeit gemolken worden, sonst würde sie anders brüllen.«

»Ich kann hinübergehen und klopfen. Nach mir sucht keiner. Außerdem habe ich Gold. Ich kann also die Vorräte bezahlen, die wir kaufen wollen.«

»Du bist fremd und wohlhabend. Da fällst du erst recht auf.«

Nerius widersprach, aber als Feja zu einer Antwort ansetzte, sah sie plötzlich Meister Adach auf die Lichtung hinausspazieren. »Was macht er denn da?«, rief sie entgeistert.

Sie war drauf und dran, ihm hinterherzurennen, doch Nerius hielt sie zurück. »Er ist ein Were in einem Wald der Weren. Niemand wird Verdacht schöpfen.«

Feja fluchte leise und nahm ihren Bogen zur Hand. Sie sah, wie der Kräutersammler zum Haus schlenderte und an die niedrige Pforte klopfte. Nach einer Weile wurde die Tür einen Spalt geöffnet, aber wer auch immer das war, er zeigte sich nicht. Adach grüßte freundlich und schien ein paar Kräuter zum Verkauf oder Tausch anzubieten. Der Wortwechsel war kurz, und schließlich wurde Adach die Tür vor der Nase zugeschlagen. Er schlenderte mit einem Schulterzucken davon und kehrte nach einem kleinen Umweg zu Feja und Nerius zurück.

»Männer sitzen in diesem Haus, drei haben wir gezählt. Wahrscheinlich sind es mehr. Es sind nicht die Besitzer, und wir riechen Tod dort drüben. Geizig sind sie auch, wollten weder Brot noch Milch geben.«

»Sie haben die Bauern umgebracht?«

Adach zuckte mit den Schultern. »Aschlinge töten Aschlinge, das ist nichts Neues. Doch ich hörte leises Weinen. Vielleicht halten sie die Frauen noch am Leben.«

»Dann müssen wir sie befreien!«

»Das scheint mir zu gefährlich zu sein, Feja. Dort drüben sind wenigstens drei Männer. Wir sind nur zu dritt, und ich fürchte, ich bin in einem Kampf keine große Hilfe.« Nerius hob seinen verkrüppelten rechten Arm.

»Dann warten wir, bis es Nacht ist. In der Dunkelheit zählt ein Graumagier die Feinde nicht.«

»Eine dumme Idee, Maegadha. Riechst du denn nicht, dass wir verfolgt werden? Habt ihr den Eichelhäher nicht gehört?«

»Was für einen Häher?«, fragte Nerius.

Feja hatte ihn gehört, seit sie im Wald waren. Er hatte die Tiere des Waldes vor nahender Gefahr gewarnt, erst vor ihnen, dann vor anderen. Der Kräutersammler hatte recht: Sie wurden verfolgt.

»Gut«, entschied sie, »ihr geht weiter. Ich hole euch später ein.«

»Was hast du vor?«

»Ich warte, bis es dunkel ist. Dann erfahre ich hoffentlich, wer uns auf den Fersen ist. Und vielleicht kann ich den armen Frauen in der Hütte dort helfen.«

»Ich kann dir das nicht ausreden, oder?«

Feja schüttelte den Kopf. »Es kann sein, dass die Männer in der Hütte eigentlich hinter mir her sind und die Bauern meinetwegen starben. Das muss ich wissen, Nerius.«

Meister Adach brummte etwas von Aschling-Einfalt, schulterte dann aber sein Bündel und verschwand ohne viele Worte im Unterholz.

»Und du findest uns sicher wieder?«

»In der Dunkelheit leichter als am Tag, Nerius. Vergiss nicht, was wir einst gelernt haben.«

Er zeigte ein schiefes Grinsen, dann lief er dem Kräutersammler hinterher.

Feja umging den Hof in einem Halbkreis. Mögliche Verfolger würden den Hof aus derselben Richtung erreichen wie sie. Da war es besser, auf der anderen Seite zu sein. Sie fand eine stattliche Buche und kletterte ein Stück hinauf, bis sie über die windschiefe Scheune hinweg die Pforte des Hauses im Blick hatte. Der Hof wirkte immer noch trügerisch friedlich: Hühner pickten, Ziegen grasten, nichts rührte sich. Dann, nach einer Weile, hörte sie helle Schreie aus dem Haus. Feja hätte am liebsten sofort losgeschlagen, aber noch dämmerte es nicht, und erst das Zwielicht würde ihr einen entscheidenden Vorteil verschaffen.

Die Sonne sank hinter einer bleichen Wolkendecke nur langsam, und Fejas Geduld wurde auf eine harte Probe gestellt. Gerade als sie die Dunkelheit nahen fühlte, hörte sie wieder den Warnruf des Eichelhähers ganz in der Nähe. Kurz darauf nahm sie eine Bewegung unter den Bäumen wahr. Da näherten sich mehrere Gestalten dem Hof, vorsichtig, fast wie sie selbst. Waren das die Verfolger, die sie seit Tagen erahnt, aber nie richtig gesehen hatte? Endlich lösten sich drei Umrisse aus dem Halbschatten. Vorneweg ging eine dunkelhäutige Frau in der Robe der Grauen Magier: Meme Salmango! An ihrer Seite erkannte Feja verblüfft Hallir und einen jungen Soldaten, dessen

Gesicht sie wegen seines Helmes nicht richtig erkennen konnte. Sie gingen auf das Haus zu, während ihre Begleiter im Unterholz ausschwärmten.

Die Magierin pochte an die Pforte, die sich wieder nur halb öffnete. Sie schien dem Mann in der Tür Fragen zu stellen. Feja konnte sich denken, nach wem sie sich erkundigte.

Mit wachsender Unruhe spähte sie unter die Bäume. Die Männer dort begannen, den Hof einzukreisen, was bedeutete, dass sie ihr sehr nahe kommen würden. Es war jedoch zu spät, den Platz zu wechseln. Sie saß in der Falle. Dann war da noch ein Gedanke – Span! War er vielleicht auch unter ihren Verfolgern? Das war unwahrscheinlich, denn nach allem, was sie wusste, war er in Ungnade gefallen. Dregin würde ihm nie verzeihen, dass er sich im entscheidenden Moment ihr zur Seite gestellt hatte. Dennoch überfiel sie ein immer stärker werdendes Gefühl, dass er in der Nähe war. Sie reckte den Hals. An der Tür stritt Meme Salmango mit dem Mann, der immer noch nicht vor die Schwelle treten wollte.

Plötzlich sah Feja etwas schattengleich über die Lichtung huschen. Eine drahtige Gestalt schlich zwischen Gattern und Buschwerk an die Rückseite des Hauses und verschwand dort aus ihrem Blickfeld. Sie erkannte ihn sofort. Fast hätte sie einen Jubelruf ausgestoßen: Es war Span! Ob sie das Zwielicht rufen sollte? Es war gefährlich. Meme Salmango könnte es bemerken, wenn in ihrer Nähe gezaubert würde. Sie stand immer noch vor dem Haus.

Feja biss sich auf die Unterlippe. Es gab eigentlich keinen Grund für die Meme, sich dieser Räuber und Mörder anzunehmen. Die Grauen Magier waren nicht dafür bekannt, den Armen und Notleidenden zu helfen. Und wenn sie auf der Jagd waren, würde ein Kampf sie nur aufhalten.

Feja beschwor das Zwielicht. Ihre Gedanken tasteten sich durch die Dämmerung, schlichen die Rückseite der Hütte entlang, bis sie den einen Schemen fand, den Feja suchte. *Span*, flüsterte sie durch die Schatten.

Sein Umriss war kaum zu erkennen. Es dauerte eine Weile, dann flüsterte er zurück: *Feja?*

Ihr Herz schlug bis zum Hals. Ein Jahr lang hatte sie ihn nicht gesehen, ein Jahr lang hatte sie gegen die Sehnsucht gekämpft, zu ihm zurückzukehren. Kein Tag war vergangen, an dem sie nicht an ihn gedacht hatte. Und jetzt wusste sie nicht, was sie ihm sagen sollte.

Es ist gefährlich. Salmango könnte deine Nähe spüren, warnte er. Sein Flüstern klang dünn, schwach.

Was ist mit dir?, fragte sie voller Sorge. Fast wäre sie von der Buche gestiegen, zu ihm gelaufen. Wie gerne hätte sie sich ihm in die Arme geworfen. Sie bekam keine Antwort. Eine tiefe Schwermut schien in den Schatten mitzuschwingen. Sie schloss die Augen und unterdrückte die plötzlich aufflammende Sehnsucht. Deshalb war sie nicht hiergeblieben. *In dem Haus gibt es Gefangene. Ihr müsst etwas tun.*

Das Gespräch an der Pforte geriet ins Stocken. Feja sah, wie Meme Salmango aufhorchte. Bemerkte sie, dass in den Schatten geflüstert wurde?

Sie ahnt deine Nähe, flüsterte Span durch das Zwielicht. *Ich spüre, dass sie ihre Sinne nach dir ausstreckt!*

Dann ist es eben so, erwiderte Feja atemlos. Sie würde nicht gehen, und sie hätte es auch gar nicht vermocht. Spans Nähe lähmte sie.

Jetzt fühlte Feja einen zweiten Geist, der die Schatten durchsuchte. Sie musste das Zwielicht verlassen, musste fort! Aber sie rührte sich nicht.

Ein lautes Krachen beendete die gespannte Stille. Jemand hatte die Hintertür eingetreten. Der Mann an der Vordertür stieß einen Fluch aus und wollte die Pforte zuwerfen, doch Meme Salmango war schneller. Sie packte ihn an der Gurgel und drängte ihn ins Haus zurück. Drinnen ertönte ein Schrei, dann ein zweiter, und eine Welle von Wut, Schmerz und Tod vergiftete das Zwielicht.

Überall aus dem Wald rannten jetzt Leute zum Haus. Feja

sah die lange Gabra, die mit gezogenem Dolch voranlief. Alles in ihrer Haltung drückte Kampfeslust aus. Sie hatte nur noch wenig Ähnlichkeit mit dem Mädchen, mit dem Feja in ihrer ersten Nacht auf der Graufeste ein Bett hatte teilen müssen. Aller Augen waren auf das Haus gerichtet, aus dem jetzt ein ersticktes Stöhnen klang.

Feja löste sich aus ihrer Erstarrung. Sie sprang von der Buche und machte, dass sie fortkam. Sie hatte Span gesehen. Er lebte.

Skuran Orchon trat aus dem Wald. Der Kampf war schon vorüber. Er sah ein paar Soldaten zwischen den Gebäuden, die Schwerter unschlüssig in der Hand. Sie schienen beinahe enttäuscht zu sein, dass es so schnell gegangen war. Orchon beobachtete die Meme, die aus dem Haus kam und sich die Hände abwischte. Gabra ging zu ihr, berichtete flüsternd, aber in drängender Weise. Die Meme fragte nach, und die junge Magierin nickte eifrig. Die dunkelhäutige Zauberin reckte sich und verkündete mit einem Lächeln: »Wir werden heute Nacht hierbleiben. Es wird guttun, ein Dach über dem Kopf zu haben.«

»Und die Leichen?«, fragte der junge Tyrbull, der aus der Hütte trat.

»Eure Männer können sie beerdigen, wenn sie schon nichts zum Kampf beigetragen haben.«

Der Leutnant ballte die Fäuste, dann drehte er sich um und befahl seinen Männern, im Wald eine Grube auszuheben. Orchon ging zur Hütte und spähte durch die offene Tür. Er sah nur einen großen Raum, der gleichzeitig Schlafgemach, Wohnzimmer und Küche zu sein schien. Eine Frau, wohl die Waldbäuerin, hing am Arm von Bruder Span und versicherte ihm immer wieder wortreich ihre Dankbarkeit. Sie wirkte völlig verstört. Eine zweite, jüngere Frau, dem Gesicht nach ihre Tochter, saß stumm und völlig teilnahmslos in zerrissenen Kleidern neben ihr. Soldaten trugen Leichen aus der Hintertür hinaus. Orchon sah wenigstens zwei Tote, die wie einfache Bauern gekleidet waren. Es war nicht schwer zu erraten, dass hier ein paar Räuber, vielleicht auch Soldaten, den Hof überfallen und die Männer ermordet hatten.

Die Neugier trieb Skuran Orchon an, ein paar Worte mit Schwester Gabra zu wechseln. »Alles in Ordnung?«, fragte er freundlich.

Sie runzelte die Stirn. »Ihr meint, abgesehen von den Toten in der Hütte?«

»Ich meine mit Euch, Schwester Gabra. Ihr wirkt … aufgebracht.«

»Nein, alles in Ordnung. Ich bin nur überrascht, dass wir an diesem düsteren Ort übernachten, wo wir doch unserer Beute schon so nah … Ich meinte, ich will nur nicht dort schlafen, wo noch die Seelen der Erschlagenen umgehen. Das wollte ich sagen. Diese Familie hatte nicht viel, und das hat man ihr noch genommen. Habt Ihr die Felder gesehen?«

»Felder?«, fragte Orchon verwirrt.

»Auf der Lichtung, nicht weit von hier. Sie waren so karg, dass sie leicht zu übersehen waren. Es muss harte Arbeit sein, diesem Wald fruchtbaren Boden abzutrotzen. Wisst Ihr, meine Familie besitzt im Süden ein Dorf. Ich hielt es immer für armselig, aber das hier? Was bringt Utorer dazu, sich in diesem Wald niederzulassen? Und dann die Abgeschiedenheit! Früher wusste ich sie nie zu schätzen, doch inzwischen fehlen mir die Winterabende in unserer großen Halle, wenn das ganze Dorf sich versammelte, um sich am hellen Feuer und an alten Geschichten zu wärmen.«

»Ja, das kann ich mir vorstellen«, erwiderte Orchon, der gerne für sich war, und zog sich zurück.

Der Beute schon so nah, hatte die junge Ordensschwester gesagt. Meme Salmango hatte hier nur Erkundigungen einziehen wollen, dann war es aus heiterem Himmel zum Kampf gekommen. Er sah Bruder Span vor der Hütte. Der junge Magier saß da und reinigte seinen Dolch. Sein Gesicht … es sah verändert aus. Span war Orchon den ganzen Ritt über wie tot erschienen, doch nun leuchteten seine Augen, und ein versonnenes Lächeln spielte um seine Lippen. Nein, das war nicht wegen des Kampfes. Der Rotschmied zählte eins und eins zusammen.

»Verflucht seien die Zauberer«, murmelte Tyrbull Tygram, der aus dem Wald kam und offenbar jemanden suchte, bei dem er sich beschweren konnte. »Begreift Ihr, warum sie auf diesem stinkenden Hof rasten wollen? Wir könnten gut eine Weile marschieren. Am Ende verlieren wir noch die Fährte der Beute.«

»Oh, ich glaube, diese Gefahr besteht nicht, Leutnant, ganz im Gegenteil. Ich denke, wir sind Feja schon ganz nah gekommen. Ich meine sogar, dass sie eben noch hier war.«

»Wie kommt Ihr darauf?«

»Eine halbe Bemerkung hier, eine rätselhafte Entscheidung dort. Glaubt mir, Feja ist ganz in der Nähe.«

»Sie ist noch hier?« Orchon sah Hass in den Augen des Leutnants aufflammen. Er fragte sich, was Feja dem jungen Mann angetan haben mochte. »Und die Meme lässt sie entkommen? Sagt, worum geht es hier eigentlich, Meister Orchon? Warum wollen diese verdammten Zauberer Feja nicht gleich stellen? Wohin soll sie uns führen? Ich habe Salmango gefragt, diese schwarze Magierin will mir ihre Gründe jedoch nicht verraten.«

»Und Ihr glaubt, einen armen werischen Schmied weihen sie in ihre Pläne ein? Es tut mir leid, Leutnant, ich muss Euch enttäuschen.«

Der Leutnant zog wütend ab, dafür trat Gabra aus dem Haus.

»Es war klug, ihm nichts über unsere Pläne zu sagen, und es wäre noch besser gewesen, Ihr hättet ihm nicht verraten, dass Feja eben noch hier war, Meister Orchon.«

»Ihr habt uns belauscht?«

»Die Schatten sind lang«, erwiderte die Ordensschwester mit einem Lächeln.

»In der Tat. Doch verratet mir, Schwester Gabra, warum hegt dieser Leutnant solch einen Hass gegen Feja?«

»Er war früher einer von uns, wie Ihr sicher wisst. Doch hat er seine Zauberkraft verloren, und das war Fejas Schuld, das heißt, eigentlich war es seine eigene, aber Tyrbull war nie ein Mann, der Fehler eingesteht. Jedenfalls ist er immer noch tief gekränkt. Es könnte also sein, dass er unsere Abmachung vergisst und Feja tötet, bevor sie uns ans Ziel geführt hat. Seid also besser vorsichtig mit dem, was Ihr ihm anvertraut, Meister Orchon.«

Mornir Gyltorn fühlte sich nicht gewappnet. Im Palast wartete ein Wassermagier auf ihn, um in seine Gedanken einzudringen. Er hatte viel getan, um diese Geschichte zu einem guten Ausgang zu führen: Er hatte sich lange genug gesträubt, um seine Ehre zu wahren, aber nicht so lange, dass es verdächtig gewirkt hätte, und er hatte Meister Hollark mit kostspieligen Manuskripten bestochen. Trotzdem fühlte er sich unsicher, als er aus dem Haus trat. Der Himmel zeigte sich in verwaschenem Grau und verbarg die Monde vor seinen Blicken. *Das ist kein Zeichen, weder ein gutes noch ein schlechtes*, sagte er sich und machte sich auf den Weg in den Palast. Er war noch keine zehn Schritte gegangen, als sich ihm ein Mann in den Weg stellte. »Verzeiht, seid Ihr nicht der Landgraf vom Lothfold?«

Gyltorn runzelte die Stirn. Der Kleidung nach hatte er es mit einem Händler oder Kaufmann zu tun.

»Ich bin in Eile, guter Mann.«

Der Händler machte jedoch keine Anstalten, ihm Platz zu machen. »Dann wollt Ihr keinen Umweg auf hohe See in Kauf nehmen, oder?«

»Was redet Ihr da?« Gyltorn versuchte, den Mann zur Seite zu schieben, aber der stand fest wie ein Fels.

»Mein Name ist Ilar Dures. Euer Diener Trewe erwarb einige kostbare Schriften von mir. Ich überließ sie ihm zu einem guten Preis, den er auch ordentlich entrichtete.«

Gyltorn schüttelte verärgert den Kopf. »Und was wollt Ihr

dann von mir? Lasst mich durch, ich habe wichtige Angelegenheiten im Palast zu erledigen.«

»Verzeiht, aber die fast ausgestorbene Tugend, eine Ware gleich und vollständig zu bezahlen, hat mein Misstrauen geweckt. Also bin ich Eurem Leibdiener gefolgt. Stellt Euch meine Überraschung vor, als ich sah, dass die Pergamente gar nicht für Eure Sammlung, sondern für die eines Wassermagiers bestimmt waren.«

»Ich habe sie ihm leihweise überlassen.«

»Dem Mann, der heute in Eure Gedanken eindringen soll? Welch ein seltsamer Zufall. Was, wenn die Feuermagier davon erfahren?«

Gyltorn unterdrückte ein Stöhnen. »Was wollt Ihr?«

»Ich habe noch viele weitere Pergamente. Einige erachten sie für wertlos, doch Ihr werdet ihren Wert wohl erkennen und gerne dafür bezahlen.«

»Ihr wollt den Landgrafen vom Lothfold erpressen? Ich bin Mitglied des Thronrates!«

Der Händler deutete eine spöttische Verbeugung an. »Und ich bin Mitglied der ehrbaren Gilde der Aschfahrer, Herr. Wir sind berühmt für unseren Geschäftssinn, für unseren Zusammenhalt und leider auch für unsere Skrupellosigkeit. Manche Leute behaupten, wir würden vor nichts zurückschrecken, um zu bekommen, was wir wollen.«

»Aber Ihr habt schon all mein Silber! Ich habe nichts mehr!«

»Und deshalb habt Ihr Euren treuen Diener auch ins Lothfold gesandt, um weitere Mittel aufzutreiben.«

»Woher …«

»Wir Aschfahrer haben unsere Quellen im ganzen Land. Wenn Euer Trewe mit Taschen voller Gold zurück ist, erwarte ich Euch in meinem bescheidenen Haus am Stapelplatz. Dann können wir die Entwicklung unserer geschäftlichen Verbindung erörtern. Kommt nicht auf die Idee, mich hinzuhalten. Wir Aschfahrer segeln stets hart am Wind des Todes. Geduld gehört daher nicht zu unseren Stärken. Doch nun will ich Euch nicht länger aufhalten. Ich wünsche Euch für die kommenden Stunden alles Gute, Herr.« Damit drehte der Händler sich um und ging davon.

Gyltorn starrte ihm nach. Trewe war wirklich im Lothfold, um mehr Gold zu beschaffen. Aber bis die fälligen Steuern eingetrieben waren, würden Wochen vergehen. Die Lehnsmänner fanden immer neue Vorwände, nicht zu zahlen, und die Bauern behaupteten, sie seien ausgeblutet. Er hatte sogar neue Steuern auf Salz und Wolle erhoben, um die Löcher in seiner Kasse zu stopfen. Und falls Trewe dennoch Gold mitbrachte, war es nicht für diesen gierigen Händler gedacht.

Er verfluchte ihn in Gedanken. Dieser Mann besaß die Frechheit, ihn zu erpressen. Vielleicht hatte Trewe eine Idee, wie man mit ihm verfahren konnte. Mornir Gyltorn holte tief Luft. Er hatte noch eine Prüfung zu bestehen. Falls der Wassermagier die Wahrheit über Sifrids Tod ans Licht brachte, musste er sich keine Gedanken mehr über die Aschfahrer machen.

Gyltorn sah auf seinem Weg in den weißen Palast immer wieder über die Schulter, denn ihn beschlich das Gefühl, verfolgt zu werden. Einmal meinte er, hinter einer Ecke eine schattenhafte Gestalt zu entdecken, die ihm nachstarrte, ja, für einen winzigen Augenblick sah es so aus, als würde Prinz Sifrid dort stehen und ihn beobachten, aber als er noch einmal hinsah, war die Gestalt verschwunden. Er schüttelte sich und hastete weiter. Bald darauf erblickte Gyltorn vor sich die vielen Türme des Palastes. Er sammelte seinen Mut und schritt durch das Tor. Ein kleiner Trupp der Garde erwartete ihn und geleitete ihn schweigend in eine abgelegene Kammer, die Gyltorn noch nie gesehen hatte. Sie war, bis auf einige Holzbänke an der Wand und einen schmucklosen Thron, vollkommen leer. Gyltorn fand, sie ähnele einem Kerker. Die Soldaten ließen ihn allein, und er blieb nur mit seinen Gedanken zurück.

Die karge Kammer schnürte ihm den Hals zu, und der Mut, den er angesammelt hatte, schwand umso schneller, je länger er wartete. Gerade als er dachte, man habe ihn bereits durchschaut und verurteilt, öffnete sich die Pforte wieder. Vier Männer der Garde traten ein und bezogen beiderseits des hölzernen Throns Stellung. Dann erschien der König. Gimlarin ging gebeugt, und der Gruß, den er seinem Landgrafen zunickte, war mehr als knapp. Seine Söhne Folgar und Iske folgten ihm, dann, mit gebührendem Abstand, traten die Würdenträger des Reiches ein. Natürlich führte Kanzler Ferror sie an. Nach ihm betrat der hagere Hochmeister Enwart von den Sturmmagiern die Kammer, dann folgten zwei Meister des Wassers und der Heilung, deren Namen Gyltorn entfallen waren. Den Schluss bildete ein Mann, den er noch nie gesehen hatte, der ihn jedoch tief beeindruckte. Dieser Zauberer in grauer Robe stützte sich schwer auf einen Stab. Seine Hand ruhte auf der Schulter einer jungen Magierin mit schwermütigem Blick. Sein Gesicht war das eines Mannes im besten Alter, aber seine Augen schimmerten ganz und gar weiß. Am unheimlichsten war, dass der Blinde ihm plötzlich flüchtig zunickte, so als ob er ihn sehen könne.

Jemand räusperte sich. Erst jetzt bemerkte Gyltorn, dass Meister Hollark schon vor ihm stand.

Hochmeister Ferror trat vor den Thron und ergriff das Wort. Er führte weitschweifig aus, dass sein Orden seine besten Männer auf die Suche nach der Mörderin geschickt habe und dass man bei dieser gefährlichen Jagd auf jeden noch so kleinen Hinweis angewiesen sei. Man habe sich daher entschlossen, Verborgenes aus dem Geist eines Mannes zutage zu fördern, der das Unglück mit angesehen hatte.

»Eines Fürsten«, berichtigte ihn der Landgraf schnell. »Ich bin der Landgraf vom Lothfold und von königlichem Blut. Auch habe ich einen Sitz im Rat der Krone. Ich bin hier aus freien Stücken, und kein Gesetz könnte mich zwingen. Doch will ich dem König und der Wahrheit dienen, indem ich einem anderen Zutritt zu meinen Gedanken gewähre.«

»Der König dankt Euch«, erwiderte Ferror frostig.

Gyltorn verneigte sich vor Gimlarin, der mit trauriger

Miene auf dem knarrenden Thron Platz genommen hatte. Seine beiden Söhne flankierten ihn. Prinz Folgar war gerade erst aus Skros zurückgekehrt, wo er um die Hand einer Tochter aus mächtigem Fürstenhaus angehalten hatte. Gyltorn hatte ihn lange nicht gesehen. Der Prinz hatte sein Werben abgebrochen, sobald er vom Tod seines Bruders erfahren hatte. Er blickte streng, und seine ganze Erscheinung wirkte freudlos und vertrocknet. Sein jüngerer Bruder Iske war in vielem das Gegenteil. Er war schlank, fast dünn, ein verträumt dreinblickender Knabe, der angeblich Gedichte und Lieder verfasste. Er war seinem Vater ähnlicher als Prinz Folgar, der Gyltorn gegenüber Poesie einmal als eine Art Krankheit bezeichnet hatte.

»Wie bitte?«, fragte Gyltorn. Meister Hollark hatte etwas gesagt, aber er hatte nicht zugehört.

»Bitte beugt Euch ein wenig zu mir herab, Erlaucht«, wiederholte der Magier mit einem nervösen Zwinkern.

Gyltorn folgte der Aufforderung und spürte dann die kalten Finger des Magiers an seinen Schläfen. »Wenn ich um Ruhe bitten dürfte. Dies ist ein schwieriger Zauber«, rief Hollark mit seiner hellen Stimme. Hochmeister Ferror schnaubte verächtlich.

Gyltorn spürte plötzlich einen kurzen Schmerz und zuckte zusammen. *Das lässt es echter wirken, Erlaucht,* raunte eine fremde Stimme in ihm. »Denkt an die verhängnisvolle Stunde im Langwald«, forderte der Zauberer laut.

Gyltorn versuchte krampfhaft, an etwas anderes zu denken, aber immer wieder sah er Sifrids Rücken, den er mit dem Schwert durchbohrte.

Endlich lösten sich die Hände von seinem Schädel, und der Magier verkündete: »Ich habe es gesehen!«

»So schnell?«, fragte Ferror misstrauisch.

»Sein Geist hat sich dem meinen bereitwillig geöffnet.«

»Und was habt Ihr gesehen, Hollark?«, fragte der König mit trauriger Stimme.

»Es war leider alles sehr undeutlich, was nicht überraschend ist nach so vielen Tagen. Ich sah den Langwald, eine Lichtung und einen Bach. Ich konnte nicht hören, was gesprochen wurde, doch sah ich das Mädchen. Es tötete einen Mann mit einer Berührung seiner Hand. Dann nahm es sein Schwert und durchbohrte den Prinzen.«

Gyltorn versuchte, sich seine Erleichterung nicht anmerken zu lassen, aber dann merkte er, dass er sich zu früh gefreut hatte.

»Wie sah das Mädchen aus?«, fragte Ferror.

»Was meint Ihr?«

»Beschreibt sie! Wir suchen nach ihr, und da kann es doch nur nützlich sein, eine genauere Beschreibung von ihr zu haben.«

»Nun, das Bild war verschwommen, wie ich sagte, doch war sie sehr schlank. Sie trug Bauerntracht, und ihr Haar war dunkelblond und lang, doch mochte der Sonnenschein, der auf der Lichtung lag, es heller erscheinen lassen, als es wirklich ist.«

»Doch warum griff der Landgraf nicht ein? Und wie brachte sie den Diener des Prinzen zu Tode? Ihr sagtet, sie berührte ihn nur … Was genau geschah dann?«

Gyltorn fühlte kalten Schweiß auf seiner Stirn. Er hatte dem Magier die Begegnung beschrieben, so gut er es vermochte, natürlich mit ein paar Änderungen. Jetzt bemerkte er die Lücken, die seine Erzählung hatte.

»Verzeiht, aber das kann ich Euch ebenso wenig näher erklären, wie es der Landgraf vermag. Er stand ein Stück entfernt, und der Diener verdeckte ihm die Sicht auf ihre Hände. Wir können also beide keine genauere Auskunft geben.«

»Und das Schwert? Hob sie es vom Boden auf, oder riss sie es ihm aus den sterbenden Händen?«

»Verzeiht, aber da sind bereits Lücken in seiner Erinnerung. Sie hielt es in der Hand, das sah ich. Wie sie es an sich brachte, darauf habe ich nicht geachtet, ehrwürdiger Kanzler. Ich war zu gebannt von dem schrecklichen Verhängnis, das unser Reich an diesem Tag ereilte.«

»Was wollt Ihr noch wissen, Ferror? Ob sie sich hinter den Ohren gewaschen hat?«, rief der blinde Magier.

»Nicht Ihr leitet diese Untersuchung, Dregin!«, fuhr ihn der Feuermagier an.

»Vielleicht sollte ich das aber. Dann würden wir nicht länger in der tiefen Wunde rühren, die unserem König an diesem Tag zugefügt wurde. Selbst meine blinden Augen sehen, wie sehr es ihn quält, dass Ihr die traurige Geschichte wieder und wieder hervorbringt. Ihr habt doch Eure Antworten, Ferror. Lasst es gut sein.«

»Dennoch gibt es Dinge, die …«

»Genug!«, unterbrach ihn Prinz Folgar. »Mein Bruder Sifrid ist tot, und wir wissen, wer seine Mörderin ist. Wir werden sie fassen, und dann könnt Ihr sie mit Euren Fragen quälen, bis ihr Kopf auf eine Stange gespießt wird, Ferror. Euch danken wir, Gyltorn, weil Ihr Euch freiwillig dieser Prüfung gestellt habt. Ihr habt meinem Vater die Ungewissheit genommen.«

Der König erhob sich und ging, ohne ein Wort zu sagen, aus der Kammer. Seine Söhne und die Wachen folgten ihm. Und dann lief die Versammlung einfach auseinander. Die Vertreter der Bruderschaften verabschiedeten sich voneinander mit einer Höflichkeit, die so eisig war, dass es Gyltorn fröstelte. Vielleicht rührte das auch von dem vernichtenden Blick her, mit dem ihn der Kanzler bedachte, bevor er verschwand.

»Der kleine Hollark ist wirklich ein Meister seiner Kunst«, sagte eine freundliche Stimme.

Gyltorn fuhr herum. Der blinde Magier war, auf seine Begleiterin gestützt, lautlos an ihn herangetreten. Er war der einzige Zauberer, der noch in der Kammer war. Selbst der eben gelobte Meister Hollark war mit seinem Ordensbruder verschwunden.

»Ein Meister, gewiss«, sagte Gyltorn höflich und deutete eine Verbeugung an. Es irritierte ihn, dass dieser Mann knapp an ihm vorbeizusehen schien, obwohl er doch eigentlich gar nicht sehen konnte. Erst recht irritierte ihn, dass der Fremde die Verneigung ebenso knapp erwiderte. »Verzeiht, Erlaucht, wir wurden einander nicht vorgestellt. Ich bin Abot Dregin von der Bruderschaft Stors. Und das ist meine gelehrige Schülerin Bele.«

»Ihr seid also das Oberhaupt der Grauen Magier? Ich habe viel von Euch gehört.«

»Nur Gutes, möchte ich annehmen«, erwiderte der Abot mit einem heiteren Lachen. »Ich hörte auch von Euch, verehrter Landgraf. Wir haben übrigens eine gemeinsame Bekannte. Ihr seid ihr im Langwald begegnet.«

»Ihr sprecht von der Mörderin des Prinzen?«

»Ich spreche von Feja vom Drachenhof.«

Etwas an den bedächtig gesprochenen Worten alarmierte Gyltorn. Wusste der Mann etwas?

»Feja war meine Schülerin, doch hat sie den Orden verraten. Sie ist gefährlich und hat, da bin ich mit Euch einer Meinung, den Tod verdient. Wie wir hören, haben die Feuermagier einige ihrer besten Leute auf die Jagd geschickt. Zudem sind inzwischen ganze Abteilungen der königlichen Garde im Langwald und suchen sie. Stimmt es, dass Prinz Folgar sogar Magier aus Skros herbeirufen will, um Feja zur Strecke zu bringen?«

»Ja, man raunt, es seien Totenbeschwörer oder etwas Ähnliches. Es heißt, dass sie die Zukunft aus Knochen lesen können. Ich bin zuversichtlich, dass sie die Schuldige zur Strecke bringen.« Er sah sich beunruhigt um. Die Pforten der Kammer standen offen. Wenn nun jemand im Gang stand …

»Keine Sorge. Ich würde es merken, wenn uns jemand belauschte, Erlaucht.«

Gyltorn starrte ihn an. Immer noch blickten die blinden Augen knapp an ihm vorbei. Wie hatte er sehen können, dass er zur Tür geschielt hatte?

Der Abot fuhr fort: »Die Schilderung des Wassermeisters war lebhaft. Erstaunlich, wie viel er erkennen konnte, und das, ohne in Eure Gedanken einzudringen.«

»Wie … wie kommt Ihr dazu, zu behaupten …« Gyltorn verendete der Satz auf den Lippen.

»Das Eindringen in Gedanken ist eine schwierige und kraftraubende Kunst, Erlaucht. Es gibt nur eine Handvoll Zauberer im Reich, die sie überhaupt beherrschen. In Lente gibt es zurzeit genau deren zwei, nachdem Meister Turre so tragisch den Feuertod fand.«

»Zwei?«

Der Abot lächelte. »Die Ausübung dieser Kunst hat mir selbst schon den Schweiß auf die Stirn getrieben. Meister Hollark hingegen verließ diese Kammer so frisch und munter, wie er sie betreten hatte. Dafür gibt es zwei Erklärungen … Entweder er ist unfassbar fähig, oder er wusste schon vorher, was er zu sehen und zu sagen hatte.«

»Aber ich habe gespürt, wie er …«

»Ja, es wirkte alles sehr echt. Hochmeister Ferror hat Euch dennoch nicht geglaubt, aber das kann daran liegen, dass er niemandem glaubt oder vertraut. Keine Sorge, Euer Geheimnis ist bei mir sicher. Wir haben gemeinsame Feinde, wie mir scheint, und ich denke, wir können uns gegenseitig helfen.«

»Helfen? Wobei?«

»Der Vormacht des Flammenordens ein Ende zu setzen – wobei denn sonst?«

»Ich habe nicht die leiseste Ahnung, was …«

Der Magier unterbrach ihn mit einer Handbewegung. »Ich kenne Eure Bestrebungen, Erlaucht. Ihr wollt über die Hochzeit mit Prinzessin Ifholde Eure Kinder oder Kindeskinder auf den Thron bringen, der einst Eurem Zweig der Familie gehörte. Wisst Ihr denn nicht, dass Hochmeister Ferror strikt gegen diese Verbindung ist? Er tut alles, um sie zu hintertreiben. Und ich nehme doch an, dass Ihr über unseren Streit mit seinem Orden unterrichtet seid. Meint Ihr nicht auch, dass wir uns verbünden sollten? Ich werde Euch bald in dieser Angelegenheit besuchen. Bis dahin könnt Ihr ja überlegen, wie der Graue Orden Euch helfen kann, abgesehen davon, dass er über bestimmte Dinge schweigen wird. Und Ihr könnt Euch überlegen, wie Ihr unsere Hilfe vergelten könnt.«

Der Abot nickte ihm noch einmal freundlich zu und verschwand. Der Landgraf blieb in der Kammer zurück. Dieser Blinde machte ihm Angst. Er hatte manche Legende über die Söhne Stors gehört. Ein Bündnis mit ihnen wäre ein mächtiges, aber zweischneidiges Schwert, denn viele der alten Geschichten handelten davon, wie die Graumagier ihre Verbündeten kalten Herzens opferten, sobald sie sie nicht mehr brauchten.

Abot Dregin massierte mit den Fingern seine Schläfen. Er schlief zu wenig, denn es gab einfach zu viel zu tun. Der Prozess, den die Feuermagier gegen seine Bruderschaft anstrengten, rückte unerbittlich näher, und zu Dregins Überraschung erwies er sich als die perfekte Ablenkung, in deren Schatten er seine eigenen Pläne vorantreiben konnte. Deshalb – und weil es Hochmeister Ferror zur Weißglut trieb – verzögerte er das Verfahren immer wieder mit Eingaben wegen meist lächerlicher Formalitäten.

Er hatte eine Weile gedacht, dass Gyltorn ihn darin unterstützen könnte, aber offensichtlich verfügte der Landgraf über viel weniger Einfluss bei Hofe, als Dregin angenommen hatte. Außerdem war er das Ziel zahlreicher Spottverse und Schmähgesänge, die in den Kaschemmen kursierten. Dort galt Gyltorn als Feigling, der im Langwald vor einem Mädchen Reißaus genommen hatte, und als ewiger Bräutigam, der die Prinzessin niemals würde freien dürfen.

Seit zwei Wochen waren sie nun schon in Lente. Sie saßen in der Halle des Grauen Hauses, eines alten Kastens inmitten der Stadt, der noch viel verwinkelter war, als Dregin ihn in Erinnerung hatte. Das Haus des Ordens bot Platz für eine halbe Hundertschaft, doch wohnte derzeit nur eine Hand voll Menschen dort. Außer seinen Gästen aus Braake beherbergte es nur Meister Sjargur, den Vertreter des Ordens in der Hauptstadt, einen alten Diener, welcher der Bruderschaft einst als Gewappneter gedient hatte, und eine verstockte Haushälterin, über deren Kochkünste man besser schwieg.

»Seid Ihr zufrieden, Herr?«, fragte Meister Bredhir, der gerade einen längeren Bericht über die jüngsten Entwicklungen in der Stadt abgeliefert hatte.

»Zufrieden wäre übertrieben, doch wenn ich Euren Bericht in Gedanken noch einmal durchgehe, sehe ich, dass wir unseren Gegnern den einen oder anderen Knüppel zwischen die Beine werfen konnten. Ich habe heute die – immer noch unvollständige – Liste der Richter erhalten, um die unser Freund Ferror so ein Geheimnis gemacht hat. Er selbst vertritt die Anklage, somit darf keiner seines Ordens auf der Richterbank Platz nehmen. Die Wassermagier waren so freundlich, Meister Hollark zu benennen. Wie verhielt er sich bei Eurem jüngsten Besuch?«

»Er hat sich gewunden wie ein Aal, aber er weiß, dass er für uns entscheiden muss. Immerhin könnten wir Ferror verraten, dass er bei Gyltorns Prüfung betrogen hat.«

»Er sieht also ein, dass sein Schicksal in unserer Hand liegt. Das ist gut. Die Erdmagier haben sich immer noch nicht gemeldet, und niemand weiß, ob sie einen Vertreter zu dieser Verhandlung schicken. Ich nehme an, Ferror ärgert sich schwarz, weil ich darauf bestehe, auf eine Antwort der Bruderschaft zu warten.«

»Sie stellt wirklich die merkwürdigsten aller Magier«, meinte Meister Bredhir. »Erst verzichten sie darauf, weiter dem Hohen Rat anzugehören, dann vermachen sie ihre Festung in Walbucht den Heilmagiern und zerstreuen sich in alle Winde. Manchmal frage ich mich, ob dieser Orden überhaupt noch existiert.«

»Es ist jedenfalls von Vorteil, dass sie sich nicht um Politik kümmern«, meinte Dregin. »Bei den Sturmmagiern ist das anders. Hochmeister Enwarth ist ehrgeizig, und er versteht es, seine Gedanken zu verbergen.«

»Verdächtigen sie den Flammenorden nicht, für den Feuertod ihres Meisters Turre verantwortlich zu sein? Ich hörte, man sei sich in den Kaschemmen dieser Stadt fast einig darüber, dass es die Roten Brüder gewesen sein müssen.«

Dregin lächelte. »Vor allem, seit ein gewisser verkleideter Magier dieses Gerücht mit seiner berühmten silbernen Zunge unters Volk brachte. Ich höre die einfachen Leute in den Straßen darüber raunen. Das war gute Arbeit, Bredhir. Leider gehört Enwarth nicht zu den einfachen Leuten. Er weiß vermutlich ebenso gut wie wir, dass Feuermagier nicht mit Feuer morden, wenn sie die Tat verbergen wollen. Nein, das wird die Sturmmagier nicht auf unsere Seite bringen.«

»Die Heilmagier?«

»Sie schicken einen Meister aus Walbucht, doch haben sie den Namen nicht genannt. Hochmeister Ferror macht keinen Hehl daraus, dass er von ihrer Bruderschaft nichts hält. Sie ist ihm zu jung, nur wenige hundert Jahre alt. Diese Überheblichkeit kann von Vorteil für uns sein.«

»Es ist schwer, jemanden zu bestechen, wenn man nicht weiß, wer er ist, Herr, und ich finde es eigenartig, dass die Heiler den Namen nicht preisgeben.«

Dregin verbarg, dass er die gleichen Gedanken hatte. »Den Vorsitz hat sich übrigens Prinz Folgar auserbeten. Auch er ist kein Freund des Feuers.«

»Folgar ist kein Freund von irgendjemandem. Es heißt, er fühle sich einzig und allein Regeln und Gesetzen verbunden«, entgegnete Bredhir. »Er hatte nie viel für Zauberer übrig, wie es heißt, und seit er Aussicht auf den Thron hat, noch weniger.«

»Nicht die Grauen Magier sind es, die dem König ständig über die Schulter schauen und mit ihm um Einfluss ringen. Ihr seht, das Gericht könnte uns in der Mehrheit gewogen sein.«

»Deshalb verstehe ich noch weniger, warum Hochmeister Ferror so versessen auf diesen Prozess ist. Der Ausgang ist für ihn bestenfalls ungewiss, das muss er doch sehen.«

Dregin nickte. »Entweder sie haben noch einen Trumpf in der Hinterhand – oder sie sind schon viel schwächer, als wir glauben.«

»Ich bin mir da leider nicht sicher, Herr. Habt Ihr gehört, was Ferror über den Langwald sagte? Nämlich, dass seine besten

Leute mit Soldaten des Königs dort nach Feja suchen würden. Ich mache mir Sorgen, was Feja verraten könnte, wenn sie in die Hände von Ferror fällt.«

»Das ist nicht neu.«

»Er sagte aber auch, dass nur Männer im Auftrag des Königs das Recht hätten, die Mörderin im Wald der Weren zu jagen. Er hat allen gedroht, die es auf eigene Faust tun. Es heißt, die Garde habe zur Abschreckung einige Männer am Waldesrand aufgehängt, die sich nur die Belohnung verdienen wollten.«

»Und Ihr glaubt, dass sie von Meme Salmango wissen?«

»Ich befürchte es, Herr. Ich habe versucht, sie mit dem Nachtflüstern zu erreichen, doch ist es schwer, die Botschaft hinreichend zu bündeln, wenn man nicht weiß, wo derjenige ist, der sie hören soll.«

»Nun, überlasst das mir, Bredhir. Ich kenne noch einen anderen Weg.«

Sie sprachen nur noch kurz über einige andere Angelegenheiten des Ordens, dann zog sich Dregin in seine Kammer zurück. Es war spät geworden, und er hatte noch etwas zu erledigen. Er legte sich auf das harte Bett, schloss die Augen und beschwor das Zwielicht. Dann schickte er seinen Geist auf Reisen. Dieses Mal schien die schwarze Dunkelheit viel beständiger zu sein als auf dem Schiff. Und doch war sie schier endlos. Er bekam bald das Gefühl, wie ein blinder Rabe durch die Nacht zu ziehen. Endlich entdeckte er den gesuchten Funken, der ihn sofort magisch anzog. Der Lichtpunkt wuchs rasch. Und schon erkannte er die Gestalt, die ihn beherbergte. Dregin streckte die Hand aus …

Ein heftiger Schlag fuhr durch seinen Körper. Er öffnete die Augen und starrte in das dichte Gewirr eines nächtlichen Waldes. Langsam drehte er sich um. Einige Schritte entfernt stand ein Soldat und starrte gähnend in die gleiche Richtung. In der Nähe brannte ein Feuer. Dumpf drangen die Geräusche eines Lagers an Dregins Ohr. Er sah sich um. Etwas abseits erblickte er Meme Salmango, die mit der langen Gabra sprach. Er ging langsam hinüber. Es war eigenartig, ohne Schmerzen zu gehen. Gleichzeitig war es schwierig, diesen fremden Körper zu kontrollieren. Dann trat er ins Blickfeld der Meme und gab ihr ein Zeichen. Sie runzelte die Stirn, schickte Gabra fort und trat zu ihm. »Was gibt es, Bruder Span?«, fragte sie.

Jetzt traf Dregin auf ein Hindernis, das er nicht bedacht hatte: Span war stumm. Wie sollte er der Zauberin mitteilen, was er zu sagen hatte?

»Verdammt«, murmelte er.

Die Zauberin starrte ihn an. »Bruder Span … Habt Ihr … habt Ihr gerade gesprochen?«, fragte sie flüsternd.

Dregin brachte erst kein Wort hervor, so überrascht war er. Dann sagte er: »Nein, Span kann nicht sprechen, aber Abot Dregin kann es.«

»Dregin? Seid Ihr es? Bei den Monden! Euer Zauber – er wirkt!«

Dregins Kehle schmerzte. Er räusperte sich. »Besser als ich dachte. Doch weiß ich nicht, wie lange ich die Verbindung halten kann. Ich muss Euch warnen. Die Feuermagier und die Garde sind im Wald. Angeblich wollen sie die Rechte der Weren gegen jeden anderen Eindringling verteidigen. Seid also auf der Hut! Und habt Ihr Feja gesehen? Sagt, wer sind diese Soldaten?«

Die Meme berichtete in kurzen Worten von ihrer Jagd und meldete, dass sie nicht mehr weit vom östlichen Arm der Runa entfernt seien. »Wir wandern dicht unter dem Gebirge. Adach macht noch keine Anstalten, in die Berge abzubiegen. Was tun wir, wenn er den Weg vergessen hat?« Ihre Stimme klang von Sekunde zu Sekunde dumpfer. Dregin hörte ein Rauschen, das er sich nicht erklären konnte.

»Gebt nicht auf, Meme«, sagte er, »diese Weren sind schlauer, als sie aussehen, aber vor allem …« Die Worte erstarben. Etwas packte ihn, nahm ihn in einen eisenharten Klammergriff. Das Rauschen wurde zu einem Sturm, der seinen Geist aus Span herausriss. Er taumelte durch die Dunkelheit, öffnete die Augen in der Finsternis seiner Blindheit, wälzte sich stöhnend auf die

Seite und stieß keuchend die Luft aus. Er hielt sich die Hand vor den Mund und fühlte und roch, dass er Blut hustete. Was hatte das zu bedeuten? Jemand näherte sich ihm und fragte, ob alles in Ordnung sei. Dregin erkannte die Stimme nicht. Rauschte da der Wald oder nur das Blut in seinen Ohren? »Salmango? Seid Ihr das?«, fragte er in die Dunkelheit.

»Ich bin es, Herr«, antwortete die traurige Stimme von Bele, und dann legte sie ihm sanft ein feuchtes Tuch auf die tränenden blinden Augen.

Seit Tagen hasteten sie nun schon durch den Wald, ohne dass Adach einen Anhaltspunkt für ihren weiteren Weg gefunden hätte. Feja brauchte ihre Gefährten nicht zur Eile anzutreiben. Sie hatte ihnen gesagt, wer sie verfolgte, und das genügte. Eines Nachts sahen sie Feuerschein über dem Wald im Süden. Adach meinte, das habe nichts Gutes zu bedeuten, doch lag es weit abseits ihres Weges, und so erfuhren sie nicht, was dieses Feuer bedeutete. Sie standen jeden Tag vor dem Morgengrauen auf, marschierten bis in die Abendstunden, aßen und schliefen wenig. Gerade erreichten sie eines der vielen Rinnsale, die, vom Regen gestärkt, von den Bergen aus der Runa zuströmten. Feja erlaubte ihnen eine kurze Rast zum Trinken, aber Nerius warf sein Bündel ab, ließ sich ins Gras fallen und verlangte eine Pause.

»Hast du vergessen, wer hinter uns her ist?«, fragte Feja.

»Nein, und genau deshalb glaube ich, dass wir uns gar nicht beeilen müssen. Wenn Meme Salmango und Span uns einholen wollten, hätten sie das längst getan. Es sind Graue Magier. Sie können im Dunkeln mehr sehen als am Tage, das weißt du besser als ich.«

Feja starrte ihn an.

»Der Aschling hat recht«, sagte Meister Adach, der seine Füße im Bach kühlte. »Sie wollen uns gar nicht fangen.«

»Was wollen sie dann?«, fragte Feja.

Nerius schwieg, und Meister Adach verkündete schließlich: »Sie suchen den Mara-Tir, und sie hoffen, dass wir ihnen den Weg zeigen.«

»Aber wozu? Nach dem, was Jarknar der Wanderer schrieb, bekommt die Magie dieses Sees utorischen Zauberern nicht«, gab Nerius zu bedenken.

»Du kannst ja hier warten und sie fragen, Nerius«, rief Feja. »Es ist doch gleich, was sie wollen. Wir dürfen sie nicht dort hinführen. Also müssen wir sie abschütteln.«

»Graue Magier abschütteln? Ich weiß nicht, ob das möglich ist«, seufzte Nerius.

»Wir müssen es versuchen.«

»Vielleicht können Freunde uns helfen, die Jäger zu verwirren«, meinte der Were. »Es gibt hier ein Dorf meines Volkes. Wir besuchten es vor langer Zeit. Es wird noch sein, wo es war. Es muss dort sein. Ein Umweg zwar, aber er kann es wert sein.«

Sie brachen auf, und Adach führte sie von den Bergen fort Richtung Süden. Er eilte ihnen jetzt stets ein Stück voraus, und Nerius fiel immer öfter zurück, was dem Weren nicht entging. »Er hält uns auf, Maegadha. Wir müssen ihn bald zurücklassen«, raunte er.

Feja schüttelte den Kopf. »Ohne ihn und seine Pferde wären wir nie so weit gekommen.«

»Wo sind seine Pferde jetzt?«

Feja antwortete nicht, denn sie wollte nicht zugeben, dass der Were recht hatte. Nerius hatte sich lange tapfer geschlagen, doch inzwischen hatte er Schwierigkeiten, mit ihnen Schritt zu halten. Der verkrüppelte Arm erschwerte ihm das Tragen seines Bündels, und das behinderte ihn mehr, als er zugeben wollte. Auch hinkte er leicht.

»Riecht Ihr das?«, fragte sie, um nicht schon wieder über den Freund zu streiten.

Meister Adach streckte die Nase in den Wind. »Brand«, sagte er, »erloschen, aber groß. Das Böse war in diesem Teil des Waldes.«

Er eilte auf seinen dürren alten Beinen weiter, und selbst Feja hatte nun Schwierigkeiten, ihm zu folgen. Der Brandgeruch wurde immer stärker. Plötzlich blieb der Kräutersammler wie angewurzelt stehen. Feja holte ihn ein. Sie blickte durch die Bäume und sah das Verhängnis: Hinter einer zerstörten Palisade standen nur noch die Grundmauern niedergebrannter Häuser.

Der Were stand mit hängenden Schultern da und sagte kein Wort.

»Wartet hier«, sagte Feja leise. Die Asche rauchte noch, also waren die Angreifer vielleicht noch in der Nähe. Sie huschte lautlos zur Palisade und konnte keine Spur von Leben finden. Dafür stieß sie auf vier frisch aufgeworfene Gräber.

»Nur vier? Dann muss es doch Überlebende geben«, stellte Nerius fest, der bald darauf die schwelenden Ruinen betrat. Er war blass geworden.

»Aschlinge!«, zischte Meister Adach. »Ihre Heimat versank unter Asche, und sie brachten sie mit hierher. Und jetzt haben sie Brand und Zerstörung sogar in den Langen Wald getragen, den zu achten sie einst geschworen haben.«

»War das hier der Feuerschein, den wir vor drei Nächten sahen?«

»Nein, jenes Feuer brannte einen Tagesmarsch weiter westlich«, sagte Meister Adach düster.

»Was ist hier geschehen, Feja?«

»Ich weiß es nicht, Nerius, aber der Schmerz hängt wie ein Leichentuch über diesem Ort. Ich spüre ein Echo von Magie. Ich fühle auch, dass wir beobachtet werden.«

»Das Maegadha hat recht! Sie sind in der Nähe. Wir können sie riechen. Wartet hier!« Der Were huschte an das andere Ende des Dorfes und rief etwas auf Werisch in den Wald. Das Unterholz teilte sich, und ein grauhaariger Mann trat hervor. Feja wollte hinüberlaufen, doch Adach hob warnend die Hand. Der Grauhaarige sprach lange mit dem Kräutersammler. Ab und zu blickte er hinüber zu den beiden jungen Utorern, die in den Überresten seiner Siedlung warteten.

»Ich hoffe, er kann zwischen uns und denen unterscheiden, die das getan haben«, meinte Nerius leise.

»Das kann er gewiss, sonst würde er nicht mit Meister Adach sprechen.«

Schließlich verschwand der Mann wieder im Wald, und der Kräutersammler kam missmutig brummend zurück.

»Was hat er gesagt? Was ist hier geschehen?«, fragte Feja.

»Aschlinge, was sonst? Hexer in roten Roben haben sie angeführt. Sie fragten nach dem Maegadha, das den Prinzen ermordet habe. Und sie wollten nicht glauben, dass diese Weren nichts von ihr wissen.«

»Feuermagier? Und sie haben das meinetwegen getan?« Feja hätte sich nicht unglücklicher fühlen können.

»Nein«, widersprach Nerius entschieden. »Sie haben das getan, weil sie die Lügen glauben, die man über dich erzählt. Der Lügner, der den Prinzen ermordete, hat auch dieses Dorf auf dem Gewissen.«

»Wenn er denn ein Gewissen hat«, meinte Meister Adach heiser. »Kommt weiter. Hier können wir nicht um Hilfe bitten. Und wir werden immer noch verfolgt.«

Ginnar Dregin brauchte Tage, um sich von seiner Geistesverschmelzung mit Span zu erholen und sein Bargan wieder aufzufüllen. In dieser Zeit überließ er es Meister Fyr Sjargur, der ja ohnehin der Vertreter ihrer Bruderschaft in Lente war, sich um die weitere Vorbereitung des Prozesses zu kümmern. Von ihm erfuhr er nun, dass die Dinge nicht so gut standen, wie er gedacht hatte: »Der König will uns nicht empfangen, Herr. Und jeden Tag schiebt er einen anderen Grund vor, uns nicht zu sehen. Ich denke, das ist Ferrors Werk.«

»Und sein Sohn Folgar?«

»Auch der Prinz lässt sich entschuldigen. Er behauptet, er müsse seine Unvoreingenommenheit für den kommenden

Prozess wahren. Es scheint, dass uns alle Wege zum Thron verschlossen sind.«

Dregin sann darüber nach, aber seltsamerweise fiel es ihm schwer, an etwas anderes als an Feja zu denken. Ob das an der Verschmelzung lag? Der Verkünder hatte ihn gewarnt. Er schüttelte den Gedanken ab. Nein, es lag vermutlich nur daran, dass er das Gespräch mit Meme Salmango nicht zu Ende gebracht hatte. Das ging ihm nach. Er hatte ihr noch etwas sagen wollen, etwas Wichtiges über Feja. Sie durfte Ferror nicht in die Hände fallen. Unter keinen Umständen. Sie kannte die Wahrheit über die Schlacht im Alten Grund. Und auch wenn sie ein guter Sündenbock war und die Feinde des Ordens in Atem hielt, so war es doch besser, sie würde sterben, sobald sie den Mara-Tir gefunden hatte. Seltsamerweise bereitete ihm der Gedanke an ihren Tod ein Unbehagen, das er sich nicht erklären konnte. Er rieb sich die schmerzenden Schläfen und riss sich zusammen.

»Was ist mit Prinz Iske?«

»Iske kümmert sich nicht um die Geschäfte des Königreichs, Herr.«

»Sondern? Mit etwas muss sich der Prinz doch beschäftigen. Prinz Sifrid lebte für die Jagd und alles, was mit Seefahrt zu tun hat, Folgar scheint Gesetzestexte und Regeln zu lieben. Was tut denn Iske den ganzen Tag?«

»Es heißt, dass er sich in den königlichen Gärten in den Künsten des klassischen Rittertums versucht. Er übt das Lanzenstechen ebenso wie den traditionellen Schwertkampf. Vor allem aber soll er Lieder und Gedichte verfassen.«

»Gedichte?«

»So sagt man, Herr.«

Dregin blendete den pochenden Schmerz hinter seinen Schläfen aus. »Hat er Publikum?«

»Was meint Ihr, Herr?«

»Ich habe in der Stadt kein Wort über seine Dichtkunst gehört. Weder wurden seine Werke gepriesen noch verdammt. Wenn er Gedichte verfasst – wem trägt er sie vor, Sjargur?«

»Ich hörte einmal von einem meiner Leute im Palast, dass seine Mutter seine Werke in den höchsten Tönen lobe.«

»Seine Mutter? Das ist interessant …« Dregin brauchte nur einen Augenblick, um einen Plan zu fassen: »Schickt Bele zu mir. Ich möchte, dass sie mit Euch in den nächsten Tagen lange Spaziergänge in den königlichen Gärten unternimmt. Nein, noch besser, geht zu Gyltorn! Der Landgraf sitzt doch im Kronrat, oder? Es wird Zeit, dass er sich nützlich macht. Er wird Bele nicht nur Zugang zum Palast verschaffen, er wird sie auch Prinz Iske vorstellen. Sagt ihm ruhig, dass sie eine Tochter des Jarls von Westar ist. Ihr Blut ist kaum weniger vornehm als das des Prinzen. Ihr solltet den beiden allerdings Gesellschaft leisten. Zum einen, um Beles Ruf zu schützen, zum anderen, um Gyltorn anzutreiben.«

»Aber hätten wir nicht Wichtigeres zu tun, Herr? Der Prozess …«

»Den werde ich in der Zwischenzeit gemeinsam mit Bredhir vorbereiten. Ihr müsst sie auch nur begleiten, bis sie die Bekanntschaft des Prinzen gemacht hat. Sie haben sich schon gesehen bei Gyltorns lächerlicher Gedankenprüfung. Vielleicht könnt Ihr daran anknüpfen. Den Rest wird ihre Jugend bewerkstelligen. Ein Mädchen, das um einen Geliebten trauert, ein verhinderter Dichter – mir scheint, sie sind füreinander bestimmt.«

»Ist das nicht gefährlich, Herr? Ihr wisst, dass Bele mit ihrer Gabe selbst feste Gemüter erschüttern kann.«

»Es geht ihr besser dank der Mittel von Meme Sulling. Und ja, das ist genau die richtige Aufgabe für sie. Wer weiß, vielleicht kann dieser Prinz sie sogar von ihrem Schmerz heilen. Vor allem kommen wir so endlich in die Nähe des Thrones. Nun geht und holt sie, ich werde sie auf diese Aufgabe vorbereiten.«

Dregin unterhielt sich zunächst eine Weile mit Bele, erkundigte sich eingehend nach ihrem Befinden und hatte den Eindruck, dass es ihr wirklich besser zu gehen schien, auch wenn ihre Trauer sie immer noch wie eine dunkle Wolke umgab. Er erklärte ihr, was er von ihr erwartete.

Sie lauschte schweigend und sagte am Ende ruhig: »Es wird nie einen anderen als Malthur geben, Herr.«

»Natürlich nicht! Ich würde nie verlangen, dass du ihn vergisst. Doch ist es wichtig, dass wir einen Zugang zum Ohr des Königs finden. Das Schicksal unserer Bruderschaft könnte davon abhängen. Wirst du uns helfen, Schwester Bele?«

»Ich soll also die Freundschaft dieses Prinzen gewinnen, mehr nicht?«

»Das wird vollkommen genügen. Nach allem, was ich höre, ist seine Seele ebenfalls einsam. Vielleicht möchte er sich dir anvertrauen.«

»Ihr wollt, dass ich ihn ausspioniere?«

»Nein, du sollst sein Vertrauen gewinnen. Wenn du dabei jedoch zufällig etwas erfahren solltest, was dir wichtig erscheint, kannst du es mir natürlich erzählen.«

Bele erwiderte nichts, und Dregin konnte ihre Traurigkeit fühlen. Für einen Augenblick fragte er sich, ob er zu viel von ihr erwartete, aber die Gelegenheit schien einfach zu günstig.

Kaum war sie gegangen, schickte Dregin nach Nemma und erteilte ihr den Auftrag, mit der kleinen Eni zusammen Mornir Gyltorns Haus zu beobachten. »Vor allem habt ein Auge auf seinen Diener Trewe. Er ist leicht zu erkennen, denn er hat Werenblut«, erklärte er der jungen Ordensschwester ihren Auftrag. »Wenn dieser Trewe das Haus verlässt, folgst du ihm. Der Landgraf wird selbst nichts tun, was seinem Ruf schaden könnte, aber er wälzt ohne Unterlass Pläne – und Trewe wird sie ausführen. Du wirst ihn beobachten, jedoch keinesfalls eingreifen, verstanden?«

»Ja, Herr.«

»Ist noch etwas?«, fragte Dregin, weil die Schwester zu zögern schien.

»Wenn ich dem Diener folge – soll ich dann Eni alleine vor dem Haus zurücklassen? Sie hat keinerlei Erfahrung mit Zwielicht und Schatten.«

»Sie ist zwar noch eine Schülerin, doch sollte sie sich dieser

Aufgabe besser gewachsen zeigen, wenn sie in unserem Orden bleiben will. Sie soll sich als Bettlerin verkleiden, dann fällt sie nicht weiter auf. Es gibt viele arme Waisen in den Straßen von Lente. Nun geh, Nemma. Ich erwarte deinen ersten Bericht morgen bei Tagesanbruch.«

Die stämmige Ordensschwester verschwand, ohne weitere Einwände zu erheben.

Das Ordenshaus hatte einen kleinen Innenhof, den Dregin jetzt aufsuchte. Er konnte fühlen, dass die schnelle Afa ihr blaues Licht in den Hof streute, und nutzte den Fliod, um sein Bargan zu füllen. Gegen Mitternacht zog er sich in seine Kammer zurück. Er wollte in Erfahrung bringen, ob Meme Salmango inzwischen ihrem Ziel näher gekommen war.

Dregin legte sich auf seine Pritsche und schloss die Augen. Dieses Mal, so hoffte er, würde er die Verbindung leichter herstellen als bei seinen bisherigen Versuchen. Er atmete tief und ruhig, bis sein Geist über das dunkle Land dahinflog. Da war der Lichtpunkt, den er suchte. Etwas war im Weg. Dregin zuckte zusammen, als ihm plötzlich die Schatten grauer Äste ins Gesicht zu peitschen schienen. Da war Span. Wieder durchfuhr ihn ein Schlag, als er ihre beiden Geister verschmolz. Es war weniger schmerzhaft als beim letzten Mal und doch ein Schock, so als sei er aus großer Höhe in eiskaltes Wasser gestürzt. Er schüttelte sich. Da war eine Stimme in der Dunkelheit. »Span?«, flüsterte Dregin. Die andere Stimme raunte, aber Dregin konnte sie nicht verstehen. Erhob er Widerspruch? Dregin konzentrierte sich und lauschte. Er, nein, Span war im Wald und gerade dabei, das Unterholz mithilfe des Zwielichts zu erkunden. Das Bild schwankte. Dregin fragte sich, was sein ehemaliger Lieblingsschüler suchte. Dann nahm er ein Flackern am anderen Ende eines dichten Tannenhaines wahr. Dort brannte ein niedriges Feuer.

Wer lagerte dort? Das Licht der Flammen vertrieb die Schatten und bereitete ihm Schmerzen. Dregin wandte sich ab, doch er glaubte, drei Schemen am Feuer zu erkennen. Einer saß etwas abseits, am Ufer eines Baches, und wachte. »Nerius«, murmelte der Abot. Dann mussten die beiden Schläfer Adach und Feja sein. War Span deshalb dort? Wollte er Feja aufsuchen? Sie vielleicht warnen? *Daraus wird nichts, mein Junge,* dachte Dregin, auch wenn er sich selbst plötzlich von Feja seltsam angezogen fühlte. Er drehte um – und hielt inne. Jetzt, da er seine Sinne vom Feuer zurückgezogen hatte, nahm er in der Dunkelheit noch etwas anderes wahr: leisen doppelten Herzschlag. Da war noch jemand – zwei Männer, nicht weit entfernt. Er hätte sie fast nicht bemerkt.

Die beschworene Magie enthüllte ihm, dass die beiden dunklen Gestalten sich langsam auf das Feuer zubewegten. Dregin wob ächzend einen Zauber, um seine eigenen, nein, Spans Bewegungen unhörbar zu machen, und folgte den Männern. Sie trugen keine Rüstungen, nicht einmal aus Leder, sondern nur leichte Roben. Dregin runzelte die Stirn. Magier? Dann war Feja ernsthaft in Gefahr. Nur Feja? Nein, sein ganzer Plan war gefährdet! Er riss sich zusammen und versuchte, nicht an dieses Mädchen zu denken, das ihm mit dem leicht schiefen Lächeln … nein, nein, nicht ihm, Span …, das Span den Kopf verdreht hatte. Dregin fühlte Schweiß auf seiner Stirn, auch sein Herz schlug viel zu schnell. Wie leicht war dieser Zauber, wenn er ihn selbst wob, wie schwer, wenn er ihn durch einen anderen ausführte! Er zwang sich zur Ruhe und zog sein Messer.

Die beiden Zauberer durften ihn nicht bemerken, er musste sie überraschen, wenn er Erfolg haben wollte. Sie bewegten sich mit viel Vorsicht. Ihre Sinne waren auf das Lager vor ihnen gerichtet. Lautlos schloss er zu den Ahnungslosen auf. Er konnte die Dolche in ihren Händen schimmern sehen. Nerius schien auf seiner Wache eingenickt zu sein. Dregin hörte ein seltsames Knirschen, das er sich erst nicht erklären konnte. Dann begriff er, dass er es selbst war, der vor Anstrengung mit den Zähnen knirschte. Er hielt den Atem an, nein, er bekam keine Luft mehr! Die beiden Zauberer waren zum Greifen nah.

Nicht jetzt, dachte er, weil sein Herz immer schneller raste. Er war beinahe nah genug, nur noch zwei oder drei Schritte … Einer der beiden Männer drehte sich um. Dann riss ein kalter Schlag Dregin aus Spans Geist heraus. Er taumelte durch die Dunkelheit zurück in seinen eigenen Körper und fand sich selbst schmerzgekrümmt und keuchend auf seiner Pritsche wieder. Er wollte aufstehen, doch verweigerten seine Glieder ihm den Gehorsam.

»Feja«, stammelte er immer wieder, »Feja …«

Feja lag am Bach und lächelte den Mond Galtara an, der hoch über ihr seine Bahnen zog. Der Wald war seltsam still, und das Licht zog in silbernen Schwaden durch die Blätter, langsam, wie Nebel, nicht wie Mondlicht es tun sollte. Ein Schatten fiel auf ihr Gesicht. Sie drehte sich um. Da stand eine Gestalt im Bach, hochgewachsen und schlank, aber durchscheinend wie Wasser. Feja war nicht einmal überrascht. Es erschien ihr völlig selbstverständlich. Die Nykke sagte etwas, das Feja nicht verstand. Sie erhob sich, ging auf das Wasserwesen zu, das mit der Hand bachaufwärts wies und nun in einer fremden, unwirklich klingenden Sprache auf Feja einredete. Mit einem Mal zerrte jemand an ihr. Feja sah der Nykke hilfesuchend in das schöne Antlitz. »Ich verstehe dich nicht«, brachte sie hervor und fühlte einen Tritt. Sie schreckte hoch und blickte in das besorgte Gesicht von Nerius. »Da ist jemand«, flüsterte der Freund.

»Die Nykke?«, fragte Feja verwirrt. In der Nähe murmelte leise der Bach.

»Nein, im Wald. Ich habe etwas gehört.«

»Vielleicht nur ein Wildschwein«, sagte Feja und schüttelte sich, um einen klaren Kopf zu bekommen. Hatte die Nykke ihr den Weg weisen wollen?

»Es klang nicht wie ein Tier.«

Feja sammelte sich und beschwor das Zwielicht. Sie lauschte, doch es war totenstill. »Dort ist nichts, weder Tier noch Mensch«, stellte sie schließlich schlecht gelaunt fest. Endlich bekam sie einen Hinweis auf ihren Weg, und dann weckte sie Nerius wegen nichts. Oder war da doch etwas? Sie fühlte einen Widerhall von Schmerz, so ungewiss, dass sie dachte, es könne auch etwas ganz anderes sein. Sie nahm Verbindung zu den Schatten auf, streckte ihre Sinne in den Wald aus, doch nur kurz, denn sie wollte ihre Verfolger nicht auf sich aufmerksam machen. Sie lauschte vor allem auf verräterischen Herzschlag, fand jedoch nichts. »Da ist niemand«, stellte sie schließlich fest.

»Ich habe mir das nicht eingebildet«, verteidigte sich der Freund.

Feja seufzte. »Schön, aber was immer es war, es ist fort. Wir sollten Meister Adach wecken und frühstücken. Dann können wir im ersten Licht des Tages aufbrechen.«

»Frühstück? Jetzt? Es sind noch wenigstens drei Stunden bis Sonnenaufgang. Wenn du natürlich gleich loswillst, dann könnte ich den Krötenkönig wecken. Er wird nicht sehr begeistert sein.«

»Nein, lass ihn schlafen. Ich käme ja in der Dunkelheit zurecht, aber ihr würdet euch vermutlich an der nächsten Eiche den Schädel einrennen. Warte … wieso bist du noch auf Wache? Wäre nicht Meister Adach an der Reihe?«

Nerius seufzte. »Ich weiß doch, dass er nicht viel von mir hält. Er glaubt, dass ich euch nur aufhalte. Aber ich kann mich nützlich machen!«

»Indem du die ganze Nacht auf den Beinen bleibst? Das ist keine gute Idee, Nerius. Außerdem bist du alles andere als unnütz. Du hast uns Pferde und Vorräte verschafft. Ohne dich wären wir nie so weit gekommen.«

»Erzähle das Meister Adach.«

»Das habe ich, schon mehrfach. Du solltest nicht so viel auf das geben, was er sagt. Er hält alle Aschlinge für dumm und nutzlos.«

»Dich nicht.«

»Aber ich bin die große Ausnahme.«

»Das bist du, in der Tat.«

»Was soll denn das schon wieder heißen?«

»Ich wusste gleich, als ich dich sah, dass du etwas Besonderes bist, Feja.«

»Wirklich? Na, das hast du gut verborgen gehalten.«

»Das habe ich, das ist wahr. Ich wünschte, ich hätte es nicht.«

Erst jetzt begriff Feja, worauf das Gespräch hinauslaufen würde. Sie legte Nerius die Hand auf den gesunden Arm. »Es ist eben gekommen, wie es gekommen ist«, sagte sie und wusste selbst nicht so genau, was sie damit meinte.

»Aber es hätte alles auch ganz anders kommen können, wenn ich vielleicht …«

»Nerius, nicht«, bat sie leise.

Doch er war nicht aufzuhalten: »Der Orden hätte es nicht gerne gesehen, und mein Vater hätte es erst recht missbilligt, und zwar schon, bevor ich deinetwegen von der Brücke gestürzt bin.«

Sie biss sich auf die Unterlippe. Musste er ausgerechnet diese Geschichte erwähnen? Ihr schlechtes Gewissen erwachte mit Macht.

»Nein, Feja, ich mache dir keinen Vorwurf. Es war Tyrbull Tygram, der die Falle gestellt hat. Er wollte dich in den Tod stürzen. Wenn Malthur nicht dabei gestorben wäre, könnte ich jetzt sagen, ich bin froh, dass es mich und nicht dich getroffen hat. Und wenn ich noch einmal in dieser Lage wäre, würde ich alles wieder so tun, Feja, für dich.«

»Ich weiß. Du bist ein guter Freund, Nerius, vielleicht der beste, den ich je hatte.«

»Ein Freund? Mehr nicht?«

Feja seufzte und wusste nicht, was sie sagen sollte. Es hatte ihr gefallen, an Nerius' Seite zu reiten. Ja, sie fühlte sich in seiner Gegenwart so wohl wie schon lange nicht mehr. Und hätte sie nicht vor ein paar Tagen Span gesehen, dann, wer weiß … Aber Span löste ganz andere, viel stärkere Gefühle in ihr aus. »Ich wünschte, ich könnte etwas anderes sagen, Nerius.«

Eine Weile saßen sie schweigend am Bach, dann meinte er:

»Die Reise ist noch lang, und viel kann passieren. Eins sollst du wissen. Ganz gleich, was geschieht, ich werde an deiner Seite stehen und jederzeit wieder mein Leben für dich wagen, wenn es nötig ist.«

Feja schluckte, dann straffte sie sich. »Du hast recht, die Reise ist lang. Wecke Meister Adach und lass uns aufbrechen. Die Monde scheinen hell, und ich habe vorhin einen Hinweis auf unseren Weg erhalten.«

Sie weckten den Kräutersammler, und Feja erzählte ihren Gefährten von ihrem Traum. Nerius war skeptisch, Meister Adach hingegen war sofort überzeugt. »Dem Bach nach? Alle Gewässer kommen aus den Bergen, und alle sehen sie gleich aus. Ist dieser Bach der richtige? Wir werden es erfahren, denn wenn die Nykke einmal durch ihn spricht, wird sie es hoffentlich wieder tun.«

Sie brachen sogleich auf. Erst im Morgengrauen fiel Feja ein, dass sie doch hatte nachsehen wollen, was Nerius im Dunkeln gehört zu haben glaubte. Doch jetzt war es zu spät umzukehren.

Der Bach floss ohne große Schleifen durch den Wald, und die Bäume an seinem Ufer standen licht, sodass sie gut vorankamen.

»Sollten wir nicht versuchen, im Bachbett zu laufen?«, fragte Nerius irgendwann. »Das könnte unsere Verfolger doch abschütteln.«

»Zu tief«, knurrte Meister Adach knapp.

Feja fügte hinzu: »Er fließt auch ohne Verzweigung oder Zulauf. Da können wir niemanden in die Irre führen.«

Schwester Gabra gab dem toten Feuermagier einen Tritt, und schon rollte er die Böschung hinunter, wo Bruder Hallir ihn rasch mit Blättern und Ästen zudeckte. Skuran Orchon sah durch die Zweige die kleine Feuerstelle, an der die offensichtlich ahnungslose Feja genächtigt hatte. Der unheimliche Bruder Span hatte sie gerettet, und sie hatte es nicht einmal bemerkt.

Er wandte sich den Gegenständen zu, die sie den beiden Toten abgenommen hatten, und war überrascht, dass sie sich kaum von dem unterschieden, was gewöhnliche Menschen auf einer Wanderung mit sich führten: Feuerstein, Zunder, Dolch, Trinkschlauch und sogar ein kleines Paket mit Zwieback. Interessanter fand er die gefundene Notiz. Es war eine Vollmacht mit dem Siegel des Kanzlers. Sie sagte in erstaunlich klaren Worten, dass Meister Honrur vom Flammenorden durch dieses Siegel befugt sei, im ganzen Reich alles Notwendige zu tun oder zu veranlassen, um Feja vom Drachenhof zu verhaften oder zu töten. Er war auch berechtigt, jeden Widerstand gegen diese Maßnahme mit allen Mitteln zu brechen.

»Wenn ich das richtig sehe, hat Euer Bruder Span zwei Männer des Kanzlers getötet«, schloss Orchon seine kleine Untersuchung ab.

Meme Salmango, die ihm über die Schulter gesehen hatte, nickte und meinte: »Wir müssen also mit noch mehr Ärger rechnen. Es sollen auch königliche Garden im Wald unterwegs sein, und der Abot hat mich schon gewarnt, dass sie uns als Feinde betrachten werden.«

»Königliche Garden? Gegen die können wir nicht das Schwert erheben«, erklärte Leutnant Tygram.

Die Zauberin schenkte ihm ein feines Lächeln und sagte: »Sie werden aber keine Hemmungen haben, gegen Euch zu kämpfen, Leutnant.«

»Natürlich nicht, nachdem Span hier zwei der ihren ermordet hat.«

»Das war unvermeidlich«, erklärte die Zauberin ernst. »Und Ihr solltet ihm dankbar sein, denn er hat verhindert, dass andere sich das Kopfgeld holten, das Ihr so dringend verdienen wollt. Wenn Euch die Lage zu heikel wird, steht es Euch jederzeit frei umzukehren.«

»Eins verstehe ich nicht, Meme«, wandte sich Orchon an die Zauberin, nachdem der Leutnant mit ein paar gemurmelten Verwünschungen zu seinen Leuten zurückgekehrt war. »Wenn

Ihr nicht wollt, dass diese Männer gefunden werden, warum verscharrt Ihr sie nicht im Wald? Warum schafft Ihr sie nur in diesen Graben?«

»Ich habe nichts dagegen, dass sie gefunden werden, Meister Orchon, nur sollte es ein bisschen dauern. Wenn sie erst einmal halb verwest oder von Tieren benagt sind, wird niemand mehr sagen können, auf welche Art sie zu Tode kamen. Außerdem würde eine Mörderin auf der Flucht sich wohl kaum die Zeit nehmen, denen dort ein Grab auszuheben.«

»Ihr wollt diese Tat Feja in die Schuhe schieben?«

»Das ist besser, als selbst die Verantwortung für zwei tote Feuermagier zu übernehmen, meint Ihr nicht? Packt ein, was wir ihnen abgenommen haben, und dann lasst uns aufbrechen. Span sagt, dass Feja nicht lange hiergeblieben ist. Sie wird etwa einen Tag Vorsprung haben, und wir wollen sie doch nicht verlieren, oder?«

Die Schar war bald darauf wieder auf dem Marsch, und die Meme trieb sie tüchtig an.

»Möchte wissen, warum sie es plötzlich so eilig hat«, brummte der Leutnant, dessen Nähe Orchon gesucht hatte.

»Die Richtung hat sich geändert, habt Ihr das nicht bemerkt? Bisher sind wir fast immer nur nach Westen marschiert, dann kurz nach Süden, bis zu jenem niedergebrannten Dorf. Jetzt geht es fast geradewegs nach Norden und auf die Berge zu.«

»Das heißt gar nichts«, meinte Tyrbull Tygram verdrossen.

»Vielleicht nicht«, gab Orchon freimütig zu. »Sagt, Junker Tygram, könnt Ihr mir etwas erklären?« Er nahm das missmutige Brummen als Ja und fuhr fort: »Bruder Span ist doch vollkommen stumm, nicht wahr?«

»Wie ein Fisch.«

»Ganz genau. Ich habe inzwischen bemerkt, dass er mithilfe irgendeiner Art von Zauber mit seinesgleichen reden kann. Das kann er doch, oder?«

»Sobald ihre Schatten sich berühren, können Graumagier ihre Gedanken austauschen, ja«, lautete die verdrossene Antwort.

»Nun sah ich den Bruder aber vor einigen Tagen mit der Meme sprechen. Und zwar nicht durch Schatten, sondern mit dem Mund.«

»Sprechen? Span? Unmöglich!«

»Das dachte ich doch auch. Was meint Ihr – ist es vielleicht ein anderer Zauber?«

»Keiner, von dem ich je gehört hätte. Seid Ihr sicher, dass er sprach und nicht nur die Lippen bewegte?«

»So sicher, wie ich nur sein kann.«

»Dann ist er der größte Betrüger, den die Welt je gesehen hat. Ich habe fast ein ganzes Jahr mit ihm auf der Schattenfeste gelebt. Und nie sprach er auch nur ein Wort, mit niemandem, nicht einmal mit Feja, in die er doch verliebt ist. Es heißt, er habe sich sogar gegen den Abot gestellt, um sie zu retten.«

»Tatsächlich?« Orchon überdachte, was der Leutnant ihm gerade erzählt hatte. »Und dennoch ist er hier? Hat der Orden denn keine Sorge, dass er den Verrat wiederholen könnte?«

»Das ist ein guter Punkt, Schmied. Die Grauen behandeln ihn mit einer seltsamen Milde. Das mag damit zu tun haben, dass Span der Lieblingsschüler des Abots war. Ich muss Euch danken, dass Ihr mich an diese Sache erinnert habt. Ich will ein Auge auf Span haben, vor allem, wenn wir Feja endlich in die Hände bekommen. Er wird sie nicht vor meinem Zorn beschützen.«

Feja hastete den ganzen Tag schnell voran, denn sie fühlte, dass die Erinnerung an die Begegnung mit der Nykke verblasste wie alle Träume, und sie fürchtete, den Hinweis, den sie erhalten hatte, falsch verstanden zu haben.

Gegen Abend änderte sich die Landschaft plötzlich. Der Wald trat zurück, und eine sumpfige Heidelandschaft breitete sich vor ihnen aus. Der Bach schien hier zu entstehen, jedenfalls verlor Feja seinen Lauf aus den Augen.

»Schöner Weg«, brummte Nerius.

»Jetzt erkennen wir diese Gegend wieder. Es ist der Frosmorach, ein Sumpf, in den nur die Wölfe gerne gehen. Weren meiden ihn, denn er hat schon manchen Wanderer verschluckt. Doch haben wir ihn einmal durchquert vor langer Zeit.«

Feja sah weithin Wasser glitzern. Sie lächelte. »Dann ist er genau das, was wir brauchen. Hier werden wir unsere Verfolger abschütteln.«

»Im Sumpf?«, fragte Nerius gähnend.

»Genau. Doch werden wir erst eine kurze Rast einlegen, bevor noch der eine oder andere von uns beim Gehen einschläft.«

»Dein Plan sagt mir zu«, murmelte Nerius. »Soll ich die erste Wache übernehmen?«

Feja schüttelte den Kopf. »Du sollst dich hinlegen und ausruhen. Du hast letzte Nacht genug gewacht.«

»Meinetwegen«, murmelte er und streckte sich schon ins Gras. Es dauerte nicht lange, und sie hörte seinen ruhigen und regelmäßigen Atem.

»Der Aschling hält uns auf, jeden Tag mehr«, brummte Meister Adach.

Feja betrachtete Nerius. Er lag auf der linken Seite, schonte den rechten Arm, der ihretwegen verkrüppelt war. »Und Ihr seid gar nicht müde, Meister Adach?«, fragte sie leise, und als er den Kopf schüttelte, fuhr sie fort: »Glaubt Ihr, dass wir auf dem richtigen Weg sind?«

»Die Nykke wird das Maegadha nicht angelogen haben.«

»Ihr sagtet, dass Ihr den Sumpf schon durchwandert habt. Meintet Ihr damit einen Eurer Ahnen – oder vielleicht Euch selbst, als Ihr jung wart?«

Der Were schaute lange über den Sumpf. »Wir wissen es nicht. Aber wir haben ihn durchquert. Und dann sind wir die Berge hinaufgestiegen.«

»Gut, dann nehmt Euer Bündel, Meister Adach. Wir brechen jetzt auf.«

»Wir? Das Maegadha meint damit nicht auch den Aschling, oder?«

Feja blickte auf den arglos Schlafenden. »Nein, wir gehen ohne ihn. Er würde mich nie verlassen. Aber das muss er, denn unser Weg ist nun zu gefährlich für einen, der weder fechten noch zaubern kann.«

»Und die Verfolger?«

»Sie werden ihm nichts tun. Er ist der Sohn eines mächtigen Mannes.«

»Das Maegadha ist klug für eine Gaucha.«

»Sagt das nicht, Meister Adach, sagt am besten gar nichts mehr und lasst uns schnell aufbrechen, bevor ich es mir doch noch anders überlege. Ich werde mir das nie verzeihen, aber es ist die einzige Möglichkeit, ihn zu retten.«

Der Kräutersammler nickte, schwieg tatsächlich und ging sofort voran. Feja schulterte ihr Bündel und folgte ihm. Ganz leise und vorsichtig stahlen sie sich davon. Feja drehte sich noch oft um. Manchmal dachte sie, da würde jemand in der Dämmerung hinter ihnen herrennen, und hielt kurz inne, doch es war immer eine Täuschung.

6.

Den ganzen Tag schon marschierten sie Richtung Berge, was Skuran Orchon für ein gutes Zeichen hielt. Die Soldaten aus Braake begannen trotzdem gegen Abend, sich zu beschweren. Meme Salmango überhörte das Murren und trieb sie bis in die Nachtstunden weiter an. Gerade als sie dann doch Nachsicht zeigte und befahl, das Lager aufzuschlagen, bemerkte Gabra in einiger Entfernung Feuerschein über dem Wald.

»Wer mag das sein?«, fragte Orchon, während die Magier schweigend hinüberstarrten.

»Feja würde kein gut sichtbares Feuer machen«, meinte Hallir.

»Und die Feuermagier auch nicht, wenn sie Verstand haben«, sagte Meme Salmango.

»Dann vielleicht Männer der Königsgarde?«, vermutete Gabra.

Die Meme erlaubte dem Trupp eine kurze Rast und schickte Span, um die Lage auszukundschaften.

Orchon kühlte seine müden Füße im Bach. Der Kundschafter war zurück, bevor Orchon seine Schuhe wieder angezogen hatte, und erstattete der dunkelhäutigen Zauberin stumm Bericht.

»Wirklich?«, rief die Zauberin. »Das hätte ich nicht erwartet.«

»Was gibt es, Meme?«, fragte Orchon.

»Eine Überraschung«, lautete die knappe Antwort. Die Magierin befahl sofortigen Aufbruch. »Wir schleichen uns nicht an?«, fragte der Rotschmied, als sie sich dem Feuer näherten. Er erhielt keine Antwort. Auch der Leutnant fragte vergeblich, was denn los sei. Der Wald verschwand, und vor ihnen breitete sich eine Art Moor aus. Am Rande dieser unwirtlichen Ebene brannte ein offenes Feuer. In seinem Schein saß Nerius Dimgast, den Rücken zum Wald, und starrte in die Nacht. Er schien sich gar nicht darum zu kümmern, was hinter ihm vorging. Erst als Schwester Gabra seinen Namen rief, drehte er sich langsam um. Orchon fand, dass sich in seinem Gesicht eine seltsame Mischung aus Wut und Trauer zeigte.

»Ich grüße Euch, Junker Dimgast«, rief die Meme jetzt. »Ich hätte nicht gedacht, Euch hier zu treffen – jedenfalls nicht alleine.«

Der junge Mann am Feuer zuckte nur mit den Schultern, was ihm auf einer Seite schwererfiel. Leutnant Tygram befahl seinen Leuten, sich in Acht zu nehmen, schließlich könne es eine Falle sein. Die Meme trat jedoch, ohne zu zögern, ans Feuer und begann, die Scheite auseinanderzuziehen. »Wir sollten die Flammen etwas dämpfen. Wir sind nicht die Einzigen, die in diesem Wald unterwegs sind.«

»Tut gut, dich zu sehen, Nerius!«, rief Bruder Hallir und legte ihm kameradschaftlich die Hand auf die Schulter. Nerius nickte bloß.

»Du siehst furchtbar aus«, fand Schwester Gabra.

»Und Feja?«, fragte Meme Salmango. Den ganzen Tag hatte sie die Männer hart angetrieben, aber jetzt sprach sie ganz weich und sanft, fast mütterlich. Selbst Orchon spürte ein Verlangen, sich ihr mitzuteilen.

»Sie ist fort«, erklärte der junge Dimgast knapp. »Sie ist ohne mich schneller«, fügte er mit Bitterkeit in der Stimme hinzu.

»Dann weiß sie den Weg?«, fragte die Zauberin.

Nerius sah sie kurz an. »Möglich«, lautete seine knappe Antwort.

»Er führt durch den Sumpf?«

»Möglich.«

Die Meme erhob sich und starrte auf das mondbeschienene

Moor. »Ihr seht nicht glücklich aus, Meme«, sagte Orchon vorsichtig.

»Gerade dachte ich noch, wir kämen unserem Ziel näher, und dann das! Es gibt wenig Orte auf der Welt, die der Kunst eines Graumagiers so viel Widerstand leisten wie ein Sumpf. All das Wasser …«

»Wasser widersteht Eurer Magie?«

Sie hob eine Augenbraue. »Das habe ich nicht gesagt, Rotschmied.«

»Aber das ist wichtig! Wenn dieses Element Eure Art der Zauberei stört, dann ist das vielleicht auch ein Schlüssel zur Erfüllung meiner Aufgabe! Erzählt mir mehr, Meme!«

»Gewiss nicht! Und jetzt entschuldigt mich. Wir müssen das Lager für die Nacht vorbereiten und dann sehen, wie wir am besten dieser Spur folgen.«

Wenn Ginnar Dregin morgens seine blinden Augen öffnete, sah er Feja vor sich. Mal lächelnd, mal wütend, manchmal suchten ihre Lippen die seinen. Dregin wusste, dass es nur Spans Erinnerungen waren, Gedankenfetzen, die er bei der Verschmelzung mitgenommen hatte, aber sie setzten ihm zu. Jeden Morgen brauchte er länger, dieses Mädchen aus seinen Gedanken zu verbannen, dabei hatte er wirklich wichtigere Dinge zu tun. Der Prozess stand nun unmittelbar bevor, und er überprüfte gemeinsam mit den Meistern Sjargur und Bredhir immer wieder ihre Verteidigungsstrategie. Sie beruhte im Wesentlichen auf dem Bericht, den der neue Vogt von Veisa über die Schlacht verfasst hatte. »Ich staune immer noch, wie ungemein günstig dieser Bericht für uns ausfällt«, meinte Sjargur. »Wenn man bedenkt, dass Vogt Fendar als Richter des Königs und an der Seite der Feuermagier nach Braake kam …«

»Das ist ja das Gute«, rief Bredhir vergnügt. »Es ist allgemein bekannt, dass der hohe Hofrichter uns nicht wohlgesonnen war. Viel weniger bekannt ist, dass er sein neues Amt erst durch einen kleinen Mord unsererseits antreten konnte. Nun ist er ein glühender Fürsprecher unserer Sache.«

»Vielleicht ist es das«, meinte Meister Fyr Sjargur bedächtig. »Vielleicht wissen die Feuermagier aber inzwischen, warum Fendar auf unserer Seite ist. Womöglich haben sie sogar Beweise und tragen deshalb so eine Siegeszuversicht zur Schau. Etwas müssen sie in der Hinterhand haben. Ich habe nicht den Eindruck, dass sie sich Sorgen über den Ausgang dieser Angelegenheit machen.«

»Es gibt keine Beweise«, meinte Dregin.

Schwester Nemma trat in die Kammer. »Verzeiht, Meister, es gibt Neuigkeiten.«

»Von Gyltorn?«, fragte Dregin.

»Nein, von den Heilmagiern. Ihr Abgeordneter für das Gericht ist heute eingetroffen. Es ist Meister Eyrim.«

»Eyrim? Toger Eyrim? Irrt Ihr Euch da nicht?«, fragte Bredhir offensichtlich bestürzt.

»Aber wie kann unser Münzer für die Heiler richten?«, rief Meister Sjargur.

»Ehemaliger Münzer«, berichtigte Dregin grimmig. »Ich habe ihn nach Walbucht verbannt, damit er aufhört, meine Pläne zu hintertreiben. Offenbar hätte ich ihn besser auf den Grund des Meeres gesandt. Er hat den Orden gewechselt!«

»Ohne dass die Heilmagier uns um Zustimmung baten? Das ist eine Unverschämtheit«, fluchte Bredhir.

»Ein Verstoß gegen die guten Sitten«, zürnte Sjargur. »Doch sagt, wie viel weiß er über den Vogt und die Schlacht?«

»Über den Vogt? Nichts. Auch über die Schlacht kann er nichts wissen, denn da war er schon fort. Aber er weiß viele andere Dinge.«

»Dann ist er vielleicht der verborgene Trumpf der Flammenmagier«, folgerte Sjargur.

Auch Dregin sah in dem unerwarteten Auftreten seines alten Gegenspielers eine Gefahr. Eyrim kannte ihre Schwachpunkte, vor allem, was die Einkünfte des Ordens betraf. Er konnte ihnen viel Schaden zufügen.

Während sie noch berieten, überbrachte die kleine Eni eine Nachricht, die ein Bote abgegeben hatte. Sie trug das Siegel der Heilmagier von Walbucht und besagte, dass Meister Toger Eyrim auf dessen ausdrücklichen Wunsch und Bitte in die Reihen der Heiler aufgenommen worden war.

»Dieser hinterhältige Hund. Und ich habe mich noch gewundert, dass er uns keine Knüppel mehr zwischen die Beine wirft«, meinte Meister Bredhir.

»Wie kommen die Heiler dazu, ihn aufzunehmen? Sie müssen doch wissen, dass wir das nicht billigen können. Fürchten sie den Zorn der Grauen Magier nicht mehr?«, wunderte sich Meister Sjargur.

»Das wagen sie nur, wenn sie Rückendeckung haben«, schlussfolgerte Dregin. »Die Feuermagier müssen sie irgendwie auf ihre Seite gelockt haben.«

»Können wir seine Ernennung zum Richter nicht ablehnen?«, fragte Bredhir.

»Mit welcher Begründung? Er hat nicht in den Orden der Ankläger gewechselt. Nein, wir müssen uns etwas anderes einfallen lassen.«

»Lente ist eine gefährliche Stadt«, sagte Fyr Sjargur langsam.

Dregin schnaubte unwillig. »Eyrim ist vielleicht ein Erbsenzähler, doch leider auch bewandert in den dunklen Künsten unseres Ordens. Er wäre kein leichtes Opfer. Außerdem wird der Flammenorden nur darauf warten, dass wir etwas gegen ihn unternehmen.«

»Aber wir müssen etwas tun! Eyrim wird auf Rache aus sein, nachdem Ihr ihn erst bei der Wahl zum Abot übertölpelt, entmachtet und dann auch noch nach Walbucht verbannt habt.«

»Nicht doch, Sjargur, *wir* werden gar nichts tun«, verkündete Dregin. »Jemand anders wird für uns handeln.«

Mornir Gyltorn hatte dann doch den Besuch bekommen, den er lange befürchtet und auf den er gerne verzichtet hätte. »Ich bedaure zutiefst, ehrwürdiger Abot Dregin, aber ich bin mit den Angelegenheiten Eures Prozesses nicht befasst«, erklärte er, nachdem beide Seiten die üblichen Höflichkeitsfloskeln hinter sich gebracht hatten.

»Das wissen wir«, erklärte der Abot gelassen. Eine junge Schwester seines Ordens hatte ihn hergeleitet. Es war nicht die Jarlstochter, die er dem Prinzen hatte vorstellen müssen, sondern ein stämmiges Mädchen mit einer markanten Narbe im Gesicht. In ihrem Blick lag die flackernde Dunkelheit, die er auch bei der anderen Ordensschwester bemerkt hatte.

»Dann verstehe ich nicht, was Ihr Euch von mir erhofft, Dregin«, entfuhr es Gyltorn.

»Die Heilmagier haben einen Mann ins Gericht berufen, der dort nicht sein sollte. Toger Eyrim war einst ein Diener unseres Ordens und weiß viele gefährliche Dinge. Ihr werdet Euch um ihn kümmern.«

»Ich? Seid Ihr toll? Ich kann doch keinen Zauberer töten!«

»Und doch starb Meister Turre einen grausamen Tod.«

»Ich habe keine Ahnung, was Ihr damit meint.«

»Habt Ihr wirklich geglaubt, wir würden es nicht herausfinden? Ihr seid nicht zimperlich, wenn es um das Ableben Eurer Gegner geht, Erlaucht. Ich bin sicher, Prinz Sifrid könnte das bestätigen.«

Nach dem Schrecken stieg Zorn in Gyltorn auf. Dieser Abot plauderte in Gegenwart einer einfachen Ordensschwester so beiläufig über die gefährlichsten Geheimnisse, als sprächen sie über Gebäcksorten.

»Wirklich, ich weiß nicht, wovon Ihr da redet!«, rief er.

Dregin lächelte. »Es genügt, wenn ich es weiß. Ich verurteile Euch auch nicht, verehrter Landgraf. Ganz im Gegenteil. Ihr entfaltet einen Ehrgeiz und eine Entschlossenheit, die mir gefallen. Ihr könnt es weit bringen, besonders, wenn es Euch gelingt, einen der Zaubererorden als Verbündeten zu gewinnen – einen, der nichts dagegen hat, wenn Meister anderer Orden viel zu früh von uns gehen …«

»Aber ich habe nichts mit dem Tod von Meister …«

Dregin hob die Hand. »Erspart uns Eure peinlichen Ausflüchte, verehrter Landgraf. Was nun meinen ehemaligen Bruder Eyrim betrifft, so habe ich gar nicht vor, Euch um seine Ermordung zu ersuchen, Erlaucht. Ganz im Gegenteil. Wenn seine Leiche im Hafenbecken von Lente triebe, würde alle Welt denken, dass ich dahinterstecke. Ich dachte eher daran, seine große Schwäche auszunutzen.«

»Und die wäre?«, fragte Gyltorn tonlos.

»Gold. Meister Eyrim ist ein großer Freund gefüllter Taschen, vor allem, wenn es sich um seine eigenen handelt.«

»Ich soll ihn kaufen?«

Der Abot nickte freundlich. Ihm schien diese Unterredung Vergnügen zu bereiten.

»Ich bezweifle, dass ich ihm genug bieten könnte. Meine Schatztruhen sind leer.«

»Ist das so? Habt Ihr nicht gerade eine üppige Belohnung für denjenigen ausgelobt, der dem König den Kopf von Sifrids Mörderin bringt?«

»Nur auf Druck von Prinz Folgar! Er meinte, ich müsse mein Versagen auf jener Lichtung wiedergutmachen. Anscheinend kümmert er sich nicht darum, dass Hochmeister Ferror keine Kopfgeldjäger im Langwald wünscht. Und ich bete, dass niemand kommt, um dieses Geld zu verlangen, das ich nicht habe.«

Dregin erhob und streckte sich. »Ich bin versucht, mir das Kopfgeld zu verdienen, indem ich dem Prinzen die Wahrheit über den Tod seines Bruders erzähle. Das würde ich nicht gerne tun, Gyltorn, aber es bleibt mir vielleicht nichts anderes übrig, wenn der Abgesandte der Heilmagier sich nicht kaufen lässt. Ihr hattet genug Gold, um einen gewissen Wassermagier für eine Gedankenprüfung zu kaufen. Meister Eyrim wird nicht viel teurer sein, auch wenn er eine übertriebene Vorstellung von seinem eigenen Wert hat. Kommt, Schwester Nemma. Es wird Zeit für uns zu gehen. Das Gericht tritt bald zusammen.«

»Aber wenn es doch schon zusammentritt … die Kürze der Zeit … wie stellt Ihr Euch das vor?«

»Ich lasse Euch freie Hand. Er muss auch nicht heute überzeugt werden. Dieser Prozess wird sich über Wochen hinziehen. Doch nun entschuldigt mich. Ich habe viel zu tun.«

»Hast du alles gehört?«, fragte Gyltorn, als der unheimliche Abot gegangen war.

Trewe trat aus der verborgenen Tür. »Jedes Wort, Herr.«

»Verflucht seien alle Zauberer. Verflucht sei dieser Dregin! Glaubt er etwa, ich könne Gold herbeihexen? Ich bin verloren!«

»Nicht unbedingt, Herr. Vielleicht können wir sogar zwei Fliegen mit einer Klappe schlagen. Dieser Abot hat uns erneut ein Bündnis angeboten. Und ein Pakt mit den Grauen Magiern wäre in Gold nicht aufzuwiegen.«

Gyltorn nickte nachdenklich. »Das ist allerdings wahr. Ich hörte, dass in alter Zeit sogar Könige vor ihren Klingen nicht sicher waren …«

»Ein gewagter Gedanke, Herr.«

»Und doch ein Gedanke, den wir nicht gänzlich verdammen sollten. Wir wollen ihn hegen und pflegen und sehen, ob er gedeiht. Doch leider liegt uns noch ein großes Hindernis im Weg, denn ich weiß wirklich nicht, wie wir in kurzer Zeit die Mittel auftreiben könnten, um diesen Heilmagier zu kaufen.«

»Ich wüsste schon, wo es Gold zu holen gibt, Herr, aber es ist gefährlich.«

»Natürlich ist es das. Ich höre?«

»Wir sollten eine Nachricht an Ilar Dures schicken und um ein Treffen in seinem Haus bitten.«

»Der Händler von der Aschfahrer-Gilde? Noch so ein Mann, der mir ein Messer an die Kehle hält! Haben wir nicht versucht, ihm aus dem Weg zu gehen? Ich habe immer noch nicht mehr als schöne Worte für ihn.«

»Mehr wird er auch nie bekommen, Herr. Ganz im Gegenteil. Er wird uns an seinem Reichtum teilhaben lassen.«

»Warum sollte er das tun?«

»Weil er entweder klug oder sehr bald tot ist.«

Am zweiten Tag im Sumpf erschien der erste Wolf. Er hielt Abstand, umkreiste sie, verschwand aber nicht.

»Das ist ein gutes Zeichen, Maegadha.«

»Was soll an einem Wolf gut sein, Meister Adach?«

»Nichts, es sei denn, die Hüterin des Sees schickt ihn.«

»Die Hüterin …? Ihr meint, er gehorcht ihr?«

»Wem sonst?«, fragte der Kräutersammler, als sei es das Selbstverständlichste von der Welt, dass Menschen Wölfe befehligten.

»Dann waren die Wölfe, die mir im Gebirge folgten, auch Diener von ihr?«

»Diener kannst du sie nicht nennen. Wächter sind sie. Halten die Augen offen für sie, wittern Gefahr und warnen.«

Feja erinnerte sich an den Wolf, dessen Augen plötzlich die Farben gewechselt hatten. Jetzt hatte sie ihre Erklärung für dieses Wunder.

Der Wolf folgte ihnen bis in die Nacht. Feja achtete irgendwann nicht mehr auf ihn. Sie war zu beschäftigt damit, sich durch den Frosmorach hindurchzukämpfen. Sie umgingen Sumpflöcher und morastige Gräben, hangelten sich steile Böschungen entlang, durchquerten dornengespickte Heckenfelder und kamen quälend langsam voran. Dann, endlich, wurde der Boden fester, und der Wald rückte wieder näher. Feja hätte am liebsten den Boden geküsst, als sie an einem Ulmenhain das Moor hinter sich ließen. Sie rasteten und aßen von ihren Vorräten. Feja dachte an Nerius, den sie zurückgelassen hatten.

»Er ist fort. Ein schlechtes Zeichen«, sagte der Were.

»Wer?«

»Der Wolf.«

»Meint Ihr, das heißt, dass wir nicht mehr auf dem richtigen Weg sind?«

Der Kräutersammler starrte auf den Boden und murmelte in werischer Sprache vor sich hin. Dann hob er den Kopf und sagte: »Der Sumpf. Wir haben ihn durchquert. Daran erinnern wir uns. Doch was dann?«

»Ihr habt einige einzeln stehende Felsen erwähnt, Meister Adach …«

»Erwähnt haben wir sie, doch hier nicht gesehen. Wir müssen fragen, nein, das Maegadha muss fragen. Wir brauchen einen Bach.« Er sprang auf und marschierte los.

Feja versuchte gar nicht erst zu verstehen, was er meinte. Sie folgte ihm den Hügel hinauf. Die Berge waren näher gerückt, und das Land hatte sich zu waldbedeckten Wellen aufgeworfen. Nichts von dem, was sie sah, kam ihr bekannt vor. Sie blickte zurück. Hinter ihr glitzerte das Moor in der Morgensonne. Vor ihr schienen die Mondberge mit ihren abweisenden Gipfeln zum Greifen nah, aber Meister Adach war in ein schmales Tal abgebogen. Sie musste sich beeilen, um ihn einzuholen. Sie stießen bald auf einen der unzähligen Bäche, die den Sumpf speisten, und Adach meinte, sie seien richtig. Sie folgten dem Gewässer um einige Hügel herum, und Feja war bald sicher, dass sie einen Umweg machten.

»Umweg, ja«, gab ihr der Kräutersammler murmelnd recht. Dann sah er sie scharf an: »Ist das Maegadha müde?«

»Ich kann schon noch eine Weile marschieren. Es sind noch einige Stunden bis zum Abend.«

»Ja, und am Tag können wir vielleicht nicht fragen.«

»Wen fragen?«

Der Kräutersammler sah sie kopfschüttelnd an und lief dann einfach weiter. Feja rannte ihm hinterher. Er folgte weiter stur dem Bach, obwohl sie das zwang, einige steile Felsbrüche zu überwinden oder zu umgehen. Erst bei Einbruch der Dämmerung blieb er stehen.

»Jetzt ist es gut«, sagte er. »Die Sonne geht unter. Wir bleiben hier.«

»Nicht gerade der beste Lagerplatz«, meinte Feja, weil ihr Weg sie in eine kalte Senke geführt hatte. »Ich gehe Feuerholz sammeln.«

»Nein, kein Feuer. Das Maegadha muss schlafen, träumen – und fragen.«

»Augenblick … Ihr hofft, dass mir wieder eine Nykke im Traum erscheint? Ist das Euer Plan?«

Er nickte und sah sie hoffnungsvoll an.

»Aber … ich kann sie nicht herbeiwünschen. Sie kommen zu mir, wenn sie wollen, und ich weiß nicht, wann. Vier oder fünf Mal sind sie mir erschienen. Und oft lagen Wochen oder viele Eorthas dazwischen.«

»Versuch es. Sie wollen, dass wir unser Ziel finden. Sie werden uns den Weg weisen. Sie lieben dich. Du hast das Loch gemacht. Das Loch, durch das die Alte Magie zurück ins Land sickert. Sie wissen das. Sie werden kommen und helfen.«

»Ein Feuer sollten wir trotzdem machen. Wenn ich friere, werde ich nicht gut schlafen.«

»Wir sammeln Holz, wir kümmern uns drum. Das Maegadha soll Ruhe finden und bald schlafen.«

Feja konnte über die merkwürdigen Gedankengänge des Weren nur den Kopf schütteln. Einen besseren Plan hatte sie allerdings auch nicht. Im Moor hatte es so gewirkt, als habe Adach den vergessenen Pfad wiedergefunden. Doch jetzt wusste er offensichtlich nicht weiter.

Feja starrte in den Himmel. Wolken waren aufgezogen und versperrten die Sicht auf die Monde. Seufzend schlug sie ihr Nachtlager auf und versuchte, nicht an Nerius zu denken. Die Müdigkeit kroch in ihre Knochen, und das leise Murmeln des Baches wirkte einschläfernd. Meister Adach kehrte mit dem Feuerholz zurück. Als die Flammen flackerten, dachte sie, dass es eigentlich zu gefährlich sei, Feuer zu machen. Die Senke bot Schutz vor neugierigen Blicken, aber der Rauch war weithin zu riechen, und sie wurde als Mörderin gejagt. Sie spürte eine ungewisse Bedrohung. Was war es? Ihre Gedanken verwirrten sich schon im Halbschlaf. Sie hatte diesen Prinzen nicht umgebracht. Alle glaubten das, und alle jagten sie. Und sie zerstörten werische Dörfer. »Feuermagier«, flüsterte sie. Würde die Glut sie nicht anziehen? Vielleicht sollte sie Adach bitten, das Feuer zu löschen.

Welches Feuer?

Da war der Bach. Er floss durch eine uferlose Finsternis. Da war Gras. Es wuchs schnell und verwob sich zu einer dichten Wiese. Die Finsternis wurde jetzt von Ulmen verschlungen, die ihre Wurzeln in silbernes Wasser tauchten. Feja stand bis zu den Knien im Bach. Als sie sich verwundert umdrehte, sah sie zwei schimmernde Wesen, die am Ufer saßen und sie anblickten. Silbrig glänzten ihre Leiber. Feja konnte durch sie hindurchsehen. Sie sprachen, doch Feja verstand kein Wort. Es klang wie leises Plätschern in ihren Ohren. Sie versuchte, das den Nykken zu sagen, brachte aber keine Silbe über die Lippen. Eine der Gestalten lachte, als Feja hilflos die Schultern zuckte. Die andere erhob sich aus dem Wasser. Sie schien dabei zu wachsen, während der Wasserstand des Baches gleichzeitig fiel. Die Nykke blickte ernst auf Feja hinab und wies auf eine gekrümmte Bergspitze, die plötzlich ganz nah schien. Feja meinte, die Kälte des Schnees zu spüren, und schreckte hoch. Das Feuer war ausgegangen, und Meister Adach lehnte mit dem Rücken an einem Stein und schnarchte leise. Feja sprang auf. Die gekrümmte Bergspitze! Sie starrte in Richtung der Berge, doch war die Wolkendecke dicht und verbarg die Gipfel vor ihr. Sie weckte Meister Adach und erzählte, was sie gesehen hatte.

»Gekrümmt? Wir kennen diesen Berg. Eishorn wird er genannt, ewig weiß ist seine Spitze. Eine Richtung haben wir nun, gut, aber vielleicht ist das zu wenig. Es ist nicht schwer, einen Berg zu finden. Doch wo ist der Eingang in das Tal, das er überragt?« Dann kam er nah an Feja heran. »Und du hast sie gesehen? Gleich zwei? Es ist lange her, dass wir ihnen begegneten. Gute Zeiten waren das. Das Land war gesund, es kannte die Asche nicht, die die Fremden aus ihrer Heimat herbrachten. Die Nykken waren stark und wirkten Wunder. Das Maegadha ist wirklich gesegnet.«

Ein verborgener tiefer Schmerz lag in seiner Stimme, und Feja blickte betreten zu Boden. Sie hatte nie darüber nachgedacht, wie es für den Weren sein musste, dass sie Dinge sah, die ihm verwehrt blieben, weil die Utorer vor Jahrhunderten die Alte Magie aus dem Land gebannt hatten.

Plötzlich hatte sie das Gefühl, dass etwas nicht stimmte. Sie hob warnend die Hand und beschwor das Zwielicht. Ihr magischer Sinn spannte sich weit in den Wald hinein, ertastete Bäume, Zweige, Buschwerk, dann einen fliehenden Hirsch mit mächtigem Geweih. Sie hielt den Atem an. Wovor floh dieses Tier? Sie suchte weiter und stieß unvermittelt auf eine gedämpfte Helligkeit, die die Schatten verschlang und die ihre Sinne nicht erfassen konnte. Sie schien langsam auf sie zuzukommen. Mit einem Mal wusste sie, was sie sah. »Da kommen Männer, Flammenzauberer, Meister Adach. Sie haben unser Feuer gesehen. Wir müssen fort. Schnell!«

Skuran Orchon beobachtete die Magier, die um ein erkaltetes Feuer herumstanden und berieten. Die Meme verkündete schließlich: »Wir füllen unsere Wasserschläuche, dann geht es weiter.« Die Soldaten murrten wieder, aber der Leutnant rief sie zur Ordnung und erinnerte sie daran, dass am Ende des beschwerlichen Weges eine hohe Belohnung auf sie wartete.

»Das Kopfgeld auf die Mörderin ist hoch, viel höher als das, was wir bekommen, wenn wir nur den jungen Dimgast zurück zu seinem Vater bringen.«

Unwillkürlich sah Orchon hinüber zu Nerius Dimgast. Der junge Mann wirkte niedergeschlagen. Er hatte sich ihnen ohne

Widerstand angeschlossen. Die Meme hielt es nicht einmal für nötig, ihn zu fesseln. Einige der Soldaten waren der Meinung, dass sie mit der Belohnung für seine »Rettung« zufrieden sein sollten. Ihr Leutnant brannte jedoch darauf, auch Feja zur Strecke zu bringen. Es war offensichtlich, dass er eine Rechnung mit ihr zu begleichen hatte.

Für Skuran Orchon war der junge Dimgast ein Rätsel. Adach und Feja hatten ihn zurückgelassen. Warum war er trotzdem so versessen darauf, ihnen zu folgen?

»Was gab es an der Feuerstelle denn zu sehen?«, fragte er Bruder Hallir, der seinen Schlauch neben ihm in den Bach hielt.

»Ärger, Schwierigkeiten und Verdruss, Meister Orchon, was sonst?«, antwortete der junge Zauberer mit einem Grinsen. »Feja war hier, aber da waren auch andere. Bruder Span meint, dass es wenigstens ein Dutzend Bewaffnete waren, vielleicht auch einige Magier. Sie haben Fejas Fährte aufgenommen.«

»Das sind wirklich schlechte Neuigkeiten. Wie nah sind sie Feja und Adach – und wie weit sind sie uns voraus?«

Wieder grinste Hallir, was Orchon wegen des halb verbrannten Gesichts immer noch schrecklich anzusehen fand. Er sagte: »Wir sind dichter an ihnen dran als sie an Feja.«

»Werden wir sie rechtzeitig einholen?«, fragte Nerius Dimgast.

»Nur wenn wir uns sputen«, rief die Meme und erklärte die kurze Rast für beendet. »Wer Hunger hat, soll auf dem Marsch essen.«

Von da an trieben die Zauberer die Schar ständig an. Auch der Leutnant schien es nun eilig zu haben. Orchon erinnerte sich an die Warnung von Schwester Gabra. Würde der junge Tygram versuchen, Feja zu töten, bevor sie am Ziel waren? Er musste ihn im Auge behalten.

Sie hetzten die Vorberge hinauf. Die Buchen wurden allmählich von Tannen verdrängt, die schließlich hochgewachsenen Kiefern wichen. Die Bäume wurden weniger, und ein kalter Ostwind ließ Orchon frösteln.

»Lauft schneller, dann wird Euch auch warm«, meinte die Meme. Sie schien keine Müdigkeit zu kennen, während der Rotschmied das Gefühl hatte, dass seine Beine jeden Augenblick ihren Dienst versagen könnten. Dann, als sie endlich die Baumgrenze vor Augen hatten, rief sie urplötzlich ein scharfes »Halt!«.

Orchon lehnte sich stöhnend gegen den nächsten Baum. »Was ist? Machen wir endlich Rast?«

»Vielleicht für immer«, flüsterte die lange Gabra. Orchon bemerkte erst jetzt den Dolch in ihrer Hand. Auch die anderen Magier hatten ihre Waffen gezogen. Leutnant Tygram stieß ein gekeuchtes »Macht Euch kampfbereit, Männer« hervor.

Orchon entdeckte erst jetzt die dunkle Reihe der Männer, die ein Stück oberhalb auf offenem Hang auf sie zu warten schienen. »Soldaten?«, fragte er besorgt.

»Königliche Gardisten«, erklärte Hallir grimmig. »Und ich sehe auch zwei oder drei rote Roben.«

Orchon blinzelte. Gegen den hellen Himmel sah er nicht viel mehr als dic dunkle Linie. Er konnte noch Schilde und Speere erahnen, mehr jedoch nicht. Der junge Mann musste gute Augen haben. »Verzeiht, Bruder Hallir, warum stehen sie dort oben auf dem Hang? Ich verstehe nichts von diesen Dingen, aber dort scheint es mir keine Deckung zu geben.«

»Leider gibt es dort auch keine Schatten. Sie wissen offenbar, wer wir sind.«

»Wir wissen auch, wer die sind, Leutnant«, sagte der Unterführer der Soldaten, ein altgedienter Kämpe, der ganz in der Nähe stand. »Es sind Männer des Königs. Wir werden nicht gegen sie kämpfen.«

»Denkt an das Kopfgeld, Mann!«, fuhrt Tyrbull Tygram ihn an.

»Das tue ich, Herr. Ich denke an das Kopfgeld, das man auf mich aussetzen wird, wenn ich meine Waffe gegen die Garde erhcbc.«

»Ich zähle dreizehn«, sagte die Meme. »Drei sind vom Flammenorden, doch einer von ihnen ist sehr jung, wahrscheinlich ein Schüler.«

»Wir werden nicht gegen sie kämpfen«, verkündete der Unterführer, und die anderen Soldaten nickten.

»Wollt Ihr mich im Stich lassen?«, fuhr sie der Leutnant an.

»Wir sind weit mit Euch gewandert, Herr. Aber ich sage, wir nehmen den jungen Dimgast und kehren um. Der Graf wäre sicher nicht erfreut, wenn wir hier einen Krieg mit dem König anfingen.«

Tyrbull Tygram nannte sie Feiglinge, doch die Männer ließen sich dieses Mal nicht umstimmen.

»Was jetzt? Wollt Ihr mit denen da oben verhandeln, Meme?«, fragte Orchon.

»Worüber? Sie wollen Feja, aber sie dürfen sie nicht bekommen. Wir wollen zum Mara-Tir, und sie versperren uns den Weg. Ich sehe keinen Raum für eine Übereinkunft.«

»Sie haben uns noch nicht angegriffen, oder?«

»Das ist allerdings wahr, Meister Orchon.« Die Meme starrte hinüber zu der unbeweglichen Mauer aus Bewaffneten und Zauberern. »Warum geht Ihr nicht hinüber und fragt sie, was sie wollen, Orchon?«

»Ich?«

»Sie werden Euch schon nicht gleich umbringen.«

»Und wenn doch?«

»Hätte ich mich wohl geirrt«, sagte die dunkelhäutige Zauberin mit einem hintergründigen Lächeln.

»Was soll ich denn sagen?«

»Haltet sie einfach etwas hin.«

»Ich gehe«, sagte Nerius Dimgast plötzlich.

»Ihr?«, fragte die Meme verwundert.

»Ich will auch nicht, dass ihnen Feja in die Hände fällt. Außerdem bin ich von Stand. Sie werden mich eher respektieren als einen werischen Schmied.«

»Das kann ich nicht zulassen«, rief der Leutnant, der wohl um seine Belohnung fürchtete.

Die Meme beachtete ihn gar nicht. »Gut, Junker Nerius, geht, fragt nach ihrem Anführer und haltet sie einfach ein wenig hin. Vergesst nicht, einen Tannenzweig als Zeichen des Unterhändlers mitzunehmen.«

Der junge Dimgast brach einen Zweig von der nächsten Tanne und reckte ihn deutlich sichtbar in die Höhe, während er langsam den Hang hinaufstieg.

»Wenn Eure Männer schon nicht kämpfen wollen, leihen sie uns dann wenigstens ihre Bogen?«, fragte die Meme.

Der Leutnant nickte mit verkniffener Miene. Sie hatten nur zwei, die Span und Gabra an sich nahmen.

»Was habt Ihr vor?«, fragte Orchon, der ihren Unterhändler nicht aus den Augen ließ. Die klare Bergluft trug weit, und er verstand ungefähr, was dort oben gesprochen wurde. Einer der Zauberer und einer der Gardisten, vermutlich ihr Hauptmann, traten etwas aus der Reihe. Sie erklärten, dass niemand außer den Dienern des Königs das Recht habe, sich hier aufzuhalten. Sie verlangten von Nerius, dass seine Schar die Waffen niederlege und sich ihrer Gnade ausliefern solle.

Unter den Kiefern schlichen Span und Gabra geduckt zur Seite. Bruder Hallir suchte Deckung im Schatten eines mächtigen Stammes und schien seine magischen Kräfte zu sammeln. Die Meme stand plötzlich neben Orchon, ihren Dolch in der Hand. Doch zeigte sie sich recht offen.

»Was habt Ihr vor?«, fragte er leise.

»Diese Männer wissen, dass wir Dunkelheit oder Schatten brauchen, um zu zaubern, und fühlen sich dort oben sicher. Sie ahnen offenbar nicht, dass wir auch einen Pfeil in einem Schatten verbergen können. Und sie wissen nicht, dass ich eine Sturmmagierin geworden wäre, wenn dieser Orden Frauen in seinen Reihen dulden würde. Und jetzt schweigt und haltet den Kopf unten. Es wird unter diesen Bäumen gleich heiß hergehen.« Sie gab dem Leutnant ein Zeichen, das der aber nicht verstehen wollte. »Eure Männer sollen sich verteilen und Deckung suchen, sobald Nerius die Kiefer dort erreicht.«

Erst jetzt bemerkte Orchon, dass die Verhandlungen zu Ende waren. Nerius stieg den Hang langsam wieder hinab. Die Männer oben rückten enger zusammen und nahmen die Schilde hoch. Offenbar rechneten sie nicht damit, dass ihre Gegner sich einfach ergaben.

Nerius ging nicht besonders schnell. Dann erreichte er die ersten Bäume. Die Meme stieß einen leisen Pfiff aus.

Orchon hörte das zweifache Sirren einer Sehne. Etwas flog durch die Lüfte. War das ein Pfeil? Er sah einen beinahe unsichtbaren Schatten die Bergluft zerteilen. Ihm folgte ein zweiter. Oben stieß jemand einen Warnruf aus. Der Anführer der Feuermagier reagierte. Orchon sah seine Hände aufleuchten, als wolle er Flammen schleudern, doch dann zuckte der Magier zusammen, als ein Pfeil durch seine Kehle fuhr. Der Hauptmann riss den Schild hoch und duckte sich, aber der Schatten flog tief und bohrte sich in seinen Oberschenkel. Er ging in die Knie, sein Schild sank, und ein weiterer Pfeil durchschlug seinen Helm.

Dann brüllte jemand, und rot glühte es in der Reihe der Gardisten auf. Feuer schoss den Hang hinab. Orchon warf sich zu Boden. Gleißende Helligkeit fuhr unter die Bäume und explodierte in einem Feuerball. Holz barst, und Männer schrien. Orchon spürte, wie die Hitze ihm das Haar versengte. Die Meme sprang aus ihrer Deckung und schleuderte einen Blitz in die Reihen ihrer Gegner. Auch dort schrien Männer vor Schmerz. Ihre Ordnung wankte, und Pfeile schossen durch die Lücken des Schildwalls und streckten Gardisten nieder. Ein zweiter Feuerball raste dicht über Orchon hinweg. Es zischte und krachte, Soldaten brüllten, warfen ihre Waffen fort und rannten brennend davon. Der Wald schien in Flammen zu stehen. Orchon kam auf die Beine. Zu seinen Füßen lag ein Mann und heulte vor Schmerz, weil seine Rüstung brannte. Ohne nachzudenken, riss der Rotschmied sich den Umhang von der Schulter und versuchte, die Flammen zu ersticken. Nerius kam hinzu und half ihm.

Orchon sah plötzlich Bruder Hallir oben auf dem Hang. Wie war er so schnell dort hingelangt? Hallir rang mit dem zweiten Zauberer und rammte ihm schließlich seine Klinge in den Leib. Die Glut, die in den Händen des Feuermagiers leuchtete, erstarb. Drei Soldaten lösten sich aus der Formation und griffen den Graumagier an. Gabra streckte den ersten mit einem Schattenpfeil nieder. Ein zweiter Blitz ließ den Schildwall wanken. Span kam Hallir zu Hilfe. Die Reihe der Gardisten begann, sich aufzulösen. Meme Salmango stürmte den Hang hinauf. Leutnant Tygram war an ihrer Seite. Er brüllte: »Zum Angriff!«, doch keiner seiner Männer folgte ihm. Orchon sah Hallir stürzen. War er getroffen? Der Rotschmied riss sein Messer heraus, brüllte, stolperte vorwärts, fiel und rutschte den Hang ein Stück hinunter. Als er wieder auf die Beine kam, sah er Gardisten davonrennen. Gabra tauchte zwischen den Bäumen auf und ließ Pfeil auf Pfeil von der Sehne schnellen.

»Lasst keinen am Leben!«, schrie die Meme und stieß einem der Gewappneten ihren Dolch in die Brust. Es war der Letzte, der noch gekämpft hatte. Der Kampf war entschieden.

Endlich hatte ein scharfer Ostwind die Wolken vertrieben, und die Mondberge standen klar und mächtig vor dem blassblauen Herbsthimmel. Feja blieb stehen und konnte nicht anders, als diesen Anblick zu bewundern. Sie drehte sich um. Nur vereinzelt ragten hier Kiefern in die Höhe. Aber gar nicht weit unterhalb drängten sich Tannen dicht an dicht, wurden bald von Eichen und Buchen abgelöst, und dann schien sich der Langwald bis in die Unendlichkeit zu erstrecken. Feja hielt Ausschau nach dem Frosmorach, doch das Moor lag unter Dunstschleiern verborgen, ungestört von diesem Wind, der sie frösteln ließ. Im Westen meinte sie für einen Augenblick, Feuerschein zu sehen, aber als sie länger hinsah, war er verschwunden.

»Dort wartet das Eishorn«, verkündete Meister Adach und wies voraus.

»Erinnert Ihr Euch wieder an den Weg?«

Der Were schüttelte den Kopf. »Doch wir haben eine Richtung. Alles Weitere wird sich finden.«

Feja kamen diese Berge fremd vor … nein, nicht nur fremd, sondern abweisend wie bei ihrem letzten Besuch. All die grauen Hänge wirkten wie eine Mauer, die der Höhenzug zwischen sie und ihr Ziel gezogen hatte.

»Ich glaube, ich war noch nie so weit östlich«, sagte sie.

»Die Lücke dort in der Kette der Berge verrät den Murgatpass, dahinter beginnen die Höhen, die die Aschlinge Steinjoch nennen, als würden Berge das Land unterdrücken. Wir erinnern uns, diesen Weg gegangen zu sein, vor langer Zeit und danach wieder. Aber nicht, um zum Mara-Tir zu gelangen. Er liegt auf dieser Seite, wenn unsere Erinnerungen uns nicht täuschen.«

»Wir haben wieder Gesellschaft«, stellte Feja fest, als sich ein Wolf auf dem Hang zeigte.

»Es folgt uns schon ein anderer den ganzen Morgen. Sie werden uns nicht mehr aus den Augen lassen, denn wir nähern uns dem Ziel. Und dort oben, der Rabe – auch er ist ein Wächter.«

»Leider können wir sie nicht nach dem Weg fragen. Die Nykken haben sich auch nicht mehr blicken lassen, obwohl wir am Wasser gelagert haben.«

»Nicht jede Nykke redet mit Gauchen«, stellte Adach fest. »Vertrauen wir auf unser Glück. Dann werden wir den Pfad finden.«

Feja war davon längst nicht so überzeugt wie Meister Adach. Sie wanderten weiter nach Osten. Bald verstellten andere Berge die Sicht auf das Eishorn. Am Abend zählte Feja schon vier Wölfe. »Sie wachen nur, werden uns nichts tun«, behauptete der Kräutersammler.

»Und wenn wir dem Geheimnis näher kommen?«

Meister Adach kratzte sich am Hinterkopf. »Dann vielleicht doch.«

»Wunderbar«, seufzte Feja. »Sobald wir von Wölfen zerfleischt werden, wissen wir, dass wir kurz vor dem Ziel sind.«

Der Were starrte zu den kalten Gipfeln hinauf. »Wir erinnern uns einfach nicht. *Sie* hat uns die Erinnerungen genommen. Das muss es sein.«

Feja wandte sich ab und blickte über die endlose Fläche des Waldes, der schon hie und da in herbstlichen Farben leuchtete. Plötzlich fiel ihr Blick auf drei rote Flecken, die in der Abendsonne leuchteten.

»Seht nur!«, rief sie. »Drei einzeln stehende Felsen!« Ja, es waren ohne Zweifel drei hohe Felsen, die dort, weit unter ihnen, den Wald überragten.

»Ha! Wir wussten es!«, jubelte Meister Adach.

»Wir müssen doch nicht etwa wieder da hinunter, oder?«

Der Were starrte lange hinüber. Die Sonne sank im Westen und spielte mit den Farben der Felsen und des Waldes.

»Nein«, sagte er endlich. »Der Pfad führte von dort in die Berge. Irgendwo hier bricht ein Bach aus dem Felsen. Er führt uns zur Hüterin.«

Die Sonne versank, aber Galtara, der Lebensmond, warf weißes Licht auf die Berge und überstrahlte das blaue und rote Leuchten von Afa und Brunas. Keine Wolke trübte den Himmel, und Feja wollte gerne glauben, dass die Monde auf ihrer Seite waren, wie Meister Adach behauptete, der vor ihr über den steilen Hang hastete. Vergeblich mahnte sie ihn zur Vorsicht. Sie folgten einem Pfad, der für Gämsen gemacht war, nicht für Wanderer, und selbst die Wölfe schienen ihn nur zögernd zu betreten. Endlich gelangten sie auf eine bucklige Wiese, und die wiederum wurde von einem schnell fließenden Bach zerschnitten. »Das ist er«, flüsterte Adach und sank auf die Knie. »Ich rieche und schmecke es. Es ist der Bach, aus dem ich als Knabe trank.«

Feja bemerkte sogleich, dass er nicht länger von sich in der Mehrzahl sprach. Hieß das, dass er sich nun einer eigenen Erinnerung sicher war? »Wie geht es weiter?«

»Dem Lauf nach, daran erinnern wir uns.« Der Moment der Klarheit schien schon wieder vorüber. Sie liefen die abschüssige

Wiese hinauf, bis es an einem Wasserfall nicht weiterging. »Und jetzt?«

Der Were stand vor dem hohen Felsen, der sich unüberwindbar in die kalte Gebirgsluft reckte. »Wir wissen es nicht.«

Feja hörte ein leises Kratzen. Sie fuhr herum. Sieben Wölfe schlichen geduckt über die Wiese. »Meister Adach …«, sagte sie leise.

Der Were drehte sich um und ging den Wölfen einige Schritte entgegen. Er schrie in werischer Sprache mehrere Worte, von denen Feja nur *Adach* und *Ganamon* verstand. Die Wölfe knurrten, wichen ein paar Schritte zurück, doch sie verschwanden nicht. Feja nahm ihren Bogen zur Hand.

»Es sind ihre Wächter, Maegadha, wir dürfen ihnen nichts tun.«

»Aber wir können uns auch nicht von ihnen zerfleischen lassen.«

»Weißt du keinen Zauber?«

»Keinen, der ein Tier auf Dauer vertreibt.«

»Feuer!«, rief der Were. »Mit Feuer schlagen wir sie in die Flucht.«

»Mit Feuer verraten wir auch dem halben Land, wo wir sind. Vielleicht … wenn wir den Weg finden …« Sie beschwor die Dunkelheit. Das Land wurde grau. Die Wölfe wurden zu flackernden Schatten mit laut schlagenden Herzen. Der Bach rauschte in ohrenbetäubendem Lärm zu Tale, und der Felsen stand undurchdringlich und schwarz zwischen ihr und ihrem Ziel. Doch halt – was war das? Unter dem Wasserfall … da war etwas Seltsames. Nicht der harte Stein, den sie erwartet hatte, nein, etwas Weiches und gleichzeitig Undurchdringliches. »Dort«, flüsterte sie. »Dort hinter dem Fall versperrt Magie unseren Weg.«

»Das ist der Pfad? Ja, er muss es sein. Doch wenn er uns versperrt ist …«

Feja trat an den Wasserfall heran. »Vielleicht kann ich diesen Schleier durchdringen.«

»Nein, Maegadha! Er wurde mit gutem Grund gewoben!«

»Aber es ist der einzige Weg.«

»Nein, wir können umkehren. Sie will uns nicht sehen. Sie will den letzten Ganamon von Edun nicht empfangen. Sie ist grausam, doch sie ist die Hüterin, die Herrin vom Mara-Tir. Ihr gehorchen die Wölfe, die Raben und die Berge. Auch wir müssen gehorchen. Sie weist uns ab.«

»Ich bin nicht so weit gegangen, um jetzt aufzugeben«, rief Feja. Entschlossen trat sie in den Fall hinein. Das eiskalte Wasser raubte ihr den Atem. Sofort verschwanden die beschworenen Schattenbilder. Blind tastete sie nach der Magie, fand aber nur nasse Felsen. »Natürlich eine Täuschung«, murmelte sie, presste sich gegen die ausgewaschene Wand und verfluchte das Wasser, das ihren Zaubern Feind war. Sie schloss die Augen, blendete die warnenden Rufe des Kräutersammlers und das eiskalte Wasser aus und beschwor die Dunkelheit unter ihrer Handfläche. Ja, da war er. Der magische Schleier, nachgiebig, aber undurchdringlich wie Fels, und doch musste sie hindurch. Sie tastete mit ihren Sinnen über das falsche Gestein und fand plötzlich einen Spalt. Genau dort trat der Bannzauber aus dem Stein hervor. Sie ließ die Dunkelheit hineinfließen. Der Stein ächzte, und auch Feja stöhnte vor Anstrengung, und dann schien etwas mit einem lauten Knall zu zerreißen. Feja öffnete die Augen. Vor ihr tat sich ein schwarzes Loch auf.

Benommen von der Anstrengung trat sie durch den Wasserfall wieder ins Freie. Die Wölfe waren bedrohlich nahe gerückt. Der Kräutersammler beschimpfte sie und schwenkte drohend sein kurzes Messer.

»Der Weg steht uns offen, Meister Adach. Kommt Ihr?«

Er schien mit sich zu kämpfen, schüttelte den Kopf, dann murmelte er einen werischen Fluch und folgte ihr in die Finsternis hinter dem Fall.

Mornir Gyltorn fühlte sich unwohl, als er durch die schmale Pforte trat. Trewe hatte ihn auf verschwiegenen Wegen bis zum Stapelplatz vor den Mauern der Stadt geführt, und nun stand er im Haus eines Mannes, der Gold von ihm forderte, und fürchtete die Dinge, die nun kommen mussten.

Ilar Dures erwartete sie in einer niedrigen Kammer. Hinter ihm stand ein riesenhafter Mann mit einem furchteinflößend großen Schwert am Gürtel. Der Hüne betrachtete Gyltorn mit einer Geringschätzung, die dafür sorgte, dass der sich gleich noch kleiner und unwohler fühlte.

»Sieh an, der Mann, der trotz angeblich leerer Schatztruhen ein so nobles Kopfgeld auf die Hexe ausgesetzt hat, hat sich endlich meiner erinnert. Einige unserer Leute haben sich schon aufgemacht, sich diesen Batzen Gold zu verdienen. Leider haben sie viel Zeit totzuschlagen, seit der König aus unbegreiflichen Gründen die Aschfahrten verboten hat. Deshalb bin ich erfreut, dass Ihr offenbar einen Weg gefunden habt, unser Geschäft voranzutreiben«, sagte der Händler, von dem sie so viele überteuerte Pergamente erworben hatten. »Ich war schon besorgt, dass ich mein Wissen doch an die Feuermagier verkaufen müsste, aber Ihr scheint wieder flüssig zu sein. Ich denke, ein Pfund Silber an jedem Eorthatag wäre ein guter Anfang. Dafür bekommt Ihr alle Schriften, die ich sonst nicht loswerde. Zahlt Ihr in Silber oder Gold?«

»Die Sache ist die«, erwiderte Trewe auf Gyltorns Nicken hin, »dass wir eigentlich hier sind, um zu borgen, nicht, um zu zahlen.«

Der Händler runzelte die Stirn. »Das ist ein schlechter Scherz, selbst für einen Halb-Weren wie Euch, Trewe. Ich verleihe kein Geld.«

»Ich weiß, dass Ihr über große Summen verfügt, Meister Dures. Und es wäre Euer Schaden nicht, schließlich hat mein Herr beträchtlichen Einfluss am Königshof.«

»Dann soll er den König um Geld bitten. Vielleicht leiht der ihm …«

»Gibt es nichts, was Euch umstimmen könnte?«

Dures schüttelte düster den Kopf. »Ich weiß nicht, was Ihr Euch gedacht habt, Trewe. Ihr habt doch gewiss Erkundigungen über mich eingezogen. Habt Ihr da je gehört, dass ich ein Wechsler sei?«

»Nein, aber ich wünschte wirklich, es wäre so.« Trewe wandte sich Gyltorn zu, so als wolle er sagen, dass es ihm leidtue, aber dann zog er den am Rücken verborgenen Dolch aus der Scheide, sprang auf den Tisch und rammte Dures den Knauf hart ins Gesicht. »Wir zahlen in Stahl«, sagte er kalt.

Der Pergamenthändler heulte auf und taumelte vom Stuhl. Der Riese hinter ihm brüllte, zog sein Schwert und holte zu einem mächtigen Schlag aus. Dabei verfing sich die Klinge in einem der Schränke, sodass er sie mit einem lauten Schrei aus dem Holz riss und erneut schwang. Trewe tauchte leichtfüßig unter der Waffe hindurch und stieß dem Leibwächter sein Messer in den Unterleib. Der Hüne brüllte wieder, gab sich jedoch noch nicht geschlagen. Er ließ das Schwert fallen und packte Trewe am Hals. Gyltorn riss seinen Zierdolch aus dem Gürtel, kam aber in der engen Kammer nicht an die Kämpfenden heran. Gebannt sah er zu, wie Trewes Schädel rot anlief, als sein Gegner ihm langsam die Luft abdrückte. Immer wieder stach Trewe auf den Riesen ein, doch der hielt stur seinen Hals gepackt, obwohl das Blut in Strömen aus seinem Unterleib floss. Endlich krampfte der ungeschlachte Leib, der Griff lockerte sich, und Dures' Leibwächter sackte zu Boden.

Der Händler selbst kauerte mit zerschmetterter Nase in der Ecke der Kammer und sah zu, wie sein Beschützer fiel. »Seid Ihr von Sinnen?«, schrie er. Draußen polterten Schritte herbei. Die Tür flog auf. Der Mann, der ihnen die Pforte geöffnet hatte, stürmte herein und lief geradewegs in Trewes Messer. Es knirschte, als es durch seine Rippen ins Herz drang. Der Mann war sofort tot.

Trewe stützte sich auf seine Oberschenkel und rang nach Luft. Dann bewegte er sich langsam auf den Händler zu. »Also«, sagte er keuchend, »werdet Ihr mir freiwillig sagen, wo Ihr Euren sagenhaften Reichtum versteckt, oder muss ich das Geheimnis aus Euch herausschneiden?«

Ilar Dures schüttelte den Kopf. »Ihr seid des Wahnsinns! Wisst Ihr nicht, dass ich zur Gilde der Aschfahrer gehöre?«

Trewe seufzte und wandte sich an Gyltorn. »Es ist besser, wenn Ihr geht, Herr. Ich werde später nachkommen.«

»Und die Leichen?«, fragte Gyltorn leise.

»Wir machen es wie im Langwald. Die Waffe des einen wird im Leib des anderen stecken«, lautete die schlichte Antwort. »Wenn man die Toten denn jemals finden sollte …«

Noch nie hatte Feja eine so große Höhle gesehen. Selbst eine Horde Riesen hätte darin Platz gefunden. Im Licht ihrer armseligen Fackeln konnte sie kaum die Decke erkennen, und sie war froh, als die Finsternis hinter ihr lag und sie wieder ins Freie trat. Meister Adach weigerte sich weiterzugehen.

»Sicher schickt die Hüterin einen Boten, der uns geleitet oder zurückweist. Es wäre nicht klug, in ihr Reich vorzudringen.«

Also schlugen sie für die Nacht ein Lager auf, aber Feja tat kein Auge zu, weil tausend Gedanken sie bestürmten. Sie war fest entschlossen, sich nicht abweisen zu lassen, ganz gleich, was irgendein Bote sagen würde. Bis zum Morgen kam niemand. Auch bis zum Mittag ließ sich kein Abgesandter der Herrin vom See blicken, und schließlich überzeugte Feja den Weren, dass es Zeit war, sich auf den Weg zu machen. Dieser führte sie aus einem steinigen Tal steil nach oben. Sie umrundeten einen Bergkegel und dann noch einen auf schmalen Pfaden, überquerten eine Bergwiese und umgingen einen weiteren Berg. Dann, die Sonne senkte sich schon im Westen, stieß Meister Adach einen Ruf aus, deutete voraus, und Feja erblickte endlich das Ziel ihrer Reise. In einem kargen ovalen Tal schimmerte ein kristallklares Gewässer. Dies war das Tal, das ihr die Nykken im

Traum einmal gezeigt hatten, nur dass es hier keinen See gab, sondern bloß einen Teich. »Das ist er? *Das* soll der legendäre Mara-Tir sein?«

Adach starrte hinüber. »Er war größer früher.«

Jetzt sah Feja es auch: Der Boden des weiten Ovals zu ihren Füßen wirkte ausgewaschen. Der See musste einst das ganze Tal gefüllt haben, von ihrer Seite bis zu einer Höhle, deren Eingang sich am anderen Ende abzeichnete. Doch wo einst wohl nur ein schmaler Streifen Land das Ufer gebildet hatte, breitete sich jetzt eine karge Weide aus. Schafe drängten sich im vorderen Teil des Tals, durch ein langes Gatter vom hinteren Teil des Kessels getrennt, in dem Feja zwei Hütten erblickte, die ein gutes Stück voneinander entfernt standen. Ein kleines Feuer brannte vor der einen, und ein Topf hing über den Flammen.

Dann erspähte Feja eine Frau mit einem großen Krug in der Hand, die durch ein kleines Tor im Gatter ging. Sie schloss es sorgfältig wieder und näherte sich einer Treppe, die an der Seite steil in den Felsen führte. Dort war eine Rinne in den Stein gehauen, sie führte die Felsen hinab bis zu einem Trog für die Schafe. Die Frau öffnete eine hölzerne Klappe, füllte den Krug und stieg wieder die Stufen hinab.

»Warum nimmt sie das Wasser nicht einfach aus dem Teich?«, fragte Feja verblüfft.

Adach verdrehte die Augen und schüttelte den Kopf. »Nur die Hüterin darf Wasser aus dem See nehmen. Es ist heilig und viel zu kostbar für uns Sterbliche.«

»Und warum leiten sie das Wasser aus dieser Rinne nicht hinein? Er wäre schnell wieder gefüllt.«

»Dummes Maegadha! Hat es nicht zugehört? Heiliges Wasser, Tränen von Edamara selbst, unverfälscht und rein, die letzte Quelle der Magie, die uns Weren offensteht.«

»Und wenn es regnet oder schneit?«

»Tut es nicht, nicht an diesem Ort, seit Jahrhunderten nicht. Doch weiter jetzt. Sie wollen uns nicht bemerken. Vielleicht sind wir aber auch gar nicht wirklich hier. Vielleicht sind wir gestorben und wandeln als Geister unter dem Licht der Monde.«

»Nur wenn Geistern vom langen Wandern die Füße schmerzen können«, murmelte Feja und folgte ihm den Pfad hinab.

Meister Adach stieß einen lauten Ruf aus. Die Frau mit dem Krug war schon wieder am Feuer. Sie spähte zu ihnen herüber und rief etwas Richtung Hütte. Im Eingang erschien ein Mann. Er starrte sie an, verschwand gleich darauf im Inneren und kam mit einem Bündel Wurfspeere in den Fäusten wieder heraus. Ein zweiter, jüngerer Mann war bei ihm. Die beiden rannten zum Gatter, während die Frau zur zweiten Behausung eilte.

Feja ging mit Adach hinab auf die Weide. Die Schafe beachteten sie nicht. Die beiden Männer jedoch hatten sich drohend am Gatter aufgebaut. Der ältere brüllte etwas auf Werisch. Adach gab ruhig Antwort. Feja verstand, dass er ihre friedlichen Absichten betonte. Der Were meinte, sie sollten sich davonscheren. Adach hielt dagegen, er sei ein Ganamon und habe das Recht, den Mara-Tir zu besuchen.

Der Graue sagte etwas in der Art, dass Adach sein Recht verwirkt habe, da er ohne Einladung und an der Seite einer Gaucha heiligen Grund betreten habe. Es ging eine Weile hin und her, dann hatte Feja genug. Sie trat ein paar Schritte vor und rief: »Ich bin Feja aus dem Langwald, geboren dort, wo der große Drache Wyrmoch starb. Ein Schicksalskundiger Eures Volkes, ein Norn, sagte mir, jeder Were in Edun würde mir helfen, da es mir gelungen sei, ein Loch in jene Wand zu schlagen, mit der die Aschling-Zauberer die Alte Magie von Euch fernhalten.« Sie wandte sich an Adach. »Könnt Ihr das übersetzen?«

»Das scheint nicht nötig zu sein. Diese Weren kennen die Welt außerhalb des Tales. Sieh nur, wie die beiden flüstern und nicht wissen, was zu tun ist.«

Die Frau trat zu den beiden. Sie redete leise mit dem Älteren. Der nickte grimmig und rief: »Ihr seid nicht willkommen.

Kehrt um, oder wir zwingen euch dazu.« Er war es offenbar nicht gewohnt, Utorisch zu sprechen, denn er schien die richtigen Worte suchen zu müssen.

»Das soll mir die Hüterin dieses Gewässers selbst sagen«, erwiderte Feja.

»Sie entscheidet, zu wem sie spricht – und mit einer Asch-ling-Hexe will sie nicht reden.«

»Dann warte ich, bis sie es sich anders überlegt.«

»Nötigt uns nicht, Gewalt anzuwenden!«

»Versucht es, und Ihr werdet feststellen, dass es nicht so leicht ist, eine Schwester des Grauen Ordens zu etwas zu zwingen.«

Der Alte starrte sie feindselig an, dann schickte er den Jungen fort. Der rannte zur Hütte, verschwand und trat bald wieder hervor, doch war er nicht allein. Eine alte Frau war bei ihm. Sie war von gedrungenem Wuchs und stützte sich auf einen dicken Stab. Im Schein der tief stehenden Sonne leuchteten zwei dicke weiße Zöpfe, die ihr bis über den Gürtel reichten. Sie hinkte, hielt aber Schritt mit dem jungen Mann, der sie zum Tor geleitete. Als sie näher herangekommen war, sagte sie etwas auf Werisch. Ihre Stimme klang rau und tief.

»Sie sagt, du bringst Unglück und Tod. Du bist nicht willkommen«, flüsterte Adach.

Feja betrachtete die Alte fasziniert. Sie war nicht viel größer als die Pfosten des Gatters, das die Schafe vom heiligen See fernhielt, und doch fand Feja sie beeindruckend. Ihr Gesicht war überraschend glatt und die Stirn mit einer verwitterten blauen Schlange geschmückt. Ihre Augen leuchteten durchdringend grau, und Feja hatte das Gefühl, dass sie bis auf den Grund ihrer Seele schauten.

»Ich gehe nicht fort, bis ich mein Anliegen vorgetragen habe«, erklärte sie tapfer.

Die Alte erkundigte sich bei dem älteren Weren, der an ihrer Seite jung wie ein Knabe wirkte, und er übersetzte rasch. Sie gab mit rauer Stimme eine Antwort.

»Dann sag, was du willst, Gaucha«, erklärte der Übersetzer.

»Meister Adach, der hier neben mir steht und ein Ganamon Eures Volkes ist, erzählte mir von diesem Ort. Er sagte, ich solle hierher gehen, wenn ich mehr über das Wesen der Magie erfahren wolle. Und das will ich, ehrwürdige Hüterin. Ich habe begonnen, die Zauberei der Grauen Magier von Braake zu lernen, doch führen die Wege ihrer Kunst in die Finsternis, und ich will sie nicht länger gehen. Ich will von Euch lernen.«

»Sie fragt, wieso du glaubst, dass sie eine Fremde unterrichten würde«, erklärte der Mann nach einem kurzen Wortwechsel mit der Alten.

Feja wiederholte noch einmal, was Meister Hrellech, der Norn, gesagt hatte, und dass er ihr die Hilfe aller Weren in Aussicht gestellt habe. »Und ich brauche Beistand«, fuhr sie jetzt fort. »Ich werde zu Unrecht schlimmer Verbrechen bezichtigt, und mein Leben ist abseits dieser Berge in Gefahr. Ich kann nicht zurück.«

»Der Norn kann sagen, was er will, aber die Alderlane kann wiederum tun, was sie will. Sie ist nicht an seine Worte gebunden, und nicht sie ist es, die dich beschuldigt. Sie riecht die Hexerei der Gauchen an dir und sagt, dass du dadurch verdorben bist. Du hast das Schloss aufgebrochen, das seit Jahrhunderten diesen Ort schützt. Die Wölfe haben uns gewarnt. Du bist eine Diebin, die diesem Ort den Frieden stiehlt. Du bringst Veränderung und Verderben. Sie wird dich nicht unterrichten«, lauteten die harschen Worte aus dem Munde des Übersetzers. Die Alte drehte sich um und humpelte davon. »Du hast deine Antwort«, sagte ihr Sprecher. »Nun musst du gehen, Gaucha.«

Feja schüttelte den Kopf. »Heute mag sie Nein sagen, aber die Nacht wird ihre Meinung vielleicht ändern, und morgen sagt sie Ja. Wenn nicht, werde ich übermorgen wieder fragen und am Tag darauf erneut. Ich werde fragen, bis sie Ja sagt. Und wenn es bis ins nächste Frühjahr dauert. Das solltet Ihr Eurer Ganesa ausrichten.«

Der Alte starrte sie eine Weile stumm an. Dann gab er dem Jüngeren einen leisen Befehl und ging zu den Feuern zurück, wo er kurz mit der Frau und einem weiteren Kind sprach. Feja sah ihn in der Hütte der Hüterin verschwinden. Der Jüngere blieb am Gatter, einen Jagdspeer in der Hand, und starrte sie feindselig an.

»Es ist nicht klug, sich der Herrin vom See zu widersetzen«, flüsterte Meister Adach. »Sie verfügt über große Macht.«

»Wirklich? Ich spüre nichts davon«, sagte Feja wütend und enttäuscht über den Verlauf dieser Begegnung. Warum wollte diese Frau ihr nicht helfen? Warum redete sie von Tod und Verderben? Das hatte sie doch hinter sich gelassen. Niemand würde ihr durch den Wasserfall folgen, und kein Verhängnis würde sie hier finden.

Und was war mit ihren Verdiensten? Sie hatte die Ketten der Alten Magie gelockert, wenigstens ein bisschen. Galt das denn gar nichts? »Wir sollten uns einen Platz für die Nacht suchen. Vielleicht in einer ruhigen Ecke, weit weg vom Gatter und vielleicht nicht genau zwischen den Schafen.«

»Das Maegadha will nicht gehen? Der Zorn der Alderlane könnte uns verschlingen.«

»Was bedeutet Alderlane?«

Der Kräutersammler dachte lange nach. »Wir finden kein Wort der Utorer, das es genau trifft. *Die Ewigwährende*, das klingt ihm nahe.«

»Und das ist ihr Name?«, fragte Feja und breitete ihre Decke aus.

»Nein, nur ein Titel, wie sie viele hat. Ihren Namen wissen wir nicht. Sie braucht ihn nicht, sagt ihn niemandem. Vielleicht hat sie ihn selbst vergessen. Sie ist schon lange hier.«

»Glaubt Ihr, sie werden uns angreifen, wenn wir schlafen, Meister Adach?«

Der Were schüttelte den Kopf. »Sie halten ihre Jagdspeere zwar bereit, doch werden sie keinen Streit mit Waffen beginnen. Aber vielleicht kommen andere, die weniger Scheu vor einem Kampf haben.«

»Wir sollten also abwechselnd wachen.«

»Ich werde wachen. Das Maegadha soll schlafen. Vielleicht wohnt auch hier eine Nykke, die Rat weiß.« Er ging, um trockenen Schafsdung für ein Feuer zu sammeln, denn es war bitterkalt in diesem kahlen Kessel. Einige Krähen zogen mit schnellem Flügelschlag über den fast verschwundenen See. Ihr Krächzen klang wie ein Schimpfen.

Feja wollte zunächst ihr halb geleertes Bargan füllen. Sie breitete die Arme aus und suchte den Fliod, den die hoch stehenden Monde spendeten. Doch es gelang ihr nicht. Verglichen mit dem Strom, den sie aus ihrem Lindross schöpfte, war das Fliod der Monde in ihren Augen immer schon nur ein Tröpfeln gewesen; an diesem Abend aber empfing sie gar nichts. Sie schob es auf ihre Müdigkeit, legte sich hin und starrte zu Galtara hinauf, dem Lebensmond, unter dessen Zeichen sie geboren war. »Leben ist Magie – Magie ist Leben«, hatte Meister Caron sie gelehrt. Sie fragte sich, was er wohl jetzt sagen würde. *Vermutlich würde er mich fragen, was ich eigentlich erwartet habe*, dachte sie, *und ich könnte es selbst nicht genau sagen.* Sie war so besessen davon gewesen, diesen Ort zu finden, dass sie kaum darüber nachgedacht hatte, was geschehen würde, sobald sie ihn gefunden hatte.

Jetzt allerdings begriff sie, dass sie gar keine andere Möglichkeit hatte, als hierzubleiben. Unten, in den Niederungen von Edun, hielt man sie für die Mörderin eines Prinzen. Sie musste die Ganesa überzeugen, sie aufzunehmen, wenigstens, bis Gras über die Sache gewachsen war. Als sie die Augen schloss, dachte Feja allerdings, dass es wohl sehr lange dauern würde, bis der Tod dieses Königssohnes in Vergessenheit geraten würde.

Der Wind rüttelte an den winzigen Fenstern. Eines von ihnen schien nicht richtig zu schließen, denn es klapperte unentwegt. Ginnar Dregin lauschte auf das Ächzen und Klappern. Er fand es interessanter als das lange Vorgeplänkel, das sich in der Halle abspielte. Unwillkürlich dachte er an Feja, ihr Lächeln und wie sie einmal an einem kleinen Teich Seite an Seite ruhten, nachdem sie einander geliebt … nein, das waren Spans Erinnerungen! Er wurde sie einfach nicht los. Immer wieder flackerten die Gedanken an sie zur Unzeit auf. Er sammelte sich. Es war ein bedeutender Tag: Das Gericht war endlich zusammengetreten.

Noch drehte sich der Streit nur um Verfahrensfragen. Hochmeister Ferror von den Flammenmagiern wollte den Sturmmagiern nicht den Vorsitz überlassen, sondern diesen dem viel jüngeren Orden der Heiler zuschanzen, was so plump gegen alle Regeln war, dass er schnell scheiterte. Aber vermutlich ging es ihm nur darum, seine Freundschaft zu dem viel belächelten Orden zu demonstrieren.

Dregin nutzte Nemmas Augen, um sich die Männer anzusehen, die hier zu Gericht saßen. Toger Eyrim sah noch verbitterter aus als früher. Meister Hollark von den Wassermagiern wirkte fahrig und überfordert, und Hochmeister Enwart, Oberhaupt der Sturmmagier, blickte so überheblich drein wie eh und je. Prinz Folgar, der im Namen des Königs über das Verfahren wachte, war erstaunlich aufmerksam bei der Sache. Er achtete peinlich genau auf die Einhaltung aller Verfahrensschritte und Formalitäten. Auf Dregins Wink hin entfesselte Meister Bredhir ein endloses Gezerre um die Frage, ob das Gericht nicht doch auf einen Vertreter der Bruderschaft der Erde warten solle. Meister Hollark war, warum auch immer, dafür. Meister Eyrim argumentierte dagegen. Offensichtlich konnte er das Urteil gar nicht erwarten. Dregin fragte sich, ob der Landgraf schon mit ihm gesprochen hatte. Schließlich entschied der Prinz, dass der Prozess auch ohne einen Vertreter der Erdbruderschaft beginnen konnte.

Also erhob sich ein Meister des Feuers und verlas die Anklage. Sie war weitschweifig, aber im Grunde beschuldigten die Feuermagier den Grauen Orden, vorsätzlich zu spät in die Schlacht im Alten Grund eingegriffen zu haben. Dregin nahm das gelassen. Offensichtlich wussten sie immer noch nicht, dass er sie in die Falle gelockt hatte. Die Anklage überraschte ihn also nicht, doch dann kam der Ankläger auf das Strafmaß zu sprechen: »In jener dunklen Stunde starben siebenundzwanzig unserer Brüder an der Seite von achtzig Männern der königlichen Garde. Wir fordern Entschädigung für jeden Einzelnen von ihnen. Die Bruderschaft der Söhne Stors soll daher entrichten … ein Pfund Silber für jeden getöteten Gardisten, zwei Pfund Silber für jeden gefallenen Offizier, ein Pfund Gold für jeden Bruder unseres Ordens, deren fünf aber für Großmeister Robar.«

Ein Raunen erhob sich unter den wenigen Zuschauern, die bei diesem Verfahren zugelassen waren.

Der Prinz unterbrach den Ankläger und fragte nach: »Verfügt der Graue Orden denn über solche Schätze?«

Dregin erhob sich und erwiderte: »Nicht im Entferntesten, Hoheit. Diese Forderung ist ebenso irrsinnig wie die Anklage. Wir haben Robar unsere Unterstützung angeboten, doch er lehnte ab. Ich weiß wirklich nicht, warum wir hier sitzen, und kann Euch in wenigen Sätzen …«

Prinz Folgar hob die Hand: »Dies ist nicht die Stunde der Verteidigung. Bitte beschränkt Euch auf die Beantwortung der Fragen, die Euch von mir als Vertreter des Königs oder einem der Richter gestellt werden, Abot Dregin.«

Der Meister des Flammenordens räusperte sich. »Ersatzweise könnte die Schuld auch durch Landbesitz beglichen werden. Namentlich wären dort zu nennen: drei Salinen bei Tjonde, fünf Landgüter und zwei Gutshöfe nahe Kolm, drei Gutshöfe im Graufenn, ein Gestüt bei Rignar, zwei Fischerboote im Hafen von Braake, die Pacht von vier weiteren Fischerbooten ebendort, des Weiteren Pachterträge von zweihundert Morgen Land am Fuß der Regenberge sowie Niederlassungen des Ordens innerhalb der Stadtmauern von Lente, Isgath, Walbucht, Boddlei und Nargatt, die Mühlen von …« Die Aufzählung ging noch eine ganze Weile weiter. Dieser Mann kannte die Besitztümer des Ordens besser als Dregin selbst. Er sah durch Nemmas Augen, wie selbstgefällig Toger Eyrim lächelte. Er war wirklich tief gesunken, wenn er all diese Dinge verraten hatte.

Mit der Verlesung der Anklage war das Verfahren für diesen Tag schon beendet, und das Gericht vertagte sich um eine Woche. Dregin war nun doch beunruhigt. Er hatte einen geheimen Plan, aber der schien noch nicht zu greifen, und der offengelegte Reichtum seiner Bruderschaft mochte Begehrlichkeiten wecken, mit denen er nicht gerechnet hatte. Drei Zauberer und der Prinz würden am Ende entscheiden. Hollark hatte er in der Hand, Eyrim war gegen ihn, doch wie würde sich Hochmeister Enwart entscheiden?

»Habt Ihr noch einen Augenblick, Abot Dregin?« Es war Enwart, das Oberhaupt der Sturmmagier, der mit ihm sprechen wollte. Dregin schickte Meister Bredhir und Nemma hinaus. »Was kann ich für Euch tun, verehrter Hochmeister? Hat Euer Orden inzwischen eine neue Residenz gefunden? Oder habt Ihr vor, das niedergebrannte Haus wieder aufzubauen?«

»Wir werden das Sturmhaus wieder errichten, aber derzeit findet Ihr uns im Stadthaus der Herzöge von Nargatt, wie Ihr ohne Zweifel bereits wisst. Doch lassen wir das. Euch ist bewusst, dass meine Stimme in diesem Prozess die ausschlaggebende sein wird, oder?«

Immerhin redete der Mann nicht lange um den heißen Brei herum. »Ihr könntet Euch auch enthalten, dann fiele diese Entscheidung Prinz Folgar zu«, gab Dregin zur Antwort.

»Ich bezweifle, dass das zu Eurem Vorteil wäre, Dregin. Seht, ich will gleich zur Sache kommen … Der Flammenorden will Euch auf diesem Wege offenkundig ruinieren. Ein mittelloser Orden ist ein machtloser Orden. Wir Sturmmagier haben aber durchaus Interesse daran, dass das über Jahrhunderte gewachsene und doch schon arg beschädigte Gleichgewicht der Kräfte in Edun wenigstens in Teilen erhalten bleibt.«

»Ihr wollt sagen, dass Ihr auf meiner Seite seid?«

»Beinahe, Meister Dregin, beinahe. Seht, ich stehe hier vor einem Dilemma, ich wünsche Euch die Verurteilung nicht, doch ich bin Richter und kann die Beweise nicht ignorieren.«

»Die sprechen für uns. Der Vogt von Veisa hat ausführlich dargelegt …«

»Der neue Vogt von Veisa hat vieles dargelegt, allerdings hat er auch das eine oder andere ausgelassen. Und seine Schriften über diese Schlacht wären nicht mehr das Pergament wert, auf dem sie festgehalten sind, wenn ein Augenzeuge in Erscheinung träte.«

»Bedauerlicherweise hat, außer meinen Leuten, die die Feuermagier aus irgendeinem Grunde nicht als Zeugen hören wollen, niemand dieses Gemetzel überlebt.«

»Ist das so?«, fragte Enwart freundlich.

Dregin gab sich unbeeindruckt. »Wisst Ihr etwas anderes?«

»Nun, vor mehreren Wochen waren einige meiner Brüder auf dem Weg zu einer unserer Burgen an der Kristallküste, als sie auf eine ausgemergelte Gestalt trafen. Ein junger Mann, eigentlich fast noch ein Knabe, der dem Wahnsinn verfallen schien. Meine Brüder schenkten ihm dennoch Beachtung, denn sie erkannten seine zerfetzten Lumpen als Überreste einer Robe von einst roter Farbe.«

Dregins Gesicht blieb eine undurchdringliche Maske. »Eine erstaunliche Geschichte«, sagte er ruhig. »Bedauerlich, dass er verrückt geworden ist, sonst hätte er bestimmt viel zu erzählen.«

»Nun, die Zeit heilt alle Wunden, wie man sagt. Wir nahmen den jungen Mann auf, gaben ihm Kleidung und Essen, und er erholte sich allmählich von den Schrecken seiner finsteren Tage. Er hatte viele erstaunliche und erschreckende Dinge zu erzählen, von seiner Zeit als Schüler auf der Graufeste, von seiner Zeit bei den Feuermagiern, von der Schlacht und einer langen Gefangenschaft in Euren Kerkern, Dregin.«

»Er fantasiert ohne Frage«, versicherte Dregin schnell.

»Aber Ihr wisst, von wem ich spreche, oder? Sein Name ist Lygger Tygram.«

Dregin zuckte mit den Schultern. »Dann hat er seine vielfachen Verrätereien also überlebt? Ich kenne Lygger Tygram als einen Betrüger und Lügner, Hochmeister. Er hat erst uns die Treue geschworen, dann dem Feuerorden, und nun kriecht er bei Euch unter. Stets hängt er sein Fähnchen nach dem Winde. Ich würde mich nicht wundern, wenn er Euch alles erzählt, was Ihr hören wollt, solange er sich davon nur einen Vorteil verspricht.«

»Ich weiß nicht, ob das Gericht das ebenso sieht«, beschied Enwart kühl.

»Ihr wollt ihn als Zeugen aufrufen?«

»Das hängt von Euch ab, Dregin.«

Lief es auf eine simple Erpressung hinaus? Das sah Enwart gar nicht ähnlich. »Was wollt Ihr?«, fragte Dregin knapp.

»Wenn herauskommt, dass Ihr die Feuermagier und Gardisten in eine Falle gelockt und auch noch geholfen habt, sie umzubringen, seid Ihr verloren. Der Flammenorden will Euch alles nehmen, was Ihr habt, und es wäre schwer, es ihm nach einem Beweis Eurer Schuld abzuschlagen. Ich weiß, dass Ihr glaubt, Meister Hollark auf Eurer Seite zu haben, aber dieser Mann ist in seiner Meinung so fest und zuverlässig wie das Wasser, aus dem er seine Kraft zieht. Euer Untergang ist jedoch nicht in unserem Sinne. Die Roten Brüder sind schon jetzt zu stark. Daher wäre ich bereit, diesen Zeugen zu vergessen, wenn Ihr Euch reuig zeigt und Buße anbietet.«

»Nur aus reiner Neugierde … An welche Art von Buße habt Ihr gedacht?«

»Die Hälfte Eurer Besitztümer, gleichmäßig verteilt an die anderen Orden. So ist jedem gedient. Die Feuermagier werden nicht übermächtig, und die Graue Bruderschaft wird überleben – auch wenn sie es nicht verdient hat.«

»Das kann nicht Euer Ernst sein!«

»Ich finde, das ist angesichts der Umstände ein großzügiges Angebot. Ich biete Euch an, Euer sicheres Verderben abzuwenden, Dregin. Bedenkt es wohl, doch nicht zu lange. Ach ja, und versucht bitte nicht, den jungen Tygram zu finden. Wir haben ihn gut versteckt. Es hängt von Euch ab, ob er für immer verschwunden bleibt oder ob er in naher Zukunft diese Halle mit den klappernden Fenstern betritt. Da fällt mir ein, dass ich noch jemanden beauftragen wollte, danach zu sehen. Bitte entschuldigt mich, Abot.«

Dregin lauschte auf die verklingenden Schritte des Hochmeisters. Lygger Tygram war ein Überlebenskünstler. Jetzt also war er den Sturmmagiern in die Hände gefallen. Dregin schüttelte den Kopf. Enwart hatte ihm gerade das Messer an die Kehle gesetzt. Der Mann war nicht ungeschickt. Er ließ ihm immerhin die Wahl zwischen völliger und halber Vernichtung. Aber nahm er ernsthaft an, dass die Söhne Stors sich darauf einließen? Dregin hatte jedenfalls andere Pläne.

»Ihr habt Besuch, Herr«, meldete Trewe.

Seine Miene war zwar wie stets unbewegt, aber in seinen Augen las Mornir Gyltorn Besorgnis. Er legte die Berichte der Steuereintreiber zur Seite, sie waren ohnehin eine höchst unerfreuliche Lektüre. Wenigstens schien die Hexe, nach der das ganze Reich suchte, spurlos verschwunden. Er wüsste zu gerne, wo sie sich herumtrieb. Hochmeister Ferror hatte ihm wegen der ausgelobten Belohnung für Fejas Ergreifung Vorhaltungen gemacht, denn er wollte das Mädchen unbedingt lebend ergreifen. Dieser eingebildete Narr hielt es für Gedankenlosigkeit, dass Gyltorn ausdrücklich nach dem Kopf der Feuerdiebin verlangte. Es hieß auch, dass die Königsgarde schon einige Männer am Rand des Langwaldes aufgeknüpft habe, die sich dieses Kopfgeld hatten verdienen wollen. Er hörte jemanden in der Halle husten.

»Wer ist das?«

»Kapitän Hasker Draan von der Gilde der Aschfahrer, Herr.«

Gyltorn schluckte. »Hat er gesagt, was er will?«

»Nein, doch kommt er allein und bei Tage. Deshalb glaube ich nicht, dass er hier ist, um Rache zu nehmen.«

Gyltorn starrte für einen langen Augenblick auf den dunklen Fußboden. Trewe hatte recht: Ein Besuch am helllichten Tage war ein gutes Zeichen.

»Dann bitte ihn herein. Wir wollen hören, was der Mann will.«

Kapitän Draan war ein hagerer Mann mit dunklen Brauen und hellblonden Haaren, und aus seinem scharf geschnittenen Gesicht las Gyltorn unerschütterliches Selbstvertrauen. »Was kann ich für Euch tun, Kapitän?«, fragte er freundlich.

»Ich bin hier, um mir den Mann anzusehen, der so dreist war, ein Mitglied meiner Gilde zu ermorden.«

»Mein Herr hat niemanden ermordet!«, antwortete Trewe, weil es Gyltorn die Sprache verschlagen hatte.

»Dass er nicht selbst zur Waffe gegriffen hat, glaube ich gerne«, sagte der Kapitän freimütig. »Ich bin aber auch nicht hier, um Euch anzuklagen, Gyltorn.«

»Sondern?«, fragte der Landgraf, zu verblüfft, um zu leugnen.

»Geschäfte, Erlaucht, Geschäfte. Ilar Dures ist tot, doch es sind deswegen nicht viele Tränen geflossen. Er war gierig und einfältig und wusste offenkundig nicht, dass man einen Mann von königlichem Geblüt nicht erpressen sollte. Dennoch wiegt der Verlust schwer in unseren Büchern. Er wäre zu verkraften, wenn meine Gilde einen gewissen Ausgleich erführe.«

»Habt Ihr nicht eben gesagt, dass es einfältig wäre, mich zu erpressen?«

»Das waren nicht genau meine Worte, Erlaucht. Wir haben auch nicht vor, Euch zu etwas zu zwingen, ganz im Gegenteil, wir wollen uns beteiligen.«

»Beteiligen? Woran?«

»An Eurem Aufstieg, Herr. Es hat sich herumgesprochen, dass Ihr in der Gunst des Königs gestiegen seid und er neuerdings ein offenes Ohr für Eure Anliegen hat. Wir denken, dass wir uns gegenseitig von Nutzen sein können.«

»Ich verstehe. Ihr wollt, dass ich mich dafür verwende, Euch die Fahrten ins alte Utor wieder zu erlauben.«

»Das wäre uns willkommen.«

»Ich fürchte, Ihr überschätzt meinen Einfluss. Der Befehl trägt das Siegel des Königs, nicht das des Kronrates oder des Kanzlers. Nur Gimlarin selbst kann ihn aufheben. Außerdem habe ich nicht den Eindruck, dass die Gilde sich um das Verbot kümmert.«

»Natürlich wagt es der eine oder andere unserer Kapitäne, doch der Lohn ist karg, denn heimlich erworbenes Gut lässt sich nur schwer verkaufen. Seit Gimlarin dieses Gesetz erlassen hat, hängt es wie eine sich langsam zuziehende Schlinge um unseren Hals. Nun aber haben wir Euch auf unserer Seite. Und Ihr seid doch in der Gunst des Königs gestiegen, oder?«

»Ein wenig, Kapitän, nur ein wenig. Ich bezweifle, dass er in dieser Angelegenheit meinem Rat folgt. Gimlarin duldet nicht, dass in seiner Gegenwart auch nur darüber gesprochen wird. Diese Entschiedenheit sieht ihm sonst nicht ähnlich, doch spricht er nicht über die Gründe für diese überraschende Entscheidung.«

Der Kapitän zuckte mit den Achseln. »Er ist abergläubisch, denkt, wir würden irgendein Verhängnis aus Utor herbringen. Seit Sifrid tot ist, nimmt er lang vergessene Warnungen leider wieder ernst. Uns ist klar, dass er sich nicht an einem Tag umstimmen lassen wird. Wir wären jedoch dankbar, wenn wir wüssten, dass jemand in dieser Frage unauffällig, aber beharrlich für uns arbeitet.«

»Das kann ich mir denken. Küstenfahrten sagen einem stolzen Aschfahrer wohl kaum zu, wie? Leider weiß ich nicht, was mir Eure Gilde im Gegenzug zu bieten hätte, Kapitän«, gab Gyltorn steif zurück.

Hasker Draan hustete und hielt sich ein Tuch vor den Mund. »Ihr müsst verzeihen, Herr. Ich war wohl ein- oder zweimal zu oft im alten Utor. Wart Ihr je dort? Nein? Es ist eine Reise wert, schon um zu sehen, was wir verloren haben. Aber Ihr braucht gute Augen, um unter den Bergen von Asche die Schätze zu sehen, welche die alte Stadt zu bieten hat. Diese Augen habe ich, und deshalb sehe ich auch unter dem Berg von Spottversen, die sie in den Kaschemmen auf Euch und Euren Zweig der Familie dichten, einen Mann, der aufsteigen will – und wird! Seid Ihr nicht neuerdings mit dem Abot der Graumagier befreundet?«

»Ich habe immer noch nicht gehört, was Eure Gilde mir zu bieten hätte.«

»Zuerst möchten wir herausfinden, ob Ihr wirklich von Nutzen für uns sein könnt. Die Chronisten, die uns überwachen und – in besseren Zeiten – die Preise für die Pergamente und die anderen Fundstücke aus der untergegangenen Stadt bestimmen, sollen ein neues Oberhaupt bekommen. Ein Mener Halbrog ist der wahrscheinlichste Kandidat. Er ist beliebt, selbst unter seinesgleichen. Außerdem ist er ein Ausbund an Gelehrsamkeit und unbestechlich. Ihr werdet seine Ernennung verhindern.«

»Weil er unbestechlich ist?«

»Ich sehe, Ihr seid nicht so dumm, wie ich dachte.«

»Und Ihr seid unverschämt, Draan!«

Der Kapitän zuckte mit den Schultern. »Wir Aschfahrer haben es nicht so mit der Höflichkeit, denn die schwindet im Angesicht der Asche, die uns bis in unsere Träume verfolgt.« Er hustete wieder. »Zehn Pfund Silber bieten wir Euch als Ausgleich für Eure Mühen. Und die Freundschaft der mächtigsten Gilde des Reiches.«

»Zehn Pfund?«

»Wie ich hörte, herrscht in Euren Truhen eine gewisse Leere. Es ist bestimmt kostspielig, eine Königstochter zu freien und nebenbei noch einen Magier für eine Gedankenprüfung zu kaufen.«

Gyltorn verbarg seinen Schrecken darüber, wie gut der Kapitän unterrichtet war. »Und dafür soll ich nur diesen Meister Halbrog verhindern?«

»Es wäre ein Anfang, Herr«, sagte der Kapitän lächelnd. »Wir würden Euch weitere fünfzig Pfund Silber zukommen lassen, sobald Ihr dafür gesorgt habt, dass dieses lächerliche Verbot des Königs aufgehoben wird. Dieses Silber wäre allerdings nur zum üblichen Zins geliehen, nicht geschenkt. Dennoch, Ihr seht, wir bieten Euch einen guten Handel an, den Ihr annehmen oder ablehnen könnt, ganz wie Ihr wollt. Natürlich könnte es sein, dass im Fall Eurer Ablehnung die Leiche eines gewissen, spurlos verschwundenen Händlers auftaucht und mit ihr einige Fragen, die Ihr nicht beantworten wollt, Herr.«

Gyltorn hatte fast vergessen, dass der Mann ihn in der Hand hatte, während er ihm eine Unmenge an Silber anbot. Der Landgraf suchte nicht einmal mehr nach einem Ausweg, sondern stimmte dem Handel zu.

»Das wird uns noch in Schwierigkeiten bringen, Herr. Diese Gilde liegt mit dem König in Streit und verfolgt ihre eigenen Pläne. Haben wir mit den Graumagiern nicht bereits einen gefährlichen Verbündeten? Brauchen wir noch einen zweiten, ebenso tückischen?«

»Die Gilde weiß leider, was wir getan haben, Trewe. Es scheint mir daher klüger, sie vorerst auf unsere Seite zu bringen. Und du weißt besser als ich, dass wir ihr Silber dringend brauchen.«

»Ganz wie Ihr wollt, Herr. Soll ich dann die Steuereintreiber unterrichten, dass wir die Abgaben nun doch auf dem alten Stand belassen, Herr? Neben den Bauern beklagen sich jetzt auch die Zünfte und sogar Eure Lehnsmänner.«

»Nein. Dieser Kapitän Draan hat recht: Es ist teuer, eine Prinzessin zu freien, und ich bin diese ewige Ebbe in unseren Kassen leid. Außerdem wäre es ein Zeichen von Schwäche, erst etwas zu fordern und dann, beim ersten Widerstand, zurückzuschrecken. Und wir wollen doch nicht, dass uns unsere Bauern für schwach halten, oder?«

Feja verbrachte eine traumlose frostige Nacht in einer Ecke des Hochtals. Den Morgen über geschah – gar nichts. Aber dann, gegen Mittag, tauchte nahe der Schafsquelle ein Kopf über den Felsen auf. Ein breitschultriger Were kletterte über den Kamm und stieg einige Stufen hinab. Er sprach kein Wort. Feja fragte sich noch, was das zu bedeuten hatte, als ein zweiter, dann ein dritter Mann und am Ende ein ganzes Dutzend dort auftauchten. Sie versammelten sich schweigend auf den Stufen. Der Erste gab ein Zeichen, und sie marschierten hinüber zum Gatter, welches ihnen der junge Talbewohner grußlos öffnete.

»Was hat das zu bedeuten?«, fragte Feja.

»Ärger«, erwiderte Meister Adach. »Wir haben das Maegadha gewarnt!«

Die Neuankömmlinge nahmen hinter dem Gatter Aufstellung. Sie wirkten völlig verschieden von den Weren, denen Feja bisher begegnet war. Es war nicht nur ihre Kleidung – selbst ihre Haltung war anders.

»Was sind das für Leute?«, fragte sie leise. »Und wo sind die hergekommen?«

»Das dort sind Warglinge, Wolfsmänner. Jäger sind sie, furchtlos und schnell. Siehst du nicht, welche Art Fell sie tragen? Wer zu ihnen gehören will, muss erst einen Bären erlegen. Nun sind vielleicht wir ihre nächste Beute.«

»Ich habe Geschichten über sie gehört. Mein Vater erzählte mir, dass sie halb Mensch und halb Tier seien und sich in Wölfe verwandeln können. Ist das wahr?«

»Sie sind das Gesetz, sind die Könige der Berge. Doch gehorchen sie seit alters der Herrin vom See.«

Feja nahm die Männer näher in Augenschein. Sie hatten ihre Gesichter mit schwarzen Zeichen bemalt. Sie erkannte einen Fuchskopf, eine Hand, einen Raubvogel, und der Anführer hatte gar eine Hälfte seines Gesichts geschwärzt. Er sah zum Fürchten aus. »Selbst Hunagach sprach von ihnen nur wie von einer Legende. Und sie sind unseretwegen hier?«

»Weswegen sonst? Es ist noch nicht zu spät. Wir können immer noch gehen.«

»Aber habt Ihr Euch nicht sehnlichst gewünscht, noch einmal von jenem See zu trinken, von dem Ihr als Kind gekostet habt?«

»Sieh ihn dir an. Bald wird er ganz ausgetrocknet sein. Hrellech mag unrecht gehabt haben. Vielleicht hat das Maegadha doch kein Loch in die Wand gemacht, vielleicht kehrt die Magie gar nicht zurück zu den Weren.«

»Ich weiß es nicht, Meister Adach. Ich weiß nur, dass ich mich nicht gerne einschüchtern lasse. Wir haben viel auf uns genommen, um hierherzukommen. Die Hüterin kann mich nicht fortschicken wie einen Bettler.«

»Sind wir das nicht? Bettler, die von heiligem Wasser und von der Weisheit der Alderlane zehren wollen?«

»Es würde sie doch nicht die Welt kosten!«, rief Feja ungehalten. »War es nicht so, dass sie Euch von dem Wasser gab, damit Ihr Euer schweres Amt überhaupt antreten konntet? Nun seid Ihr seit ich weiß nicht wie vielen Jahren der Ganamon, der Bewahrer all der Erinnerungen von Hunderten, ja, Tausenden Eurer Ahnen. Ich fühle doch, wie schwer sie auf Euch lasten. Und Ihr zehrt immer noch von jenem winzigen Schluck Magie, den sie Euch als Knabe aufzwang. Und sie lässt nicht zu, dass Ihr Euch stärkt? Trotz der Bürde, die Ihr tragt?«

»Wenn sie mir davon gäbe, würden andere kommen. Hrellech, Bainach, vielleicht sogar Orchon. Es gibt noch viele, viele Weren, die eine Begabung in sich tragen. Wenn jeder nur einen Tropfen aus diesem See nähme, wäre er bald geleert.«

Feja sah ein, dass der Were wenigstens mit dem letzten Punkt recht hatte, aber sie wollte es nicht zugeben. »Wir bleiben. Vielleicht finden wir ja noch eine Lösung. Am einfachsten wäre es natürlich, die Hüterin würde nachgeben. Ich werde es jedenfalls nicht tun, Warglinge hin oder her.«

Feja gab sich gelassen, doch sie spürte eine große innere Unruhe, eine dunkle Vorahnung, dass bald etwas Schlimmes geschehen würde. Die Warglinge standen drüben am Gatter, und einige von ihnen schärften die Spitzen ihre Speere. Feja stellte sich mit ausgebreiteten Armen in die Mitte des Kessels und tat, als nähme sie die Kraft der Sonne für ihre Zauber auf. Sie hoffte, dass die Weren nicht wussten, dass sie gar kein Fliod aus der Sonne ziehen konnte. Einmal kam die Dienerin der

Alderlane zum Gatter. Sie wurde durchgelassen, ging mit großen Eimern zur Quelle und füllte sie. Feja fing ihre Seitenblicke auf. Diese Frau wirkte nicht ängstlich, eher feindselig. Kurz nach der Mittagsstunde erschienen plötzlich wieder einige Männer am Kraterrand. Es waren fünf an der Zahl, und sie waren ebenfalls in Bärenfelle gehüllt.

»Wie viele Männer wollen die noch sammeln, um einen alten Mann und ein Mädchen aus ihrem Tal zu werfen?«, murmelte Feja. Inzwischen war sie besorgt, aber das durfte sie nicht zeigen. Sie hatte nicht vor, irgendjemandem in diesem Tal auch nur ein Haar zu krümmen, doch wenn es ernst wurde? Wolken zogen auf, und Nebelfetzen wehten durch das Tal. Feja bemerkte, dass die Weren am Gatter unruhig wurden. Fast sah es so aus, als würden sie über den Nebel reden, nicht über sie. Vermutlich sahen sie die weißen Fetzen als eine Art Omen. Wenn sie sich in deutlicher Überzahl wähnten, würden sie vielleicht angreifen – und dann?

Feja war sich nicht mehr sicher, ob es eine gute Idee war, hier weiter auszuharren. Die Sonne sank im Osten, schon war sie fast hinter dem Felsgrat verschwunden. Sollte sie noch eine Nacht hierbleiben? Doch gerade als sie dachte, dass sie vielleicht schon bald aufgeben müsste, stieß einer der Warglinge einen warnenden Ruf aus. Sofort griffen die Männer zu den Waffen. Feja drehte sich um. In den allerletzten Strahlen der Abendsonne kamen Männer und Frauen jenen Weg hinunter, den sie selbst genommen hatte. Sie erkannte sie gleich wieder: Es waren Meme Salmango, Gabra und die anderen, die sie am Waldhof gesehen hatte. Und vor allem – Span! Ihr Herz tat einen Satz.

»Nun wird es böse enden«, verkündete Meister Adach düster.

Fejas Freude erstarb. Der Orden war nicht hier, um sie zu retten, und die Soldaten gewiss auch nicht. Sie hatten den verborgenen Pfad gefunden, den sie geöffnet hatte. Erst jetzt sah sie, dass Hallir gestützt wurde – von Nerius! Was wollte der nur hier? Auch einige der Soldaten schienen verwundet zu sein.

Und waren es beim Waldhof nicht noch mehr Männer gewesen? Ein junger Offizier führte sie an. Sie hatte ihn zuvor wegen des Helmes nicht erkannt. Aber jetzt leuchtete sein blondes Haar in der tief stehenden Sonne. Es war Tyrbull Tygram.

Jetzt dachte auch sie, dass die Geschichte nicht gut ausgehen würde.

»Ich grüße dich, Feja vom Drachenhof!«, rief Meme Salmango von Weitem. »Du bist schwer zu finden.«

»Ich grüße Euch ebenfalls, Meme Salmango. Ich hatte allerdings den Eindruck, dass Ihr uns schon vor vielen Tagen hättet einholen können.«

»Ist er das? Ist er das wirklich? Ist das der See?«, rief ein Mann aufgeregt, den Feja nur zu gut kannte.

»Meister Orchon? Ihr seid weit von Eurer Schmiede entfernt.«

Der Were zuckte zusammen. »Fräulein Feja. Ja, weit entfernt. Ich freue mich, dass Ihr wohlauf seid. Ist das … ist das der Mara-Tir?«

»Das, was davon übrig ist. Es ist nicht genug für deinesgleichen, Skuran«, sagte Meister Adach und stellte sich ihm in den Weg.

Feja drängte sich an dem Rotschmied vorbei. »Hallir! Du bist verletzt?«

»Ein wenig. Diese Gardisten verstanden es, mit ihren Schwertern umzugehen.«

»Was ist denn geschehen?«

»Wir sind ein paar Soldaten des Königs und Feuermagiern begegnet. Tyrbull hat drei seiner Männer dabei verloren, und die übrigen sind angesengt. Vielleicht hören sie jetzt auf, mich wegen meiner Wunden anzustarren. Und wir haben mehr ausgeteilt als eingesteckt.«

»Sie haben ihm die halbe Seite zerhackt, aber dieser Dummkopf wollte nicht umkehren«, sagte Nerius kopfschüttelnd.

»Da kenne ich noch andere«, gab Feja bissig zurück. Plötzlich fiel ihr jemand um den Hals. »Feja! Ich habe dich so vermisst! Wie lange wir uns nicht gesehen haben!«

»Gabra! Es tut gut, dich zu sehen. Eigentlich liegt unsere letzte Begegnung gar nicht so lange zurück … Bei jenem Hof im Langwald, wo ihr mit den Räubern aneinandergeraten seid, habe ich euch beobachtet.«

»Das ist uns nicht entgangen.«

»Ich merke gerade, wie sehr ihr mir alle gefehlt habt.«

»Da ist ja die Mörderin des Prinzen!«, rief ihr alter Feind mit schneidender Stimme.

»Auf ein Wiedersehen mit dir hätte ich allerdings verzichten können, Tyrbull.«

»Ich bin hier, um dich festzunehmen, Hexe! Im Namen des Fenngrafen und im Namen des Königs!«

»Versuch es nur, Tyrbull!«, fuhr sie ihn an. Er zuckte zurück, und sie ließ ihn einfach stehen, weil da noch jemand war, den sie begrüßen musste.

Span stand mit verschränkten Armen etwas abseits und beobachtete sie nur. Sie lief zu ihm, blieb dann aber stehen. Er rührte sich nicht, kam ihr nicht entgegen. Sie trat vorsichtig an ihn heran, berührte erst seinen Arm, dann seine Wange mit der Hand.

»Ich habe dich so vermisst«, flüsterte sie. Er nickte und erwiderte – nichts. Sie ließ die Hand auf seiner Wange liegen, fühlte, wie ihre Schatten sich verbanden, und wusste doch nicht, was sie ihm sagen sollte. Er zeigte den Anflug eines traurigen Lächelns. Sie konnte sich nicht länger beherrschen und fiel ihm um den Hals. Wie gerne hätte sie ihn geküsst, aber das wagte sie dann doch nicht, verunsichert, weil er ihre Berührung nur über sich ergehen zu lassen schien.

Jemand räusperte sich. »Ich störe die Wiedersehensfreude nur ungern«, sagte die Meme, »ich muss jedoch wissen, was hier vor sich geht und was das für Männer sind, die uns den Weg zum See versperren.«

Feja ließ von Span ab und sammelte sich. »Es ist recht einfach, Meme. Dort liegt der Mara-Tir, der heilige See der Weren, der bald ausgetrocknet sein wird. Die Weren am Gatter sind Warglinge, die mich und Meister Adach abgewiesen haben.«

»Warglinge? Ich dachte immer, diese Wächter der Berge seien nur eine Legende.«

»Sie werden Euch nicht an das Gewässer heranlassen. Doch was wollt Ihr überhaupt hier? Warum verfolgt Ihr mich? Ich bezweifle, dass Ihr hier seid, um Gutes zu tun.«

Die gelöste Stimmung verflog. Meme Salmango sah sie finster an. »Unsere Absichten gehen dich nichts an, Feja, denn du hast unseren Orden verlassen und verraten. Wir haben das nicht vergessen.«

Feja schluckte. »Ich nehme an, der Abot will meinen Tod?«

»Bis jetzt war es uns wichtiger, den Mara-Tir zu finden. Doch nun stehen wir hier … Ich werde Dregin später fragen, was wir mit dir tun sollen.«

»Das Nachtflüstern?«

Die Meme zuckte mit den Schultern. Ihr Blick wandte sich ab. »Wer ist diese alte Frau dort?«, fragte sie.

Feja sah hinüber zu den Weren. Die Alderlane kam zum Gatter gehumpelt.

»Das ist die Hüterin dieses Gewässers. Meister Adach sagt, dass sie schon vor hundert Jahren hier war.«

»Dann sehen wir also endlich ein Stück werischer Magie aus der Nähe. Ich werde sie überzeugen, dass sie besser nicht versuchen sollte, uns aufzuhalten.«

Skuran Orchon war gleichzeitig enttäuscht und fasziniert. Der letzte heilige Ort der Weren sah aus, als würde es ihn nicht mehr lange geben – und doch spürte er etwas, das er noch nie gefühlt hatte: Da war eine seltsame Verbundenheit mit den Menschen und Dingen in diesem Tal. So als würden unsichtbare Fäden alles und jeden miteinander verweben. Sogar mit geschlossenen Augen hätte er sagen können, wo sich wer in diesem Tal aufhielt, wo die Hütten standen und wie die steilen Felsen beschaffen waren. War das die Alte Magie? Er trat näher an das Gatter heran und starrte zu dem Teich, der einmal ein See gewesen war. Er zog ihn magisch an.

»Habt Ihr schon entdeckt, weswegen wir gekommen sind?«, fragte ihn die Meme leise.

Er schüttelte den Kopf. »Die Tränensteine, von denen Jarknar sprach … Sie sind hier, ich fühle es.«

»Findet sie! Und wenn Euch ein Weg einfällt, wie wir sie ohne Gewalt bekommen können, wäre mir das sehr recht. Ich würde dieses heilige Gewässer nur ungern mit Blut besudeln.«

Die raue Stimme der alten Frau unterbrach ihr Gespräch. Sie verlangte auf Werisch zu wissen, was die Fremden hier zu suchen hätten. Ein Were, dessen Gesicht nicht so furchterregend bemalt war wie das der Warglinge, übersetzte unbeholfen für sie.

Orchon fühlte sich plötzlich am Arm gepackt und zur Seite gezogen. Dann blickte er in das ernste Gesicht der jungen Magierin. »Verratet mir, was die Bruderschaft hier oben will – und was will sie von Euch?«

»Ich darf nicht darüber reden, Fräulein Feja.« Er wich ihrem Blick aus. Sie schien immer noch nicht zu wissen, dass er ihren Vater und ihren Onkel hatte töten müssen. Aber er vergaß das für keine Sekunde, erinnerte ihn doch beinahe täglich die Stimme in seinem Kopf an seine Untaten.

»Mich kümmert nicht, was Ihr dürft und was nicht. Wozu braucht Dregin einen werischen Schmied?«

»Ich … ich soll etwas Beschädigtes für ihn in Ordnung bringen.«

»Hier oben? Nein … wohl kaum. Es geht um etwas in der Feste. Nein, es geht um etwas *unter* der Feste, habe ich recht? Der Dämmerstein. Ist er zerbrochen?«

Orchon starrte sie an. »Ihr habt es ausgesprochen. Das Wort, das man außerhalb der Kammer angeblich nicht sagen kann. Dämmerstein …«, wiederholte er für sich. »Der Bann, er wirkt hier oben nicht! Es ist also wahr, was Jarknar schrieb. Die Magie dieses Ortes schadet der Zauberkraft der Aschling-Hexer!«

Feja hielt ihn weiter gepackt. »Ich bin sicher, dass das nicht die Worte waren, die er verwendete.«

Jetzt packte er sie seinerseits an den Schultern und zischte: »Begreift Ihr es nicht? Hier finden sich die Mittel, mit denen ich den verfluchten Stein vernichten kann! Ja, Dregin erwartet, dass ich den Schaden behebe, den der Stein erlitten hat. Er ahnt nicht, dass hier eine Waffe ruht, die Wyrmochs Fluch erfüllen wird.«

»Hört mir auf mit diesem Fluch, Meister Orchon. Ihr wisst, dass ich nicht diejenige bin, die ihn erfüllen wird.«

»Doch Ihr seid hier – und das Werkzeug, das wir brauchen, ebenfalls. Das kann kein Zufall sein! Die Monde haben uns hierhergeführt.«

»Sprecht leise! Man beobachtet uns schon.«

Orchon blickte auf. Die Meme stand mit Gabra am Gatter und stritt sich mit der alten Frau. Aber Hallir sah zu ihnen herüber.

»Hat er uns gehört?«, fragte er besorgt.

»Ich glaube nicht, denn hier oben ist es schwierig, etwas mit Magie zu tun. Außerdem ist er verwundet und geschwächt.«

»Werdet Ihr mir helfen, Fräulein Feja? Ich muss dieses Werkzeug finden. Es müssten besondere Steine sein, vielleicht dem Dämmerstein ähnlich.«

»Ich habe hier nichts Derartiges gesehen. Sie könnten natürlich … Nein, selbst wenn ich es wüsste, würde ich es Euch nicht sagen. Als ich den Kristall unter der Feste nur beschädigt habe, gab es ein schreckliches Erdbeben mit vielen Toten. Habt Ihr eine Vorstellung, was geschieht, wenn der Stein zerstört wird? Denkt an das untergegangene Utor! Auch die hatten einen solchen Stein, nicht wahr? Und was ist mit dem Mara-Tir? Er ist das letzte Heiligtum der Weren. Wollt Ihr es ihnen wegnehmen?«

Orchon hörte nicht mehr zu. Er war ihrem Blick gefolgt, der kurz an jenem Höhleneingang hängen geblieben war, welcher mit dem Teich nur durch ein Rinnsal verbunden war. Dem hatte er bisher keine Beachtung geschenkt. Einst musste er bis zur Hälfte im Wasser gelegen haben. Waren dort die Steine zu finden, von denen Jarknar gesprochen hatte?

Feja sah in Orchons Augen ein Funkeln, das sie mehr beunruhigte als die schwarz bemalten Gesichter der Warglinge. Der Mann schien gar nicht darüber nachzudenken, welche Folgen seine Taten haben könnten. Sie musste ihn aufhalten, bevor er eine Katastrophe auslöste.

»Du wirst mich nicht so schnell los«, sagte eine wohlbekannte Stimme.

Sie drehte sich um. »Nerius! Du hättest nicht herkommen sollen.«

»Ich habe dir gesagt, dass ich dich nicht im Stich lassen werde.«

»Ich weiß. Aber es ist einfach zu gefährlich für jemanden, der …«

»Der nicht kämpfen und zaubern kann? Willst du mir sagen, dass ich nicht gut genug für dich bin, weil ich meinen Arm gab, um dich zu retten?«

Seine Worte trafen sie bis ins Mark. »Das ist Unsinn, und das weißt du auch. Und jetzt lass mich!« Sie wandte sich von ihm und dem Rotschmied ab. Wollte Nerius denn nicht verstehen, dass sie es nur gut mit ihm meinte?

Am Tor stritten die Meme und die Alderlane immer lauter miteinander, und der arme Übersetzer kam kaum noch hinterher. Feja ging hinüber zu Span, der sich im Hintergrund hielt. Sie legte die Hand auf seinen Arm und versuchte, die Schattenverbindung herzustellen. Für einen Moment gelang es, aber als er durch das Zwielicht flüsterte, war es so leise, dass sie ihn kaum verstehen konnte.

»Dieser Ort«, seufzte sie, »hat etwas gegen unsere magische Verbindung, Span.«

Er lächelte und strich ihr eine Strähne aus dem Gesicht. Das helle Licht von Galtara und Aithir ließ seine Züge weich und entspannt wirken.

»Ich habe so viele Fragen, Span. Doch ich fürchte, das muss warten. Ich weiß, was ihr hier sucht, aber diese Steine, wenn es sie überhaupt gibt, gehören hierher. Ihr könnt sie nicht mitnehmen. Es wäre viel zu gefährlich. Dregin darf sie nicht in die Hände bekommen.«

Span hob die Schultern, und in seiner Miene las sie, dass er ihrer Meinung war, aber dennoch seine Befehle befolgen würde.

Der Streit am Gatter wurde lauter. Feja sah einen von Tyrbulls Soldaten, der versuchte, einen Pfosten umzudrücken. Zwei Warglinge verhinderten es. Sie brüllten ihn an und schwangen ihre Wurfspeere. Dann versuchten es zwei Soldaten auf der anderen Seite. Auch hier stellten sich ihnen Weren in den Weg. Es begann ein wüstes Schimpfen in zwei Sprachen. Feja konnte sehen, wie Meme Salmango ihre Zauberkraft sammelte und dann innehielt, wohl weil sie spürte, wie schwierig das hier war. Der Anführer der Warglinge bemerkte dennoch, was sie vorhatte. Er sprang über das Gatter, packte sie, hielt ihr die Spitze seines Speers unters Kinn und brüllte sie an. Die dunkelhäutige Zauberin lächelte, drehte sich leichtfüßig um die eigene Achse, und einen Augenblick später lag der Mann auf dem Boden, seine eigene Speerspitze an der Kehle. Nun stieß einer der Warglinge das Tor auf, und gleich drei Männer eilten ihrem Anführer zu Hilfe. Gabra und Tyrbull sprangen der Zauberin bei. Es begann ein wildes Schieben und Zerren, und darüber donnerte die Stimme der Alderlane. Feja konnte genug Werisch, um zu verstehen, dass sie ihren Leuten verbot, Blut zu vergießen.

Dann geschah etwas Unerwartetes: Ganz am Rand des Talkessels, weitab des Streits, war Meister Orchon bis zum Gatter geschlichen. Jetzt kletterte er hinüber, und ehe Feja auch nur einen warnenden Ruf ausstoßen konnte, sprang er ins Wasser und hastete auf die Grotte zu. Die Warglinge brüllten noch lauter und schwangen drohend ihre Speere, aber die Alderlane eilte erstaunlich behände ans Seeufer, hob die Arme und beschwor ihre Leute, ihre Waffen nicht zu gebrauchen.

»Sie muss verhindern, dass der See mit Blut verunreinigt wird«, murmelte Feja leise. Span war neben ihr stehen geblieben, obwohl sich inzwischen selbst Nerius und Hallir in das

Handgemenge am Gatter eingemischt hatten. Er war so nah, und doch wirkte er so fern. Meister Orchon kam schon aus der Grotte zurück. Er trug etwas vor der Brust, das er in seinen versengten Umhang eingewickelt hatte, und eilte auf das Ufer zu. Die Warglinge versperrten ihm den Weg.

»Feja?«, sagte eine fremd klingende Stimme.

Sie drehte sich ungläubig um. »Du … du sprichst?«

Span schob sie grob zur Seite und rief: »Begreift Ihr denn nicht, dass sie wegen des heiligen Wassers kein Blut vergießen wollen? Gebraucht Eure Waffen!« Seine Stimme klang belegt und merkwürdig verzerrt, aber die Soldaten und Magier am Gatter hatten ihn gehört. Sie zogen die Dolche und Schwerter.

»Span, nein! Was tust du?«, rief Feja verzweifelt, weil sich jetzt auch ihr Geliebter mit gezogenem Dolch in das Getümmel stürzte. Ein Blitz zuckte – und verpuffte wirkungslos. Feja hörte die Meme fluchen. Die Warglinge brüllten, versuchten, die Fremden aufzuhalten, aber diese schlugen und stachen mit blanken Klingen auf sie ein. Einer fiel, ein anderer sprang in die Lücke. Dennoch schafften es Gabra, Tyrbull und Span, Orchon eine Gasse zu bahnen. Er stolperte an Land.

»Ich habe sie, ich habe sie!«, jubelte er.

»Rückzug!«, befahl die dunkelhäutige Zauberin.

Feja sah wie gelähmt zu. Meister Adach war plötzlich neben ihr. Er warf faustgroße Steine auf die Utorer, die sich kämpfend zurückzogen. Steine und Jagdspeere kamen geflogen. Schafe sprangen blökend umher. Die Alderlane schrie, dass man die Diebe aufhalten müsse, aber viele der Warglinge waren verletzt oder gar tot. Tyrbull befahl seinen Männern, den Rückzug mit ihren Schilden zu decken. Gabra schrie plötzlich laut auf. Ein Speer hatte ihren Unterschenkel durchbohrt. Span hob sie auf, Span, der eben gesprochen und der sie kalt zur Seite gestoßen hatte. Feja sah entsetzt zu, wie sich die Gruppe zurückzog, wie sie, mit Skuran Orchon in der Mitte, dem Kessel entkamen.

»Feja, Vorsicht!«

Sie fuhr herum. An jedem anderen Ort der Welt hätten sie ihre magischen Sinne vor dem Wurfspeer gewarnt, doch nicht am Mara-Tir. Sie sah in entsetzlicher Klarheit, wie der lange Schaft durch die Luft sauste, die Stahlspitze genau auf ihre Brust zuhielt. Sie zuckte viel zu spät zur Seite, doch da warf sich jemand in die Wurfbahn des Geschosses. Der Speer durchbohrte den schlanken Leib und trat am Rücken wieder aus.

»Nerius!«, schrie Feja entsetzt.

Er fiel stöhnend zur Seite. Sie beugte sich zu ihm hinab, hob ihn an, blickte in sein bleiches Gesicht. Er lächelte. Feja sah nichts anderes mehr als dieses verlorene Lächeln, das bald von Blut untermalt wurde. Sie hörte nicht, dass Adach brüllte und die Warglinge irgendwie davon abhielt, sie umzubringen. Männer rannten an ihr vorbei, Meme Salmango, Gabra, Span und den anderen hinterher. Feja aber hatte nur Augen für das schwächer werdende Lächeln ihres Freundes, der mit durchbohrter Brust in ihren Armen lag und sein Leben aushauchte.

Alles war grau und verzerrt. Ginnar Dregin rang nach Luft. Dieses Tal … es kam ihm so vor, als wäre er durch giftigen Nebel gestolpert! Er hatte gekämpft … nein, Span hatte für ihn gekämpft. Da waren schwarz bemalte Gesichter gewesen, ein See, ein jubelnder Rotschmied, alles in einem Nebel, der die Dinge verbog und entstellte. Und in diesem Dunst wütete eine fremdartige Kraft, die an ihm zerrte und riss, selbst jetzt noch, wo er die kurze Verbindung verloren hatte. Jemand hatte gesagt, dass die Weren nicht zu den Waffen greifen würden. Feja? Ja, sie war dort gewesen. Wie erschrocken sie ausgesehen hatte, als er sie zur Seite stieß. Sie hatten die Tränensteine oder nicht? Der Rotschmied hatte es gesagt, oder?

Feja – wie nah sie ihm gewesen war. Die Umarmung, nein, sie hatte nicht ihn, sie hatte Span umarmt! Warum hatte er sie nicht getötet? Die Gelegenheit war doch günstig gewesen. Dregin rollte halb aus dem Bett und spuckte Blut. Etwas an diesem Ort hatte sich ihm widersetzt, eine Macht, wie er sie noch nie erlebt hatte.

»Ist alles in Ordnung, Herr?«, fragte eine Stimme.

»Bele? Bist du das?«

»Ja, Herr.«

»Wasser«, krächzte Dregin. Er ließ sich von dem Mädchen aufhelfen und trank gierig aus dem Krug. »Ich danke dir, Bele.«

»Ist Euch nicht wohl, Herr?«

»Manche Zauber gehen leicht von der Hand, andere erfordern viel Kraft.« Er schüttelte sich, kam langsam wieder zu Atem. Bele stützte ihn schweigend, bis er ihr ein Zeichen gab, dass er es alleine schaffen würde.

»Ich bringe Nachricht von Meister Bredhir, Herr.«

»Gute, wie ich hoffe«, stöhnte Dregin.

»Ich weiß es nicht, Herr. Er sagt, einer unserer Brüder habe in Skros einen Erdmagier aus Edun gefunden, der gewillt sei, an dem Prozess teilzunehmen. Er wird jedoch erst in vier Wochen oder später hier eintreffen.«

»Sehr gut«, brachte Dregin hervor. Er fühlte sich, als seien Felsen über ihn hinweggerollt. »Folgar wird das Gericht vertagen müssen. Das verschafft uns Zeit. Meister Eyrim gibt sich neuerdings unbestechlich, aber Gyltorn muss …« Er brach ab. Das Mädchen hatte ihm ein Tuch gereicht. Er wischte sich den Schweiß vom Gesicht und hustete wieder Blut.

»Sag, wie geht es mit Prinz Iske?«, fragte er, um das Thema zu wechseln.

»Ich werde ihn morgen wiedersehen. Er will mich in einem Gedicht preisen.«

Dregin lächelte matt. »Er scheint dich zu mögen.«

»Vielleicht, doch schreibt er Gedichte über alles Mögliche. Ich glaube, er sieht keinen Unterschied zwischen mir und einem Vogel oder einem Schlachtross.«

»Das mag sein«, keuchte Dregin, der kaum aufrecht sitzen

konnte. »Aber lass dir eine Abschrift des Werkes geben. Ich würde es gerne hören.«

»Ja, Meister.«

»Und nun lass mich alleine.« Das Mädchen zog sich zurück. Er streckte sich auf seinem Lager aus und versuchte, eine Position zu finden, in der ihn nichts schmerzte. Das hatte er Feja zu verdanken. Er hasste sie aus tiefstem Herzen dafür. Aber dennoch waren da andere Gefühle und Gedanken, die er einfach nicht loswurde. Er hatte die Gelegenheit verpasst, sie zu töten, und sie dann, im Durcheinander des Kampfes, ganz aus den Augen verloren.

Ob sie ihn unbeschadet überstanden hatte?

Skuran Orchon rannte, wie er noch nie in seinem Leben gerannt war. Er keuchte unter der Last seiner Beute. Zwei Tränensteine hatte er erbeutet. Wie gerne hätte er mehr mitgenommen, doch jeder einzelne war so schwer, als bestünde er aus Eisen. Ein Jagdspeer zischte über ihn hinweg. Orchon stolperte, um ein Haar wäre er in den Abgrund gestürzt, aber eine Hand packte ihn und zerrte ihn zurück auf den Pfad. Hinter ihm versuchten Hallir und die Soldaten, die Warglinge aufzuhalten. Orchon sah ängstlich über die Schulter. Hier, abseits des Mara-Tir, hatten die Weren keine Scheu mehr, ihre Waffen einzusetzen. Er stolperte, wieder hielt ihn eine starke Hand auf dem Weg. Span war bei ihm, ganz bleich, und hielt ihn am Arm gepackt. Die Monde gaben nur wenig Licht, und sie rannten auf tückischen Pfaden um ihr Leben. Über ihnen auf dem Berg war Gebrüll zu hören. Noch mehr Warglinge?

»Beeilt Euch, beeilt Euch!«, rief Meme Salmango. Sie traten in den Schatten überkragender Felsen, und pechschwarze Nacht umfing sie. Die Meme ließ Blitze durch die Dunkelheit zucken, aber das machte es nur noch schlimmer, denn nach den kurzen Augenblicken gleißenden Lichts war die Finsternis danach umso tiefer. Gabra humpelte vor Orchon her, die Wade von einem Speer zerfetzt. Sie stützte sich auf die Schulter der dunkelhäutigen Zauberin. »Beeilung, es ist nicht mehr weit«, rief Meme Salmango.

War das schon der Eingang der Höhle? Irgendwie schien Orchon der Hinweg viel länger gewesen zu sein.

»Sie geben auf«, ertönte Tyrbull Tygrams Stimme.

»Das glaube ich nicht«, keuchte die Meme. »Weiter, weiter!«

Orchon drehte sich um. Er konnte gerade noch den Höhleneingang sehen. Die letzten Soldaten waren hindurch, und die Weren schienen ihnen wirklich nicht länger zu folgen.

Sie rannten in die Dunkelheit hinein, die nur durch einen zitternden Funken in der Hand der Meme erhellt wurde. »Verdammt, wo ist Nerius?«, rief der Leutnant.

»Habt Ihr es nicht gesehen? Er wurde von einem Speer durchbohrt.«

Wieder fluchte Tyrbull Tygram und blieb stehen. »Dann müssen wir zurück.«

»Geht nur, aber erwartet nicht, das zu überleben«, sagte die Meme, die unter der Last der verwundeten Gabra stöhnte.

»Sie verfolgen uns nicht mehr«, rief Hallir und hielt sich die Seite. Blut sickerte durch den Verband. »Wir sollten anhalten und wenigstens die Verwundeten versorgen.«

Orchon hörte ein verdächtiges Knacken im Gestein. »Wir müssen weiter!«, rief er. »Hört Ihr das nicht?« Irgendwo rieselte Staub über eine Wand, und ein unirdisches Stöhnen lief unter ihren Füßen durch die Felsen.

»Was ist das?«, fragte Gabra ganz bleich.

»Es gibt einen Grund, warum sie uns nicht folgen. Die Höhle … Wir müssen weiter!«, rief Orchon wieder und zerrte an der Hand, die seinen Arm eisern umklammert hielt.

Die Meme nickte knapp. »Span, hilf mir mit Gabra. Ich denke, Meister Orchon wird uns hier schon nicht mehr abhandenkommen. Los jetzt!« Sie hob mit Bruder Span zusammen die Verwundete an. Es ging weiter. Tygram und seine Männer blieben zurück und stritten.

»Diese Dummköpfe«, murmelte Hallir, der Schwierigkeiten hatte, mit Orchon Schritt zu halten.

»Stützt Euch nur auf mich, Freund«, bot der Rotschmied an. Schon fühlte er die Hand des jungen Mannes schwer auf seiner Schulter. »Ich nehme an, Ihr könnt im Dunkeln besser sehen als ich, ich überlasse Euch gerne die Führung.« Der Funken in der Hand der Meme wurde schwächer.

»Einfach immer weiter«, sagte Hallir mit zusammengebissenen Zähnen.

Sie hasteten atemlos durch die lange Höhle. Das Echo ihrer Schritte hallte von den hohen Decken wider. Aber war es nur ein Echo, oder regte sich noch etwas anderes in der Dunkelheit? Orchon hörte Stimmen. Waren das die Soldaten, die mit ihrem Leutnant im Dunkeln hinter ihnen herstolperten? Die Meme hatte vielleicht keine Kraft mehr, vielleicht hatte sie auch andere Gründe, doch jetzt erhellte kein Funke mehr die Finsternis. Orchons Herz raste, seine Lunge brannte, und seine Beine zitterten. Oder war es der Boden, der unter ihm bebte?

»Schneller, Bruder Hallir, schneller«, keuchte er. Sie hetzten stolpernd voran.

»Wir haben es fast geschafft«, rief die Meme.

Schon vermeinte der Rotschmied, einen frischen Luftzug zu spüren. Dann legte sich plötzlich eine bleierne Stille auf die Höhle. Sie schien den Klang ihrer hastigen Schritte zu verschlucken. Orchon bekam keine Luft mehr. Halb wahnsinnig vor Angst rannte er weiter. Bruder Hallir schien von Schritt zu Schritt schwerer zu werden. Dann entlud sich die drückende Lautlosigkeit in einer knirschenden Explosion.

»Die Höhle! Die Höhle stürzt ein!«, schrie jemand.

Gestein polterte herab, etwas Schweres streifte Orchons Schulter. Er stolperte, klammerte sich an die beiden Steine in seinen Armen und stolperte immer weiter dorthin, wo eine Stimme den nahen Ausgang verkündet hatte.

Feja hörte und sah nicht viel von dem, was um sie herum vor sich ging. Da war nur Nerius, der bleich in ihren Armen lag, von einem Speer durchbohrt. Um sie herum standen eine Menge Menschen, die meisten still, aber zwei stritten heftig auf Werisch miteinander. Ein Stück entfernt lag ein toter Soldat, daneben ein toter Wargling. Die Stimmen störten. Nerius hatte Ruhe verdient. Sie hielt ihn fest. Jemand erteilte Anweisungen, ein anderer rannte davon. Eine Hand berührte sie an der Schulter. Sie blickte auf und sah in die grauen Augen der Alderlane.

»Der Speer. Er muss aus der Wunde.«

»Er stirbt.«

»Ja.«

»Ihr … Ihr sprecht meine Sprache?«

»Viele Jahre habe ich das Gauchische nicht gesprochen. Muss Worte finden.« Die Alderlane gab neue Anweisungen auf Werisch. Zwei Warglinge nahmen Nerius aus Fejas Armen und richteten ihn auf. Die Alte murmelte ein paar werische Beschwörungen, und dann packte einer der Warglinge die Speerspitze, die hinten aus dem Leib getreten war, und zog den Speer auf ein Nicken der Ganesa mit einem Ruck heraus. Nerius stöhnte und sackte zusammen. Feja schrie angstvoll auf. Vor dem Gatter kümmerten sich Warglinge um ihre verwundeten Gefährten und um die Gefallenen.

Die Alderlane untersuchte Nerius' Wunde. »Ich sagte, dass dir das Verhängnis folgt. Ich sagte, dass du Veränderung und Tod bringst. Zu viel Blut. Zu viel Zerstörung. Meine Kunst ist machtlos.«

»Aber wir müssen doch etwas tun.«

»Der Ganamon sagt, du hast besondere Kraft … von dunkler Art.«

»Ich? Ja, dunkel kann man sie nennen. Ich … ich kann Leben nehmen.«

»Ja, die Raben haben es berichtet. Vielleicht kannst du es auch … geben?«

»Geben? Nein, wie denn? Ich kann hier ohnehin keine Zauber wirken.«

»Der Ganamon sagt auch, du wurdest unter Galtara geboren. Dann kann deine Kunst nicht nur schwarz sein. Und der Nebel kam mit dir.«

»Nebel?«

»Schwaden zogen durch das Tal, berührten den Mara-Tir. Seit Jahrhunderten das erste Mal.« Mit diesen Worten reichte sie Feja einen kleinen Lederbecher. »Trinken«, befahl sie.

»Aber …«

»Trinken!«

Feja starrte den Becher an.

»Trinken!«, drängte die Alte.

Also trank Feja. Das Wasser rann ihre Kehle hinab, und das Blut rauschte in ihren Ohren. »Was habt Ihr da hineingetan?«

»Eine von Edamaras Tränen.«

»Und jetzt?«

»Schon einmal war ein Mann hier, der konnte, was du kannst. Vor endlosen Jahren. Wie du war er auf der Flucht. Vor der dunklen Kraft, die ihn antrieb und verfolgte. Er hat … *erkannt.*«

»Was erkannt?«

Es traf Feja völlig unvorbereitet wie ein Eiszapfen, der ihr durch das Hirn und den Leib fuhr und ihr den Atem raubte. Dann sah sie mit kristallener Schärfe alles, was um sie herum geschah. Sie sah, aber nicht durch ihre Augen. Sie hatte das Gefühl, neben sich zu stehen, nein, sie schwebte ein paar Schritte über ihrem eigenen Körper und betrachtete das merkwürdige Bild: die Warglinge, die Alderlane und sie selbst, wie sie sich über den sterbenden Nerius beugte. *Hilf ihm*, rief sie sich selbst zu. Diese andere, irgendwie kleinere Feja schien sie jedoch nicht zu hören. Vielleicht wusste sie auch nicht, was zu tun war, vielleicht fehlte ihr diese kristallene Klarheit. Der alles ausfüllende Zapfen aus Eis zerbarst, und Feja war wieder bei sich selbst. Die Klarheit war noch da. Sie legte ihre Hand auf die Wunde.

»So ist es gut«, murmelte die Hüterin, »berühre das Leiden!«

Feja ertastete zunächst nur Blut, zerfetzte Haut und verwundetes Fleisch. Doch was war das? Sie konnte der Wunde durch den ganzen Körper nachspüren! Es war, als sehe sie diese von innen.

»Du fühlst sie!«, stellte die Ganesa fest. »Nun musst du Kraft geben. Edamara wird helfen.«

Feja hörte die Worte kaum. Sie merkte, dass der Körper unter ihrer Hand immer schwächer wurde. Panik stieg in ihr auf. Eben noch hatte sie ganz klar gesehen, was zu tun war, nun war alle Sicherheit verflogen. Nerius' Herz schlug immer langsamer. Sie biss die Zähne zusammen, versuchte, irgendwie Magie auf das zerfetzte Gewebe unter ihrer Hand wirken zu lassen, doch nichts geschah. Nein, sie machte es ganz falsch! Sie keuchte, kämpfte … dann war da plötzlich große Stille und eine Vision. Sie sah eine junge Frau an einem Flussufer stehen, die einen Krug voller Wasser einfach wieder zurückgoss in den Strom, aus dem sie es genommen hatte. Sie zwang sich, ruhig zu atmen, und stellte sich ihr Bargan vor, gefüllt mit magischer Kraft. Doch jetzt musste sie es nicht füllen, sondern ausleeren, Fliod in die tödliche Wunde gießen. Ein stechender Schmerz durchfuhr ihre Brust. Er stach zwischen ihren Rippen hindurch und aus dem Rücken hinaus. Ihr Herz setzte für einen Schlag aus. Das Bild war fort, und alles, was Feja noch spürte, war ein kalt brennender Schmerz in ihrer Hand. Sie gab, was sie geben konnte. Die Erde schien zu beben, und einer der Warglinge murmelte ehrfurchtsvoll, dass der Drache erwacht sei. Er sagte es auf Werisch, aber sie verstand jedes Wort. In Fejas Kopf rauschte das Blut, und die Welt verschwamm vor ihren Augen. Jemand löste ihre Hand von Nerius' Brust.

»Die Wunde ist geschlossen«, verkündete die Alderlane.

Alles, was Feja spürte, was das Echo eines zerreißenden Schmerzes in ihrem Inneren.

»Das Maegadha kann es wirklich«, murmelte Meister Adach. »Ist der Aschling gerettet?«

»Vielleicht«, antwortete die Alderlane, »doch die Verletzung war schwer und seine Seele schon auf dem Weg zu den Ahnen. Wir werden sehen.«

Feja wurde schwarz vor Augen, und dann stürzte sie ohnmächtig in tiefe Finsternis.

Zweites Buch

Wintermonde

7.

Schnee wirbelte über den Hof der Feste. Skuran Orchon folgte Sturmrat Valir, der ihn endlich, *endlich* in den Tempel führte. Die alte geheime Falltür war inzwischen durch eine schwere Eichenholzpforte ersetzt worden. Sie war verschlossen und wurde von zwei Gewappneten bewacht.

»Gebt mir die Steine«, verlangte Valir.

»Aber ich glaube, es ist besser, wenn ich …«

»Wenn diese Steine die Macht besitzen, die Ihr ihnen zuschreibt, sollte ein Magier sie haben.«

»Ihre Macht wird Euch schaden, Herr.«

Valir hielt weiter fordernd die Hand ausgestreckt. Widerwillig übergab der Rotschmied ihm die Tränensteine. Zwei armdicke achtkantige Steine hatte er aus der Grotte gestohlen, jeder lang wie sein Unterarm und schwer wie ein Eisenbarren. Er hatte an der Ostküste einmal große Granitsäulen gesehen, die ähnlich symmetrisch geformt waren. Die Utorer glaubten, sie seien das Ergebnis irgendeiner uralten Zauberei, und schlugen deshalb auch stets einen großen Bogen um sie, aber ein verschrobener Erdmagier, den er dort getroffen hatte, hatte ihm erklärt, dass es nur eine Laune der Natur sei. Ob er das über diese beiden Exemplare auch sagen würde? Orchon hätte gerne weitere Steine vom Mara-Tir mitgebracht, allein schon, um sie untersuchen zu können. Mehr hatte er jedoch nicht tragen können. Die Meme hatte ihn gescholten, weil er nicht gesagt hatte, dass es in der Grotte noch welche gab. Aber da waren sie schon jenseits der einstürzenden Höhle gewesen. Orchon wollte lieber nicht daran denken, was dort geschehen war.

»Wie schwer sie sind«, wunderte sich der Magier, »und es fühlt sich eigenartig an, sie zu berühren.«

»Ich kann sie gerne wieder nehmen, Herr.«

Orchon bekam nicht einmal eine Antwort. Der Sturmrat gab einem der beiden Männer, die die neue Pforte bewachten, ein Zeichen, und der entriegelte und öffnete den Zugang zum Geheimnis unter der Festung. Orchon folgte Valir mit zitternden Knien.

Vielleicht geschieht es heute, dachte er. *Vielleicht entfalten die Steine ihren zerstörerischen Einfluss auf den Dämmerstein schon jetzt.*

Sollte Valir zu zögerlich sein und die Tränensteine nicht an den Kristall herantragen, musste er eben nachhelfen. Er hatte ein Messer im Stiefel versteckt und war zu allem entschlossen. Wenn es so ging, wie er es sich ausgemalt hatte, dann würden die Steine den magischen Fluss aus der Tiefe unterbrechen, der den Dämmerstein in der Schwebe hielt. Der Kristall würde in die Tiefe stürzen und für alle Zeiten verschwinden.

Du würdest mit ihm untergehen. Denke an das Erdbeben!, höhnte die Stimme, die ihn schon so lange begleitete. »Das ist mir gleich«, flüsterte er heiser.

»Was sagtet Ihr, Orchon?«

»Nichts, Herr.«

Sie betraten die Kammer, und zu seiner Bestürzung stellte Orchon fest, dass auch Meme Salmango, Meister Svelgar und sogar der alte Verkünder Vithun hier waren.

»Jetzt werden wir ja sehen, ob diese Steine die Wunder bewirken, die Ihr versprochen habt, Schmied«, schnarrte der Alte.

Orchon deutete eine Verbeugung an und verbarg seine Gefühle.

»Bei den Monden«, schnaufte Svelgar, »ich kann fühlen, dass etwas mit diesen Steinen nicht stimmt.«

»Ich sagte es doch«, sagte Meme Salmango. »Ihre Gegenwart ist schwer zu ertragen, denn sie geben einem das Gefühl, taub und blind zu sein.«

Valir legte einen der Steine ab und näherte sich mit dem anderen vorsichtig dem Kristall. Orchon blickte auf den armdicken Stein, vor dem der dicke Svelgar unwillkürlich zurückgewichen war. Wenn er schnell war, könnte er vielleicht …

Er beobachtete gespannt, wie sich der Sturmrat Schritt für Schritt der Erdspalte näherte. Der hohe Ton, über den die Zauberer so klagten, wurde noch schriller.

Svelgar verzog das Gesicht. »Er wirkt auf jeden Fall, aber vielleicht nicht so, wie wir dachten«, presste er hervor. Valir machte noch einen Schritt. Der Kristall über dem Schlund begann zu zittern. Ein Knirschen lief durch die Felsen, und plötzlich wanderten winzige Funken über die Robe des Sturmrats. Der schwere Stein in seiner Hand zitterte, und unter den hohen Ton mischte sich ein misstönendes Brummen, das aus der Tiefe aufstieg.

»Bei Stors Schatten, lasst es gut sein, Valir!«, rief der Verkünder.

Der Sturmrat stolperte zurück. Schweiß stand ihm auf der Stirn. »Ich kann es nicht erklären, aber ich konnte spüren, dass der Tränenstein und der Kristall sich gegenseitig abstoßen«, keuchte er. »Reicht Euch das für Eure weitere Arbeit, Orchon?«

»Nun, ich muss selbst näher und vielleicht mit beiden Steinen an den Kristall heran, um …«

»Ihr glaubt doch wohl nicht, dass wir einen Weren mit so mächtigen Steinen an unseren größten Schatz heranlassen, Schmied«, polterte der Verkünder.

»Wie soll ich denn sonst ermessen, ob …«

»Ihr habt genug gesehen«, entschied Valir. »Ihr sagt, wir müssen den magischen Fluss, auf dem der Dämmerstein ruht, unterbrechen, um ihn bewegen zu können. Wir haben alle gesehen und gespürt, dass Eurer Beute diese Macht innewohnt. Nun überlegt Euch, wie wir diese Kraft bändigen. Wir wollen den Kristall nicht zerstören, sondern bewegen! Werdet Ihr das schaffen, Rotschmied?«

Orchon nickte unglücklich. Er war seinem Ziel so nahe gewesen, aber an diesem Tag würde er es nicht erreichen.

Das Bündel Holz auf Fejas Rücken wankte bedenklich im scharfen Wind.

»Nichts verlieren«, mahnte die Alderlane, »ist auch für dein Feuer.«

Feja stapfte hinter der Werin durch kniehohen Schnee. »Ich verstehe immer noch nicht, was mich das lehren soll«, murmelte sie missmutig. Das Schlimme an diesen Wanderungen war, dass sie Zeit hatte, über das nachzudenken, was am See geschehen war – und vor allem, was Span getan hatte.

»Sobald du es verstehst, machen wir den nächsten Schritt. Vorher nicht.«

Feja seufzte, sie hatte vergessen, wie hellhörig die Alte sein konnte. Seit Wochen war sie nun auf dem Berg. Der kurze Herbst war längst in einen zu frühen Winter übergegangen, und Schnee verwehte alle Pfade.

»Das ist nicht der Weg zum Mara-Tir«, sagte Feja, bekam jedoch keine Antwort. Es ging über viele Kehren hinab in ein bewaldetes Tal. Sie spürte, dass es wärmer wurde. Bald begann sie, unter ihrem dicken Pelzumhang zu schwitzen. Sie staunte immer noch, wie sehr das Wetter in den Mondbergen schwankte, vor allem aber verwunderte es sie, dass die Alderlane sie in immer neue, versteckte Winkel des Gebirges führte. Im Talgrund suchten Rinder zwischen verkrüppelten Kiefern nach Gras unter dem Schnee, doch Feja konnte nirgends Häuser sehen. Dann endlich, als sie sich nicht mehr darüber ärgerte, dass es hier reichlich Feuerholz zu finden gab, es also unnötig gewesen wäre, sich schon vorher den Rücken vollzuladen, sah sie, dass die Weren hier im Berg wohnten.

»Ist es nicht sehr mühsam, solche Höhlen in den harten Stein zu treiben, ehrwürdige Alderlane?«

»Sie sind alt«, lautete die Antwort, die Feja nichts erklärte. Die Hüterin blieb stehen und blies in das kleine Horn, das sie immer am Gürtel trug, wenn sie den Mara-Tir verließen. Bald zeigten sich Köpfe in den Eingängen der Höhlen, und kurz darauf tauchten überraschend viele Weren auf. Sie begrüßten die Ganesa mit großer Ehrerbietung, Feja hingegen betrachteten sie mit offenkundigem Misstrauen.

»Ist das die Gaucha, von der sie in den Tälern reden? Diejenige, die Hexer zum heiligen See geführt hat?«, fragte einer der Männer, vermutlich der Älteste. Feja verstand inzwischen genug Werisch, um auch die Feindseligkeit aus den Worten herauszuhören.

Die Alderlane überging die Frage mit einem Schnauben. »Wo ist das Kind?«, fragte sie stattdessen.

Ein Mann kam jetzt den Hang hinunter. Er hielt ein vielleicht siebenjähriges Mädchen, eingewickelt in eine Decke, im Arm. Feja sah sofort, dass es an Fieber litt. Die Ganesa brummte kopfschüttelnd ein paar Worte, befühlte Stirn und Brust des Kindes und durchsuchte dann die schwere Tasche, die Feja für sie tragen musste. »Es ist nicht die Aschenpest«, verkündete sie nebenher.

Ein Seufzer der Erleichterung lief durch die Reihen der Weren, die jede Handbewegung der Heilerin genau beobachteten. Jetzt suchte die Alderlane einige Kräuter heraus und drückte sie dem Vater des Mädchens in die Hand. »Mach ihr morgens und abends Tee davon. In vier oder fünf Tagen ist es überstanden – wenn du tust, was ich sage. Und ich sage, dass die Kleine wenigstens fünf weitere Tage nicht die Ziegen hüten, Wasser holen oder sonst einer Arbeit nachgehen darf. Sie ist geschwächt, und das Fieber kann leicht zurückkehren.«

Der Vater dankte der Ganesa mit einer tiefen Verbeugung. Der Dorfälteste lud die Alderlane – nicht aber Feja – zum Essen und Übernachten ein, doch die Alte schüttelte den Kopf. »Wir müssen zurück. Es wird heute Nacht mehr Schnee geben, und dann finde selbst ich keinen Weg mehr.«

»Sie haben Euch wieder keine Bezahlung angeboten, ehrwürdige Ganesa«, sagte Feja, als sie sich an den Aufstieg machten. Das Bündel auf ihrem Rücken schien immer schwerer zu werden.

»Sie bringen, wenn ich verlange, und wenn ich nichts verlange, bringen sie trotzdem«, lautete die Antwort. Die Alte humpelte, auf ihren Stock gestützt, erstaunlich schnell den steilen Pfad hinauf.

»Sagt, ehrwürdige Alderlane, hätte ich das Mädchen nicht heilen können?«

»Vielleicht, deine Kraft ist groß, auch wenn du sie weder verstehst noch beherrschst.«

»Warum habt Ihr es mich dann nicht versuchen lassen? Ich kann es nicht lernen, wenn ich es nicht versuche.«

»Zu viel Kraft für so eine kleine Krankheit. Warum einen Zauber bemühen, wenn Kräuter doch das Gleiche bewirken?«

»Ich hätte sie sofort gesund gemacht.«

Die Alte blieb stehen und blickte auf Feja hinab. »Und wieder verstehst du etwas nicht.« Dann humpelte sie weiter, ohne zu erklären, was sie meinte.

Feja hatte bald Mühe, ihr zu folgen. »Du atmest falsch«, erklärte die Alderlane, als sie endlich oben auf dem Pass angelangten.

»Das habt Ihr schon einmal gesagt. Wollt Ihr mir nicht erklären, wie ich es richtig mache?«

»Bald, wenn du endlich beginnst, den Sinn meiner Worte zu verstehen.«

Feja lehnte sich keuchend an eine Felswand. »Ihr erinnert mich an meine erste Lehrerin bei den Grauen Magiern. Sie sagte auch immer, dass ich falsch atme. Allerdings redete sie vom Zaubern, nicht vom Wandern.«

»Wandern oder Zaubern – da ist kein großer Unterschied. Aber weiter jetzt. Der Wind dreht. Uns bleibt nicht viel Zeit.«

Seufzend folgte ihr Feja ins nächste Tal. Kein Unterschied? Diese alte Frau sprach in Rätseln. Und das Schlimme war, dass es in den vergangenen Wochen eher mehr Rätsel als weniger geworden waren. Feja hatte noch so viele Fragen, aber inzwischen gelernt, dass sie nie eine klare Antwort bekommen würde. Also stemmte sie sich gegen den eisigen Wind, schleppte ihr schweres Bündel und übte sich weiter in Geduld.

König Gimlarin war in die Betrachtung der Ahnentafel vertieft. Er hielt die kleine Holztafel mit Sifrids Namen in der Hand und strich von Zeit zu Zeit gedankenverloren und zärtlich über die eingebrannten Buchstaben.

Mornir Gyltorn konnte seinen Blick nicht von diesem Stück Holz lösen. Er hatte Sifrid mit seinen eigenen Händen getötet. Der Prinz hatte es verdient, er hatte ihn verhöhnt, verspottet und seinen Plänen im Wege gestanden. Nun war er tot. Sifrid hatte eine Flotte bauen wollen, um Krieg zu führen. War das Reich ohne ihn nicht besser dran?

Gyltorn schlief trotzdem schlecht, und Sifrid suchte ihn mit stumm anklagenden Blicken in seinen Träumen heim. Manchmal sah er ihn auch auf der Straße, in der Menge, doch stets war es eine Täuschung, nur ein Mann, der ihm aus der Ferne oder im Schatten ähnlich sah.

Gyltorn fröstelte. Ein kalter Wind zog durch die alten Fenster. Durch die Butzenscheiben konnte er sehen, dass es wieder schneite.

»Ich frage mich, ob die Ahnen meine Fragen beantworten könnten.«

»Verzeiht, Hoheit – welche Fragen?«, fragte Gyltorn.

»Über das Ende der Welt, wie wir sie kennen, Lothfold! Ob der Untergang kommt oder schon begonnen hat! Die Hinweise mehren sich. Aus Ryk werden Wolken gemeldet, die die Form von Drachen annahmen. Im Westen hat man die Toten der

Schlacht im Alten Grund durch das Graufenn ziehen sehen, und Krähen in ungeheurer Zahl ziehen über das Land und kündigen Verhängnis und Not an. Wyrmochs Fluch ist erwacht, und seine Trägerin zieht mordend durch die Wälder. Die Mondkundigen sagen, dass wir uns der großen Konstellation nähern. Alle sechs Monde werden zur gleichen Zeit am Himmel stehen, Lothfold, alle sechs! Das war immer ein böses Zeichen. Heißt es nicht, dass sie sich eines Tages vereinen werden – und die Welt enden wird?«

»Möge es nie geschehen«, murmelte Gyltorn die rituellen Worte. Dann wiederholte er, was er irgendwo aufgeschnappt hatte: »Die sechs erscheinen dieses Mal jedoch weder in voller noch in neuer Gestalt am Himmel. Die Weisen halten das für ein gutes Zeichen im Schlechten.«

»Und doch«, seufzte der König, »als es das letzte Mal geschah, kam die Pest über Edun, und neben vielen, vielen anderen starb auch König Selvar, den man den Guten nannte. Es erfüllt mich mit Trauer, wenn ich an ihn denke, Lothfold.«

»Es war ein schrecklicher Verlust, Hoheit, aber das Reich hat auch Selvars Tod überstanden«, sagte Gyltorn. Er versuchte, sich zu erinnern, wer von den Selvars der Gute genannt worden war und wann er gelebt hatte.

»So ist es wohl. Wir Könige sind wie Laub an einer Eiche. Eine Zeit lang schmücken wir den Stamm, doch dann fallen wir, und der Wind der Zeit trägt uns ins Vergessen.«

»Selvar III. wurde nicht vergessen, Hoheit, auch nicht nach sechs Jahrhunderten. Und auch Euer Name wird durch die Zeitalter leuchten.«

Der König lächelte melancholisch. »Wird er das? Werde ich nicht der König sein, dessen Thron von Wyrmochs Fluch verschlungen wurde?«

Gyltorn räusperte sich. »In dieser Angelegenheit hätte ich einen Vorschlag zu unterbreiten, Hoheit.«

Der König antwortete nicht. Stattdessen drehte er gedankenverloren die Holztafel mit dem Namen seines ermordeten Sohnes in den Händen.

Gyltorn fröstelte es. Dieser verfluchte Wind, der durch die Fenster pfiff! »Ich habe mich bei den Chronisten erkundigt, Hoheit, doch scheint es in unseren Archiven wenige bis gar keine Aufzeichnungen über diesen Fluch zu geben. Ich erfuhr jedoch, dass in der großen Bibliothek von Pylion alte Sagen aus Edun gesammelt und aufbewahrt werden.«

»Ihr glaubt, dass sich die Skrosier von Pylion für unser Verhängnis interessieren?«

»Ich bin mir dessen sicher, Hoheit. Sie sind bekannt dafür, Wissen anzuhäufen, weil sie sich Macht und gute Geschäfte davon versprechen.«

»Ja, so sagt man«, meinte der König, der offenkundig keine Ahnung hatte, worauf Gyltorn abzielte.

»Ich denke, wir sollten einen fähigen, nein, den besten Mann nach Pylion senden. Ich habe Eurem Kanzler und dem Kronrat in dieser Angelegenheit sogar schon einen Vorschlag unterbreitet, stieß aber auf taube Ohren.«

»Wirklich? Wer sollte dieser Mann denn sein?«

»Ein Chronist namens Halbrog. Er gilt allenthalben als der Fähigste seiner Zunft.«

»Ich erinnere mich an den Namen. Soll er nicht Erster der Chronisten werden?«

»Ihr seid gut unterrichtet, Hoheit, doch ich denke, derzeit ist es viel wichtiger, alles über die dunklen Mächte herauszufinden, die das Reich bedrohen, Hoheit.«

Vor allem aber, so dachte Gyltorn, *ist es wichtig, die Gilde der Aschfahrer zufriedenzustellen.*

»Und der Kanzler ist dagegen?«

»Ich fürchte, Hochmeister Ferror ist ganz von jenem Prozess besessen, den er gegen die Grauen Magier führt. Er wird sich jedoch Eurem Wunsch gewiss nicht widersetzen, wenn Ihr ihm die Dringlichkeit begreiflich macht.«

»Und mein Sohn Folgar?«

»Der Prinz? Nun, er hat zu dieser Angelegenheit nichts gesagt, Hoheit.«

»Ich bin besorgt um ihn, Lothfold. In Skros ist er dunklen Mächten begegnet.«

»Ihr meint die Totenbeschwörer?« In der Tat hatte auch Gyltorn einige beunruhigende Gerüchte über den Prinzen gehört.

»Er will die Finsternis nicht sehen, die sie in sich tragen.« Der König senkte die Stimme. »Wusstet Ihr, dass sie den Aschfahrern halfen, unseren Ahnen im untergegangenen Utor ihre gefährlichsten Geheimnisse zu entreißen?«

»Welche Geheimnisse, Hoheit?« Würde er jetzt erfahren, warum die Gilde mit dem König im Streit lag?

»Die Mangyr!«, flüsterte der König. »Es heißt, sie wüssten, wo der letzte Splitter der Allkugel zu finden sei! Aber sie dürfen ihn nicht finden! Es wäre das letzte, das schlimmste aller bösen Zeichen!«

»Ich verstehe, Hoheit.« Gyltorn hatte in Wahrheit nicht die leiseste Ahnung, wovon Gimlarin redete. Konnte er den König nach der Allkugel fragen, oder durfte er sich diese Blöße nicht geben? »Und das ist der Grund, warum Ihr die Aschfahrten verboten habt?«

»Folgar versteht das nicht. Er gibt nicht viel auf die Weisheit alter Prophezeiungen, aber er hat Achtung vor meinem Gesetz. Aschfahrer und Totenbeschwörer … kein Gefolge für einen Prinzen, nicht wahr? Doch will ich Euch nicht mit den Sorgen eines Vaters behelligen.« Er straffte sich. »Ihr glaubt, dieser Meister Halbrog könnte in Pylion Antworten auf meine Fragen finden?«

»Ich bin davon überzeugt, Hoheit.«

»Dann soll es so sein.« Der König legte die Tafel mit Sifrids Namen zur Seite. Für einen Augenblick sah es so aus, als schöpfe er wieder Hoffnung.

Es lag Schnee im königlichen Garten. Er war nicht zu Matsch zertreten wie in den Straßen von Lente, sondern leuchtete jungfräulich weiß in der Wintersonne. Ginnar Dregin betrachtete ihn durch Beles Augen und fand seine Reinheit erfrischend. Auf dem Turnierplatz stand der Atem der Pferde wie kleine Wolken in der klaren Luft, und auch die Tiere dampften, während sie hin und her hetzten. Funken stoben, wenn Übungsschwerter sich kreuzten. Auch von den Reitern stieg weißer Dunst auf, weil sie trotz der großen Kälte unter ihren prächtigen Rüstungen schwitzten. Beles Blick galt vor allem einem unter ihnen: Auf das wattierte Wams, das er über dem Kettenhemd trug, war der silberne Seedrache der königlichen Familie gestickt.

»Ich hoffe, du hast nicht nur Augen für Prinz Iske«, sagte Dregin mit einem Lächeln.

»Verzeiht, Herr«, erwiderte Bele leise, und ihr Blick schweifte über die weitläufige Anlage.

Knappen lungerten am Rande der Turnierbahn herum, auch einige Zuschauer verloren sich an diesem kalten Tag rund um den Turnierplatz und beobachteten die Übungen. All das war nichts Ungewöhnliches, doch der reine Schnee verlieh dem alltäglichen Treiben einen feierlichen Anstrich. Dregin saugte das prächtige Bild mit den bunten Wappenröcken der Ritter und Knappen und den kostbaren Pelzen der Zuschauer in sich auf. Bald schon würde er wieder nur das graue Zwielicht sehen.

Ihm war bewusst, wie fremd er in seiner abgetragenen Robe hier wirkte. Und auch Bele, die schlichtes Schwarz trug, wirkte wie ein einsamer Rabe in einer Schar bunter Vögel, vielleicht aber, so dachte der Abot, noch mehr durch ihre stille Trauer als durch ihr Gewand.

»Wer kommt dort den Weg herauf, Bele? Lass es mich sehen.«

»Es ist der Landgraf vom Lothfold, Herr«, sagte Bele, die ihren Blick in die gewünschte Richtung lenkte.

»Gehen wir ihm ein Stück entgegen«, verlangte Dregin.

Der Landgraf entdeckte sie und erkannte wohl, dass er der Begegnung nicht ausweichen konnte. Er setzte ein überfreundliches Lächeln auf.

»Ein herrlicher Tag, nicht wahr? Und ein Bild wie aus alten Tagen«, rief er und wies mit fahriger Geste über den Turnierplatz. »Was führt Euch in die königlichen Gärten, ehrwürdiger Abot?«

»Der Wunsch, etwas anderes zu sehen, zu hören und zu riechen als die drangvolle Enge der Stadt, Erlaucht«, gab Dregin zur Antwort.

Er sah, dass Gyltorn dem Blick seiner blinden Augen auswich. Der Leibdiener an seiner Seite hingegen hielt ihm stand, unerschütterlich wie ein Fels. Dregin hätte gerne einen Blick in die Gedanken dieses Halb-Weren versucht, doch sein Schädel blieb ihm verschlossen.

»Was führt Euch hierher, Erlaucht? Habt Ihr keine dringenden Besorgungen zu erledigen?« Dregin wollte sich die kleine Anspielung nicht versagen. Er hatte Gyltorn beauftragt, sich um einen bestimmten Richter zu kümmern, hatte in dieser Angelegenheit jedoch lange nichts von ihm gehört.

Der Landgraf zuckte kurz zusammen, dann setzte er ein Lächeln auf und sagte: »Das ist einer der Gründe, warum ich hier bin. Ich will mich mit Meister Eyrim treffen und ergründen, warum er, entgegen Eurer Schilderung, unbestechlich zu sein scheint. Aber es ist wohl kein Geheimnis, dass ich auch in einer persönlichen Angelegenheit unterwegs bin. Entschuldigt mich bitte, ehrwürdiger Abot, ich bin leider ein wenig in Eile.« Und schon hastete er davon.

»Ein seltsamer Mann«, sagte der Abot. »Er verstellt sich unentwegt und versucht, es allen recht zu machen, vermutlich, weil seine Familie so verrufen ist. Dabei hasst er es aus tiefster Seele. Es ist schwer zu erraten, was er wirklich will.«

»Glaubt Ihr, dass er Meister Eyrim bestechen kann?«

»Das ist gar nicht mehr wichtig, doch dieser Auftrag erfüllt einen anderen Zweck. Er wird seinen unruhigen Geist beschäftigen, der sonst auf gefährliche Gedanken kommen könnte. Lass mich sehen, wohin er geht, Bele«, bat der Abot.

Sie folgten Gyltorn mit einigem Abstand zu den überdachten Tribünen. Dort war eine kleine Gesellschaft versammelt. »Sag, wer ist die junge Frau in dem kostbaren Zobel, mit der der Landgraf so verzweifelt das Gespräch sucht? Du kennst die Bewohner des Palastes inzwischen besser als ich.«

»Das ist Prinzessin Ifholde, die jüngste Tochter des Königs. Der Landgraf buhlt seit Jahren um ihre Gunst und um die ihres Vaters.«

»Das ist mir bekannt. Singen sie in den Tavernen nicht Spottlieder über den ewigen Freier vom Lothfold? Was ist die Prinzessin für eine Frau?«

»Sie ist freundlich im Wesen, aber ich finde sie etwas einfältig, Herr. Iske verherrlicht sie in seinen Gedichten. Allerdings ist er wohl der Einzige, der sie für eine Schönheit hält.«

»Für viele Männer ist sie durchaus schön, Bele, wenn auch nur, weil sie im Glanz des nahen Thrones leuchtet. Sollten ihre Brüder kinderlos bleiben, könnte einer ihrer Sprösslinge König werden.«

»Ich weiß, Herr. Iske hat es mir erklärt. Die Kinder ihrer beiden älteren Schwestern können das nicht, weil sie mit Fürsten aus Skros und Tsungama verheiratet wurden. Deshalb gibt es auch viele Bewerber, die um Ifholdes Hand anhalten. Das sagt jedenfalls der Klatsch, dem man in diesem Palast nicht ausweichen kann.«

»Es war eine gute Idee, dich in die höfische Gesellschaft einzuführen, Bele. Was sagt denn dieser Klatsch über Gyltorns Erfolgsaussichten?«

»Sie sind gestiegen, seit er Sifrids Leichnam heimgeleitet hat, aber es gibt auch noch einen Herzogssohn aus Nargatt und den Sohn des Jarls von Walbucht, die aussichtsreich um ihre Hand anhalten. Sie stehen vor dem Landgrafen im Rang, aber wegen seiner Abstammung nach ihm im Blut, wie es heißt.«

»Und was sagt dein Prinz?«

Unwillkürlich flog der Blick des Mädchens zum Prinzen, der auf seinem prachtvoll aufgezäumten Schimmel wirklich eine gute Figur machte. Dregin hatte allerdings den Eindruck, dass seine Kampfgefährten absichtlich zurücksteckten, wenn sie mit ihm die Klingen kreuzten.

»Er findet es falsch, dass der König Ifholde an einen der Fürsten verschachern will. Er glaubt, dass sie ihrem Herzen folgen sollte.«

»Wirklich? Er scheint mehr in seinen Gedichten zu leben, als ich dachte. Was sagt denn das Herz der Prinzessin?«

»Es ist unbeständig und will am Ende doch ihrem Vater gefallen. Ifholde ist einsichtiger als Iske und auch als der König, der sich nicht entscheiden will. In den Wachstuben wird übrigens auf den Bräutigam gewettet, und da ist Bram von Nargatt der Favorit. Das ist jener dort mit dem weißen Adler im Wappen, Herr.«

»Ich kenne das Wappen von Nargatt, Bele. Glaubst du, wir bekommen Gelegenheit, mit deinem Prinzen zu sprechen?«

»Wenn er mich sieht, wird er die Übungen abkürzen. Jedoch nicht, ohne vorher noch Eindruck zu schinden.«

Tatsächlich schien der Prinz Bele entdeckt zu haben, denn er gab seinem Pferd die Sporen und trieb es mitten hinein in das Getümmel mehrerer seiner Gefährten, die erschrocken zurückwichen, als der jüngste Sohn des Königs heranpreschte. Es gab sogar Beifall von der Tribüne für diese kleine Albernheit. Der Prinz tätschelte sein Pferd, lenkte es zu seinem Knappen und sprang elegant aus dem Sattel. Er übergab die Zügel dem Knappen und schlenderte dann über den Turnierplatz zu ihnen herüber. Zwei Diener folgten ihm. Dregin spürte, wie das Mädchen sich straffte und ihre Traurigkeit versteckte. Er entschied sich, die Verbindung mit ihr zu lösen, denn er wollte den jungen Mann nicht verunsichern. Das Letzte, was er sah, war das Leuchten in den Augen des Prinzen. Bele würde leichtes Spiel mit ihm haben – wenn sie sich an ihren Auftrag hielt.

Mornir Gyltorn war verunsichert wie stets, wenn er es mit der Prinzessin zu tun hatte. Ifholde hatte ihn zwar gegrüßt, danach aber kaum beachtet. Andererseits trug Ifholde den unglaublich teuren Zobel, den er ihr vor einiger Zeit verehrt hatte. Er war unsicher, wie er diese widersprüchlichen Signale zu deuten hatte. Die Hofdamen, die sie umgaben, bildeten eine Mauer aus kostbaren Pelzen, teuren Düften und leerem Gerede, die er einfach nicht durchdringen konnte.

Im Augenblick war die Aufmerksamkeit der Gesellschaft auf den Turnierplatz gerichtet. Prinz Iske hatte die Übungen gerade beendet und sprach nun mit Abot Dregin und vor allem seiner Begleiterin.

»Ist sie nicht eine Dunkelmagierin?«, flötete eine der Hofdamen, die die Antwort naturlich kannte.

»Vielleicht trägt sie deshalb immer nur Schwarz«, mutmaßte eine andere.

»Aber nein, für gewöhnlich tragen sie Grau, doch sie soll um ihren Geliebten trauern. Ist sie nicht auch die Tochter eines Jarls?«, fragte die Erste.

»Das ist sie. Der Jarl von Westar steht jedoch nicht in der ersten Reihe unserer Fürsten«, erwiderte eine Dritte. »Ich glaube nicht, dass sie sich Hoffnungen auf die Hand des Prinzen machen sollte.«

»Warum seid Ihr nicht auf dem Turnierplatz, Gyltorn?«

Gyltorn blickte irritiert auf. Bram von Nargatt hatte sein Pferd an die Tribüne gelenkt. Er hatte den Helm abgenommen und ließ sein langes blondes Haar im kalten Wind wehen. Bram war Ende zwanzig, ein geübter Kämpfer und ein gefährlicher Nebenbuhler.

»Diese Übungen überlasse ich den Jungen, Durchlaucht, jenen, die noch ohne die Last der Verantwortung durch das Leben schreiten«, gab Gyltorn zur Antwort.

»Meint Ihr, dass Ihr die Schwertkunst nicht braucht?«, fragte Bram mit herausforderndem Blick. Als Herzogssohn stand er im Rang über ihm. Gyltorn hörte Herablassung in seinen Worten.

»Oh, ich würde mich gerne wieder diesen belanglosen Vergnügungen hingeben, doch hindern mich meine vielen Verpflichtungen bei Hofe und auf meinen zahlreichen Gütern daran«, gab er kühl zurück.

»Ja, ich hörte, dass Ihr im Lothfold Schwierigkeiten haben sollt. Die Bauern wollen ihre Steuern nicht zahlen, wie man sagt. Ist nicht sogar von einem bevorstehenden Aufstand die Rede?«

Jetzt richteten sich aller Augen auf Gyltorn, auch die von Prinzessin Ifholde. Er erwiderte steif: »Übertreibungen … wann hätte der Landmann je nicht über seine Abgaben geklagt?«

»Sie haben es schwer«, seufzte die Prinzessin. »Erst das weiße Jahr, in dem die Asche aus dem fernen Utor die Ernten verdarb, dann der Aufstand …«

»Wir alle hatten schwere Jahre«, stimmte Gyltorn ihr eilig zu. »Doch haben wir unsere Verpflichtungen gegenüber Reich und König zu erfüllen, auch die Bauern.«

»Aber stattdessen haben sie einen Eurer Steuereintreiber aufgeknüpft, nicht wahr?«

Gyltorn verfluchte seinen Nebenbuhler innerlich und erwiderte möglichst gelassen: »Das ist wahr. Es scheint fast, als hätte jemand die armen Bauern gegen mich und meine Männer aufgehetzt. Ich werde die Schuldigen finden und bestrafen.«

»Persönlich? Mit dem Schwert in der Hand?«, spottete Bram.

»Wenn es sein muss, Durchlaucht.«

»Dann hoffe ich, dass Ihr mehr Glück habt als bei Eurem Kampf gegen dieses Mädchen, das Prinz Sifrid ermordete.«

Gyltorn versteckte seinen auflodernden Zorn über diese Unverschämtheit hinter der gut geübten Maske des Lächelns. »Dieses Mädchen ist eine gefährliche Zauberin, Durchlaucht. Sie hat schon viele Männer getötet, geübte Zauberer ebenso wie Meister des Schwertkampfes. Doch natürlich hätte ich sie angegriffen, wenn sie nicht davongestürzt wäre. Und Ihr wollt mir doch nicht vorwerfen, dass ich mich zunächst um Prinzessin Ifholdes Bruder gekümmert habe, statt ihr nachzujagen, oder?«

Der Herzogssohn schnaubte verächtlich. »Aber seither sitzt Ihr hier herum. Ich hingegen werde mich nun selbst mit einer Schar erprobter Krieger und Sturmmeister aus Nargatt auf die Jagd nach dieser Mörderin begeben.«

Ein bewunderndes Raunen lief durch die Reihen der Zuhörer dieses kleinen Streits. Auch der eine oder andere besorgte Seufzer war zu hören. Gyltorn suchte nach der passenden Antwort.

»Ich plane bereits, eine eigene Truppe meiner besten Männer in den Langwald zu senden.«

»Ihr plant? Das sieht Euch ähnlich, Gyltorn. Ich hingegen bin ein Mann der Tat und will diese Angelegenheit nicht irgendwelchen Soldaten überlassen.« Und damit riss er sein prachtvolles Pferd herum und stürzte sich wieder in die Übungskämpfe, sehr zum Entzücken der Damenwelt, die nun für den Landgrafen keine Augen mehr hatte.

Gyltorn zog sich schließlich zurück, ohne mit der Prinzessin ein Gespräch angeknüpft zu haben.

»Verfügen wir noch über genug Mittel, um ein Dutzend Männer in den Langwald zu senden, Trewe?«

»Nur wenn wir sie ohne Waffen und Rüstung losschicken, Herr. Oder wir nehmen Soldaten aus dem Lothfold, aber das kann ich derzeit nicht empfehlen«, lautete die gleichmütige Antwort.

»Und was ist aus den Schätzen geworden, die wir diesem Händler abgenommen haben?«

»Dures? Ihr wisst doch, dass die Beute enttäuschend war. Leider war er nicht so vermögend, wie man allerorten raunte.«

»Und – hört man immer noch nichts über seine Ermordung?«, fragte Gyltorn leise. Er hatte diese dunkle Tat lange verdrängt, doch nun hatte er die böse Erinnerung selbst heraufbeschworen.

»Es ist gekommen, wie ich es vorhergesagt habe, Herr. Niemand kümmert sich um den Tod eines zwielichtigen Mannes, der nicht von Stand war. Die Sache ist im Sande verlaufen.«

»Gut, sehr gut sogar. Doch wie steht unsere Sache im Lothfold? Wann fließt endlich wieder Geld in unsere Kassen?«

»Das wird bedauerlicherweise noch dauern, Herr. Es gab in einigen Dörfern Versammlungen der Bauern. Der Steuereintreiber wurde jedoch in der Stadt Nere aufgeknüpft – vor den Augen unserer Wachen, die zu feige waren, es zu verhindern, und unter dem Beifall der Bürger. Die Zünfte von Nere haben auch das Dokument verfasst, das uns gestern erreicht hat, Herr.«

»Ich hatte noch keine Gelegenheit, mich näher damit zu befassen, Trewe«, sagte Gyltorn, der sich nur ungern mit dieser lästigen Angelegenheit beschäftigte. »Was wollen diese Bauern eigentlich? Wir alle haben Abgaben zu entrichten!«

»Wenn Ihr Euch erinnern wollt, habt Ihr ihre Steuerlast jüngst verdoppelt, da Ihr darauf besteht, dass sie die gestundeten Lasten aus dem weißen Jahr sofort entrichten. Selbst unter Euren Lehnsmännern weigerten sich einige zu bezahlen. Besagtes Schreiben wurde übrigens federführend von einem unserer Ritter verfasst.«

»Von wem?«

»Er wird Hagir vom Schwarzschilf genannt, nach der alten Brandungsburg, die seiner Familie gehört.«

»Hagir? Ich kenne ihn. Ein streitlustiger alter Sturkopf, der schon Vater oft verärgert hat. Und der hat sich zum Wortführer der Bauern und Handwerker gemacht? Mir schien bisher, dass er nie viel für sie übrig hatte.«

»Aber nun eint sie ein gemeinsamer Feind. Und der seid Ihr, wenn ich das sagen darf, Herr.«

Missmutig stapfte Gyltorn durch den Schnee. »Hast du einen Vorschlag, wie wir dieses Problem lösen, Trewe?«

»Wir könnten ihn und die anderen Ritter für dieses Jahr von den Zahlungen entbinden. Das würde einen Keil zwischen die Edlen und die Bauern treiben. Allerdings ist das Gold, das wir Dures raubten, schon wieder ausgegeben, um andere Schulden zu begleichen – oder um einen Zobel und andere Kostbarkeiten für eine gewisse Prinzessin zu erwerben. Zeigen wir uns also nachgiebig, stehen wir wieder vor dem Ruin, Herr.«

»Ich bezweifle auch, dass Nachgiebigkeit hier der richtige Weg ist. Ich will mich nicht zum Gespött bei Hofe machen. Doch sieh, da am Teich steht Meister Eyrim wie verabredet. Was tut er da?«

»Ich glaube, er füttert die Enten, Herr.«

»Ich grüße Euch, Meister Eyrim«, begann Gyltorn freundlich,

als er zu dem Magier aufgeschlossen hatte. »Es ist schön, Euch zu sehen.«

Der Meister schaute nur kurz auf. »Auch ich grüße Euch. Doch weiß ich nicht, warum Ihr mich treffen wollt. Es hat sich nichts geändert. Ich bin an Eurem Gold nicht interessiert.«

»Ich denke, Ihr habt da etwas missverstanden, Meister Eyrim. Ich war lediglich an Eurer Meinung zu dem Prozess interessiert, nicht daran, diese Meinung zu beeinflussen«, versicherte Gyltorn.

Der Heilmagier warf ihm einen offensichtlich belustigten Blick zu. »Das wird Abot Dregin nicht gerne hören. Habt Ihr nicht gerade erst mit ihm gesprochen?«

»Ich spreche mit vielen Leuten, und ich höre zu. Und manchmal erfahre ich erstaunliche Dinge. Aber ich bin wohl nicht der Einzige, den es verwundert, dass ein Oberer des Grauen Ordens plötzlich ein Heilmagier wird.«

»Nun, es schien mir angebracht, meine alten Tage bei einer Bruderschaft zu verbringen, die weniger gefährliche Wege geht. Muss ich Euch erst noch warnen, Erlaucht? Ist Euch nicht bewusst, dass der Abot und alle, die ihm folgen, auf dunklen und gefährlichen Pfaden wandeln? Wisst Ihr denn nicht, dass die Mörderin unseres verehrten Prinzen seine Lieblingsschülerin war? Was glaubt Ihr denn, von wem sie ihre finsteren Künste gelernt hat?«

Letzteres war Gyltorn allerdings neu. »Das ist faszinierend, Meister Eyrim. Es ist immer ein Gewinn, mit Euch zu sprechen.«

Der Magier zuckte mit den Achseln und streute weiter Brot auf den halb zugefrorenen Teich. Enten schnappten danach.

»Mir ist bewusst, dass Ihr kein Freund des Abots seid, doch geht Eure Abneigung so weit, dass sie Euren viel gerühmten Geschäftssinn überschattet?«

Eyrim blinzelte zweimal. »Versucht Ihr nun also doch, meine Stimme zu kaufen, Erlaucht?«, fragte er freundlich.

»Nichts läge mir ferner, verehrter Meister.«

»Das ist gut. Seht Ihr, die Ereignisse des vergangenen Jahres haben mir die Augen geöffnet. Vielleicht werde ich auch einfach nur alt.« Er lachte kopfschüttelnd. »Ich habe mich mit Bedacht dem Orden der Heiler angeschlossen, denn dort habe ich beinahe alles, was ich brauche. Bei meinen Brüdern in Walbucht führe ich ein auskömmliches Leben, brauche also gar kein Gold. Sogar an das elende Wetter auf Hrimvar habe ich mich gewöhnt. Ja, ich habe meinen Frieden gefunden, Erlaucht. Sollte ich das für eine Handvoll Münzen gefährden? Um einen Feind aus dessen selbstverschuldeter Not zu befreien?« Er streckte sich und strich sich Brotkrumen von den Händen. »Und nun entschuldigt mich, Erlaucht. Ich will in der Palastküche nach Brot fragen. Die Enten scheinen heute sehr hungrig zu sein.«

Gyltorn sah dem Mann nachdenklich nach. »Das war eigenartig. Glaubst du ihm dieses merkwürdige Gerede von Frieden und Alter, Trewe?«

»Nein, aber ich habe verstanden, dass er sich von Gold oder Silber nicht kaufen lässt, ganz anders, als der Abot gesagt hat.«

»Dann hast du nicht genau zugehört. Er sagte zum einen, dass er in Walbucht *beinahe* alles hat. Also scheint ihm etwas zu fehlen. Und er sagte, dass er seinen inneren Frieden nicht für *eine Handvoll Gold* gefährden will. Wir werden also tief in unsere Taschen greifen müssen.« Er seufzte. »Ich weiß, sie sind leer. Also müssen wir etwas anderes finden, um ihn für uns zu gewinnen. Wir dürfen den Abot nicht enttäuschen. Er kann ein mächtiger Verbündeter sein, doch er wäre erst recht ein sehr gefährlicher Feind.«

Sie hämmerten zu zweit auf das glühende Eisen ein, bis es die richtige Form annahm, dann packte es Skuran Orchon mit der Zange und tauchte es rasch zur Härtung in den Wassertrog. Eine Wolke aus Dampf stieg auf.

Der Schmied der Graumagier wischte sich Schweiß und Ruß von der Stirn. »Wusstet Ihr eigentlich, dass mir Feja früher hier in der Scheune geholfen hat?«

»Tatsächlich?«, murmelte Orchon.

»Sie war wirklich gelehrig und geschickt. Ich habe ihr auch beigebracht, mit dem Dietrich umzugehen.« Er seufzte. »Ich begreife immer noch nicht, dass sie uns verraten konnte.«

Orchon betrachtete das Eisen im Wasser. Das Glühen erlosch.

»Erst habe ich sie sogar bedauert«, fuhr Meister Uri fort. »Denkt Euch, sowohl ihr Vater wie auch ihr Onkel sind damals spurlos verschwunden.«

Orchon blinzelte und fragte sich, warum der Schmied nicht merkte, wie unangenehm ihm diese Unterhaltung war. Vater und Onkel … er hatte sie beide töten müssen, denn sie standen der Erfüllung von Wyrmochs Fluch im Wege.

Und das glaubst du immer noch?, fragte die Stimme, die ihn seit der ersten Bluttat verfolgte. »Es ist wahr«, presste Orchon hervor. Und als er den fragenden Blick von Meister Uri bemerkte, fügte er schnell hinzu: »Ich wollte sagen, wir kommen allmählich der Sache näher.«

»Ja, es war ein guter Vorschlag, einen unserer alten Rundschilde zu verwenden. Haben wir erst die Kreuzbänder mit den Griffen angebracht, wird er sich einigermaßen tragen lassen, obwohl dann nur zwei Männer die Last zu stemmen haben …« Er seufzte. »Das wird keine Arbeit für Schwächlinge. Wenn wir die Bänder nur ordentlich vernieten, sollten die Griffe doch halten, oder?«

»Das denke ich auch«, meinte Orchon.

Meister Uri kratzte sich am rußgeschwärzten Kinn. »Aber dann das Gewicht dieser, wie nanntet Ihr sie noch gleich? Tränensteine! Sie sind schwerer, als sie aussehen. Wir bewegen uns auf unsicherem Boden.«

»Ach, es wird schon gehen«, murmelte Orchon.

Der Schmied der Graufeste schlug sich plötzlich gegen die Stirn. »Aber ja!«, rief er. »Ich denke, ich habe die Lösung! Wir fertigen zwei lange Holme an und bringen hier, knapp unter dem Rand, ein paar kräftige Ösen an. Dann können wir den Schild wie eine Sänfte tragen. Hätten wir dort unten mehr Platz, könnten wir sogar eine Art Wagen mit Rädern bauen.«

Orchon starrte den utorischen Schmied an. Uri hatte leider immer wieder gute Ideen. Das mit den Holmen war naheliegend, jedoch schlecht. Denn je sicherer die Männer den Dämmerstein tragen konnten, desto schwieriger würde es werden, ihn in die Tiefe stürzen zu lassen.

Meister Uri streckte sich und gähnte. »Die Bänder sind zwar noch nicht fertig, aber ich denke, wir sollten die Arbeit für heute beenden. Dann können wir uns über Nacht Gedanken machen, wie sie sich mit den Holmen vertragen.«

»Vielleicht habt Ihr recht«, sagte Orchon. Er blickte hinüber zu dem wassergefüllten Kupferkessel, in dem sie die Tränensteine verwahrten. Heimlich hatte er aus dem Kessel getrunken, doch offenbar gaben die geheimnisvollen Steine ihre Kraft nicht in jedes Wasser ab. Er hatte außer einem metallischen Geschmack jedenfalls nichts gemerkt. Oder hörte er deshalb die Stimmen in seinem Kopf öfter als zuletzt? »Wir sollten noch einmal hinuntergehen, um mehr über die Tränensteine und … das Geheimnis zu erfahren. Vielleicht können wir wenigstens das Gewicht jenes … Dinges schätzen. Wir arbeiten hier aufs Geratewohl, Meister Uri. Ich will nicht, dass wir unseren Schweiß ganz umsonst vergießen.«

»Das Blut nicht zu vergessen«, merkte der Schmied gähnend an.

Orchon nickte düster. Die schrecklichen Bilder vom Berg kehrten zurück, das Entsetzen, als die große Höhle über ihnen eingestürzt war. Sie hatte zwei Soldaten unter sich begraben und diesen Zugang zum Mara-Tir wohl für immer versperrt. Der junge Leutnant Tyrbull war völlig außer sich geraten, denn er hatte ohne den jungen Dimgast, ohne Feja und ohne die meisten seiner Männer nach Braake zurückkehren müssen. Meme Salmango hatte ihn beim Fenngrafen aber derart über den grünen Klee gelobt, dass der junge Mann als Held dastand. Und das nur, damit er wegen gewisser Dinge den Mund hielt.

Uri band sich die Schürze ab und wusch sich die Hände. Er schien völlig arglos, doch wenn es so lief, wie Orchon es plante, dann würden die Tränensteine vom Mara-Tir das Geheimnis der Feste nicht heilen helfen, sondern es zerstören.

Und ist dir völlig gleich, dass dann vielleicht noch Hunderte mit dir sterben?, fragte die Stimme.

»Dann wäre wenigstens Ruhe«, murmelte Orchon.

»Wie? Ist mit Euch alles in Ordnung, Meister Orchon?«, fragte der Schmied besorgt.

»Ja, nur etwas alter Schmerz von alten Wunden«, antwortete der Were. Es war ihm gleich, ob er das Wagnis überleben würde, wenn es nur diesen Stein vernichtete. Er war ein Glied der Kette, mit der die Aschling-Hexer die Magie der Weren gefesselt und sie in etwas verwandelt hatten, das nur ihnen von Nutzen war.

Nerius rührte in der Suppe, die über der Feuerstelle köchelte. Ein wechselhafter Wind hielt die Flammen klein, und Meister Adach suchte sich immer wieder einen neuen Platz, um dem Rauch zu entgehen. »Wir werden wohl nie dazugehören«, sagte Nerius mit flacher Stimme. Er war blass, und seine Bewegungen waren langsam.

Feja beobachtete ihn. Er war von den Toten zurückgekehrt, aber manchmal schien es ihr, als sei ein Teil von ihm bei den Ahnen geblieben. Sie hockte im Eingang der Lederhütte, welche die Warglinge für sie gebaut hatten. Drüben, auf der anderen Seite des Gatters, saßen die Weren am Feuer. Dort fiel der Wind nicht so kalt ein wie hier, und es gab erlegtes Wild und Hütten, die die Kälte besser abhielten. Das eigentliche Lager der Warglinge befand sich ein gutes Stück unterhalb des Mara-Tir, auf einer Bergwiese, die der Wolfshang genannt wurde. Alle Wege schienen dort zu enden, nur wenn die Alderlane es wollte, zeigte sich ein Pfad, der zum heiligen See hinaufführte. Feja hatte versucht, sich die Stelle einzuprägen, an welcher der letzte Teil des Weges begann, es war ihr jedoch nicht gelungen.

»Der Aschling soll dankbar sein, dass wir überhaupt bleiben dürfen«, murmelte Adach. Aber auch er blickte sehnsüchtig hinüber. »Er ist so nah, doch die Hüterin gönnt uns nicht einen Tropfen.«

»Vielleicht überlegt sie es sich noch«, versuchte Feja, ihn zu trösten.

»Sie will dich immer noch nicht unterrichten, oder?«, fragte Nerius.

»Sie sagt, dass unsere Wanderungen bereits Unterricht seien. Und zu mehr sei ich noch nicht bereit.«

»Du hast bewiesen, dass du heilen kannst, wahrscheinlich besser als die Alte. Was willst du noch von ihr lernen?«

»Einfältiger Aschling«, zischte Meister Adach, »es geht nicht um Handwerk oder Kräuterkunde oder Handauflegen. Das Wesen der Heilkunst ist es, was das Maegadha sucht. Ein Licht, das sie aus der Dunkelheit führt, in die sie die Gauchen-Hexer zerrten.«

»Als wenn man das bei einem Kräuterweib oder -sammler lernen könnte«, brummte Nerius, der sich immer noch nicht mit dem Weren verstand. Er verschwand im Inneren des Zeltes, um die Holzschalen für die Suppe zu holen.

»Habt Ihr, was Ihr braucht?« Einer der Warglinge stand am Gatter. Er kaute Fleischreste von einem Knochen. Der Kopf eines Fuchses war auf seine Stirn gezeichnet, und Fohas, Fuchs, war auch sein Name.

»Besten Dank, wir sind versorgt«, versicherte Nerius, der sich mit den Schalen beeilt hatte. Er sagte es auf Utorisch, und Feja bezweifelte, dass der Were ihn verstand.

»Aber gegen ein Stück Fleisch hätten wir nichts einzuwenden«, meinte Meister Adach. »Es muss kein Reh oder Schwein sein, ein Kaninchen oder eine Gams würden es auch tun.«

»Fleisch bekommen nur die Jäger und manchmal jene, die für die Alderlane sorgen«, erklärte der Were.

»Dann gehen wir eben selbst auf die Jagd«, rief Nerius und wiederholte es noch einmal auf Werisch. Er hatte es erstaunlich schnell gelernt, fand Feja.

Der Wargling betrachtete ihn mit einem mitleidigen Blick. »Der Gauche war selbst um ein Haar Beute des Todes. Knapp ist er seinen Fängen entronnen. Er wird noch lange nicht jagen können.«

»Ich könnte es tun«, warf Feja ein. »Ich war immer recht geschickt mit dem Bogen, Fohas.«

Der Wargling kratzte sich am Kopf. »Du bist eine Ganesa – oder sollst es einmal werden. Eine Ganesa heilt, sie tötet nicht.«

»Hat die Alderlane gesagt, dass ich eine Ganesa werde?«, fragte Feja. »Hat sie gesagt, dass sie mich lehren wird?«

»Sie spricht nicht über dich. Aber sie schickt dich auch nicht fort. Sie war doch schon mit dir in den Tälern. Also hat sie etwas vor mit dir.«

»Sie lässt sich viel Zeit damit. Seit Wochen sitzen wir nun schon hier oben.«

Fohas zuckte mit den Schultern. »Es steht euch frei zu gehen.«

»Und wohin soll ich gehen? Die ganze Welt sucht nach mir.«

»Die Mondberge sind groß, und die Welt ist noch viel größer«, sagte Fohas, während er seinen Knochen abnagte.

»Kühne Worte für einen, der die Berge wahrscheinlich noch nie verlassen hat«, erwiderte Feja übellaunig. Diesem Ort den Rücken zu kehren kam nicht infrage. Sie würde die Alderlane schon irgendwie dazu bringen, sie endlich als Schülerin anzunehmen.

Am nächsten Morgen war Meister Adach verschwunden. Das war nicht ungewöhnlich. Er wanderte oft hinaus in die Berge, angeblich auf der Suche nach Kräutern, doch Feja bezweifelte, dass er im Winter welche finden würde. Die Hänge und Wiesen lagen unter Schnee begraben. Nur am Mara-Tir fiel keine einzige Flocke.

»Ich frage mich, was er da draußen macht«, sagte Nerius.

»Ich frage mich eher, wie er den Pfad hier hinauf wiederfindet, den ich immer vergeblich suche. Und ich hoffe, er bringt Feuerholz mit«, meinte Feja, die neben Nerius im Eingang ihres Zeltes saß.

»Er neigt leider dazu, solche Dinge zu vergessen, Feja. Letztes Mal brachte er nur eine erfrorene Eidechse mit, weißt du noch? Und dann erwachte sie am Feuer wieder zu neuem Leben.«

»Ich glaube, er vermisst sein Heim.«

»Vermutlich vor allem die Frösche«, sagte Nerius mit einem Grinsen. Dann wurde er wieder ernst. »Ich habe mich noch gar nicht bedankt …«, begann er.

Feja starrte ihn überrascht an. Sie waren schon viele Wochen hier oben. Noch nie hatte Nerius ein Wort über das verloren, was bei diesem Kampf geschehen war. Das war ihr auch lieber so. »Schon gut«, wehrte sie ab.

»Du hast mir das Leben gerettet, Feja.«

»Aber nur, weil du so dumm warst, dich einem Wurfspeer in den Weg zu stellen, der für mich bestimmt war, Nerius. Also ist es eher an mir, dir zu danken.«

»Hast du aber nicht. Du bist bisher auch gar nicht auf die Idee gekommen, oder?«

Jetzt starrte sie den Freund mit offenem Mund an. »Wirfst du mir vor, undankbar zu sein?«

»Nein, nein, ich werfe dir gar nichts vor. Du bist mit deinen Gedanken weit weg. Da ist etwas geschehen bei diesem Kampf. Du willst jedoch nicht darüber sprechen.«

»Stimmt genau!«

»›Es ist besser, einmal über etwas zu reden, als hundertmal darüber nachzusinnen‹, hat Alfand der Große einmal gesagt.«

»Wer?«

»Alfand war der Zauberer, der König Gimlar bei der Landung auf Edun beriet und führte. Aber das weißt du natürlich. Du willst mich nur ablenken.«

»Es ist manchmal schwerer, einmal über etwas zu reden, als

tausendmal darüber nachzudenken. Das sagt Feja, die noch keinen König beraten hat.«

»Und wieder versuchst du, mit einem Scherz darüber hinwegzugehen. Es hat etwas mit Span zu tun, oder?«

Sie warf ihm einen finsteren Blick zu.

»Dann habe ich recht? Ist es, weil er nicht für dich Partei ergriffen hat, sondern für den Orden?«

Feja seufzte. Die Erinnerung verfolgte sie: Wie der Mann, den sie für stumm gehalten hatte, erst ihren Namen geflüstert und dann Befehle gerufen hatte. »Ich verstehe es einfach nicht, Nerius. Er hat gesprochen! Ich habe geglaubt, ihn zu kennen. Wir waren uns so nah. Und als wir uns wiedersahen … da war diese Nähe wieder spürbar. Bis er mich plötzlich zur Seite geschoben und sich in den Kampf gestürzt hat. Und er war es, der die Befehle erteilte.«

»Dann war es wirklich seine Stimme, die ich gehört habe? Ich war mir nicht sicher, das heißt, ich dachte, er müsse es gewesen sein, aber es schien mir auch unmöglich. Ich bin doch einige Tage mit ihnen marschiert, habe sogar mit ihnen gekämpft. Er war stumm wie eh und je.«

»Dann verstehe ich es noch weniger«, seufzte sie.

»Vielleicht«, sagte Nerius langsam, »solltest du ihn vergessen.«

Sie schoss einen sehr giftigen Blick auf ihn ab, doch Nerius fiel nicht tot um, sondern redete weiter: »Vielleicht ist er es ja, der verhindert, dass die Alderlane dich als Schülerin annimmt. Hat sie nicht gesagt, dass du noch nicht bereit seist? Vielleicht spürt sie, dass du mit deinen Gedanken noch bei Span bist.«

Feja stand auf. »Span hat damit überhaupt nichts zu tun!«, fuhr sie ihn barsch an. Merkte Nerius denn nicht, wie tief die Wunde war, die dieser Tag bei ihr hinterlassen hatte? Sie stapfte hinaus in den eisigen Wind, und vielleicht war nur er es, der ihr die Tränen in die Augen trieb.

Ginnar Dregin eilte, gestützt auf Schwester Nemma, ins Hafenviertel. Die Ordensschwester musste sich durchfragen, aber am Ende fanden und betraten sie die gesuchte Herberge. Dregin erfuhr zu seinem Ärger, dass er nicht der Erste war, der sich hier nach Meister Drekkar von den Erdmagiern erkundigte.

»Es war ebenfalls ein Herr von den Magierorden, Euer Gnaden«, erklärte der Wirt umständlich, »doch war seine Robe unter dem recht teuren Pelz von roter Farbe.«

»Und Ihr, als Herr dieses Hauses mit den recht dünnen Holzwänden, wisst nicht zufällig, was er von Meister Drekkar wollte?«

Der Wirt schüttelte abwehrend den Kopf. »Ich pflege nicht zu lauschen, Herr.«

Dregin legte eine Silbermünze auf den Tisch. Das war nicht besonders viel, aber doch genug, um den Geist des Mannes für diese Art von Zuwendung zu öffnen. Dregin beschwor das Zwielicht und drang in die Gedanken des Wirtes ein, vorsichtig, sodass dieser nicht mehr als einen Anflug von Kopfschmerz bemerkte, und nicht tief, nur so weit, dass der Mann die Münze einsteckte und sagte: »Er bot ihm besseres Quartier an. Zunächst im Haus des Flammenordens, dann, weil Meister Drekkar ablehnte, in einem dieser unverschämt kostspieligen Gasthäuser des Seeviertels, in denen sie sonst die Fremden aus Skros und Tsungama auszunehmen pflegen.«

Dregin unterdrückte einen Fluch. »Wann ist er ausgezogen?«

»Gar nicht. Meister Drekkar hat seine Gäste schlicht aufgefordert zu verschwinden. Er hat das mit Worten untermalt, die ich in Gegenwart einer jungen Frau nicht wiedergeben möchte, Euer Gnaden.«

Dregin runzelte die Stirn. »Seid so gut, Mener Wirt, und fragt den Meister, ob er Zeit für zwei Besucher erübrigen kann.« Er legte noch eine Münze auf den Tisch. Der Wirt strich sie ein und verschwand.

»Hätten wir nicht einfach selbst an seine Tür klopfen können, Herr?«, fragte Nemma.

»Wie es aussieht, ist dieser Meister Drekkar nicht empfänglich für die üblichen und bewährten Instrumente der Bestechung. Wir wollen uns vorsichtig herantasten.«

»Und wenn er wirklich unbestechlich ist?«

Ginnar Dregin lächelte milde und fand es befremdlich, sich durch Nemmas Augen lächeln zu sehen. »Ich habe noch keinen Mann getroffen, der nicht einen Preis hatte. Wir müssen herausfinden, wie hoch er bei Meister Drekkar ist – und ob wir ihn bezahlen können. Auch müssen wir uns darum kümmern, dass die Feuermagier ihn nicht doch noch auf ihre Seite ziehen. Ich frage mich, wie sie so schnell von seiner Ankunft erfahren konnten.«

»Sie haben einen Mann in einem der Hafentürme, Herr. Er sendet Lichtsignale in das Haus des Feuers. Verzeiht, ich hätte Euch das sagen sollen, aber ich dachte, Ihr wüsstet davon.«

»Du hättest es mir wirklich sagen müssen, Nemma. Du bist meine Augen und Ohren in dieser Stadt, denn ich bin eben doch blind. Und zu meiner Zeit waren unsere roten Freunde noch nicht auf diesen klugen Einfall gekommen, obwohl sie schon damals den Lichtturm in den Bergen oberhalb des Königswaldes unterhielten. In den Nächten tauschten sie auf diese Weise Feuerbotschaften zwischen Lente und ihrer Festung aus.«

Meister Drekkar empfing seine Besucher in einer kleinen Stube, in die nicht viel mehr hineinpasste als ein Bett und ein Schrank. Seine Robe war alt und zerschlissen, sein Haar stand weiß und wirr vom Kopf ab, doch die hellblauen Augen in seinem verwitterten Gesicht blickten klar und durchdringend. »Falls Ihr gekommen seid, um für Euren Prozess gut Wetter zu machen, Abot, könnt Ihr gleich wieder gehen«, sagte er nach kurzer Begrüßung. »Ich bin hier, um über Eure Bruderschaft zu richten. Und das will ich unvoreingenommen tun.«

»Das ehrt Euch, aber Ihr müsst meine Neugier verstehen. Die Brüder der Erde lassen sich so selten in Lente blicken, dass manche sie schon für ausgestorben hielten.«

»Wie Ihr seht, sind wir es nicht, Abot. Wir meiden eben nur

die toten Steine der Städte, weil uns die lebende Erde mehr zu bieten hat.«

»Warum seid Ihr dem Ruf zum Gericht schließlich doch gefolgt, nachdem Ihr ihn zuerst nicht hören wolltet?«

»Eine merkwürdige Frage von dem Mann, der einen seiner Brüder aussandte, mich – oder einen meiner Brüder – zu suchen. Ich erkundete, wie Ihr wisst, im fernen Skros gerade die staubigen Ebenen von Kaddal, als mir Euer Bruder den Ruf des Königs überbrachte. Gerne habe ich diese Arbeit nicht ruhen lassen, doch hier geht es um ein Hochgericht, und das ist schon lange nicht mehr einberufen worden. Ich nehme meine Pflichten ernst, und ich spiele nicht mit der Wahrheit, Abot. Für mich ist sie ein Fels, der unter einem Sumpf von Halbwahrheiten verborgen liegen mag, aber ich gedenke, ihn auszugraben und gut und sicher auf ihm zu stehen.«

»Nichts weniger erwarte ich von Euch, Meister Drekkar. Ihr wisst, dass vor allem meine Bruderschaft darauf drängte, einen Richter aus Eurem Orden dabeizuhaben?«

»Das sagt mir nur, dass es um Eure Sache schlecht stehen muss, Abot. Ihr könnt es getrost mir überlassen herauszufinden, ob zu Recht oder Unrecht. Und nun entschuldigt mich. Ich habe einige Pergamente zu studieren.«

»Habt Ihr herausgefunden, was der Preis des Mannes ist, Herr?«, fragte Nemma, als sie die Herberge verließen.

»Nein, noch nicht. Doch er verbirgt etwas. Das Gericht ist nicht der einzige und vermutlich nicht einmal der erste Grund, aus dem dieser Erdmagier nach Edun gekommen ist.«

Trewe war aus dem Lothfold zurückgekehrt. Mornir Gyltorn hatte ihn dort hingeschickt, um Geld aufzutreiben, denn die Aschfahrer hatten zwar Silber versprochen, aber noch nicht gezahlt.

»Warst du erfolgreich?«, lautete seine erste Frage.

»Nicht sehr, Herr. Ich habe wie gewünscht den Verkauf der Pferde von unserem Gestüt in den Mitthöhen befohlen, doch wird es weniger einbringen als erhofft, denn die letzten Jahrgänge waren schwach. Auch habe ich die goldenen Sporen Eures Großvaters verkauft, obwohl Eure Mutter das nicht zulassen wollte.«

»Wie geht es ihr?«, fragte Gyltorn, obwohl es ihn eigentlich nicht kümmerte. Seine Mutter war der dunkle Geist seiner Kindheit. Sein Vater war früh verstorben, sodass er kaum eine Erinnerung an ihn hatte. Trewe hatte ihn, so gut es ging, ersetzt, obwohl die Mutter den Halb-Weren abgrundtief hasste und es ihn täglich hatte spüren lassen. Sie selbst hatte sich in eine Scheinwelt aus Trauer und Wahn geflüchtet und den jungen Mornir weitgehend sich selbst überlassen.

»Eurer Mutter geht es wie immer, Herr. Sie besucht nach wie vor jeden Tag für Stunden die Gruft und spuckt auf das Grabmal ihres ungetreuen Gatten. Und sie verflucht ebenso regelmäßig und ausdauernd mich und den Thronräuber, der Euch Euer Geburtsrecht vorenthält. Sie redete auch wieder viel davon, dass wir Opfer bringen müssten, um unser Ziel zu erreichen, war jedoch nicht bereit, sich von ihrem Schmuck zu trennen, obwohl wir damit vielleicht die größten Löcher in unserer Kasse schließen könnten.«

»Also alles unverändert. Habt Ihr noch mehr schlechte Nachrichten?«

»Vielleicht, Herr. Ich erfuhr, dass die Bauern eine Abordnung nach Lente schicken wollen, um mit Euch zu verhandeln.«

»Wenn diese Abordnung nicht mit Taschen voller Gold erscheint, kann sie gleich wieder umkehren. Doch im Ernst, was wollen diese Bauern? Ich habe sie in Jahren mit schlechten Ernten stets geschont. Bei Hofe und in der Stadt hat man mich wegen dieser Großzügigkeit als Bauernfreund und Einfaltspinsel verspottet, und wie danken sie es mir?«

»Sie haben es Euch gedankt, indem sie ruhig blieben, als im ganzen Reich Aufstände flackerten, Herr. Und ich denke, dass sie Eure Milde nicht vergessen haben. Deshalb wäre es klug, sie zu empfangen. Es gärt im Lothfold, und wir sollten versuchen, die Lage zu beruhigen. So gesehen war es am Ende sogar klug von Euren Wachen, wegzusehen, als der Steuereintreiber aufgehängt wurde. Eine Bestrafung der Täter könnte den glimmenden Zorn der Bauern in eine Feuersbrunst verwandeln.«

Die Abordnung erschien schon am nächsten Tag. Es war kalt in der Halle, in der Mornir Gyltorn seine Gäste empfing, denn er hatte Trewe befohlen, das Feuer im großen Kamin ersterben zu lassen. Diese drei Männer sollten nicht einen Augenblick glauben, dass sie willkommen seien. Zweien merkte er die Befangenheit an, welche die meisten einfachen Leute sofort befiel, wenn sie mit hochgestellten Persönlichkeiten zu tun bekamen, der Dritte jedoch wirkte unverschämt selbstbewusst. Die Augen in seinem breiten Gesicht funkelten streitlustig. Gyltorn erkannte ihn sogleich wieder. Es war Ritter Hagir.

Der Ritter ergriff das Wort: »Ich grüße Euch, Erlaucht. Und ich danke Euch, dass Ihr uns empfangt.«

»Seid mir ebenfalls gegrüßt, Hagir. Ich habe Euch lange nicht gesehen. Wie geht es auf Burg Schwarzschilf?«

»Mehr schlecht als recht, Erlaucht. Die vergangenen Jahre waren hart, die Ernten schlecht. Und obendrauf verhagelten mir die Drohungen Eurer Steuereintreiber den letzten Rest guter Laune. Ich bin jedoch zuversichtlich, dass wir zu einer Einigung gelangen, Herr.« Der Ritter trat einen Schritt vor und legte ein Pergament auf den Tisch.

»Was ist das?«, fragte Gyltorn kühl.

»Unsere Anliegen, Herr. Ihr werdet sie maßvoll finden – Senkung des Zehnts auf die Zahlen des vorvorigen Jahres sowie eine Reduzierung der Frontage auf das alte Maß. Das sind unsere Hauptforderungen. Aber Meister Garuf spricht als Oberhaupt der Zünfte von Nere und möchte Euch noch einige Dinge über Abgaben auf gewisse Tätigkeiten und Waren sagen. Und Mener Coren vertritt die Bauern, die über die Speicherabgaben reden möchten.«

»Und worüber wollt Ihr reden, Hagir? Ihr seid ein Ritter, mein Lehnsmann und mir durch Eid zur Gefolgschaft verpflichtet.« Gyltorn erhob sich aus seinem Sessel und wischte das Pergament vom Tisch. »Verhandeln? Fordern? Ihr habt Pflichten zu erfüllen!«

»Das haben wir immer getan, Erlaucht. Doch können wir nicht geben, was wir nicht haben. Das weiße Jahr, als die Asche aus Edun herübergeweht wurde, hat vor allem das Lothfold getroffen. Sogar einige Eurer Bauern sind verhungert. Und wenn die Bauern hungern, leiden die Handwerker erst recht. Denkt nur daran, dass der Brotpreis sich verfünffacht hatte! Das Volk auf Euren Ländereien darbt, Herr. Es wäre besser gewesen, den Zehnt zu senken, anstatt ihn zu verdoppeln!«

Jetzt ergriff auch Coren das Wort: »Es sind schlechte Zeiten, Herr. Erst begräbt die Asche unsere Felder, dann folgte zu allem Übel der Aufstand – dem die allermeisten von uns sich fernhielten. Den Ruf nach Brot beantworten die hohen Herren ja doch immer nur mit dem Schwert. Indes fehlte uns nach dem weißen Jahr das Saatgut, denn auch das haben die Hungrigen vertilgt. Und so waren die beiden letzten Ernten schlecht. Und wann war zuletzt eine Ernte gut, Herr? Wann waren Eure Speicher zuletzt prall gefüllt? Ich kann mich kaum daran erinnern. Es heißt, dass unsere Vorfahren Edun über die Maßen fruchtbar fanden, als sie landeten. Es fällt mir von Jahr zu Jahr schwerer, das zu glauben. Das Land ist ausgelaugt, und die Scholle kann den Mann kaum nähren. Vielleicht ist es ja wahr, was man allerorten sagt – Wyrmochs Fluch ist endlich erwacht! Er lässt die Felder verdorren und die Menschen hungern, und die Drachentochter geht durch das Land als Schnitterin, die Tod sät und Unglück erntet. Seid Ihr nicht selbst der Hexe begegnet? Dann habt Ihr gewiss den todbringenden Schatten des Drachen gesehen, der sie begleitet. Prinzen fallen, und Dörfer brennen, und bald werden alle Monde zur gleichen Zeit am Himmel stehen. Die Zeichen sind unübersehbar, Herr, und sie bedeuten nichts Gutes. Die Zeiten sind schwer, und sie drohen, noch schwerer zu werden. Wir können die Last, die Ihr uns auferlegt, nicht tragen.«

Gyltorn schüttelte den Kopf. Er wandte sich wieder an Hagir: »Ich erwarte von diesen abergläubischen Bauern und Handwerkern nicht, dass sie verstehen, was in der Welt vorgeht und welche kostspieligen Verpflichtungen ihr Landesherr zu erfüllen hat. Doch Ihr, Hagir, seid ein Ritter!«

»Ein Ritter, der im letzten Winter zwei seiner eigenen Pferde essen musste, Herr. Und auf den anderen Brandungsburgen sitzen Männer, verdiente Männer, denen es nicht viel besser erging. Auch für sie stehe ich hier.«

Gyltorn nickte düster, ging vor den drei Männern schweigend auf und ab und versuchte, einschüchternd zu wirken. Zunftmeister Garuf senkte sofort den Blick. Auch Coren wirkte verlegen. Hagir vom Schwarzschilf verschränkte jedoch nur die Arme vor dem gedrungenen Leib und sah ihn herausfordernd an.

»So seid ihr drei die Sprecher der Unzufriedenen, der Ritter, der Bauern und der Handwerker meiner Ländereien?«

»So ist es, Herr. Das Volk ist beunruhigt. Die schlechten Vorzeichen häufen sich, und im ganzen Lothfold raunt man schon, dass das Ende nah sei«, stieß Meister Garuf hervor.

»Das Ende?«, fragte Gyltorn amüsiert.

Der Schneider senkte die Stimme. »Es ist wahr, Herr. Wyrmochs Fluch! Habt Ihr nicht von der Riesin gehört, die durch den Langwald streift und die Männer des Königs tötet, als seien sie Welpen?«

»Und was hat das mit meinem Zehnten zu tun?«

»Seht Ihr es nicht? Prinz Sifrid, die Hoffnung des Reiches, wurde erschlagen, der alte werische Fluch ist erwacht – das Land ist in Unruhe. Manche glauben, die Zauberin aus dem Langwald habe Euch und Euer Land mit einem Fluch belegt, und die Alten sagen, dass die Zeit der Zauberer sich dem Ende neigt und bald Drachen über uns herrschen werden!«

»Das ist Hochverrat, Mann!«, fuhr Gyltorn den Zunftmeister an.

Hagir meldete sich zu Wort. »Meister Garuf ist nur in großer Sorge, Erlaucht. Er will sagen, dass bei all der Unruhe, die das Land erschüttert, ein erhöhter Zehnt der Tropfen sein könnte, der das Fass zum Überlaufen bringt. Hört Euch unsere

Forderungen wenigstens an. Ihr werdet sehen, dass sie maßvoll sind.«

Gyltorn schüttelte den Kopf und klatschte in die Hände. Eine Seitentür flog auf, und ein Dutzend Bewaffnete stürmte in die Kammer.

»Was hat das zu bedeuten? Ihr habt mir freies Geleit zugesichert, Erlaucht!«

»Euch ja, Hagir, doch nicht diesen beiden Männern, die an der tausendjährigen Ordnung des Reiches rütteln. Legt sie in Ketten und schafft sie in den Kerker. Der Galgen wartet schon.«

Die Soldaten packten die beiden zeternden Männer und schleiften sie aus dem Haus.

Gyltorn ließ Hagir nicht aus den Augen. Seine Hand hatte sich um den Schwertgriff verkrampft. »Lasst diese Männer frei! Sie kamen in ehrlicher Absicht und voller Vertrauen in Eure Gerechtigkeit. Sie aufhängen wie gewöhnliche Verbrecher? Das wagt Ihr nicht!«

»Ich wage noch mehr, Hagir. Kraft meiner mir vom König anvertrauten Macht als Landgraf vom Lothfold entziehe ich Euch Euer Lehen! Euer Rang mag Euch den Kerker ersparen, Hagir, doch werdet Ihr Burg Schwarzschilf bis zur nächsten neuen Eortha räumen. Es sei denn, Ihr erinnert Euch wieder an Eure Lehenspflicht und bereut. Dann bin ich bereit, den heutigen Tag zu vergessen.«

Hagir vom Schwarzschilf lief rot an, holte tief Luft und zischte: »Den heutigen Tag, Gyltorn, werdet Ihr nie vergessen!« Damit drehte er sich um und marschierte aus der Halle.

»Ist es wirklich klug, diese Männer aufzuhängen, Herr?«, fragte Trewe. Er hob das Pergament auf, das Gyltorn vom Tisch gewischt hatte.

»Wir haben der Schlange den Kopf abgeschlagen, Trewe. Jetzt werden sich die Bauern fügen.«

»Ihr habt einen der drei Köpfe verschont, Herr.«

Gyltorn seufzte. »Ja, ich weiß, aber Hagir ist ein Ritter und hoch angesehen. Ihn in den Kerker zu werfen würde meine

Lehnsmänner gegen mich aufbringen. Und die brauche ich, wenn ich mit eiserner Hand einen Aufstand im Keim ersticken will.«

»Dann rechnet Ihr mit Unruhen?«

»Natürlich, Trewe. Ich gedenke, mein Ansehen bei Hofe zu steigern, indem ich die Ordnung wiederherstelle und diese Bauernlümmel nur fester unter das Joch zwinge, das sie so gerne abschütteln wollen.«

»Das ist ein Spiel mit dem Feuer, Herr.«

Gyltorn tat den Einwand mit einem Achselzucken ab. »Mag sein. Aber ich habe noch einen Hintergedanken bei dieser Sache. Der streitlustige Hagir wird sich niemals unterwerfen, also verfüge ich bald über ein Lehen, das ich neu vergeben kann. Ich dachte da an einen gewissen Heilmagier. Wenn Meister Eyrim wirklich der Zauberei und der Intrigen müde ist, wünscht er sich vielleicht einen schönen Alterssitz mit Blick auf das Meer. Das Wetter wäre im Aschenwald jedenfalls viel besser als in Walbucht. Du siehst, wir können diese kleine Unruhe auf vielfältige Weise zu unseren Gunsten nutzen.«

Auch an den Tagen, an denen die Alderlane nicht mit ihr in irgendein Tal hinabstieg, ging Feja jeden Morgen zum Gatter, setzte sich dort auf einen Steinhaufen und trotzte, eingehüllt in ein Fell, Kälte und Wind. Wenn Nerius oder Meister Adach kamen, um sich mit ihr zu unterhalten, schickte sie sie wieder weg. Selbst zum Essen verließ sie ihren Platz nicht. Nerius machte sich Sorgen, Adach nannte sie verrückt, aber sie harrte aus. Die Ganesa sah sie jedes Mal, wenn sie aus der Hütte trat, und sie schien unbeeindruckt.

Manchmal kamen Warglinge aus ihrem Lager zum Mara-Tir hinauf. Sie brachten Wild, Getreide oder auch nur Feuerholz. Sie schlugen einen Bogen um die in der Eiseskälte ausharrende Feja.

»Sie haben Angst, dass die Verrücktheit des Maegadha ansteckend ist«, meinte Adach, der ab und zu nach ihr sah – »… um sicherzugehen, dass die dumme Gaucha nicht erfroren ist«, wie er sich ausdrückte.

Elf Tage trotzte Feja den eisigen Bergwinden. Das gab ihr Zeit, über vieles nachzudenken: über Span, über Nerius, über den Mann, den sie im Langwald getötet hatte, über all die Menschen, die ihren Tod wollten. Endlich kam die Hüterin des Sees zu ihr herübergehumpelt.

»Was tust du da?«, fragte sie.

»Ich warte darauf, endlich lernen zu dürfen, ehrwürdige Alderlane.«

»Dann wartest du vielleicht vergeblich.« Damit drehte sich die Alte um und humpelte zurück. Feja sah ihr fassungslos nach. Sie war drauf und dran, hinter ihr herzurennen, sie zu packen und anzuschreien, um endlich herauszufinden, was die Ganesa von ihr erwartete. Sie riss sich zusammen und blieb sitzen. Ihr Instinkt sagte ihr, dass sie sich von der Alderlane nicht aus der Ruhe bringen lassen durfte. Also machte sie ein paar Atemübungen, die sie von Meme Salmango gelernt hatte und – wartete.

Der nächste Tag war besonders frostig. Außerhalb des Mara-Tir tobte ein Schneesturm über die Berge. Aber nur der beißende Wind fiel in den Talkessel ein, keine Schneeflocke wehte über den Kamm. Wieder kam die Ganesa zu ihr und stellte dieselbe Frage.

»Ich warte«, antwortete Feja dieses Mal kurz.

»Worauf?«

»Auf den Frühling.«

Ein leises Flackern lief über das Gesicht der Alten. War das der Anflug eines Lächelns gewesen? »Der ist noch weit entfernt«, sagte sie.

»Ich habe Zeit.«

»Komm mit.«

Feja war so überrascht, dass sie fast sitzen geblieben wäre. Dann sprang sie auf und rannte der Alderlane hinterher, die zu ihrem Zelt zurückhumpelte. Sie erwartete sie am Eingang, nickte ihr zu und verschwand im Inneren. Feja folgte ihr mit Herzklopfen.

Warm war es in der Hütte und dunkel. Nur wenige Kerzen verbreiteten gelbliches Licht. Sie beleuchteten Wände, die über und über mit Kräutern, Knochen, Zweigen und Figuren behängt waren. In der Mitte der Hütte glomm unter einem kleinen Topf ein Feuer. Durch den einfachen Rauchabzug drang nur wenig Tageslicht in den Raum.

»Du kannst dich ans Feuer setzen. Es ist kalt dort im Wind und nicht sehr schlau, sich ihm ohne Not auszusetzen.«

Feja hätte auf diese Bemerkung gerne ein paar Dinge gesagt, aber sie schluckte ihren Ärger hinunter. Sie hatte den Verdacht, dass die Alte sie aus der Ruhe bringen wollte. Die Alderlane legte gemächlich mehrere Schichten von Tüchern ab, in die sie sich eingewickelt hatte. Dann endlich setzte sie sich ihr gegenüber.

»Du wirst dich fragen, warum ich dich so lange habe warten lassen.«

Feja nickte.

»Du bist eine Fremde, eine Gaucha. Dein Volk ist von anderer Art als wir. Schlimmer noch, du hast die Hexenkunst der Aschlinge erlernt. Es ist also doppelt und dreifach unwahrscheinlich, dass du fähig bist zu lernen, was ich dich lehren könnte. Ich weiß nicht, ob du wirklich die Heilkunst lernen willst oder ob du nur versuchst, der Dunkelheit zu entfliehen, von der du gekostet hast. Und da ist noch mehr. Ich habe dich beobachtet. Schon als du das erste Mal in die Berge gekommen bist, haben meine Wölfe dich nie aus den Augen gelassen. Ich habe gespürt, dass der Tod dich verfolgt. Du bringst Veränderung, Feja, vielleicht zum Guten, vielleicht zum Schlechten. Das, was in dir ist, deine Gabe, ist stark. Die Mächtigen werden deshalb glauben, dass du nach Höherem strebst, denn das ist es, was sie an deiner Stelle tun würden. Sie können sich nicht vorstellen, dass das Höhere etwas ist, was nichts mit Macht zu tun hat. Ihre Furcht vor dir wird sie dazu bringen, weiteres Unheil anzurichten, ob du es willst oder nicht. Das ist dein Schicksal. Wenn ich dich nun aber lehre, werde ich Teil dieses Schicksals. Doch warum sollte ich das wollen, wo die Zeichen so düster sind?«

Feja schluckte. »Ich will nicht, dass noch jemand meinetwegen stirbt. Deshalb habe ich die Graumagier verlassen. Die Welt jenseits der Berge ist voller Zwietracht und Streit. Ich bin hier, um dem zu entrinnen und mein Schicksal in eine neue Richtung zu lenken. Die Heilkunst ist doch etwas Gutes. Wie könnte Böses daraus erwachsen, wenn ich sie von Euch lerne? Und ich will lernen, ehrwürdige Alderlane.«

»Du bist entschlossen, das sehe ich.« Sie hielt inne und seufzte. Nach einer Ewigkeit sagte sie: »Deshalb will ich es versuchen.«

Fejas Herz machte einen Freudensprung. »Ich danke Euch, ehrwürdige Alderlane.«

»Danke mir nicht zu früh. Es ist gut möglich, dass du scheiterst, denn dein heißes Herz wird dir im Wege sein. Erzähle mir von dir. Ich muss wissen, welche Wurzeln dich in deinem alten Leben halten. Wie genau ist der Pfad deines Lebens verlaufen, der dich am Ende zu Edamaras Tränen geführt hat?«

Also erzählte Feja: von ihrer Mutter, die bei ihrer Geburt starb, vom Vater, der spurlos verschwand. Sie erzählte von ihrer Wanderung nach Braake, wie sie Meister Adach im Froschtempel traf und dass es Meister Hrellech war, der ihr riet, ihr Glück bei den Grauen Magiern zu versuchen. Sie erzählte von Jarknars Feste, von den Freunden, die sie dort gefunden hatte, ihren Lehrern und schließlich von ihrem Lindross.

»Ich weiß, dass die Utorer ihre Kraft aus vielen Dingen ziehen können. Bei dir ist es also das Leben anderer?«

»Wenn sie keine Magie in sich tragen, dann ja, ehrwürdige Alderlane. Ich hätte nie gedacht, dass ich den Strom auch umkehren kann, um zu heilen.«

»Du hast eine Wunde geschlossen. Es ist nicht gesagt, dass du auch ein Fieber heilen kannst«, sagte die Ganesa im strengen Tonfall. »Wie ich dir am Gatter erzählt habe, war schon einmal ein Mann hier, dessen Kraft deiner glich. Er wollte die werische

Art der Magie lernen, weil er seine eigene Kunst verabscheute. Doch stand Glotnir bereits kurz vor dem Ende eines Lebens, das er bereute. Viel konnte ich ihn nicht lehren. Ein Heiler wurde er jedenfalls nicht, vielleicht ein Weiser.«

»Verzeiht, aber sagtet Ihr *Glotnir?* Etwa Glotnir der Schwarze?«

»Dieser Name würde zu ihm passen, denn sein Bart war trotz seiner hohen Jahre pechschwarz.«

»Er war ein Mann meines Ordens. Meme Salmango hat mir von ihm erzählt. Er lebte vor vielen Jahrhunderten. Wie könnt Ihr ihn getroffen haben?«

Die Alderlane schien gar nicht zu verstehen, warum Feja so erstaunt war, sie erwiderte nur: »So wie ich dich getroffen habe. Er suchte mich auf. Aber reden wir nicht mehr über lang verblichene Hexer. Ich möchte mehr wissen über die Festung, die Jarknar gebaut hat, und darüber, warum du den Orden verlassen hast.«

Feja berichtete von ihrer Ausbildung und wie Meister Dregin ihr immer dunklere Aufträge erteilte. Hier stockte sie, denn sie wollte nicht über Span sprechen. Lieber redete sie über die Nykken, die ihr in Träumen erschienen waren, und über das Geheimnis unter der Feste.

»Es ist merkwürdig«, sagte sie. »Ein Bann schützt diesen Stein. Außerhalb der Kammer, in der er ruht, habe ich noch nie über ihn reden können – außer hier.«

»Du solltest doch gemerkt haben, dass Aschling-Magie hier schwach ist, Feja. Doch erzähle mir mehr von diesem Kristall.«

Feja schilderte ihr die rauschhafte Wirkung, die der Fliod hatte, wenn er aus dem Dämmerstein kam, und wie sie vergeblich versucht hatte, den Kristall zu zerstören.

»Und dieser Meister Orchon hat dir also gesagt, das würde die Alte Magie zurückbringen?«

»Er vermutete es, ehrwürdige Alderlane. Doch habe ich den Stein wohl nur etwas beschädigt.«

»Wie kam der Mann auf den Gedanken, dass es dir bestimmt sei, etwas so Altes und Mächtiges zu zerstören?«

»Der Drachenhof, von dem ich stamme, soll der Ort sein, an dem Wyrmoch starb. Meister Orchon glaubte, ich sei die Erfüllung von Wyrmochs Fluch, der den Utorern den Untergang prophezeite. Er hat sich wohl geirrt, wie er sich auch in den Monden meiner Geburtsstunde geirrt hatte.«

»Erkläre mir das.«

»Er nahm an, dass Galtara und Nir am Himmel standen, als ich das Licht der Welt erblickte. Es geschieht sehr selten, dass sich der Lebensmond und der Mond des Todes allein den Himmel teilen. Doch fand Meister Orchon am Ende heraus, dass Nir zwar aufgegangen war, als die Ganesa mich zu meinem Vater vor die Hütte brachte, dass aber zuvor Galtara ganz allein über das Firmament geherrscht hatte. Das geschieht wohl nur alle paar Jahrhunderte einmal.«

»Deine Mutter starb an diesem Tag?«

»Die Ganesa musste mich aus ihrem Leib schneiden, um mich zu retten. Wir wären sonst beide gestorben.«

Die Alderlane beugte sich vor, ihre Augen zu schmalen Schlitzen verengt. »Sie nahm das Messer? Sag, wie war der Name dieser Heilerin?«

»Sie heißt Isija. Sie ist oft im Langwald. Niemand versteht sich besser auf Kräuter als sie.«

»Die kleine Isija also …«, murmelte die Alte. »Ich habe sie selbst unterwiesen, doch habe ich sie nicht gelehrt, Kinder auf diese Art zur Welt zu bringen.« Das schien sie zu beschäftigen, aber dann sagte sie: »Nun erzähle mir endlich von diesem jungen Mann, den du mir zu verschweigen versuchst. Span war sein Name, nicht wahr? Schau mich nicht so an. Mir ist nicht entgangen, dass da jemand an deiner Seite war, als du mit dem Abot um den Kristall gekämpft hast.«

Nur sehr zögernd folgte Feja diesem Wunsch. Sie redete über ihre Abenteuer mit Span, der sie viel gelehrt hatte, und wie sie sich nähergekommen waren. »Ich habe wirklich geglaubt, dass er mich ebenso liebte wie ich ihn. Doch er war hier, am Mara-Tir. Er hat mich zur Seite gestoßen, und er hat mich getäuscht.

Solange ich ihn kenne, tat er so, als sei er stumm. Selbst in Zeiten größter Not kam kein einziges Wort über seine Lippen. Doch er kann sprechen. Ich habe es selbst gehört. Und ich verstehe es nicht.«

»Ich sehe, dass er eine tiefe Wunde hinterlassen hat. Dir ist klar, dass eine Ganesa keinen Mann haben darf?«

Feja nickte. Das erschien ihr kein großes Opfer. Sie würde nie wieder jemanden so lieben können wie Span.

»Das gilt natürlich auch für den jungen Mann, den du gerettet hast.«

»Nerius? Ihn habe ich doch nie …« Feja machte eine hilflose Geste. »Er hat selbst gesagt, dass ich mein altes Leben abschütteln soll.«

»Er hat wohl jenen anderen gemeint und nicht bedacht, dass diese Worte auch ihn einschließen«, sagte die Alderlane mit einem leisen Lächeln. »Aber natürlich hat er recht – du musst dein bisheriges Leben vergessen, wenn du hier ein neues beginnen willst. Bist du wirklich dazu bereit?«

Feja nickte. Was hatte sie schon zu verlieren?

»Dann soll es so sein«, entschied die Alte.

Von nun an änderte sich vieles für Feja. Sie schlief in einer Nische der Hütte, und die Alderlane übertrug ihr eine Menge Aufgaben, die sonst ihre Diener übernommen hatten. Feja kümmerte sich um das Feuer und ging Wasser holen. Kochen durfte sie nicht, denn die Ganesa hielt nicht viel von der Art, wie die Aschlinge Essen zubereiteten. Immerhin durfte sie helfen und lernte nach und nach, wie die Weren ihre Speisen würzten. Die meiste Zeit aber unterrichtete sie die Ganesa in der Kräuterkunde. Manchmal glaubte Feja, etwas zu wissen, und erzählte, was sie bei Meme Sulling in der Graufeste gelernt hatte, doch damit brachte sie die Alderlane nur auf.

»Diese Aschlinge wissen weniger von Pflanzen, als ich dachte. Sie kennen bestenfalls die Wirkung der Oberfläche, und ich will zugeben, dass sie zu viel über Gifte wissen. Aber was unter der ersten Wirkung steckt und wie man die zweite und manchmal sogar dritte Wirkung aus dem Verborgenen holt, davon verstehen sie nichts.«

Auch ihre Meinung über die Zauberkunst der Utorer war nicht gerade hoch: »Es gibt drei Arten der Magie auf dieser Welt, Feja. Die erste wohnt tief in der Erde, das ist die Alte Magie der Weren. Es ist die Art, die du bei mir lernen wirst. Sie kommt aus der Natur und wird über Kräuter, Gräser, Pilze und selbst Bäume weitergegeben. Die zweite kam vom Himmel, die findest du nur noch hier, am Mara-Tir. Sie ist die Schwester der Magie aus der Tiefe und bleibt der Welt fern, seit die Alte Magie weggesperrt wurde. Eine dieser beiden Arten steckte in allem, was du auf, unter und über Edun findest. Die Gauchen-Hexer haben das nie verstanden, auch wenn sie gelernt haben, Magie aus den Monden zu empfangen. Sie schöpfen ihre Macht aus einem Bach, den sie durch das, was sie mit ihrer Kraft anstellen, vergiften. Die reine Quelle haben sie nie erreicht. Ich bin gespannt, ob es dir gelingt, zu ihr vorzustoßen. Wenn du sie wirklich erreichen willst, darfst du nicht mehr zaubern und auch keine magische Kraft mehr in dich aufnehmen, wie es die Gauchen tun. Verstehst du das?«

Feja verstand es nicht, aber sie nickte und füllte von da an ihr Bargan nicht mehr auf. Sie lernte Kräuter zu bestimmen, zu zermahlen und zu vermischen; sie lernte, aus zwei eigentlich giftigen Pilzen ein wirksames Mittel gegen Wundbrand zu gewinnen und aus dem eigentlich heilsamen Gänsekraut und dem gesunden Öl der weißen Distel ein tödliches Gift zu mischen. »Du bist nicht so ungeschickt, wie ich befürchtet habe«, meinte die Ganesa eines Abends, als es Feja in stundenlanger Arbeit gelungen war, eine halbe Handvoll getrockneter Grassamen nach den kaum unterscheidbaren Unterarten zu sortieren. »Aber bilde dir nicht zu viel ein. Du weißt hoffentlich, wie kümmerlich das ist, was wir hier tun?«

»Kümmerlich, ehrwürdige Alderlane?«

Die Ganesa setzte sich seufzend ans Feuer. »In der alten Zeit, als die Magie noch ganz Edun durchdrang, da wirkte sie stark in jeder Pflanze. Du hättest nur einen dieser Samen gebraucht, wo nun tausend nicht mehr ausreichen. Die heilende Wirkung all dieser Kräuter ist nur ein schwaches Echo dessen, was früher in ihnen steckte.«

»Weil die Utorer die Magie in Ketten legten?«

»In Ketten? Ich weiß nicht, ob dies das richtige Wort ist.«

»Meister Orchon hat es so beschrieben. Meister Hrellech sprach hingegen von einer Mauer, in die ich ein winziges Loch geschlagen hätte, als ich den Dämmerstein beschädigt habe.«

»Die Alte Magie stieg aus der Tiefe. An fünf Orten trat sie besonders stark zutage. Dort sitzen nun die Aschling-Hexer mit ihren magischen Steinen und hindern die alte Kraft daran, sich im Land zu verteilen.«

»Wenn die Weren das wissen, warum haben sie sich nie dagegen gewehrt?«

»Es ist nicht unsere Art, zu den Waffen zu greifen oder Magie gegen Menschen oder Tiere zu richten. Wir hätten den Kampf nicht gewinnen können, ohne alles zu verlieren, woran wir glauben.«

»Was ist mit den Drachen? Gab es nicht noch andere neben Wyrmoch? Warum haben die Weren sie nicht um Hilfe gebeten?«

»So kann auch nur eine Gaucha fragen. Da wir selbst nicht kämpfen wollten, konnten wir doch nicht andere die Kämpfe für uns austragen lassen. Wir haben die Berge und den Langen Wald, und das muss uns genügen, bis die Utorer eines Tages begreifen, dass ihr Weg der falsche ist.«

»Ich kenne viele Utorer, ehrwürdige Alderlane. Ich habe allerdings noch keinen getroffen, der diese Einsicht zeigte.«

»Nun, es ist, wie es ist. Und wir können es nicht ändern.«

»Der Mara-Tir ist keiner der fünf magischen Orte, von denen Ihr spracht?«

»Nein, natürlich nicht. Hast du mir nicht zugehört? Er wurde von Edamara selbst geschaffen, denn sie liebte es, hier oben zu baden. Als sie aber sah, dass der Allvater, ihr Geliebter, die Menschen dazu verführte, Edun zu verlassen, da weinte sie bittere

Tränen. Sie sind versteinert, und wir bewahren sie in der Grotte auf. Die Fremden, die hier waren, haben zwei von ihnen gestohlen. Ich weiß nicht, was sie sich von ihnen erhoffen. Nur im Wasser dieses Sees entfalten Edamaras Tränen die Kraft, die du bereits gekostet hast und die dir helfen kann, den dir bestimmten Weg zu finden.«

»Es war ein ganzer Becher voll …«, sagte Feja andächtig, aber die Alderlane lachte nur, schüttelte den Kopf und sagte: »Nur ein Tropfen war es, in einem Becher von gewöhnlichem Wasser. Doch hat er gereicht, dich wenigstens für einen Augenblick zu dir selbst zu führen.«

Feja verstand das wieder nicht. Sie dachte nach, dann wagte sie es, die Frage zu stellen, die sie schon lange Tage beschäftigte: »Sagt, ehrwürdige Alderlane, wie seid Ihr zur Hüterin dieses Sees geworden?«

Die Alte sah sie mit ihren grauen Augen durchdringend, beinahe feindselig an, dann seufzte sie und erwiderte: »Einst war ich nur eine einfache Ganesa, eine unter vielen. Doch als die Zeiten finsterer wurden und die Ältesten spürten, dass die Alte Magie zu schwinden begann, da bestimmten sie mich zur Hüterin dieses Sees. Wie prachtvoll der Mara-Tir damals war! Und wie wenig noch von ihm übrig ist.«

»Und wie lange ist es her, dass Ihr zur Alderlane wurdet?«

»So lange, dass ich die Jahre nicht mehr zähle. Und nun geh, Feja, ich bin müde.«

Der Hammer sauste auf die Metallscheibe. Meister Uri war ein unermüdlicher Arbeiter, das musste Skuran Orchon zugeben. Aber er war ein Mann des Stahls, der Schwerter und Rüstungen und keiner, der mit Kupfer und feinen Mechanismen vertraut war.

»Ich weiß nicht, warum Ihr auf diese Gelenke besteht. Sie machen die Sache doch nur unnötig schwierig.«

»Ganz im Gegenteil, mein Freund«, belehrte ihn Orchon nicht zum ersten Mal. »Ihr wisst, wie eng es dort unten in der Kammer zugeht. Diese Gelenke erlauben uns nun, die langen Holme zusammenzuklappen. So werden wir die Schale leicht hinunterbringen.«

»Wird sie denn stabil genug sein? Gelenke sind immer ein Schwachpunkt, das kann Euch jeder Rüstungsmacher oder Plattner sagen.«

»Aber das ist keine Rüstung, Meister Uri. Seht, sobald die Stangen ausgefahren sind, verhindern diese Bügel, dass sie nach oben knicken. Es ist ganz einfach.«

»Einfach nennt er das«, brummte Meister Uri und ließ den Hammer erneut niedersausen.

»Wie weit seid Ihr?«, fragte Sturmrat Valir, der in die Schmiede getreten war.

»Noch ein oder zwei Tage, Herr, dann können wir einen Probelauf wagen.«

»Wie ich sehe, kann man die Holme wirklich einklappen. Das ist sehr gut.«

»Ich habe meine Zweifel«, sagte Meister Uri. »Schon weil ich den Sinn mancher dieser Hebel nicht verstehe.«

»Das wird offenbar werden, sobald alles an seinem Platz ist«, versicherte Orchon. Es war schwierig gewesen, den Schmied zu täuschen. Aber schließlich war es ihm gelungen, einen unscheinbaren Mechanismus einzubauen. Ein kleiner Druck an der richtigen Stelle, und das ganze Konstrukt würde wie ein schlecht gebautes Zelt zusammenfallen und mit dem Dämmerstein für immer in der Tiefe verschwinden.

»Ist es auch robust genug, um, sagen wir, eine kleine Reise zu unternehmen?«, fragte der Sturmrat.

»Eine Reise, Herr?« Orchon sah Meister Uri an, dass der ebenso überrascht war wie er selbst.

»Mit einem Wagen. Wir werden dieses Gerät, diese … wie nanntet Ihr es – Trage? Wir werden diese Trage über eine gewisse Strecke transportieren müssen.«

»Mit dem … Ihr wisst schon, beladen?«

»Das ist nebensächlich. Meine Frage ist: Wird Euer Werk einen Transport auf einem Wagen und auf schlechten Wegen überstehen?«

»Wo soll es denn hingehen?«, fragte Meister Uri.

»Wird es oder wird es nicht?«, wiederholte der Sturmrat seine Frage ungehalten.

Meister Uri kratzte sich am Kopf. »Wir müssten es weich lagern, besser noch auseinanderbauen. Die Gelenke könnten sich sonst verbiegen.«

»Und wie lange würde es dauern, es auseinander- und wieder zusammenzubauen?«

Jetzt verstand Skuran Orchon gar nichts mehr. »Eine Stunde oder auch nur eine halbe, je nachdem, wie weit man diese Trage zerlegt«, antwortete er zögernd.

»Länger nicht? Das ist gut. Dann bereitet einen Wagen vor. Es kann sein, dass wir schon bald aufbrechen müssen.«

»Aufbrechen? Aber wohin denn?«, fragte Orchon.

»Das werdet Ihr schon noch rechtzeitig erfahren.«

8.

Die Alderlane schickte Feja bald zu immer weiteren Ausflügen in die umliegenden Täler. Sie musste Nachrichten oder Beutel mit Heilkräutern überbringen, hin und wieder auch bestimmte Kräuter auftreiben. Meistens wurde sie dabei von Fohas begleitet, dem Wargling mit dem Fuchszeichen auf der Stirn.

»Sie hat wohl Sorge, du könntest sonst verloren gehen«, meinte der Were bei fast jeder dieser Wanderungen.

»Du solltest dir langsam einen anderen Witz einfallen lassen, Fohas«, gab Feja zurück, als sie wieder einmal in ein abgelegenes Tal wanderten.

»Es ist kein Witz, junge Gaucha. Die Mondberge sind voller versteckter Pfade und Irrwege. Selbst Menschen, die hier geboren sind, haben sich schon rettungslos verlaufen.«

»Mag sein. Sind wir denn auf dem richtigen Weg?«

»Das kommt darauf an, wo du hinwillst.«

Feja verdrehte die Augen. Fohas liebte es, so weise daherzureden, obwohl er erst am Ende seiner Zwanziger stand. »Wir müssen in das Dorf der Drei Kiefern, wie du weißt. Ist das der richtige Weg dorthin?«

»Einer von vielen«, meinte der Wargling ernst.

Tatsächlich führte der Pfad sie über einige verschneite Buckel und steile Hänge schließlich in eine kleine Siedlung. Schon von Weitem konnte Feja die drei alten Bäume sehen, die dem Dorf den Namen verliehen hatten. Fohas gab ein Signal, aber es kamen nur drei Männer aus den Hütten, um sie zu begrüßen.

»Du bist die Gaucha, die mit der Hüterin wandert?«, sagte der älteste von ihnen zur Begrüßung.

Feja nickte verdrossen. »Schon seit dem Herbst«, gab sie zurück.

Der Were streckte fordernd die Hand aus. »Sie hat dir etwas für uns mitgegeben.«

Seufzend packte Feja ein in Blättern verpacktes Kräuterbündel aus. »Koche dies, bis der Sud sich schwarz verfärbt, dann strecke ihn mit zwanzig Teilen Wasser auf ein Teil der gewonnenen Brühe«, gab sie wieder, was die Alte ihr aufgetragen hatte.

»Und dann wird das Fieber gehen?«, fragte der Alte skeptisch.

Feja nickte. »Wer ist denn erkrankt?«, fragte sie.

»Bosachs Frau. Erst war es nur eine Wunde von der Holzaxt, aber dann kam das Wundfieber, das ist schon das dritte Mal, dass sie es bekommt. Kann die Ganesa ihr nichts geben, damit sie nicht wieder davon befallen wird?«

»Darf ich sie mir ansehen?«, fragte Feja.

»Ansehen? Die Alderlane weiß doch, was ihr fehlt.«

Feja war selbst dabei gewesen, als Bosach zum Mara-Tir gekommen war, um Heilung für seine Frau zu erbitten. Das hieß, er war nicht zum See selbst gekommen, sondern wie alle Bittsteller zum Lager der Warglinge. Dort hatte er drei Tage warten müssen, bis die Alderlane wieder einmal hinabgestiegen war und ihn und andere angehört hatte. Dann hatte sie ihren Trank gemischt, den Feja nun überbringen durfte.

Am Anfang hatte sie sich darüber gewundert, dass die Hüterin offensichtlich meistens nach Hörensagen heilte, inzwischen hatte sie jedoch verstanden, dass sie unmöglich selbst in all die abgelegenen Täler wandern konnte, um die Kranken zu untersuchen.

Doch jetzt war Feja in diesem Dorf, und sie dachte, dass sie vielleicht helfen könnte. »Wenn es schon das dritte Mal ist, sollte ich sie mir wirklich ansehen. Bosach hat das nicht erwähnt, als er bei uns war.«

Bosach stand mit verschränkten Armen da und dachte offenbar nicht daran, auch etwas zu sagen. So war es eigentlich in jedem Dorf. Mit ihr, der Gaucha, redete nur das Dorfoberhaupt. Der Älteste warf ihm einen fragenden Blick zu, und er nickte finster.

»Was hast du vor?«, fragte Fohas leise.

»Ich will sie mir nur ansehen. Was ist dabei?«

»Das hat dir die Alderlane nicht aufgetragen.«

»Sie hat es mir aber auch nicht verboten.« Sie folgte dem Ältesten zu Bosachs Hütte. Die beiden Männer blieben jedoch vor der Tür stehen, und auch Fohas wollte kein Haus betreten, in dem schon eine Krankheit wohnte. Also trat Feja alleine ein. Eine alte Frau saß am Feuer und schürte die Glut. Eine Werin lag auf einem mit Fellen gedeckten Lager und starrte mit glasigen Augen an die Decke. Vier Kinder drängten sich an der gegenüberliegenden Wand zusammen und beobachteten sie mit großen dunklen Augen.

»Keine Angst. Die Alderlane schickt mich. Ich sehe mir eure Mutter nur an.« Sie beugte sich über die Frau, die sie gar nicht zu sehen schien. Feja nahm ihre Hand, dann befühlte sie die Stirn. »Die Hüterin schickt Kräuter, die dich heilen werden«, sagte sie. Die Stirn glühte förmlich. Sie untersuchte die Wunde am Bein. Die Axt war tief eingedrungen. Jemand hatte die Wunde mit Heilmoos versorgt, aber dennoch zeigte sich Brand. Feja nagte an ihren Lippen. Sollte sie etwas versuchen? Ihr Bargan war fast leer. Konnte sie überhaupt etwas geben? Sie öffnete ihren Geist, legte eine Hand auf die Wunde und versuchte, die Tiefe des Schnitts zu erfassen. Der Leib unter ihrer Hand zuckte zusammen, und eine Hitzewelle fuhr Feja durch den Körper. Sie schnappte nach Luft. Es war, als brenne ihre Haut. Schwindel überkam sie, und ein dunkelroter Schleier senkte sich vor ihre Augen. Erschrocken ließ sie die Frau los. Die Werin hob den Kopf und sah sie stumm an. Ihr Blick war ganz klar, doch sie sagte kein Wort. Feja stand rasch auf und verließ die Hütte.

»Du siehst blass aus«, begrüßte sie Fohas. »Was ist geschehen?«

Feja schwitzte, und sie fühlte sich unsicher auf den Beinen. »Nichts. Lass uns gehen.«

»Warum so eilig?«

»Ich will nach diesen Schneekräutern suchen, solange es hell ist. Also kommst du?«

Fohas runzelte die Stirn, folgte ihr aber. »Seit wann hinkst du?«, fragte er.

»Umgeknickt«, murmelte Feja, die einen brennenden Schmerz im Bein verspürte.

Die Weren sahen ihr stumm hinterher. Kurz vor dem Kamm hörte Feja eilige Schritte. Sie drehte sich um. Es war Bosach, und er rannte. Das gab ihr zumindest einen Vorwand, Luft zu holen und das wunde Bein zu strecken. Sie blieb stehen. Der Were hatte nicht glücklich ausgesehen, als sie in seine Hütte getreten war. Vielleicht war er jetzt noch wütender.

Feja versicherte sich, dass ihr Dolch griffbereit im Gürtel steckte. Bosach holte sie ein, starrte sie an – und dann packte er ihre Hand und drückte sie fest.

»Danke«, murmelte er, drehte um und rannte den Berg wieder hinab.

Feja sah ihm verblüfft nach. Er hatte ihr etwas in die Hand gedrückt. Sie öffnete sie und sah einen rötlich schimmernden Halbedelstein.

»Anscheinend hast du seiner Frau geholfen«, sagte Fohas langsam.

»Möglich«, erwiderte Feja und lächelte schwach. Das Feuer, das in ihren Adern wütete, erkaltete endlich, und der Schmerz im Bein schwand. Sie atmete erleichtert auf. Sie hatte es wirklich geschafft. Sie hatte die Frau mit ihrer Kraft geheilt. Sie konnte es kaum erwarten, der Ganesa von ihrem Erfolg zu erzählen.

Als Feja zwei Tage später gut gelaunt zum Mara-Tir zurückkehrte, wusste die Alderlane bereits, was geschehen war. »Dumme Gans«, schimpfte sie, bevor Feja überhaupt etwas sagen konnte. Dann packte sie Feja hart am Arm und sah ihr lang und tief in die Augen. »Fieber hast du keines, das kann ich sagen, aber dennoch war es töricht. Du weißt doch gar nicht, was du tust. Umbringen hättest du sie können!«

»Habe ich aber nicht«, gab Feja zurück.

»Das ist dein Glück, vielleicht auch dein Unglück. Das werden wir sehen. Solltest du jedoch noch einmal ohne meine Einwilligung jemanden auf deine Art zu heilen wagen, wirst du diesen Ort sofort verlassen müssen. Hast du verstanden?«

Feja nickte, eingeschüchtert von den durchdringenden grauen Augen der Alten. Niedergeschlagen verließ sie die Hütte und ging hinüber zu Nerius und Adach.

»Sieh an, wenn es Ärger gibt, erinnert sich das Maegadha an seine alten Freunde«, murrte Meister Adach.

Sie seufzte. »Es tut mir leid, Meister Adach, ich habe eben viel zu tun.«

»Mach dir nichts daraus, er langweilt sich nur«, meinte Nerius, als der Kräutersammler sich ins Zelt zurückzog. »Du siehst unglücklich aus. Was ist denn geschehen?«

»Ach, ich habe etwas Gutes getan, aber die Alderlane will es nicht zugeben. Sie redet davon, dass es mein Unglück sein könnte. Ich weiß allerdings wirklich nicht, was Schlechtes daraus folgen soll, wenn man jemanden heilt.«

»Vielleicht ist sie nur eifersüchtig«, meinte der Freund.

»Sie? Nein, gewiss nicht«, erwiderte Feja. »Sie hat so viele Ganesas kommen und gehen sehen, dass sie sich nicht über die kleine Eigenmächtigkeit einer Schülerin ärgern wird. Weißt du, wie alt sie ist?«

»Nein, du?«

»Eigentlich auch nicht«, gab Feja zu, »aber sie hat Glotnir den Schwarzen gekannt. Jedenfalls behauptet sie das.«

»Wen?«

Jetzt war Feja wirklich überrascht. »Du kennst Glotnir nicht? Er war einer von uns, vor, ich glaube, fünfhundert Jahren. Meme Salmango hat mir von ihm erzählt.«

Nerius sah sie skeptisch an. »Schwer vorstellbar, dass sie so alt sein soll. Vielleicht ist es eher wie bei Meister Adach, der seine eigenen Erinnerungen nicht von denen seiner Ahnen unterscheiden kann.«

»Er ist ja auch ein Ganamon, ein Bewahrer. Sie ist etwas ganz anderes, und ich weiß noch nicht einmal, was. Trotzdem verstehe ich nicht, warum sie nicht will, dass ich Kranke heile.«

Drei Tage später erschien der erste Bittsteller am Wolfshang. Er fragte nach der Gauchen-Ganesa und wollte, dass Feja in sein Dorf käme, um seine fiebrigen Kinder zu heilen. Die Alderlane schickte ihn mit ein paar Kräutern fort. Am Tag darauf kam der Nächste, der für einen Bruder mit zerquetschtem Arm um Hilfe bat. Er war gerade erst mit ein paar guten Ratschlägen der Alten fortgeschickt worden, als ein Mann nach Feja fragte, dessen Kuh krank geworden war.

»Siehst du nun, was du angerichtet hast? Die Mondberge sind groß, aber ihr Echo trägt jedes Wort schnell weiter und verzerrt es dabei. Bald werden sie in Scharen hier heraufpilgern, wenn wir dem nicht einen Riegel vorschieben.«

»Ich könnte den Leuten doch helfen«, wandte Feja schüchtern ein.

»Kannst du nicht!«, fuhr sie die Alte an. »Du weißt nicht, was du tust, du weißt nicht, ob du nicht selbst die Krankheit auf dich lädst, die du aus dem Kranken bannen willst. Deine Art zu heilen ist mächtig, aber gefährlich. Und sie ist verkehrt. Wir haben noch nie mit der Magie selbst auf den Leib gewirkt, sondern sie stets über die Kräuter und Pilze verabreicht, in denen sie wohnt. Das ist die Ordnung der Dinge, wie die Götter sie eingerichtet haben. Und du? Du weißt viel zu wenig über das Wesen des Leibes und die Kraft des Geistes und der Magie. Du wirst noch viele Jahre lernen müssen, bevor ich dich auch nur in die Nähe der Kuh dieses Narren dort lassen werde.«

Der Were sah ungefähr so unglücklich aus, wie Feja sich fühlte. Die Alderlane gab dem Mann ein paar Kräuter und bissige Ratschläge für sein Vieh, dann schickte sie ihn fort. Und dann stand schon der nächste Bittsteller da und fragte nach der Wunderheilerin. Allmählich verstand Feja, wovor die Hüterin des Sees sie warnte.

»Nein«, verkündete die Alte gegen Abend, weil immer neue Gesuche kamen, »nein, so kann es nicht weitergehen. Du wirst den See für eine Weile verlassen, Feja. Ich weiß auch schon, wohin ich dich senden werde. Du wirst etwas für mich besorgen. Und wenn du das schaffst, ohne dich in neue Schwierigkeiten zu bringen, kann der Unterricht vielleicht weitergehen. Aber es ist gefährlich – eine Prüfung, wenn du so willst.«

»Zwei Meister aus Skros wünschen Euch zu sprechen, Herr«, kündigte Trewe neuen Besuch an. Mornir Gyltorn runzelte die Stirn. Trewe musste doch eigentlich wissen, dass er für Störungen dieser Art keine Zeit hatte. Er betrachtete den Harnisch, den er eigens hatte anfertigen lassen. Auf den Schulterplatten war das Wappen der Gyltorns aufgemalt, ein stolz aufgerichteter roter Drache auf silbernem Grund, die linke Tatze hielt eine Krone. Der lange Schild war mit dem gleichen Muster verziert, und der Schmied hatte eine hauchfeine Schicht Silber auf das Stahlblech aufgetragen und sich nicht mit der weißen Farbe begnügt, die sonst für Silber stand. Die Lanze war mit einem Wimpel in der Wappenfarbe geschmückt, und der offene Helm wurde von langen roten und weißen Federn gekrönt. Die ersten vier Pfund Silber der Aschfahrer waren in seine Schatztruhe gelangt, und er fand, sie war in dieser Rüstung gut angelegt. Der Schmied hatte ihm versichert, dass die Rüstung ebenso nützlich wie kleidsam sein würde. Gyltorn wusste, dass das Zweite fast noch wichtiger war als das Erste. Er musste beeindruckend aussehen, wenn er auszog, um diese Bauern zu besiegen.

Bram von Nargatt hatte großspurig verkündet, dass er die Hexe vom Langwald eigenhändig zur Strecke bringen wolle. Er befand sich mit einer stattlichen Schar von Soldaten, Jägern und sogar mit zweien dieser Blitze schleudernden Sturmmagier auf dem Weg in den Langwald. Es musste dort langsam zugehen wie auf dem Markt, mit all den Soldaten, Jägern und Zauberern, die dieses Mädchen einfach nicht finden konnten. Dennoch hatte halb Lente Bram zugejubelt, als er mit wehendem Banner aus der Stadt geritten war.

Aber auch ihn würde die ganze Stadt sehen, wenn er zu seinen Heldentaten auszog. Gyltorn lächelte. Prinzessin Ifholde würde vermutlich auf einem der Türme stehen, wenn er an der Spitze seiner Männer die Stadt verließ. Selbst Trewe hatte ihm geraten, Eindruck zu schinden, auch wenn er darauf hinwies, dass es strategisch nicht sehr klug sei, die Soldaten erst aus dem Lothfold nach Lente und dann wieder zurückmarschieren zu lassen. Gyltorn wandte sich von der Rüstung ab und warf noch einmal einen flüchtigen Blick auf die Karte. Die Aufständischen hatten sich in die Hügel beim Aschenwald zurückgezogen. Dort würde er sie vernichten und dann siegreich nach Lente zurückkehren. Und gerade jetzt, da er den Triumphzug durch das Siegestor plante, musste Trewe ihn stören. Natürlich würde er ihn nicht behelligen, wenn es nicht wichtig wäre. Er ließ die Besucher in die Kammer bitten.

Die beiden Skrosier trugen dunkle Roben unter ihren löchrigen Pelzen. Der eine war hochgewachsen, und sein Gesicht wirkte geradezu ausgezehrt, der andere war wesentlich kleiner und behielt selbst in der Kammer die Kapuze auf.

»Erlaubt, dass ich uns vorstelle, Erlaucht«, begann der Größere mit schleppendem Akzent. »Dies ist Meister Mor-An, der Eure Sprache leider nicht spricht, und ich bin Bruder Skel-Mahar. Wir dienen dem Orden der Wiederkehr.«

»Ihr … Ihr seid Totenbeschwörer?«, fragte Gyltorn. Ein Schauer lief ihm über den Rücken. Die Störung der Totenruhe war in Edun streng verboten.

»So ist es, Erlaucht.«

»Ihr macht daraus offensichtlich kein Geheimnis. Ich wundere mich, dass der Hafenmeister Euch die Stadt betreten ließ.«

»Wir sind auf Einladung von Prinz Folgar hier, Erlaucht. Wir hatten das Glück, ihn in unserer Heimat kennenzulernen.«

»Der Prinz hat Euch eingeladen? Ach ja, ich hörte davon ... Doch verstehe ich den Grund nicht.«

»Er dachte wohl daran, seinen geliebten verstorbenen Bruder zu befragen ...«

Gyltorn fühlte sich selbst erbleichen. Wenn diese Männer den Prinzen zu den Ereignissen im Wald befragten ...

»Aber leider«, fuhr Bruder Skel-Mahar fort, »will der König es unter keinen Umständen erlauben. Ja, er hat uns sogar aufgefordert, Lente umgehend zu verlassen.«

»Wie bedauerlich«, brachte Gyltorn hervor.

»Das ist es. Uns war bekannt, dass unsere Kunst hierzulande nicht geschätzt wird, doch hoffen wir, dies zu ändern. Dabei setzen wir auf Eure Hilfe.«

»Ich wüsste nicht, wie ich Euch dabei behilflich sein könnte, Bruder Skel-Mahar«, erwiderte er vorsichtig.

»Oh, es ist nicht viel, was wir verlangen. Wir brauchen Pferde, einen einheimischen Führer und ein bescheidenes Maß an Vorräten.«

»Und warum wendet Ihr Euch mit diesem Anlegen an mich?«, fragte er verblüfft.

»Kapitän Hasker Draan von den Aschfahrern sagte uns, dass wir auf Eure Hilfe zählen können. Hat er uns falsch unterrichtet?«

»Nein, nein, doch hättet Ihr mir gleich sagen können, dass Ihr auf seine Empfehlung hin hier seid. Verzeiht, aber woher kennen Totenbeschwörer aus Pylion einen Aschfahrer aus Lente?«

»Ich hatte einst Gelegenheit, ihn auf einer seiner Reisen zum alten Utor zu begleiten. Die Stadt ist zum größten Teil unter Asche begraben, doch die Toten wissen, wo ihre Schätze ruhen.«

Gyltorn schauderte es. Er wollte gar nicht daran denken, dass diese Männer mit den Geistern längst Verstorbener redeten, nur um alte Schätze aufzuspüren. »Ich werde Euch gerne helfen, Meister Skel-Mahar, doch sagt mir, zu welchem Zweck Ihr

Pferde, Vorräte und einen Führer benötigt. Dann kann ich besser einschätzen, was genau Ihr brauchen werdet.«

»Wir haben vor, jene Zauberin zu finden, die den Prinzen ermordet hat. Wie wir hören, seid Ihr der Hexe begegnet und könnt uns also auch mit einer Beschreibung dienen.«

»Natürlich«, murmelte Gyltorn. »Wieso glaubt Ihr, dass Ihr dieses Mädchen finden könnt, das so viele Utorer bisher nicht zu stellen vermochten?«

»Wir haben Möglichkeiten, die anderen verwehrt sind, Erlaucht. Bitte, wenn es nicht zu viel verlangt ist, so erzählt uns doch alles, was Ihr über diese Feja wisst.«

Gyltorn gefiel die Sache nicht, er fand indes keine Begründung, den beiden Skrosiern den Wunsch abzuschlagen. Also erzählte er seine Version von der schicksalhaften Begegnung mit Feja und was er über ihre Kräfte wusste.

»Es ist seltsam, dass unsere Brüder vom Feuer glauben, sie nähre sich von Flammenmagie, dabei scheint es doch offensichtlich, dass sie sich am Leben selbst labt.«

»Ja, seltsam«, murmelte Gyltorn, der keine Ahnung hatte, wovon der Mann sprach.

»Vielleicht haben sie aber auch recht. Immerhin ist im Herbst ein ganzer Trupp von Gardisten und Magiern verschwunden. Auf den Straßen erzählt man sich, diese Feja habe sie mit Haut und Haaren verschlungen«, fuhr der Totenbeschwörer fort. »Man hört viele seltsame Dinge in Lente. Menschen, die die Geister der Verstorbenen sehen, Regen, der blutrot vom Himmel fällt. Das Land scheint erfüllt von düsteren Vorzeichen.«

»Ich verstehe nicht viel von diesen Dingen – und ich gebe auch nichts auf derlei Gerüchte.«

»Wir hörten auch, dass diese Zauberin auf einem Drachen namens Wemech den Bauern vorausreitet, die sich auf Euren Ländereien erhoben haben.«

»Ihr meint Wyrmoch, Bruder Skel-Mahar, das ist der Name. Doch der ist seit Jahrhunderten tot. Es gibt schon lange keine Drachen mehr in Edun. Und diese Feja stammt lediglich aus der

Gegend, in der Wyrmoch getötet wurde, daher dieser lächerliche Aberglaube.«

»Dann glaubt Ihr nicht, dass sie im Lothfold ist?«

»Sie ist auf der Flucht und versteckt sich vermutlich dort, wo sie sich auskennt. Und selbst Bauern, die vergessen haben, wo ihr Platz ist, werden nicht so töricht sein, sich mit der Mörderin von Prinz Sifrid zu verbünden.«

Die beiden Skrosier sprachen kurz in ihrer Sprache miteinander. »Ihr habt vermutlich recht, Erlaucht«, sagte Bruder Skel-Mahar schließlich und wirkte unzufrieden. »Wir werden sie also im Langwald suchen.«

»Ich werde Euch Pferde und einen zuverlässigen Führer bereitstellen. Doch sagt, wenn Ihr sie findet, was werdet Ihr dann tun? Sie ist gefährlich und heimtückisch und hat schon viele erfahrene Jäger, Soldaten und selbst Zauberer getötet.«

Bruder Skel-Mahar zeigte ein furchterregendes Lächeln. »Seht, Herr, anders als ihre anderen Verfolger können wir das Mädchen *erst* töten und dann verhören. Und genau so werden wir verfahren.«

Gyltorn rief nach Trewe, kaum dass die Totenbeschwörer gegangen waren. »Geh zu Abot Dregin. Er sollte wissen, dass diese Männer in den Langwald reiten. Sie können die Verstorbenen fragen, wer sie getötet hat. Ich denke, das wird ihn brennend interessieren, wenigstens was diese verschwundene Schar aus Gardisten und Feuermagiern angeht.«

»Ich schicke das Mädchen, Herr.«

»Welches Mädchen?«

»Die Kleine, die seit Wochen unser Haus beobachtet, Herr. Habt Ihr sie nicht bemerkt?«

»Die junge Bettlerin, die so erbärmlich friert?«

»Sie bettelt nicht. Sie ist eine Schülerin oder Schwester des Grauen Ordens und beobachtet uns. Aber jetzt kann sie sich nützlich machen, denn wir haben noch viel zu tun, wenn wir diesen Feldzug morgen beginnen wollen.«

»In der Tat. Doch warte, wenn sie fort ist, solltest du hinunter zum Hafen gehen. Frage Kapitän Draan, ob er uns nicht für unseren Feldzug ein paar kampferprobte Männer mitgeben kann, sagen wir, im Gegenwert von einem der vielen ausstehenden Pfund Silber, die er uns versprochen hat. Es wird Zeit, dass sich die Gilde erkenntlich zeigt für all die Dienste, die ich ihr erweise.«

Abot Dregin wusste nicht, was er von der Nachricht halten sollte, die ihm das zitternde Mädchen überbrachte. Eni war steif gefroren und stotterte fürchterlich, vielleicht auch vor Angst und nicht nur wegen der Kälte. Offenbar fürchtete die Kleine, er würde sie dafür bestrafen, dass sie entdeckt worden war. Aber Dregin hatte andere Sorgen. Er hatte schon von den Totenbeschwörern gehört, sich jedoch nicht mit ihnen beschäftigt. Erst jetzt dämmerte ihm, dass sie nicht nur einer toten Feja gefährliche Geheimnisse entlocken konnten. Er starrte ins Nichts. Was sollte er tun? Feja war bisher allen Nachstellungen entgangen. Und wenn sie am gut versteckten Mara-Tir blieb, war sie vermutlich nicht in Gefahr. Und wenn doch?

Das Mädchen stand immer noch bibbernd vor ihm. »Es ist gut, Eni. Geh doch in die Küche und lass dir von der Köchin eine warme Suppe geben. Wenigstens das sollte sie schaffen.«

Das Mädchen eilte hinaus, und Dregin blieb nachdenklich zurück. Warum machte er sich so viele Gedanken über Feja? Sie hatte ihren Teil seines Planes erfüllt, hatte seine Leute zu den Werkzeugen geführt, mit denen Meister Orchon seine Wunder wirken konnte. Sie hatte allerdings noch eine zweite Aufgabe. Sie musste als unsichtbare Bedrohung über dem Reich schweben, die Mächtigen ablenken von dem Vorhaben, das Dregin im Dunkeln vorantrieb. Das konnte sie natürlich nicht, wenn sie tot war. Aber was vermochte er dagegen auszurichten? Konnte er sie warnen?

Unten in der Küche schimpfte die alte Haushälterin über die Schlechtigkeit der Welt. War jemand bei ihr? Nein, sie redete wohl mit den Töpfen und Pfannen. Dregin streckte seine Schattensinne aus und hörte Nemma mit Bele flüstern. Es ging um Prinz Iske, über den Nemma unbedingt mehr erfahren wollte.

»Und er behandelt dich wirklich wie seinesgleichen?«, sagte Nemma gerade mit einem Seufzer. »Manchmal beneide ich dich, Bele. Du bist die Tochter eines Jarls. Deiner Familie gehört eine ganze Insel, und jetzt gehst du bei Hofe aus und ein und verkehrst mit richtigen Prinzen.«

»Ich erinnere mich kaum an Westar«, antwortete Bele leise. »Der Strand war schwarz, und ich habe Muscheln gesammelt. Und dann die Wolken … Immer sah es aus, als kämen dunkle Regenwolken über das Meer.« Dregin lauschte. Es war das erste Mal, dass er Bele über etwas anderes als ihren verstorbenen Geliebten reden hörte.

»Das Meer hatten wir auch. Es nagte an den Grundfesten unserer alten Burg. Aber der frische Wind vertrieb wenigstens den Geruch aus den Ställen. Weißt du eigentlich, wie Schweine stinken? Ich wünschte wirklich, meine Familie hätte etwas anderes gezüchtet.«

»Wir haben auch eine Burg«, meldete sich die kleine Eni stolz zu Wort. »Und uns gehört eine Brücke.«

»Du meinst, ihr habt sie gepachtet und nehmt Wegezoll«, meinte Nemma.

»Auf jeden Fall kümmern wir uns darum, dass sie nicht zusammenfällt.«

»Wie Malthurs Familie …«

»Nur dass der alte Tygram sich keinen Deut um den Erhalt des Steinhaufens kümmert«, sagte Nemma. »Er hält immer nur die Hand auf, doch wenn es so weitergeht, dann wird er eines Tages Geld dafür zahlen müssen, dass sich noch jemand über seine Brücke wagt.«

Eni lachte hell auf, und Dregin lächelte. Die Bewohner dieses Hauses gingen Bele sonst aus dem Weg, denn die Aura der Traurigkeit, die sie verbreitete, war schwer auszuhalten, aber für den Augenblick schien die Schwermut vertrieben. Er zog sich aus der Unterhaltung zurück.

Plötzlich durchzuckte ihn ein Gedanke: das Nachtflüstern! Er konnte Feja doch über die Schatten eine Nachricht senden. Aber würde das Mädchen sie auch hören? Die Kunst hatte Feja nicht gelernt, und an dem See gab es diese Kraft, die es schwer machte, dort Zauber anzuwenden. Doch er wollte es wenigstens versuchen.

Dregin schickte eine Botschaft am frühen Abend und dann noch einmal spät in der Nacht. Er flüsterte Feja eine Warnung vor den beiden Totenbeschwörern zu. In Enis Gedanken hatte er ein flüchtiges Bild gesehen: ein großer und ein kleinerer Mann in alten Roben. Er sandte die Botschaft durch die Dunkelheit und verfluchte die Ungewissheit. Würde Feja seine Worte hören? Er verstummte. Und dann schüttelte er den Kopf über sich selbst. Er wusste einfach nicht, ob er Feja warnte, weil ihr Tod seine Pläne gefährden würde – oder ob er es tat, weil ein Teil von ihm, nein, ein Teil von Span in ihm um sie besorgt war.

Feja hatte ein ungutes Gefühl bei ihrem Auftrag, und damit war sie nicht allein.

»In den Frosmorach soll das Maegadha gehen? Ist die Hüterin verrückt geworden? Im Langen Walde wimmelt es von Häschern nach dem, was die Warglinge berichten.«

»Meister Adach hat recht, das könnte dein Tod sein, Feja!«, stimmte Nerius dem Kräutersammler zu.

Feja nickte nur. Sie hatte schlecht geschlafen und von zwei Männern in abgetragenen Roben geträumt, die ihrem Leben nachstellten. Sie wollte sich aber nicht von Träumen ins Bockshorn jagen lassen. »Es ist eine Probe meines Mutes und meiner Geschicklichkeit, denn die Alderlane hat mir eingeschärft, dass ich weder meine Magie noch meine Waffen gebrauchen darf.«

»Das wird ja immer schöner!«, rief der Kräutersammler.

»Es sind Warglinge bei mir. Sie werden schon darauf achten, dass mir nichts geschieht. Ich muss nur ein wenig Blutschilf besorgen. Wie schwer kann das sein?«, sagte sie in dem Versuch, die beiden Freunde zu beruhigen. Nerius und Adach boten an, sie zu begleiten, aber das lehnte sie ab. »Du bist immer noch geschwächt, Nerius, und Ihr, Meister Adach, müsst auf ihn achtgeben.«

»Ich spüre meine Wunde fast gar nicht mehr.«

»Und doch kannst du kaum drei Scheite Holz heben. Nein, Nerius. Deine Verletzung war fast tödlich. Du musst dir die Zeit geben, sie heilen zu lassen.«

»Es gibt Verletzungen, die heilen nie«, sagte Meister Adach. Nerius drehte sich um und verschwand im Zelt. »Musstet Ihr ihn jetzt auch noch an seinen verkrüppelten Arm erinnern?«, zischte Feja.

»Wir sprachen nicht von seinem Arm«, gab der Were zurück. Damit ließ er sie stehen und tat, als müsse er nach den Schafen sehen.

Kurz darauf brach Feja mit Fohas und zwei weiteren Männern auf. Sie hatte die beiden schon einige Male gesehen. Tenachs wettergegerbtes Gesicht war mit einer schwarzen Hand gekennzeichnet. Sie hatte bisher keine zwei Worte mit ihm gewechselt, aber er schien ohnehin nicht viel zu sprechen. Merlas war einer der jüngeren Warglinge, und auf seine glatten Wangen waren zwei Singvögel gezeichnet. Er wirkte ihr gegenüber übertrieben scheu, worauf sie sich keinen Reim machen konnte. Sie dachte sich, dass es auf der Wanderung wohl genug Zeit geben würde, das kleine Rätsel zu lösen.

Fohas übertrug Merlas die Aufgabe, für Feuerholz zu sorgen, und auch die Vorräte musste er schleppen. Als Feja Einwände erhob, entgegnete er gelassen: »So ist es eben bei uns – die Jungen schultern die Last der Älteren. Sei froh, dass wir dich zu den Ganesas zählen, sonst wäre das deine Aufgabe.«

Feja bot Merlas an, ihren Teil selbst zu tragen, aber das wollte der junge Mann nicht zulassen. Er murmelte etwas von großer Ehre und bürdete sich auch noch ihre Felldecke auf.

Sie marschierten den ganzen Tag, und Feja hatte bald den Eindruck, dass die Richtung nicht stimmte.

»Gut aufgepasst«, meinte Fohas, der einen Apfel aß. »Die Höhle der Drachen ist eingestürzt, also müssen wir einen anderen Weg hinab ins Tal nehmen.«

»Es scheint mir ein Umweg zu sein.«

»Früher gab es drei Wege nach Süden, aber immer, wenn von dort ein Aschling den Mara-Tir erreichte, hat die Alderlane einen schließen müssen.«

»Augenblick … dann waren vor mir erst zwei andere Utorer am See?«

»Du bist klug, wenigstens, was das Rechnen betrifft«, sagte Fohas mit mildem Spott. »Ich sprach jedoch nur über die Wege nach Süden. Es mögen andere Gauchen den See gefunden haben, doch weiß ich nicht, was die Alderlane mit ihnen oder ihren Pfaden machte.«

»Wie lange werden wir unterwegs sein?«

Fohas zuckte mit den Schultern. »Tage, vielleicht Wochen. Hoffentlich lange genug, dass die Täler die angebliche Wunderheilerin vergessen.«

»Schlagen wir deshalb einen Bogen um jede Siedlung, der wir uns nähern?«

»Wie ich schon sagte, du bist klug«, meinte Fohas und biss offensichtlich vergnügt in seinen Apfel.

Tatsächlich brauchten sie zwei Tage, bis sie einen vereisten Bergbuckel erreichten, von dem aus Feja den Langwald wiedersehen konnte. »Mir war gar nicht klar, wie sehr mir dieser Anblick gefehlt hat«, seufzte sie.

Tenach brummte nur kopfschüttelnd, und Fohas meinte: »Ein winterkahler Wald, der vom Schnee begraben wurde. Kein guter Ort für einen Wargling.«

»Ich sehe Rauch«, meldete sich Merlas schüchtern. Tatsächlich stiegen weit unterhalb der Berge zwei schmale Rauchsäulen in die klare Luft.

»Meinst du, wir nicht? Dieser Rauch kommt nicht aus den Schornsteinen von Bauernhäusern. Bis hierher kann ich riechen, dass Fremde dort an Lagerfeuern sitzen und darauf warten, dass wir ihnen in die Falle gehen. Aber wir sind Warglinge, wir gehen nicht in Fallen, wir stellen sie! Der Frosmorach liegt dort unter Nebeln verborgen. Es ist noch ein weiter, tückischer Weg. Das da unten mag einst deine Heimat gewesen sein, doch nun ist es ein Ort der Gefahren. Wirklich, die Hüterin will dich prüfen, Feja aus dem Langwald.«

Sie waren überall! Sie brüllten, sie schwangen Dreschflegel und Äxte, warfen mit Steinen und schossen Pfeile auf ihn ab. Mornir Gyltorn duckte sich hinter seinen schön bemalten Schild, so gut es eben ging. Geschosse prasselten auf das Stahlblech. Ein Pfeil streifte Gyltorns Bein, durchschlug die Schabracke und auch die lederne Parsche unter seinem Sattel. Der Schimmel machte einen gewaltigen Satz zur Seite, bäumte sich auf und stöhnte vor Schmerz. Gyltorn klammerte sich verzweifelt an den Hals des Tieres. Blut tropfte in den Schneematsch. Überall auf den Hügeln tauchten Feinde auf, und alle wollten sie ihm ans Leben. Rechts und links waren Bauern und Soldaten in eine wüste Keilerei verstrickt. Es war ein Hauen und Stechen, wobei seine Männer mehr einsteckten als austeilten und vor allem damit beschäftigt waren, sich hinter ihre Schilde zu kauern. Gyltorn brachte sein Tier mühsam wieder unter Kontrolle. Seine Leute begannen zurückzuweichen. Jemand griff ihm ins Halfter und beruhigte sein verwundetes Tier.

»Wir sollten uns auf jene Kuppe dort zurückziehen, Herr«, rief Trewe über den Lärm der Schlacht hinweg.

Ein Pfeil riss ein Stück des roten Drachen von Gyltorns Schulterplatte. Steine prasselten gegen seinen Brustpanzer und seinen Helm. Er sah eine seiner schönen roten Federn davonfliegen. Der Landgraf nickte, zog sein Schwert und wies auf den Hügel.

»Dort hinüber, Männer! Langsam und geordnet!«, brüllte er. Er trieb sein Pferd hinter die Reihen seiner Soldaten, damit der Rückzug nicht zur wilden Flucht wurde; dabei hätte er selbst gerne seinem Hengst die Sporen gegeben und wäre geflüchtet.

Der Pfeilhagel wurde schwächer und hörte schließlich ganz auf.

»Was war das, zum Henker?«, fluchte Gyltorn, als seine Männer auf dem Hügel mühsam ihre Formation wiederfanden. Einige von ihnen waren durch Pfeile verwundet. Anderen waren die Helme und Schilde kräftig verbeult worden, doch es schien keine Toten gegeben zu haben.

»Ich fürchte, sie haben uns erwartet, Herr«, sagte Hauptmann Hording. Er wirkte nervös. Ehm Hording war jung und hatte noch nie gegen etwas Gefährlicheres als eine Räuberbande gekämpft. Aber Trewe war ein alter Haudegen, der auf den skrosischen Inseln Schlachten gegen die Korsaren geschlagen hatte.

»Sie haben uns aufgelauert, Herr. Dieser angebliche Überläufer, der uns von ihrem Lager erzählte, hat gelogen. Das war eine schöne Falle. Ich nehme an, dass unser Freund Hagir sie ausgeheckt hat.«

»Dann ist es wahr? Der Herr von Burg Schwarzschilf führt sie an?«

Gyltorn bedachte den Hauptmann mit einem ungnädigen Blick. Da sah er drüben auf den schneebedeckten Hügeln eine Bewegung. Er stemmte sich im Sattel gegen den scharfen Ostwind, der von der See her über den nahen Aschenwald zog, und beschattete die Augen. »Was haben die vor? Greifen sie an?«

Trewe spähte hinüber. »Nein, Herr. Hagir ist nicht so töricht, seine leicht bewaffneten Bauern durch die Ebene auf schwer gepanzerte Soldaten zu hetzen. Sie treiben Pfähle in die Erde, um unsere geschlossene Formation zu sprengen, falls wir sie angreifen sollten. Ich rate allerdings davon ab, das zu tun, Herr.«

»Aber … wenn wir nicht angreifen und sie nicht angreifen – dann gibt es keine Schlacht!«

»Nicht heute, Herr.«

»Dann warten wir eben bis morgen«, rief Gyltorn ungehalten. »Ich hoffe doch, dass dann unsere Lehnsmänner, die sich bisher so wortreich vor ihrer Pflicht drückten, endlich zu uns stoßen. Ich verstehe nicht, wo sie bleiben!«

»Auch diese Ritter spüren wohl wenig Neigung, hier einen Krieg zu führen, Herr«, sagte Trewe trocken.

Gyltorn nickte grimmig und musterte die Reihen seiner Männer. Auf dem linken Flügel hatten die Seeleute der Aschfahrergilde Aufstellung genommen, vierzig zu allem entschlossene Männer. Weit weniger entschlossen wirkten die Soldaten aus dem Lothfold, die die Mitte behaupteten. Die Söldner, die er eigens für diese Unternehmung angeworben hatte, hielten ihre Position auf dem rechten Flügel, sahen aber auch nicht aus, als seien sie versessen darauf, für eine Handvoll Silber ihr eigenes Blut zu vergießen.

Trewe hatte Gyltorn darauf hingewiesen, dass es leichtsinnig sei, ohne die Ritter und ihre Lanzen, ihr Gefolge, das feindliche Lager anzugreifen, aber die Gelegenheit hatte einfach zu günstig ausgesehen.

Der Landgraf sprang aus dem Sattel und besah sich den Pfeil, der in der Flanke seines zitternden Tieres steckte. Er schien nicht tief eingedrungen zu sein. Der Feldscher würde ihn hoffentlich herausschneiden können.

»Will denn niemand hier außer mir kämpfen?«, rief er.

Trewe schickte den Hauptmann mit einem Kopfnicken fort. Dann sagte er: »Die Seeleute und Söldner sind wegen des Geldes hier und haben wohl nicht damit gerechnet, dass die Aufrührer ernsthaft Widerstand leisten. Und unsere eigenen Soldaten sind Nachbarn jener Männer, die dort drüben auf den Hügeln stehen, Herr. Leider hatten sie auf dem Marsch Gelegenheit, darüber nachzudenken, wem sie hier ans Leben wollen.«

»Aber das da sind nur Bauern!«

»Auch die sind nicht versessen auf Blutvergießen. Hagir weiß genau, dass er auf lange Sicht mit einer Schlacht sein Ziel nicht erreichen kann. Verliert er, ist seine Sache erledigt; gewinnt er, wird das Reich mit nur noch größerer Macht über ihn herfallen. Er will vermutlich nur ein paar kleine Erfolge erzielen, um dann eine bessere Position für neue Verhandlungen zu haben.«

»Verhandeln will er also …«, murmelte Gyltorn. Er hatte das Gefühl, gleich viel vertrauteres Gelände zu betreten. »Gut, wir bieten ihm ein Treffen an, sagen wir für übermorgen, denn das ist ein Eorthatag«, verkündete er kurz entschlossen. »Und du, Trewe, reitest auf unserem schnellsten Pferd nach Lente. Abot Dregin verfügt über die Mittel oder vielmehr die Männer, die wir brauchen, um diesen Aufstand zu beenden. Wir müssen der Schlange den Kopf abschlagen, ganz wie du sagtest, aber die Schlange darf nicht ahnen, dass wir es waren – und dazu brauchen wir Magie. Beeil dich, ich will mich nicht länger als nötig dieser verdammten Kälte aussetzen.«

»Aber wie soll ich den Abot dazu bringen, uns diese Hilfe zu gewähren?«

»Sag ihm, dass ich einen Weg gefunden habe, Meister Eyrim für uns zu gewinnen. Doch das wird nur gehen, wenn Hagir tot ist. Erzähle ihm ruhig von dem kleinen Lehen, das wir dem Heilmagier anbieten werden. Das müsste ihn überzeugen.«

»Und wenn nicht?«

Gyltorn seufzte. »Dann sag ihm, dass wir tief in seiner Schuld stehen werden, wenn er uns hilft.«

Je weiter sie die Berge hinabstiegen, desto finsterer wurden die Mienen der Warglinge. Feja hingegen wurde das Herz mit jedem Schritt leichter. Sie spürte das gefrorene Laub unter dem Schnee, sah die Spuren von Rehen und Eichhörnchen unter stillen Bäumen und fühlte sich zurückversetzt in die Zeit, als sie mit ihrem Vater winters durch den Wald gestreift war.

»Der Schnee ist angetaut und wieder gefroren. Jeder Schritt macht Lärm«, meinte Fohas schlecht gelaunt. »Auf den Bergen gibt es das nicht, nicht im Hochwinter.«

»Gestern stand die zwölfte neue Eortha am Himmel. Der Spätwinter hat schon begonnen«, berichtigte ihn Feja.

Fohas warf ihr einen ungnädigen Blick zu. »So rechnen die Aschlinge im flachen Land. In den Bergen hat Freund Winter die Gipfel länger im Griff.«

»Ihr nennt ihn einen Freund?«

»Er zieht mit Schnee über die Welt, damit die Beute Spuren für ihre Jäger hinterlässt. Das ist doch ein Freundschaftsdienst, oder? Leider sind hier unten nicht wir die Jäger.«

»Ich glaube nicht, dass hier irgendjemand ist, Fohas. Der Wald wirkt ganz verlassen.«

»Viel zu still ist er, wenn du mich fragst.«

Feja seufzte. »Wenn ich meine Zauberkraft einsetzen dürfte, könnte ich herausfinden, ob hier noch jemand außer uns ist.«

»Du darfst es nicht, und das ist auch gut so. Aschling-Hexerei ist das größte Übel dieser Welt. Weiter jetzt, ich kann den verfluchten Sumpf schon riechen.«

Es dauerte dennoch bis zur Dämmerung, ehe die Bäume zurücktraten und sich das Moor mit zerrissenen Eisflächen, Schilfinseln und Baumskeletten vor ihnen ausbreitete.

»Wir werden hoffentlich nicht lange im Frosmorach bleiben«, sagte Fohas, der zu Fejas Überraschung den Langwald kannte.

»Ich soll nur eine Handvoll Blutschilf schneiden, doch müssen wir es erst finden.«

»Am Meer gibt es endlose Flächen davon nach dem, was die Alten sagen. Blutschilf braucht Salz, um zu gedeihen. Es kann nicht mehr weit sein bis zu der Salzlache, an der ich es zu finden hoffe. Jedenfalls war sie irgendwo dort drüben, als ich das letzte Mal hier war. Doch das ist Jahre her, und das Moor verändert oft sein Gesicht.« Er spähte über das gefrorene Sumpfland, das vom letzten Licht des Tages in dunkles Rot getaucht wurde. Dann blickte er zum Himmel. »Wolken ziehen auf und verhüllen die Monde, die ohnehin nur die schmalste Sichel zeigen. Bald ist es finsterer als im Hintern eines Bären. Wir bleiben hier.«

Feja starrte hinauf zur Sichel des roten Brunas. Auf der Graufeste hatte sie gelernt, dass Dunkelheit kein Hindernis, sondern ein Verbündeter war. Aber war sie nicht genau deshalb auf der Flucht?

»Ja«, sagte sie, »wir sollten hier lagern. Das Schilf wird morgen auch noch da sein.«

Tenach brummte zustimmend, und der junge Merlas wirkte erleichtert, als sie sich vom Sumpf abwandten. »Warst du schon einmal hier?«, fragte ihn Feja.

Er schüttelte den Kopf. »Ich war noch nie in diesem Wald. Er gefällt mir nicht. Ich meine, ich hoffe, das beleidigt dich nicht. Dies ist deine Heimat.« Er sah sie erschrocken an.

»Nein, Merlas, warum sollte mich das kränken? Der Frosmorach ist ein feindseliger Ort, und im Winter wirkt er noch schrecklicher als im Herbst, als ich ihn das erste Mal durchquerte. Wenn du jedoch im Sommer durch den Wald streifst, Sonnenlicht durch die Blätter fällt und ein sanfter Wind die Äste bewegt, dann ist dieser Wald der schönste Ort der Welt.«

Fohas fand eine Senke, die Schutz vor dem Wind und vor neugierigen Blicken bot. Er entschied dennoch, dass sie kein Feuer machen würden, obwohl die Nacht mit strengem Frost von Westen kam. »Wärme dich an deinen Erinnerungen an den Sommer«, riet er Feja ungerührt, als sie sich frierend in ihre Felldecke hüllte. »Und sei froh, dass Wolken die Monde verhüllen, sonst wäre der Frost strenger.«

Aber das war Feja kein Trost. Sie versuchte, an den Sommer zu denken, an ihre Zeit auf dem Drachenhof, an ihren Vater und ihre Stiefmutter, an Hunagach, der auf dem Hof half. Wie es ihm wohl ergangen war seit ihrer letzten Begegnung? Sein Dorf hatte gebrannt – und das war ihre Schuld. Sie hatte die Wut ihrer Verfolger unterschätzt, doch sie hatte ja nicht ahnen können, dass sie einen toten Prinzen rächen wollten.

Sie fühlte sich plötzlich traurig und leer und konnte den Grund dafür nicht erkennen. Feja schloss die Augen und fühlte, wie die Müdigkeit wohlig in ihre Glieder kroch. Dann sank sie unter Wasser.

Sie riss die Augen auf. Ja, sie war unter Wasser und sah Schilf, das, gespiegelt und gebrochen in leichtem Wellenschlag, dunkel vor roten Wolken schwankte. Da war ein Glühen hinter dem Schilf wie von einem Feuer. Sie bewegte sich darauf zu, versuchte, die Wasseroberfläche zu durchstoßen, aber die blieb wie eine Wand zwischen ihr und der dunklen Welt. Ja, da brannte ein niedriges Lagerfeuer unter einigen dürren Büschen. Zwei verhüllte Gestalten saßen daran, in abgetragenen Roben, die eine deutlich größer als die andere. Beide trugen sie Dolche am Gürtel, aber keine Schwerter. Zauberer? Sie sprachen leise miteinander, doch Feja verstand kein Wort. Sie streckte die Hand aus, wollte dem Kleineren die Kapuze vom Kopf reißen, in sein Gesicht sehen, doch da war ein Sog, der sie tiefer in den Sumpf zog. Sie kämpfte dagegen an, hörte ein seltsames Flüstern. Jemand stand hinter ihr. Der Tonfall war drängend. Eine Nykke? Was wollte sie ihr sagen? Sie drehte sich um und – erwachte. Keuchend richtete sie sich auf.

»Alles in Ordnung?«, fragte Merlas, der wie immer die ungeliebte mittlere Wache übernommen hatte.

Feja nickte und schüttelte sich. Was hatte die Nykke ihr gezeigt? Sie kämpfte sich aus ihrer Decke und weckte Fohas.

»Was gibt es?«, fragte er und schien sofort hellwach zu sein.

»Eine Nixe, ich meine, eine Nykke hat mir eine Botschaft gesandt, einen Traum.«

»Die Nykken sprechen zu dir?«

»Manchmal. Diese hier zeigte mir zwei Männer, Zauberer wahrscheinlich. Sie sitzen an einem Feuer, irgendwo im Sumpf.«

»Sie reden *wirklich* mit dir? Mehr als einmal? Ich habe eine Schwester, der ist auch einmal ein Nykk im Traum erschienen. Aber vermutlich lag das nur daran, dass sie auf einen Mann wartete, der sie zum Weibe nehmen wollte. Sie hätte sogar einen Nykk in ihr Bett gezerrt, wenn … verzeih, ich habe fest geschlafen. Also, was genau hat die Nykke dir gezeigt?«

Feja beschrieb, was sie gesehen hatte. Die Bilder verblassten bereits.

»Ich wusste gar nicht, dass im Frosmorach auch Wassergeister leben«, sagte Tenach und gähnte ausgiebig.

Merlas sagte gar nichts, aber Feja hatte das Gefühl, dass er sie unentwegt mit offenem Mund anstarrte. Auch Fohas schien das zu bemerken: »Mach den Mund zu, mein Junge, sonst hüpft dir noch ein Frosch hinein, um sich aufzuwärmen. Was sollen wir also tun, Feja?«

»Du fragst mich?«

»Dir ist die Nykke erschienen, nicht mir.«

»Es muss wichtig sein, sonst hätte sie mich nicht aufgesucht. Es ist eine Warnung. Ich wüsste, was ich täte, wenn ich noch eine Magierin wäre, doch jetzt bin ich nur hier, um Schilf zu sammeln.«

»Wenn diese beiden Männer eine Gefahr für dich sind, werden wir sie töten«, entschied Fohas.

»Aber der Frosmorach ist groß. Ich kann dir nicht sagen, wo ihr Feuer brennt.«

Tenach brummte nur und ging den Hügel hinauf. Er richtete sich auf, starrte kurz in die Dunkelheit und sagte schließlich: »Dort drüben.«

Feja stellte sich neben ihn. Sie sah nichts außer einem gefrorenen Moor.

Auch Fohas schien nichts erkennen zu können. Er kratzte sich am Bart. »Du bist sicher, oder?«

Tenach nickte ernst.

»Dann werden wir uns um diese Männer kümmern. Du bleibst hier, Feja.«

»Auf keinen Fall.«

»Es ist unser Auftrag, dich zu schützen und von Gefahren fernzuhalten.«

»Es sind Zauberer, ihr werdet die Hilfe einer Magierin gut gebrauchen können.«

»Die Alderlane hat dir verboten zu zaubern. Das ist Teil deiner Prüfung. Sie wusste, dass wir in Gefahr geraten werden. Sie will herausfinden, ob du wirklich deiner Vergangenheit abschwören willst.«

»Aber …«

»Kein Aber, Feja. Du bleibst hier und bewachst unser Lager. Wir drei werden die Gefahr beseitigen. Sie werden unsere Speere nicht einmal kommen sehen. Wir sind Warglinge!«

Feja erhob sich. »Dann musst du mich an einen Baum binden, Fohas. Die Nykke ist mir erschienen und nicht dir. Sie will, dass ich mir diese Männer ansehe. Und das werde ich tun.«

»Anbinden könnten wir sie schon«, meinte Tenach gedehnt.

Fohas nickte. »Ich bin versucht, genau das zu tun, aber vielleicht hast du auch recht, und es ist dir bestimmt, diesen Fremden gegenüberzutreten. Sei gewarnt, weder zur Waffe noch zur Magie darfst du greifen, oder die Alderlane wird dich schneller davonjagen als einen räudigen Hund.«

Feja versprach verdrossen, sich zurückzuhalten.

Sie versteckten ihr Gepäck im Schnee und schlichen hinaus in den Sumpf. Der Frosmorach war mit einer dünnen Schicht Eis überzogen. Stechgras, Heidekraut und Schilf waren vom Frost geweißt, und unter jedem Schritt knirschte der Boden. Bald sah auch Feja den beinahe unmerklichen Lichtschein, der über dem Feuer der Fremden im kalten Dunst stand.

Fohas schickte die beiden anderen Warglinge in die Dunkelheit. Sie sollten das Lager umgehen und von den Seiten angreifen. Dann schlich er mit Feja langsam voran. Der Feuerschein wurde heller. Feja hätte zu gern das Zwielicht beschworen, um herauszufinden, wer dort saß, doch sie riss sich zusammen und dachte, es müsse auch ohne Magie gehen. Sie sah kahles Gesträuch, unter dem die Scheite glühten. Behutsam kroch sie voran, dann legte ihr Fohas eine Hand auf den Arm und schüttelte den Kopf. Da schien etwas nicht zu stimmen. Sie runzelte die Stirn. Niemand würde merken, wenn sie die Schatten beschwor, um die Nacht zu erhellen, und dann konnte es auch keiner der Alderlane erzählen. Gerade als sie begann, sich für den Zauber zu sammeln, ertönte ein unterdrückter Schrei, dann ein dumpfer Schlag und ein lautes Stöhnen.

»Heraus! Wer immer es auch wagt, sich anzuschleichen, soll sich zeigen – oder der hier ist des Todes!«

Feja zuckte zusammen. Diese Stimme …

»Merlas!«, fluchte Fohas leise und nahm seinen ersten Wurfspeer zur Hand. »Dieser Mann wird dafür bezahlen, dass er so laut brüllt.« Er rannte geduckt los in die Richtung, aus der die Stimme gekommen war.

Feja erholte sich gerade noch rechtzeitig von ihrer Verblüffung. Sie sprang auf und rief laut: »Haltet ein, das sind Freunde!«

»Wer ruft da? Bei Stors Schatten – ist das Feja?«

»Ich bin es, Meister Caron!«

»Bei allen Monden! Bainach, wir haben sie gefunden!«

»Ich bin ja nicht taub, Caron«, kam es aus dem Sumpf zurück. Feja fuhr herum. Da schälte sich eine verhüllte Gestalt aus dem Dunst, ein gutes Stück vom Lager entfernt, an das sie sich gerade angeschlichen hatten.

»Ailon Bainach? Seid Ihr es wirklich?«

»Ein Irrlicht bin ich jedenfalls nicht, kleine Gans«, kam es trocken zurück.

Feja konnte es nicht fassen. Wie lange hatte sie im Süden nach den beiden Männern gesucht, und nun traf sie sie am unwahrscheinlichsten Ort von Edun, mitten im eisigen Frosmorach.

»Ich will Euch nicht zu nahetreten, Meme Nemma, aber Euch habe ich hier nicht erwartet.« Mornir Gyltorn hatte das kräftige Mädchen mit der markanten Narbe auf der Wange in seinem Zelt empfangen. Draußen prahlten seine Lehnsmänner mit lang zurückliegenden und künftigen Taten. Seine Ritter waren endlich eingetroffen. Nun hatte er die schweren Reiter, die er brauchte, um diese Bauern über den Haufen zu rennen – oder?

»Ich bin eine Schwester, keine Meme, Herr«, gab die Zauberin zurück. »Auch ich habe vorgestern noch nicht erwartet, hier zu sein, doch es wird niemand anders kommen, um Euer kleines Problem zu lösen.«

»Klein? Ist Eurem Abt der Ernst der Lage denn nicht bewusst? Warum hat er nicht einen der beiden Meister geschickt?«

»Sie werden für unsere eigenen Angelegenheiten gebraucht, Herr«, gab das Mädchen zurück.

Gyltorn fand sie erstaunlich reif für die fünfzehn oder sechzehn Lenze, die sie zählen mochte. Dennoch, er war enttäuscht und gekränkt, dass Dregin ihm keinen erfahreneren Zauberer geschickt hatte. »Wenn Ihr scheitert, wird das auch auf den Orden zurückfallen«, rief er.

»Ich werde nicht versagen, Herr«, verkündete das Mädchen gelassen.

»Wir werden sehen. Hat Euch Trewe Euren Auftrag erklärt?«

»Ihr wollt, dass ich die Aufständischen Ihres Anführers beraube, und zwar so, dass es nicht auf Euch zurückfällt.«

»Wenigstens das scheint Ihr zu verstehen. Traut Ihr Euch das zu?«

»Dieser Ritter ist nicht der erste Mann, der durch meine Hand stirbt. Sagt mir alles, was Ihr über das Lager der Bauern wisst.«

Gyltorn erklärte ihr, was seine Späher berichtet hatten, von den Zelten, den Wachen, den vielen Feuern, die hinter den Hügeln die Nacht erhellten.

»Sind auch Frauen unter den Aufständischen?«

»Frauen?«

»Ja, Herr. Frauen, die sich um die Versorgung kümmern oder um die Verwundeten.«

Gyltorn wusste es nicht. Er schickte Trewe los, um die Späher danach zu fragen. »Ihr wollt Euch als eine der ihren ausgeben, Schwester Nemma?«

»So ist es, Herr.«

Verlegenes Schweigen senkte sich über das Zelt. Gyltorn bot der Schwester Wein an, aber sie lehnte ab. Trewe kehrte zurück und meldete, dass zwei oder drei Dutzend Frauen bei den Aufständischen seien.

»Dann weiß ich, was ich wissen muss. Ich werde zurück sein, bevor die Nacht vorüber ist, Herr.«

»Wie wollt Ihr …?«

»Es ist besser, Ihr wisst es nicht. Dann müsst Ihr auch nicht lügen, wenn Ihr gefragt werdet, Erlaucht.« Die Ordensschwester deutete eine Verbeugung an und verschwand geräuschlos aus dem Zelt.

»Eigenartiges Mädchen«, murmelte Gyltorn.

»Sie versteht es, sich unauffällig zu verhalten. Ich glaube nicht, dass mehr als zwei oder drei unserer Männer überhaupt bemerkt haben, dass sie im Lager ist.«

»Dennoch, dass der Abot mir eine Schülerin schickt, ist eine Beleidigung!«

»Sie haben mit dem Prozess zu kämpfen, Herr. Es geht das Gerücht, dass die Sturmmagier einen Zeugen für die Schlacht im Alten Grund aufgetrieben haben.«

»Ein Überlebender? Den würde ich gerne hören.«

»Das wollen viele, Herr, doch das Hochgericht tagt hinter verschlossenen Türen.«

»Natürlich tut es das. Dennoch muss ich wissen, was dort vorgeht. Wenn es nämlich nicht dieses Mädchen war, das die Feuermagier und Gardisten in die Falle gelockt hat, dann wirft das am Ende vielleicht neue Fragen zu Sifrids Tod auf.«

»Ich werde sehen, was ich in Erfahrung bringen kann, Herr.«

»Ich weiß nicht, was ich ohne dich täte, Trewe. Unser Vater wäre stolz auf dich.«

»Euer Vater würde nicht wollen, dass Ihr laut aussprecht, dass wir dasselbe Blut teilen, Herr.«

»Und immer noch scheint es dir nichts auszumachen, Trewe. Viele Adlige in Edun haben uneheliche Söhne. Doch diese Bastarde werden meist gut versorgt und sind geachtet.«

»Diese Bastarde haben eben keine werische Mutter, Herr. Und nein, es macht mir nichts aus. Die Götter haben sich etwas dabei gedacht, als sie mich in dieser Gestalt an Eure Seite stellten. Und ich habe vor, die mir zugedachte Rolle weiter zu erfüllen.«

»Und was, glaubst du, ist der Plan dieser Götter, denen du so unerschütterlich vertraust?«

»Sie wollen altes Unrecht wiedergutmachen und Euch oder wenigstens eines Eurer Kinder oder Kindeskinder auf den Thron setzen, der Eurem Ahn geraubt wurde.«

»Unserem Ahn, Trewe, unserem Ahn.«

»Aber auch das solltet Ihr nicht laut aussprechen, Herr, schon gar nicht, wenn hier eine Dunkelmagierin durch die Nacht schleicht.«

Der Landgraf nickte. Es beeindruckte ihn immer wieder aufs Neue, wie unerschütterlich Trewes Loyalität zum Hause Gyltorn war, obwohl ihr Vater ihn nie als Sohn anerkannt hatte. Er war ein unentbehrlicher Ratgeber, und wieder hatte er recht: Es war unklug, gewisse Dinge auszusprechen, wenn Graumagier in der Nähe waren. Man konnte Zauberern nicht trauen. Sie folgten ihren eigenen Plänen und nahmen dabei selten Rücksicht auf gewöhnliche Sterbliche.

Da war ein Flüstern in der Dunkelheit. Abot Dregin saß in der Kammer und lauschte. Das Wispern war einen weiten Weg gekommen. In Braake waren die Worte gesprochen worden, waren viele hundert Meilen gewandert, und nun endeten sie als ein Flüstern, so leise, dass nur ein Graumagier es überhaupt vernehmen konnte. Dregin lächelte.

»Der Wagen ist fertig und zum Aufbruch bereit«, verkündete er.

Meister Bredhir saß am anderen Ende des Tisches. Er musste die Worte ebenfalls gehört haben.

»Werdet Ihr gleich den Befehl erteilen, Herr?«

»Noch nicht. Zunächst müssen die anderen Teile des Planes greifen.«

»Ich habe den Eindruck, dass Bele den Prinzen so weit hat ...«

»Natürlich hat sie ihn schon längst um den kleinen Finger gewickelt, aber der tapfere Prinz Iske kann jetzt noch nichts erreichen. Erst müssen wir das Vertrauen des Königs in die Feuermagier erschüttern.«

»Diesen Teil des Planes habe ich noch nicht verstanden, Herr.«

»Ich habe ihn Euch auch noch nicht enthüllt. Doch vertraut mir, Bredhir, eins passt ins andere. Es ist wie bei dem Mondspielwerk von Meister Orchon in unserem Tempel. Die Monde bewegen sich nach einem unsichtbaren Plan. Bald stehen sie alle in der richtigen Position. Sobald der Landgraf den kleinen Aufstand im Lothfold niedergeschlagen hat, müssen wir nur noch diesen lächerlichen Prozess zum richtigen Abschluss bringen.«

»Ich entnehme Eurer Zufriedenheit, dass weder dieser Verräter Eyrim noch Lygger Tygram, der Zeuge der Sturmmagier, Euch ernsthafte Sorgen bereiten. Doch was ist mit den Erdmagiern? Es sind inzwischen vier Männer dieses seltsamen Ordens in Lente eingetroffen.«

»Vier?«, fragte Dregin mit einem Stirnrunzeln.

»Heute Morgen brachte ein Schiff aus Tsungama den vierten. Aber es ist nicht herauszufinden, warum sie sich plötzlich versammeln. Ich war selbst vor einigen Abenden am Hafen und habe versucht, sie zu belauschen, allerdings ohne viel Erfolg. Sie redeten nur über Steine, Erze und Erdkrumen. Wirklich, ich verstehe diese Männer nicht.«

»Sie gehen eigenartige Wege«, gab Dregin zu und verbarg, dass ihn diese Zauberer ebenfalls beunruhigten. Dregin hatte gehört, dass sich nur dann zwei von ihnen an einem Ort aufhielten, wenn der eine der Schüler des anderen war. Was also zog jetzt gleich vier von ihnen nach Lente? Entstand hier eine unerwartete Bedrohung für seinen Plan?

Bredhir räusperte sich. »Da ist noch etwas, Herr. Es geht um Eni ...«

»Wen?«

»Die kleine Eni. Ihr hattet sie beauftragt, Gyltorns Haus zu überwachen.«

»Ach, richtig. Sie war ja nicht besonders geschickt dabei. Ich habe mir noch keine Gedanken über eine angemessene Strafe gemacht. Was ist mit ihr?«

»Sie hat ihren Auftrag etwas zu ernst genommen und sich dabei Erfrierungen an mehreren Zehen zugezogen, Herr. Nun sind zwar Heilmagier aus Walbucht in der Stadt, aber vielleicht wünscht Ihr, dass wir uns an eine Ganesa wenden.«

Dregin runzelte die Stirn. »Schickt sie zu einem Heilmagier. Es mag wie ein Zeichen von Schwäche aussehen, doch unsere Feinde sollen ruhig glauben, dass wir schwach sind. Dann wird meine Überraschung sie umso härter treffen.«

Feja konnte es kaum erwarten, endlich zu hören, was Meister Caron und Bailon Ainach widerfahren war, aber Fohas bestand darauf, erst den Lagerplatz zu wechseln: »Wir haben dieses Feuer gesehen, andere vielleicht auch. Zieht die Glut nicht jene Männer an, die sich Feuermagier nennen?«

Also kehrten sie erst in die Senke zurück, in der ihre Habe versteckt war, und Fohas verbot ihnen, während des Marsches zu sprechen, da er Wald und Sumpf voller Gefahren wähnte.

»Er könnte wenigstens ein kleines Feuer gestatten. Ich würde es auch verbergen«, bot Meister Caron an.

»Er will keine Aschling-Magie an seinem Lagerplatz«, erklärte Feja, die übersetzte.

»Na, wenn er lieber friert«, murrte Bainach.

»Dann wärmen wir uns an schönen Geschichten. Erzählt doch, wohin hat es Euch verschlagen. Ich habe Euch gesucht, wisst Ihr …«

»Wir dachten, du seist tot«, begann Meister Caron, »aber auch aus anderen Gründen hielt es uns nicht länger in Braake. Wir hatten dir geholfen und uns somit gegen den Orden gestellt.

Das war in der ersten Not nach dem Beben vergessen, doch die Erinnerung kam zurück, als die Verwundeten versorgt und die gröbsten Trümmer beseitigt waren. Wir waren zunächst uneins, wohin wir uns wenden sollten, aber als wir Isgath erreichten, hatte ich den Ailon so weit, dass er mich nach Skros begleiten wollte. Ich habe entfernte Verwandte in der Stadt Pylion und dachte, ich könnte mich mit meinen Fähigkeiten irgendwie nützlich machen. Allerdings ist dort der Bedarf an Grauen Magiern nicht sehr hoch.«

»Ein Knochenmann wird hingegen überall gebraucht«, warf Bainach ein. »Und in Skros misstraut niemand einem weißhäutigen Weren.«

»In der Tat. Die Fähigkeiten des Ailons sprachen sich schnell herum und wurden gut bezahlt. Wir hatten ein gutes Auskommen. Und ich hatte Zeit, die dortigen Archive zu studieren und gelegentlich den einen oder anderen Fürstensohn im Utorischen zu unterrichten.«

»Es war kein schlechtes Leben«, meinte der Ailon.

»Dann aber«, fuhr Caron fort, »kamen uns seltsame Geschichten zu Ohren von einer jungen Hexe, die mordend durch die edunischen Wälder zieht und selbst vor einem königlichen Prinzen nicht haltmacht.«

»Nichts davon ist wahr«, seufzte Feja.

»Das dachten wir uns auch. Deshalb kehrten wir nach Edun zurück. Wir wollten der Sache auf den Grund gehen. Außerdem wollten wir dich warnen. Es ist eine hohe Belohnung auf deinen Kopf ausgesetzt, und die zieht inzwischen selbst Männer aus Skros an. Mit uns an Bord waren drei Söldner, die sich die fünftausend Goldstücke gerne verdienen wollten.«

»Fünftausend? Das ist mehr, als ich mir vorstellen kann.«

»Du könntest eine kleine Burg von dieser Summe erwerben. Die Söldner sind auch leider nicht deine einzigen Jäger. Am Waldrand trafen wir einen Trupp zerlumpter Räuber, die sich ebenfalls Hoffnung auf dieses Gold machen, und auf dem Weg hierher sind uns Jäger begegnet, die nicht auf Hirsch oder Wolf aus sind. Ich nehme an, dass es noch schlimmer wird, wenn erst der Winter vorüber ist. Doch sag, wie ist es dir ergangen, Feja? Und wie wurdest du zur Gejagten?«

Also erzählte Feja von ihrer Suche im Süden, ihrem Weg zurück zum Drachenhof und ihrer Begegnung mit dem Mann, von dem sie nicht wusste, dass er ein königlicher Prinz war. »Er lebte noch, als ich floh. Seinen Diener, ja, den habe ich getötet, und das bereue ich zutiefst. Aber diesem Prinzen habe ich kein Haar gekrümmt.«

»Dann müssen wir das richtigstellen«, meinte Meister Caron.

»Und wie? Ich bin die Magierin, die angeblich die Feuermagier in eine Falle gelockt hat, eine Verräterin und Mörderin. Niemand wird mir glauben, wenn mein Wort gegen das eines Fürsten steht.«

»Ich werde mir etwas überlegen, Feja. Ich bin einfallsreich, weißt du?«

Fohas trat an sie heran. »Es dämmert bald. Wir sollten die Zeit nutzen und zur Salzlache gehen. Dann finden wir beim ersten Licht des Tages, weswegen wir gekommen sind. Ich habe nicht alles verstanden, was hier geredet wurde, doch habe ich begriffen, dass viele Feinde nach dir suchen. Sie dürfen dich nicht finden.«

Sie brachen auf, und Fohas führte sie über das gefrorene Moor dorthin, wo er das Blutschilf vermutete. Tatsächlich zeigte sich schon die Morgendämmerung, als sie dort angelangten.

»Ah, ein Salzstein«, meinte Meister Caron und deutete auf einen Felsen, der sich als Buckel aus dem Moor erhob. »Das erklärt die Salzlache, von der dein neuer Freund sprach. Und wozu brauchst du dieses Schilf?«

»Die Alderlane braucht es, doch ich weiß nicht, wozu.«

Plötzlich packte sie eine Hand hart am Arm. Sie gehörte Ailon Bainach. »Die Alderlane? Du bist ihr begegnet?«

Fohas warf ihr einen warnenden Blick zu, aber sie sah keinen Grund, ihre Freunde zu belügen.

»Ich bin zu ihr gegangen. Ich hoffe, dass ich dort … etwas lernen kann.«

Der weißhäutige Were sah sie scharf an, dann entspannte sich seine Miene, und er ließ sie wieder los. »Ich verstehe ... die Dunkelheit. Du willst vergessen, was du bei uns gelernt hast.«

Feja rieb sich den schmerzenden Arm und nickte.

»Wir waren ein Orden, der einen Weg zwischen Nacht und Tag gefunden hatte, aber Dregin hat uns wieder ganz in die Finsternis gezogen. Es ist bedauerlich, dass er das Beben überlebt hat«, seufzte Meister Caron, der offenbar nur die Hälfte gehört hatte.

»Ich will sie sehen«, verkündete der Ailon schlicht.

»Ich weiß nicht, ob es möglich ist«, gab Feja zurück. »Sie mag Fremde nicht besonders. Selbst zu Weren ist sie nicht gerade nett. Meister Adach hat mich begleitet, aber sie will ihm nicht geben, was er verlangt und so dringend braucht, nicht einen Tropfen.«

»Was denn für Tropfen?«, fragte Caron.

»Davon verstehen Aschlinge nichts«, erklärte Bainach schnell. Dann senkte er die Stimme: »Ich will sie sehen. Sie ist doch auch eine Ganesa oder? Dann weiß sie vielleicht ein Heilmittel für mich. Ich bin es leid, mich bei Tag von Kopf bis Fuß verhüllen zu müssen, weil meine helle Haut in der Sonne verbrennt.«

»Ich weiß nicht, ob Fohas einwilligen wird.«

»Dann werde ich ihn überzeugen. Doch jetzt lass uns rasch dieses Schilf suchen. Ich kann es kaum noch erwarten, die Berge der Ahnen zu betreten.«

Mornir Gyltorn saß in seinem Zelt, wärmte die Hände am Kohlebecken und hielt die Spannung kaum aus. Die Stunden schlichen dahin. Jetzt ging es schon auf Mittag zu, doch die junge Zauberin blieb verschwunden.

»Sie ist gescheitert«, verkündete er schließlich düster.

»Das glaube ich nicht«, meinte Trewe. »Wenn es so wäre, hätten sie dort drüben Alarm geschlagen. Es gab einen kurzen Aufruhr heute Morgen, doch danach blieb es ruhig.«

Hauptmann Hording betrat das Zelt.

»Verzeiht, Herr, aber da kommen ein paar Männer über die Felder. Sie führen den Zweig des Unterhändlers mit sich.«

»Unterhändler?« Gyltorn sprang auf. »Endlich! Sagt unseren Leuten, sie sollen sie passieren lassen.«

Gyltorn wäre am liebsten aus dem Zelt gestürmt, Trewe jedoch mahnte ihn, erst seine Rüstung anzulegen. »Sie müssen sehen, dass wir kampfbereit sind. Sonst glauben sie noch, sie könnten durch Verhandeln etwas erreichen.«

Widerwillig gürtete sich Gyltorn. Er fühlte sich inzwischen nicht mehr besonders wohl in dieser Rüstung. Sie war zwar eine Maßanfertigung, aber sie war schwer und keine Kleidung für einen Mann, der eigentlich über den Niederungen des Schlachtfeldes stand. Außerdem war sie verbeult, und das schöne Silber seines Schildes hatte im Steinhagel bitter gelitten.

Gyltorn ließ sich Zeit. Es war ihm eine kleine Genugtuung, dass die Aufrührer jetzt draußen im eisigen Wind standen und auf ihn warten mussten. Endlich trat er aus dem Zelt in den strahlend kalten Morgen.

Die Unterhändler waren zu dritt, und sie beugten die Knie, sobald sie ihn sahen. Gyltorn zeigte offen seine Verachtung.

»Ihr kommt, um Euch zu ergeben?«

»Wir werden uns ergeben, wenn Ihr uns Gnade erweist, Herr.«

»Vielleicht werde ich Gnade walten lassen, doch zuerst müsst Ihr die Waffen niederlegen. Sagt, woher dieser plötzliche Sinneswandel? Und wo ist der edle Hagir, der sonst für Euch gesprochen hat?«

»Er … er ist tot, Herr. Er starb letzte Nacht.«

»Tot? Was ist geschehen?«

»Wir wissen es nicht, Herr. Es heißt, er habe zu viel getrunken und sei gestürzt, als er nachts noch einmal sein Zelt verließ, um Wasser zu lassen.«

»Er ist erfroren, während er seine Notdurft verrichtete?«, fragte Gyltorn ungläubig. Er war tief beeindruckt. Diese junge

Magierin hatte den Mann nicht nur getötet, nein, sie hatte ihn auch noch lächerlich gemacht.

»So ist es, Herr. Wir glauben, dass die Götter ihn für seine Anmaßung straften. Er war es, der uns verführt hat, unsere Waffen gegen Euch zu erheben, allergnädigster Fürst.«

»So bereut Ihr Eure Untaten?«

»Aus tiefstem Herzen, Herr.«

»Ihr werdet die überfälligen Steuern entrichten und den Schaden wiedergutmachen, den Euer Aufruhr verursacht hat?«

»Ja, allergnädigster Herr.«

Gyltorn warf einen schnellen Seitenblick zu Trewe, der ihm zunickte. »Gut. Als Euer Landgraf werde ich mich, wie stets, gnädig erweisen, auch wenn Ihr es nicht verdient habt. Ihr werdet die Waffen zu Füßen dieses Hügels ablegen und Euch dort sammeln. Dann werde ich entscheiden, wie mit Euch zu verfahren ist. Habe ich den Eindruck, dass sich auch nur ein Mann heimlich davonstiehlt, wird es der Rest von Euch bedauern.«

Die Männer verschwanden unter vielen Verbeugungen und Dankesbezeugungen. Gyltorn sah ihnen nach.

»Was habt Ihr vor, Herr?«, fragte Trewe.

»Meine Dienstritter sind ganz versessen darauf, Blut zu vergießen. Vielleicht sollte ich ihnen das Vergnügen gönnen.«

»Niemand bezahlt Steuern, wenn er tot ist.«

Gyltorn runzelte die Stirn. Trewe hatte nicht unrecht. »Aber ich kann sie nicht ungeschoren davonkommen lassen.«

»Nehmt ein paar Gefangene unter den Rädelsführern. Sie machen sich auch gut bei einer Siegesparade.«

»Gefangene …, ja, das ist gut. Aber es dürfen nicht zu wenige sein. Das Volk fand schon immer ein seltsames Vergnügen an Hinrichtungen. Es soll sie in befriedigender Zahl bekommen.«

Am Nachmittag, die Baumgrenze war schon nahe gerückt, bemerkte Tenach die Verfolger: »Da sind Hunde, wenigstens ein halbes Dutzend, und sie sind auf unserer Fährte«, erklärte er. Feja spitzte die Ohren, aber sie hörte nichts außer einem Raben, der krächzend nach Osten zog.

»Hunde? Die können wir täuschen«, meinte Fohas gelassen. Die beiden Warglinge berieten sich kurz, dann zerrieben sie Kräuter und streuten sie auf die Fährte. »Das wird ihnen ihre Nasen verschließen.«

»Und die Spuren im Schnee?«, fragte Ailon Bainach.

Auch dafür hatte Fohas eine Lösung. Merlas bekam zu all den Sachen, die er ohnehin schon tragen musste, noch eine der Decken umgehängt, die den Schnee hinter ihm glatt ziehen sollte.

»Das Übrige erledigt der Wind für uns«, meinte Fohas.

Von da an zogen sie im Gänsemarsch weiter und blieben länger als geplant unter den Bäumen, um nicht gesehen zu werden.

»Hörst du die Hunde noch?«, fragte Feja irgendwann.

Tenach nickte. »Wir sind sie nicht losgeworden. Aber vielleicht sind es jetzt die Menschen, die die Hunde führen.«

»Sobald es dunkel wird, werden wir sie abschütteln«, meinte Fohas. »Dann gehen wir hinauf auf die Felsen, wo der Schnee uns nicht mehr verraten kann.«

»Vielleicht sollten wir diesen Weg früher einschlagen«, meinte Meister Caron, nachdem Feja flüsternd übersetzt hatte. »Wenn mich nicht alles täuscht, werden wir erwartet.«

»Ich höre und sehe nichts«, meinte Tenach.

»Feja kann meine Beobachtung bestätigen. Unter den Bäumen dort, ein gutes Stück voraus, halten sich Männer auf. Sie führen irgendeine Art von Ritual durch.«

»Du wirst auf keinen Fall Magie einsetzen«, mahnte Fohas, nachdem Feja wieder übersetzt hatte.

»Dort?«, fragte Tenach. »Da ungefähr war der Ort des Brandes.«

»Was für ein Brand?«, fragte Feja.

»Krieger haben dort gekämpft, und Hexer auch, etwa zu der Zeit, als du zum Mara-Tir kamst. Es gab Tote, hastig unter Zweigen verscharrt. Ich glaube, die Aschlinge, die den See entweihten, haben hier gekämpft. Auf jeden Fall aber Flammenzauberer.«

»Meister Orchon erwähnte einen Kampf«, sagte Feja langsam.

»Skuran lebt noch? Und er marschiert mit den Grauen Magiern? Was hat nun das wieder zu bedeuten?«, fragte Ailon Bainach. »Er hat ihnen doch stets den Untergang gewünscht.«

»Sag dem Weißling, dass wir das später klären können. Nun soll er schweigen«, sagte Fohas. »Es scheint, als seien wir zwischen Hammer und Amboss geraten. Steigen wir nun hinauf in die Berge oder hinab in den Wald, um dem zu entgehen?«

»Der Wald wäre sicherer«, meinte Meister Caron, »in seinen Schatten kann ich besser kämpfen.«

»Aber wir kennen die Berge. Dort sind wir im Vorteil«, widersprach Tenach.

»Feja soll das entscheiden. Sie spricht mit den Nykken«, sagte Fohas nach kurzer Überlegung.

»Leider haben mir die Nykken nichts über diese Gefahr gesagt. Ich würde gerne in den Wald gehen, denn da kenne ich mich besser aus, doch mögen dort unten noch mehr Häscher auf uns warten. Und unser Ziel liegt in der anderen Richtung. Gehen wir in die Berge.«

Fohas nickte nur kurz und gab dann das Zeichen zum Aufbruch. Meister Caron wirkte nicht überzeugt und leicht beleidigt, weil er überstimmt wurde. Sie marschierten bergauf. Bald traten sie aus dem Schutz des Waldes hervor. Fohas fand einen verzweigten Wildwechsel, der so ausgetreten war, dass sie keine neuen Spuren hinterließen. Die klare Bergluft trug Hundegebell heran, aber Tenach, der vor Feja in der Reihe lief, raunte, dass die Nasen der Tiere immer noch taub sein müssten.

»Wir sind Hammer und Amboss schon fast entronnen«, flüsterte er.

Krähen stiegen von den Felsen auf und kreisten über ihnen.

»Krähen, so hoch oben in den Bergen? Seltsam«, murmelte Tenach.

Auch Feja kamen die Vögel eigentümlich vor. »Sie sind so still«, flüsterte sie. Tatsächlich hörte sie kein einziges Krächzen.

Meister Caron blieb stehen und starrte hinauf. »Ich fühle, dass hier Magie im Spiel ist«, sagte er leise.

»Erinnerst du dich an den Totenrufer, den wir in Pylion trafen?«, fragte Ailon Bainach. »Er hielt sich Krähen, die ihm als Kundschafter dienten. Auch die waren stumm.«

Caron nickte mit düsterer Miene. »Ja, und es sollen Totenbeschwörer in Edun sein.«

»Die Alderlane schickt diese Vögel jedenfalls nicht«, rief Fohas. »Schneller! Ist es erst einmal dunkel, werden sie uns nicht länger folgen können. Dort hinüber. Ich kenne ein Tal, das uns Schutz bieten wird.«

Sie hasteten voran, und die Krähen folgten ihnen lautlos, schwarze Schatten vor dunkler werdendem Himmel. Feja starrte hinauf zu den Monden. Die Sichel des schnellen Aithir schien sie zu jagen und die langsame Afa sie zu erwarten. *So, wie diese Männer uns*, dachte Feja. Vor allem aber würden bald Brunas und Eortha den Himmel zusätzlich erhellen. Keine Wolke stand am Himmel, und der Schnee leuchtete. Es würde in dieser klaren Nacht wohl nicht so dunkel werden, wie Fohas hoffte.

Tenach blieb plötzlich stehen. »Du willst in *dieses* Tal hinein, Bruder?«

»Es wird unsere Verfolger verschlingen, denn sie wissen nicht, was sie dort erwartet – wir aber schon«, rief Fohas und nahm einen Wurfspeer zur Hand.

»Was erwartet uns denn in jenem Tal?«, fragte Feja beunruhigt.

»Gefahr«, stieß Tenach kopfschüttelnd hervor und folgte Fohas.

Feja rannte den Männern hinterher. Gefrorener Schnee knirschte unter ihren Füßen. Vor ihnen lag ein schwarzer Tannenwald. Ein ausgetretener Wildwechsel führte mitten hinein, aber Fohas wich nach links aus. »Was machst du?«, keuchte Tenach.

»Sie haben ihre Höhlen auf der rechten Seite«, lautete die Antwort.

Feja hatte ein ungutes Gefühl in der Magengegend. Doch für Zögern war keine Zeit. Sie hörte Hunde auf der anderen Seite des Buckels. Lichtschein glühte dort. Ihre Verfolger waren ihnen viel näher gekommen.

Schon waren sie im Wald. Feja rannte zwischen die Tannen und in Tenach hinein, der stehen geblieben war. Er hob warnend einen Finger an den Mund. Sie nickte und duckte sich, wie es die Warglinge machten. Meister Caron fluchte. Er hatte die Bäume als Letzter erreicht, und offenbar schlugen ihm Zweige ins Gesicht.

»Sag diesem Narren, er soll um Edamaras willen still sein«, zischte Fohas. Doch Meister Caron brauchte keine Übersetzung.

»Wir bleiben dicht am Hang. Dann wecken wir den Großvater hoffentlich nicht«, flüsterte Fohas.

»Und auch nicht seine Söhne, Töchter und Enkel, will ich hoffen«, brummte Tenach. Der Atem des jungen Merlas ging stoßweise. Er schien Angst zu haben. Die drei huschten weiter, bevor Feja fragen konnte, wovon sie sprachen. Sie folgte ihnen und mahnte ihre beiden Freunde, die viel langsamer durch das Unterholz krochen als die drei Warglinge, vorsichtig zu sein. Licht glomm hinter ihnen auf. Durch das dichte Geäst sah Feja Fackeln schimmern. Hunde kläfften, und eine herrische Stimme rief etwas davon, dass die Gesuchte im Wald sein müsse. Und dann ließen sie die Hunde los.

»Schnell doch, weiter«, drängte Fohas, und sie hasteten durch das Unterholz. Das wütende Bellen wurde rasch lauter.

»Diese verdammten Hunde wecken ihn noch vor der Zeit!«, fluchte Fohas.

»Lasst sie nur kommen, ich bringe sie zum Schweigen«, verkündete Meister Caron.

»Nein, keine Magie!«, rief Fohas, nachdem Feja hin und her übersetzt hatte.

Doch Feja spürte, dass Meister Caron das Zwielicht schon beschworen hatte. Es war wie ein Knistern in der Luft, den Bäumen, in ihren Fingerspitzen. Das raue Gebell war ganz nah. Die Hunde brachen keuchend durch das Unterholz, und Feja meinte, ihre Gier auf Beute fühlen zu können. Und sie sollte diese Beute sein!

Dann flüsterte Meister Caron ein Wort, und alles änderte sich. Für einen Augenblick raubte ihr der Zauber den Atem. Eine lautlose Welle lief durch die Zweige, verschlang das wütende Bellen. Kurz war alles totenstill. Dann heulten und winselten die Hunde, nicht weit entfernt, drehten um und rannten davon.

»Weiter, das wird sie nicht ewig aufhalten!«, rief Meister Caron leise.

»War das eine Blutblende?«, fragte Feja leise.

»So ähnlich. Der Zauber schnürt ihnen die Luft ab. Ich war gar nicht sicher, ob er bei Tieren auch wirkt.«

»Dieser törichte Gauche! Das wird ihn anlocken«, fluchte Fohas und trieb sie zur Eile. Sie hasteten weiter. Hinter ihnen wurden Befehle gebrüllt. Offenbar drangen nun auch ihre Verfolger in den Wald ein.

»Diese Narren«, sagte Fohas, der angehalten hatte und in das undurchdringliche Dickicht vor ihnen spähte. »Lass uns hoffen, dass sie genug Lärm machen, um ihn von den Dummheiten des Hexers abzulenken.«

Feja hörte seltsame Laute im Wald, Laute, die sie schon einmal gehört hatte. Es war ein tiefes, böses Röcheln. Jetzt wusste sie, was es mit dem Großvater auf sich hatte! »Es lebt ein Bär in diesem Tal?«, fragte sie leise.

»Nicht beim Namen nennen!«, zischte Tenach. »Du rufst ihn sonst herbei!«

Das Röcheln wurde zu einem heiseren Brüllen. Warnrufe antworteten. Männer schrien, und dann stieg Feuer über dem Wald auf.

»Der Großvater kümmert sich um sie«, stellte Fohas fest. »Doch weiter. Ich will nicht abwarten, wer diesen Kampf gewinnt.« Das markerschütternde Gebrüll hörte nicht auf. Hilferufe mischten sich darunter.

»Das muss mehr als ein Bär sein«, meinte Meister Caron.

»Wenigstens drei«, stimmte Ailon Bainach zu.

»Ihr dürft das Wort nicht sagen, Meister«, rief Feja leise.

»Du bist wohl schon zu lange mit diesen Weren zusammen«, antwortete der Magier kopfschüttelnd.

Feja ärgerte sich über diese Bemerkung, sie hatte jedoch andere Sorgen. Hastig bahnte sie sich hinter Tenach ihren Weg durch das Dickicht.

»Es ist nicht mehr weit«, meinte Fohas.

Feja blickte zurück. Der Wald stand in Flammen, aber das Brüllen hörte nicht auf. Vor ihnen wurde das Unterholz lichter, die Tannen standen weniger dicht, und das Gelände stieg rasch zu einem Berghang an. Feja meinte, im Licht der Monde einen Pfad hinauf zu erkennen. Sie hatten es wirklich bald geschafft. Vor ihnen raschelte etwas im Unterholz. Fohas hob warnend die Hand. Da bewegte sich etwas Großes unter den Bäumen. Die Warglinge nahmen ihre Speere zur Hand. Wieder eine Bewegung. Fohas hob seinen Speer – und plötzlich sprang ein mächtiger Hirsch mitten durch sie hindurch und rannte tiefer in den Wald hinein, dem Feuer entgegen. Die Männer lachten erleichtert auf.

Feja dachte, dass da etwas nicht stimmen konnte. Wenn dieser Hirsch vor der Gefahr fliehen wollte, rannte er in die falsche Richtung. Sie wollte es Tenach sagen, aber schon drang ein kurzes, tiefes Grollen aus einer dichten Hecke. Und dann brach aus dem Dickicht ein riesenhafter Leib hervor.

»Der Bär!«, rief Fohas. Bevor er seinen Wurfspeer heben konnte, wurde er von einem gewaltigen Schlag zur Seite gewischt. Meister Caron schrie auf, und der Bär überrannte ihn. Feja sah seine dunklen Augen, sein riesiges Maul und die langen Zähne. Die Bestie kam auf sie zu, schien es auf sie abgesehen zu haben. Tenach wurde ins Dickicht geschleudert, und Feja sah den schmalen Leib von Ailon Bainach durch das Unterholz fliegen. Sie vergaß, was die Alderlane über Waffen gesagt hatte, und riss ihr Messer heraus. Der Bär stürmte auf sie zu, unaufhaltsam wie eine dunkle Lawine. Dann tauchte Merlas aus dem Nichts vor ihr auf und rammte der Bestie seinen Speer in die Brust. Getrieben von der Wucht des Aufpralls, drang der Speer tief ein, doch das hielt den Bären nicht auf. Er überrannte Merlas und stürzte sich auf Feja, die erst im allerletzten Augenblick zur Seite sprang und ihr Messer verlor. Der Bär überschlug sich, kam wieder auf die Tatzen und warf sich auf seinen nächsten Feind. Es war Merlas, der benommen im Schnee lag. Die Tatze hieb mit einem grässlichen Knirschen in den Rücken des jungen Warglings. Der Bär brüllte, und Feja sprang. Sie dachte nicht nach, warf sich dem Bären auf den Rücken, krallte sich in sein Fell und öffnete ihr Bargan. Sie suchte die Lebenskraft dieses Ungetüms. Es traf sie wie ein Schlag. Etwas Fremdes, Wildes drang in sie ein, während sie das Leben aus dieser Kreatur sog. Es war wie eine üble Welle aus schlammigem Blut, die über sie hereinbrach und sie vom Rücken des Tieres fegte. Sie fiel in den Schnee und verlor das Bewusstsein. Das Letzte, was sie hörte, war das durchdringende Brüllen eines Bären.

9.

Das wird der Alderlane nicht gefallen«, sagte eine Stimme. Feja öffnete die Augen. Fohas stand über sie gebeugt. »Es wird ihr ganz und gar nicht gefallen«, wiederholte er.

Sie richtete sich auf – und musste sich übergeben. Irgendetwas roch furchtbar verbrannt.

»Was ist geschehen?«, fragte sie benommen.

»Ich würde sagen, du hast deinen ersten Bären erlegt, Warglinga.«

Sie sah den unförmigen Leib im Schnee liegen. »Ich habe ihn noch brüllen gehört, als mir die Sinne schwanden.«

»Das war ein letztes Aufbäumen. Noch nie habe ich Ähnliches gesehen. Er stellte sich auf die Hinterbeine, sein Brüllen erstarb, und dann fiel er einfach tot um.«

»Aber es war Merlas, der ihn mit dem Speer … Wo ist Merlas? Geht es ihm gut?«

»Er liegt dort drüben. Der Weißling kümmert sich um ihn.«

Feja lief auf schwankenden Beinen hinüber. Alles kam ihr falsch vor. Der Bär, der Geschmack von Blut und Asche in ihrem Mund. Und warum roch es nach verbranntem Fleisch? Da lag ein Körper im Schnee, und eine kleine Gestalt kümmerte sich im Schein eines niedrigen Feuers um sie. Ja, Fohas hatte doch gesagt, dass der Ailon bei Merlas sei. Sie riss sich zusammen.

»Du siehst furchtbar aus«, sagte Meister Caron.

»Mir dröhnt der Schädel … und der Bär …« Sie beendete den Satz mit einem Kopfschütteln.

»Ich habe dir, glaube ich, schon einmal gesagt, dass Tiere auf Magie anders reagieren als Menschen. So gesehen hatte dein Freund Fohas recht, als er mich warnte, hier Zauberei einzusetzen. Möglicherweise habe ich den Bären gegen uns aufgebracht.«

Feja setzte sich auf einen gefallenen Baum und hielt sich den schmerzenden Kopf. »Wie geht es Merlas, Ailon?«

»Viel Blut hat er verloren, auch ein paar Rippen hat ihm die Bestie gebrochen. Die Knochen kann ich richten, aber das viele Blut vermag ich nicht zu ersetzen.«

Feja nickte. Sie wusste, dass sie etwas tun konnte. Aber was genau? Ihre Gedanken waren wie Nebelfetzen. »Wieso brennt hier ein Feuer?«, fragte sie schwach. »Was ist mit den Verfolgern? Und den anderen Bären?«

»Wer nicht durch ein Schwert oder Klauen und Reißzähne getötet wurde, wurde vom Feuer verschlungen. Zwei waren dort, die noch lebten, obwohl ihre Haut ganz verbrannt war. Vielleicht waren es Feuerhexer. Ich habe ihr Leiden beendet«, verkündete Tenach, der mit einem Schild in der Hand aus dem Wald trat.

»Hast du den Großvater auch dort gesehen?«, fragte Fohas.

»Nein, denn er ist unsterblich. Aber er wird in seiner Höhle liegen und seine Wunden lecken. Es ist seltsam, dass sich die Flammen nicht weiter durch den Wald fraßen«, sagte Tenach und warf den Schild in den Schnee. Er war halb verbrannt. »Dies ist nicht das Zeichen der Männer aus Lente, oder?«

Feja starrte auf den Schild und erkannte einen weißen Adler auf dunklem Grund. Sie blinzelte. Die Monde standen hoch, Galtara war hinzugekommen. Wie lange war sie ohne Bewusstsein gewesen?

»Das ist das Wappen der Herzöge von Nargatt«, erklärte Meister Caron, der sich den Schild besah. »Du hast dir wirklich viele Feinde gemacht, Feja.«

»Ich habe überhaupt nichts getan, Meister Caron! Die Lügen,

die andere über mich verbreiten, die sind schuld.« Feja barg das Gesicht in den Händen. So viel Tod, und all diese Männer starben ihretwegen.

»Vielleicht kann ich etwas tun«, sagte der Zauberer. »Es war doch eine zweite Schar auf unserer Spur. Ich könnte versuchen, mit jenen zu reden?«

»Sei nicht töricht, alter Freund«, warf der Ailon ein, der immer noch die Wunden von Merlas versorgte. »Sie werden dir nicht zuhören, vielleicht werden sie dich sogar umbringen, wenn sie den Eindruck haben, dass du ihnen das üppige Kopfgeld verderben könntest.«

»Wir müssen weiter«, sagte Fohas.

»Der Junge darf sich nicht bewegen. Seine Wunden würden sich öffnen, und er würde verbluten«, entgegnete Ailon Bainach.

»Du bist keine Ganesa.«

»Ich bin ein Knochenmann. Ich habe mein Handwerk von einem Utorer gelernt, das ist wahr, aber ich habe schon viele Männer zusammengeflickt und weiß, wann ein Mann auf der Schwelle des Todes steht. Dieser hier wird sterben, wenn du ihn auf die Füße stellst.«

»Wenn wir ihn tragen?«

»Mit einer Trage könnte es vielleicht gehen, wenn wir vorsichtig sind.«

»Wir müssen schnell sein«, sagte Tenach jetzt. »Der Aschling-Hexer hat es gesagt. Dieser zweite Trupp muss bald hier im Tal auftauchen.«

»Ich will den Kleinen nicht hierlassen«, sagte Fohas.

Feja erhob sich. »Darf ich mir das einmal ansehen, Ailon?«

»Du? Willst du mir jetzt mein Handwerk erklären, kleine Gans?«

»Nein, Meister Bainach. Aber ich habe gewisse Kenntnisse von einem ähnlichen Handwerk erworben.«

»Das wird der Alderlane noch weniger gefallen«, mahnte Fohas.

Feja zuckte mit den Schultern. »Ich kann ihn doch nicht sterben lassen, nur weil die Hüterin meint, ich sei noch nicht so weit.«

Sie öffnete unter Bainachs Protest den frischen Verband. Merlas' Rücken sah furchtbar aus. Feja legte ihre Hand auf die Wunde. Sie fühlte Blut, zerfetztes Fleisch, gebrochene Knochen. Sie seufzte und schloss die Augen. Ihr Kopf dröhnte immer noch, und der widerliche Geschmack von Schlamm war plötzlich wieder da. Sie spürte, wie Übelkeit in ihr aufstieg, versuchte, das Gefühl auszublenden und die Wunde mit den Fingern zu verstehen. Wie hatte sie das bei Nerius gemacht? Da hatte die Alderlane sie angeleitet. Doch bei der Werin in der Hütte war es auch gegangen. Die Erinnerung war seltsam verschwommen. Plötzlich stand das Bild der Wunde vor ihren Augen. Wieder hatte sie den Eindruck, als könne sie in den Leib hineinsehen. *Kraft geben*, das war es. Sie sammelte sich und versuchte, den Fliod umzukehren, ihn aus ihrem mit einem Bärenleben gefüllten Bargan in den Verletzten fließen zu lassen. Schmerz zerriss ihren Rücken, raubte ihr den Atem. Sie stöhnte auf und ließ mit zitternden Händen den Verletzten los.

»Bei allen Monden«, murmelte Meister Caron.

»Du hast es vollbracht«, sagte Tenach mit viel Anerkennung in der Stimme.

»Wie hast du das gemacht?«, fragte Ailon Bainach, der die geschlossene Wunde abtastete.

»Ich kann den magischen Strom umkehren. Das ist es, so in etwa«, erklärte Feja unsicher. Sie rang immer noch nach Luft.

»Leben ist Magie – Magie ist Leben«, zitierte Meister Caron andächtig die alte Zaubererweisheit, die Feja in der Schule des Ordens gelernt hatte. »Ich hätte nie gedacht, dass das so wörtlich gemeint sein könnte.«

»Dennoch«, sagte Fohas trocken, »das wird der Alderlane nicht gefallen.«

Ginnar Dregin verstand es, seine Anspannung zu verbergen. Er saß in der Gerichtskammer, in der nun endlich, nach einer endlosen Abfolge von Winkelzügen, der Prozess fortgesetzt wurde. Meister Bredhir an seiner Seite wirkte nervös, aber er war auch in entscheidende Punkte des Planes nicht eingeweiht.

»Sagt, Bredhir, welchen Eindruck macht Hochmeister Ferror auf Euch?«

»Er wirkt stolz, beleidigt und ungeduldig, Herr.«

»Und Hochmeister Enwart von den Sturmmagiern?«

»Angespannt. Er sieht immer wieder zu uns herüber, so, als würde er etwas von uns erwarten. Wisst Ihr, was das sein könnte?«

»Vielleicht«, antwortete Dregin lächelnd. »Habt Ihr an die Kerzen gedacht?«

»Ja, Herr.«

»Ich denke, wir werden sie heute brauchen, vorausgesetzt, der Prinz kommt irgendwann einmal zu einem Ende.«

Prinz Folgar verlas Protokolle der bisherigen Sitzungen für Meister Drekkar von den Erdmagiern. Er ließ sich auch nicht durch den Hinweis davon abbringen, dass Drekkar die Protokolle bereits ausführlich studiert habe. Es gab da wohl irgendeine Vorschrift, und Dregin hatte sich inzwischen damit abgefunden, dass der Prinz sich peinlich genau an Vorschriften hielt.

Draußen ging schon den ganzen Tag eisiger Regen nieder.

Er hatte dem Landgrafen seinen Triumphzug verdorben, aber das war Dregin nicht unrecht. Der Mann schien vergessen zu haben, wem er seinen Sieg zu verdanken hatte. Er blieb ein schwieriger Verbündeter, und Dregin fragte sich, ob er verlässlich genug war, um auch bei dem, was nun folgen würde, eine Rolle zu spielen. Immerhin, der König hatte ihn in seiner ersten Verlautbarung zum Sieg als *Verlobten* seiner Tochter bezeichnet. Gyltorns Stern stieg, und wenn er nicht zu rasch verglühte, mochte der Landgraf vom Lothfold noch nützlich werden.

Der Prinz war inzwischen mit dem Verlesen der Protokolle fertig und unterbrach die Sitzung für Beratungen der Parteien.

Hochmeister Enwart kam herüber und nahm Dregin beiseite. »Ihr hattet viel Zeit nachzudenken, Abot. Wie habt Ihr Euch entschieden? Wollt Ihr Einsicht und Reue zeigen und gestehen, dass Ihr mit Absicht zu spät auf dem Schlachtfeld erschienen seid – oder wollt Ihr, dass ich meinen Zeugen aufrufe und das wahre Ausmaß Eurer Verbrechen zutage tritt?«

»Ihr habt den Feuermagiern nichts von dem Zeugen gesagt, oder?«

»Nein. Es widerstrebt mir immer noch, ihnen unsere Grauen Brüder zum Fraß vorzuwerfen, mögen sie es auch verdient haben.«

»Dann lasst es bleiben. Vergesst den Zeugen. Es wäre für alle Beteiligten besser. Ihr habt selbst gesagt, dass Ihr den Feuerorden nicht stärken wollt.«

»Ich kann leider nicht zulassen, dass Ihr ungeschoren davonkommt, Dregin. Ihr hättet um ein Haar einen Magierkrieg vom Zaun gebrochen. Wisst Ihr nicht, wie schrecklich die letzten dieser Kriege waren?«

Dregin lächelte. »Gesetzt den Fall, Euer Zeuge würde für unsere Verurteilung sorgen, glaubt Ihr, wir würden unsere Vernichtung kampflos hinnehmen? Dann wäret Ihr derjenige, der einen Magierkrieg ausgelöst hätte.«

Enwarts Miene verfinsterte sich. »Verdreht nicht die Tatsachen, Dregin. Und verkennt nicht die Fronten! Wenn Ihr Euch dem Urteil widersetzt, werden alle Orden sich gegen Euch vereinen. Dann würde Euer Widerstand nicht lange währen.«

»Alle? Glaubt Ihr, Erdmagier und Wassermagier würden sich an einem Krieg beteiligen? Oder soll ich mich vor den Heilmagiern fürchten? Nein, es bleiben nur Feuer und Sturm. Und wie ich den Flammenorden kenne, wird er die größte Last des Krieges auf Euch abwälzen. Das könnt Ihr nicht wollen, Enwart. Also vergesst Euren Zeugen.«

Dregin spürte, dass er einen wunden Punkt getroffen hatte. Den Hochmeister plagten offenbar ähnliche Gedanken. Sollte er tatsächlich bereit sein, Lygger Tygram zu unterschlagen? Der Abot räusperte sich. »Wir wären übrigens nicht undankbar.«

Enwart versteifte sich. Dregin hatte das Gefühl, dass es in der Nebenkammer, in die sie sich zurückgezogen hatten, kälter wurde. Er fuhr ungerührt fort: »Gewisse Güter könnten später unauffällig den Besitzer wechseln. Niemand würde etwas merken.«

Die Stimme des Hochmeisters war eisig, als er antwortete: »Versucht Ihr etwa, mich zu bestechen, Dregin?«

Der Abot zuckte mit den Achseln. »Ihr habt vom Gleichgewicht der Macht gesprochen. Ich könnte dafür sorgen, dass Eure Macht ein wenig wächst – in allseitigem Interesse.«

»Ich war wirklich für einen Moment versucht, den Zeugen gegen mein Gewissen zurückzuhalten. Aber jetzt sehe ich, dass Euch nicht zu helfen ist, Abot. Da Ihr es also nicht anders wollt, werden wir hier und heute Euren Untergang besiegeln.«

Die Alderlane sagte nichts. Sie saß an einem der Feuer und hörte nur zu, wie Fohas umständlich von ihrer Wanderung berichtete. Feja stand ungeduldig daneben. Verstohlen sah sie hinüber zum Gatter. Meister Caron und Ailon Bainach war es nicht erlaubt worden, zum See zu gehen. Sie blieben drüben, bei Nerius und Meister Adach. Es sah so aus, als hätten sie einander viel zu erzählen. Feja wäre jetzt lieber dort gewesen, denn Fohas beschönigte nichts und hatte schon gleich zu Beginn angedeutet, dass Feja von dem Pfad abgewichen war, den die Alderlane ihr vorgegeben hatte. Inzwischen war er mit seiner Erzählung im Bärental angekommen, und die Missbilligung, die Feja bei der Hüterin zu spüren glaubte, schien mit jedem seiner Worte zu wachsen. Fohas erzählt vom Kampf, vom Tod des Bären und am Ende, wie Feja den schwer verwundeten Merlas geheilt hatte.

Die Alte nickte nur, dann sagte sie: »Ich danke dir und auch deinen Gefährten, dass sie das Mädchen beschützt und heil zurückgebracht haben. Auch für das mitgebrachte Schilf danke ich. Es wird gute Dienste leisten.«

Fohas zog sich mit einer respektvollen Verneigung zurück. Die Alderlane starrte ins Feuer. Feja fühlte sich immer unwohler.

Endlich ergriff die Alte das Wort. »Ich habe es befürchtet, nein, eigentlich habe ich es kommen sehen. Dein Herz, deine Vergangenheit, sie hindern dich daran, eine Ganesa zu werden.«

»Ich konnte Merlas doch nicht sterben lassen, ehrwürdige Alderlane.«

»Konntest du nicht oder wolltest du nicht? Vielleicht hatten ihm die Götter bestimmt, in diesem Tal unter den Tatzen eines Bären zu sterben. Vielleicht hätte sein Tod einen tieferen Sinn gehabt, der uns nun für immer verborgen bleiben wird. Nach allem, was Fohas sagt, war er schon jenseits der Schwelle des Todes. Aber das ist es nicht. Viel schwerer wiegt, dass du einem Tier das Leben genommen hast und so an das Mittel zur Heilung gelangt bist. Eine Ganesa darf kein Blut vergießen, unter keinen Umständen!«

»Aber …«

»Kein Aber. Du hast mich enttäuscht, Feja aus dem Langwald. Eigentlich hätte ich es wissen sollen. Eine Gaucha kann eben keine Ganesa werden. Immer müsst ihr Aschlinge mit dem Schicksal hadern, Euch auflehnen, es nach Euren Wünschen verbiegen. Ich dachte, du seist anders, denn du wurdest im Zeichen des Lebensmondes geboren. Doch ich habe mich getäuscht.«

Feja schluckte bei jedem Wort schwer. Sie wusste nicht, was sie sagen sollte. »Und was geschieht jetzt?«, fragte sie schließlich leise.

»Dein Schicksal ist mir ein Rätsel, Feja, ein großes Rätsel sogar. Viele Mächte und Kräfte zerren an dir, Dunkelheit und Licht streiten sich um dich, und der eine Rabe hat dir mehr als einmal seine Aufmerksamkeit geschenkt.«

»Der *eine* Rabe?«

»Du wirst es verstehen, zu gegebener Zeit. Ich werde den Mara-Tir für einige Tage verlassen, denn ich muss etwas in Erfahrung bringen, bevor ich mein Urteil fälle.«

»Soll ich Euch begleiten, ehrwürdige Alderlane?«

»Nein. Du wirst hier warten. Es sei denn, deine Ungeduld zwingt dich zu gehen. Dann ist vielleicht ruhelose Wanderung deine Bestimmung.«

»Ich werde warten«, brachte Feja hervor. Sie fühlte sich todunglücklich.

»Eine weise Entscheidung, die weiseste, die du in letzter Zeit getroffen hast. Ich werde mit einer Antwort für dich wiederkehren.«

»Einer Antwort worauf?«

»Auf eine Frage, die so wichtig ist, dass du gar nicht wagst, sie zu stellen.«

»Ihr meint, ob ich eine Ganesa werden kann?«

Die Alte lachte kurz und heiser auf. »Nein, junge Gaucha, diese Frage ist geklärt. Es ist dir nicht bestimmt, durch Kräuter und Beeren zu wirken. Und nun geh. Ich glaube, Fohas hat dir noch etwas zu sagen, und ich muss mich reisefertig machen.«

Feja zog sich niedergeschlagen zurück. Fohas war nirgends zu sehen, also ging sie zu ihren Freunden hinüber.

»Wenn ich dich so ansehe, scheint diese Unterhaltung mit der Hüterin nicht gut ausgegangen zu sein«, meinte Meister Caron.

Feja nickte. »Sie sagt, ich kann keine Heilerin werden.«

»Dabei bist du es schon längst«, knurrte der Ailon. »Ich habe gesehen, was du mit dem halb toten Wolfsmann gemacht hast. Auch bei Nerius hast du ganze Arbeit geleistet.«

»Aber darum geht es nicht«, seufzte sie.

»Und worum geht es dann?«, fragte der Ailon streng.

Darauf hatte Feja auch keine Antwort.

»Ich habe dir doch gesagt, dass es der Hüterin nicht gefallen wird«, meldete sich Fohas zu Wort, der plötzlich am Gatter auftauchte. Er schien gut gelaunt zu sein.

»Das hast du. Freust du dich darüber, dass du recht behalten hast?«, fragte Feja spitz.

»Ja und nein. Doch komm mit, wir haben etwas für dich, Schwester.«

»Schwester?«

Jetzt grinste der Were. »Du hast deinen ersten Bären getötet. Das bedeutet für dich, dass du keine Ganesa mehr werden kannst. Aber dafür zählst du von nun an zu den Warglingen. Wir wollen das feiern.«

»Mir ist nicht nach Feiern zumute.«

»Das kommt daher, weil du noch nie mit den Wolfsmännern gefeiert hast. Es wird dir doch auch nicht helfen, Trübsal zu blasen. Das Schicksal hat dich zu unserer Schwester gemacht, und du willst dich doch dem Geschick nicht widersetzen, oder?«

»Warum nicht? Anscheinend ist es doch das, was Aschlinge tun«, gab Feja schlecht gelaunt zurück.

Sie spürte plötzlich die Hand von Meister Caron auf der Schulter. »Dieser Mann zeigt Dankbarkeit, Feja. Du solltest nicht ihn schelten, wenn du doch eigentlich die Alderlane meinst. Nimm sein großherziges Angebot an. Ich kann mir nicht vorstellen, dass es vielen Utorern zuteilwird.«

»Ihr meint, ich soll mich diesen Jägern anschließen?«

»Du bist schon lange auf der Suche, Feja. Weit bist du gewandert, nach Braake, nach Isgath, durch den Langwald und die Berge. Und immer, das verstehe ich endlich, hast du den einen, den richtigen Weg für dich gesucht. Wer weiß? Vielleicht hast du ihn gerade gefunden.«

Ginnar Dregin lauschte den Ausführungen des jungen Feuermagiers, der noch einmal wortreich all die Versäumnisse aufzählte, die sich die Grauen Magier angeblich hatten zu Schulden kommen lassen. Immer noch war nicht die Rede davon, dass sie den Flammenorden in die Falle gelockt und angegriffen hatten. Dregin seufzte. Es war erstaunlich, wie wenig sie wussten und wie zögerlich sich dieser ganze Prozess den Winter über entwickelt hatte. Doch hier und jetzt würde sich alles ändern.

»Hat der Vertreter der Söhne Stors etwas zu ihrer Verteidigung vorzubringen?«, fragte Prinz Folgar.

Dregin flüsterte Bredhir zu, was er zu sagen hatte. Der erhob sich und erklärte: »Wir warten immer noch darauf, dass diese ungeheuren Anschuldigungen durch auch nur einen einzigen Zeugen belegt werden, Hoheit.«

Am Richtertisch räusperte sich der Hochmeister der Sturmmagier und bat ums Wort.

»Es ist meine Pflicht, einen Zeugen aufzurufen, den mein Orden schon vor einigen Wochen im Norden fand. Seine Aussagen sind so ungeheuerlich, dass wir sie lange nicht glauben wollten. Wir haben ihn geprüft und wieder geprüft. Sein Geist ist zwar erschüttert, aber wir sind dennoch zum Schluss gekommen, dass er die Wahrheit sagt. Er war Schüler der Grauen Bruderschaft, bevor er zu den Feuermagiern ging. Mit der Erlaubnis Eurer Hoheit würde ich den Ordensbruder Lygger Tygram als Zeugen aufrufen.«

»Lygger Tygram?«, fragte Bredhir leise, und Dregin hörte ihm an, wie entsetzt er war. »Die kleine Ratte lebt noch?«

»Habt Ihr die Kerzen vorbereitet, Bredhir?«, fragte Dregin leise.

»Die Kerzen? Natürlich, aber was …?«

»Abwarten«, erwiderte Dregin und legte dem jüngeren Meister die Hand beruhigend auf den Arm.

Lygger Tygram wurde in den Saal geführt, und Dregin konnte seine Angst riechen. Er stellte sich auf seinen Platz, nestelte hörbar nervös an seiner neuen Robe und begann stockend die Fragen des Gerichts zu beantworten. Nach und nach enthüllte er das ganze furchtbare Bild: wie sie in die Schlacht gezogen waren, voller Zuversicht, wie dann Sturm und Regen aus heiterem Himmel über sie hereingebrochen waren und wie sie dennoch die Bauern besiegt hätten, wären ihnen nicht die Grauen Magier in den Rücken gefallen.

»Augenblick«, unterbrach der Prinz die stockende Erzählung. »Sie haben die Feuermagier und unsere Gardisten *angegriffen?*«

Dregin konnte förmlich hören, dass es den Richtern und den wenigen zugelassenen Zuschauern den Atem verschlagen hatte.

»Ja, Hoheit. Wir waren schon erschöpft und verstreut im Sumpf. Sie schlachteten uns ab. Mich nahmen sie gefangen. Erst vor wenigen Wochen konnte ich dem Kerker entkommen.«

»Abot Dregin, habt Ihr etwas zu Eurer Verteidigung zu sagen? Irgendetwas?«, fragte der Prinz mit schneidender Stimme.

Dregin erhob sich. »Selbstverständlich, Hoheit. Jedes Wort ist eine Lüge. Warum sollten wir diesen jungen Mann, der uns verraten hat, gefangen halten? Wenn wir getan hätten, was er behauptet, hätten wir ihn da nicht längst beseitigt? Und er will unserem Kerker entkommen sein? Wie?«

»Man … man brachte mich nach Norden. Man wollte mich in eine Burg des Ordens sperren, an der Küste. Unterwegs konnte ich fliehen.«

»Eine Burg im Norden? Meint Ihr vielleicht die Moorburg?«

»Ja, so wurde sie genannt.«

»Wie bedauerlich, dass diese alte Ruine bereits vor zwei Jahren bei einem Sturm in sich zusammenfiel. Dort findet sich keine einzige Kammer mehr, in der man einen Gefangenen unterbringen könnte. Warum hätten wir Euch also dort hinbringen sollen, Lygger Tygram? Ihr schweigt? Nun, ich kenne Euch. Ihr habt schon immer einen Hang zu Täuschung und Lüge gehabt. Doch bezweifle ich, dass eine so große Lüge in Eurem kleinen Kopf entstanden sein kann. Wer mag nun ein Interesse an diesem gewaltigen, bodenlosen Schwindel haben?« Dregin schwieg einige Atemzüge lang und ließ die Spannung wachsen, bevor er fortfuhr: »Das scheint mir nicht schwer zu erraten. Meister Bredhir, seid so gut und bringt mir eine Kerze.«

Dregin genoss die atemlose Stille im Saal. Er ließ Bredhir den Docht entzünden, nahm ihm die Kerze aus der Hand und näherte sich dem jungen Tygram. »Wie denkt Ihr über Feuer?«, fragte er mit Bedacht. Er hatte diese Worte tausendmal gebraucht, als der Junge noch im tiefsten Loch der Graufeste gefangen gewesen war und er ihm erst eingehämmert hatte, was er zu sagen hatte, und dann seine Erinnerungen gelöscht und durch neue ersetzt hatte. Es war harte Arbeit gewesen, diese falschen Erinnerungen noch so zu verstecken, dass sie erst im richtigen Moment wieder zum Vorschein kommen würden. Er hatte eine Lüge unter einer Lüge versteckt. Zahlte sich die Mühe endlich aus?

Lygger Tygram zuckte zurück, als er die Kerze sah und die Worte hörte. »Nein, nicht das Feuer«, stammelte er. »Nicht das Feuer!«

»Als mir Gerüchte zu Ohren kamen, dass dem Sturmorden ein Zeuge rein zufällig in die Arme gelaufen sei, ahnte ich bereits, dass hier etwas nicht stimmt. Eure Hoheit, Ihr Richter – seht Ihr nicht, dass der Junge gefoltert und gezwungen wurde zu sagen, was er eben sagte?«

Der Prinz hatte sich erhoben. Seine Stimme bebte vor Zorn. »Ist das wahr? Sprecht ohne Angst, Bruder Tygram. Ihr steht unter dem Schutz der Krone.«

Lygger brach zusammen und schrie, dass es wahr sei, dass ihn der Flammenorden mit Feuer und Schmerz zu seiner Aussage gezwungen habe. Der Rest seiner Worte ging im Tumult unter. Dregin bedauerte sehr, dass er das Gesicht von Hochmeister Ferror nicht sehen konnte.

Es war ihm nicht möglich herauszuhören, wer sich mehr betrogen fühlte, Ferror, Prinz Folgar oder Enwart. Die Empörung war riesig, und dieses Mal traf sie nicht die Söhne Stors. Kanzler Ferror schrie etwas von Verrat und Betrug und verdächtigte die ganze Welt, sich gegen ihn verschworen zu haben. Er drohte mit einer weiteren Untersuchung gegen alle und jeden und stürmte hinaus. Die Unruhe ebbte schließlich ab, und der Hochmeister des Sturmordens ergriff das Wort: »Ferror hat uns alle betrogen und belogen. Und wir waren so dumm, ihm zu glauben. Doch das wird ein Nachspiel haben. Im Augenblick kann ich nicht mehr, als Euch, Abot Dregin, im Namen aller Richter um Vergebung zu bitten. Wir sind einem Betrug aufgesessen.«

Dregin nahm die Entschuldigung mit einem Nicken an. Diese Richter waren tatsächlich einem Betrug aufgesessen, doch sie hatten keine Ahnung, wie sehr und vom wem sie getäuscht worden waren. Er war sehr mit sich zufrieden.

Fohas reckte seinen Wurfspeer gegen die Monde und rief: »Einst schuf Edamara den Mann, als Sinnbild für Mut, doch der Mann wurde übermütig und fürchtete nichts und niemanden. Da sagte die Göttin: ›Ich will ihn Angst lehren‹, und schuf den Bären.«

»So ist es geschehen«, wiederholten die Warglinge.

Feja stand in der Mitte eines Steinbruchs, nicht weit vom Mara-Tir entfernt. Fohas hatte ihr ein Bärenfell umgehängt. Es roch noch nach Blut und Tod, und etwas verbrannt roch es auch. Zwanzig Weren hatten sich hier versammelt. Die meisten kannte Feja schon, aber sie sah auch neue Gesichter. Ein Feuer loderte, und der eisige Wind heulte um die Felsen. Feja fror, trotz des Bärenfells, doch es schien, als sei sie die Einzige. Fohas ging am Feuer auf und ab und fuhr fort:

»Hier steht Feja von den Aschlingen, geboren dort, wo einst der große Drache Wyrmoch sein Blut für uns gab. Sie ging dunkle Pfade, doch niemals wankte sie. Ich war dabei, als sie ohne Furcht ins Tal des Großvaters zog. Ich sah, wie sie mit bloßen Händen einen seiner Enkel tötete. Tenach hier an meiner Seite kann es bezeugen, und auch Merlas, der den Tag nur mit Not überlebte, wird es euch bestätigen. Feja hat sich dem Bären gestellt. Sie hat die Furcht überwunden. Ich frage euch: Ist sie es wert, eine von uns zu werden?«

»Das ist sie«, antwortete der Chor.

Fohas trat an Feja heran und drückte ihr ein Bündel aus drei Wurfspeeren in die Hand. »Nimm diese Waffen, Feja. Dein altes Leben mit Herdfeuer und Hirtenstab ist vorbei. Nun bist du eine Jägerin, eine von uns, eine Warglinga!«

Feja nahm die Speere entgegen. Die ganze Sache kam ihr

mehr als seltsam vor. Diese Weren wirkten alle so ernst. Die Spannung war dermaßen groß, dass sie fast angefangen hätte zu lachen. Da schlug ihr Fohas freundschaftlich auf die Schulter.

»Schau nicht drein wie eine Gams, wenn es donnert. Dies ist eine Feier zu deinen Ehren. Es geschieht wahrlich nicht jeden Tag, dass wir eine Frau, noch dazu eine Gaucha, in unsere Reihen aufnehmen!«

Schon löste sich die allgemeine Spannung. Die anderen Warglinge kamen zu Feja, umarmten sie, nannten sie Schwester und hießen sie willkommen, und dann wurden Spieße mit Bärenfleisch über dem Feuer aufgehängt.

»Ich glaube«, sagte Fohas und drückte ihr einen Krug in die Hand, »dass die Ahnen diese Weihen nur erfunden haben, weil sie sich mit der Beute eines anderen den Bauch vollschlagen wollten.«

»Ist das alles von dem Bären, den ich …?«

Fohas nickte grinsend. »Auf dein Wohl, Feja. Trink, sonst bist du nicht bereit für den zweiten Teil dieser alten Zeremonie.«

»Den zweiten Teil?«

»Du bist ausgewiesen als eine von uns durch die Speere, doch reicht das nicht aus. Die Berge sollen schließlich sehen, welch vornehmer Schar du angehörst.«

Feja nippte an ihrem Krug. Sie hustete, denn was immer es war, es brannte wie Feuer in ihrer Kehle. »Was ist das für ein Gebräu?«

»Runter damit!«, rief Fohas lachend. »Das ist Giwach, ein Saft, so alt wie die Welt, gebrannt aus gewissen Beeren, gewürzt mit gewissen Pilzen. Mein erster Schluck schien mir damals schlimmer als der Kampf mit dem Bären, dem ich die Ehre zu verdanken hatte. Die Alten nennen es daher den Trunk der Prüfung.«

»Ein treffender Name«, sagte Feja und starrte den Krug an. Er war noch zu drei Vierteln voll.

»Nun mach schon. Du solltest es hinter dich bringen, bevor Tenach zu betrunken ist, seine Arbeit zu vollbringen.«

»Was denn für eine Arbeit?«

»Du brauchst ein Zeichen«, erklärte Fohas und deutete auf den Fuchs auf seiner Stirn.

»Ihr wollt mich bemalen?«

»So würde ich es nicht nennen«, sagte der Wargling lachend. »Keine Angst. Wir haben lange beraten, und Tenach hat in seinen Träumen ein Zeichen gefunden, das dir gefallen wird.«

»Und das wäre?«

»Das erfährt der Wargling erst hinterher. Wo bliebe sonst der Spaß?«

Feja seufzte. Sie betrachte das seltsame Getränk in ihrem Krug, dann die Weren, die in Feierlaune um das Feuer saßen und sie erwartungsvoll anstarrten. Meister Caron hatte gesagt, dass sie vielleicht hier ihren Weg finden würde. Sie überwand ihre Hemmungen und kippte das Giwach hinunter. Es brannte immer noch wie Feuer. Die Warglinge lachten, und Feja spürte, dass sie grundlos grinste, als Fohas sie zu Tenach führte. Der Were saß etwas abseits an einem kleinen Kohlebecken. Er hielt ein Bündel Nadeln in der Hand, und ein schwarzer Tiegel stand auf seinen Knien.

»Setz dich, Feja, und empfange dein Saihim.«

»So nennt ihr das also?« Feja fühlte sich seltsam leicht und gleichzeitig unsicher auf den Beinen. Sie war froh, dass sie auf einem großen Stein saß, und stützte sich mit den Armen ab, weil sie sonst vielleicht einfach umgefallen wäre. Sie wollte etwas sagen, doch die Zunge wurde ihr schwer.

»Das Gute am Giwach ist, dass es dich die Schmerzen nicht fühlen lässt«, erklärte Tenach und nahm eine glühende Nadel aus dem Kohlebecken und eine Knochennadel aus dem Farbtiegel. »Und nun schließe die Augen, Warglinga.«

Feja gehorchte. Ihr war ganz flau im Magen. Sie spürte einen leichten Stich unter dem rechten Auge und gleich noch einen, dann wieder und wieder. Es brannte, aber sie ertrug es tapfer. Gerade als sie dachte, dass es nie aufhören würde, verkündete Tenach: »Fertig. Du kannst die Augen öffnen.«

Feja blinzelte und starrte in eine Menge erwartungsvoller Gesichter.

»Hier«, sagte Fohas und reichte ihr eine kleine polierte Silberscheibe. Feja sah hinein. Ihre Hand zitterte ein wenig. Tenach legte seine Hand auf ihre, und das Zittern hörte auf. Das Gesicht im Spiegel war leicht verzerrt und undeutlich. Sie sah vier dunkle Flecken unter dem rechten Auge, beinahe wie Rauten, doch leicht verzogen. »Was ist das?«, fragte sie.

»Es sind die Krallen des Drachen, der in deinem Blick wohnt und der bereit ist, hervorzubrechen und deine Feinde zu verschlingen. Ich habe ihn gesehen, im Tal des Großvaters. Dein altes Leben liegt hinter dir, Feja aus dem Langen Walde. Du kannst deinen alten Namen ablegen und in Ehren jenen Namen tragen, den wir dir mit diesem Tag verleihen. Du sollst Slendacha heißen, die Verschlingerin. Und nun trink, denn diese Taufe muss gefeiert werden!«

Feja gefiel dieser Name nicht, doch ihre Zunge war zu schwer, um darüber zu streiten. Sie nahm den angebotenen Krug und leerte ihn unter vielen Schulterklopfern und allgemeinem Gelächter. Von da an schien alles zu verschwimmen. Sie lachte und wusste nicht, worüber, sie weinte und wusste nicht, warum. Sie sang Lieder mit, die sie noch nie gehört hatte, und lag Männern in den Armen, die sie nicht kannte. Vor allem aber trank sie Giwach, denn das schien alles leichter zu machen. Sie umarmte Fohas ein um das andere Mal, nannte ihn Span und versuchte, ihn zu küssen. Irgendwann fühlte sie, dass sie hochgehoben wurde, und dann versank alles in einer sich drehenden Dunkelheit.

Als sie die Augen wieder aufschlug, stand die Sonne hoch am Himmel. Ihr Kopf schmerzte, und sie hob die Hand vor das Gesicht.

»Sieh an, wer da erwacht ist«, sagte eine wohlbekannte Stimme.

Feja hob mühsam den Kopf. »Meister Caron?«

»Sie erkennt Euch wieder, ein gutes Zeichen«, brummte Ailon Bainach.

Feja setzte sich auf. »Wieso schlafe ich nicht im Zelt?«, fragte sie.

Der Ailon kratzte sich am Kinn. »Das Zelt ist zu klein für fünf, und du hast um dich geschlagen, als wir dich zu Bett bringen wollten.«

Fejas Kopf dröhnte. »Wie bin ich denn hierhergekommen?«

»Wir haben eure kleine Feier von Weitem beobachtet«, erklärte Meister Caron. »Irgendwann hatten wir den Eindruck, dass du genug hattest.«

Fejas Erinnerungen waren verschwommen. Sie entsann sich wieder an das scharfe Getränk, die heiße Nadel in ihrem Gesicht und dann, inmitten dieser Fetzen, war da dieses bärtige Gesicht, das sie geküsst hatte.

»Bei den Monden«, stöhnte sie und schlug die Hände vor die Augen.

»Kopfschmerzen?«, fragte der Ailon.

Sie nickte stumm.

»Gut, die hast du dir verdient, kleine Gans. Dir fehlt die Übung, um die ganze Nacht Giwach in dich hineinzuschütten.«

»Ich dachte immer, dass Weren gar nicht trinken«, sagte sie matt.

»Oh, die in den Bergen tun es, doch nur zu bestimmten Gelegenheiten, zum Beispiel, wenn sie eine Gaucha in ihre Reihen aufnehmen. Ein hübsches Zeichen haben sie dir da ins Gesicht gestochen.«

Feja befühlte ihr Auge. Es schien geschwollen. Den Teil hatte sie also auch nicht geträumt.

Jemand reichte ihr ein feuchtes Tuch. Es war Nerius.

»Was bedeutet das?«, fragte er und sah nicht so aus, als ob ihm die Tätowierung gefallen würde.

»Steht für einen Drachen«, murmelte sie.

»Du siehst beinahe werisch aus«, meinte der Ailon. »Wenn du jetzt noch lernst, deine Gesichtszüge zu beherrschen, so, wie wir es tun, könnte man dich für eine von uns halten.«

Meister Caron stellte eine dampfende Tasse neben ihr ab. »Dein Freund Adach hat diesen Tee für dich gebraut. Er meinte, er könne helfen.«

»Wo ist er?«, fragte Feja. Sie drehte sich um, aber jede Bewegung schmerzte.

»Im Tal. Er sucht nach noch mehr Kräutern. Er meint, ein Becher Tee würde vermutlich nicht reichen«, sagte Meister Caron. Er schien ziemlich gute Laune zu haben.

»Und die Warglinge?«

»Schlafen immer noch ihren Rausch aus.«

»Habe ich … habe ich irgendetwas Dummes getan?«, fragte Feja, die die Erinnerung an das bärtige Gesicht nicht losließ.

Meiser Caron schüttelte den Kopf, aber der Ailon sagte: »Meinst du, etwas Dümmeres, als dich den Warglingen anzuschließen? Schwerlich.«

»Lass sie, alter Freund. Sie musste diesen Weg beschreiten. Jetzt kann sie in den Bergen bleiben, bis wir die Sache aufgeklärt haben.«

»Was meint Ihr?«, fragte Feja, die Schwierigkeiten hatte, längeren Sätzen zu folgen.

»Nerius, der Ailon und ich sind zu dem Schluss gekommen, dass wir nach Lente gehen sollten. Einer muss dort die Wahrheit sagen.«

»Aber … das ist viel zu gefährlich!«

»Vielleicht, Feja, und doch ist es notwendig. Jäger schleichen durch den Langwald und durch die Berge. Es ist nur eine Frage der Zeit, bis sie dich finden.«

»Ihr dürft nicht gehen. Und mit ein paar Jägern werde ich schon fertig«, sagte sie trotzig.

»Vielleicht«, erwiderte ihr Lehrmeister, »aber ich spüre eine große Unruhe über Edun. Stimmen flüstern in der Nacht. Unser alter Orden schickt Nachrichten hin und her. Ich verstehe sie nicht, denn die Botschaften sind nicht für mich bestimmt, doch etwas ist im Gange, Feja, etwas Großes, Gewaltiges. Und ich fürchte, es ist auf dem Weg hierher.«

»Abot Dregin? Seid Ihr hier, um mir meine Fehler unter die Nase zu reiben?« Der Hochmeister der Sturmmagier empfing Dregin in der hohen Halle von Haus Nargatt, in dem der Orden untergekommen war, nachdem der eigentliche Sitz der Bruderschaft durch ein Feuer zerstört worden war. »Ihr hättet mich warnen können, dass dieser Zeuge nichts taugt.«

»Das habe ich versucht, Enwart, wenn Ihr Euch erinnern wollt. Doch eigentlich bin ich auf Wunsch meiner Begleiterin hier.« Seine Hand ruhte auf Beles Schulter. Er sah durch ihre Augen, dass Enwart blass und übernächtigt wirkte. Vielleicht raubte ihm die Schmach im Gerichtssaal immer noch den Schlaf.

»Schwester Bele, nicht wahr? Seid Ihr nicht eine Tochter des Jarls von Westar? Ich sah Euch neulich an der Seite des Prinzen. Was kann ich für Euch tun?«

Dregin nickte Bele ermutigend zu, obwohl er wusste, dass das gar nicht nötig war. Sie kannte ihren Auftrag, und ihre Zurückhaltung durfte keinesfalls mit Schüchternheit verwechselt werden. Jetzt antwortete sie, langsam und mit leiser Stimme.

»Ihr wisst vermutlich nicht, Herr, dass mein verstorbener Geliebter ein Vetter von Lygger Tygram war. Das Mädchen, das man die Feuerdiebin nennt, hat ihn mir geraubt. Das Glück, Malthur zum Mann zu nehmen, bleibt mir auf ewig verwehrt, dennoch betrachte ich Lygger als einen Anverwandten. Ich will sehen, wie es ihm geht.«

»Nun, mein Fräulein, Eure Anteilnahme ehrt Euch, doch kann ich Euch nicht erlauben, den Gefangenen zu besuchen. Es scheint, dass jemand sehr tief in seinen Geist eingedrungen ist. Wir müssen herausfinden, wer es war.«

Es war also genau so, wie Dregin befürchtet hatte. Jetzt, da sie wussten, was geschehen war, würden sie so lange suchen, bis sie herausfänden, wer den Jungen manipuliert hatte.

Bele ergriff wieder leise das Wort: »Das verstehe ich, Herr. Es ist nur, dass die Zeit, die ich mit meinem Geliebten verbringen konnte, viel zu kurz bemessen war. Schon verblassen meine Erinnerungen, die mir doch das Wertvollste auf der Welt sind.

Ich habe gehofft, die wenigen schönen Bilder mit Lyggers Hilfe noch einmal heraufbeschwören zu können. Und vielleicht hilft es ja auch Euch, wenn er sich erinnert, wer er früher war.«

Beles Traurigkeit war herzzerreißend. Dregin räusperte sich und fügte hinzu: »Selbstverständlich könnt Ihr ein oder zwei Eurer Zauberer dieses unschuldige Treffen überwachen lassen, wenn Ihr Bedenken hegt. Ich kann Euch aber versichern, dass Bele nur die lautersten Absichten verfolgt.«

»Man müsste wohl ein Herz aus Stein haben, Euch diese bescheidene Bitte abzuschlagen, Schwester Bele«, entschied der Hochmeister mit einem milden Lächeln. Er rief einen seiner Meister herbei, der Bele in die Katakomben unter dem stattlichen Anwesen führte.

»Und nachdem wir also den vorgeschobenen Grund Eurer Anwesenheit erledigt haben, sagt, Abot, was führt Euch wirklich hierher?«

»Ihr habt mich durchschaut, ehrwürdiger Enwart. Ich dachte, wir sollten miteinander beraten, was dieser ungeheure Betrug der Feuermagier für das Reich bedeutet – und für Kanzler Ferror. Und natürlich möchte ich erfahren, wann das hohe Gericht endlich ein Urteil zu verkünden gedenkt.«

»Das Urteil, nun, Meister Eyrim von den Heilern hat noch Bedenken, die er geprüft wissen will. Er bat um einen Aufschub.«

»Wozu?«, fragte Dregin ungehalten. »Was hofft er zu erreichen?«

»Er will vermutlich nur seinen Groll gegen Euch ein wenig pflegen. Gebt ihm Zeit, dann wird er sich in das Unvermeidliche fügen. Doch sagt, wenn das Urteil gesprochen wurde, werdet Ihr dann Gegenklage erheben, gegen den Flammenorden? Es wäre Euer gutes Recht, Abot.«

»Das können wir nicht, solange Meister Eyrim eine Verkündung des Urteils verhindert, nicht wahr? Doch lasst uns über andere Dinge reden, Enwart …«

Sie sprachen dann fast zwei Stunden über die Politik im Reich und bei Hofe, und Dregin stellte mit einigem Vergnügen fest, dass sich Enwart ebenso wenig in die Karten sehen ließ wie er selbst. Dann kehrte Bele mit ihrem Begleiter zurück.

»Habt Ihr gefunden, was ihr gesucht habt, Fräulein Bele?«, erkundigte sich der Hochmeister.

»Es war schmerzhaft, doch auch schön, die Erinnerungen zu wecken, Herr. Ich danke Euch.«

Dregin legte Bele die Hand auf die Schulter, als wolle er sie trösten, und sah mit ihren Augen, wie ihr Begleiter dem Hochmeister etwas zuflüsterte. Dregin konnte die Worte nicht verstehen, aber aus Enwarts Reaktion war leicht abzulesen, dass der Ordensbruder nichts gemerkt hatte. Das überraschte ihn nicht, denn Bele hatte inzwischen gelernt, ihre Begabung auch vor Meistern der Magie zu verstecken. Außerdem war ihre Gabe angeboren und kein Zauber, den sie wirken musste. Ganz im Gegenteil, sie musste sich beherrschen, um die Welt nicht in ihren Gefühlen zu ertränken.

»Wie ist es gegangen, Bele?«, fragte Dregin, als sie das Anwesen der Sturmmagier verlassen hatte. Die Luft roch nach Schnee.

»Es hat mir geholfen, und bei Lygger hat es vieles gelöst. Er hat geweint, als ich ihn auf den Grund seiner Seele schauen ließ. Ich glaube, er hat endlich erkannt, was er getan hat.«

Dregin nickte zufrieden.

Am nächsten Morgen erhielt er die Nachricht, dass sich Lygger Tygram, zur großen Bestürzung des Sturmordens, in seiner Zelle erhängt hatte.

Skuran Orchon war wütend und verzweifelt. Der ganze Hof wimmelte von Männern und Pferden. Das Gerücht, das seit Tagen durch die Graufeste waberte, bewahrheitete sich: Die Magier des Ordens zogen aus. Doch wohin? Der Sturmrat hatte ihm nur gesagt, dass er sich und sein Werk auf eine Reise vorbereiten solle, mehr nicht.

Orchon sah zu, wie die Männer seine Hebe – den Schild mit den langen Holmen – auf den ersten Wagen hievten. Sturmrat Valir deckte sie eigenhändig mit einer großen Plane ab. Man brauchte sie also nicht, um das Geheimnis unter dem Berg zu heilen – das hieß, er bekam keine Gelegenheit, den Kristall in die Tiefe stürzen zu lassen. Abot Dregin hatte ihn belogen, betrogen und hintergangen! Doch was hatte er vor?

»Seid Ihr bereit?«, fragte ein gut gelaunter Meister Svelgar.

»Wenn mir nur jemand sagen würde, wo es hingeht«, brummte Orchon.

»Nun, nach Osten geht es, mehr oder weniger, denn schließlich liegt im Westen nur die See. Mehr kann ich Euch auch noch nicht sagen, mein Freund. Ja, ich glaube, selbst Meister Valir kennt unser endgültiges Ziel nicht. Er wird in die Nacht lauschen und darauf warten, dass der Abot ihm unseren Auftrag erklärt.«

Meme Salmango sprang in den Sattel eines der Pferde. Die lange Gabra war ebenfalls dabei, obwohl sie wegen ihrer Speerwunde immer noch hinkte. Auch Hallir und der angeblich stumme Bruder Span waren im Hof und zum Aufbruch bereit.

Orchon seufzte. Vermutlich wäre es einfacher aufzuzählen, wer auf der Feste blieb. Er sah, wie die Männer den zweiten Wagen mit Äxten und anderen Werkzeugen beluden. Er verstand immer weniger, was hier vorging.

»Aber die Trage, die Steine! Warum verladen wir das alles auf einen Wagen, wenn wir doch den … Ihr wisst schon … hier auf der Feste haben?«

»Ich nehme an, es wird für uns alle eine große Überraschung werden. Wollt Ihr mir auf dem Kutschbock Gesellschaft leisten oder lieber eines der Pferde besteigen, Freund Orchon?«

»Reiten? Ich? Schon wieder? Das mögen die Monde verhüten!« Er kletterte auf den Kutschbock. Sturmrat Valir stieg in den Sattel eines prächtigen Rotschimmels. »Dies ist der Beginn einer gefährlichen Reise, Brüder und Schwestern. Doch seid gewiss, dass der Lohn, der uns am Ende erwartet, größer und ruhmreicher ist, als wir zu träumen wagen.«

»Er klingt schon wie der Abot«, brummte Svelgar. Dann rief er: »Meme Sulling! Wollt Ihr uns nicht hier oben Gesellschaft leisten? Dieser prachtvolle Sitz bietet Platz für drei.«

Sie antwortete mit einem schrägen Blick. »Ich vertraue mein Glück lieber dem Rücken eines Pferdes an als dem Geschick eines betrunkenen Kutschers.«

Svelgar lachte laut auf. »Immer hat sie eine passende Antwort, wahrlich, ich bin gesegnet.«

Orchon sah ihn irritiert an, dann fiel ihm ein, dass er gehört hatte, die beiden seien ein Paar. *Nun*, dachte er, *man hat schon Seltsameres gesehen.*

Sturmrat Valir stieß einen Pfiff aus und gab seinem Hengst die Sporen. Orchon klammerte sich an seinen Sitz, weil Svelgar die Bremse gelöst und sich der schwere Vierspänner mit einem Ruck in Bewegung gesetzt hatte. Die jüngeren Schüler standen im Hof und sahen zu. Auch Meister Uri war unter ihnen. Von den Magiern schien jedoch nur der Verkünder auf der Feste zu bleiben, während sich all die anderen Zauberer und viele Soldaten des Grauen Ordens mit Orchons Trage auf den Weg zu ihrem geheimnisvollen Ziel machten.

Wieder wehten schwarze Banner über dem Palast. »Es scheint mir ein bisschen übertrieben«, sagte Mornir Gyltorn. »Sind das dieselben, die sie für Sifrid wehen ließen?«

»Sie haben sie ein wenig gekürzt, Herr«, sagte Trewe, der ihm das Wams ausbürstete.

»Haben sie das? Sie tun diesem überheblichen Herzogssohn wirklich viel Ehre an.«

»Er war allgemein beliebt. Und es ist ein großes Glück, dass der König Euch schon als zukünftigen Schwiegersohn anerkannte, bevor die Nachricht von Bram von Nargatts Tod eintraf. Es hätte sonst einen Schatten auf diese Verbindung geworfen.«

Gyltorn zog das Wams straff. Es war eine meisterhafte Arbeit seines Schneiders. Kostbar, aber nicht protzig, elegant, aber nicht stutzerhaft, abgesehen vielleicht von den vergoldeten Knöpfen. Es war das Wams eines Mannes mit Einfluss und trug sich besser als jede Rüstung. »Dieser Schatten liegt schon längst darüber, Trewe. Wie ich den Bemerkungen von Prinz Folgar entnehmen konnte, wird eine Vermählung der Prinzessin innerhalb einer angemessenen Trauerzeit als unschicklich betrachtet.«

»Ein halbes Jahr geht schnell vorbei, Herr.«

»Ob es das ist, was der König mit mir besprechen will, Trewe? Die Hochzeit?«

»Es würde mich wundern, Herr. In den Straßen wird von einem Feldzug geraunt, und ohne Zweifel haben die Waffenschmiede viel zu tun.«

»Ja, das Gerücht hörte ich auch. Aber ein Feldzug gegen wen? Doch nicht noch einmal gegen die Bauern?« Er begann, die goldenen Knöpfe seines Wamses zu schließen. Es waren zwanzig. Gerade so viele Aufständische hatte er dem Henker übergeben. Und seit das Beil zwanzig Mal den Richtblock getroffen hatte, wurde in den Gassen von Lente der Name Gyltorn nur noch mit Respekt genannt.

Trewe holte den Schwertgurt mit der goldenen Stickerei. »Die einen, die vom Wohlwollen der Feuermagier zehren, sagen, es gehe gegen die Graue Bruderschaft. Alle anderen hoffen, dass es gegen den Flammenorden geht. Ich kann keines von beiden glauben. Jedoch ist es nicht zu leugnen, dass Hochmeister Ferrors Ruf sehr gelitten hat.«

Gyltorn lächelte flüchtig. »Vielleicht sucht der König einen neuen Kanzler. Nein, Trewe, ich rechne nicht damit, dass er mich berufen will. Schließlich ist das Amt seit tausend Jahren in Zaubererhand. Aber glaubst du, dass er meine Meinung dazu hören will?«

»Seid vorsichtig, Herr. Mit einem unbedachten Wort in dieser Frage könnt Ihr Euch mächtige Feinde machen. Noch heißt der Kanzler Ferror.«

»Dabei würde ich diesen überheblichen Magier zu gerne fallen sehen«, seufzte Gyltorn. Er schloss den letzten der vergoldeten Knöpfe. »Hat unser Freund, der Abot, von sich hören lassen?«

»Seit Tagen nicht. Er ist geradezu verdächtig ruhig. Vielleicht, weil er diesen Prozess gewonnen hat.«

»Aber es wurde doch noch kein Urteil gesprochen, oder?«

»Nein, die Feuermagier versuchen noch, ihren verbrannten Ruf zu retten, doch nach dem Betrug mit diesem Zeugen glaubt ihnen bei Hofe niemand mehr auch nur ein Wort. Es ist wohl Meister Eyrim, der den letztendlichen Urteilsspruch unter immer fadenscheinigeren Gründen verzögert.«

»Dann ist es an der Zeit, dass wir ihm unser neues Angebot unterbreiten. Der Abot wird uns dankbar sein.«

»Haltet Ihr Dregin für einen guten Verbündeten, Herr?«

»Ich denke, dass wir gemeinsame Ziele haben, aber wir dürfen nicht vergessen, dass diese Zauberer immer ihre eigenen Pläne schmieden. Doch vielleicht kann er mich nach der Hochzeit noch näher an den Thron heranbringen. Prinzen sind nicht unsterblich, Trewe …«

Der Leibdiener richtete das Wams seines Halbbruders. »Das mag wahr sein, doch solltet Ihr derlei nicht laut aussprechen, nicht einmal hier.«

»Meinetwegen«, murmelte Gyltorn und ließ sich von Trewe seinen Umhang bringen. Alles schien sich gut zu entwickeln, aber dann fiel ihm ein, dass sich in den Bergen immer noch dieses Mädchen verbarg, das all seine Erfolge, die doch auf einen Mord zurückgingen, zunichtemachen konnte. Der Gedanke an Feja vom Langwald versetzte ihm einen Stich, und seine gute Laune war wie weggeblasen.

Als Mornir Gyltorn eine Stunde später den Thronsaal betrat, fiel ihm gleich die seltsame Stimmung auf.

König Gimlarin saß mit gesenktem Haupt auf dem Thron, seine beiden Söhne standen an seiner Seite. Der jüngere, Iske, redete auf ihn ein. Seine Augen leuchteten. Bisher war Gyltorn der Knabe nur als mittelmäßiger Dichter aufgefallen, noch nie war er bei einer Beratung der Edlen zugegen gewesen. Der König sah gealtert aus. Er nickte, gab schließlich Iske ein Zeichen, und der Prinz verstummte. Eine Weile schien Gimlarin ins Nichts zu starren, aber dann straffte er sich und winkte Gyltorn zu sich.

Mornir Gyltorn fühlte, wie ihm alle Blicke folgten, als er an den Thron herantrat.

»Es tut gut, Euch zu sehen, Lothfold. Euer Sieg über die Aufständischen war das erste Licht in diesem langen Winter der Traurigkeit.«

»Eure Hoheit sind zu gütig«, murmelte Gyltorn und zog sich auf eine Geste des Königs hin wieder zurück. Erneut fühlte er, dass alle ihn beobachteten, vermutlich sogar beneideten. Der König hatte mit ihm gesprochen, hatte ihn ausgezeichnet, vor allen anderen.

Der Abot des Grauen Ordens betrat den Saal. Er stützte sich auf die junge Ordensschwester mit den traurigen Augen. Gyltorn fragte sich, wie dieses niemals lächelnde Mädchen nur das Gefallen von Prinz Iske gefunden hatte. »Die schwarze Zauberin« wurde sie bei Hofe genannt, weil sie stets in dieser Farbe gekleidet war. Sie führte den Abot geradenwegs zu ihm. Und auch das wurde von der Hofgesellschaft aufmerksam beobachtet. »Ich grüße Euch, Abot Dregin«, sagte Gyltorn und versuchte, einen freundlich-neutralen Ton zu treffen.

»Ich grüße Euch ebenfalls und möchte Euch endlich auch persönlich zu Eurem glänzenden Sieg im Lothfold beglückwünschen.«

»Ich danke Euch. Es war nur ein kleiner Beitrag zur Sicherheit des Reiches«, erwiderte Gyltorn vorsichtig. Würde der Abot jetzt seine Gegenleistung einfordern?

Der Abot hob die Stimme: »*Schild auf Schild, Speer auf Speer, der Stahl zerreißt die schimmernd' Wehr!* Ich finde, Prinz Iske hat sich in seinem Lothfold-Lied selbst übertroffen. Meint Ihr nicht?«

Gyltorn war sich nicht sicher, ob der Abot ihn verspottete. »Es ist eine poetische Übertreibung.«

»Euer ritterlicher Zweikampf mit dem finsteren Hagir wird in allen Tavernen, Kaschemmen und Wirtshäusern besungen. Und Ihr habt nicht einmal die Hälfte dieser Sänger dafür bezahlt, erlauchter Landgraf.«

Gyltorn seufzte. »Also schön, was wollt Ihr, Dregin?«, fragte er leise.

»Wollen? Nicht viel. Ich warte immer noch darauf, dass Ihr Meister Eyrim überzeugt, sich eines Besseren zu besinnen. Außerdem solltet Ihr offen sein für das Angebot, das Euch der König gleich unterbreiten wird, und darauf drängen, dass die Feuermagier ihren Beitrag leisten.«

»Was für ein Angebot?«

»Ihr sollt eine kleine Streitmacht in die Berge führen, um dem Spuk der Feuerdiebin ein Ende zu bereiten. Der Flammenorden wird Euch eifrig unterstützen, auch wenn er noch nichts davon weiß.«

»Eine Streitmacht – gegen ein Mädchen?«

»Eine kleine Streitmacht gegen ein sehr gefährliches Mädchen, wie der arme Bram von Nargatt erfahren musste. Gefährlich ist sie durch Taten und auch durch gewisse Dinge, die sie weiß.« Der Abot senkte die Stimme. Gyltorn musste sich anstrengen, ihn noch zu verstehen. »Das solltet Ihr bedenken, Landgraf, wenn sie in Eure Hände gerät. Ganz gleich, was die Feuermagier sagen – sie muss sterben. Je eher, desto besser!«

»Aber warum sollte der König mir den Oberbefehl übertragen? Im Reich gibt es höhergestellte Fürsten.«

»Das ist wahr. Es hat meine Schülerin Bele und mich einiges an Überredungskunst gekostet. Das solltet Ihr im Hinterkopf behalten. Nun entschuldigt mich, ich will dort hinübergehen, wo sich die anderen Magier versammeln.«

Gyltorn fragte sich wieder einmal, wie der blinde Abot so etwas wissen konnte. Die Zauberer hatten sich alle in einer Ecke der Halle versammelt – mit der Ausnahme von Hochmeister

Ferror, der blass und seltsam verloren ein gutes Stück hinter dem Thron stand.

König Gimlarin räusperte sich und ergriff dann das Wort. »Ich habe Euch zusammengerufen, Ihr Edlen, weil wir eine Entscheidung treffen müssen. Die Nachrichten, die wir zuletzt aus den Bergen erhielten, sind traurig und beunruhigend. Bram von Nargatt ist gefallen, und wieder trägt Lente Trauer. Mein Sohn Folgar wird Euch über die näheren Umstände unterrichten.«

Der Prinz trat vor. »Vor genau sieben Tagen gelang es dem tapferen Bram, die Mörderin meines Bruders zu stellen und in die Enge zu treiben. Aber diese Magierin ist mit dunklen Mächten in Bunde. Sie wandte das Feuer gegen die Flammenmagier und hetzte eine große Zahl Bären auf Bram.«

»Bären? Sie hetzte sie auf ihre Verfolger? Ins Feuer? Ist das sicher?«, fragte ein Mann in brauner Robe, den Gyltorn nicht kannte. War das einer der Erdmagier, die sich neuerdings in Lente versammelten?

»Es gibt keinen Zweifel. Ich habe die Berichte selbst geprüft, Meister Drekkar«, versicherte der Prinz und wirkte beleidigt.

»Verzeiht, Prinz. Mir war nur nicht bekannt, dass sie auch eine Tiermeisterin ist.«

»Nun, sie ist es offensichtlich«, fuhr der Prinz fort. »Außerdem wurde sie von einer großen Schar Warglinge begleitet, mit denen sie den Langwald auskundschaftete.«

Ein Raunen ging durch die Halle. »Verzeiht, Prinz, dass ich noch einmal frage … Wie zuverlässig sind die Männer, die das berichten?« Es war wieder der Erdmagier.

»Es sind Männer Eures Standes, aus Skros, vom Orden der Wiederkehr.«

»Augenblick … Es sind Totenbeschwörer in Edun?«

»Nun, ich dachte, das sei allgemein bekannt. Sie befragten einen der Gefallenen, natürlich nicht den edlen Bram, sondern einen der Magier. Er hat ihnen vom Kampf berichtet.«

»Totenbeschwörer haben in unserem Reich nichts zu suchen!«, rief der Hochmeister der Sturmmagier.

»Sie sind meiner Einladung gefolgt, Enwart«, entgegnete der Prinz und lief rot an vor Wut. Gyltorn fragte sich, ob er sich mehr über die Einwände oder über die ständigen Unterbrechungen ärgerte.

Abot Dregin hob die Hand. »Auch ich bin nicht glücklich über die Anwesenheit dieser Männer. Doch was haben sie noch berichtet, Hoheit?«

»Sie übermittelten zudem Zeichen der Hoffnung. Sie behaupten, dass sich der Ruch des Todes an jene heftet, die ihn verursachen. Die Ordensbrüder folgen dieser Witterung in die Berge, um die Hexe aufzuspüren und zu töten. Ich bezweifle, dass sie dort Erfolg haben, wo schon so viele andere gescheitert sind, doch vielleicht können sie uns wenigstens sagen, wo sich die Hexe versteckt.

Die Schülerin Eures Ordens, Abot, zieht weiter mordend durch den Langwald. Und sie begnügt sich nicht mehr damit, durch eine bloße Berührung zu töten, nein, jetzt hetzt sie wilde Tiere auf die Unseren und verbündet sich mit den Wolfsmännern. Ich frage Euch, Ihr Edlen – wann hat je zuvor ein Were seine Waffe gegen einen unserer Fürsten erhoben? Was, wenn das die ersten Zeichen eines werischen Aufstandes sind? Die Feuerdiebin wird von Tag zu Tag gefährlicher, ja, ich befürchte, dass sie in den Mondbergen bereits heimlich ein Heer aufstellt!«

Wieder ging ein Raunen durch den Saal, und auch Gyltorn fragte sich, was dieses Mädchen vorhaben mochte.

»Lasst Ihr deshalb die Schmieden Tag und Nacht arbeiten, Prinz?«, warf jemand ein. Gyltorn musste sich strecken. Der Sprecher stand bei den hohen Fürsten des Reiches. Gyltorn erkannte das breite Gesicht von Ilgar Wahenot, dem einflussreichen Vogt von Nyrdal.

»Wir müssen vorbereitet sein, Wahenot. Vielleicht plant sie am Ende einen Angriff auf Lente.«

»Genau das sind unsere Befürchtungen!«, rief der Kanzler mit schneidender Stimme.

Unruhe breitete sich im Saal aus, und hier und da erklang ein vielsagendes Husten oder Räuspern.

Ferror ließ sich nicht beeindrucken: »Es ist wahr, die Weren haben unsere Herrschaft seit fast tausend Jahren erduldet. Doch die Zeiten ändern sich. Alte Legenden scheinen zum Leben erwacht, und die Weren – das ist erwiesen – haben der Hexe geholfen, die unser Reich bedroht. Mit Eifer verbreiten sie das Gerücht, dass Wyrmochs Fluch zum Leben erwacht sei. Sie helfen ihr, verstecken sie vor dem Gesetz. Von da ist es nur ein kleiner Schritt, bis sie zu den Waffen greifen. Oder haben sie es schon getan? Haben die Warglinge nicht die Berge verlassen, um das Land für einen kommenden Krieg auszukundschaften? Fragt den unglücklichen Bram von Nargatt! Können wir sie gewähren lassen? Nein, wir müssen diese Gefahr im Keim ersticken!«

Der König hob die Hand, und die Unruhe, die mit jedem Wort Ferrors gewachsen war, verebbte. »Ihr alle wisst, dass mein großer Vorfahr Gimlar unserem Reich eine Dauer von tausend Jahren voraussagte. Und ebenso wisst Ihr, dass diese Spanne bald zu Ende sein wird. Vielleicht ist es uns auferlegt zu erleben, dass die Weren, denen wir einst diese große Insel entrissen haben, sich endlich doch erheben, dass sie zurückfordern, was wir ihnen genommen haben. Ja, vielleicht sind wir dazu verflucht, das Ende des Reiches zu erleben.«

»Hoheit, es sind noch beinahe zwanzig Jahre bis zum Jahre tausend!«, rief der Herzog von Isgath.

»Und als ich geboren wurde, waren es noch achtzig! Doch wie schnell sind die Jahrzehnte dahingeflogen? Ja, ich glaube, dieses Mädchen ist gekommen, um Wyrmochs Fluch endlich zu erfüllen.«

»Dennoch käme sie neunzehn Jahre zu früh, Hoheit!«, widersprach der Herzog kopfschüttelnd. Er klang beinahe ebenso aufgebracht wie der König verzagt.

Wieder meldete sich Abot Dregin zu Wort. »Ich habe schon viele Prophezeiungen gehört, Ihr Herren. Manche gingen in

Erfüllung, viele andere nicht. Die Weren mögen an die Unabänderlichkeit des Schicksals glauben, doch ich bin ein Graumagier und tue das nicht. Schon oft hat mein Orden einer angeblich unabänderlichen Bestimmung widerstanden und sie am Ende widerlegt. Ich sehe Wyrmochs Fluch als eine Warnung, vielleicht eine Drohung. Ausnahmsweise bin ich geneigt, dem Hochmeister des Flammenordens zuzustimmen. Wir sollten der Gefahr mit Entschlossenheit begegnen. Und ich sehe eine Gelegenheit für eben jenen Orden, Unrecht wiedergutzumachen.«

»Uns geschah Unrecht, nicht dem Dunklen Orden!«, rief Ferror wütend.

»Eure Bruderschaft, die so unter diesem Mädchen litt, hat es nicht geschafft, sie zu stellen, Ferror. Manche sagen, dass Ihr mit Absicht zögert, dass Ihr nicht Eure gesamte Kraft aufbietet. Was führt Ihr im Schilde? Ist Euch an der Erschütterung des Reiches gelegen? Sagt uns, steht Ihr vielleicht mit ihr im Bunde?«

»Das ist eine ungeheure Verleumdung, Dregin!«

»Selbst ich, der ich blind bin, weiß drei Eurer erfahrensten Meister in dieser Halle. Und wie viele sitzen untätig in Eurer Festung im Königswald? Warum sind diese fähigen Männer nicht auf der Jagd, verehrter Kanzler?«

»Warum sind es Eure Leute nicht, Dregin?!«, fauchte der Hochmeister.

»Leider waren uns durch gewisse ungerechtfertigte Anschuldigungen die Hände gebunden. Ich habe jedoch inzwischen Befehl erteilt, dass meine Brüder von Westen her die Berge durchkämmen. Wollt Ihr Euch uns nicht anschließen?«

Dregin fragte so freundlich herablassend, dass selbst Gyltorn dachte, er gehe damit zu weit. Der Hochmeister des Flammenordens jedenfalls sah aus, als wolle ihn der Schlag treffen. Oder tat er nur so? Für einen winzigen Augenblick hatte Gyltorn das Gefühl, dass die Empörung nicht echt wahr, dass Ferror insgeheim zufrieden war. Doch welchen Grund hätte er?

»Genug!«, rief Prinz Folgar. »Diese Angelegenheit ist zu wichtig, um sie der Feindschaft zweier Bruderschaften zu opfern. Der

Herzog von Nargatt hat verkündet, dass er mit vielen Männern und Sturmzauberern von Norden her gegen die Mörderin seines Sohnes vorrücken will. Er sagt, dass er, wenn es sein muss, die Berge selbst umstürzen wird, um sie zu finden. Der König hat deshalb entschieden, ebenfalls eine Streitmacht in die Berge zu schicken. Und er erwartet vom Feuerorden, sich diesem Heer mit allen verfügbaren Männern anzuschließen.«

»Noch eine Streitmacht? Gegen eine einzelne Zauberin? Ist das Euer Ernst?«, fragte der Herzog von Isgath. Aber die Stimme der Vernunft wurde nicht weiter beachtet.

»Wie groß soll sie sein? Und wer wäre geeignet, sie zu befehligen?«, rief der Vogt von Nyrdal. Gyltorn sah ihm an, dass er sich selbst für höchst geeignet hielt.

»Nun, wir denken, dass der Landgraf vom Lothfold ein fähiger Heerführer ist. Er hat seine Tatkraft im Felde gerade erst unter Beweis gestellt.«

»Gyltorn? Nur weil er ein paar schlecht bewaffnete Bauern besiegt hat?«, rief Wahenot. Andere Fürsten stimmten ihm empört zu. Gyltorn erkannte, dass er bei dieser Sache nicht nur Ruhm ernten würde.

Plötzlich erhob sich der König. Er reckte sich geradezu, und die Unruhe, die die Halle erfasst hatte, wich einer atemlosen Spannung. »In dunklen Zeiten sind wir geboren, Ihr Edlen!«, begann Gimlarin laut und stolz. »Sollte uns der Untergang beschieden sein, so werden wir ihm mit allem Glanz unseres Reiches entgegentreten. Rüstet Euch, Ihr Fürsten! Entrollt die Banner und ruft Eure Männer zu den Waffen! Meine eigenen Söhne werden das Heer in die Berge führen! Fünfhundert unserer besten Männer biete ich auf. Und ich verkünde den Heerbann! Vom heutigen Tage an ruhen alle Fehden, und jeder Mann edlen Blutes und reinen Mutes, vom Herzog bis zum Ritter, sei eingeladen und aufgefordert, sich unserem Banner anzuschließen!«

Gyltorn traute seinen Ohren nicht. Ein Heerbann? Der König rief tatsächlich zum Krieg? Gegen ein Mädchen und ein paar Bären? Das war Irrsinn!

Er sah sich um. Die Männer in der Halle wirkten verblüfft und ratlos. Die Klügeren waren besorgt, und wahrscheinlich begannen die Ersten schon zu rechnen: Ein Feldzug war eine kostspielige Angelegenheit für jeden, der Männer ausrüsten und versorgen musste. Seine Gedanken wurden unterbrochen, weil der König ihn zu sich winkte.

»Nun, Lothfold, werdet Ihr uns Euren Schwertarm zur Verfügung stellen?«

»Selbstverständlich, Hoheit«, stieß er hervor.

»Sehr gut. Es tut mir leid, dass ich Euch die alleinige Würde des Heerführers nicht geben kann. Daher habe ich beschlossen, Euch, auch wegen Eures glänzenden Erfolges über die Aufrührer, zu einem Marschall des Reiches zu ernennen.«

»Marschall? Ich … aber Hoheit, ich bin doch kaum geeignet …«, entfuhr es ihm.

»Ihr seid zu bescheiden, lieber Schwiegersohn. Ihr habt im Lothfold ein gefährliches Feuer ausgetreten, ohne auch nur einen Mann zu verlieren. Mein Sohn Iske schwärmt regelrecht von Euch. Er ist ebenfalls der Meinung, dass es keinen geeigneteren Fürsten für diese wichtige Aufgabe gebe.«

»Der Prinz? Er hat mich empfohlen?« Gyltorn schaute auf. Der junge Prinz sprach mit dem Mädchen in Schwarz. Der Abot stand im Hintergrund. Sein Gesicht war eine ausdruckslose Maske. Nur dieses Mädchen sah seltsam zufrieden aus.

»Iske steht nicht allein mit dieser Meinung«, fuhr der König fort. »Das Volk bewundert Euch, und die Soldaten blicken zu Euch auf. Ihr habt die Ehre mehr als verdient, Lothfold.«

Gyltorn nickte schicksalsergeben. Er begriff das alles nicht, er verstand nur, dass das Reich in einen Krieg zog – und er sollte einer der Heerführer sein. Das würde ihn ein Vermögen kosten. Er zog sich auf einen Wink des Königs hin zurück und ging hinüber zu Abot Dregin.

»Das war nicht das, was Ihr mir versprochen habt, Dregin. Nun darf ich viel Geld für einen Feldzug ausgeben, den andere befehligen«, sagte er leise.

»Ich gebe zu, dass ich das nicht vorausgesehen habe. Die Begeisterung von Prinz Iske war wohl ansteckender als geplant. Doch für Euch ändert sich wenig. Ganz im Gegenteil. Nannte der König Euch nicht eben seinen *lieben Schwiegersohn?* Die Hand der schönen Ifholde ist Euch sicher.«

»Das war sie schon vorher, ohne diesen lächerlichen Feldzug gegen ein paar verlauste Bären.«

»Aber, aber, erlauchter Marschall, bei so einem Feldzug kann viel geschehen. Wenn ich es richtig verstehe, sollen die beiden Prinzen das Heer in den Krieg führen.«

»Die Prinzen? Wollt Ihr andeuten …«

Dregin unterbrach ihn. »Natürlich nicht! Der Graue Orden wird über die Sicherheit der Hoheiten wachen. Aber unsere Mittel sind leider begrenzt, und, wie gesagt, es kann so viel geschehen …«

Gyltorn schluckte. »Und was erwartet Ihr von mir?«

»Dass Ihr nicht vergesst, wer Euch im Lothfold den Sieg brachte. Ihr seid jetzt ein Marschall des Reiches, und wenn sich die Dinge weiter nach meinem Wunsch entwickeln, könnte einer aus meiner Bruderschaft der nächste Kanzler des Reiches werden. Wir haben also beide schon viel erreicht – das muss noch nicht das Ende sein, wenn wir uns nur weiter gegenseitig unterstützen.«

Gyltorn lief es heiß und kalt den Rücken hinunter. Der Abot hatte angedeutet … Als er selbst beim Ankleiden darüber gesprochen hatte, da war es eine Träumerei gewesen. Doch nun sah es so aus, als könnte der Traum wahr werden. Und wenn er erst mit Ifholde vermählt und ihre Brüder tot wären – dann könnte tatsächlich er, Mornir Gyltorn, der nächste König von Edun werden!

Dregin verließ bald darauf die Halle. Bele führte ihn, und er verzichtete darauf, durch ihre Augen zu sehen, denn er musste darüber nachdenken, was gerade geschehen war.

»Seid Ihr mit mir unzufrieden, Herr?«, fragte Bele mit leiser Stimme.

»Warum sollte ich?«

»Ich kann Eure Verärgerung spüren.«

»Sie gilt nicht dir. Auch wenn ich mich frage, wie du das geschafft hast.«

»Ihr habt mir befohlen, Iskes Tatendrang zu entfachen, Herr.«

»Ja, das habe ich. Du warst nur viel erfolgreicher, als ich erwartet habe. Ich dachte an ein oder zwei Hundertschaften, verstärkt durch die Feuermagier, die in diesen Bergen herumirren und mit etwas Glück verloren gehen. Und nun ruft der König die Edelsten des Reiches zu den Fahnen? Hast du mit ihm gesprochen?«

»Wir sind ihm auf einem unserer Spaziergänge begegnet, Herr. Er ist ein trauriger Mann.«

Dregin blieb stehen. Die Schulter, auf der seine Hand ruhte, war schmal, doch fühlte er auch eine erstaunliche Stärke. »Es scheint aber, dass in ihm nun der gleiche Tatendurst brennt, den du in Iske wecken solltest.«

»So habe ich es falsch gemacht?«

Dregin spürte eine Welle der Traurigkeit. »Nein«, murmelte er. »Meine Anweisungen waren zu ungenau. Ich vergesse manchmal, dass du deine Gabe nicht wie eine Kerze anzünden und löschen kannst.«

Sie gingen schweigend weiter. Irgendwann fragte sich Dregin, ob seine Nachdenklichkeit vielleicht gar nicht von dieser seltsamen Versammlung, sondern von Beles Schwermut herrührte. Er war froh, als sie das Ordenshaus erreichten, wo sie sich in ihre Kammer zurückziehen würde.

Eni öffnete die Tür. Sie humpelte, weil ihr der Heiler einige Zehen hatte abschneiden müssen, um den Fuß zu retten, aber das tat ihrem Eifer keinen Abbruch. Sie nahm dem Abot und Bele die schweren Umhänge ab und meldete, dass Meister Bredhir in Dregins Kammer warte.

»Wie ich hörte, ziehen wir in den Krieg«, sagte der junge Meister zur Begrüßung.

»Ah, Meister Sjargur hat Euch schon unterrichtet? Gut, denn das erspart es mir, alles noch einmal zu erzählen. Unsere Bele hat weit mehr erreicht, als ich dachte. Und ich frage mich, ob sie das nicht mit voller Absicht tat.«

»Ihr traut ihr das zu?«

»Ich kann sie nicht ergründen, denn selbst für mich wäre es gefährlich, mich auf die Wucht ihrer Gefühle einzulassen. Sie kann einen Menschen dazu bringen, sich für sie in den Tod zu stürzen, das dürfen wir nicht vergessen. Und sie hasst Feja aus tiefstem Herzen.«

»Ja, es ist erstaunlich. Solange sie in der Nähe des Prinzen ist, scheint sie ihre Gefühle vollkommen zu beherrschen, vielleicht, weil ihr Auftrag das erfordert. Doch sobald sie über unsere Schwelle tritt, bin ich immer froh, ein paar Wände zwischen mir und ihr zu haben.«

»Vielleicht müssen wir ihr mehr von dem Mittel verabreichen, das uns Meme Sulling für sie mitgegeben hat«, sagte Dregin nachdenklich. »Doch lassen wir das. Was hat Sjargur Euch noch erzählt?«

»Er sagte, dass Ihr den Landgrafen unserer weiteren Unterstützung versichert habt. Glaubt Ihr, dass er es wirklich wert ist?«

»Ich halte Gyltorn immer noch für unberechenbar und hinterlistig, aber es ist derzeit besser, ihn zum Verbündeten als zum Feind zu haben. Wenn er jedoch auf abwegige Ideen kommt, dann gilt immer noch das, was ich vorhin zu ihm sagte – auf so einem Feldzug kann viel geschehen.«

Einige Tage nach dem Ritual der Warglinge schreckte Feja mitten in der Nacht hoch. Die Alderlane stand im Eingang des Zeltes und tippte sie mit dem Stock an.

»Ihr seid zurück?«, fragte Feja schlaftrunken.

»Komm mit, ich habe mit dir zu reden«, lautete die Antwort. Feja stolperte aus dem Zelt. Meister Adach wärmte sich an der Glut ihrer kleinen Feuerstelle. Er nickte ihr zu und reckte dann wieder summend die Hände über das Feuer.

»Weiß er nicht, dass es sinnlos ist, hier oben Wache zu halten?«, fragte die Alderlane, als sie das Gatter erreicht hatten.

»Er hält es nicht aus, so eng mit so vielen zusammen unter einem Dach zu hausen. Und mehr als vier passen ohnehin nicht in das Zelt.«

Die Alderlane führte Feja in ihr Zelt und setzte Wasser auf. Sie kochte einen Sud aus Blättern auf und ließ ihn ziehen. Feja hielt die Neugier kaum aus. Die Alderlane hatte angekündigt, mit wichtigen Neuigkeiten zurückzukehren. Endlich füllte die Hüterin zwei Krüge mit dem nach Harz duftenden Gebräu, gab Feja den einen und nippte an dem anderen. Feja fiel auf, wie still es im ganzen Talkessel war. Ihr kam es so vor, als lausche selbst der heilige See darauf, was hier geprochen werden würde.

»Weißt du, wie es ist mit den alten Geschichten?«, begann die Alderlane. Feja schüttelte den Kopf.

»Etwas geschieht, und die, die es erleben, berichten später davon. Diese Menschen sterben irgendwann, aber wenn die Geschichte stark ist, lebt sie weiter.«

Feja verstand nicht, worauf die Alderlane hinauswollte. Sie spürte, dass die Hüterin selbst noch nach den richtigen Worten suchte.

»Geschichten wandern, und wenn sie nach langer Reise zurückkehren, sind sie vielleicht nicht wiederzuerkennen. Die Legende von Wyrmochs Fluch ist weit gewandert. Du kennst ja die Erzählung vom großen Drachen, der dort getötet wurde, wo du Jahrhunderte später geboren wurdest. Er soll seinem Mörder, Usgach, dem Eisentod, geweissagt haben, dass aus seinem Drachenblut der Untergang der Aschlinge erwachsen würde. Deshalb hieß diese Geschichte bei den Weren *Wyrmochs Weissagung*, bis sie von den meisten vergessen wurde.« Die Alderlane rührte Zucker in ihren Sud. Feja hätte gerne auch welchen gehabt, traute sich aber nicht, die Hüterin jetzt zu unterbrechen.

»Die Aschlinge jedoch verstanden Wyrmochs Prophezeiung

als Drohung, die sie erst beunruhigte, dann verblasste und nur noch erzählt wurde, um Kinder damit zu erschrecken. Und vielleicht hätten auch die Gauchen Wyrmoch vergessen, wenn sie nicht die lästige Angewohnheit hätten, alles aufzuschreiben. Sie hielten die letzten Worte des großen Drachen auf Pergament fest und verwahrten sie in einem ihrer Wissenshäuser. Dort ruhten sie, bis sie eines Tages ein neugieriger Aschling aus dem Staub einer abgelegenen Kammer hervorzog. Das ist noch keine dreißig Jahre her. Wyrmochs Weissagung weckte sein Interesse. Er versuchte, mehr zu erfahren, und wandte sich an einen Weren, der sich, wie es das Schicksal wollte, in Lente aufhielt. Der Mann war ein Were aus der Stadt Braake, ein Schmied.«

»Skuran Orchon?«, fragte Feja verblüfft.

Die Alderlane nickte. »Ebenjener Mann, der hier war, um die heiligen Steine zu stehlen, ein Were, der die Schriften der Gauchen studiert, um sein eigenes Volk zu verstehen. Er hätte in die Berge gehen sollen, da hätte er alles erfahren, was ein Were wissen muss. So aber erzählte ihm ein totes Pergament in den Worten eines lang verstorbenen Aschlings von Wyrmochs Ende.

Ich weiß nicht, ob er schon da plante, zu tun, was er tat, oder ob es erst eine Gedankenspielerei war, die sich dann in ihm festkrallte und ihn nicht mehr losließ. Ich vermute, der Gedanke gewann an Macht, als seine Frau an einer Aschling-Krankheit starb. Vielleicht gebar er da den Gedanken, dass es einen Weg geben müsse, die Alte Magie der Weren nach Edun zurückzubringen. Denn hier kreuzte eine andere Legende seinen Pfad.

Der erste König der Aschlinge, Gimlar, sagte voraus, dass sein Reich ein volles Jahrtausend bestehen würde. Und du weißt, dass nun schon neunhunderteinundachtzig Jahre davon vollendet sind. Der jetzige König soll seit seiner Jugend von der Idee des nahenden Untergangs besessen sein, und so sickerte die Geschichte von seinem Palast in Lente in die Welt hinaus. Einige

Gauchen tun sie mit einem Achselzucken ab, andere fürchten sie, aber die Weren hören sie gerne. Im Langen Walde raunen sie, dass das Schicksal sich bald zugunsten der Weren wenden würde, selbst in den Bergen flüstern sie davon. Unser Schmied hielt nun die eine Geschichte für den Beweis der Wahrheit der anderen. Er begann, Erkundigungen einzuziehen, und studierte mit Gauchen-Kunst die Monde, weil er nach einer bestimmten, starken Stellung der sechs suchte. Irgendwann hörte er vom Drachenhof, vermutlich von der Ganesa, die er um Hilfe erst für sein krankes Weib und später für seinen Sohn ersuchte, denn diese wusste nicht weiter und fragte um Rat bei einer anderen Heilerin namens Isija.«

»Aber das ist die Ganesa, die mich auf die Welt holte!«

»Isija hat Orchon nie getroffen, doch sie gehörte zu den wenigen, die die Geschichte von Wyrmochs Fluch nicht vergessen hatten, und sie glaubte an die Macht der Monde. Wie viele Weren hoffte auch Isija, dass die Zeiten sich ändern mögen. Und da wurde sie zu einem Hof im Langwald gerufen, um bei einer schwierigen Schwangerschaft Beistand zu leisten.«

Feja starrte die Alderlane mit offenem Munde an. Eine böse Vorahnung stieg in ihr auf.

Die Hüterin seufzte. »Ich habe gleich geahnt, dass etwas nicht stimmte, als du mir von den Umständen deiner Geburt erzähltest. Eine Ganesa, die das Leben einer Mutter nimmt, um ein Kind zu retten? Ein utorischer Heiler mag so etwas tun, aber eine Ganesa? Nein, Feja, ich muss dir sagen, die Stunde deiner Geburt war kein Zufall. Isija schnitt dich aus dem Leib deiner Mutter, weil sie dachte, dass nur der schwarze Nir und die weiße Galtara am Himmel herrschten, denn dies gilt als eine machtvolle und seltene Konstellation. Sie hoffte damals, und sie tut es auch heute noch, du würdest Wyrmochs Fluch erfüllen, so wie es auch der Schmied aus Braake erflehte. Wie wir inzwischen wissen, holte sie dich jedoch wenige Augenblicke zu früh. Du wurdest allein unter dem Einfluss Galtaras geboren. Als sie dich vor die Hütte trug, standen zwar beide

Monde knapp über dem Horizont, aber Nir war um Haaresbreite nach Galtara aufgegangen.«

Feja fühlte sich wie betäubt. »Meine Mutter hätte gar nicht sterben müssen? Isija hat sie umgebracht, weil die Monde günstig standen?«, stieß sie endlich hervor. »Jetzt verstehe ich, warum sie meinem Blick immer auszuweichen schien, wenn sie uns besuchte.«

»Es ist eine Schande«, erwiderte die Alderlane, »und so töricht. Viele Kinder wurden im Laufe der Jahrhunderte unter dem Licht aller möglichen Monde an ebendiesem Ort geboren, und keines von ihnen hat den Aschlingen den Untergang beschert. Und diese Narren hofften, dass es bei dir anders sein würde.«

Feja starrte in die Glut des Feuers. Meister Orchon hatte ihr von den Monden ihrer Geburt erzählt und dann herausgefunden, dass er sich verrechnet hatte. Nir hatte ihre Geburt nicht begleitet. Und er war enttäuscht und wütend gewesen, weil er so fest auf den Einfluss des Todesmondes gerechnet hatte.

»Diese Ganesa hat meine Mutter wegen alter Legenden getötet?«

»Ich fand, du solltest das wissen. Es mag dir als Warnung dienen. Selbst unter uns Weren gibt es solche, die dich benutzen wollen. Aber das sind wenige im Vergleich zur Zahl der Aschlinge, die versuchen, ihr Süppchen auf deinem Scheiterhaufen zu kochen.«

»Ganesa Isija … wo finde ich sie?«

»Nicht in meinen Bergen und Wäldern, denn ich habe sie verbannt. Sie hat uns Heilerinnen entehrt.«

»Ich muss sie finden! Sie soll mir von Angesicht zu Angesicht sagen, dass sie es bereut, sonst …«

Die Alderlane hob eine Augenbraue, und das reichte, um Feja zu unterbrechen. »Aber sie bereut nicht! Jetzt, da sie weiß, dass nur der Lebensmond in dir wirkt, glaubt sie noch fester, dass du das Ende des Aschenreiches bringen wirst. Leider ist sie nicht mehr die Einzige. Das Mädchen, das die Erde beben lässt, Königssöhne erschlägt und Heerscharen von Soldaten verschlingt, ist beim Bergvolk in aller Munde. Du hast Glück, dass diese Einfaltspinsel glauben, bei so großen Taten müsse diese Heldin auch eine Riesin an Gestalt sein. Sie können sich nicht vorstellen, dass es das gedankenlose kleine Aschlingmädchen ist, das mir das Feuerholz getragen hat, sonst würden sie bald zu Tausenden hier erscheinen.«

Ein schriller Schrei klang durch die Nacht, dann noch einer.

»Was war das?«, fragte Feja. Es lief ihr kalt den Rücken hinunter. Sie kannte die Antwort: Das klang nach Todesschreien.

»Aschlinge? Sie wagen es hierherzukommen?«, zischte die Ganesa und packte ihren Stab. »Auf, Slendacha, beweise mir, dass du wirklich die Verschlingerin bist!«

Feja rannte los. Die Schreie waren aus dem Lager der Warglinge gekommen. Sie hetzte am Mara-Tir vorbei, den Pfad hinab, bog um die letzte Felswand und sah das Tal vor sich liegen. Im schwachen Feuerschein kämpften Männer miteinander. Aber was war das? Dort kämpften Weren gegen Weren auf Leben und Tod! Gefährte focht mit Gefährte, Freund mit Freund … doch einige der Weren bewegten sich schwerfällig, und sie versuchten gar nicht, den Hieben und Stichen ihrer Gegner auszuweichen. Feja sah mit eigenen Augen, wie ein Mann von seinem Gegner ein halbes Dutzend Stiche mit dem Dolch empfing und dennoch unverdrossen weiter angriff.

Da lag ein toter Wargling, unweit des Feuers, von einem Jagdspeer durchbohrt. Jetzt richtete er sich plötzlich auf, kam schwerfällig auf die Beine und zog sein Messer. Den Speer in der Brust schien er gar nicht zu beachten. Er stürzte sich mit einem unirdischen Schrei auf den nächsten Weren. Das war Fohas, der schon mit einem anderen Wargling rang. Der blutete aus einer klaffenden Wunde in der Brust, doch ließ er sich davon nicht aufhalten.

Fejas Nackenhaare stellten sich auf, denn sie spürte eine dunkle, alles verneinende Kraft, die durch den Boden und die

Felsen kroch. Dann entdeckte sie die beiden Gestalten am Rande des Tales, Fremde in dunklen Roben. Sie schienen irgendein Ritual durchzuführen. Feja sah das alles voller Grauen, sie war wie gelähmt. Jetzt stieß die Alderlane sie an.

»Tue etwas, Feja! Das sind deine Gefährten!«

Sie nickte und rannte auf den Wolfshang hinaus. Wie aber sollte sie etwas töten, was gar nicht mehr lebte? Die Magier! Sie waren es, die die Toten zurückgeholt hatten. Feja rannte mit einem hellen Schrei auf sie zu und riss im Laufen ihr Messer heraus.

Der kleinere der beiden fuhr herum, seine Hand reckte sich ihr entgegen. Er schrie Worte in einer fremden Sprache, und plötzlich fühlte Feja, wie etwas Kaltes sie packte. Es drang wie tausend Eisnadeln in ihre Haut, stach in ihre Adern, und sie hatte das Gefühl, dass ihr Blut gefror. Sie stockte mitten im Lauf, konnte nicht weiter, blieb stehen, sackte in die Knie. Die kalte Kraft drückte sie nieder. Aber Feja sammelte sich und erinnerte sich daran, wer sie war. Sie öffnete ihr Bargan, schluckte den Zauber des anderen, streckte die Hand aus und schleuderte ihm ein Bündel reiner Kraft entgegen. Die Magie traf ihn wie ein Faustschlag. Er taumelte zurück, und die Kälte wich aus Fejas Leib. Sie schleuderte eine Blutblende auf den anderen Zauberer, der getroffen aufschrie und versuchte, die unsichtbare Binde von seinen Augen zu reißen. Feja spürte instinktiv Gefahr und sprang zur Seite. Ein Speer stach dorthin, wo sie eben gestanden hatte. Ihr Gefährte Tenach hatte ihn geführt. Aber das war nicht Tenach, es war ein totes Etwas, das mit glasigen Augen versuchte, sie umzubringen.

Sie wich zurück. Die beiden Magier hatten sich hinter eine Hütte geduckt. Für einen kurzen Augenblick war Feja ratlos, dann richtete sie ihre Kraft auf die Felswand über den beiden Fremden. Sie nahm alles, was sie an Fliod noch in sich spürte, und schleuderte es gegen den Berg. Es knackte, krachte, dann brachen gewaltige Brocken aus der steilen Wand. Die Zauberer merkten zu spät, was geschah. Sie versuchten noch, davonzulaufen, aber der Berg war schneller und begrub mit hässlichem Krachen und Knirschen die beiden Totenbeschwörer unter tonnenschweren Felsen. Tenach, den Speer noch zum Angriff erhoben, erstarrte und fiel leblos vornüber. So geschah es überall im Tal. Die Toten, die noch einmal aufgestanden waren, brachen zusammen und blieben nun für immer liegen.

»Bei allen Monden – Totenbeschwörer, hier?« Es war Meister Caron, der halb angezogen den Pfad hinuntergehastet kam. »Ich hätte es wissen müssen.«

»Was hätte der Gauche wissen müssen?«, fragte die Alderlane scharf.

»Wie ich in Skros hörte, können sie dem Geruch des Todes folgen. Und Tenach hat im Bärental doch zwei halb verbrannte Männer von ihren Leiden erlöst. Das habe ich nicht bedacht.«

»Auf diese Weise haben sie uns gefunden?«, fragte Feja und blickte auf den armen Tenach, der reglos zu ihren Füßen lag.

»Ich ahnte, dass deinem unbedachten Tun böse Taten folgen würden«, sagte die Alderlane. »Doch ahnte ich nicht, dass es so schlimm werden würde.« Sie starrte finster über den Hang. »Gute Männer sind gestorben«, stellte sie fest.

Feja sah sich um. Die meisten Warglinge standen wie gelähmt. Einige saßen weinend auf dem Boden. Sie hatten gerade gegen ihre eigenen Gefährten kämpfen müssen. Mindestens sieben waren gefallen. Ailon Bainach erschien. Er ging von einem leblosen Leib zum nächsten und schüttelte stumm den Kopf.

»Ich fürchte, es ist noch schlimmer, ehrwürdige Alderlane«, sagte Meister Caron langsam. »Die Totenbeschwörer verstehen es, Nachrichten über große Entfernung weiterzugeben. Es heißt, sie sagen sie den Toten, die sie in der Unterwelt weiterflüstern. Es ist also möglich, dass gerade in Lente einer dieser Zauberer auf dem Gräberfeld sitzt und schon erfahren hat, wo der Wolfshang zu finden ist. Und dann werden sie mit Feuer, Schwert und großer Macht hierherkommen.«

Die Alderlane starrte ihn feindselig an. »Das alles fällt Euch erst jetzt ein, Hexer?«

»Ich kann es nicht ändern«, sagte Meister Caron, »doch bestätigt mich das in meinem Entschluss. Ich muss nach Lente, um dieser Jagd, diesem Irrsinn, ein Ende zu bereiten.«

»Man wird Euch nicht glauben, Meister Caron!«, rief Feja.

»Das werden wir sehen. Ich muss es versuchen. Jetzt, wo sie wissen, dass du in den Mondbergen bist, werden sie kommen und dich suchen, Feja. Es sei denn, ich gebe ihnen den wahren Schuldigen.«

Feja seufzte, denn sie wusste plötzlich, was sie zu tun hatte: »Ich werde Euch begleiten, Meister Caron, wenigstens bis zum Waldrand. Nein, keine Widerrede. Ich kann mir nichts Schlimmeres vorstellen als Soldaten, die meinetwegen plündernd und mordend durch diese friedlichen Berge ziehen. Deshalb werde ich mich irgendwo am Rande des Langwalds zeigen. Dann hätten sie keinen Grund mehr herzukommen.«

»Das ist zu gefährlich, Feja!« Nerius war jetzt auch im Lager der Warglinge erschienen. Er hielt sein Schwert etwas verlegen in der Linken.

»Es ist dumm, töricht und viel zu waghalsig, kleine Gans«, meinte Ailon Bainach. »Außerdem ist es doch nicht besser, wenn diese Heere statt durch die Mondberge sengend und brennend durch den Langwald ziehen. Du kannst sie nicht aufhalten – es sei denn«, setzte er mit scharfem Blick hinzu, »du hättest insgeheim vor, dich deinen Feinden zu ergeben.«

»Aber nicht doch!«, rief Feja, obwohl genau das ihr Gedanke war. Wenn sie sich stellte, hätten die Utorer schließlich keinen Grund mehr, in die Berge zu marschieren …

»Das wäre sinnlos, denn ich denke, sie würden auch nach deinem Tod einen Vorwand finden, um über die Weren herzufallen«, sagte der Ailon. Immer noch war sein Blick durchdringend. Ahnte er, was in ihr vorging?

»Dennoch muss ich etwas unternehmen«, erwiderte Feja. »Ich werde in den Langwald gehen. Ich kann nicht hier sitzen und zusehen, wie sie all die Dörfer in den Bergen niederbrennen.«

»Deine Tapferkeit ehrt dich, Feja vom Drachenhof«, sagte die Alderlane. »Doch ich habe Zweifel, dass du dort unten etwas anderes finden wirst als den Tod.«

»Ich sage, was der Weißling gesagt hat – dein Opfer würde nichts ändern«, erklärte Fohas düster. Blut rann ihm aus einer Schnittwunde auf der Stirn. Sie hatte den schwarzen Fuchskopf zerteilt. »Die Aschlinge werden trotzdem in die Berge kommen, ich kann es fühlen.«

Die Alderlane lachte bitter auf. »Wenn sie so töricht sind, sollen sie es versuchen. Sie werden nicht weit kommen. Und wenn ich Riesen und Drachen wecken muss, um sie aufzuhalten!«

»Es gibt leider keine Riesen und Drachen mehr, ehrwürdige Alderlane«, wandte Feja seufzend ein.

»Sagt das Mädchen, das auf Wyrmochs Totenbett geboren wurde …«

»Aber der starb vor vielen Jahrhunderten.«

»Das ist allerdings wahr«, gab die Alderlane zu. »Ich kann nicht sagen, ob sie meinen Ruf noch hören würden. Ja, vielleicht will das Schicksal, dass du hinuntergehst, Feja aus dem Langen Walde, doch du wirst nicht ohne Gefährten losziehen!« Sie wandte sich an die Männer, die immer noch voller Bestürzung ihre getöteten Freunde betrauerten. »Begrabt eure Toten, Warglinge, und dann macht euch bereit. Ihr müsst eure neue Schwester begleiten, denn sie allein wird das Verhängnis nicht aufhalten können. Ich werde unterdessen meine Späher aussenden. Sie werden Edun erkunden und uns enthüllen, was die Aschlinge vorhaben.«

Feja dachte, dass die Alderlane Warglinge als Späher losschicken würde. Aber sie verschwand allein zum Mara-Tir, ohne ein weiteres Wort zu sagen.

Noch während Feja half, die Toten zusammenzutragen und die Wunden der Überlebenden zu reinigen, kamen die ersten Krähen zum Berg. Feja dachte, sie wären wegen der Leichen hier, doch sammelten sie sich nahe einem der Gipfel über dem Mara-Tir.

Fohas zeigte Feja indessen einen großen Krug, der mit einer geheimnisvollen Flüssigkeit gefüllt war. »Sieh, was dieses Gebräu vermag!« Er schöpfte mit einer Kelle von der Flüssigkeit und gab sie auf den Stein, der sich vor Fejas staunenden Augen auflöste. Bald war vom harten Fels nur noch Brei übrig. Einer der Warglinge stach in den aufgeweichten Stein und vertiefte die Höhlung. Nach und nach schufen sie auf diese Weise sieben beinahe senkrechte Löcher im Fels.

»Ich habe mich immer gefragt, warum die Weren bei uns im Wald ihre Toten stehend begraben. Nun verstehe ich es«, sagte Feja staunend.

Unterdessen kamen immer mehr Krähen aus den Tälern heran. Noch vor dem Abend war der Berg schwarz von ihnen. Unter ihnen waren auch einige große Raben. Dann, bei Sonnenuntergang, stiegen sie alle miteinander unter ohrenbetäubendem Krächzen auf und vereinten sich zu einer großen schwarzen Wolke, die über dem See kreiste. Plötzlich war es, als fahre ein Schlag in den Schwarm und zwinge ihn in der Luft zum Innehalten. Das Krächzen verstummte für einen Augenblick, dann zogen die schwarzen Vögel mit lauten Schreien rasch in alle Himmelsrichtungen davon.

Am nächsten Tag kehrten sie zurück, kreisten über dem Berg und verdunkelten die Sonne. Die Alderlane stand über eine Stunde still da, ohne sich zu rühren. Sie schien zu lauschen, dann verkündete sie düster: »Es ist schlimmer, als ich dachte. Ein Heer kommt aus dem Norden, aus Nargatt. Es ist schon fast in den Bergen. Eine zweite Streitmacht rückt aus Lente heran, und im ganzen Langen Walde wimmelt es von Jägern, die nach dir suchen Feja. Aber da ist noch eine Schar von Männern in grauen Roben, die den Wald schnell und auf heimlichen Wegen Richtung Westen durchqueren.«

»Das ist unser alter Orden«, stellte Caron fest.

»Was kann Abot Dregin im Langwald wollen?«, fragte Ailon Bainach.

»Nichts Gutes«, brummte der Zauberer zur Antwort.

»Du hast es gehört, Feja«, warf Nerius ein. »Die Welt da draußen ist voller Männer, die deinen Tod wollen. Du kannst die Berge nicht verlassen.«

»Ganz im Gegenteil, Nerius. Ich kann mich nicht mehr verstecken. All diese Dinge geschehen, weil ich hier bin. Es scheint, als zöge ich das Verderben geradezu an. Es wird Zeit, dass ich es von diesem heiligen Ort ablenke.«

Meister Caron kratzte sich am Kinn. »Nicht alles geschieht deinetwegen, Feja. Ich bin sicher, dass Dregin einen ganz eigenen Plan verfolgt.«

10.

Der gefrorene Boden knirschte unter den Hufen der Pferde. Gyltorn verfluchte seine schöne Rüstung, die kaum Schutz gegen die Kälte bot, er verfluchte die schlechte Straße, und er verfluchte diesen ganzen Feldzug. Am Morgen nach der Neujahrs-Eortha waren sie aufgebrochen und jetzt schon sechs Tage auf dem Marsch. Für gewöhnlich wich mit dem alten Jahr auch der Winter, doch dieser hielt sich hartnäckig, ja, Gyltorn kam es so vor, als erwarte er sie mit frostigem Atem.

Er blickte auf den Zug der Soldaten vor ihm. Das Heer, es zählte beinahe tausend Mann, marschierte in drei Abteilungen. Die Vorhut war Prinz Iske anvertraut worden. Sein Bruder Folgar führte die Hauptmacht, und ihm, dem Marschall, hatte man Tross und Nachhut unterstellt. Er lenkte sein Pferd auf eine kleine Anhöhe abseits der Straße, um sich einen besseren Überblick zu verschaffen. Die Männer marschierten gut, aber die Trosswagen waren schon bedenklich weit auseinandergezogen.

Zwei Reiter näherten sich Gyltorn. Es waren Abot Dregin und die stämmige Ordensschwester Nemma, die sein Pferd am Zügel führte.

»Wir kommen gut voran«, rief der Abot zur Begrüßung.

Gyltorn schüttelte den Kopf. »Wir haben Glück, dass es nicht gegen einen richtigen Feind geht. Seht Ihr dort in der Ferne die Banner leuchten? Das ist Prinz Iske, der mit seiner Vorhut schon viel zu weit voraus ist. Unsere Späher durchstreifen den Langwald, aber niemand sichert unsere Flanken. Unser Tross wäre gegen einen Angriff nicht zu verteidigen.«

»Ich sehe, Ihr habt Euch inzwischen mit Kriegskunst beschäftigt, Erlaucht. Aber ich würde nicht ernsthaft mit einem Angriff rechnen«, erwiderte der Abot.

»Natürlich nicht. Das macht die ganze Sache nur umso lächerlicher. Wir haben hier tausend Krieger versammelt, die gegen nicht viel mehr als die Kälte kämpfen werden. Glaubt Ihr, Prinz Iske wird auch unsere Frostbeulen besingen, Dregin?«

Der Abot lachte. »Der edle Prinz versteht es, selbst aus dem Hintern eines verendeten Pferdes noch Poesie zu ziehen. Es könnte also sein, dass er auch den Frost in angemessene Worte kleidet. Doch warum habt Ihr so schlechte Laune, erlauchter Marschall?«

»Zum Einen, weil ich nur der Herr der Trossknechte bin, zum Zweiten, weil ich diese Unternehmung immer noch für sinnlos halte. Über diesen Feldzug der Tausend gegen ein Mädchen wird man schon bald viele Spottverse singen. Und zum Dritten habe ich gerade ein sehr schönes Lehen an der Küste verschenkt, nur um einen Eurer Feinde bei Gericht umzustimmen.«

»Ja, wie ich hörte, konnte Meister Eyrim uns nicht begleiten, weil er diese Burg und die Ländereien besichtigen will. Er hat sich allerdings noch nicht entschieden, dieses Geschenk anzunehmen, oder?«

»Er ist schwer zufriedenzustellen«, antwortete Gyltorn verdrossen. »Doch werde ich ihm auf keinen Fall mehr anbieten.«

»Ich habe Euch doch vor seiner Habgier gewarnt.«

»Und habt untertrieben. Hoffen wir, dass diese Karte aus dem Spiel ist, dass Ihr hier treibt, Dregin.«

»Ich spiele nicht mehr Karten, Erlaucht«, erwiderte der blinde Abot mit hintergründigem Lächeln.

»Aber Ihr habt etwas vor, etwas, bei dem dieses Heer nicht die Hauptrolle spielen wird. Wollt Ihr mich nicht allmählich einweihen? Oder seht Ihr mich nicht mehr als Verbündeten, jetzt, da ich mich um Eyrim gekümmert habe?«

Der Abot lenkte sein Pferd näher an das des Landgrafen

heran. »Keine Sorge, wenn Ihr tut, was ich von Euch erwarte, werdet Ihr großen Gewinn erzielen.«

»Und was erwartet Ihr von mir?«

»Vorerst nur, dass Ihr Eurem neuen Rang gerecht werdet, Marschall. Das andere wird sich finden.«

»Mehr als dunkle Andeutungen habt Ihr nicht für mich, Abot?«

»Der Marsch ist noch lang, verehrter Landgraf«, lautete die nichtssagende Antwort. Dann gab der Abot seiner Begleiterin ein Zeichen, und sie führte sein Pferd zurück in die Marschkolonne.

Gyltorn sah ihm nachdenklich hinterher. »Das gefällt mir immer weniger, Trewe. Der Mann hat Großes vor, und ich glaube kaum, dass er dabei zuerst mein Wohl im Sinn hat.«

»Ich würde anbieten, mich um ihn zu kümmern, Herr, doch bezweifle ich, dass ich etwas gegen ihn zu unternehmen vermag.«

Gyltorn starrte finster hinüber zum Zug. Die schweren Wagen weichten den gefrorenen Boden auf. Er wurde seifig, und die Pferde und Männer hatten Mühe, voranzukommen.

»Sieh dir das an, Trewe. Es wird von Meile zu Meile schlimmer, und bald erreichen wir den Mothach, wo wir die Königsstraße verlassen müssen.«

»Wenn uns bei unserem Marsch nichts Ärgeres begegnet als Frost und Schlamm, will ich mich nicht beschweren, Herr.«

Gyltorn nickte, aber er konnte nicht anders, als an das einzelne Mädchen zu denken, das sie nun mit Heeresmacht jagten und das ihm mit einem Wort das Genick brechen konnte. War das vielleicht Dregins Plan? Ihn zu opfern, um über seine Leiche Kanzler zu werden?

»Ich weiß, dass es schwierig ist, Trewe. Dennoch solltest du darüber nachdenken.«

»Worüber, Herr?«

»Wie man einen Abot der Grauen Magier beseitigt.«

Feja atmete tief durch. Der Wald hatte sie wieder. »Riecht ihr das?«, fragte sie andächtig.

»Meinst du das verrottende Laub oder die faulenden Baumstämme, Schwester?«, fragte Fohas. Er hatte versucht, sie an ihren Wargling-Namen zu gewöhnen, aber Feja wollte nicht Slendacha gerufen werden. Also nannte er sie Schwester, manchmal auch Gefährtin. Er sah unzufrieden aus. Sechs weitere Warglinge hatten sich ihrem Zug angeschlossen.

Feja sah ihnen an, dass es ihnen außerhalb der Berge nicht gefiel. »Ich meine den Duft von tauendem Schnee und Harz und von Farnen, deren Blätter gerade vom Eis befreit wurden«, erklärte sie.

»Ich bin sicher, dass ich hier außerdem ein totes Eichhörnchen rieche«, meinte Fohas trocken.

»Wenigstens hast du das Scherzen nicht verlernt.«

»Warum auch? Zwar haben wir Brüder verloren, doch werden wir eines Tages wieder vereint sein, denn Edamara hat für die Warglinge einen Handel mit Nir abgeschlossen. Sie dürfen auf den immergrünen Weiden der nächsten Welt feiern und jagen.«

»Und was hat Nir dafür bekommen?«, fragte Ailon Bainach spitz. Er hatte seine Kapuze zurückgeschoben, denn der Wald bot genug Schatten für seine empfindliche weiße Haut.

»Die Seelen der Weren, die sich an die Aschlinge verkauft haben«, entgegnete Fohas. Er war nicht gut auf den Knochenmann zu sprechen, seit der vorgeschlagen hatte, die gefallenen Warglinge der Einfachheit halber zu verbrennen.

»Mir fehlt der Biss des eisigen Bergwinds«, meinte Dassach, der so etwas wie die rechte Hand von Fohas war.

»Und mir der beruhigende Anblick von harten Felsen«, brummte der gutmütige Berroch.

»Und hinter jedem Busch könnte ein Feind lauern«, ergänzte Hanach, den sie einen Stutzer nannten, und strich sich seinen sorgsam geflochtenen Bart.

»Es ist ein Wald, findet euch damit ab«, knurrte der Were,

der Nadras gerufen wurde. »Sagt mir lieber, wo mein Freund Warchas geblieben ist.«

»Oh, unser einsamer Wolf kundschaftet die Gegend aus«, meinte Dassach. »Vielleicht haben wir Glück, und er treibt ein paar Feinde auf.« Seine Augen funkelten kampflustig. Dann rief er nach Mur, dem jüngsten der Warglinge, der die meiste Last zu tragen hatte, und nahm sich einen Apfel aus den Vorräten.

»Sieh nur«, flüsterte Meister Adach andächtig. Er hatte etwas im Laub gefunden und zeigte es Feja. Es war eine Kröte. Ihre Winterstarre schien sich gerade zu lösen. »Der Frühling, er kommt bald«, flüsterte der Kräutersammler kichernd.

»Du hast wirklich seltsame Gefährten um dich versammelt, Feja«, meinte Fohas kopfschüttelnd.

»Und ich finde immer seltsamere«, gab Feja zurück und ließ den Wargling stehen. Sie tat, als müsse sie etwas im Laub untersuchen.

Nerius folgte ihr. »Was ist denn los?«, fragte er schlicht.

»Ich verstehe nicht, warum alle so gereizt sind«, erwiderte sie.

»Warum bist du es, Feja?«

»Ich? Ich bin doch nicht … Ich meine, ständig diese Streitereien zwischen Fohas und dem Ailon. Und Meister Caron hat gegen jede meiner Entscheidungen etwas einzuwenden.«

Nerius grinste dünn. »Unser alter Lehrer hat wohl einfach Schwierigkeiten damit, dass du diese kleine Schar anführst und nicht er.«

»Das hat ihn auf dem Weg in die Berge doch auch nicht gestört.«

»Da war es Fohas, der das Sagen hatte, und Caron hatte keine Ahnung, wo es hingehen sollte. Nun hat er einen Plan und ein Ziel, aber du bestimmst, was getan wird.«

»Fohas ist es, der den Weg kennt. Ihm macht es übrigens nichts aus, mir die Entscheidungen zu überlassen.«

»Du bist ja auch die Verschlingerin. Wahrscheinlich hat er Angst, dass du ihn vertilgen könntest.«

»Fang bitte du nicht auch noch damit an, Nerius. Es war

schwer genug, es den Weren abzugewöhnen. Ich bin Feja aus dem Langwald, nicht Slendacha.«

»Slendacha Drachentochter«, ergänzte Nerius vergnügt.

»Warum hast du eigentlich so gute Laune?«, fragte Feja, die das mit der Drachentochter zu ignorieren versuchte.

»Vielleicht aus dem gleichen Grund wie du. Wir haben endlich diese kalten Berge hinter uns gelassen. Und auch, wenn hier noch Schnee liegt, bin ich doch froh, dem ewig eisigen Wind am Mara-Tir entronnen zu sein. Außerdem habe ich das Gefühl, dass es nach Hause geht.«

Feja seufzte. »Leider habe ich das verloren, Nerius. Ich kann nicht zurück zum Drachenhof, und zur Graufeste kann ich erst recht nicht.«

»Aber Gut Dimgast wird dir immer offen stehen, Feja.« Er war ernst geworden.

»Es würde deiner Familie schlecht bekommen, die Mörderin von Prinz Sifrid aufzunehmen, Nerius.«

»Ich meine, wenn das alles ausgeräumt ist. Ich bin inzwischen fest entschlossen, Meister Caron zu begleiten. Ich bin ein Dimgast, ein wenn auch entfernter Verwandter des Königs. Mein Wort wiegt wohl schwerer als das eines verstoßenen Zauberers.«

»Das würdest du tun?«

Er zuckte mit den Schultern. »Warum denn nicht?«

»Na, weil es gefährlich ist! Oder hast du vergessen, dass es mächtige Leute gibt, die unter allen Umständen verhindern wollen, dass die Wahrheit ans Licht kommt?«

»Umso wichtiger ist es, dass ein Vetter des Königs für dich Partei ergreift.«

»Ein Vetter wievielten Grades?«

»Ab dem vierten oder fünften Grad spielt das keine Rolle mehr«, erwiderte er mit einem Grinsen.

»Du meinst das wirklich ernst, oder? Aber du weißt, dass ich das nicht zulassen kann. Du hast doch gehört, was die Krähen und Raben der Alderlane berichtet haben – da marschiert ein ganzes Heer aus Lente hierher, und aus dem Norden, aus Nargatt, kommt ein zweites. Ich glaube nicht, dass dir jemand zuhören wird, zumal Sifrid leider nicht mehr der einzige Tote ist, der mir zur Last gelegt wird.«

»Auch da kann ich vieles geraderücken. Die Wahrheit, Feja, ist eine mächtige Waffe.«

»Das stammt von Meister Caron, oder?«

Nerius kratzte sich am Hinterkopf. »Gut möglich. Vielleicht habe ich es auch irgendwo gelesen. Gleichwohl stimmt es. Lügen sind schnell erzählt, aber auf lange Sicht siegt immer die Wahrheit.«

Feja hob die Hand. »Hörst du das?«, fragte sie.

»Was denn?«

»Da flüstert jemand. Hörst du es denn nicht?« Sie ging langsam in die Richtung, aus der die Stimme zu kommen schien.

»Ich höre das Murmeln eines Baches, der hier irgendwo fließen muss, aber sonst …« Er folgte ihr.

Sie blieb stehen. Da war ein kleiner Bach, die Steine noch teilweise von Eis umklammert. Munter plätscherte er dahin. Doch das war mehr als ein Plätschern. Es war ein Wispern. Der Bach sprach zu ihr. »Hole Fohas und Adach. Vielleicht wissen die, was hier vor sich geht«, flüsterte sie. Dann kniete sie im gefrorenen Laub nieder und lauschte. Aber sie konnte nicht verstehen, was der Bach ihr sagen wollte.

Fohas und die anderen Warglinge wussten nicht einmal, wovon sie redete. »Bist du sicher, dass du mehr hörst als das gewöhnliche Murmeln eines kleinen Gewässers?«, fragte Fohas.

»Ganz sicher«, gab Feja zurück.

Meister Caron stand mit verschränkten Armen dicht beim Wasser, lauschte lange und verkündete schließlich: »Nein, nichts.«

Dann erschien der Kräutersammler. Er setzte die Kröte ans Wasser, legte sich auf die kalte Erde und meinte schließlich. »Wir hören etwas. Ein Echo aus alter Zeit, als wir noch den Kindern des Wassers lauschten. Ja, das Maegadha hat recht. Die Nykke, die in diesem Bach lebt, will etwas sagen.«

»Warum tut sie es dann nicht?«, fragte Meister Caron.

Fohas warf ihm einen ungnädigen Blick zu. »Sie tut es, nur sind unsere Ohren nicht fein genug, sie zu verstehen.«

»Dann ist das bedauerlich, aber wir müssen weiter …«, meinte der Magier.

»Nein«, flüsterte Meister Adach, »nein, wir müssen warten. Sie hat etwas zu sagen, und es ist so wichtig, dass sie das Reich der Träume verlassen hat und uns am Tage erscheint. Wenn es erst Abend wird, wenn Tag und Traum sich näher kommen, dann wird das Maegadha verstehen, was die Nykke will.«

»Was meint die Drachentochter?«, fragte Fohas.

Feja überhörte den Namen. Sie entschied: »Wir warten. Und wenn es sein muss, werden wir hier übernachten. Noch nie habe ich das Flüstern einer Nixe am Tage gehört. Ich will wissen, was sie zu sagen hat.«

»Kannst du die Erdmagier sehen?«, fragte Ginnar Dregin. Es hatte sich als unmöglich erwiesen, die Augenverbindung herzustellen, solange sie zu Pferde waren. Also musste er sich auf die herkömmliche Weise behelfen.

»Sie marschieren am Ende des Zuges, Herr«, antwortete Nemma, die neben ihm ritt und sein Pferd am Zügel führte. »Und sie gehen zu Fuß.«

»Rätselhafte Männer, nicht wahr? Es scheint ihnen daran gelegen, sich von den Großen und Mächtigen des Reiches fernzuhalten. Sei doch so gut und führe mich zu Meister Drekkar. Er müsste der Älteste von ihnen sein.«

Dregin hatte Bele der Obhut von Meister Bredhir überlassen. Der schien noch am ehesten gegen die Traurigkeit gefeit zu sein, die sie verströmte, wenn kein Auftrag sie zwang, sich zu beherrschen. Nemma war eine viel einfachere Begleiterin, eine Ordensschwester, die die Erwartungen, die er in sie setzte, mehr als erfüllte. Jetzt lenkte sie die Pferde wortlos hinüber zu dem Zauberer, den er sprechen wollte.

»Ich grüße Euch, Meister Drekkar«, begann er.

»Und ich grüße Euch, Abot Dregin«, lautete die höfliche Antwort.

»Habt Ihr etwas dagegen, wenn ich eine Weile mit Euch marschiere?«

»Ihr wollt die Bequemlichkeit des Sattels aufgeben, nur um Euch mit mir zu unterhalten? Was ist so wichtig, dass es nicht bis zum Abend warten kann?«

Dregin ließ sich von dieser ablehnenden Haltung nicht beeindrucken. Er nickte Nemma kurz zu. Sie hielt die Tiere an, und er glitt aus dem Sattel.

»Ihr habt Euch für einen Spaziergang einen schwierigen Teil der Strecke ausgesucht, Abot«, stellte der Erdmagier kühl fest.

»Das ist meine verfluchte Neugier«, erwiderte er freundlich. »Ich will herausfinden, was die Zauberer Eurer Bruderschaft an diesem schlammigen Weg so begeistert, dass sie ganz am Ende dieses Heeres marschieren wollen.«

»Nur das Leid. Seit wir die Straße verlassen haben, ist es, als würden wir dem Land mit unseren schweren Wagen und den vielen Stiefeln eine neue Wunde zufügen.«

Nemma war ebenfalls abgestiegen. Sie zog die Pferde hinter sich her. Dregin legte die Hand auf ihre Schulter. Ja, das war besser. Er sah durch ihre Augen die schlammbespritzten Roben der Erdzauberer, davor ein paar hohe Wagen.

»Diese Wunde ist doch nur oberflächlich. Sie wird heilen«, meinte Dregin.

»Tut nicht so, als würdet Ihr unsere Liebe zum Erdreich teilen, verehrter Abot«, gab Drekkar zurück. »Doch wenn Ihr schon einmal hier seid … Was haltet Ihr von dem ersten Ziel dieses Marsches?«

»Die Furt am Eidstein? Es ist der natürliche Weg zum Murgatpass.« Er fragte sich, ob der Erdmagier immer so unhöflich war.

»Ob Prinz Folgar wohl die Geschichte dieses Ortes bewusst ist?«

»Was meint Ihr?«, fragte Dregin und tat arglos.

»Dies ist die Furt, an der Gimlar Erstkönig vor fast tausend Jahren mit den Weren verhandelte, aber das wisst Ihr natürlich. Es ist der Ort, an dem sie, und niemand weiß, warum, sein Geschenk ablehnten und den Mothach-Fluch über seine Nachfolger verhängten.«

Dregin nickte und sagte: »Es ist aber auch der Ort, an dem sein Nachfahre Baldhar der Bewahrer das Angebot erneuerte. Er schenkte den Weren für alle Zeit den Langwald und die Berge, obwohl niemand da war, um diese Gabe anzunehmen. Ich bin sehr gespannt darauf, den Eidstein, den er aus diesem Anlass dort aufstellen ließ, zu sehen.«

Der Alte musterte ihn nachdenklich. »Ihr verwendet irgendeinen Zauber, nicht wahr? Um Eure Augen zu ersetzen, meine ich.«

»Natürlich.«

»Eine beeindruckende Kunst.«

»Ich möchte Euch etwas fragen, Meister Drekkar …«

»Ihr möchtet wissen, warum sich gleich sieben unserer Bruderschaft hier versammelt haben, nehme ich an.«

»Ihr habt es erraten.«

»Darüber wundern sich vermutlich eine Menge Männer in diesem Heerwurm. Aber Ihr seid der Erste, der diese Frage offen stellt. Deshalb will ich sie wenigstens teilweise beantworten.« Er ließ sich Zeit, bevor er schließlich fortfuhr: »Dieses Land leidet, Dregin, und damit meine ich nicht die Wagenspuren auf weichem Grund. Es sind die alten, nie verheilten Wunden, die unsere Bruderschaften vor fast tausend Jahren geschlagen haben. Ihr wisst, wovon ich rede, nehme ich an? Gut. Doch seit dem vorigen Jahr scheint sich etwas geändert zu haben. Es ist, als ginge ein feiner Riss durch die Mauer, die wir einst zwischen Edun und seiner alten Kraft errichtet haben.«

»Ein Riss?«

»Einer meiner Brüder, der durch den Westen der Insel wanderte, spürte ihn zuerst. Ich hatte Zweifel, doch als ich in Lente festen Boden betrat, konnte ich es ebenfalls fühlen. Und dazu das Gerede von Wyrmochs Fluch und der Feuerdiebin aus dem Langwald … Es ist etwas in Bewegung geraten. Wir spüren eine Veränderung, auch ein Ungleichgewicht. Vielleicht drängt die Alte Magie zurück in ihr Reich. Wir wissen es nicht, aber ich nehme an, falls sie kommt, wird das nicht ohne große Erschütterungen geschehen. Eure Begleiterin schaut mich sehr überrascht an, Dregin. Ist das ihre Überraschung, die ich da sehe, oder Eure?«

»Ich spüre nichts von einem Riss oder einem Ungleichgewicht.«

»Ihr seid ja auch kein Erdmagier, Dregin. Keine Sorge, verehrter Abot, wir haben nicht vor, die Pläne anderer Zauberer, mögen sie nun Diener des Feuers oder des Zwielichts sein, zu durchkreuzen. Wir beobachten nur, wie wir es schon seit Jahrhunderten tun.«

»Es gab Zeiten, da wart Ihr weit mehr, Erdmagier.«

»Und wir sind froh, dass diese Zeiten hinter uns liegen, Dregin. Ich kann Euch also beruhigen. Ganz gleich, was geschieht, wir werden uns nicht einmischen. Und nun entschuldigt mich. Ich möchte meine Brüder einholen.« Damit beschleunigte er seine Schritte und ließ Dregin und Nemma hinter sich zurück.

»Sehr höflich ist er nicht«, murmelte die Ordensschwester.

»Und sehr vertrauenswürdig auch nicht«, erwiderte Dregin. Er stieg auf sein Pferd. Der Alte mochte sagen, was er wollte, er blieb ein Zauberer, und das hieß, er verfolgte einen Plan.

Fohas wollte das Lager nicht am Bach aufschlagen: »Da zieht nachts die Kälte unter die Decken. Und es gibt keinen Schutz vor feindlichen Blicken. Du hast doch nicht vergessen, dass wir im Feindesland sind, oder?«

Feja blieb am Wasser sitzen. Sie hörte dieses Wispern und wollte kein Wort davon versäumen, denn manchmal dachte sie, dass sie einzelne Worte verstehen konnte. Meister Adach setzte sich zu ihr. Er hielt die Kröte in den Händen und schien sie zu wärmen. Sie zuckte manchmal, blieb aber sonst ruhig in seiner Hand sitzen. Er streichelte ihren Rücken und starrte stumm ins Wasser.

Fohas ließ die Warglinge ausschwärmen und Wache halten. Er erlaubte auch nicht, dass Meister Caron Feuer machte, obwohl der hoch und heilig versicherte, dass er es gegen neugierige Blicke abschirmen könne.

»Das mag sein, doch werdet Ihr dazu Magie einsetzen – und Ihr habt doch nicht vergessen, was das letzte Mal geschah, als Ihr gegen meinen Rat einen Zauber gewirkt habt, nicht wahr?«

Brummend gab Caron nach. Feja hörte all das nur am Rande. Nerius kam irgendwann zu ihr und brachte ihr etwas zu essen. »Es ist Gamsfleisch, denke ich. Gar nicht übel, auch wenn es kalt ist.«

Aber Feja wollte nichts essen. Sie schüttelte stumm den Kopf und lauschte. Irgendwann bemerkte sie, dass Warchas, der schweigsamste der Warglinge, vom anderen Ufer des Baches über sie wachte. Ein Stück weiter bezog Nadras Stellung.

Die Sonne ging schon unter. Der Wald lag still, kein Windhauch regte sich. In der Dunkelheit sah Feja nichts als schwarze Bäume und Schatten. Ihre Freunde wurden unsichtbar, verschmolzen mit dem Wald. Stand Warchas noch dort drüben, oder war das eine verwitterte Eiche? Sie wusste es nicht.

Nur Meister Adach war noch bei ihr, die Kröte in der Hand, und starrte ins Wasser. Sie fragte sich, ob sie auch so entrückt aussah wie der Were. Dann verschwanden die letzten Sonnenstrahlen aus den Baumwipfeln. Tiefe Dunkelheit senkte sich über den Wald. Feja lauschte, doch da war nichts außer dem Wispern des Wassers. Die Kälte kroch ihr in die Kleider. Sie wäre gern aufgestanden, hatte aber Angst, dass sie die Nykke verschreckte. Endlich hielt sie es nicht mehr aus: Sie stand auf, stampfte mit den Füßen und ließ die Arme kreisen, um sich aufzuwärmen. Dunst stieg aus dem Bach in die kristallklare Luft. Lachte da jemand? War das Fohas? Er hatte sicher ein paar spöttische Worte für sie. Sie konnte ihn aber nicht sehen. Der Nebel, der plötzlich aufgezogen war, verschluckte die Bäume und die Menschen, die sich irgendwo in der Dunkelheit versteckten. Wo waren Nerius und Ailon Bainach? Sie öffnete den Mund, um nach ihnen zu rufen, doch sie brachte kein Wort hervor. Nur eine kleine weiße Atemwolke zeigte sich und verband sich mit dem Nebel.

Meister Adach war noch da, aber er schien wie erstarrt. Plötzlich bekam Feja Angst, dass er erfroren sein könnte. Sie ging zu ihm, streckte die Hand aus und nahm aus dem Augenwinkel eine Bewegung wahr. Sie fuhr herum. Nein, es war nur der dichte Dunst, der aus dem Wasser aufstieg. Oder war da mehr? Sie trat näher an den Bach heran. Da wartete jemand, ganz in Weiß gekleidet … nein, es war – die Nykke! Sie stand dort im Nebel, nein, sie war der Nebel, eine weiche, fließende Form, die auch ein Gesicht hatte. Ein schmales, überirdisch schönes Gesicht mit dunklen Augen. Sie flüsterte, aber Feja konnte sie nicht verstehen.

Sie streckte die Hand aus, und der Nebel zerfloss und formte einige Schritte entfernt erneut dieses schöne Gesicht, das mit kalten Lippen wisperte. Feja trat wieder näher heran. Es störte sie nicht, dass sie mit den Stiefeln im Bachlauf stand. Plötzlich hatte sie eine Eingebung. Sie kauerte sich nieder und steckte eine Hand ins Wasser. Es war eiskalt und verschlug ihr den Atem. Sie biss die Zähne zusammen, sammelte sich und versuchte, einen Faden der magischen Kraft aus ihrem Inneren mit dem Wasser zu verbinden. Ein Knistern lief durch den Bach und Feja hatte das Gefühl, dass flüssiges Eis durch ihren Arm kroch. Sie riss die Augen auf, und plötzlich war das Gesicht ganz nah und viel deutlicher als zuvor. Die Nykke sah sie an und sprach, kaum lauter als ein Windhauch, doch endlich verstand Feja das Wispern!

»*Wir belauschen ihre Träume*«, sagte die Stimme. Feja schossen tausend Fragen in den Sinn, aber sie brachte kein Wort hervor. »*Sie wandern weit*«, fuhr die Nykke fort, »*weit nach Osten. Sengen und morden wollen sie.*« Wer?, wollte Feja rufen, doch ihre Stimme versagte. »*Aus dem Westen kommen sie. Sie haben etwas, das unseren Schlaf stört. Der Blinde ist ihr Nachtmahr. Wir hören ihn durch die Nacht mit ihnen flüstern. Ihn treibt der schwarze Mond zu Mord und Zerstörung. Wir fürchten ihn.*«

»Wen?«, stieß Feja endlich tonlos hervor.

»*Sie wandern schnell*«, sagte die Stimme und wurde schwächer. Plötzlich verschwand das Gesicht, und an seiner Stelle tauchte der verschwommene Umriss von Reitern und Wagen auf, die durch einen Hohlweg herankamen. Schwarze Äste ragten rechts und links über den Weg. Ganz vorne saß ein Reiter im Sattel, der Feja bekannt vorkam. War das Span? Sie versuchte, ihn schärfer ins Auge zu fassen, aber der Blickwinkel war eigenartig. Das Pferd wuchs ins Riesenhafte. Es wirkte auf Feja, als läge sie auf dem Boden. Es war zu dunkel, um das Gesicht des Reiters zu erkennen. Und dann lenkte er sein Tier zur Seite. Da kam ein schwerer Vierspänner heran. Eine Laterne beleuchtete den Kutschbock. Waren das Meister Svelgar und Skuran Orchon, die da saßen? Der Wagen kam immer näher. Gleich würden die Zugpferde sie unter ihren Hufen zerstampfen.

Unwillkürlich zuckte Feja zurück, und das Bild verschwand. Sie blinzelte, verwirrt, weil sie für den Augenblick nicht wusste, wo sie war. Warum kauerte sie mitten im Bach, die Arme schützend vor das Gesicht gehoben? Ihre linke Hand war taub vor Kälte. Der Nebel verzog sich. Irgendwo in der Nähe unterhielten sich halblaut zwei Männer. Feja konnte sich kaum rühren. Ihre Zähne klapperten. Wasser war in ihre Stiefel eingedrungen. Sie hatte das Gefühl, angestarrt zu werden, und drehte sich langsam um.

Da saß Meister Adach. Immer noch wärmte er die Kröte in seinen Händen. Er runzelte die Stirn. »Warum hockt das Maegadha im kalten Wasser wie ein Frosch, der auf den Frühling wartet?«, fragte er.

Skuran Orchon klammerte sich an den Kutschbock. Der Hohlweg war schmal und holprig. Jetzt ging es auch noch durch eine Furt. Bruder Span hatte sein Pferd zur Seite gelenkt, und Meister Svelgar zügelte die Rösser.

»Was gibt es, Bruder?«, fragte er den Reiter.

Natürlich sagte Span kein Wort, aber Svelgar schien doch zu vernehmen, was er ihm auf Magierart zuflüsterte. »Beobachtet? Von wem?«

Sturmrat Valir kam nach vorne. »Warum halten wir an?«

»Span ist sicher, dass uns jemand beobachtet, er kann in den Schatten jedoch niemanden finden.«

»Vielleicht nur ein Tier«, überlegte der Sturmrat. Er lenkte sein Pferd ins Wasser. »Die Furt ist nicht tief«, stellte er fest. »Los jetzt, es ist noch ein weiter Weg.«

»Dennoch werden die Pferde bald eine Pause brauchen«, brummte Meister Svelgar leise.

»Wie weit ist es denn noch?«, fragte Orchon.

»Ich weiß immer noch nicht mehr als Ihr, mein Freund«, antwortete der Schwertmeister. »Ich kann Euch aber sagen, dass wir uns abseits der großen Königsstraße halten, die gar nicht weit südlich von hier verläuft. Wären wir ihr gefolgt, könnten wir jetzt wohl in Holt nach einem Gasthaus Ausschau halten. Daher erlaube ich mir die Schlussfolgerung, dass diese Stadt nicht unser Ziel ist.« Er schnalzte mit der Zunge, und die Pferde stemmten sich wieder in ihr Geschirr. Der Wagen rumpelte durch die Furt.

Auf der anderen Seite wartete eine schmale Gestalt auf sie. »Was gibt es, Schwester Gabra?«, fragte der Sturmrat.

»Zwei«, lautete die Antwort. Dann drehte das hochgewachsene Mädchen sich um und verschwand hinkend wieder im Wald.

»Sie scheint unermüdlich zu sein«, sagte Orchon.

Der Schwertmeister warf ihm einen Seitenblick zu. »Vor allem ist sie zuverlässig. Wer hätte gedacht, dass aus diesem zu groß geratenen rothaarigen Mädchen in so kurzer Zeit eine derart furchtlose Kriegerin werden würde?«

»Und … macht es ihr nichts aus? Das Töten, meine ich …«, fragte Orchon, der genau wusste, wofür die Zahl stand, die Gabra gemeldet hatte.

»Es ist unvermeidlich, wenn wir unentdeckt bleiben wollen«, sagte Svelgar düster. »Kein Zauber kann den Lärm verdecken, den unsere Wagen und Rösser hier im Wald veranstalten. Er zieht unsere Feinde an wie Mist die Fliegen.«

»Woher wisst Ihr denn, dass es Feinde sind, Meister Svelgar?«, stellte Orchon eine Frage, deren Antwort er eigentlich schon kannte.

»Jeder, der uns sieht und unsere Reise verraten könnte, wird dazu. Das solltet Ihr doch inzwischen selbst wissen, oder?«

Orchon nickte unglücklich. Hinter ihm knarrte es im Wagen. Er drehte sich um. *Orchons Bahre*, so hatten die Männer die Trage getauft, war noch fest an ihrem Platz unter der Plane verzurrt. Dafür hatte er gesorgt. Ohne Frage würden die Grauen Magier sie bald einsetzen. Doch wo und wofür? Wo sollte diese Reise hingehen?

»Du hast also mit einer Nixe gesprochen?«, fragte Meister Caron zweifelnd.

Feja hatte durchgesetzt, dass Fohas Feuer machte. Jetzt saß sie an der Glut, trocknete ihre Stiefel und wärmte sich die Hände. Noch nie im Leben war ihr so kalt gewesen. Und die Verbindung mit der Nykke hatte sie viel Kraft gekostet. »Eigentlich hat sie mehr mit mir gesprochen. Und dann hat sie mir den Wagen und die Reiter gezeigt. Ich glaube, es war an einer Furt. Die Gegend kam mir bekannt vor. Ich bin mir zwar nicht sicher, doch es sah aus wie die Furt über den Birkenbach, nicht weit von Holt. Doch das sagte ich bereits.«

»Und du hast sie hören können, als du deine Hand ins Wasser stecktest?«, hakte Ailon Bainach nach.

Feja fragte sich, warum die beiden Männer ihr immer wieder die gleichen Fragen stellten. »Ein bisschen mehr war schon nötig. Es war so ähnlich wie eine Schattenverbindung, nur dass sich hier nicht die Dunkelheit verband, sondern Licht oder der Fliod. Mein Bargan fühlt sich … leer an.«

»Das Maegadha hat mit ihr gesprochen. Glaubt es endlich!«, rief Meister Adach.

»Sie spricht mit den Nykken«, wiederholte Berroch andächtig. Die Warglinge hatten ihr sofort geglaubt.

»Aber du hast die Nykke nicht gehört oder gesehen, oder?«, fragte der Ailon den Kräutersammler.

Der schüttelte den Kopf. »Es ist lange her, dass sie mit uns redeten, die schönen Wassertöchter.«

»Jedenfalls will die Nykke, dass wir diesen Zug suchen, und das sollten wir tun.«

»Eine Furt und ein Hohlweg. Das ist nicht gerade viel«, meinte Meister Caron gedehnt, »zumal es in diesem Wald von beidem reichlich gibt.«

»Wenn die Drachentochter meint, dass wir diesen Wagen und die Reiter suchen sollen, dann werden wir das tun«, erklärte Fohas.

»Habt Ihr vergessen, dass wir eine andere Aufgabe haben? Wir müssen das Heer aufhalten, das auf die Berge zuhält.«

»Wenn die Nykke unsere Slendacha aufsucht, um sie vor diesen Reitern und Wagen zu warnen, ist das wichtiger!«

»Wichtiger, als den Frieden zu bewahren? Wichtiger, als endlich diese Jagd auf Feja zu beenden?«

»Wir können doch beides«, meinte Nerius plötzlich. »Wenn die Nykke Feja gesagt hat, dass dieser Zug aufgehalten werden muss, wird sie ihre Gründe haben. Auch mich beunruhigt der Gedanke, dass Graue Magier in aller Heimlichkeit den Langwald durchqueren. Sie führen etwas im Schilde. Feja sollte sie verfolgen. Natürlich muss die Wahrheit endlich ans Licht kommen, doch darum können sich Meister Caron, der Ailon und ich kümmern. Oder glaubt jemand, dass die Fürsten des Reiches Feja oder die Warglinge mit offenen Armen empfangen würden?«

»Aber die Alderlane wollte, dass wir Euch sicher durch den Wald bringen«, wandte Feja ein.

Meister Caron seufzte. »Vielleicht lässt sich das irgendwie verbinden. Wir können diesen Hohlweg suchen, von dem du gesprochen hast. Ist er wirklich in der Nähe von Holt, so liegt das beinahe auf unserem Weg.«

Feja dachte nach. Sie war nicht überzeugt. »Ich habe gesehen, wo die Bruderschaft am frühen Abend war. Doch von hier aus, quer durch einen Wald, in dem es von Feinden wimmelt, brauchen wir wenigstens zwei Tage bis dorthin. Wir sollten versuchen, ihnen den Weg abzuschneiden.«

»Den Weg wohin, Feja?«, fragte Meister Caron.

»Vielleicht sollten wir einfach auf geradem Weg nach Osten gehen. Vielleicht verraten mir die Nykken noch, wohin die Graumagier wollen.«

»Und wenn nicht? Was dann?«, fragte der Zauberer.

Da Feja das nicht beantworten konnte, stimmte sie schließlich zu, erst zu der Furt zu gehen, auch wenn sie das Gefühl nicht loswurde, dass das ein Fehler war.

Ginnar Dregin war mit Nemma im ersten Licht des Morgens auf einen der Hügel geritten, die den Mothach über viele Meilen nach Westen abdrängten. Er legte die Hand auf die Schulter der Ordenschwester und ließ sich von ihr zeigen, was vor ihnen lag. Der Fluss zog sich hier als schwarzes Band beinahe gerade durch das Land. Das Schilf an seinem Ufer steckte noch im Eis, aber auf dem Fluss selbst trieben nur noch einzelne weiße Schollen mit der Strömung hinab. Hinter dem Strom, scheinbar zum Greifen nah, erhoben sich die Berge des Steinjochs. Dregin wusste jedoch, dass viele Meilen zwischen dem Mothach und den Bergen lagen und davor sich noch die Ausläufer des Langwalds erstreckten, den seine Leute hoffentlich schon hinter sich gelassen hatten.

Nemmas Blick wanderte nach Westen. In der Ferne glaubte Dregin, eine weite Fläche hell glitzern zu sehen.

»Was ist das, Herr?«, fragte Nemma.

»Das ist der Kronsee. Er scheint noch gefroren zu sein, obwohl mir meine Wunden sagen, dass das Wetter endlich umschlägt. Der Wind dreht auf Süd. Schon bald wird die weiße Pracht Vergangenheit sein.«

»Das also ist der See, in dem Gimlar Erstkönig vor fast tausend Jahren seine Krone versenkte?«

»So erzählen es die Legenden, Nemma. Er war alt und fühlte sich einsam nach dem Tod seiner geliebten Frau. Seine Söhne stritten um die Nachfolge und bedrängten ihn, den Thron aufzugeben. Es heißt, er habe die schöne Krone von einem Boot aus an der tiefsten Stelle des Sees versenkt und den Thron demjenigen versprochen, der sie ihm wiederbringe. Aber weder Tessel noch Lorin wollten sich darauf einlassen. Sie wussten wohl, wie tief dieses Gewässer ist.«

»Tessel der Heide wurde trotzdem König.«

»Erst nach dem Tod seines Vaters! Es heißt, die beiden Brüder seien so beschämt gewesen, dass sie den König bis zu seinem Hinscheiden nicht mehr bedrängten. Gimlar hat seine Herrschaft also bewahrt, in dem er die Krone wegwarf. Bemerkenswert, nicht wahr? Aber schau genauer hin – siehst du die große Säule am Fluss, etwa auf halber Strecke zum See? Das ist der Eidstein. Dort will Folgar sein Lager aufschlagen und auf die Verstärkungen durch die Edlen des Reiches warten. Als ob wir nicht schon mehr als genug Männer hätten, um gegen Feja zu Felde zu ziehen«, setzte er mit einem Kopfschütteln hinzu.

»Glaubt der Prinz eigentlich an den alten Fluch, der jedem von Gimlars Nachfahren, welcher den Mothach überschreitet, den Tod androht?«

»Folgar ist ein vorsichtiger Mann«, sagte Dregin. »Er vertraut dem geschriebenen Wort mehr als dem Geflüster bei Hofe. Und der niedergeschriebenen Überlieferung zufolge droht der Tod nicht den Nachfahren, sondern den Nach*folgern* des Erstkönigs. Schon viele Prinzen haben im Langwald gejagt und es überlebt. Ich hoffe, ich kann seine letzten Zweifel zerstreuen. Dieses Heer ist nutzlos, wenn es nicht in die Berge zieht. Ganz im Gegenteil. Hier wäre es uns im Wege. Doch lass uns hinüberreiten. Wir müssen dafür sorgen, dass unser Zelt am Rande des Platzes aufgeschlagen wird. Es muss ja nicht gleich jeder sehen, dass wir dieses Lager schnell wieder verlassen werden. Die Entscheidung naht, Nemma, und schon bald werden wir den vernichtenden Schlag gegen unsere Feinde führen.«

»Wir werden erwartet, Herr.«

Dregin sah es durch Nemmas Augen: Hochmeister Ferror hatte am Rande des Zuges angehalten und schien auf sie zu warten.

»Nun, Abot, was haben Euch Eure Zauberkünste enthüllt? Werdet Ihr am Lagerplatz genug Schatten und Zwielicht für Eure Intrigen und Ränke finden?«

»Ich grüße Euch, Kanzler. Seid Ihr hier, um Euch, unter vier Augen, wenn Ihr so wollt, endlich zu entschuldigen?«

Der Hochmeister antwortete mit einem feinen Lächeln und sagte: »Wir wissen doch beide, dass ich dafür keinen Grund habe. Ich will Euch jedoch meinen Respekt bezeugen. Ihr habt uns zweimal überlistet, Dregin, im Alten Grund ebenso wie vor Gericht. Das ist eine beachtliche Leistung.«

»Ich weiß nicht, wovon Ihr redet, Ferror«, wehrte Dregin ab. Er fragte sich, was der Hochmeister mit diesen am Ende doch anerkennenden Worten bezweckte.

»Zweimal habt Ihr uns geschlagen«, wiederholte der Kanzler, »auf ganz unterschiedlichen Feldern. Wie ich Euch kenne, werdet Ihr es bald ein drittes Mal versuchen. Es ändert vermutlich nichts, wenn ich mich bemühe, Euch das auszureden, oder?« Als Dregin betont gelangweilt aufseufzte, fuhr er fort: »Das dachte ich mir. Dann seid gewarnt. Das nächste Schlachtfeld wird uns gehören!«

Damit wendete der Hochmeister sein Pferd, gab ihm die Sporen und eilte zurück zur Spitze des Zuges.

»Was hatte das zu bedeuten, Herr?«

»Leeres Gerede, Nemma. Er versuchte nur herauszufinden, was wir vorhaben.«

»Ahnt er vielleicht etwas?«

Das fragte Dregin sich auch. *Das nächste Schlachtfeld wird uns gehören*, hatte Ferror gesagt. Er konnte nicht wissen, wie recht er damit hatte. Oder etwa doch? Dregins Gewährsmann hatte ihm mitgeteilt, dass die Ordensfeste der Bruderschaft fast völlig entblößt war. Aber die Schar der Feuermagier in diesem Zug war geringer, als sie sein sollte. Hatte Ferror also eigene Pläne? Stellte er ihnen vielleicht eine Falle? Dregin wusste es nicht, und das beunruhigte ihn.

»Ist es nicht ein erhebender Anblick?«, stieß Wahenot, der Vogt von Nyrdal, bewegt hervor.

Mornir Gyltorn fand an dem Chaos, das sich am Flussufer abspielte, wenig Erhebendes, zumal die Prinzen ihm die Verantwortung übertragen hatten, die Unordnung zu beseitigen.

»Was meint Ihr?«, fragte er unwillig.

Der Vogt wies auf eine große Ansammlung von Panzerreitern, Pferdeknechten und Bogenschützen, die das Zentrum des Durcheinanders bildeten. »Siebzig Lanzen folgen meinen Farben! Es ist, abgesehen von der königlichen Garde, die stärkste Schar in diesem Heer.«

Erst jetzt entdeckte Gyltorn das rotgelbe Banner, das von einem müden Trossknecht gehalten wurde. »Das sind Eure Leute, Wahenot? Dann seid so gut und lasst sie sich dort drüben sammeln. Eure Männer blockieren die Mitte des Lagers, die den Prinzen gebührt.«

»Dort? Aber dann stünde mein Banner zur Linken der Prinzen!«

»Das ist doch nur eine Frage, von welcher Seite man sich den Zelten nähert. Und beeilt Euch. Merkt Ihr denn nicht, dass Euer Haufen die ganze Ordnung durcheinanderbringt?«

Der Vogt zog murrend ab.

»Wirklich, Trewe, wer hätte gedacht, dass es so schwer sein kann, ein paar Zelte aufzustellen. Das hier ist schlimmer als die Tischordnung bei einem Bankett.«

»Aber Ihr habt die Lage im Griff, Herr«, sagte Trewe. »Prinz Folgar ist beeindruckt, und die Fürsten werden bald vergessen, dass Ihr ihnen auf die Zehen getreten seid.«

»Der Prinz ist beeindruckt? Wer hätte das gedacht? Und wer hätte gedacht, dass die beiden Prinzen derart beliebt im Heer werden würden? Wenn Folgar es mit der Ordnung übertreibt, mildert Iske mit seinen Schwärmereien jeden Unmut. Und wenn der Jüngere sich in Träumen zu verlieren droht, holt Folgar ihn wieder auf den Boden. Es gibt keine Eifersucht zwischen den beiden, und Iske entwickelt nicht den leisesten Ehrgeiz, seinen Bruder in der Thronfolge auszustechen. Niemand spricht über den fähigen Marschall, der dieses Heer zusammenhält. Doch lassen wir das. Hast du die Vorposten abkommandiert?«

»Ja, Herr. Sie gingen eben über den Fluss. Ich lasse sie im Halbkreis ausschwärmen. Niemand wird sich unbemerkt dem Lager nähern. Auch habe ich einige Posten entlang der Straße zum Murgatpass aufgestellt.«

»Sehr gut, und jetzt geh und sag diesen Einfaltspinseln aus Breet, dass sie ihre Zelte zu nah am Fluss bauen. Es kommt Tauwetter, und wir wollen doch nicht, dass diese Helden ertrinken.«

»Seid gegrüßt, Marschall«, rief eine nur zu bekannte Stimme. Es war der blinde Abot, geführt von der stämmigen jungen Ordensschwester.

Gyltorn erwiderte den Gruß knapp und sagte dann: »Habt Ihr Euren Platz gefunden? Die Orden sollen ihre Zelte dort drüben errichten. Es sind ja nicht besonders viele …«

»Ihr solltet vielleicht besser etwas Raum zwischen den Bruderschaften lassen. Es könnte sonst geschehen, dass sie einander an die Kehle gehen.«

»Ja, da habt Ihr wiederum recht. Wann, sagtet Ihr, werden Eure Leute hier eintreffen?«

»Gar nicht, Marschall. Ich habe sie direkt in die Berge geschickt, wie ich es bereits in der Halle kundtat.«

»Natürlich. Verzeiht, das Chaos hier ist unbeschreiblich. Wenn Eure Männer nicht kommen, gewinnen wir etwas Raum in diesem Lager, das mir graue Haare beschert.«

»Baut es nicht zu fest, Marschall. Wie Ihr sicher wisst, hat Prinz Folgar befohlen, hier eine Woche auf weitere Männer zu warten. Dann soll es weitergehen.«

»Ja, ich hörte es.« Er senkte die Stimme. »Noch mehr Männer? Wir machen uns doch jetzt schon lächerlich. Und habt Ihr die neuesten Gerüchte gehört? Die Hexe wurde im Langwald gesehen, weit im Westen. Außerdem ritt sie erst vor wenigen Tagen auf einem Drachen über den Pass, oder nein, wartet, sie überfiel mit einem Rudel Wölfe ein paar Kaufleute auf der Hornweide. Oder hat sie nicht doch mit den Nykken die Springflut an der Weißwellenküste ausgelöst? Jeden Tag gibt es neue Meldungen dieser Art. Eure Feja scheint an mehreren Orten zugleich zu sein. Dafür ist Prinz Folgar offenbar nicht mehr sehr begierig darauf, den Mothach zu überschreiten, jetzt, da wir die Furt erreicht haben. Ich nehme an, insgeheim fürchtet er doch den Fluch, dem sein Bruder zum Opfer gefallen ist.«

»Wir werden ihn daran erinnern, dass der Wortlaut des alten Fluches ihn gar nicht bedroht. Außerdem werde ich ihm ins Gedächtnis rufen, dass es im Wesen der Utorer liegt, das Schicksal herauszufordern und zu bezwingen, statt sich vor alten Legenden zu fürchten. Ihr solltet das Gleiche tun, denn ich will nicht, dass er wankend wird, während ich mich für einige Zeit aus dem Lager entferne. Zu meiner Überraschung ist auch Hochmeister Ferror bemüht, den Prinzen anzustacheln, was uns im Augenblick nur recht sein kann.«

»Der Kanzler tut viel, um seinen Ruf und den seines Ordens wiederherzustellen«, sagte Gyltorn verdrossen. »Andererseits hat er aber erstaunlich viele seiner Zauberer in Lente zurückgelassen. Wisst Ihr, weshalb?«

Der Abot zögerte mit der Antwort. »Es heißt, sie würden uns folgen, allerdings auf dem Seeweg. Ferror lässt sie den Mothach hinaufsegeln, bis zum Fall am Kronsee. Angeblich bringen sie Vorräte.«

»Das hörte ich Ferror sagen, doch ich dachte, Ihr wüsstet mehr. Könnt Ihr mir dann wenigstens erklären, warum der Kanzler so versessen darauf ist, über die Starren herzufallen?«

»Er sieht die freien Weren im Langwald und in den Bergen schon lange als eine Gefahr für das Reich an. Und jetzt hat er die Gelegenheit, diese Gefahr ein für alle Mal zu beseitigen. Es ist mir aber auch gleich, solange er damit in meine Karten spielt.«

»Ich dachte, Ihr spielt nicht mehr Karten, Abot.«

Dregin lachte über diese kleine Anspielung. »Kann ich mich auf Euch verlassen, Erlaucht? Werdet Ihr die Prinzen ermutigen, während ich fort bin?«

Gyltorn nickte. »Doch warum wollt Ihr uns überhaupt verlassen? Folgar fragt inzwischen oft nach Eurem Rat.«

»Und immer öfter auch nach Eurem, Erlaucht.«

»Werdet Ihr mir wenigstens verraten, warum ich den Prinzen unbedingt davon überzeugen musste, noch mehr Feuermagier aus ihrer Festung im Königswald hierherzubestellen? Sie hätten doch besser gleich damit angefangen, die Berge von Osten her zu durchkämmen.«

»Es ist mir lieber, sie stehen unter Eurer Aufsicht, Marschall. Außerdem werden wir Feja nicht im Steinjoch, sondern vermutlich in den Mondbergen weit westlich des Murgatpasses finden. Denkt daran, das Heer muss in spätestens einer Woche in die Berge aufbrechen.«

»Ich sehe, dass Euch das wichtig ist, doch sagt mir, was ich davon habe, wenn ich Eurem Wunsch Folge leiste, Abot.«

Dregin lächelte, als er leise antwortete: »Wie ich schon in Lente sagte, kann bei so einem Feldzug viel passieren, gerade in den Bergen mit ihren Schluchten und Abgründen. Bele und Bredhir werden an Eurer Seite sein. Wenn Ihr meiner bescheidenen Bitte nachkommt, werden sie im Gegenzug vielleicht Eure Wünsche erfüllen.«

Gyltorn versteifte sich. Um sie herum wimmelte es von Männern. Jemand mochte zuhören. »Ich weiß nicht, was Ihr meint«, sagte er langsam.

»Keine Angst, Gyltorn, ich würde es wissen, wenn uns jemand anders als Euer Halbbruder belauschte. Tut, was ich erwarte, und Ihr werdet bald einen oder sogar zwei Schritte näher am Thron stehen als heute. Wenn Ihr meinen Rat missachtet, kann es jedoch geschehen, dass dieser ganze kostspielige Feldzug für Euch am Ende nicht mehr als ein grandioser Schlag ins Wasser wird.«

»Woher weiß er, dass ich Euer Halbbruder bin, Herr?«, fragte Trewe, als der Abot mit seiner Begleiterin verschwunden war.

»Er weiß viele Dinge, die er nicht wissen dürfte, das macht ihn so gefährlich und auch so unerträglich überheblich. Dieser Mann behandelt uns wie Spielsteine, die er auf einem großen Brett nach Belieben hin und her schiebt. Und er hält es offensichtlich nicht für nötig, ihnen zu sagen, was ihre Rolle sein wird. Hast du inzwischen über das nachgedacht, was ich vor einigen Tagen sagte?«

»Ich habe mich des Nachts an den Zelten der Graumagier umgesehen, aber sie haben es gleich gemerkt. Die Dunkelheit ist ihr Reich, und mit Heimlichkeit werden wir den Abot nicht überraschen können. Auch mit offener Gewalt würde ich es nicht wagen, denn sie sind Meister der Klingen. Eigentlich bleibt uns nur, Dregin zu vergiften.«

»Und verfügen wir über ein Gift, das stark genug ist?«

»Vielleicht, Herr. Doch wir müssen es so machen, dass kein Verdacht auf uns fällt. Sonst werden wir ihn nicht lange überleben.«

»Arbeite weiter an deinem Plan, Trewe. Dieser Mann kann uns zwar sehr nützlich sein, aber er kann uns leider auch im Handumdrehen ins Verderben stürzen.«

Und schon entdeckte Gyltorn neues Ungemach: Hasker Draan marschierte mit einer stattlichen Zahl Männer ins Lager. Eilig ging er ihm entgegen. »Kapitän Draan, was führt Euch hierher?«

Der Kapitän hustete. »Man sagte mir, dass Ihr für die Einteilung der Zelte zuständig wäret, Erlaucht. Wir wollen einen Platz am Fluss, wenn wir uns schon so weit von unserer Freundin, der See, entfernen müssen.«

»Ihr habt meine Frage nicht beantwortet, Kapitän.«

»Ihr werdet doch keinen Krieg ohne die tapfersten Männer des Reiches führen wollen, Erlaucht? Ist es denn nicht selbstverständlich, dass auch wir in Zeiten der Not dem Ruf des Königs folgen? Wir haben jedoch eine gewisse Abneigung gegen lange Fußmärsche, deshalb sind wir den Mothach hinaufgesegelt, bis dicht unter die Fälle.« Der Kapitän streckte sich. »Und schon der Marsch um den Kronsee herum ist zu lang für Wasserratten wie uns. Also – habt Ihr einen Platz für uns?«

»Am Fluss? Gewiss doch, Kapitän. Niemand will am Wasser seine Zelte aufschlagen, zieht doch des Nachts die Kälte vom Mothach ins Land. Und wenn das Tauwetter einsetzt, werdet Ihr vielleicht nicht mehr am, sondern im Fluss lagern.«

»Umso besser. Dann sind wir ungestört. Ihr solltet mich später aufsuchen, Marschall, ich glaube, wir haben wichtige Dinge zu besprechen.«

»Ich weiß nicht, ob ich die Zeit finden werde, Kapitän …«

»Oh, das solltet Ihr«, sagte er heiter, bevor er mit gesenkter Stimme fortfuhr: »Sonst findet noch jemand die Leiche eines gewissen Kaufmannes an einem Ort, den Ihr schwerlich erklären könntet, Herr.«

Gyltorn verfluchte den Mann, versuchte jedoch, sich nichts anmerken zu lassen. »Eure Einladung ist nicht sehr freundlich, Kapitän, aber ich werde Ihr folgen.«

»Noch eine Laus im Pelz, Trewe«, seufzte er, kaum, dass der Kapitän mit seinem lärmenden Gefolge weitergezogen war.

»Habt Ihr diese Männer in den dunklen Roben gesehen, Herr? Wie es scheint, ist diese Laus mit den Totenbeschwörern im Bunde. Was will der Kapitän denn hier, Herr?«

»Das weiß ich nicht, aber du solltest versuchen, es herauszufinden. Schick ihnen ein Fass Wein. Wenn seine Leute erst betrunken sind, werden sie sicher reden.«

»Ihr habt seltsame Freunde, Landgraf.«

Gyltorn fuhr herum. Es war Kanzler Ferror, der mit geraffter Robe über den durchweichten Boden schritt.

»Ich würde den Kapitän nicht als Freund bezeichnen, Hochmeister«, gab Gyltorn vorsichtig zurück.

Ferror starrte den lärmenden Aschfahrern nach. »Plünderer und Totenbeschwörer … ausgesprochen zwielichtige Gesellschaft. Dafür gibt es hier auffällig wenig Graumagier, nicht wahr?«

»Ich hörte Ähnliches über die Brüder des Feuers, Hochmeister«, gab Gyltorn zurück. »Auch sie hätte der Prinz gerne in größerer Zahl hier versammelt gesehen. Und was die Söhne Stors betrifft, nun, Ihr wisst doch, dass sie bereits in den Mondbergen nach Feja suchen.«

»Das behauptet Dregin, ja«, gab der Kanzler zurück. Er trat nahe an Gyltorn heran und senkte die Stimme. »Ich kann Euch nur warnen, Landgraf. Die Männer, mit denen Ihr Euch eingelassen habt, sind gefährlich und hinterlistig. Sie verfolgen dunkle Ziele, doch habe ich vor, ihnen mit heller Flamme entgegenzutreten. Und Ihr, Gyltorn, solltet Euch überlegen, ob Ihr nicht besser auf der Seite des Lichtes stehen wollt. Überlegt schnell! Wenn dieser Feldzug erst vorüber und die Hexe tot ist, mag es zu spät sein.«

Feja war oft mit ihrem Vater durch diese Wälder gewandert, wenn sie Wolle, Honig oder Wolfsfelle auf den Markt von Holt brachten. Sie musste schon den ganzen Tag unentwegt an ihn denken. Hatte sie die Suche nach ihm nicht zu früh aufgegeben? Ohne ihn an ihrer Seite wirkte der Wald auf sie leer und verlassen, aber seit sie den Hohlweg erreicht hatten, war da noch etwas anderes, so, als ob der dunkle Weg nicht zum Wald gehören würde.

»Es ist das Gras«, sagte Meister Adach, als hätte er ihre Gedanken gehört.

Feja blieb stehen. Tatsächlich waren hier schon grüne Spitzen durch die Schneereste gebrochen.

»Es wächst vor seiner Zeit«, murmelte der Kräutersammler. »Etwas hat es geweckt.«

Feja nickte. Doch was hatte das zu bedeuten?

»Dort vorne ist die Furt«, rief Fohas, »ich kann das Wasser hören. Und dass hier schwere Wagen und viele Pferde waren, sieht wohl selbst ein Aschling.«

Kurz darauf standen sie an der Furt. Der Bach war mit der Schneeschmelze über die Ufer getreten. Die Wagenräder hatten tiefe Rillen in den Hohlweg gegraben.

»Und wie alt sind diese Spuren?«, fragte Meister Caron.

Fohas zuckte mit den Achseln. »Ginge es um die Kratzer, die Gämsen im Gestein der Berge hinterlassen, könnte ich es Euch sagen, doch haben wir selten Pferde oder Wagen dort oben.«

»Ihr wisst es also nicht?«, fragte der Zauberer. Das schien ihm zu gefallen.

»Es war vor zwei Tagen, wie ich schon sagte«, rief Feja. »Hört endlich auf zu streiten«

Warchas hatte auf der anderen Seite der Furt etwas gefunden und winkte sie herüber. Sie wateten durch das eiskalte Wasser. Etwas abseits des Weges waren zwei Leichen unter dem Laub vergraben. Es waren Soldaten mit dem Wappen von Lente. Tiere hatten sich durch das Laub gewühlt und sie angefressen.

»Zwei Tage«, meinte Ailon Bainach. »So lange sind diese Männer etwa tot.«

»Jetzt bringen sie also schon Soldaten um …«, murmelte Meister Caron. »Sie scheinen zu allem entschlossen.«

»Da kommt jemand!«, rief Fohas warnend.

Feja hörte es auch. Das waren schnelle Füße, die den Hohlweg entlangrannten. Und nicht weit dahinter ein Pferd, das jetzt zum Galopp angetrieben wurde.

Feja gab ein Zeichen, und sie versteckten sich im Unterholz.

Der Läufer war ein Knabe, vielleicht zehn Jahre alt, sein Verfolger ein Soldat.

»Bleib stehen, verdammter Dummkopf!«, rief der Reiter.

Der Läufer hatte die Furt fast erreicht, drehte sich um und schrie: »Lasst mich in Ruhe. Ich kehre nicht zurück!«

Der Soldat zügelte sein Tier. »Du musst. Schau, Kleiner, mach es doch nicht noch schlimmer.«

Feja erkannte den Mann wieder. Es war einer der Gewappneten von der Graufeste. War der Junge etwa ein neuer Ordensschüler?

»Geht weg!«, rief der, schloss kurz die Augen, und dann schleuderte er dem Reiter Magie entgegen. Es war die Blutblende, einer der ersten Zauber, den Feja seinerzeit gelernt hatte. Der Reiter kannte diesen Zauber jedoch auch. Er riss sein Tier zur Seite.

»Verdammter Bengel! Dir werde ich Manieren beibringen!«

Er sprang aus dem Sattel und stürmte auf den verängstigten Knaben zu. Er kam jedoch nicht weit, denn nun wirkte Feja ihrerseits denselben Zauber, und mit dem hatte der Soldat nicht gerechnet. Er schrie auf und versuchte, sich die unsichtbare Blende von den Augen zu reißen. Feja sprang aus ihrem Versteck. Sie musste den Warglingen nicht zurufen, was zu tun war. Sie glitten in den Hohlweg hinab, und im Nu waren die beiden eingekreist.

»Was, beim schwarzen Nir …«, rief der Soldat.

Dassach hielt ihm seinen Wurfspeer ans Kinn. »Du redest nur, wenn du gefragt wirst, verstanden?«

Er sagte es auf Werisch, aber der Soldat schien ihn auch so

zu verstehen. »Haltet mir den Soldaten gut fest«, sagte Feja und wandte sich an den Schüler. »Du musst keine Angst haben, wir werden dir nichts tun.«

Der Junge stand da, umringt von grimmigen Warglingen, und starrte sie verschreckt an. Feja gab den Männern ein Zeichen, die Waffen zu senken. »Du bist ein Schüler des Grauen Ordens, nicht wahr?«

»Vielleicht …«

»Du kannst es ruhig zugeben. Ich war auch einst auf der Graufeste. Und siehst du dort den Mann in der Robe? Das ist Meister Caron, mein alter Lehrmeister. Und der Were, der sich ganz verhüllt hat, ist Ailon Bainach. Du hast vielleicht von den beiden gehört.«

»Der Knochenmann? Der weiße Mann, der die Schüler entbeint, wenn sie versagen?«

Feja seufzte. »Wer hat dir denn diesen Unsinn erzählt? Lass mich raten … Meister Vithun? Jagt der Verkünder den neuen Schülern immer noch gerne Angst ein? Oder war es ein Scherz von Meister Svelgar? Trinkt er noch so viel wie früher?«

»Ihr kennt Meister Svelgar?«

»Ich kenne auch Meme Salmango und Bruder Span und Gabra und Hallir und Nemma.«

»Rede nicht mit ihr, Dummkopf, das ist …« Der Satz brach mit einem Keuchen ab. Dessach hatte dem Gewappneten einen Schlag in die Magengrube verpasst.

Das langsam wachsende Vertrauen des Schülers war sofort wieder verschwunden. »Wie ist Euer Name, Meme?«, fragte er, und Feja hörte das Misstrauen in seiner Stimme.

»Ich werde Slendacha genannt«, sagte sie sanft, denn der Junge würde von Feja nichts Gutes gehört haben. »Ich habe meine Ausbildung auf der Graufeste begonnen, doch herausgefunden, dass ich dort meinen Weg nicht finden werde. Deshalb ging ich zu den Weren, um von ihnen die Heilkunst zu lernen.« Das war nicht einmal gelogen, fand sie. »Wie ist denn dein Name?«

»Ich werde Raans genannt, Meme.«

»Gut, Raans. Du kannst mir vertrauen. Wir haben dich immerhin vor dem Soldaten gerettet. Was will er eigentlich von dir?«

»Sag kein Wort!«, rief der Gewappnete. Feja warf Fohas einen Blick zu. Der Wargling packte den Soldaten am Kragen. »Der Knabe redet, mit wem er will. Und du wirst jetzt mit uns reden, mein Freund.« Er zerrte ihn gemeinsam mit Dessach in den Wald. Meister Caron nickte Feja zu und folgte ihnen. Vermutlich hatte er vor, den Soldaten zu befragen.

»Siehst du? Du musst keine Angst mehr haben. Sag, Raans, warum bist du vor ihm davongelaufen?« Sie legte ihm die Hand auf die Schulter. Der Knabe war völlig verschreckt. Sie versuchte, ihm Vertrauen einzuflößen. Plötzlich spürte sie, dass sie über die Schatten mit ihm verbunden war. Er bemerkte es auch und starrte sie mit großen Augen an. *»Keine Angst«*, wiederholte sie über das Schattenflüstern. *»Ich werde dir nichts tun. Ich beschütze dich.«*

Sie konnte fühlen, dass es wirkte. Sie war, ohne es zu wollen, in den Verstand des Jungen eingedrungen. Sie unterbrach die Verbindung sofort und lächelte dem Jungen aufmunternd zu. »Also?«

»Ich … ich bin fortgelaufen. Ich habe es nicht mehr ausgehalten. Seit Tagen hetzen wir durch den Wald, und keiner sagt uns, wohin es geht. Und, und … sie töten Leute, Meme. Jeder, der uns sieht, muss sterben. Ich habe selbst miterlebt, wie … Aber ich will das nicht!«

»Es ist gut, Raans. Wenn dieser Pfad nicht deiner ist, war es richtig, ihn zu verlassen. Du willst also heim? Wo bist du denn zu Hause?«

Er wirkte erleichtert. »Meine Familie hat eine Burg an der Weißwellenküste.«

»Ein weiter Weg, aber sie werden sich freuen, dich wiederzusehen. Doch magst du mir nicht noch ein wenig von den Zauberern erzählen? Weißt du, wo es hingehen soll oder was sie vorhaben?«

Er schüttelte den Kopf. »Sie haben uns nichts gesagt, obwohl ich einmal hörte, dass sie zu den Quellen des Mothachs wollen und dann noch weiter nach Osten.«

»Weiter? Wohin?«

»Ich weiß nicht. Wenn Meister Svelgar betrunken war, sang er immer über den Königswald, bis der Sturmrat es ihm verboten hat. Ich glaube, dort wollen sie hin.«

»Du bist ausgesprochen klug, Raans«, lobte Feja. »Doch sag, was ist auf dem Wagen, den sie mit sich führen?«

»Es sind zwei Wagen, Meme Slendacha. Auf dem einen sind Äxte, Werkzeuge und die Vorräte für den Marsch. Der andere ist immer zugedeckt, und Meister Orchon wollte nicht, dass wir hineinsehen. Er war auch bei jedem Schlagloch besorgt, dass etwas zerbrechen könnte, aber ich glaube, es ist noch heil. Einmal habe ich mit Friga heimlich hineingeschaut. Da war bloß die große Schale mit den Stangen, die der Were mit Meister Uri geschmiedet hat. Die Soldaten nennen sie Orchons Bahre. Mehr war dort nicht.«

Das half Feja nun nicht weiter. Sie hoffte, dass Meister Caron von dem Soldaten mehr erfahren würde. »Weißt du, wie du von hier nach Hause kommst?«

Der Junge zuckte unsicher mit den Achseln. »Ich gehe einfach zurück nach Braake, und dann kenne ich den Weg.«

»Das ist gut. Warte hier einen Augenblick. Ich will meine Gefährten fragen, wie wir dir helfen können.«

Sie bat Meister Adach und den jungen Mur, auf den Knaben achtzugeben, und suchte Meister Caron, um zu sehen, was er herausgefunden hatte. Sie lauschte, konnte aber nichts hören. Dann ertönte ein leiser Pfiff. Der kam von Warchas, der Wache hielt und ihr den Weg wies. Sie fand Caron und den Gefangenen in einer flachen Senke. Schnee hatte sich dort gesammelt, und auf dem weißen Grund lag reglos der Soldat. Blut lief ihm aus der Nase, und in seiner Brust klaffte eine tiefe Wunde.

»Was ist hier geschehen?«, fragte sie betroffen.

Meister Caron seufzte. »Ich bin in seinen Geist eingedrungen, denn uns fehlt die Zeit, ihn stundenlang zu verhören. Er wusste leider nicht viel. Immerhin kann ich sagen, dass bis auf den alten Vithun fast alle Meister und Brüder und viele Gewappnete bei diesem Zug dabei sind. Offenbar wollen sie zum Oberlauf des Mothachs. Dort gibt es eine kleine Bergkette mit dem Namen Vier Schwestern. Das ist, warum auch immer, ihr erstes Ziel. Doch wollen sie noch weiter. Die Gewappneten glauben, dass es in den Königswald geht, zur Feste der Flammenmagier. Gewisse geheimnisvolle Steine und etwas, das Skuran Orchon gebaut hat, scheinen eine große Rolle zu spielen.«

»Die Steine aus dem Mara-Tir«, vermutete Fohas, der das Utorische offensichtlich viel besser verstand, als er zugeben wollte.

»Warum ist der Mann denn tot?«

Der Zauberer seufzte. »Er wehrte sich, und wir hätten ihn auch nicht gehen lassen können. Er hätte uns verraten.«

Feja starrte unglücklich auf die Leiche. »Wir hätten ihn ohne Pferd zurückschicken können. Was hätte er schon über uns gewusst?«

»Er hat dich wiedererkannt, Feja, und mich und den Ailon auch. Es ging leider nicht anders.«

»Aber dem Jungen krümmt Ihr kein Haar, verstanden? Er ist schließlich vor dem Orden geflüchtet und will nur wieder nach Hause.«

»Auch das scheint mir zu gefährlich zu sein, Feja.«

»Er wird nicht angerührt!«, wiederholte sie scharf. Der Soldat war tot, und das war nicht mehr zu ändern. »Sagt, Meister Caron, hütet der Feuerorden auch so ein Geheimnis unter seiner Festung wie der Graue Orden?«

»Natürlich«, erwiderte er mit einem nachdenklichen Stirnrunzeln, »jede Bruderschaft besitzt einen Teil der großen Allkugel.«

»Dann ahne ich, was der Abot vorhat. Er will die Steine aus dem See gegen den Kristall der Feuermagier einsetzen. Wenn er ihn zerstört …«

»Das würde die roten Brüder bis ins Mark treffen«, sagte Meister Caron langsam.

»Das ist es nicht, was mir Sorgen macht!«, rief Feja unwillig. »Ich habe … den … das Geheimnis unter unserer Feste nur ein wenig beschädigt und damit ein verheerendes Erdbeben ausgelöst. Wie wird es erst sein, wenn so ein Kristall ganz zerstört wird? Wird dann halb Edun im Meer versinken?«

Ailon Bainach meldete sich zu Wort. »Vielleicht wird das geschehen, vielleicht auch nicht, auf jeden Fall beginnt Dregin aber einen Krieg, wenn er Hand an das Geheimnis der Feuermagier legt.«

»Vielleicht hat dieser Krieg schon begonnen, Albaek. Wir wissen ja nicht, wie dieser Prozess in Lente ausging, von dem wir so viel hörten«, meinte Caron.

»Also müssen wir ihnen nach und sie aufhalten«, seufzte Feja.

»Verzeih, Drachentochter, aber ich sah an der Furt Spuren von vielen Pferden und noch mehr Männern. Wir sind Warglinge und fürchten weder Bär noch Wolf, doch sind wir Jäger, keine Krieger. Wir können nicht gegen dreißig oder vierzig Gauchen-Hexer kämpfen.«

»Ich sagte nicht, dass wir gegen sie kämpfen sollen, Fohas. Wir müssen nur ihre Pläne durchkreuzen.«

»Ich fürchte, Feja, das läuft auf dasselbe hinaus«, meinte Meister Caron. »Dein Freund Fohas hat recht, wir können uns nicht auf einen Kampf mit ihnen einlassen. Und vergiss nicht, dass da noch diese beiden Heere auf die Berge zu marschieren.«

Feja schloss die Augen. Warum nur war die Welt voller Feinde? Und wie sollte sie mächtige Zauberer und ganze Heere aufhalten? Span war unter diesen Magiern … Sie öffnete die Augen und blickte in die erwartungsvollen Gesichter ihrer Freunde und Gefährten. »Wir machen das, was wir schon vor zwei Tagen hätten tun sollen – wir teilen uns auf«, entschied sie. »Ich werde den Grauen Orden verfolgen, und Ihr, Meister Caron, müsst mit den Heerführern sprechen. Sagt ihnen, dass sie die Falsche jagen, sagt ihnen, dass der Begleiter des Prinzen Sifrid getötet hat. Und warnt sie vor dem, was Abot Dregin vorhat!«

»Ich begleite Euch, Meister Caron«, verkündete Nerius, der hinzugetreten war. »Der Name meiner Familie hat Gewicht im Reich. Man wird mich anhören.«

»Ich werde wohl besser auf die beiden achtgeben«, meinte Ailon Bainach, »aber ich sage voraus, dass man uns nicht glauben wird, schon, weil man uns nicht glauben will. Da ist eine große Streitmacht versammelt, voller Zorn und siegesgewiss. Sie wird nicht ohne Schlacht nach Hause gehen wollen.«

Feja fürchtete, dass der Knochenmann recht hatte, doch sie sah einfach keine andere Möglichkeit. »Vielleicht könnt Ihr den edlen Herren dann begreiflich machen, dass sie ihre Beute am falschen Ort suchen. Ich bin nicht mehr in den Bergen, ja, ich verlasse sogar den Langwald. Vielleicht wird das verhindern, dass sie über die Weren herfallen. Und wenigstens könnt Ihr die Feuermagier warnen. Das würde doch die Pläne des Abots durchkreuzen, oder nicht?«

»Und was machen wir jetzt mit dem Knaben?«, fragte Fohas.

»Wir setzen ihn auf das Pferd und schicken ihn nach Hause, was sonst?«

Meister Caron schüttelte den Kopf und widersprach, aber Feja blieb stur und führte das Pferd eigenhändig zu dem Jungen. »Du kannst doch reiten, nehme ich an?«

»Natürlich, Meme.«

»Sehr gut. Am besten, du folgst dem Hohlweg bis zur alten Königsstraße. Reitest du nach links, kommst du nach Holt. Von dort könntest du dich zu deiner Heimat durchfragen. Reitest du nach rechts, führt dich die Straße nach Kolm. Von dort aus ist es nicht mehr weit nach Braake.«

»Es ist aber nicht mein Pferd.«

»Du bist ehrlich, das ist gut. Dieses Tier gehört jedoch dem Grauen Orden, und du bist immer noch ein Schüler dieser Bruderschaft, oder? Siehst du? Du kannst es zurückschicken, wenn du auf eurer Burg bist. Du kannst es auch in Braake abgeben.

Ich empfehle dir aber, die Graufeste zu meiden. Meister Vithun wäre nicht sehr erfreut, dich unter diesen Umständen wiederzusehen. Hast du alles verstanden?«

Der Junge nickte. Er kürzte mit gekonnten Handgriffen die Steigbügel und schwang sich in den Sattel. »Und der Soldat?«

»Er wird dich nicht mehr verfolgen, keine Sorge. Sei vorsichtig, Raans, und sag deinen Eltern ruhig, dass ein Mädchen aus dem Langwald dir geholfen hat.«

Der Junge starrte sie an. »Du bist Feja, die Verräterin, oder?«

»Ich bin ebenso wenig eine Verräterin wie du, Raans von der Weißwellenküste. Und jetzt verschwinde, bevor meine Gefährten denken, dass es falsch ist, dich ziehen zu lassen.«

Der Junge nickte ihr zu, schnalzte mit der Zunge und jagte zu Pferd davon.

»Vielleicht ist das wirklich ein Fehler, kleine Gans.«

»Gewiss nicht, Ailon Bainach. Doch packt Eure Sachen. Es ist Zeit aufzubrechen.«

»Bin ich denn der Einzige, der all unsere Bemühungen für aussichtslos hält?«, fragte der Were leise.

»Vielleicht sind sie das, aber ich sehe nicht, was wir sonst tun sollten. Etwa davonlaufen?«

Der Knochenmann sah sie unter dem Rand seiner Kapuze lange nachdenklich an. »Das wäre nicht die dümmste Idee, die ich in letzter Zeit gehört habe.«

»Und doch werden wir ihr nicht folgen«, gab Feja entschieden zurück.

Meister Caron nahm sie noch einmal beiseite, bevor sie aufbrachen. »Du darfst nicht darauf hoffen, dass deine ehemaligen Freunde und Lehrer Rücksicht walten lassen, wenn es zum Äußersten kommt, Feja. Sie sind dem Orden, nicht alten Freundschaften verpflichtet. Das gilt auch für Span. Denke an das, was am Mara-Tir geschah!«

»Ich will gar nicht mit ihnen kämpfen.«

»Vielleicht musst du es aber. Abot Dregin ist kein Mann, der sich von ein paar gut gemeinten Worten aufhalten lässt.«

»Ihr habt recht, Meister Caron. Der Abot ist die treibende Kraft hinter allen dunklen Vorhaben unseres alten Ordens. Das heißt, ich muss eigentlich nur ihn aufhalten …«

»Du meinst – ihn töten?«

»Traut Ihr mir das nicht zu?«

»Ich glaube, dass du die Macht dazu hast, auch wenn Dregin der gefährlichste Gegner ist, den ich mir vorstellen kann. Aber ich weiß nicht, ob du es über dich bringst, ihm wirklich ans Leben zu gehen.«

»Wenn mir nichts anderes übrig bleibt«, erwiderte Feja mit grimmiger Entschlossenheit. Die war jedoch nur gespielt. Ihr wurde ganz elend zu Mute, als sie daran dachte, mit ihren Kräften vielleicht noch einmal einen Mann umbringen zu müssen, und sei es auch ihr Todfeind Dregin.

Dann schlug die Stunde des Abschieds. Sie umarmte den Ailon und Meister Caron, vor allem aber Nerius, lang und innig. »Pass auf dich auf«, sagte sie leise.

»Ich habe ja einen Ailon und einen Zauberer an meiner Seite. Aber wen hast du?«, sagte er scherzhaft.

»Ich meine es ernst, Nerius. Mein Gefühl sagt mir, dass dein Weg gefährlicher ist als meiner.«

Er lachte nur verlegen, löste die Umarmung und ging mit Meister Caron und dem Ailon davon, ohne sich noch einmal umzudrehen.

Jemand räusperte sich hinter ihr. Es war Meister Adach. »Wir glauben, dass es auch für uns Zeit ist, Maegadha. Ihr redet von Jagen und Kämpfen, doch wir sind nur Sammler und wären keine große Hilfe.«

»Ihr wollt uns auch verlassen? Aber wo wollt Ihr hin?«

»Zurück in die Berge. Wir wollen die Hüterin noch einmal fragen, ob sie uns nicht einen Tropfen von den Tränen der Göttin gibt. Vielleicht, wenn wir ihr helfen, wer weiß?«

»Helfen wobei, Meister Adach?«

»Dabei, die Berge zu schützen. Vielleicht, die Drachen und Riesen aufzuwecken. Wir werden sehen.«

»Aber was soll ich ohne Euch nur anfangen?«

Der Were lachte leise. »Schneller rennen, besser jagen, ohne den alten Klotz am Bein.«

»Ich will nicht, dass wir uns trennen!«

»Der Bewahrer hat recht, Slendacha. Er ist ein tapferer Mann, doch für die Hatz, die vor uns liegt, taugen seine Beine nicht mehr.«

»Da hörst du es, Maegadha. Diese Jagd gehört den Jungen, nicht den Alten, die die Last der Ahnen mit sich schleppen.«

Feja versuchte noch einmal, ihn umzustimmen: »Ihr seid der gute Geist dieser Schar. Ohne Euch werden wir es nicht schaffen.«

»Es tut uns zu viel der Ehre, das Maegadha. Aber es soll nicht traurig sein. Die Ahnen sagen, dass wir uns wiedersehen, wenn nicht in dieser, dann doch in der nächsten Welt. Und nun darf es uns umarmen, wenn es unbedingt will.«

Feja fiel dem alten Kräutersammler um den Hals und kämpfte mit den Tränen. Er musste ihren Griff mit sanfter Gewalt lösen. Dann zwinkerte er ihr zu, drehte sich um und stapfte davon.

»Ich würde mir um ihn keine Sorgen machen. Er ist ein Ganamon, ein Bewahrer, die sind zäh, weil tausend Ahnen mit an ihrem Leben hängen.«

Feja nickte. Ihre Schar zerfiel, ihre alten Freunde gingen ihrer Wege. Sie fühlte sich verlassen. Lange sah sie dem Kräutersammler nach, bis Fohas ihr einen freundschaftlichen Klaps auf die Schulter gab. »Seine und unsere Pfade werden sich wieder kreuzen. Doch wollen diese Wege erst gegangen sein. Also los! Die Fährte ist zwei Tage alt.«

Feja nickte. Es war nicht auszudenken, was der Abot mit der Zerstörung des Kristalls der Feuermagier anrichten würde. Es war Wahnsinn, dass er das überhaupt versuchte. War sich Dregin der Gefahr nicht bewusst? Oder kümmerte sie ihn einfach nicht? Sie gab den Warglingen ein Zeichen, und dann hetzten sie den Grauen Magiern hinterher.

Spät am Abend suchte Gyltorn Kapitän Draan in seinem Zelt auf. »Euer Erscheinen hat eine Menge Unruhe erzeugt, Kapitän. Die Fürsten fragen sich ebenso wie ich, was Ihr hier wollt.«

Draan saß in einem bequemen ledernen Stuhl. Es war der einzige im Zelt.

»Ah, Marschall, gut, dass Ihr die Zeit gefunden habt, Euren alten Freund zu besuchen.« Er wurde von einem Hustenanfall geschüttelt und fuhr dann fort: »Freuen die Fürsten sich etwa nicht darüber, dass die verwegensten Seeleute des Reiches an ihrer Seite schreiten? Und dem edlen Folgar könnt Ihr von mir ausrichten, dass ich bereits einige Späher in die Berge vorausgesandt habe.«

Vor dem Zelt sangen die Seeleute Trinklieder. Trewe hatte sich unter sie gemischt, aber es schien gar nicht nötig zu sein, dass er die Männer aushorchte. Der Kapitän schien darauf zu brennen, ihn durch Andeutungen in sein Vorhaben einzuweihen.

»Späher? Es sind schon längst Männer des Heeres dort. Und Eure Seeleute scheinen mir nicht gerade dafür geeignet, die Berge auszukundschaften, Draan.«

»Das sagt Ihr nur, weil Ihr nicht wisst, dass das Erkunden unsere zweite Natur ist. Das alte Utor ist eine bebende Wüste aus Asche und Glutgestein, von endlosen Ausbrüchen stets aufs Neue verwandelt. Wer dort Schätze finden will, muss scharfe Augen haben.«

»Das werde ich dem Prinzen ausrichten. Und werdet Ihr mir verraten, wonach Eure Leute Ausschau halten werden?«

»Oh, nach dem Feind werden sie spähen, nur nach dem Feind. Stellt Euch nur vor, welche Gefahren hinter jedem Felsgrat lauern könnten, Marschall.«

»Es gibt dort vermutlich nichts Bedrohlicheres als ein paar Bergziegen, Kapitän.«

»Seid Ihr da sicher, Gyltorn? Denkt Euch, meine Leute haben erst neulich einigen der angeblich so friedfertigen Weren ihre gefürchteten Jagdbogen abgenommen. Es wäre doch nicht auszudenken, wenn dem Prinzen in den Bergen ein Unglück wie zum Beispiel in Gestalt eines werischen Pfeils begegnen würde, nicht wahr?«

Gyltorn erbleichte. »Ihr habt vor, Prinz Folgar …?«

Der Kapitän tat entrüstet. »Wo denkt Ihr hin! Ich habe gar nichts vor! Ich will nur dafür sorgen, dass der Thron die Aschfahrten wieder erlaubt. Und Ihr werdet Folgar sagen, dass er sich sicher fühlen kann, denn nur aus diesem Grund schicke ich meine Männer voraus.«

Gyltorn zitterten die Knie, als er das Zelt verließ. Die Aschfahrer waren bereit, so weit zu gehen? Und dieser prahlerische Kapitän hatte nichts Besseres zu tun, als ihn zum Mitwisser zu machen? Hätte er nicht, wie der Abot, seine Pläne für sich behalten können? Gyltorn musste seinen Kragen lockern, denn er hatte plötzlich das Gefühl zu ersticken. Ohne viel Einfluss auf sie zu haben, war er tief in die Pläne dieser Männer verstrickt. Und ohne Zweifel würde es in den Bergen auf Leben und Tod gehen. Er verfluchte den Abot und den Kapitän von Herzen und fragte sich nicht zum ersten Mal, wie er diese gefährlichen Verbündeten loswerden sollte.

Jeden Tag kamen weitere Fürsten ins Lager: einfache Ritter, die nicht mehr als ein Pferd und einen Knappen aufbieten konnten, wohlhabende Fürsten, in deren Lanzen Panzerreiter, Bogenschützen und Speerträger marschierten. Das Heer war auf beinahe zweitausend Mann angewachsen und der neue Marschall offenkundig der Verzweiflung nah, denn es mangelte an Vorräten. Die meisten der Neuankömmlinge schienen sich darauf zu verlassen, dass das königliche Heer schon für sie sorgen würde. Inzwischen sandte Gyltorn täglich Wagen aus, die aus den nächstliegenden Orten Proviant herbeischafften.

Ginnar Dregin stand im Eingang seines Zeltes und betrachtete das Schauspiel durch Nemmas Augen. Schneeregen ging über dem Mothach nieder. Er verwischte alle Farben und verwandelte noch das prächtigste Banner in ein Stück nasses Tuch und das schöne Lager in eine Schlammgrube. Dregin klopfte

Nemma auf die Schulter, löste ihre Verbindung, und die Welt versank in Dunkelheit. Sie bezog ihren Posten vor dem Eingang, er kehrte ins Zelt zurück.

»Es sind noch viel mehr Männer dem Ruf des Königs gefolgt, als ich dachte«, begann er.

»Gyltorn hat inzwischen Schwierigkeiten, noch Platz für die Zelte zu finden«, meinte Meister Bredhir. »Merkt denn niemand, wie lächerlich es ist, mit so vielen Kriegern gegen ein einziges Mädchen aufzumarschieren?«

»Wenigstens ist der Marschall beschäftigt, und das ist gut, denn dann kommt er nicht auf dumme Gedanken. Doch wir haben uns um unsere eigenen Angelegenheiten zu kümmern. Nemma und ich werden in der Abenddämmerung aufbrechen. Es ist also an der Zeit, dass ich Euch meinen Plan erläutere, Bredhir. Oder habt Ihr ihn schon erraten?«

»Ich nehme an, dass Ihr einen Schlag gegen die Festung der Feuermagier führen wollt, vermutlich mithilfe der seltsamen Steine, die Orchon in den Bergen gefunden hat. Und ich vermute, dass Ihr den Fluss für den Rückweg nutzen wollt, denn sonst würdet Ihr nicht so darauf drängen, dass das Heer das Lager räumt und weiterzieht.«

»Ihr seid ein guter Beobachter, Meister Bredhir, und Ihr habt richtig geraten. Wir werden dem Flammenorden seinen größten Schatz rauben.«

»Ihr meint, den Glutstein, ihr Bruchstück der Mangyr, der Allkugel?«

»So ist es. Orchon hat einen Weg gefunden, den Kristall zu bewegen. Wir werden ihn stehlen.«

Der junge Meister stieß einen leisen Pfiff aus. Dann sagte er nachdenklich: »Die Festung der Feuermagier hat starke Mauern, Herr. Und sie werden ihn mit Zähnen und Klauen verteidigen.«

»Über viel mehr werden sie auch nicht verfügen, da ihre besten Magier hier im Lager versammelt sind oder bald eintreffen werden.«

»Ist das so? Dann haben sie weniger Meister, als ich dachte,

Herr. Außerdem sind einige der Meister vor drei Tagen wieder verschwunden. Es hieß, sie würden dem Schiff entgegengehen, das den Mothach heraufkommt, aber seitdem habe ich weder von ihnen noch von diesem Schiff etwas gehört.«

Auch Dregin war deswegen besorgt, aber das wollte er nicht zeigen. Er bot dem jungen Meister eine naheliegende Erklärung an, die er allerdings selbst nicht ganz glaubte: »Offensichtlich hat Ferror sie in den Langwald gesandt. Er hofft, Feja vor dem Heer zu fassen zu bekommen, denn er muss dringend einen Erfolg vorweisen.«

»Ich verstehe. Aber wenn unsere roten Brüder nun erfahren, dass wir ihre Festung überfallen und ihren größten Schatz geraubt haben …«

»Dann ist es bereits zu spät. Denn vorher wird Bele ihren Wert beweisen.« Dregin konnte die Skepsis des anderen Meisters fast mit Händen greifen. Doch für Zweifel war es jetzt zu spät. Er fuhr fort: »Es steckt weit mehr in ihr als diese erdrückende Traurigkeit, die wir alle kennen, Bredhir. Unter diesem dunklen Schatten auf ihrem Gemüt lauert noch ein viel stärkeres, gefährlicheres Gefühl – verzehrender Hass. Ihr werdet ihn leicht entdecken, wenn Ihr nur den Namen Feja aussprecht. Ich habe ihn selbst lange nicht bemerkt, aber nun … Erinnert Euch an unseren Plan – wir wollten ein oder zwei Hundertschaften der Garde mit möglichst vielen Feuermagiern aussenden, um Feja zu fangen, aber Bele hat Iske und den König dazu gebracht, einen Heerbann auszurufen. Ich hielt es erst für ein Versehen, doch das war es nicht. Bele würde die Welt umstürzen, wenn sie damit Feja schaden könnte. Und diesen Hass wird sie zur richtigen Zeit in die Feuermagier fließen lassen. Ihr werdet ihr ab sofort nichts mehr von den Kräutern geben, die ihre Kräfte dämpfen sollen. Sie wird ihre volle Kraft brauchen, wenn sie die Feuermagier aufeinander hetzt.«

»Aber was haben die Flammenzauberer mit ihrem Hass auf Feja zu tun?«

Dregin lächelte. »Ich habe Bele erklärt, dass unsere roten Brüder zunächst gar nicht vorhaben, Feja zu fangen, da Hochmeister Ferror daran gelegen ist, die werische Bedrohung aus den Bergen zu vernichten. Das war nicht einmal gelogen, denn ich glaube tatsächlich, dass das sein Plan ist.«

»Ihr sagtet doch gerade, dass er einige Meister vorausgesandt habe, um …«

»Nun, wenn sie Feja fangen, heißt das ja nicht, dass sie sie auch gleich ausliefern«, unterbrach ihn Dregin, dem dieser Widerspruch auch aufgefallen war. »Doch zurück zu meinem Plan. Ich habe bei den Feuermagiern gewisse Vorarbeiten geleistet, hier ein alte Abneigung neu geschürt, dort Zweifel und Zwietracht gesät. Ihr werdet diesen Streit weiter schüren. Und dann, hoch oben in den Bergen, wenn es zu spät ist, uns aufzuhalten, werdet Ihr Ferror in meinem Namen sagen, dass wir eine Entschädigung für die Verleumdungen vor Gericht erwarten. Da er das ablehnen wird, droht Ihr ihm mit offener Fehde. Seid maßvoll in den Forderungen, dann werden einige der roten Brüder sich fragen, ob sie nicht besser nachgeben sollten, jetzt, da fast das ganze Reich gegen sie ist. Damit werdet Ihr die Zwietracht vertiefen.«

»Ich verstehe. Ich hörte selbst schon einige Meister hinter vorgehaltener Hand Ferror die Niederlagen im Graufenn und vor Gericht ankreiden, während andere ihn noch verteidigen.«

»Das liegt daran, dass ich zwei der fünf Großmeister bestochen oder, sagen wir, ermutigt habe, sich selbst Hoffnungen auf seine Ämter zu machen«, erklärte Dregin ruhig.

»Ah, daher … Es sind Woric und Ebinart, oder?«

»Sie sind zwar offensichtlich nicht sehr geschickt darin, ihre Gedanken und Absichten zu verbergen, aber sie werden ihren Zweck erfüllen. Seht Ihr? So fügt sich eines zum anderen. Stachelt die Unzufriedenen weiter auf, Bredhir, schürt den Streit, und dann lasst Bele Öl in dieses Feuer gießen!«

»Ist das nicht sehr gefährlich für sie? Wenn ich Meme Sulling richtig verstanden habe, wandelt das Mädchen ohne diese Kräuter am Rande des Wahnsinns.«

Dregin zuckte mit den Achseln. »Es muss sein. Der Flammenorden muss entscheidend geschwächt werden, sonst werden wir unseren Raub bitter bereuen. Sollte Bele versagen, bliebe Euch noch der Weg, den Jarknar genommen hat.«

»Der Gründer der Graufeste? Was hat der damit zu tun?«

Dregin lächelte. »Jarknar war hier, als König Gimlar vor fast tausend Jahren den Weren das Land schenken wollte, und es war seine Klinge, die des Nachts den Unterhändler der Weren tötete, bevor der Vertrag abgeschlossen werden konnte. So blieb das Land offen für uns, und Jarknar konnte seine Halle bei Braake errichten.«

»Ah, jetzt verstehe ich endlich, warum die Weren damals das Geschenk nicht annahmen. Aber was hat …«

»Verzeiht, es war ein unpassendes Beispiel, doch seit wir hier am Eidstein sind, geht mir dieses alte Geheimnis unserer Bruderschaft nicht mehr aus dem Kopf. Ich meinte damit, dass Ihr vielleicht einen der Großmeister töten müsst. Ich dachte an Meister Nuris. Er hat sich für keine Seite entschieden und bemüht sich stets um Ausgleich zwischen den Lagern. Lenkt den Verdacht auf Ferror. Spätestens dann wird aus dem schwelenden Streit ein verheerendes Feuer. Ist es verraucht, so werdet Ihr den Überlebenden, ungeachtet des Ausgangs, ganz offen die Fehde erklären. Damit wird es eine Angelegenheit zwischen den Orden und geht das übrige Reich nichts an.«

»Eine Fehde zwischen Bruderschaften? Das gab es seit Jahrhunderten nicht mehr, Herr«, sagte der junge Meister nachdenklich. »Und hat der König nicht mit dem Heerbann ein Fehdeverbot erlassen? Es scheint mir gewagt, gegen den ausdrücklichen Wunsch Gimlarins zu handeln, Herr.«

»Ah, das Fehdeverbot! Prinz Folgar hat darauf bestanden, den Aufruf des Königs schriftlich festzuhalten und auf schönen Pergamenten an die Fürstenhäuser zu senden. Aber unserem geschätzten Kanzler Ferror ist dabei eine Nachlässigkeit unterlaufen. Das Verbot aller Fehden bezieht sich nur auf die Fürsten. Die Bruderschaften werden gar nicht erwähnt.«

»Und Ihr glaubt, der König würde diesen Unterschied ebenso sehen, Herr?«

»Er ist von Furcht und bösen Ahnungen erfüllt. Er wird versuchen, das Reich aus unserem kleinen Streit mit den Feuermagiern herauszuhalten.«

»Ich verstehe. Es ist ein kühner Plan, doch verzeiht, Herr, die roten Brüder sind nicht allein in den Bergen. Andere Orden könnten eingreifen, Fürsten vermitteln, und die Prinzen werden verhindern wollen, dass die Flammenzauberer sich gegenseitig an die Kehle gehen.«

»Das denke ich nicht, da auch einer der Prinzen Eurem Einfallsreichtum zum Opfer gefallen sein wird«, erwiderte Dregin gelassen.

Für eine Weile wurde es sehr still im Zelt. Regen prasselte auf das Dach, und Dregin hörte draußen Männer über das Wetter fluchen. Endlich räusperte sich Bredhir.

»Verzeiht, aber ich soll einen der königlichen Prinzen töten … zur *Ablenkung?*«

»Meine Wahl fiel auf Folgar, denn natürlich geht es hier nicht nur um Ablenkung. Ich will Iske als Thronfolger. Erstens weiß ich nicht, wie Bele reagieren würde, wenn Iske etwas zustieße, und zweitens bedenkt, welche Möglichkeiten uns ein König Iske in Zukunft böte! Er steht schon stark unter Beles Einfluss. Sollte eine Schwester unseres Ordens eines Tages an der Seite des Königs thronen, könnte sie auch dafür sorgen, dass der Kanzler von einem anderen Orden gestellt wird.«

»König Iske, beraten von einem Kanzler der Grauen Magier …, ja, das klingt nicht schlecht, Herr. Verzeiht, wenn ich zu viele Fragen stelle, aber wie passt das zu den Hoffnungen, die Ihr dem Landgrafen gemacht habt?«

»Gar nicht. Er darf ruhig Hoffnung hegen, doch Gyltorn ist viel zu unberechenbar, um ihn auf den Thron zu lassen. Ja, ich denke, irgendwann wird unsere Bruderschaft nicht umhinkommen, ihn zu beseitigen.«

»Ich verstehe«, sagte Bredhir wieder. »Euer Plan ist … anspruchsvoll, Herr. Vieles kann misslingen. Außerdem werde ich das Gefühl nicht los, dass Ferror selbst etwas plant. Er wirkt gelassen, nicht mehr verzweifelt wie vor Beginn des Feldzuges.«

»Unser Werk wird gelingen, wenn Ihr tut, was ich sage, Bredhir. Natürlich schmiedet Ferror Pläne, aber wir werden ihn und seinen Orden stürzen, bevor er sie ausführen kann.« Dregin verstummte und hob warnend die Hand. Vor dem Zelt stritt sich Nemma mit jemandem, der sich offenbar nicht abweisen ließ. Dann flog der Zeltstoff zur Seite, und ein Mann trat ein.

»Ich verlange Auskunft von Euch, Abot.«

Dregin erkannte die Stimme gleich wieder. Und da war noch jemand ins Zelt getreten, der ihm vertraut vorkam, ohne dass er gleich wusste, wer es war. »Graf Dimgast? Verzeiht meine Überraschung. Ich wusste gar nicht, dass Ihr Euch auch diesem glorreichen Heer angeschlossen habt«, begann er höflich. Wer war der Mann an seiner Seite? Dregin wünschte, Nemma würde ihm ihre Augen leihen, aber die hielt vor dem Zelt Wache.

»Jetzt wisst Ihr es. Und ich will von Euch hören, wo Nerius ist!«

»Euer Sohn? Woher soll ich das wissen, Durchlaucht?«

»Versucht nicht, mich für dumm zu verkaufen, Dregin. Ich weiß, dass Eure Leute ihn in den Bergen zurückgelassen haben. Hauptmann Tygram hat es mir in allen Einzelheiten berichtet.«

Dregin runzelte die Stirn. Jetzt endlich erkannte er den jungen Mann an Dimgasts Seite. Was hatte Tyrbull Tygram hier zu suchen? »Das mag sein, Durchlaucht, doch war ich selbst nicht in den Bergen zugegen«, antwortete er ruhig.

»Ihr steht doch durch Eure Zauberkräfte miteinander in Verbindung. Leugnet es nicht! Ich weiß vom Hauptmann, dass Ihr dort oben nach einem Schatz gesucht habt. Und ich weiß, dass Ihr meinen Jungen verwundet zurückgelassen habt.«

»Wirklich? Verzeiht, Durchlaucht, aber ich bin mit den Einzelheiten nicht vertraut. Und der junge Mann an Eurer Seite mag das eine oder andere durcheinanderbringen.«

»*Einzelheiten*? Eine Eurer Magierinnen behext meinen Sohn und schleift ihn in den Wald. Als er sich endlich aus ihrem Einfluss befreien kann, wird er von Euren Leuten aufgegriffen und gezwungen, mit in die Berge zu ziehen. Wenn er dort den Tod gefunden hat, Abot, werdet Ihr es bitter bereuen!«

Dregin suchte mit seinen blinden Augen nach Meister Bredhir. Er hörte, wie der sich erhob und nun sagte: »Verzeiht, Durchlaucht, aber unser Abot war nicht näher mit diesem Fall befasst. Ich freue mich, Euch sagen zu können, dass Nerius wohlauf ist. Wir haben Späher in den Wäldern, die ihn gesehen haben. Seine Wunden sind verheilt, und wir vermuten, dass er auf dem Weg nach Braake ist.«

»Auf der Straße nach Braake war er aber nicht, denn die bin ich gerade abgeritten. Wo und wann wollen ihn diese Späher gesehen haben?«

»Am Fuß der Berge. Es scheint, dass er die Straßen meidet. Vermutlich fürchtet er, wegen seiner Beziehung zu besagter Hexe in Gefahr zu sein. Ich muss Euch leider sagen, nicht alle hier im Lager wollen glauben, dass er gezwungen wurde, sie zu begleiten. Manche werden vielleicht sogar versuchen, über die angeblichen Verfehlungen des Sohnes den mächtigen Vater anzugreifen.«

»Lächerlich«, schnaubte Dimgast.

»Das waren auch die Worte des Abots, als wir vor zwei Tagen kurz darüber sprachen. Er war mit mir einer Meinung, dass wir Euren Ruf schützen müssen und können.«

Dregin lauschte fasziniert auf die Lügen, die Bredhir so glatt über die Lippen gingen, dass er sie fast selbst geglaubt hätte. Der junge Meister versicherte dem Grafen dann, dass man bei der Suche nach Nerius helfen würde, sobald dieser Feldzug vorbei sei, und konnte ihn so schließlich beruhigen. Der Graf schien halb besänftigt, aber Dregin hatte noch ein Wort an seinen

Begleiter zu richten. »Du bist nun Hauptmann, Tyrbull? Ein erstaunlicher Aufstieg.«

»Ich bin kein Schüler der Grauen Feste mehr, Abot«, kam es verdrossen zurück.

»Verzeiht, Hauptmann, alte Gewohnheiten. Ich wollte Euch nur gratulieren – und Euch warnen. Bele ist ebenfalls hier. Sie hat nicht vergessen, was Ihr auf jener Brücke ihrem Geliebten, Eurem Vetter Malthur, angetan habt. Es ist besser, Ihr haltet Euch fern von ihr. Geht zu Marschall Gyltorn. Sagt ihm, dass ich Euch schicke. Vielleicht hat er einen Platz bei den Vorposten auf der anderen Seite des Mothachs für Euch. Das wäre vermutlich sicherer.«

Der Hauptmann antwortete nicht, und auch der Graf drehte sich wortlos um und verließ mit seinem Begleiter das Zelt.

»Ich weiß nun wieder, warum die Bauern Euch Silberzunge nannten, Bredhir«, sagte Dregin anerkennend. »Allerdings befürchte ich, dass der junge Dimgast tot ist. Ich war gewissermaßen dort und sah ihn mit Spans Augen fallen. Es ist unwahrscheinlich, dass er seine schwere Verwundung überlebt hat.«

»Ich erinnere mich, dass Ihr das erwähntet, Herr, aber ich nehme an, es war in Eurem Sinne, den Grafen vorerst im Unklaren zu lassen?«

»Das war es allerdings. Doch jetzt geht und sagt Nemma, sie soll die Pferde satteln. Wir müssen aufbrechen, denn es sind wenigstens achtzig Meilen bis zu den Vier Schwestern. Und dann nutzt Eure silberne Zunge, um Prinz Folgar Mut einzuflößen. Das Heer muss in zwei Tagen den Fluss überqueren, wenn unser Rückzug gelingen soll!«

Kurze Zeit später saß Dregin im Sattel. Nemma führte die Zügel, und sie verließen das Lager in der Abenddämmerung. Es war immer noch ein derartiges Kommen und Gehen, dass im dichten Regen niemand bemerkte, wie der Abot des Grauen Ordens sich davonstahl.

Während sie über den verschlammten Weg nach Osten hetzten, spürte Dregin eine Anspannung, wie er sie lange nicht gefühlt hatte. Alle Entscheidungen waren getroffen. Er hatte das Räderwerk des großen Plans in unaufhaltsame Bewegung gesetzt. Bald würde es so manchen Mann zermalmen. Vielleicht würde alles genau so kommen, wie er es geplant hatte, vielleicht würde sich sein Plan auch gegen ihn kehren und nicht seine Feinde, sondern ihn selbst vernichten.

Und während sein Pferd ihn durch die immerwährende Nacht seiner Blindheit trug, spürte Ginnar Dregin vielleicht genau deshalb ein glühendes Fieber der Erregung in jeder Faser seines geschundenen Körpers. Es kam dem Gefühl von Glück so nahe wie nichts anderes, was er je gefühlt hatte.

11.

Mornir Gyltorn fand die Graumagier von Stunde zu Stunde lästiger. Meister Bredhir war wieder einmal unangekündigt in seinem Zelt aufgetaucht und überbrachte Anweisungen des Abots. Er kleidete sie zwar in hübsche Worte, aber Gyltorn erkannte unter all den blumigen Satzgirlanden doch die eiserne Faust von Dregin.

»Wo ist er eigentlich?«, unterbrach er den Redefluss des Zauberers.

»Der Abot? Er ist in die Berge aufgebrochen, um unsere Leute zu unterstützen.«

»Ja, ich habe gehört, dass er das gegenüber dem Prinzen angekündigt hat, doch seltsam ist, dass ihn keiner meiner Leute an der Furt oder jenseits des Mothachs gesehen hat.«

»Die Söhne Stors verstehen es, sich ungesehen zu bewegen.«

»Und ihre Pferde ebenfalls, wie? Aber lassen wir das. Was also wünscht der Abot, das ich tun soll?«

»Nicht viel, nur dass Ihr die Prinzen in ihrem Entschluss bestärkt, den Fluss zu überqueren. Wir müssen endlich aufbrechen. Der Herzog von Nargatt steht schon kurz vor Murgat. Wir sollten ihn dort oben auf dem Pass nicht warten lassen. Am Ende heimst er sonst noch ohne Euch allen Ruhm für den Sieg ein.«

»Selbstverständlich«, murmelte Gyltorn. »Und das ist alles?«

»Ihr sollt nur darauf achten, dass niemand zurückbleibt, vor allem nicht die Prinzen. Das ist von großer Bedeutung.«

»Aber natürlich könnt Ihr das nicht weiter erläutern?«

»Nicht bei Tag, wenn ich nicht sicherstellen kann, dass niemand zuhört, Erlaucht.«

»Ich verstehe. Es wird Euch freuen zu hören, dass der Aufbruch für morgen Früh vorgesehen ist. Noch in der Dämmerung werden wir das Lager abbrechen und in die Berge ziehen. Folgar und Iske können es kaum erwarten.«

»Dann bitte ich Euch im Namen des Abots, dafür zu sorgen, dass es dabei bleibt, Herr.«

Gyltorn fluchte kräftig, kaum, dass der Zauberer außer Hörweite war. »Er bittet und schlägt vor … und doch sind es Befehle, die mir der geschätzte Abot übermitteln lässt, mir, einem Marschall des Reiches und Erbe von Königen!«

»Was glaubt Ihr, hat er vor, Herr?«, fragte Trewe, der sich beinahe unsichtbar im Hintergrund gehalten hatte.

»Ich weiß es nicht. Aber offensichtlich ist er versessen darauf, die Prinzen auf die andere Seite des Mothachs zu bringen.«

»Meint Ihr, es ist wegen des alten Fluches?«

»Dregin verlässt sich nicht auf alte Legenden. Er hegt gewiss schon lange andere Pläne. Und es missfällt mir, dass er mich wie einen Laufburschen und nicht wie einen Verbündeten behandelt. Bei Kapitän Draan weiß ich wenigstens, woran ich bin.« Er starrte einen Augenblick ins Nichts, überdachte die Lage und kam zu einem klaren Entschluss: »Ich glaube, es ist an der Zeit, den Abot an meinen Rang und meine Stellung zu erinnern.«

»Was meint Ihr, Herr?«

»Ich habe eigene Pläne, und die werde ich nicht länger Dregins Ränken unterordnen. Wie du weißt, hat Kapitän Draan vor, Prinz Folgar zu ermorden. Dies will ich zweifach nutzen. Zum einen bringt mich Folgars Tod näher an den Thron heran, zum anderen kann ich Ruhm und Ehre erwerben, wenn ich trotz dieses Schicksalsschlages das Heer zum Sieg führe. Genau das habe ich vor. Und aus diesen Gründen muss Prinz Iske im Lager bleiben.«

»Haltet Ihr diese Aschfahrer für zuverlässig? Kapitän Draan prahlt gerne, aber glaubt Ihr, er lässt seinen großen Worten auch große Taten folgen?«

»Zur Not werde ich seinen Ehrgeiz persönlich befeuern, Trewe. Sollten sie aber versagen, dann bleibt uns noch das Gift, das du für den Abot gemischt hast.«

»Ich hoffe wirklich, dass es nicht so weit kommt, Herr«, meinte Trewe mit Zweifeln in der Stimme. »Und wäre es nicht besser, Iske ebenfalls in den Bergen zu haben? Es mag dort wirklich gefährlich werden, und wenn ihm ebenfalls etwas zustieße, dann wäret Ihr …«

»Weiter vom Thron entfernt als je zuvor, Trewe«, unterbrach ihn Gyltorn. »Glaubst du etwa, der König würde mich noch als Schwiegersohn willkommen heißen, wenn er weiß, dass seine Erben mein Blut in sich tragen? Kanzler Ferror würde das zu verhindern wissen. Nein, Iske darf auf keinen Fall *vor* meiner Hochzeit sterben.«

»Ich verstehe. Das habe ich nicht bedacht. Doch sagt, wie wollt Ihr Prinz Iske überzeugen zurückzubleiben? Er brennt darauf, sich in der Schlacht zu beweisen.«

»Das ist in der Tat eine Hürde, die wir noch nehmen müssen. Es ist schwer, an ihn heranzukommen, seit dieses unheimliche Mädchen nicht mehr von seiner Seite weicht. Die Männer mögen über dieses seltsame Paar spotten, aber die junge Hexe ist gefährlich.«

Trewe nickte ruhig. Gyltorn fragte sich, ob sein Halbbruder wirklich so unbeeindruckt war, wie er tat. Sie waren dabei, mit sehr heißen Eisen ein überaus gefährliches Komplott zu schmieden.

Ihre Beratung wurde durch einen jungen Hauptmann unterbrochen, der meldete, dass drei verdächtige Männer an einem der Vorposten festgesetzt worden seien. »Sie behaupten, wichtige Informationen für den König zu haben, Herr. Sie wollten mir aber nichts sagen, sondern verlangen nach einem der Prinzen. Zufälligerweise kenne ich diese drei. Einer ist ein abtrünniger Graumagier, der andere behauptet, ein Sohn von Graf Dimgast zu sein. Aber ich glaube, er ist ein Wiedergänger, denn ich sah Nerius Dimgast tödlich getroffen fallen. Der Dritte ist ein werischer Feldscher, ein Ailon, ebenfalls von der dunklen Bruderschaft. Vor allem aber, und das solltet Ihr wissen, sind es Freunde der verfluchten Hexe Feja.«

Gyltorn runzelte die Stirn. Freunde der Hexe waren ins Lager gekommen? Was hatte das zu bedeuten? »Ihr seid erstaunlich gut über diese Männer unterrichtet, Hauptmann. Wie kommt das?«, fragte er misstrauisch.

»Ich bin aus Braake, Herr, ebenso wie jene drei. Hauptmann Tygram, zu Euren Diensten. Ich halte diese Männer für äußerst gefährlich, Herr. Ihr dürft sie auf keinen Fall in die Nähe der Prinzen lassen.«

»Es war klug, damit zu mir zu kommen, Hauptmann, sehr klug. Doch sagt, warum wendet Ihr Euch nicht an Prinz Folgar?«

»Nach allem, was ich hörte, Herr, hält sich der Prinz peinlich genau an die Gesetze. Aber Graumagier sind Meister darin, sich durch Lücken im Gesetz herauszulügen. Ihr solltet sie rasch aburteilen, Erlaucht.«

»Wir sollten uns das ansehen, Herr. Wenn ein Graumagier dabei ist, könnte es wirklich aufschlussreich sein«, meinte Trewe.

Gyltorn lobte den jungen Hauptmann noch einmal dafür, dass er die Prinzen nicht mit derartigen Kleinigkeiten behelligte, warf sich den Mantel über und machte sich mit Trewe auf den Weg. Ein frischer Wind wehte Regenschauer über das Land und ließ das Lager weiter im Schlamm versinken. Sie überquerten den Fluss in einem der Fischerboote, die er am Kronsee hatte beschlagnahmen lassen. So holten sie sich wenigstens keine nassen Füße in der Furt.

Die Gefangenen warteten in einem Zelt, zu dem der Hauptmann sie führte. »Wo sind die Männer, die behaupten, Informationen für den König zu haben?«, fragte Gyltorn.

»Verzeiht unsere Kühnheit, Herr. Ich bin Meister Fram Caron von den Söhnen Stors, dieser junge Mann ist Nerius, Sohn des Grafen Dimgast, und jener dort ist Ailon Bainach, ebenfalls vom Grauen Orden, wie Euch der nichtsnutzige Tyrbull Tygram sicher schon gesagt hat. Und Ihr seid?«

Gyltorn lächelte. »Ich bin der Marschall des Reiches und

Befehlshaber dieses Lagers. Was ist nun so wichtig, dass es Prinz Folgar wissen muss?«

»Wir haben gewisse Dinge erfahren über den Tod von Prinz Sifrid, Herr. Seine Brüder müssen sie hören.«

Gyltorn erbleichte kurz, hatte sich aber schnell wieder in der Gewalt. »Erklärt Euch näher, Mann, dann werde ich vielleicht in Erwägung ziehen, den Prinzen von dieser Geschichte zu unterrichten.«

Meister Caron trat an ihn heran und sagte: »Ich weiß aus sicherer Quelle, dass Prinz Sifrid nicht durch die junge Zauberin ermordet wurde. Es war der Landgraf vom Lothfold, der ihm das Leben nahm.«

Gyltorn starrte ihn an. »Seid Ihr sicher? Der Landgraf? Das kann nicht sein, denn er hat sich einer Wahrheitsprüfung unterzogen und sie bestanden!«

»Aber es ist wahr, Herr«, warf der junge Graf ein. »Ich kenne Feja vom Langwald gut, und ich kann mich für sie verbürgen. Es muss Landgraf Gyltorn gewesen sein.«

»Ich verbürge mich ebenso für ihre Aufrichtigkeit«, fügte der weißhäutige Were hinzu. »Sie ist unschuldig.«

Gyltorn blickte von einem zum anderen. »Wartet hier«, sagte er und ging mit Trewe hinaus.

»Es war klug, dass Ihr Euch mit Eurem neuen Titel vorgestellt habt, Herr.«

»Ein glücklicher Zufall, gepaart mit meiner Eitelkeit, Trewe. Doch habe ich das Gefühl, dass mein Glück aufgebraucht ist. Drei Zeugen!«

»Sie wissen alles nur vom Hörensagen.«

»Aber ein Graumagier und ein Grafensohn, der für mich höchst lebendig und nicht wie ein Wiedergänger aussieht … Ihre Worte werden Gehör finden. Selbst eine rasche Verurteilung als Verräter würde immer noch zu lange dauern. Irgendjemand wird Fragen stellen.«

»Bittet den Magier um ein Gespräch unter vier Augen, Herr. Versucht, mehr zu erfahren.«

Gyltorn nickte. Er hatte das Gefühl, dass Trewe einen Plan hatte, es aber besser war, ihn nicht zu kennen. Manche dieser Magier konnten Gedanken lesen … Er ließ den Zauberer vor das Zelt bitten.

»Verzeiht mein Misstrauen, Meister Caron, aber der Landgraf hat eine hohe Stellung bei Hofe erlangt. Ich muss mehr wissen, bevor ich meinen Hals für Euch wage. Lasst uns dort hinübergehen, wo nicht so viele neugierige Ohren lauschen. Und erzählt mir mehr über die sichere Quelle, von der Ihr spracht.« Er ging mit dem Zauberer ein gutes Stück, bis sie außer Hörweite des Zeltes waren. Kahle Hecken säumten hier das Ufer. Trewe hielt sich hinter dem Magier. Gyltorn räusperte sich. »Habt Ihr denn mehr anzubieten als bloßes Hörensagen, Meister Caron?«

»Nun, es war Feja selbst, die mir von der Begegnung berichtete. Und ich wüsste es, wenn sie versucht hätte, mich anzulügen.«

»Wo habt Ihr sie getroffen? Das ganze Reich sucht doch nach ihr.«

»In einem Sumpfloch am Fuß der Berge. Wisst Ihr, sie ist eine meiner ehemaligen Schülerinnen, und daher weiß ich, dass keine Arglist in ihrem Herzen wohnt.«

Trewe war hinter den Magier getreten.

»Es macht Euch nicht unbedingt vertrauenswürdiger, wenn Ihr sagt, dass Ihr einst ihr Lehrer wart, Meister Caron.«

»Mag sein, Marschall, doch das ist nebensächlich. Wir müssen die Prinzen warnen. Schließlich ist der Mörder ihres Bruders ein Fürst des Reiches und vielleicht gerade jetzt in ihrer Nähe.«

»Meint Ihr? Ich habe allerdings den Eindruck, dass Ihr mir nicht die ganze Wahrheit gesagt habt.«

»Ich verschweige nichts, Herr, ganz im Gegenteil. Ich werde den Prinzen jede Frage beantworten, denn so kann ich zeigen, dass ich nichts zu verbergen habe. Außerdem muss ich sie und vor allem Kanzler Ferror warnen. Es scheint, als wolle mein alter Orden einen Krieg gegen die Feuermagier beginnen. Gerade jetzt, während wir reden, marschieren sie in stattlicher Anzahl in Richtung Königswald, um die Festung der Roten Bruderschaft zu überfallen.«

»Wirklich? Ah, jetzt verstehe ich …«

»Ihr versteht was, Herr?«, fragte Meister Caron und wirkte plötzlich sehr misstrauisch.

»Was geht hier vor!«, rief eine durchdringende Stimme.

Gyltorn fuhr herum. Es war Kanzler Ferror, der mit zwei Gardisten und einem seiner Zaubermeister herannahte.

»Ich verhöre lediglich einen Verdächtigen, Kanzler, nichts, worum Ihr Euch kümmern müsstet«, rief Gyltorn schnell.

»Ihr seid Hochmeister Ferror? Ich bin Fram Caron, einst ein Meister des Grauen Ordens, und habe wichtige Informationen!«

»Caron? Ihr seid ein Abtrünniger. Ich hörte von Euch.«

»Er ist ein Freund der Hexe, Herr«, erklärte Trewe. »Er gibt zu, ihr geholfen zu haben.«

»Feja ist keine Hexe. Weder hat sie die Feuermagier im Alten Grund ins Verderben geführt, noch hat sie Prinz Sifrid getötet. Dieser ganze Feldzug ist unnötig, geradezu ein Witz.«

»Ist das eine neue List von Dregin?«, fragte Ferror.

»Lasst mich mit Prinz Folgar sprechen und alles erklären. Mit mir kommen weitere Zeugen für Fejas Unschuld. Ihr könnt diesen lächerlichen Kriegszug abblasen und viele Leben retten, Herr.«

Der Hochmeister starrte ihn mit finsterer Miene an. »Jetzt sehe ich, was Ihr vorhabt, Caron. Ihr wollt diese Hexe und ihre werischen Verbündeten mit Lügen vor unserem gerechten Zorn retten. Natürlich will sie, dass das Heer umkehrt. Aber das werde ich nicht zulassen, Graumagier. Die Gefahr, die schon so lange in diesen Bergen und Wäldern lauert, muss ein für alle Mal ausgelöscht werden.«

»So hört mich doch wenigstens an, Hochmeister!«

»Nichts da! Das Feuer möge die Schatten verschlingen!« Ferror breitete in einer schnellen Bewegung die Arme aus und schleuderte eine glühende Welle auf Meister Caron.

Gyltorn warf sich erschrocken zur Seite. Er fühlte die Hitze über sich hinwegrauschen. Die Luft schien zu brennen – bis sie auf den Graumagier traf. Seine Hand war emporgeschossen, und etwas Dunkles schob sich vor ihn, eine so tiefe Finsternis, dass das Glühen in ihr verschwand und dort verlosch.

Ferror zischte vor Zorn und sandte eine zweite Welle, und dieses Mal zitterten Meister Caron und seine finstere Schutzwand unter dem Aufprall. Der Graumagier stöhnte vor Anstrengung und wob rasch eine neue Wand der Dunkelheit, als die dritte Welle auf ihn zurollte. Feuer loderte über den schwarzen Schild und – verlosch. Doch kaum hatte er diesen Angriff abgewehrt, als er plötzlich mit einem erstickten Aufschrei zusammenzuckte. Die Schatten fielen in sich zusammen. Er fuhr herum und starrte mit weit aufgerissenen Augen in das unbewegte Gesicht Trewes, der seinen blutigen Dolch noch in der Hand hielt. Meister Caron schwankte, sackte auf die Knie, flüsterte einige unverständliche Worte und fiel dann sterbend zur Seite. Um ihn herum flackerten einzelne Flammen über die verbrannte Erde.

Gyltorn erhob sich vorsichtig und versuchte, das Zittern zu unterdrücken, das ihn befallen hatte. Hochmeister Ferror keuchte, und sein Gesicht war schweißüberströmt.

»Eine gute Tat, Meister Trewe, eine sehr gute Tat. Nun sehe ich, das Ihr recht hattet, Gyltorn. Er war ein Mörder und Verschwörer. Und es sind weitere Männer bei ihm?« Er wischte sich den Schweiß von der Stirn und wartete die Antwort gar nicht ab. »Ihr Anführer hat gerade versucht, mich zu töten. Aber natürlich haben sie es eigentlich auf die Prinzen, wahrscheinlich sogar auf den König selbst abgesehen. Legt die Verschwörer in Ketten, aber erzählt vorerst niemandem etwas davon. Die Prinzen dürfen in ihrem Entschluss nicht wankend werden. Es ist, wie ich sagte, der Feind sammelt sich in den Bergen, und er sendet Mörder aus, um uns aufzuhalten. Wir müssen hart und schnell zuschlagen. Ich verlasse mich darauf, dass Ihr wisst, was zu tun ist, Marschall.«

Gyltorn nickte.

»Gut. Dann will ich vorerst auch nicht weiter darüber nachdenken, was dieser Mann meinte, als er sagte, nicht die Hexe habe Sifrid getötet.« Mit diesen Worten ging er davon.

»Das war knapp, Herr«, meinte Trewe ruhig. Seine Augenbrauen waren angesengt.

»Zu knapp, und ich verstehe es nicht. Warum wollte Ferror den Mann nicht wenigstens anhören?«

»Ferror will diesen Feldzug unbedingt, Herr. Er will den Weren den Langwald und die Berge nehmen, denn insgeheim fürchtet er, die alten Prophezeiungen könnten wahr werden.«

»Offensichtlich ist mein Glück doch noch nicht aufgebraucht«, murmelte Gyltorn. »Wir werden tun, was Ferror erwartet, weil es das ist, was uns nützt. Lass die Begleiter dieses Zauberers in Bande schlagen, aber niemand darf erfahren, dass wir sie haben. Schärfe das diesem Hauptmann Tygram ein, und sage ihm, dass er es weit bringen kann, wenn er sich klug verhält.«

»Es scheint mir ratsam, den Ailon und den Grafensohn ebenfalls zu beseitigen, Herr.«

»Ich werde den jungen Dimgast nicht umbringen, solange Gefahr besteht, dass sein Vater die Leiche zu sehen bekommt. Außerdem wissen die beiden vielleicht noch mehr über das, was Dregin vorhat. Es könnte von großem Vorteil sein, es in Erfahrung zu bringen. Erst dann dürfen sie sterben. Du solltest sie heute Nacht befragen. Anschließend müssen wir überlegen, wie wir mit dem Kanzler umgehen. Sein alter Verdacht gegen mich ist wieder erwacht.«

»Da er den Feldzug will, kann er jetzt nicht laut an der Schuld dieser Feja zweifeln. Wir haben also Zeit.«

»Zeit und immer neue Schwierigkeiten. Doch sieh, Trewe, es kommt Nebel auf, wieder einmal. Nun, morgen früh lassen wir die Niederung hinter uns und ziehen mit wehenden Fahnen in den Krieg.«

»Ein seltsamer Krieg, Herr, denn er geht gegen ein Mädchen und vielleicht ein paar Warglinge.«

Feja rannte mit den Warglingen über eine weite Heidelandschaft, in der rötliches Gras alles noch fremder wirken ließ, als es ohnehin schon war. Noch nie war sie in dieser Gegend gewesen. Plötzlich blieb sie stehen. Sie spürte einen Stich im Herzen und dann eine bestürzende Traurigkeit.

»Was ist los, wirst du schon müde?«, fragte Fohas.

Sie schüttelte den Kopf. »Es ist etwas geschehen, etwas Schlimmes«, sagte sie. »Ich kann es spüren.«

Die Warglinge hatten ebenfalls angehalten. Sie betrachteten Feja neuerdings mit einer Ehrfurcht, die ihr so gar nicht gefiel. Nur Fohas zeigte keinen übertriebenen Respekt. »Weißt du etwas Genaueres?«

Sie zuckte hilflos mit den Schultern. »Ich glaube, es ist etwas mit Nerius oder mit Meister Caron. Doch ich kann dir nicht sagen, was es ist oder ob nicht etwas ganz anderes geschehen ist.«

»Sollen wir umkehren?«

Feja zögerte mit der Antwort. Etwas zog sie mit Macht zu ihren Freunden, die womöglich in Gefahr waren. Dann schüttelte sie den Kopf. »Wir haben eine andere Aufgabe, Fohas. Also weiter.« Sie lief gleich als Erste los, aber das bedrückende Gefühl begleitete sie und jagte mit ihr über das rote Gras. Sie wurde es den ganzen Tag nicht mehr los.

»Es ist eigenartig«, sagte Fohas irgendwann während der Hatz. Und weil Feja nicht nachfragte, fuhr er fort: »Hier liegen überall noch ausgedehnte Schneefelder, dünn und zerrissen zwar, aber sie zeigen, dass der Frühling noch auf sich warten lässt. Nur in der Spur der Männer, die wir verfolgen, sehe ich keinen Schnee.«

Feja stutzte, denn der Wargling hatte recht: Vor ihnen schnitt ein Band von rötlichem Gras schnurgerade durch das wilde Land. »Das kommt vielleicht von den Steinen«, sagte sie.

»Edamaras Tränen? Dann sind sie mächtiger, als ich dachte«, gab Fohas zurück.

»Was glaubst du, werden wir sie bald einholen?«

»Nein, Feja, sie sind uns immer noch mehr als einen Tag voraus. Aber siehst du dort vorne die Bergspitzen, die vor den Riesen des Steinjochs aus der Ebene wachsen? Das sind die Vier Schwestern, jene Berge, die der Soldat als Ziel der Hexer nannte. Dort werden wir unsere Begegnung mit dem Schicksal haben.«

»Was meint Ihr mit ›unsere Pläne haben sich geändert‹?«, fragte Meister Bredhir offenkundig verblüfft.

»Ich meine damit, dass ich mir von Euch nicht die Führung des Heeres und den Ruhm wegnehmen lassen will«, gab Mornir Gyltorn zurück.

»Wovon redet Ihr?«

»Glaubt Ihr, ich hätte nicht gemerkt, dass Euer geschätzter Abot versucht, meinen Einfluss, der ihm noch vor Kurzem nicht groß genug sein konnte, wieder zu begrenzen? Nein, ich sage, Prinz Iske sollte auf der sicheren Seite des Flusses bleiben, mit angemessener Schar. Folgar und ich werden das Heer führen. Und Ihr werdet mir helfen, die Prinzen von dieser Planänderung zu überzeugen, was nicht schwer sein dürfte, denn Folgar fürchtet den alten Werenfluch, dem doch schon sein Bruder Sifrid zum Opfer gefallen ist. Er würde sicher gerne selbst zurückbleiben, aber dafür ist sein Pflichtbewusstsein zu groß.«

»Wie kommt Ihr darauf, dass ich Euch bei diesem Bruch unserer Vereinbarung auch noch unterstütze?«, fragte der Meister mit scharfer Stimme.

»Weil Ihr gewiss nicht wollt, dass gewisse rot gewandete Magier erfahren, dass Euer Orden auf den Königswald zumarschiert.«

Bredhir trat schnell an ihn heran. »Bei den Monden, dämpft Eure Stimme! Wo habt Ihr diesen gefährlichen Unsinn her?«

Gyltorn lächelte. »Sagen wir, ich weiß es aus erster Hand. Seht, ich habe nichts dagegen, wenn diese überheblichen Flammenmagier einen Dämpfer bekommen, aber ich könnte sie dennoch warnen. Es liegt bei Euch, Bredhir. Unterstützt meinen Plan, dann werde ich Euer Vorhaben nicht durchkreuzen.«

»Ihr versteht unsere Absichten völlig falsch! Wir wollen bei diesem Zug …«

»Das ist nun nicht mehr von Bedeutung, Bredhir«, unterbrach ihn der Landgraf. »Ihr werdet tun, was ich sage, oder ich werde mich mit Hochmeister Ferror unterhalten müssen. Sagt, haben die Feuermagier nicht einen Turm im Steinjoch, mit dessen Hilfe sie ihre Flammennachrichten in Gedankenschnelle über unvorstellbare Entfernungen übertragen können? Ferror könnte seine Getreuen im Königswald warnen, nicht wahr?«

Bredhir sah ihn kopfschüttelnd an. »Wir wollen Euch näher an den Thron heranbringen, Marschall. Warum lasst Ihr uns nicht?«

»Weil ich Euch nicht traue, Bredhir. Hinter jedem Plan, den Euer Abot ausheckt, steckt meist noch ein anderes Vorhaben, das am Ende auch nur vom wirklichen Ziel ablenken soll. Und seine Verbündeten schiebt Dregin auf dem Feld so hin und her, wie er sie gerade braucht. Ich aber will mein Schicksal in meinen eigenen Händen halten. Und deshalb werdet Ihr nun mit mir hinüber ins Zelt der Prinzen gehen und Iske davon überzeugen, dass er hierbleiben muss. Ich denke, das ist für Eure junge Schwester Bele keine Schwierigkeit, oder? Zumal sie an seiner Seite bleibt.«

»Bele? Aber wir brauchen sie in den Bergen!«

»Ihr vielleicht, ich sicher nicht. Dieses Weib ist mir zu unheimlich.«

»Das ist Irrsinn«, presste Bredhir hervor.

»Kommt Ihr? Prinz Folgar erwartet uns bereits.«

»Ich muss erst mit dem Abot …«

»Ihr werdet nichts dergleichen tun, Bredhir! Wenn ich den Eindruck habe, dass Ihr mit Eurer Magie den Rat Eures Abots sucht, werde ich mich mit Hochmeister Ferror unterhalten. Und kommt bitte nicht auf den Gedanken, mich mit Eurer Klinge oder einer Eurer dunklen Künste aufzuhalten. Ich habe dafür gesorgt, dass im Falle meines Todes die Welt erfährt, was Ihr vorhabt.«

»Ihr seid dabei, Euch Euer eigenes Grab zu schaufeln, Marschall«, sagte der Magier düster.

»Wenn ich falle, ziehe ich Euch mit, Bredhir. Ich bin sicher, der Abot wird das verstehen.«

Als Gyltorn mit Trewe und dem zornbebenden Zauberer sein Zelt verließ, war er sehr zufrieden mit sich. Er hatte den Graumagiern gezeigt, dass er sich nicht wie ein Laufbursche behandeln ließ. Ja, er hatte das Gefühl, dass er gerade die Oberhand gewonnen hatte. Prinz Folgar sollte ruhig das Heer führen. Die Aschfahrer oder Trewe würden dafür sorgen, dass der König bald noch einen Sohn zu betrauern hatte. Mit etwas Geschick würde es ihm sogar gelingen, die Tat den Graumagiern in die Schuhe zu schieben. Es war in seinem Sinne, wenn sie die Feuermagier mit ihrem überheblichen, nach Lavendel duftenden Hochmeister schwächten, aber sie durften auf keinen Fall zu mächtig werden.

Skuran Orchon verstand die Welt immer weniger. Er war erleichtert gewesen, als es geheißen hatte, dass sie ihr erstes Ziel endlich erreicht hätten. Doch das Gefühl hatte nicht lange angehalten, denn wenig später musste er erfahren, dass der gefährlichste Teil des Weges noch vor ihnen lag. Jetzt stand er am Ufer des kleinen Flusses, dem man hier oben in den Bergen noch nicht ansah, dass er auf seinem Weg ins Tal zu dem gewaltigen Mothach anwachsen würde. Hinter Orchon ragten die Vier Schwestern in den Himmel. Sie wirkten wie bessere Hügel im Vergleich zu den mächtigen Bergriesen dahinter.

Er starrte auf die einfachen Flöße, die am Ufer lagen. Offenbar war ein gewisser Meister Sjargur mit einigen Leuten von Lente hierhergekommen, um sie zu bauen. »Verzeiht, Meister Svelgar, aber wozu brauchen wir diese Gefährte? Der Fluss ist doch nicht tief. Wir kommen leicht hinüber.«

»Hinüber, aber nicht hinab«, sagte der Schwertmeister. Dann klopfte er dem Rotschmied auf die Schulter. »Es ist ganz einfach. Wir ziehen weiter, bis wir haben, was wir wollen. Dann kehren wir hierher zurück und lassen uns vom Fluss, der ausdauernder ist als jedes Pferd, bis zum See hinabtragen.«

»Zum Kronsee?«

»Ganz richtig. Dort werden wir aussteigen müssen, denn wie Ihr wisst, verlässt der Mothach diesen berühmten See in einem Wasserfall. Unterhalb des Falls wartet jedoch ein Schiff auf uns.«

»Und wozu das alles?«, fragte Orchon.

»Wisst Ihr es wirklich nicht? Ich dachte, langsam müsstet Ihr darauf kommen, Meister Orchon.« Und damit ging der Magier kopfschüttelnd davon.

Der Rotschmied seufzte. Er hatte erraten, dass sie hier waren, um einen magischen Kristall mithilfe der Tränensteine zu bewegen. Die Feste der Feuermagier war nicht mehr weit. Da aber kein Orden seinen größten Schatz freiwillig hergeben würde, bedeutete das vermutlich, dass sie ihn rauben mussten. Orchon konnte sich nichts Gefährlicheres vorstellen, und deshalb hoffte er auf eine andere Erklärung.

»Verzeiht, Bruder Hallir, mein Freund. Könnt Ihr mir sagen, was hier vorgeht?«

»Ich könnte, doch darf ich es nicht«, gab der junge Bruder fröhlich zurück.

»Übt Euch noch ein wenig in Geduld«, riet Gabra, die vorbeihumpelte und dabei ihr Schwert gürtete. »Wollt Ihr uns nicht helfen? Wir bringen Euren Wagen auf die andere Seite des Flusses. Es heißt, der Abot wird mit der Nacht hier eintreffen. Dann geht es weiter.«

»Aber wohin?«, fragte Orchon. Gabra gab ihm jedoch keine Auskunft.

Er sah sich um. Wer nicht anpacken musste, lag erschöpft im Gras. Die Reise war lang und hart gewesen, und Sturmrat Valir hatte ihnen in den letzten zwei Tagen kaum Ruhe gegönnt. Ein paar von den Schülern spielten am Bach. Sie waren unverwüstlich, und dass einer von ihnen verschwunden war, schienen sie schon vergessen zu haben. War der Gewappnete inzwischen zurück? Orchon konnte ihn nicht sehen. Er war vor Stunden auf dem Kutschbock eingedöst und erst aufgewacht, als Svelgar den Wagen am Fuße der Vier Schwestern angehalten hatte. Die Pferde waren abgeschirrt, und jetzt schoben die Männer den Wagen zum Ufer.

Meister Sjargur und seine Männer hatten die Flöße zu einer Art schwimmender Brücke verbunden und sie im Ufer verkeilt. Die Brüder führten die Pferde trotzdem durchs Wasser. Nur der Wagen, den Orchon eigens für diese Fahrt umgebaut hatte, wurde vorsichtig über die behelfsmäßige Brücke gerollt. Die Trage hatte man ebenso abgeladen wie die beiden Steine aus dem Mara-Tir. Nachdem der Wagen die andere Seite des Ufers erreicht hatte, trugen sie das Gerät hinüber, dann, mit äußerster Vorsicht, die Steine. Orchon seufzte und eilte hinüber, um zu helfen. Um nichts in der Welt durften diese unersetzlichen Steine verloren gehen. Als er mit ihnen die Brücke betrat, schien es ihm, als würde der Fluss regelrecht erzittern und Wellen werfen, aber das war vielleicht nur Einbildung.

Er brauchte eine volle Stunde, um unter den strengen Blicken von Sturmrat Valir die Trage erneut sicher im Wagen zu verstauen und vertäuen. Als er fertig war, bemerkte er, dass Meme Salmango und Bruder Span verschwunden waren. Es fehlten auch einige Soldaten. Er fragte Meister Svelgar danach.

»Oh, das sollte Euch nicht bekümmern, Orchon. Sie haben gewisse Dinge zu erledigen, die Euch nicht betreffen.«

Orchon nahm es schlecht gelaunt hin, dass er wieder nicht eingeweiht wurde, aber der Schwertmeister schlug ihm freundschaftlich auf den Rücken und sagte: »Tragt es mit Fassung, mein Freund. Schon morgen werden wir dieses langweilige Fleckchen hier verlassen und fröhlich in die Höhle des Bären wandern. Und Ihr habt die Ehre, dabei zu sein. Jetzt legt Euch schlafen, es steht uns ein langer Marsch bevor.«

Orchon versuchte, in einer ruhigen Ecke etwas Schlaf zu finden. Er stand jedoch gleich wieder auf, als ihm klar wurde, was sich am Himmel abspielte: Alle sechs Monde standen als breite Sicheln am Firmament, die schöne Galtara ebenso wie der finstere Nir. Der schnelle Aithir eilte seiner Schwester Afa voran Richtung Westen und würde als Erster verschwunden sein. Aber Brunas und Eortha erhoben sich gerade erst im Osten und würden die ganze Nacht Licht geben. Orchon betrachtete sie mit sorgenvoller Miene. Er dachte an seine Mondtabellen, die er so lange nicht in der Hand gehalten hatte. Früher hatte er mit ihrer Hilfe die Zukunft vorherzusagen versucht, aber auch das hatte er aufgegeben. Er hatte jedoch nicht vergessen, was dieses seltene Himmelsschauspiel zu bedeuten hatte: Wenn sich alle sechs Monde gleichzeitig zeigten, kündigten sie große Umwälzungen an, und nach seiner Erfahrung brachten diese Veränderungen nie etwas Gutes.

Die waldlosen Kuppen der Vier Schwestern schimmerten im hellen Mondschein, aber sie schienen und schienen nicht näher zu kommen. Irgendwann gab Feja Fohas ein Zeichen, und sie hielten an. »Wenigstens eine oder zwei Stunden müssen wir ruhen«, keuchte sie.

»Eine kluge Entscheidung, Slendacha«, sagte der Wargling.

»Du sollst mich nicht so nennen«, murmelte sie.

»Es ist ein guter Name. Er wird Furcht in die Herzen deiner Feinde tragen.«

»Aber nur, wenn sie Werisch können«, entgegnete sie. Sie hätte sich zu gerne einfach ins Gras geworfen, um zu schlafen, aber die Sicheln aller sechs Monde standen am klaren Himmel, und sie musste ihr Bargan auffüllen.

»Man sollte meinen, du wärest dieser Aschling-Hexerei langsam entwachsen«, meinte Fohas kopfschüttelnd. Sie entfernte sich ein Stück vom Lager und breitete die Arme aus, um den Fliod von den Monden zu empfangen. Weißer Nebel breitete sich in dünnen Schwaden über der Heide aus. Für einen

Augenblick glaubte Feja, die Geister einer lang geschlagenen Schlacht zögen vorbei. Sie schüttelte sich, die Müdigkeit saß eben nicht nur in den Knochen, sondern auch im Geist. Sie schloss die Augen, atmete ruhig und gleichmäßig und öffnete ihr Bargan.

Plötzlich fühlte sie sich hellwach und völlig klar. Sie würde sich bald Abot Dregin stellen müssen, doch das machte ihr keine Angst. Für einen kostbaren Augenblick kam sie völlig mit sich ins Reine, und alle Sorgen um ihre Freunde, die feindlichen Heere und die ganze Welt schienen weit weg zu sein. Dann hatte sie das Gefühl, dass sich im Gras etwas bewegte. Sie öffnete die Augen und sah im Nebel eine dunkle, gebeugte Gestalt, die regungslos auf dem roten Gras stand. Sie sah genauer hin. Die verhüllte Gestalt war immer noch da.

»Meister Dregin?«, fragte sie, mehr verblüfft als erschrocken. Der Abot schien sie aus blinden Augen anzustarren, zu mustern, hob einen Arm – und plötzlich war er verschwunden. Aber da war eine Felswand, unter einem Turm, über die einige Figuren, klein wie Ameisen, eilig hinaufkletterten. Die Ameisen wurden größer, verwandelten sich in Magier und Sodaten, und da, vorneweg, war das nicht … »Span«, flüsterte sie.

Er hielt inne, drehte sich um, schien mit Blicken nach ihr zu suchen, aber dann verblasste das Bild und kehrte nicht zurück, während sie noch lange in den zähen Dunst starrte.

Abot Dregin prallte erschrocken zurück. Wie war es möglich, dass er plötzlich Feja gegenübergestanden hatte? Jetzt war sie fort, aber da war noch jemand in der Dunkelheit. Er beschattete seine Augen und sah eine greise, missmutige Gestalt auf einem Schemel hocken.

»Meister Vithun?«, fragte er flüsternd.

»Ginnar? Bist du das, mein Junge?«, fragte der Verkünder zurück.

»Wo bin ich? Und wie …?«

»Ich habe dich gewarnt«, sagte der Alte mit heiserem Lachen. »Das ist der Verbindungszauber, den ich dich gelehrt habe.«

»Aber wie kann ich Euch sehen? Und warum ist Feja hier?«

»Feja? Ich sehe sie nicht. Wo ist die Verräterin?« Vithun lehnte sich weit nach vorn, starrte Dregin an. »Nein, sie steckt in deinen Gedanken. Ich sagte dir ja, dass diese Art Zauber ungeahnte Auswirkungen haben kann, nicht wahr?« Und dann verschwand das Bild.

Dregin schreckte vom Lager hoch. Er rang nach Luft. »Ist alles in Ordnung, Herr?«, fragte Nemma besorgt.

Er nickte und atmete tief durch. Eigentlich hatte er versucht, eine Verbindung zu Span herzustellen, der in diesem Augenblick hoffentlich schon auf dem Weg in die Berge war. Aber stattdessen hatte er Feja gesehen – und seinen alten Lehrer. Hatte er das nur geträumt? Nein, Feja hatte ihn angesehen. Und wie ihr langes Haar im Mondlicht geglänzt hatte!

Er schüttelte den Kopf und verfluchte sich selbst. Warum kam sie ihm immer wieder in den Sinn? Es war Wochen her, dass er zuletzt mit Span verbunden gewesen war. Warum wurde er die Gefühle, die Span für dieses Mädchen empfand, einfach nicht los? Und noch etwas war beunruhigend: Feja war offensichtlich auf der anderen Seite des Flusses, in der Roten Heide. Was hatte sie da verloren? Und dass Vithun sich in seinen düsteren Warnungen bestätigt fühlte, machte es auch nicht besser. Dregin erhob sich ächzend. Nemma stützte ihn. »Ihr solltet Euch ausruhen, Herr.«

»Nichts da, wir müssen los. Es kann nicht mehr weit sein. Du solltest die Vier Schwestern bereits gut sehen können.«

»Schon seit dem frühen Abend, Herr. Wenn dort unser Ziel liegt, sind wir wirklich fast da.« Sie half ihm in den Sattel und schwang sich sodann auf ihr Pferd. Der Abot übergab ihr aber nicht wieder die Zügel.

»Es ist Nacht, Schwester Nemma, unsere Zeit. Ich werde Zwielicht und Dunkelheit rufen, sie werden mir unseren Pfad erhellen.« Er beschwor den Zauber, und graue Schatten schälten sich aus der Finsternis. Der Mothach floss als unwirkliches Band keinen Steinwurf entfernt von ihnen dahin, und der Feldweg spannte sich wie eine zerfaserte Schnur über die Erde. »Wir müssen uns beeilen, Nemma. Ich fürchte, unser Plan ist nicht länger geheim.« Und dann gab er seinem Pferd die Sporen und jagte es in die Nacht.

Mornir Gyltorn ließ das Lager weit vor dem Morgengrauen wecken und die Zelte abbrechen. Die Monde gaben reichlich Licht, und er hatte das Gefühl, das er diesen Umstand nutzen sollte, denn eine seltsame Unrast hatte ihn befallen. Plötzlich stand Kapitän Draan vor ihm.

»Seid gegrüßt, Marschall. Endlich brechen wir auf zu neuen Heldentaten! Eigentlich ein wunderbarer Tag für die Jagd, meint Ihr nicht? Ich habe so eine Ahnung, dass wir heute ein besonderes Wild erlegen werden. Meint Ihr nicht auch?«

Gyltorn versuchte, die plumpe Anspielung auf die verstecken Bogenschützen zu überhören, und wünschte dem Kapitän nur einen guten Morgen.

Draan senkte die Stimme: »Es ist möglich, dass sich auf dem Marsch ein Mann an Euch wendet, und für den Fall, dass unsere Jäger ihre Beute nicht treffen, einen Dienst von Euch einfordert. Es wäre klüger, ihn nicht abzuweisen.« Ohne eine Antwort abzuwarten, drehte er sich um und marschierte davon. Gyltorn starrte ihm nach. Er hatte gehofft, die Gilde eine Weile vom Hals zu haben. Offenbar hatte er sich getäuscht. Was hatte Draan vor? Wollte er ihn am Ende in den Mord an dem Prinzen verwickeln?

Das Chaos des Aufbruchs war ähnlich groß wie das Durcheinander bei der Ankunft, aber Gyltorn riss sich zusammen und schaffte es nach und nach, die Reihen zu ordnen. Voller Stolz konnte er bei den ersten Strahlen der Morgensonne Prinz Folgar melden, dass das Heer zum Aufbruch bereit sei. Der Prinz dankte ihm knapp und bestieg sein Pferd. Langsam ritt er die

Reihe der Männer ab. Er sagte kein Wort, und Gyltorn fragte sich, welche Gedanken Folgar hinter seiner verschlossenen Miene verbarg.

Mornir Gyltorn stieg ebenfalls in den Sattel. Seine sorgsam ausgebesserte Rüstung glänzte in der Morgensonne, und der Atem seines Pferdes zog als dünne Wolke durch die kalte Luft.

»Was soll nun mit den Gefangenen geschehen, Herr?«, fragte Trewe und riss ihn aus seiner gehobenen Stimmung.

»Gib einem unserer Leute den Befehl, sie in einen Wagen zu setzen und nach Lente zu schaffen, sobald das Heer fort ist. Ich erwarte allerdings, dass sie dort nicht ankommen, verstanden?«

»Natürlich, Herr.«

»Später werden wir verbreiten, dass diese Verschwörer bei einem Fluchtversuch umgekommen seien. Doch jetzt lass uns den Augenblick genießen, Trewe. Endlich kann ein Spross unserer Familie wieder ein Heer in die Schlacht führen.«

Sein Halbbruder nickte und schwieg. Vielleicht hegte er die gleichen Gedanken, die Gyltorn beiseitezuschieben versuchte: dass sie gegen ein Mädchen und friedfertige Weren in den Kampf zogen und dass im Augenblick noch ein anderer den Befehl hatte. *Noch*, dachte Mornir Gyltorn grimmig. Trewe hielt das Gift bereit, aber natürlich wäre es besser, die Aschfahrer würden diese Arbeit übernehmen.

Der Prinz ritt immer noch schweigend vor den Männern auf und ab. Nebel zog vom Fluss herauf, und bittere Kälte kroch Gyltorn unter die Rüstung. Prinz Iske stand vor seinem Zelt. Er blickte verdrossen auf die lange Reihe der Männer, die ohne ihn Ruhm und Ehre gewinnen sollten. Die schwarze Zauberin stand an seiner Seite. Und immer noch lächelte sie nicht.

Endlich hob Folgar den Arm, reckte sich und rief: »Heute handeln wir im Namen des Gesetzes. Wir überqueren den Mothach, um die Mörderin meines Bruders zu stellen und all jene zu bestrafen, die ihr geholfen haben. Ihr fragt Euch vielleicht, was uns in jenen hohen Bergen erwartet. Ich sage Euch, uns erwarten Ruhm und Ehre. Das Banner des Reiches wird über diesen

Gipfeln wehen, und endlich wird das Wort des Königs auch in den Tälern und Schluchten jenes Gebirges gehört werden. Vorwärts, Ihr Tapferen, für Ruhm, für Ehre und für den König!«

Gyltorn fand die Ansprache nicht besonders mitreißend, aber ein lautes Hurra aus Tausenden Kehlen antwortete dem König.

»Nun, Marschall, seid ihr bereit?«, fragte Folgar.

»Die Spitze des Heeres gehört Euch, Hoheit«, erwiderte Gyltorn in gespielter Bescheidenheit.

Folgar richtete die Lanze gen Himmel und rief: »Sieg und Ruhm den Utorern. Glück und Glanz für König Gimlarin!« Er sah blass aus, fand Gyltorn.

Die versammelten Edlen griffen den Ruf auf und wiederholten ihn, dann überquerten sie den Fluss.

Mornir Gyltorn überquerte den Mothach als einer der Letzten. Das kalte Wasser spritzte hoch, und die Wassertropfen ließen seine polierte Rüstung im Sonnenschein nur noch heller glänzen. Er fand es bedauerlich, dass die schöne Ifholde ihn jetzt nicht sehen konnte. Wie sie Folgars Tod wohl aufnehmen würde? Gyltorn war bereit, ihr Trost zu spenden. Er blickte auf. Die Mondberge mit ihren Schluchten und Abhängen erhoben sich wie eine steinerne Drohung am Horizont. Er konnte es kaum erwarten, sie zu erreichen.

Skuran Orchon schreckte aus tiefem Schlaf hoch. Bruder Hallir hockte an seinem Nachtlager und schüttelte ihn. »Steht auf, Meister Orchon, es geht los.«

»Los? Wohin denn?«, erwiderte der Rotschmied verwirrt.

Hallir lächelte, und die Brandwunde verzerrte seine Züge. »Sagt mir nicht, dass Ihr es nicht längst selbst erraten habt«, gab er zurück.

Orchon erhob sich und rieb sich den schmerzenden Rücken. Als er aufsah, bemerkte er Abot Dregin am Ostufer des Flusses. Er saß auf einem Pferd, das so aussah, als würde es gleich unter ihm zusammenbrechen. Die Männer sammelten sich um ihren Anführer, und auch Orchon schritt über die schwankende Floßbrücke, um zu hören, was der Abot zu sagen hatte.

»Nun beginnt der letzte Teil unserer Reise, Männer«, begann Dregin. »In zwei Tagen werden wir unseren Feinden in ihrem eigenen Heim einen vernichtenden Schlag versetzen. Wir werden den Feuermagiern ihren Splitter der Mangyr rauben!«

Die Männer tauschten besorgte Blicke.

»Ich weiß, dass manche sich fragen werden, ob wir stark genug sind. Nun, Brüder, wir sind es! Unser Mut und unsere Entschlossenheit werden jedes Hindernis meistern. Zudem war Hochmeister Ferror so töricht, seine stärksten Zauberer aus der Feste abzuziehen. Es ist kaum noch jemand dort, der uns Widerstand leisten könnte. Des Weiteren haben wir einen Mann in der Feste, einen Zimmermann, der die Anlage in den letzten Monaten studieren konnte. Er wird uns die Tore öffnen. Unser Sieg wird schnell, leicht und vollständig sein, ein Kinderspiel für Männer unserer Bruderschaft. Auf die Pferde, Brüder! Euch ist es bestimmt, unserem Orden zu ungeahnter Macht und Größe zu verhelfen.«

Selbst Orchon fühlte eine merkwürdige Siegeszuversicht, als der Abot geendigt hatte. Er eilte zu seinem Wagen. Svelgar kletterte kurz nach ihm auf den Bock.

»Nun, mein Freund, seid Ihr bereit zu ungeahnten Heldentaten?«

Orchon starrte ihn an. »Ich bin nur ein Rotschmied, Meister Svelgar. Die kühnen Taten will ich gerne Euch überlassen.«

»Es kann durchaus sein, dass bei dem, was vor uns liegt, Euer Beruf keine Rolle spielt. Wir werden Euch brauchen, wenn wir den größten Raub der Geschichte vollführen wollen.«

Orchon nickte. Er dachte an den geheimen Mechanismus, den er in die Trage eingebaut hatte. Er hatte ihn nur einmal ausprobieren können. Würde er seine Arbeit tun? Wenn der Stein der Feuermagier ebenso über einem magischen Abgrund schwebte wie der des Grauen Ordens, *wenn*, ja, dann konnte er ihn in den Schlund stürzen lassen. Und war es nicht gleich, ob er den Stein der Grauen oder den der Roten Magier zerstörte? Die plötzliche Erkenntnis, dass sein Plan ganz unerwartet doch noch gelingen könnte, erfüllte ihn nach Tagen des Verzagens jäh mit einem Gefühl überschäumender Freude.

Und immer noch ist es dir gleich, dass es Tausende das Leben kosten könnte?, raunte die lästige innere Stimme. Orchon schüttelte unwillig den Kopf.

»Alles in Ordnung, mein Freund?«, fragte der Schwertmeister.

»Aber ja, ich kann es nur nicht fassen, was für ein Glück ich habe, hier dabei sein zu dürfen.«

Der Graumagier lachte laut. »Das schätze ich an Euch, Orchon. Ihr findet immer dann noch etwas von Eurem Humor, wenn niemand mehr damit rechnet.«

Ginnar Dregin hörte den Schwertmeister auf seinem Wagen lachen. Er sprang von seinem erschöpften Pferd und wartete darauf, dass Nemma ihm ein neues brachte.

»Wie ist es um die Moral der Männer bestellt, Valir?«, fragte er seinen Sturmrat.

»Sie haben einen langen Ritt hinter sich, doch habt Ihr die richtigen Worte gefunden, Herr. Hoffen wir, dass ihre Wirkung lange genug anhält.«

»Keine Sorge, das wird sie. Ich muss unseren Plan jedoch in einem Punkt ändern, Valir … Wenn das Zwielicht mich nicht getäuscht hat, ist unsere Lebensdiebin auf dem Weg hierher.«

»Feja? Seid Ihr sicher? Etwa allein?«

»Ich sah niemanden bei ihr in meiner Vision. Wir sollten dennoch Vorsichtsmaßnahmen treffen. Wie viele Männer sollten ursprünglich zurückbleiben?«

»Nun, Meister Starf sollte die Handwerker anleiten, denn für etwas anderes ist er ohnehin kaum zu gebrauchen. Dann wollte ich die Schüler und eine Hand voll unserer Gewappneten hierlassen. Aber wenn Feja herkommt, dann sollten besser ein oder zwei erfahrene Brüder auf sie warten.«

»Die Schüler kommen mit. Wir werden jeden Zauberer brauchen.«

»Aber die können kaum eine Blutblende schleudern, Herr.«

»Sie kommen mit, und sei es auch nur, um für Ablenkung zu sorgen. Wir können auch keinen der Meister entbehren. Die Soldaten sollen einen Hinterhalt legen, und Meme Sulling soll ihre Pfeile vergiften. Wenn Feja sich alleine herwagt, sollte das genügen. Vermutlich wird sie einem Kampf auf Leben und Tod ohnehin ausweichen. Das liegt in ihrer Natur. Sie wird das Hindernis umgehen und uns weiter verfolgen. Wenn nicht, dann hoffe ich, dass sich unser ehrenwerter Meister Starf an ein paar der Zaubersprüche erinnert, die er vor langer Zeit gelernt hat.«

Valir ging, um die Befehle weiterzugeben, und Dregin lauschte auf das Treiben im Lager. Die Anspannung war fast mit Händen zu greifen. Nemma brachte ihm ein frisches Pferd.

»Nun, Schwester, bereit für einen weiteren schnellen Ritt?«

»Natürlich, Herr. Nur frage ich mich, was geschieht, wenn die Meister in der Feste eines ihrer Feuersignale an Ferror senden können. Wird er uns dann nicht den Rückweg abschneiden?«

»Meme Salmango und Bruder Span sind längst auf dem Weg zu dem Turm, mit dem die Roten ihre Nachrichten übermitteln. Sie werden sein Feuer für immer löschen. Niemand wird der Feste zu Hilfe eilen.«

Meister Valir kehrte zurück und meldete, dass die Brüder und Schwestern des Ordens bereit seien.

»Sehr gut«, sagte Dregin. Er richtete sich im Sattel auf und rief: »Bald wird die Macht des Flammenordens uns gehören. Vorwärts!«

Fohas schien immer langsamer zu werden. Schließlich blieb er sogar stehen. Feja war dankbar für jede Rast, wollte es aber nicht zugeben.

»Was ist? Bist du schon wieder müde?«, fragte sie keuchend.

»Das auch. Vor allem aber habe ich das Gefühl, dass unsere Beine schneller als unsere Köpfe rennen.«

»Und das soll heißen?« Feja stützte die Hände auf die Knie. Die Warglinge sahen alle müde aus, aber keiner setzte sich oder legte sich ins rote Gras. Sie blickte zu den Bergen hinüber. Die Vier Schwestern schienen zum Greifen nahe.

»Letzte Nacht«, sagte Fohas. Sein Atem ging schwer. »Wenn du diesen Abot gesehen hast, hat er dann nicht auch dich gesehen?«

»Was macht das für einen Unterschied?«

»Einen großen. Wenn er dich in der Heide gesehen hat, weiß er, dass du seine Leute verfolgst. Er könnte uns eine Falle stellen.«

»Er ist aber blind.«

»Ich habe das Gefühl, dass das keine Rolle spielt. Jedenfalls sagen die Alten, dass Eile ein Freund des Todes ist und dass die kürzesten Wege oft in einem Grab enden.«

»Was sagen die Spuren? Wie weit sind sie uns noch voraus?«

»Mehr als einen Tag, immer noch.«

»Dann haben wir keine Zeit für Umwege. Weiter jetzt!« Damit raffte Feja sich auf und lief weiter auf die Berge zu.

»Und – ist dir etwas eingefallen?«, fragte sie eine halbe Stunde später. Die Berge schienen kaum näher gerückt.

»Ich habe viele Einfälle«, meinte Fohas. »Wenn ich mich nicht sehr täusche, werden wir in einen Kampf geraten. Vielleicht laufen wir auch geradewegs in eine Falle. Auf jeden Fall können wir nicht gewinnen, wenn wir kaum in der Lage sind, uns auf den Beinen zu halten. Wir müssen rasten und Kräfte sammeln.«

»So werden wir sie nie einholen.«

»Vielleicht müssen wir das auch gar nicht, Feja. Er hat ein Ziel, aber er hat auch eine Heimat. Wir können ihm auflauern, wenn er auf dem Rückweg ist. Dann kannst du ihn umbringen.«

»Da ist es vielleicht zu spät«, sagte sie langsam.

»Zu spät wofür? Zwei Hexer-Bruderschaften beginnen einen Krieg miteinander. Für uns Weren klingt das nicht schlecht.«

»Viele Menschen – Utorer und Weren – werden sterben, wenn diese Orden einen Krieg beginnen. Und es sind Freunde, meine früheren Mitschüler, unter diesen Zauberern, Fohas.«

»Und wie viele neue Freunde willst du opfern, um deine alten zu retten?«

Feja schwieg betroffen. Sie hatte noch die Mahnung von Meister Caron im Ohr: Ihre ehemaligen Mitschüler würden sich dem Orden stärker verbunden fühlen als ihr. Und doch war tief in ihr das Gefühl, dass sie Dregin um jeden Preis aufhalten musste. Wenn er das Geheimnis unter der Feste zerstörte, würden die Folgen fürchterlich sein. Wollten die Weren das nicht verstehen?

»Was schlägst du vor, Fohas?«, fragte sie.

»Wir weichen vom geraden Weg ab und folgen dem Fluss. Denn von dort werden sie uns nicht erwarten. Und dann können wir im Schutze der Nacht …«

»Die Nacht ist ein Verbündeter der Graumagier. Sie können im Dunkeln sehen«, wandte sie ein.

»Wirklich? Und wie ist es im Nebel?«

Feja nickte. »Der Morgennebel am Fluss! Der könnte uns Deckung bieten. Aber wir wären dort ebenfalls blind.«

»Wenn man das Wild nicht sehen kann, muss man es mit den Ohren aufspüren. In den Bergen jagen wir Warglinge oft im Nebel. Wir sind also im Vorteil.«

»Wenn wir bis zum Morgen warten«, erwiderte Feja seufzend. Sie wusste, dass Fohas recht hatte, aber sie fürchtete auch, dass sie Dregin so auf keinen Fall rechtzeitig einholen würden.

Prinz Folgar trieb das Heer zur Eile. Das wunderte Mornir Gyltorn, der dieses Mal an seiner Seite ritt, nicht sonderlich, denn Meldereiter hatten die Nachricht gebracht, dass der Herzog von Nargatt schon vor Tagen in Murgat eingetroffen sei und nun voller Ungeduld auf sie warte. Die Straße war inzwischen vom Langwald verschluckt worden. Kahle Eichen und Buchen säumten den Weg. An vielen Stellen hatten ihre Wurzeln das jahrhundertealte Pflaster angehoben oder aufgebrochen.

»Es grenzt an Unverschämtheit, Gyltorn«, sagte der Prinz, der ihm die jüngste Botschaft des Herzogs zeigte. »Er schreibt, dass er seine Soldaten nicht mehr lange davon abhalten könne loszuschlagen, da sie darauf brennen, den Tod seines Sohnes zu rächen. Habe nicht auch ich einen Bruder verloren? Wie kann er den Tod seines Sohnes über den von Sifrid stellen?«

Gyltorn hätte es ihm erklären können, aber der Prinz fand das offenbar vor allem aus protokollarischen Gründen ungehörig. Es kam ihm gar nicht in den Sinn, dass der Schmerz eines Vaters keinen Unterschied im Rang eines Toten machte.

»Wir kommen gut voran, Hoheit«, gab er daher nur zurück.

»Weil ich entschieden habe, uns nicht länger am Marschtempo unserer Trosswagen auszurichten. Ich habe befohlen, sie folgen zu lassen.«

»Ihr habt *was?*«

»Wurdet Ihr nicht darüber unterrichtet? Jeder Mann trägt doch Nahrung für drei Tage bei sich, und wir können in Murgat neue Vorräte fassen. Daher benötigen wir die schweren Wagen vorerst nicht. Jetzt geht es ja noch einigermaßen, aber auf der langen Passstraße mit ihren vielen Kehren und Windungen? Nein, der Tross soll folgen. Ich habe selbstverständlich eine Hundertschaft Speerträger und einige Lanzen Reiterei zu seiner Verteidigung abgestellt.«

»Ich verstehe, Hoheit«, murmelte Gyltorn fassungslos. »Aber was machen wir, wenn die Truppen des Herzogs die Vorräte in Murgat, die nicht unbegrenzt sein werden, schon verzehrt haben? Und wo sollen die Männer schlafen, wenn sie keine Zelte haben?«

»Ich habe einen Meldereiter vorausgeschickt, mit der Bitte an den Herzog, die Vorräte zu schonen und für unsere Männer Quartier vorzubereiten. Seht nicht so besorgt drein, Marschall, wenn wir erst einmal in den Bergen sind, werden wir uns an den werischen Dörfern schadlos halten. Wir werden von dem Land leben, wie es die Utorer schon bei vielen Feldzügen gemacht haben. Seht die Vorteile! Habt Ihr nicht selbst festgestellt, dass wir gut vorankommen?«

Gyltorn nickte ergeben und ließ sich ein Stück zurückfallen. Den Vögten und Fürsten folgte eine stattliche Anzahl Feuermagier. Hinter denen marschierte die königliche Garde, der wiederum die Ritter und einfachen Edlen folgten. Dahinter wurde die Ordnung, die Prinz Folgar so liebte, weniger streng. Da marschierten die Heil- und Erdmagier neben einfachen Speerträgern und Bogenschützen. Trewe ritt hinter den Edlen. Der Leibdiener hatte seine alte Rüstung angelegt, die er bei den Kriegen gegen die Seeräuber vor der skrosischen Küste getragen hatte. Leise erzählte ihm Gyltorn von seiner Unterhaltung mit dem Prinzen.

»Dieser Mann begreift den Krieg nicht«, sagte Trewe kopfschüttelnd. »Er hat Glück, dass die Weren so durch und durch friedfertig sind. Sonst würden sie für diese närrische Idee, den Tross fast ohne Schutz zurückzulassen, noch ein Hoch auf ihn ausbringen. Aber zweitausend Mann in die Berge zu führen ohne Vorräte, Zelte und Decken? Weiß er denn nicht, dass in den Mondbergen noch Winter herrscht?«

Gyltorn blickte auf. Über dem schwarzen Wald leuchteten weiß die Berge. Aber der Prinz schien sie nicht zu sehen. Es war höchste Zeit, dass ein anderer die Führung dieses Heeres übernahm.

»Glaubst du, du wirst bald eine Gelegenheit finden, etwas in unserer Sache zu unternehmen, Trewe? Oder soll ich auf die Aschfahrer warten?«

Das Gesicht seines Halbbruders blieb ausdruckslos, aber natürlich wusste Trewe, worauf er hinauswollte.

»Kapitän Draan führt gerne das große Wort, doch von großen Taten habe ich noch nichts gesehen. Ich habe schon eine Vorstellung, wie ich es machen werde, bitte Euch jedoch um

Geduld. Hier im Wald kann ich nichts unternehmen. Die Berge werden mir bessere Gelegenheiten bieten. Aber achtet auf das, was Meister Bredhir tut. Ich glaube, er führt etwas im Schilde.«

»Gegen uns?«

»Wer kann das wissen? Mir scheint, dieser Orden unterscheidet nicht sehr sorgfältig zwischen Feind und Freund. Sie werden nicht vergessen, dass Ihr ihre Pläne für diesen Marsch durchkreuzt habt.«

»Wie immer die auch ausgesehen haben mögen«, brummte Gyltorn. Er war sich plötzlich nicht mehr sicher, ob es eine gute Idee gewesen war, sich mit Abot Dregin anzulegen. Der war zwar weit fort, aber irgendwann würde er ihm wieder begegnen.

Die Dämmerung senkte sich über das Land. War das nicht die Zeit der Graumagier, der Meister von Zwielicht und Dunkelheit? Er blickte über die Schulter. Vorhin hatte er Meister Bredhir an der Seite dieser seltsamen Erdmagier marschieren sehen. Doch nun war er verschwunden. Das war sicher kein gutes Zeichen.

Der Königswald erschien Abot Dregin als undurchdringlicher dunkler Schatten, aber nach und nach enthüllte ihm das Zwielicht die Einzelheiten im stummen Heer der dicht an dicht stehenden Tannen. Er suchte und fand einen hellen Fleck in der Dunkelheit. Der Fleck wurde zu einem gleißenden Punkt, der die Schatten verjagte. Jemand trat mit einer Laterne aus dem Wald hervor. Dregin winkte Nemma heran. Er legte die Hand auf ihre Schulter und verband seinen Geist mit ihren Sinnen. Im Lichtschein der Laterne erkannte er schon am auffälligen roten Haarkranz, dass dort der Bucklige stand, den er erwartet hatte.

Wer auch sonst?, schalt er sich selbst in Gedanken. *Bekommst du etwa Zweifel?*

»Ich grüße Euch, Bruder Falwart«, rief er. »Ist alles vorbereitet?«

»Die Tore der Feste werden Euch offen stehen, und die Fallgatter sind blockiert«, sagte der Ordensbruder, der das Gewand eines Zimmermanns trug.

»So hat niemand Verdacht geschöpft?«

»Niemand verdächtigt einen Handwerker, den er selbst gerufen hat, Herr«, gab Bruder Falwart zurück. »Ich habe auch Schlüssel anfertigen können, für den Zugang zu den Geheimnissen unter der Burg. Doch warten auf dem Weg nach unten weitere Pforten, die Ihr auf andere Weise öffnen müsst.«

Dregin fühlte die innere Unruhe wachsen. Wie lange hatte er auf diesen Tag hingearbeitet, hatte Pläne geschmiedet, verfeinert, geändert und wieder verworfen. Nun war er fast am Ziel. »Wie weit ist es noch?«

»Auf diesem Weg etwa sechs Stunden bis zur Feste, Herr. Doch könnt Ihr unter den Tannen nicht reiten. Auch den Wagen müsst Ihr zurücklassen.«

»Ladet Orchons Bahre ab!«, rief er leise. Zum Glück war sie nicht so schwer, wie sie aussah. Der Rotschmied hatte sich nach der Meinung des Sturmrats selbst übertroffen, denn der erste Entwurf sollte noch das Dreifache gewogen haben.

»In sechs Stunden dürften wir ungefähr Mitternacht haben«, meldete sich Meister Svelgar ungefragt zu Wort. »Ist das nicht zu früh?«

»Wir werden sehen«, gab Dregin knapp zurück. Er hörte einen leisen Pfiff vom Waldrand. Da tauchten einige Schemen auf. Schnell erkannte er Meme Salmango mit ihrer kleinen Schar.

»Wie ist es gegangen?«, fragte er die Zauberin.

»Die Leute im Turm waren überrascht, uns zu sehen«, gab die Meme stolz zurück, »und sie werden keine Gelegenheit mehr haben, jemandem von unserem Besuch zu erzählen.«

»Verluste?«

»Keine, Herr. Wir haben das große Feuerbecken zerstört. Bruder Span hätte den Turm gerne niedergebrannt, aber ich konnte ihn davon überzeugen, das zu unterlassen.«

Nemma sah wie auf Kommando hinüber zu Span, der mit verschränkten Armen abseits stand. Dregin runzelte die Stirn. So ein Anfängerfehler sah Span gar nicht ähnlich.

Er wollte das Signal zum Aufbruch geben, hielt aber noch einmal inne. Da war ein Flüstern in der Nacht. Es war an ihn gerichtet. War das die Stimme von Meister Bredhir? Dregin lauschte. Das Wispern war schwächer als sonst, was kein Wunder war, da Bredhir nicht genau wissen konnte, wo sein Abot sich aufhielt. Aber Dregin verstand genug. Er ballte die Faust und unterdrückte einen Fluch.

Der Sturmrat trat an ihn heran. »Habe ich das richtig verstanden?«, fragte er leise. »Das Lager am Fluss wurde nicht geräumt? Prinz Iske ist dort? Und Bele ist nicht in den Bergen?«

Dregin nickte. Wer mochte diese Nachricht noch gehört haben? Er hätte sich gerne umgesehen, aber Nemma ahnte von all dem nichts. Ihre Augen ruhten immer noch auf dem buckligen Ordensbruder mit dem Zimmermannshammer am Gürtel.

Wut stieg in Dregin auf. Gyltorn würde dafür bezahlen. Sollte er Bredhir gleich antworten? Nein, denn er hatte noch keine Ahnung, was er ihm sagen sollte.

»Dann ist der Fluss blockiert«, sagte Sturmrat Valir leise.

»Wir sind auf dem Wasser, die sind an Land. Das ändert gar nichts«, gab Dregin knapp zurück, um Zuversicht auszustrahlen. Sein Plan beruhte auf Heimlichkeit, doch die war nun infrage gestellt. »Beeilen wir uns«, entschied er. »Meister Orchon, ich danke Euch für Eure Arbeit, aber Ihr solltet hier bei den Pferden warten.«

Der Rotschmied schien bei dieser Aussicht regelrecht zu erschrecken. »Aber nicht doch, Herr. Was, wenn es Schwierigkeiten gibt? Was, wenn an der Trage etwas geändert werden muss? Ihr werdet mich brauchen, damit das Werk auch gelingen kann.«

Dregin wunderte sich, gewährte ihm aber die Bitte. Der Were schien erpicht darauf, sich in Gefahr zu begeben. Für einen Augenblick fand er das geradezu verdächtig, aber dann vergaß er es wieder, denn er hatte Männer zu bestimmen, die bei Wagen und Pferden zurückbleiben mussten.

Skuran Orchon saß der Schreck in den Gliedern. Um ein Haar hätte der Abot ihn zurückgelassen. Aber er musste dabei sein, wenn die Hexer den Stein raubten. Es war die beste, vielleicht die einzige Gelegenheit, den Kristall zu vernichten. Er sah zu, wie der unheimliche Mann, der auch ohne Augen sah, ein paar Gewappnete und die meisten der jungen Schüler für die Pferde einteilte. Die Soldaten schienen nicht undankbar zu sein, aber sie wussten vermutlich auch besser als die enttäuschten Schüler, was sie im Königswald erwartete.

»Was schaut Ihr so ernst drein, mein Freund?«, rief der Schwertmeister. »Spürt Ihr nicht die Vorfreude auf den Kampf?«

Orchon sah ihn verwirrt an. Der Schwertmeister lachte leise. »Es ist besser, wenn nicht. Nur ein Narr zieht froh gestimmt in die Schlacht, und ich will nicht an der Seite von Narren sterben.«

»Aber Euer Abot schien mir sehr zuversichtlich, und er hat doch einen Plan, oder?«

»Wenigstens einen, vielleicht sogar zwei oder drei, aber nach allem, was ich über Kämpfe weiß, helfen Pläne nicht viel, wenn man sich gegen ein Schwert verteidigen muss. Bleibt am besten an meiner Seite, ich und mein Bauch werden Euch beschützen.«

Orchon dankte dem Schwertmeister für das Angebot. Der Abot war schon zwischen den schwarzen Tannen verschwunden. Zu allem Überfluss löschten sie auch noch die Laternen und Fackeln. Wie wollten sie dort unter den Bäumen etwas sehen? Plötzlich spürte er eine widersinnige Angst, die Graumagier aus dem Auge zu verlieren.

»Wir sollten uns wirklich beeilen, Meister Svelgar. Seht, die anderen sind schon fort.«

»Keine Sorge. Falls wir uns verlaufen sollten, wird der Gott des Todes uns schon finden.« Und mit diesem düsteren Trost packte ihn der Zauberer am Arm und zog ihn in den finsteren Wald hinein.

Prinz Folgar ließ das Heer bis weit nach Mitternacht marschieren. Erst als sie am Fuß der Berge standen, befahl er, das Lager aufzuschlagen.

»Seht Ihr, wie viel Zeit wir sparen, Marschall?«, fragte er. »Die Männer müssen sich nicht erst lange mit der Errichtung der Zelte abplagen.«

Mornir Gyltorn nickte schwach. Der Prinz verstand es, die Not zur Tugend zu erklären. Die Männer waren müde, und ihre Hauptleute mussten sie antreiben, damit sie Holz für die Feuer suchten, ohne die sie in der frostigen Nacht vielleicht erfrieren würden.

Er entschuldigte sich unter einem Vorwand und suchte Trewe. Plötzlich hörte er ein leises Klopfen, das durch den Wald lief. Kam das von den Holzsammlern? Gyltorn stapfte durch den Schnee, der sich unter den Bäumen gehalten hatte. Nicht weit von dieser Straße hatte er die kühnste Tat seines Lebens begangen, und nun war er wieder hier. Doch was war das? Diese dunkle Gestalt, die, beide Hände über der durchbohrten Brust, durch die verdorrten Büsche genau auf ihn zukam. Sifrid? Gyltorn wäre geflohen, doch er war wie gelähmt, selbst der Atem stockte ihm. Der Geist des Prinzen teilte die letzte Hecke, fluchte über die Dornen, trat ins Freie, und dann – war es nur der Vogt von Veisa, der eigenhändig Holz sammelte. Er nickte Gyltorn zu und sagte etwas über die »verdammte Kälte«, aber der Landgraf war unfähig zu antworten. Er starrte die kahle Hecke an, schüttelte das Bild des ermordeten Prinzen endlich ab und verfluchte seine Einbildungskraft.

Da ertönte wieder dieses leise Pochen, das ihn hierhergelockt hatte. Er war froh, eine Ablenkung zu haben, und ging dem Geräusch nach. Schließlich stieß er auf die Erdmagier, die in der Nähe eines Bachlaufs über den Boden krochen und Steine abklopften.

»Was tut Ihr da?«, fragte Gyltorn.

Meister Drekkar erhob sich ächzend und strich sich Laub aus der Robe. »Wir untersuchen den Boden, Erlaucht.«

»Das sehe ich. Aber zu welchem Zweck?«

Der greise Zauberer sah ihn mit freundlicher Nachsicht an. »Das ist es, was unsere Bruderschaft schon seit jeher tut, Herr. Doch will ich Euch sagen, dass uns in diesem Fall besondere Neugier antreibt. Es ist etwas in der Erde … etwas, das wir noch nicht greifen können, das uns aber gleichwohl aus fernen Ländern hierher gezogen hat.«

»Ah, tatsächlich?«, murmelte Gyltorn, der bereits bereute, gefragt zu haben.

»Euch ist doch bekannt, dass die Weren gerne von Alter Magie reden, nicht wahr? Sie sagen, sie sei verschwunden, was nach unserer Ansicht nicht ganz zutreffend ist. Es ist eher so, dass sie eingesperrt ist.«

»Eingesperrt?«

»Die Bruderschaften reden nicht gerne darüber, aber im Grunde genommen waren wir es, die wir uns die Alte Magie unterwarfen.«

»Tatsächlich?« Das hörte Gyltorn zum ersten Mal. Magie war Zauberersache. Er hatte noch nie erlebt, dass sie mit einem Außenstehenden darüber sprachen.

»Ich will Euch nicht mit Einzelheiten langweilen, Marschall, aber habt Ihr Euch nie gefragt, warum unser Orden seine Besitztümer aufgab und sich über die Welt zerstreute? Es ist wegen dem, was unsere Ahnen vor beinahe tausend Jahren dem Land antaten.«

»Ihr meint, Ihr tut Buße?«, fragte Gyltorn, der bisher keinen Gedanken an die Geschichte dieser halb vergessenen Bruderschaft verschwendet hatte.

»So könnte man es sehen. Jedenfalls ist es doch bemerkenswert, dass sich seit einiger Zeit etwas in der Erde rührt.«

»Alte Magie?«

»Vielleicht. Wie soll ich es erklären? Seht, wer ein Ohr dafür hat, kann hören, dass die Welt zu unseren Füßen nicht stumm ist. Sie dröhnt, Marschall, laut und widerhallend. Stellt Euch eine gewaltige Schmiede vor, in der tausend Hämmer unentwegt auf

Stahl schlagen, oder eine enge Gasse, durch die Hunderte Soldaten stampfen; so nehmen die Kundigen unserer Bruderschaft Grund und Boden wahr. Und dann stellt Euch vor, dass über dem unentwegten Lärm plötzlich ein leiser, heller Ton erklingt, schwach, aber rein, so, als käme er von der kleinsten Silberglocke der Welt. Er erklang das erste Mal etwa zu dem Zeitpunkt, als ein Erdbeben die Stadt Braake erschütterte. Davon habt Ihr doch gewiss gehört.«

Gyltorn nickte. Wer hätte das nicht? Er verstand aber den Zusammenhang von Erderschütterungen und Glockentönen nicht. »Und Ihr habt diesen Ton vernommen?«

»Wir hören ihn immer noch. Er kommt von Westen, aber er klingt durch ganz Edun.«

»Und das bedeutet?«, fragte Gyltorn. Er fror und konnte den merkwürdigen Ausführungen des Zauberers einfach nicht folgen.

»Wir glauben, dass diese Glocke nur ein Vorbote ist. Es sind Schwingungen im Boden, für die wir keine Erklärung haben. Vielleicht steht uns wirklich die große Veränderung bevor, die der König so fürchtet.«

Jetzt war Gyltorn doch interessiert. »Ihr meint, die Alte Magie kehrt zurück, und das Reich geht unter?«

»Das habe ich nicht gesagt, Erlaucht. Schon weil ich es nicht weiß. Ich kann nicht auf einen Kiesel klopfen und die Zukunft vorhersagen. Ich kann nur sagen, dass sich bereits etwas verändert hat«, seufzte der greise Zauberer.

»Ihr meint, das Glöckchen, das Ihr manchmal vernehmt?«, spottete Gyltorn, der zu dem Schluss gekommen war, dass der Alte im Grunde genommen völlig im Dunkeln tappte.

Meister Drekkar sah ihn mit schief gelegtem Kopf an. »Ich meine die Spannung, die im Land steckt. Sie scheint in der Nähe der Berge stärker zu werden. Ja, ich glaube, dass in diesen abweisenden Gipfeln eine Macht schläft, die nur darauf wartet, geweckt zu werden. Ich an Eurer Stelle würde sie meiden.«

»Aber Ihr seid doch selbst hier.«

»Und wir werden hier unten bleiben, Erlaucht. Diese Berge sind gefährlich. Es war weise, sie den Weren zu überlassen. Denkt an meine Worte!«

Gyltorn kehrte kopfschüttelnd zum Lager zurück.

»Was habt Ihr, Herr?«, fragte Trewe, der sich in der Zwischenzeit um das Feuer gekümmert hatte.

»Nichts. Ich bin nur einer alten Unke begegnet, die gar nichts weiß, aber von Glöckchen und Gefahren raunt.«

»Gefahren welcher Art, Herr?«

»Das wusste Drekkar nicht, Trewe.« Gyltorn hielt die zitternden Hände an die Glut. Die Art, wie der Greis über die Berge gesprochen hatte, gab ihm jetzt doch zu denken. Der Mann war immerhin ein Erdmagier.

»Also nur die üblichen Andeutungen der Magier, Herr?«, fragte Trewe, der seine Verunsicherung vielleicht spürte. »Gebt nichts darauf. In den Bergen erwarten Euch Ruhm und Ehre. Da solltet Ihr Euch nicht vom Geschwätz eines altersschwachen Zauberers beirren lassen.«

Ginnar Dregin hielt den lautlosen Marsch an. Der Wald lichtete sich, und dort, einen Bogenschuss weit entfernt, lag die Feste unter den tief hängenden Wolken. Es roch nach Schnee, und ein Rabe umflatterte mit misstönendem Krächzen trotz der dunklen Stunden einen der Türme.

Ein Unglücksbote, dachte Dregin, *doch seine Nachricht ist nicht für mich bestimmt.* Er musste seinen Schattensinn weit ausgreifen lassen, um die Feste zu ertasten: den breiten Graben, die hohen, zinnenbewehrten Mauern, das Gedränge der Häuser und Türme, die im Laufe der Jahrhunderte immer weiter ineinander und in die Höhe gewachsen waren. Und dort, tief verborgen im Herzen dieser Festung, wartete der Kristall der Feuermagier darauf, dass er ihn an sich nahm und ihn seiner neuen Bestimmung zuführte.

Er rief Bruder Falwart, der seit dem Spätsommer als Zimmermann hier arbeitete, durch die Schatten zu sich.

»Die Wachen?«, fragte Dregin.

»Auf den Ecktürmen je zwei Männer. Das Tor wird von dreien, manchmal auch vieren bewacht, aber niemand rechnet mit einem Angriff. Sie erwarten vielmehr, dass ich aus Garwe zurückkehre, wo ich, wie sie glauben, bis zum Abend in der Schänke saß. Sie werden keinen Verdacht schöpfen, wenn ich zu so später Stunde an die Pforte klopfe«, sagte der Bucklige.

Dregin nickte und rief über die Verbindungen der Dunkelheit Meme Salmango und Bruder Span. »Ihr seid meine besten Kämpfer. An Euch ist es, dort ungesehen einzudringen, sobald sie Falwart hineinlassen. Keinen Laut der Warnung darf es geben. Dann kümmert Euch um die beiden Türme auf dieser Seite der Festung. Meldet es, sobald Ihr sie eingenommen habt. Wir werden dann vorrücken, und Ihr übernehmt die beiden anderen Türme und den Bergfried. Denkt daran: Je länger sie nicht merken, dass wir da sind, desto unblutiger wird es für uns abgehen.«

Er beendete die Verbindung zum Zwielicht und lauschte. Es war still im Wald. Niemand wäre auf den Gedanken gekommen, dass hier vierzig zu allem bereite Männer und Frauen auf sein Zeichen zum Angriff warteten. Dregin horchte in die Finsternis. Er hörte Falwarts Stimme, der am Tor um Einlass bat. Jemand gab ihm übellaunig Antwort, aber kurz darauf konnte Dregin die kleine Pforte knarren hören. Dann kehrte die tiefe Stille zurück. Nichts schien zu geschehen. Kein Ruf, kein lautes Wort ertönte.

»Was immer auch sich zuträgt«, flüsterte eine Stimme hinter ihm, »lasst Euch bloß nicht einfallen, Euch umbringen zu lassen, Svelgar.« Es war die Alchemistin. Dregin drehte sich unwillig um.

»Seid unbekümmert, geschätzte Meme, das Schwert, das mir den Bauch aufschlitzt, muss erst noch geschmiedet werden. Aber es rührt mich, dass Ihr um mich besorgt seid«, erwiderte der Schwertmeister fröhlich.

»Ich bin nur besorgt, dass Euer fetter Leib uns den Weg versperrt, wenn Ihr tot seid«, schnappte sie zurück.

Svelgar lachte leise. »Ich weiß das zu schätzen, werte Meme Sulling, doch bitte, tut mir die Liebe und achtet auch …«

»Ruhe jetzt«, unterbrach ihn Dregin. Er fand es unfassbar, dass die beiden angesichts der Gefahr auf ihre unbeholfene Art turtelten. Nun herrschte wieder Stille unter den schwarzen Bäumen.

Dann, nach einer Zeit, die Dregin wie eine Ewigkeit erschien, trug das Zwielicht das kaum hörbare Wispern von Meme Salmango heran.

Der Turm im Osten ist unser, raunte es. Und kurz darauf meldete sich der stumme Span. Er hatte die Wachen auf dem westlichen Turm beseitigt. Dregin flüsterte einen Befehl in die Dunkelheit. Die erfahreneren Brüder und Schwestern des Ordens woben Schleier über ihre Schritte und rückten vor. Selbst Dregin hörte keinen Laut. Schon meldete der Schattenmarschall, dass sie das Torhaus besetzt hielten. Der Abot stieß einen leisen Pfiff aus und hastete über die offene Wiese. Die Gewappneten, die Schüler und auch Meister Orchon folgten ihm. Sie waren so leise, wie es Männer in leichten Rüstungen und Lederwamsen nur sein konnten, aber sie waren doch weit von der tödlichen Lautlosigkeit eines Graumagiers entfernt. Das Torhaus wuchs als Schatten vor ihm aus der Dunkelheit. Meme Sulling hielt ihm die Pforte auf. Einer nach dem anderen huschte hindurch.

Dregin winkte Bruder Falwart heran. »Führt unsere Gewappneten zu den Unterkünften der Soldaten. Nehmt Gabra und Hallir mit. Habt Ihr die Waffen mit dem Gift unserer Meme Sulling bestrichen? Gut. Seid gnadenlos! Die anderen folgen mir.«

Unter dem Schutz dicht gewebter Schatten hastete Dregin seinen Magiern voran über den Hof hinüber zum Haupthaus. Eine Wache lehnte dort an der Wand, mit weit aufgerissenen Augen, und rührte sich nicht. Als Dregin näher kam, roch er Blut. Meme Salmango tauchte aus der Dunkelheit auf. »Der Weg ist frei«, raunte sie. Dregin übernahm es selbst, die schwere Pforte zum

Haupthaus zu öffnen. Er legte einen Zauber auf die Scharniere, so schwach, dass ihn die Feuermagier hoffentlich nicht bemerkten, und unterdrückte so das Knarren der Angeln. Seine Leute huschten hinein, und Dregin gab mit einem schlichten Nicken den Befehl, das Morden zu beginnen. Die Graumagier teilten sich auf. Sie huschten von Tür zu Tür, schlichen hinein und kamen Sekunden später wieder heraus. Hin und wieder hörte Dregin ein ersticktes Stöhnen. Aber noch ging alles in völliger Lautlosigkeit vonstatten. Er gab ein Zeichen, und jetzt hasteten auch die drei Männer mit Orchons Bahre und den geheimnisvollen Steinen über den Hof heran.

Plötzlich öffnete sich die Tür des Küchenhauses, und jemand trat auf die Treppe hinaus. Er trug nur eine Hose unter seinem offenen Umhang, in der Hand hielt er einen Eimer – vielleicht ein Koch, der am Brunnen Wasser holen wollte. Ein Pfeil durchbohrte seine Kehle, bevor Dregin einen Befehl erteilen musste. Hallir senkte den Bogen und rannte hinüber. Der Mann fasste sich an den Hals, taumelte mit einem gurgelnden Geräusch zur Seite und ließ den Eimer fallen. Er prallte gegen eine Stufe und rumpelte über den Hof. In der Küche lachte jemand. Hallir war schon dort, als sich die Tür öffnete und jemand rief: »Mensir, du Tölpel, ich hoffe, du hast den Eimer nicht zer …« Er starb mitten im Satz.

Doch dann schrie jemand in der Küche entsetzt auf. Eine junge Magd vielleicht … Licht flammte hinter einem Fenster auf. Dregin fluchte und winkte die Männer, die wie erstarrt mit der Trage auf dem Hof standen, herbei. Und dann sandte er noch einmal das Signal in die Dunkelheit, dass sie keine Gnade walten lassen durften.

Skuran Orchon stolperte, die beiden Steine vom Mara-Tir in einem Beutel an sich gedrückt, die drei Stufen zum Haupthaus hinauf. Entsetzt hatte er mit angesehen, wie die beiden Köche gestorben waren. Jetzt war auch die Frau verstummt, die eben noch geschrien hatte. Aber es war zu spät: Die Festung erwachte zum Leben.

Orchon hastete hinter Dregin her. Der schien genau zu wissen, wo ihr Ziel lag, und eilte den langen Gang entlang. Andere waren bei ihm. Im Stockwerk über ihnen wurde gekämpft. Orchon hörte Schreie, dann einen lauten Knall. Der Boden bebte. Plötzlich flammte Feuerschein im Treppenaufgang auf. Männer fluchten und schrien durcheinander. Der Abot ließ sich jedoch nicht beirren. Er hastete voran, und Orchon stolperte im Dunkeln über einen leblosen Körper, wäre beinahe gestürzt, rappelte sich auf und rannte weiter. Er durfte den Abot nicht aus den Augen verlieren. Wieder knallte es. Unwillkürlich drehte er sich um. Durch die weit geöffnete Pforte sah er, dass es im Hof Feuer regnete. Da waren Bewaffnete, die auf das Haus zurannten. Einer von ihnen stand plötzlich in Flammen. Orchon wandte sich ab. Wo war Dregin mit seinen Leuten? Hatte er sie verloren? Panische Angst ergriff ihn.

Ein paar Schritte weiter stand eine schwere Tür offen. Sie mussten die Stufen hinunter sein, aber Orchon konnte keine drei Schritte weit sehen. Plötzlich flammte ein blauer Funke vor ihm auf.

»Wir vergessen manchmal, dass wir nicht alle Meister des Zwielichts sind«, sagte die Stimme von Meme Salmango. Ein kleiner Blitz tanzte auf ihrer Handfläche. »Habt Ihr auch die Steine? Gut, dann mir nach, Meister Orchon.«

Unten schlug etwas schwer auf die Stufen. Als Orchon eintraf, sah er, dass die Magier eine Tür aus den Angeln gesprengt hatten.

Der Abot war dort mit Bruder Span, Schwester Gabra, der Alchemistin und dem falschen Zimmermann. Auch die beiden Gewappneten mit der Trage waren bei ihnen. Dregin trieb sie weiter die Stufen hinab. Wenig später standen sie vor der nächsten Tür. Oben brüllte jemand Befehle. Und immer wieder ertönte ein lauter Knall, der Orchon verriet, dass jemand einen Flammenzauber gewirkt hatte. Schwere Stiefel polterten über ihnen die Stufen hinab.

»Die gehören nicht zu uns«, sagte Meme Salmango leise und ließ den Funken in ihrer Hand ersterben. Im letzten bläulichen Licht sah der Schmied, dass sie mit Bruder Span dem Feind entgegenhetzte. Jähe Flammen erleuchteten die Treppe. Orchon hielt den Atem an. Das Keuchen und Stöhnen dauerte nur Augenblicke, dazwischen hässliche Geräusche, als Metall durch Fleisch und Knochen schnitt. Ein lebloser Körper rollte Orchon vor die Füße. Entsetzt schrie er auf. Es war ein Fremder.

Span und Meme Salmango kehrten zurück. Die Meme hielt sich den verbrannten Arm. Hinter Orchon knackte es. Und mit lautem Krachen sprang die Tür aus dem Rahmen.

»Sehr gut, Sulling«, rief der Abot. »Vorwärts!«

Sie hasteten ein weiteres Stockwerk hinab. »Da sind Männer auf der anderen Seite der Tür«, warnte Meme Salmango. »Sie rüsten sich zum Kampf.«

»Eine Wachstube? So weit unten?«, fragte Meme Sulling zweifelnd.

»Das beweist, dass wir auf dem richtigen Weg sind«, meinte der Abot. »Macht Euch bereit!«

Die Alchemistin strich eine übelriechende Flüssigkeit auf die eiserne Pforte und den Türrahmen. Sie murmelte halblaute Worte. Orchon zog sich instinktiv ein paar Schritte zurück. Es knackte, doch dieses Mal sprang nicht die Tür aus den Angeln. Es war der Rahmen, der zerbarst. Die Tür kippte nach hinten.

»Vorsicht!«, rief Meme Salmango. Orchon drückte sich an die Wand. Ein glühender Ball schoss durch die offene Pforte und explodierte auf der Brust der Alchemistin. Orchon schloss, geblendet und von Grauen überwältigt, die Augen. Als er sie wieder öffnete, sah er Meme Sulling stöhnend auf der Erde liegen. Auf der anderen Seite der Tür wurde gekämpft. Der Rotschmied beobachtete mit offenem Mund, wie Dregin, Salmango, Bruder Span, die Gewappneten und selbst der Zimmermann und die lange Gabra unter den Verteidigern wüteten. Es wirkte, als seien hungrige Wölfe in einen Stall voller Schafe eingedrungen und schlachteten sie nun ab. Dass die Verteidiger gut gerüstet und mit Schwertern bewaffnet waren, änderte am Ausgang des Kampfes nichts.

»Hier muss es sein!«, rief der Abot, kaum, dass der letzte Feind zu Boden gesunken war. Der Zimmermann lehnte an der Wand. Er hielt sich eine klaffende Wunde. Gabra kehrte zur Pforte zurück und beugte sich zu Meme Sulling hinab. Orchon konnte sie nicht ansehen. Ihre Haut war schwarz, und der Geruch nach verbranntem Fleisch ließ ihn würgen.

»Hier ist es. Hinter dieser Tür muss der Stein sein. Ich kann seine Macht schon fühlen!«, rief der Abot. Er schlug hart gegen die Tür, aber es klang seltsam trocken. »Was haltet Ihr davon, Orchon?«, fragte Dregin und winkte ihn heran. Zitternd stieg der Rotschmied über die Leichen. Er konnte kein Schloss erkennen, nur eine schwere Pforte, auf die viele kleine Stahlplatten genietet waren. Er klopfte mit zitternden Fingern dagegen.

»Dem Klang nach ist sie wenigstens eine halbe Elle stark«, erklärte er.

Gabra brachte den Beutel der sterbenden Alchemistin. Sie strichen die übel riechende Flüssigkeit über Tür und Rahmen, probierten Zauber, aber nichts geschah.

»Öffnet sie, Orchon!«, verlangte der Abot. »Hier muss es irgendwo einen Mechanismus geben. Das ist doch Euer Gebiet.«

Skuran Orchon nickte. Er war jetzt wie gebannt. Eine Tür ohne sichtbares Schloss – was für eine Herausforderung! Er sah sich um.

»Mehr Licht«, verlangte er. Bruder Span entzündete zwei Laternen.

»Dort!«, rief er und wies auf die Felswand.

»Was ist dort?«, fragte Meme Salmango.

Orchon betastete die Felswand, die an dieser Stelle auffällig glatt war. War da nicht auch ein winziges Loch? »Gebt mir die Laterne!«, rief er. Er schwenkte sie vor der Wand, versuchte verschiedene Winkel und hielt schließlich eine Kerze direkt vor das Loch. Ein leises Klicken ertönte. Eine der genieteten Stahlplatten der Pforte schwang auf. Sie offenbarte ein weiteres Schloss.

Dregin versuchte einen Zauber, aber wieder war er wirkungslos. »Durchsucht die Toten! Hier muss es den passenden Schlüssel geben.«

Die Magier suchten fieberhaft, doch weder bei den Leichen noch in einer der Truhen fanden sie, was sie suchten.

»Wenn ich ein Feuermagier wäre, würde ich diesen Schlüssel nicht hier unten verwahren«, sagte Meme Salmango schließlich. Gabra hatte ihre Brandwunde mit einem Stück Stoff notdürftig verbunden.

Orchon lauschte auf den Lärm, der die lange Treppe hinunterschallte. Dort oben wurde offensichtlich immer noch hart gekämpft. Der Abot nickte düster. Dann befahl er: »Geht nach oben. Bringt mir den Schlüssel! Ganz gleich, wie lange es dauert, ganz gleich, was es kostet!«

Feja hastete durch den Nebel. Die Warglinge an ihrer Seite waren nicht mehr als Schemen. Durch die Schneeschmelze war der Fluss angestiegen, und ein vielleicht letzter Nachtfrost hatte die Aue mit einem dünnen Eispanzer überzogen. Bei jedem Schritt knirschte es unter ihren Stiefeln.

»Was für eine Suppe«, murmelte Fohas.

»Leise doch«, mahnte Feja. »Es kann nicht mehr weit sein.«

»Gut so«, erwiderte der Were. »Die beste Jagd taugt nichts, wenn am Ende keine Beute wartet.«

Feja war nicht länger begierig darauf, ihr Ziel zu erreichen. Vermutlich lauerten ihre Feinde dort, und es mochte durchaus sein, dass sie auf einen Angriff aus dem Nebel vorbereitet waren. Schon seit einiger Zeit hatte sie das Gefühl, dass sie beobachtet wurde, jetzt wurde es fast übermächtig. Hatten die Graumagier sie bemerkt? Sie lauschte, aber außer dem leisen Murmeln des Mothachs und dem Atem ihrer Gefährten war nichts zu hören. Sie schlichen weiter, tasteten sich durch einen kalten Nebel voran. Die ersten Vögel sangen. Es konnte nicht mehr lange dauern, bis die Sonne den Dunst vertreiben würde. Gerade, als Feja schon glaubte, sie würden das Lager nie erreichen, hörte sie plötzlich Stimmen. Sie hob die Hand, und Fohas ließ den leisen Ruf des Regenpfeifers hören. Die Warglinge blieben sofort stehen. Angestrengt lauschte Feja. Sie versuchte, das Zwielicht zu beschwören, aber der zähe Dunst schien etwas dagegen zu haben. Da waren zwei, nein, drei Stimmen im Nebel. Männer, die halblaut über die Heimat redeten. Feja tastete sich vorsichtig näher heran. Leichter Brandgeruch verriet ihr, dass weiter vorne ein Feuer flackern musste. Plötzlich bewegte sich etwas im Nebel. Sie erstarrte. Nur drei oder vier Schritte vor ihr löste sich ein Schatten von einer Weide, er entpuppte sich als eine nicht sehr große, aber drahtige Gestalt. War das …? »Span«, flüsterte Feja.

Der Schatten hatte sie gehört. Er fuhr herum, griff nach der Waffe an seinem Gürtel und taumelte ein paar Schritte zurück. Ein Wurfspeer ragte ihm aus der Brust. Feja stieß einen Entsetzensschrei aus. Die Stimmen im Nebel wurden lauter.

»Wer da?«, rief jemand. Feja rannte hinüber zu dem Sterbenden. Nein, es war nicht Span! Sie ächzte vor Erleichterung.

»Zu den Waffen!«, brüllte jemand. Ein weiterer Wurfspeer sauste dicht an ihr vorbei. Jemand schrie getroffen auf. Feja zog ihr Messer. Da waren plötzlich viele Männer im Nebel. Ein Feuer loderte hell auf, und dann sirrten Bogensehnen. Sie sprang auf den nächsten Schatten los, bekam ihn zu fassen und erkannte sein Gesicht. Es war Meister Starf, das Oberhaupt der Handwerker. Sie packte ihn am Hals. Sofort fühlte sie den Fliod, der durch diesen Mann strömte.

»Sagt Euren Leuten, dass sie die Waffen niederlegen sollen!«, zischte sie. Er wehrte sich, griff nach der kleinen Axt an seinem Gürtel. Sie öffnete ihr Bargan und zog dem Mann die Magie aus dem Leib. Der plötzlich auf sie einstürzende Strom versetzte ihr einen Schlag. Meister Starf schrie auf und versuchte, sich loszureißen, doch er ermattete schnell. Um Feja herum wurde gekämpft. Männer stöhnten, und Waffe klang auf Waffe. »Ihr wisst, wer ich bin, oder? Euer bisschen Magie habe ich schon, Meister Starf, soll ich Euch auch noch das Leben nehmen?«

»Nein, nein!«, rief er entsetzt. »Ich ergebe mich, ich ergebe mich!«

»Dann sagt Euren Leuten endlich, dass sie das Gleiche tun sollen!«, herrschte sie ihn an.

»Legt die Waffen nieder, Männer! So legt doch die Waffen nieder!«, schrie er angstvoll. Feja ließ ihn los. Er fiel zu Boden und krümmte sich, wie in Krämpfen. Der Kampf flaute ab, aber er endete nicht. Da sirrte immer noch von irgendwoher ein Bogen und sandte Pfeile in den Nebel.

Jemand schrie getroffen auf und fluchte auf Utorisch.

»Dieser Narr merkt nicht, dass er auch auf seine eigenen Leute zielt«, keuchte Fohas, der plötzlich neben Feja aus dem Nebel auftauchte.

Ein Pfeil flog dicht an ihnen vorbei.

Fohas warf sich zu Boden, und Feja tat es ihm gleich. »Er sitzt irgendwo dort in einer der Vier Schwestern oberhalb des Flussnebels«, sagte der Wargling. »Ein guter Platz, wir kommen nicht ungesehen an ihn heran.«

»Ich vielleicht schon«, meinte Feja. Sie schlich zur Seite und versuchte, den Hügel von dort aus zu erklimmen. Der Nebel wurde schnell dünner. Ein Pfeil verfehlte sie knapp. Sie zog sich ein Stück zurück.

»Kennst du da nicht irgendeinen Zauber?«, fragte Fohas leise, der ihr ungefragt gefolgt war.

»Solange ich im Nebel bin, kann ich das Zwielicht nicht beschwören«, erklärte sie. »Und wenn ich aus dem Dunst herauskrieche, bin ich vielleicht tot, bevor der Zauber fertig ist.«

»Und jetzt? Er sitzt zu weit oben. Da erreichen ihn unsere Speere nicht.«

»Ich werde etwas anderes versuchen.« Feja sammelte sich. Ihr Bargan war gut gefüllt, und es war ihr schon gelungen, ihre magische Kraft zu bündeln. Sie warf einen Stein über den Hang, lauschte auf das Geräusch der Sehne, die einen Pfeil ins Leere sandte, und versuchte ungefähr zu erraten, wo der Schütze saß. Sie musste schnell sein. Sie sprang auf und hastete am Rand des Nebels entlang über den Hügel. Die Federn des nächsten Pfeils streiften sie am Rücken. Sie schlug einen Haken, stürmte aus dem Nebel und entdeckte den Schützen endlich zwischen einigen großen Steinen. Er hatte das nächste Geschoss schon auf der Sehne, und seine Deckung war gut.

Feja versuchte gar nicht erst, ihn zu treffen, sie schleuderte alle Kraft, die sie sammeln konnte, auf einen der Felsbrocken, hinter denen er sich versteckte. Es war, als hätte ein unsichtbarer Blitz in den Stein geschlagen. Er zersplitterte zu tausend Brocken und riss dem Mann dahinter den Bogen aus der Hand. Er schrie, sprang auf und hielt sich die Hände vor das blutende Gesicht. Feja blinzelte. Sie war selbst ganz benommen von der Energie, die sich entladen hatte. Wie durch einen Schleier sah sie Warglinge am Rande des Nebels auftauchen. Und bevor sie etwas sagen konnte, flogen gleich drei Speere durch die Luft. Der Bogenschütze sah sie nicht einmal kommen. Er kippte getroffen zur Seite.

Feja fühlte plötzlich, dass sie jemand stützte. Sie blinzelte wieder. »Wird es gehen?«, fragte Fohas und klang besorgt.

Sie nickte schwach und ging zu dem gesprengten Felsen hinüber. Sie hätte nicht gedacht, dass so viel Kraft in ihr steckte.

Fohas befühlte die Steinbrocken. »Ich bin froh, dass du auf unserer Seite bist, Slendacha. Um nichts in der Welt will ich dich zur Feindin haben. Ich bin schon gespannt, welchen neuen Namen sie in den Liedern für dich finden werden. Wie fändest du Mondachstraija, die Bergzerschmetterin?«

»Übertrieben«, sagte sie matt und betrachtete unglücklich das blutverschmierte Gesicht des toten Bogenschützen. Sie erinnerte sich an ihn. Er war einer der jungen Gewappneten aus der Graufeste. Er war ungefähr so alt wie Span.

Skuran Orchon zitterte am ganzen Leib. Er hatte die klaffende Wunde des falschen Zimmermanns notdürftig verbunden und sich dann in eine Ecke gesetzt, möglichst weit entfernt von den Leichen, die er mit den anderen durchsucht hatte. Auch Meme Sulling, die Alchemistin des Ordens, war inzwischen gestorben. Es roch nach Tod und Verderben in diesem Gewölbe, und von oben drang immer wieder Kampflärm herab. Endlich erschien Meme Salmango wieder. Ihre Kleidung war von Blut besudelt, doch schien es nicht ihr eigenes zu sein.

»Ich habe ihn!«, rief sie und hielt einen kleinen Schlüssel hoch. »Einer ihrer Meister trug ihn um den Hals.«

Der Abot hatte die ganze Zeit finster brütend vor der Tür gestanden. Dass seine Leute dort oben immer noch auf Leben und Tod kämpften, schien ihn nicht zu kümmern. Er streckte mit herrischer Geste die Hand aus. Die Meme legte den Schlüssel hinein.

»Ich bringe aber auch schlechte Nachrichten«, sagte sie. »Die Meister Buklar und Sjargur sind schwer verletzt, und Bruder Brynar ist tot. Auch Hauptmann Hofftin ist gefallen, so wie etliche seiner Gewappneten.«

»Er passt!«, rief der Abot, der offensichtlich gar nicht zugehört hatte. Die schwere Tür schwang auf.

Orchon rappelte sich hoch und folgte der Meme in die Kammer. Sie war klein, viel kleiner als die unter dem Tempel der Graufeste, aber der Kristall war größer, und er drehte sich über einer breiten Erdspalte, aus der rötliches Licht aufstieg. Orchon blickte gebannt in den Abgrund. Er konnte nicht erkennen, woher dieses Licht stammte. Es schien aus der Tiefe selbst zu kommen.

»Der Glutstein, endlich!«, rief der Abot. »Die Trage! Nun macht schon!« Die beiden Gewappneten stolperten zurück in die Vorkammer und kehrten eilig zurück.

»Die Steine, Schmied, schnell doch!«

Orchon gehorchte und half dann den beiden Soldaten, die Holme der Trage zu voller Länge auszuklappen. Die Soldaten hielten sie mit zittrigen Händen. Orchon überprüfte die Holme noch einmal, bevor er die beiden schweren Steine in die Schale legte. Er war so aufgeregt, dass er fast vergaß, weswegen er hier war. Mit zitternden Fingern überprüfte er, ob der kleine Hebel wirklich noch dort war, wo er ihn angebracht hatte. Ja, da war er! Eine winzige Berührung zur richtigen Zeit, und die Trage würde sich ohne Vorwarnung zusammenfalten und der Kristall mit der Schale in die Tiefe fallen.

Plötzlich fragte er sich, ob das überhaupt möglich war. Hielt nicht Alte Magie den Kristall dort oben fest? Würden die Steine überhaupt wirken? Er biss die Zähne zusammen und blendete alle Zweifel aus. Gleich würde er es wissen. Fiebrige Erregung packte ihn, und als er sich umsah, bemerkte er sie auch bei den anderen, vor allem bei Abot Dregin.

»Weiter, jetzt nicht zögern!«, trieb der seine Leute an. Hallir tauchte plötzlich in der Kammer auf, und auch der unheimliche Bruder Span erschien. Beide bluteten aus kleineren Wunden, aber niemand schenkte dem noch Beachtung. Orchon packte als Erster an. Er musste am richtigen Holm stehen, wenn er Dregin scheitern lassen wollte. Zu viert hoben sie sein Meisterwerk an und näherten sich dem Kristall.

»Was für eine Macht«, flüsterte Hallir andächtig. »Ich habe das Gefühl, dass mein Bargan gleich überläuft.«

»Lasst Euch nicht ablenken. Denkt daran, dass diese Macht gleich uns gehört«, mahnte Dregin mit heiserer Stimme.

Jetzt hoben sie die Schale mit den Tränensteinen von der Seite über den breiten Spalt. Sofort stieg ein böser Summton aus der Tiefe empor, und der Kristall begann zu zittern. »Weiter, weiter!«, rief Dregin, weil sie unwillkürlich zögerten. Der Ton wurde lauter und schriller, und der Holm begann, in Orchons Händen zu tanzen. Es war, als leiste der Glutstein Widerstand. Je näher sie ihm kamen, desto stärker vibrierte die Trage und desto schwieriger wurde es, sie weiter auf den Kristall zuzubewegen. Orchon keuchte, und Bruder Hallir neben ihm hatte ebenfalls zu kämpfen. Unter Aufbietung aller Kräfte brachten sie schließlich den Rand der Schale unter den Stein. Das Summen wuchs zu einem unerträglichen Schrillen an. Orchon wurde schwindelig davon. Er riss sich zusammen und kämpfte mit den anderen weiter gegen den Widerstand an. Lärm von der Treppe verriet, dass nun dort gekämpft wurde. Meme Salmango eilte mit Gabra hinaus, um jeden Feind aufzuhalten, der es wagte, die Stufen herabzukommen. *Gleich*, dachte Skuran Orchon, *gleich!* Sie waren schon zu mehr als der Hälfte unter dem Kristall, als dieser plötzlich seine Farbe änderte. Nur noch eine Handbreit, und …

»Geht weg, Schmied«, verlangte eine heisere Stimme. Er fühlte eine Hand auf der Schulter. Jemand wollte ihn ablösen! Verzweifelt versuchte Orchon, seinen Platz zu behaupten.

»Lasst mich«, stieß er hervor, aber der Abot war stärker als er und nahm ihm den Holm aus der Hand. Und dann schob ihn auch Bruder Span zur Seite und packte mit an. Gelähmt vor Entsetzen, sah Orchon zu, wie ihm sein Plan buchstäblich aus den Händen genommen wurde. Die Männer schoben und schwitzten, und endlich, endlich befand sich die Schale mit den Tränensteinen ganz unter dem Kristall. Der erzitterte, schwankte und senkte sich langsam in die Schale. Der schrille Ton aus der Tiefe verstummte mit einem Schlag.

Dann geschah – nichts.

Die Männer starrten sich über den Abgrund hinweg keuchend an. Der Kristall ruhte in der großen Schale.

»Das rote Licht, es ist fort«, stellte Bruder Hallir fest.

Die Männer hielten inne, sahen sich verwundert an. Orchon lauschte mit ihnen. Da musste doch etwas geschehen, ein Beben, ein Donnern, das Ende der Welt! Aber nein, da war nichts!

»Wollt Ihr ewig so stehen bleiben, Brüder? Weiter, weiter!«, rief der Abot. Sie schafften den Kristall vom Abgrund fort und in die Vorhalle. Meister Svelgar kam die Treppe hinab. Seine graue Robe war blutverschmiert, aber nicht zerrissen.

»Wir haben sie zurückgeschlagen, aber vielleicht kommen noch mehr. Bei den Monden – was für ein Anblick!« Er stieg achtlos über die verbrannte Leiche von Meme Sulling. Vielleicht hatte er sie nicht erkannt, vielleicht gar nicht gesehen, weil ihre Beute ihn in den Bann zog. Auch Orchon konnte den Blick kaum von dem Kristall wenden, der jetzt in einem überirdisch reinen Weiß schimmerte. Der Schwertmeister beugte sich hinab und berührte ihn.

»Was tut Ihr da?«, herrschte der Abot ihn an.

»Er ist ganz kalt«, stellte der Schwertmeister leise fest. Er rüttelte vorsichtig an ihm. »Er lässt sich bewegen.«

»Die Steine vom See«, brachte Orchon hervor.

»Wirklich?«, meinte Svelgar. Er hob den Kristall an. »Für einen Mann zu schwer, um ihn weit zu tragen, aber ich glaube nicht, dass wir Eure Steine oder diese sperrige Trage noch brauchen, Rotschmied. Es muss der Abgrund selbst gewesen sein, der ihn festgehalten hat. Ich habe mich schon immer gefragt, wie die Alten die Splitter der Mangyr einst bewegen konnten. Jetzt verstehe ich es. Es war gar nicht die Magie in der Allkugel, die sie an den Ort band.«

»Wollt Ihr Vorträge halten oder mit anpacken, Svelgar?«, fuhr ihn der Abot an.

Der Schwertmeister nahm die beiden Steine vom See aus der Schale. »Versucht es, Männer«, rief er. Sie hoben die Trage an.

»Es geht ganz leicht«, stellte Hallir verblüfft fest.

Svelgar drückte Orchon die Tränensteine in die Hand. »Verwahrt sie gut. Wir werden sie in der Graufeste brauchen«, sagte er mit einem Augenzwinkern.

Skuran Orchon riss sie an sich.

Dann geschah doch etwas. Es kam kein Grollen aus der Tiefe, und die Erde bebte nicht, aber da war plötzlich ein leises, feines Knistern in den Wänden, im Boden, ja, sogar in der Luft. Sie alle hörten es und hielten den Atem an. Es klang, als würde das dicke Eis eines Flusses nach einem langen, strengen Winter einen allerersten feinen Riss bekommen. Orchon lauschte. Das Knistern schwand, und es folgte kein zweites. War das alles? Verschlang die Erde sie nicht? Wo blieb das Beben, das sie alle in dieser Festung begraben würde? Sie hatten doch ein Glied aus der Kette entfernt, welche die Alte Magie band. Musst diese wiederkehrende Macht sich nicht mit Urgewalt Bahn brechen? Oder hatte er sich getäuscht? War alles ganz anders, als er es sich gedacht hatte?

Natürlich ist es anders. Und du wirst es nie verstehen. Du hättest den Kristall in die Tiefe stürzen müssen. Wieder einmal hast du versagt, höhnte die innere Stimme.

»Steht nicht herum wie die Statuen!«, herrschte der Abot sie an. »Wir haben, was wir wollten. Vorwärts, lasst uns die Beute nach Hause schaffen!«

Skuran Orchon verließ die Kammer als Letzter, weil seine Beine ihm den Dienst versagten. Der Abot hatte die bittere Wahrheit ausgesprochen: Die Aschling-Hexer hatten, was sie wollten. Und er hatte es ihnen verschafft!

12.

Der Nebel lichtete sich. Nein, er verschwand beinahe auf einen Schlag. Feja hatte so etwas noch nie gesehen. Auch die Warglinge sahen einander verblüfft an.

»Was für eine Art von Gauchen-Hexerei ist das?«, fragte Fohas.

»Keine, von der ich je gehört hätte«, erwiderte Feja.

Der Wargling hob die Hand. »Still doch!«

Er hätte gar nichts sagen müssen. Auch Feja hörte dieses feine Knistern, das von überall her zu kommen schien. Es lief durch sie hindurch wie ein wohliger Schauer. Sie blinzelte. Das Knistern verklang. Feja fühlte sich für einen Augenblick aus dem Grunde ihres Herzens erleichtert. »Ich weiß nicht, was das war«, sagte sie, »aber es war kein Zauber, den die Graumagier verwenden würden.«

Der Fluss glitzerte in der Morgensonne, und die Eisfelder in den Auwiesen leuchteten weiß. Einige schmale Flöße lagen am Ufer. Fejas Blick fiel auf den Gewappneten. Seine Wangen schimmerten rötlich. Aber das war nur das Sonnenlicht, und der Soldat war immer noch tot. Er war nicht der Einzige. »Haben wir Verluste?«, fragte Feja. Das Gefühl der Erleichterung war wieder verflogen.

»Warchas liegt dort drüben. Er hat einen Pfeil in den Hals bekommen. Ich hoffe, er kann trotzdem mit den Ahnen trinken und ist in der nächsten Welt weniger einsam. Auch Nadras und Mur sind pfeilwund. Die Wunden sind nicht tief, aber sie klagen über brennenden Schmerz. Vielleicht ein Gift. Kannst du nach ihnen sehen?«

Feja kümmerte sich um ihre Gefährten. Ihre Wunden waren wirklich nicht tief, aber als sie die Hand auflegte, konnte sie das Gift förmlich schmecken. Sie brauchte viel Kraft, um es aus dem Körper der Männer zu ziehen, und ihr wurde übel davon. Die Warglinge hatten die Gefangenen an einer alten Weide zusammengetrieben. Feja kannte das eine oder andere Gesicht. Es waren Handwerker aus der Feste. Von den Gewappneten hatte sich keiner ergeben.

Als die Wirkung des Giftes abflaute, ging sie hinüber zu Meister Starf. Er schien der einzige Magier hier zu sein. »Die Flöße. Wozu dienen sie? Was hat Dregin vor?«

Der Meister schüttelte den Kopf. Feja legte ihm die Hand auf die Schulter. Er zuckte zusammen und wurde kreidebleich. »Ich habe Euch Eure Magie genommen, Starf. Habt Ihr schon wieder vergessen, dass ich Euch weit Schlimmeres antun kann? Es ist besser für Euch, wenn Ihr mir sagt, was ich wissen will.«

Er schüttelte stumm den Kopf. Feja schloss die Augen und öffnete ihr Bargan. Sie hatte nicht vor, den Mann ernsthaft zu verletzen. Andererseits war ihr Bargan nach den Heilungen fast leer. Sie fand Starfs Lebenskraft, und es traf sie wieder wie ein Schlag, als sich die Schleuse für sie öffnete. In einem mächtigen Strom floss der Fliod durch ihre Adern. Starf schrie auf. Erschrocken ließ sie los. Für einen Augenblick war sie benommen. Als sie wieder klar sehen konnte, sah sie in das schmerzverzerrte Gesicht des Zauberers. Was hatte sie getan?

»Soll ich das wiederholen?«, brachte sie hervor.

Aus dem Augenwinkel sah sie Fohas, der sie mit verschränkten Armen und missbilligendem Stirnrunzeln betrachtete. Zu ihrer Erleichterung gab Starf seinen Widerstand auf.

»Wir wollen mit der Beute den Mothach hinunterfahren bis zum Kronsee. Ein Schiff wartet unterhalb der Fälle auf uns.«

»Welche Beute?«, fragte Feja.

»Der … der Kristall der Feuermagier. Abot Dregin will ihn stehlen.«

»Stehlen?«, fragte Feja verblüfft. »Das ist möglich?«

Der Meister nickte eifrig. »Die Steine, die der Rotschmied in den Bergen gefunden hat. Mit ihnen kann es gelingen.«

Feja erhob sich. Dregin wollte den Stein gar nicht zerstören, er wollte ihn rauben? Das änderte alles.

»Ich habe immer noch nicht verstanden, was es mit diesen Kristallen auf sich hat, von denen die Gauchen so ungern reden.«

»Sie bedeuten Macht, Fohas, ungeheure Macht. Und Dregin will zwei … oder hat er sie vielleicht schon?« Sie dachte an das eigentümliche Knistern und versuchte, aus all den Bruchstücken, die sie wusste, ein Bild zusammenzusetzen. »Meister Orchon hat mir einmal erklärt, dass die Zauberer die Alte Magie eingesperrt hätten«, sagte sie langsam.

»Die Alderlane hat zugegeben, dass du vielleicht einen kleinen Spalt in die Mauer geschlagen haben könntest, der uns von ihr trennt«, ergänzte Fohas ernst.

»Hat sie das? Mir hat sie kein Wort davon gesagt. Jedenfalls haben die Orden Pforten in diese Mauer gebaut. Türen, durch die sie Magie leiten. Ich glaube, Dregin hat gerade eine dieser Pforten aus der Wand gebrochen.«

Nach einer langen Pause sagte Fohas bedächtig: »Dann kommt die Magie zu uns zurück?«

»Vielleicht«, sagte Feja unsicher.

»Dann hätte dieser Dregin uns also einen Gefallen getan?«

»Was immer er getan hat, Fohas, er hat es nicht aus Liebe zu den Weren getan. Er kann mit diesem Kristall großes Unheil anrichten.«

Der Wargling zuckte mit den Achseln. »Die Aschlinge richten Unheil an, seit sie auf diese Insel gekommen sind.«

»Und willst du nicht, dass das endet?«

»Ich bin nur ein Jäger, Slendacha. Ich kann nicht gegen Hexer kämpfen.«

»Und doch müssen wir es versuchen, Fohas. Es hat sich nichts geändert. Es ist Abot Dregin, der das Verhängnis mit sich bringt. Wenn wir ihn töten …«

Fohas schüttelte den Kopf. »Wir haben einen Mann verloren, und zwei sind verwundet, dabei haben wir hier doch nur gegen Handwerker und eine Hand voll Krieger gekämpft. Ich werde meine Leute nicht in einer aussichtslosen Schlacht gegen mächtige Zauberer opfern, Slendacha.«

»Aber ich muss Dregin aufhalten!«

»Dann frag die Nykken, vielleicht stehen sie dir bei. Komm zur Vernunft, Feja! Wir können keinen offenen Kampf mit einem ganzen Hexer-Orden wagen.«

Feja antwortete nicht. Sie wusste, dass Fohas recht hatte, und doch sagte ihr jede Faser ihres Wesens, dass sie Dregin aufhalten musste. Ob vielleicht Span … nein, er hatte sie getäuscht und verraten. Der Abot hatte ihn ganz auf seine Seite gezogen. Sie setzte sich ans Ufer und starrte ins Wasser. Sie musste etwas unternehmen. Aber was? War es falsch, Dregin zu bekämpfen? Er war doch die Wurzel allen Übels. Was Nerius ihr wohl raten würde? Oder Meister Caron? Sie vermisste ihre Freunde.

Fische zogen durch das Wasser, und der Himmel spiegelte sich in den sanften Wellen. Feja runzelte die Stirn. Etwas stimmte nicht. Da waren Hügel zu sehen. Aber das konnten nicht die Vier Schwestern sein, die doch in ihrem Rücken standen, und zur anderen Seite hin war das Land flach. Feja sah genauer hin. Die Hügel waren viel niedriger. Schilf wucherte am Ufer vor ihnen. Auch der Winkel, aus dem sie all das sah, war eigenartig. Hinter dem Schilf bewegte sich etwas. Feja war, als blicke sie aus dem Fluss heraus an Land. Da war ein schwerer Wagen, von Soldaten bewacht. Sie versuchte, in dem verschwommenen Bild Einzelheiten zu erkennen. Zwei Gestalten saßen auf dem Gefährt. Ihre Haltung war eigentümlich. Lagen sie etwa in Ketten? Der eine Mann trug eine Kapuze, die tief in sein Gesicht gezogen war. Der andere war jung, schlank. »Nerius!«, rief sie und sprang auf. Das Bild zerstob, und der Fluss zeigte ihr wieder nur blauen Himmel.

Sie lief hinüber zu Fohas. »Nerius … er ist ein Gefangener. Der Ailon auch.«

»Der Knochenmann? Woher …?«

»Der Fluss hat es mir gezeigt!«

»Der Mothach? Am helllichten Tag?«

Sie nickte. »Es muss eine Nykke darin wohnen.«

»Ein Nykk wohl eher, wenn die alten Geschichten stimmen«, sagte der Wargling langsam. »Sei höflich zu ihm, denn er macht sich gerne einen Spaß daraus, das Land weithin zu verwüsten. Aber dass er dir am Tag eine Botschaft zukommen lässt? Sprechen die Nykken nicht sonst immer nur nachts mit dir?«

»Ich kann zurückgehen und ihn fragen, warum er mir am Tag erscheint, wenn du willst. Hast du nicht zugehört, Fohas? Wir müssen unsere Freunde retten!« Mit einem Mal wurde ihr bewusst, dass sie Meister Caron nicht gesehen hatte. Was war mit ihm geschehen?

»Langsam, Slendacha. Was ist mit deinem Abot?«

»Du sollst mich nicht so nennen, Fohas. Und der Abot … kann mir gestohlen bleiben! Nerius ist in Gefahr!«

Fohas lächelte und legte ihr eine Hand auf die Schulter. »Ich habe vor einiger Zeit deinen alten Lehrer sagen hören, dass du auf der Suche nach deinem Pfad seist. Er war sogar so freundlich zu glauben, dass du ihn bei uns Warglingen finden würdest. Ich bin dir nun eine Weile gefolgt, Feja aus dem Langen Walde, und ich habe dich umherirren sehen. Wir Weren sagen, dass kein Steig richtig ist, wenn man nicht weiß, welchen Gipfel man erklimmen will. Nun weiß ich nicht viel über die Pfade der Utorer, aber mein Herz sagt mir, dass die Jagd auf diesen Abot nicht dein Weg ist. Du willst helfen, Feja vom Drachenhof, nicht töten. Und deshalb ist es richtig, wenn du deinem Freund Nerius beistehst.«

Feja starrte den Weren an. Er hatte noch nie so viele Worte an einem Stück gesprochen. »Willst du mir dabei helfen, oder möchtest du mich weiter mit werischen Weisheiten erleuchten?«

Fohas lachte. »Wir helfen unserer Gefährtin, denn das Wild mag gefährlich sein, aber die Jagd ist ehrenvoll. Wo hast du deine Freunde gesehen?«

»Am Fluss, in einem Wagen. Ein Dutzend Soldaten bewachen sie. Und da waren viele Hügel, sanfter als die hier.«

»Das sagt mir nichts, denn ich kenne das Land südlich der Berge kaum. Aber wenn der Mothach sie dir gezeigt hat, müssen sie irgendwo an seinem Ufer sein.«

»Die Flöße!«, rief Feja. »Wir nehmen eines davon und folgen dem Fluss. Dann werden wir sie sehen.«

»Du willst dich mit so einem Ding auf den Mothach wagen?«

»Warum denn nicht. Es ist besser als Laufen.« Feja stutzte. »Hast du etwa Angst vor dem Wasser, Fohas?«

»Ich weiß gar nicht, was Angst ist, Slendacha«, entgegnete er würdevoll. »Jedoch haben wir keine großen Gewässer in den Bergen. Mir fehlt die Erfahrung im Umgang mit ihnen.«

»Augenblick … du willst mir sagen, du kannst nicht schwimmen?«

»Ich habe es noch nie versucht, daher weiß ich nicht, ob ich es kann«, lautete die ausweichende Antwort.

Feja grinste breit. »Wir müssen es auch nicht heute herausfinden, denn nicht wir müssen ins Wasser, sondern nur das Floß, das uns trägt.«

»Der Mothach kann tückisch sein.«

»Aber wenn Abot Dregin sich und seine Beute diesem Fluss anvertrauen will, Fohas, hält er ihn für zuverlässig genug.«

»Und doch gefällt mir der Gedanke nicht. Wenn wir Pferde hätten …«

»Haben wir nicht.«

»Aber wir könnten dem Fluss doch zu Fuß …«

»Ein Floß wird niemals müde!«, schnitt sie ihm das Wort ab. Plötzlich hatte Feja eine Idee: »Wir werden die anderen Flöße zerstören. Ich weiß nicht, ob das Dregin lange aufhalten wird, aber ich werde ihm jeden Stein in den Weg legen, den ich finden kann.«

Jetzt, wo die Entscheidung gefallen war, fühlte sie sich wie von einem Albdruck befreit. Mit den Warglingen zerschnitt sie die Seile, mit denen die Flöße verbunden waren, und schickte die Baumstämme einzeln den Fluss hinab. Sie zerschlugen auch die Räder des Wagens, den die Magier zurückgelassen hatten, und verluden alles Werkzeug auf das eine Floß, das sie nutzen wollten. Später würden sie es in den Fluss werfen. Gegen Mittag war die Arbeit getan. Sie ließen die Gefangenen gefesselt zurück und stießen ihr Gefährt vom Ufer ab. Feja hätte zu gern Dregins Gesicht gesehen, wenn er hierherkommen und herausfinden würde, dass sie seine Pläne durchkreuzt hatte.

Die Warglinge – bis auf Fohas – lachten, weil sie das Gefährt so ungeschickt auf den Mothach hinaus stakten. Feja lachte mit. Der Fluss mochte tückisch und die Fahrt gefährlich werden, aber sie war unterwegs, um ihre Freunde zu retten. Endlich hatte sie das Gefühl, auf dem richtigen Weg zu sein.

»Und du hast wirklich nichts gespürt, Trewe?«, fragte Gyltorn noch einmal.

Sein Halbbruder schüttelte den Kopf.

»Aber alle haben es gemerkt. Es war im Boden, in den Steilhängen, überall. Und dieses Gefühl … wie soll ich es beschreiben? Erleichterung, vielleicht.«

»Erleichterung worüber, Herr?«

»Keine Ahnung«, erwiderte der Landgraf verdrossen. Das Gefühl war wieder geschwunden. Und jetzt stapfte er missmutig einen steilen Pfad hinauf, der ihn weit in die Berge führen sollte. »Vielleicht hatte der Prinz doch recht. Es ist schwer vorstellbar, hier einen Trosswagen hinaufzubringen«, murmelte er. Er zog sein Pferd am Zügel hinter sich her. Der schmale Weg wand sich den Hang entlang und fiel zu seiner Linken viele Klafter tief in die Schlucht hinab. Dort unten war ein wild schäumender Bach zu erkennen, der sich seinen Weg zwischen steilen Felsen gegraben hatte. Die hohen Berge schienen dem Landgrafen von beiden Seiten gegen Bach und Pfad zu drücken, so als wollten sie den schmalen Spalt in ihren Knochen wieder schließen. Gyltorn fühlte sich klein und unbedeutend angesichts der viele tausend Fuß hohen Bergriesen, die vor ihnen in den Himmel ragten, und er sah nur mit Schaudern in die Tiefe. Er hatte keine Zweifel, dass sich Ross und Reiter den Hals brächen, stürzten sie dort hinunter.

»Warum seid Ihr nicht beim Prinzen, Herr? Ihr seid der Marschall. Ihr müsst führen!«

»Ich kann mich hier schlecht durch die Reihen drängen, oder?«, gab Gyltorn missmutig zurück. Außerdem waren Meister Bredhir und Kapitän Draan dort vorne. Er wollte keinem der beiden Männer begegnen. Der Pfad wand sich um mächtige Felsblöcke und manchmal auch unter schwer lastenden Überhängen hindurch. Die Felsen fielen nun lotrecht zu dem wilden Bach hinab, und der Weg wurde immer schmaler. Gyltorn spürte ein Gefühl der Enge in der Brust. Verstohlen blickte er zu den nackten Felswänden hinauf. Halb erwartete er, auf einem der schroffen Grate einen der Männer von der Aschengilde dort zu sehen. Wenn ihre Bogen den Prinzen nicht trafen – würde ihn dann ein Fremder zwingen, bei diesem Mord zu helfen?

»Sobald der Pass wieder eine Gelegenheit bietet, werde ich mich nach vorne begeben«, erklärte er ungehalten, weil er deutlich die Missbilligung aus Trewes Schweigen heraushörte.

»Da ist schon wieder einer«, sagte sein Halbbruder und wies mit einem Nicken in Richtung eines Felsvorsprungs. Gyltorn blickte erschrocken auf. Aber das war kein Bogenschütze, sondern nur ein Wolf, der hoch oben über den rauen Grat auf der anderen Seite des Abgrunds schlich. »Es ist schon der vierte oder fünfte, den ich sehe, Herr.«

»Ja, sie sind mir auch aufgefallen. Sie werden uns doch nicht für Beute halten, oder?«

Der Wolf war stehen geblieben, er reckte den Kopf gen Himmel und heulte. Aus der Ferne antwortete ein anderer Wolf. Ein dritter fiel ein.

»Das Heulen macht die Männer nervös«, sagte Trewe. »Sie haben sich schon am Fluss Geschichten von der mächtigen Hexe erzählt, die über die Wölfe gebietet und in Gestalt einer riesigen Bärin Scharen von Männern vertilgt.«

»Abergläubisches Geschwätz«, murmelte Gyltorn. Er sah sich um und entdeckte nicht weit entfernt einen Ritter in leichter Rüstung auf seinem Falben. Er aß einen Apfel und schien den Abgrund, an dem sein Pferd wandelte, nicht zu fürchten. Wichtiger – und ungewöhnlich für seinen Stand – war, dass er statt einer Lanze einen langen Bogen auf seinem Rücken trug. Deshalb war er Gyltorn schon zuvor aufgefallen.

»Wie ist Euer Name, Herr Ritter?«, rief er ihm zu.

»Ich bin Baran Tern von der Krebsburg, die Ihr weit nordöstlich an der Kristallküste findet, Erlaucht.«

»Wie gut versteht Ihr, mit diesem Bogen umzugehen, Ritter Tern?«, fragte Gyltorn und deutete auf den Wolf, der am gegenüberliegenden Hang am helllichten Tag die Monde anheulte.

Der Ritter warf den Apfel in die Schlucht, nahm den Bogen zur Hand und gab vom Sattel aus einen Schuss ab. Der Pfeil flog über den Abgrund hinweg und traf den Wolf in der Flanke. Das Heulen endete in einem kläglichen Winseln.

»Gut getroffen!«, lobte Gyltorn. »Ich danke Euch, auch für Euren Namen, den ich mir merken will. Das Reich kann Männer mit ruhiger Hand gut gebrauchen.«

»Ich hoffe nur, ich finde bald lohnendere Ziele, Herr«, gab der Ritter zurück.

Gyltorn bemerkte zufrieden, dass das Heulen der Wölfe verstummt war.

Bald darauf geriet der lange Zug ins Stocken. »Was ist da vorne los?«, fragte Gyltorn.

»Wenn ich mich nicht sehr täusche, haben wir einen der Rastplätze erreicht, Herr«, erklärte Trewe. »Kaufleute schlagen dort ihr Lager auf, wenn sie wissen, dass sie Murgat nicht vor Anbruch der Dunkelheit erreichen können.«

Tatsächlich öffnete sich zur Rechten ein dunkler Talkessel. Ein weiterer Bach war dort durch den Fels gebrochen und hatte eine steinige Ebene geschaffen. Er hatte sich jedoch nicht sehr tief in das Gestein gegraben und stürzte in einem Wasserfall, fein wie ein Schleier, hinab in die schier bodenlose Schlucht, der sie bisher gefolgt waren. Kümmerliches Gras brach hier aus dem kargen Boden, aber Gyltorn sah keinen einzigen Baum oder Strauch.

Die Edlen ließen ihre Pferde saufen, und es gab Streit, weil sie nicht warteten, bis die Männer ihren Durst gestillt hatten. Die Marschkolonne ergoss sich nach und nach in diesen bedrückenden Talkessel, und jede Ordnung ging sogleich verloren.

Mornir Gyltorn kämpfte sich mit Trewe zu Prinz Folgar durch. Die Vögte und hohen Fürsten des Reiches waren um den Heerführer versammelt. Gyltorn witterte Ärger, denn er sah die verkniffene Miene des Prinzen, der zwischen Meister Bredhir und Kanzler Ferror stand. Offenbar stritten die beiden Männer.

»Ich wiederhole es«, rief der Hochmeister gerade, »der Orden dieses Mannes hat erst uns, dann das Gericht und nun das ganze Reich getäuscht. Die dunklen Magier sind nicht in den Mondbergen, wie sie behaupten, und schon gar nicht suchen sie nach Feja vom Langwald!«

»Eine Verleumdung, Hoheit!«, rief Bredhir. »Habt Ihr erneut Beweise gefälscht und falsche Zeugen erfunden, Hochmeister?«

»Das Lichtsignal kam vor einer Stunde aus Holt, Hoheit. Ein Knabe wurde dort aufgegriffen, auf einem Pferd, das dem Grauen Orden gehört. Der Junge hat die Bruderschaft verlassen, als sie mit unbekanntem Ziel durch den Langwald nach Westen zog. Ich habe Euch doch berichtet, dass wir von einigen unserer Männer nichts mehr hörten; nun wissen wir, warum! Die grauen Magier haben jeden ermordet, der diesen Zug gesehen hat. Ich wusste schon lange, dass Dregin etwas im Schilde führt, doch rechnete ich mit einem Hinterhalt in den Bergen. Und nun? Sagt uns doch, Bredhir – was hat Euer Abot vor? Wo will er in so großer Heimlichkeit hin?«

»Eure vermissten Männer werden betrunken unter irgendeinem Baum liegen. Der Abot geht einer Spur nach, denn er versucht die Zauberin zu fangen, die den Roten Brüdern immer wieder durch die Finger zu gleiten scheint. Ja, sie entkam Euren Leuten so oft, Ferror, dass manche glauben, Ihr machtet gemeinsame Sache mit der größten Feindin des Reiches!«

»Die üblichen infamen Unterstellungen, Hoheit! Ich sage Euch, die Grauen Magier führen Böses im Schilde, wie stets – und allmählich ahne ich, was Dregin vorhat. Unsere Festung im Königswald ist beinahe schutzlos, und wir empfangen keine Nachrichten mehr vom Feuerturm am Rande des Steinjochs. Ihr habt uns lange genug getäuscht, Bredhir. Und deshalb verkünde ich, dass die Bruderschaft des Feuers vom heutigen Tage an in Fehde mit Stors Söhnen steht.«

»Eine Fehde, jetzt?«, rief Vogt Wahenot. »Der König hat den Heerbann verhängt! Alle Fehden ruhen bis zum Ende dieses Feldzuges.«

Ferror wandte sich kalt lächelnd an den Vogt. »Ich hätte diese Angelegenheit lieber nach dem Feldzug geklärt, doch das Fehdeverbot betrifft nur die Fürsten, nicht die Orden. Ist es nicht so, Hoheit?«

Prinz Folgar hatte den ganzen Streit mit hochrotem Kopf und verschränkten Armen verfolgt. Er sah den Kanzler finster an und gab zögernd zu: »Die Bruderschaften werden im Heerbann nicht erwähnt, das ist wahr.«

»Seht Ihr, Wahenot? Deshalb werde ich mit meinen Männern sofort umkehren. Wir werden Abot Dregin einen Strich durch die Rechnung und dieser verschlagenen Bruderschaft ein für allemal den Garaus machen.«

Gyltorn fing einen drohenden Blick von Bredhir auf. Glaubte der Mann etwa, er habe Dregins Plan verraten?

»Umkehren?«, rief er schnell, um den Verdacht zu zerstreuen. »Das könnt Ihr nicht tun! Eure Männer werden hier gebraucht.«

Der Hochmeister würdigte ihn keiner Antwort. Gyltorn spürte, dass hier etwas nicht stimmte. Ferrors Bemerkungen über die Fehde wirkten viel zu gut vorbereitet. Hatte er das etwa von langer Hand geplant? Natürlich, er hatte doch gesagt, dass er *nach* dem Feldzug all den dunklen Verschwörungen mit hellem Licht entgegentreten wollte ... Doch was hatte er jetzt vor?

»Ich kann Euch nur warnen, Ferror«, stieß der Prinz hervor. »Wenn Ihr dieses Heer verlasst, verliert Ihr mein Vertrauen ebenso wie das des Königs. Ihr habt uns hoch und heilig Gefolgschaft versprochen.«

»Ich werde Euch einige meiner Brüder hierlassen, Hoheit, genug, um mit einer jungen Zauberin fertig zu werden, doch ich muss zurück ins Tal, um Dregin aufzuhalten.« Gyltorn blickte zum Pfad, über den immer noch Männer in das überfüllte Seitental heraufkamen. Dort hatte sich auch eine große Zahl Flammenzauberer versammelt, offenbar schon bereit, wieder hinabzumarschieren.

»Die Feuermagier sind ohne Ehre«, rief Meister Bredhir laut und mit einer Schärfe, unter der Gyltorn Furcht zu hören glaubte. »Aber vielleicht habt Ihr auch nur Angst, Hochmeister! Vielleicht sollten wir Eure Großmeister fragen, was sie von Eurer überstürzten Abreise halten.«

»Die Großmeister treffen hier keine Entscheidungen, Bredhir«, zischte der Feuermagier.

»Ganz recht, denn ich habe hier die Befehlsgewalt!«, rief Prinz Folgar erregt.

»Als Marschall des Reiches kann ich Euer Vorhaben nicht billigen, Hochmeister«, sagte Gyltorn. »Euer Abmarsch hätte verheerende Auswirkungen auf die Moral der Männer. Und schließlich ist es Eure Todfeindin, die wir hier jagen.«

»Ich dachte, wir suchten die Mörderin von Prinz Sifrid, oder etwa nicht, Gyltorn?« Ferrors Blick war durchdringend, und

Gyltorn hatte Mühe, sein Erschrecken zu verbergen. Ferror wusste es!

»Ich verbiete es!«, zischte Prinz Folgar.

»Verzeiht, Hoheit. Ich respektiere Euch, doch darf ich Euch daran erinnern, dass unsere Gesetze eindeutig sind. Selbst der König hat keine Befehlsgewalt über die Bruderschaften!«

»Wollt Ihr Kanzler des Reiches bleiben, Ferror?«

Für einen Augenblick lag gespannte Stille über den versammelten Fürsten.

»Ich werde mich vor dem König rechtfertigen, Hoheit, und Ihr werdet später einsehen, dass ich zum Wohle des Reiches handele.«

»Seht doch!«, unterbrach Vogt Wahenot den Streit. Er deutete auf einen hohen Grat. Da war, dunkel vor dem hellen Himmel, der Umriss einer Frau zu sehen, klein, gedrungen, mit langen Zöpfen, auf einen Stab gestützt. Gyltorn beschattete die Augen. Sie wirkte uralt. Er fragte sich, wie sie dort hinaufgekommen sein mochte. Die Wölfe entdeckte er erst auf den zweiten Blick, dabei war es ein ganzes Dutzend. Sie duckten sich da oben in den Fels und schienen mit hungrigen Augen auf sie hinabzublicken.

Die Frau rief etwas in werischer Sprache. Trewe übersetzte: »Sie fordert uns auf umzukehren. Dies sei Werenland, sagt sie, vom König auf ewig ihrem Volk gegeben.«

»Wir sind noch auf dem Pfad, der von diesem Geschenk ausgenommen ist«, rief Prinz Folgar, der wohl nicht verstand, dass es dieser Alten nicht um rechtliche Feinheiten ging. »Sie soll uns die Mörderin meines Bruders übergeben und all jene, die ihr geholfen haben. Mehr wollen wir nicht.«

Trewe rief die Worte hinauf. Gyltorn lauschte auf die Antwort. Trewe zögerte jedoch mit der Übersetzung. Es war Vogt Wahenot, der einsprang: »Sie sagt, das könne sie nicht. Denn das Mädchen, das wir suchten, sei unschuldig. Sie verlangt wieder, dass wir umkehren sollen. Und sie nennt es eine letzte Warnung.«

Gyltorn wurde heiß und kalt. Kannte die Alte etwa auch die Wahrheit? Natürlich, wenn sie Feja begegnet war, würde die ihr sicher die wahre Geschichte erzählt haben. Und was war das? Dort, im Schatten eines schroffen Felsens – war das nicht Prinz Sifrid? Er stand da, vornübergebeugt, wie zum Sprung bereit, und starrte ihn mit finsterem Blick an. Unmöglich! Sifrid war tot und begraben! Gyltorn schnürte es die Luft ab. Unwillkürlich wich er zurück.

»Weiß dieses Weib nicht, mit wem sie es zu tun hat?«, rief Prinz Folgar erregt.

Gyltorn blickte unverwandt hinauf. Sifrids Blick schien ihn zu verfolgen. Schweiß brach ihm aus. Doch dann veränderte der Schatten seine Gestalt. Nein, nein, das war nicht Sifrid, nur ein seltsam geformter Felsen! Erleichtert stöhnte er auf. Und doch war diese Alte eine Gefahr.

Gyltorn sah, dass der Edelmann von der Krebsburg ihm unaufgefordert gefolgt war. Mit heiserer Stimme rief er: »Ritter Tern, Euer Bogen! Diese Berghexe bedroht den Prinzen.«

Wieder nickte der Ritter nur, nahm seinen Bogen zur Hand und jagte einen Schuss hinauf. Der Pfeil flog leicht und schnell, die Alte sah ihn wohl zu spät. Schwerfällig versuchte sie auszuweichen, aber das Geschoss traf sie knapp unter der linken Schulter. Sie taumelte.

»Gut getroffen!«, rief der Prinz.

Die Alte stöhnte, wankte, aber sie fiel nicht. Sie klammerte sich an ihren langen Stock und rief auf Utorisch: »Ihr Narren! So sollen die Berge selbst Euch begraben!« Sie rammte den Stab hart in den Boden und stieß einen lauten Ruf aus. Dann drehte sie sich um und humpelte über den Grat davon. Die Wölfe folgten ihr.

»Was war das?«, fragte der Prinz. Er war erbleicht.

»Werengeschwätz«, schnaubte Hochmeister Ferror.

Donner rollte durch das Tal.

Er schien aus dem Boden aufzusteigen. Oder drang er aus den Berghängen? Gyltorn lief ein Schauer über den Rücken.

Seine Sinne waren zum Zerreißen gespannt, so als witterten sie eine unsichtbare Gefahr. Dem Grollen folgte ein Zittern, und plötzlich begann der Grund unter seinen Füßen zu beben. Erst einmal, dann wieder und wieder. Erneut grollte Donner durch das dunkle Tal, und die schroffen Berge warfen das Echo vielfach zurück. Gesteinsbrocken brachen aus den Felsen, und ein feiner Regen aus Staub und Splittern rieselte ins Tal hinab. Die Pferde wurden unruhig, die Männer ebenso. Der Prinz hatte sein Schwert gezogen. Ein lauter Schlag, fast wie ein Stampfen, kam von dem Grat, auf dem eben noch die Alte gestanden hatte. Und mit einem Ruck löste sich der ungeheure Felsen aus der Wand und neigte sich zu Tal.

»Bei den Monden!«, entfuhr es Gyltorn.

»Wir müssen hier weg, Herr!«, rief Trewe und riss ihn aus seiner Erstarrung. Der Felsgrat neigte sich immer weiter, zerbarst und donnerte mit unbeschreiblichem Getöse zu Tal. Männer schrien entsetzt auf, Pferde gingen durch. Ferror schleuderte dem fallenden Berg einen sonnenhell gleißenden Feuerball entgegen. Er zerstob mit einem Knall, doch hielt er das Verhängnis nicht auf.

Gyltorn rannte. Er drehte sich nicht mehr um, auch nicht, als mit einem Schlag all jene zermalmt wurden, die langsamer waren als er. Wo war sein Pferd? Es krachte wieder. Ein gewaltiger Felsbrocken brach von der gegenüberliegenden Wand und polterte zu Tal, überrollte Soldaten, Magier und Pferde ohne Unterschied. Männer stoben auseinander, stolperten in Panik übereinander. Gyltorn hastete weiter, stieß im Getümmel andere zur Seite und wurde selbst gestoßen, strauchelte, kam mühsam wieder hoch und suchte in dem Chaos verzweifelt den Pfad, der sie in diese Falle geführt hatte. Jetzt war er der einzige Fluchtweg für viel zu viele Männer. Und die Feuermagier, die sich zum Abmarsch gesammelt hatten, blockierten ihn. Sie schleuderten Flammen gegen den Berg, denn auch dort hagelte es Gestein. Die Berge schienen zum Leben erwacht. Donnergrollen erfüllte die Luft. Oder war es Gebrüll? Noch nie hatte Mornir Gyltorn etwas Ähnliches gehört. Er hatte Trewe aus den Augen verloren, hielt Ausschau nach ihm, wurde aber im heillosen Durcheinander mitgerissen.

Da war der Pfad, gar nicht weit, aber schier unerreichbar. Und er war viel zu schmal. Hunderte kämpften darum, ihn zu erreichen. Tonnenschwere Felsen und faustgroße Brocken rissen Männer in die Tiefe. Die Flüchtenden stolperten übereinander, schoben, drängten sich an den Abgrund. Schwerter wurden herausgerissen, Gefährten stießen sich gegenseitig in die Tiefe. Auch viele der Feuermagier wandten sich jetzt zur Flucht, andere richteten ihre Flammen gegen die herabstürzenden Splitter und Steine, verwandelten sie in Glut und Asche. Doch der dadurch entstehende Feuerregen machte es nur noch schlimmer. Die Soldaten und Ritter versuchten in ihrem Entsetzen, sich mit Gewalt einen Weg durch die Feuermagier zu bahnen. Und die setzten ihre Magie jetzt gegen jene ein, die sie überrennen wollten. Gyltorn sah einen Soldaten in Flammen stehen. Schreiend sprang er in die Schlucht. Die Zauberer wurden niedergetrampelt, in den Abgrund gestoßen, erschlagen.

»Meine Hand, Marschall!«, rief eine Stimme. Es war der Ritter von der Krebsburg, einer der wenigen im Tal, die es noch in den Sattel geschafft hatten. Gyltorn griff zu und ließ sich hinaufziehen. »Trewe! Habt Ihr meinen Bruder Trewe gesehen?« Eron Tern schüttelte den Kopf und trieb sein Ross mitten hinein in die Menge, die sich vor dem Flaschenhals des Fluchtweges staute. Der Pferdeleib drängte Männer zur Seite. Gyltorn hörte ihre Schreie, als sie über die Felskante traten und in die Tiefe stürzten. Vor ihnen war ein weiterer Reiter. War das nicht Graf Dimgast? Jemand packte seinen Mantel, zerrte den Grafen aus dem Sattel. Das war doch der junge Hauptmann Tygram, oder nicht? Dimgast stürzte vom Pferd, wurde niedergetrampelt, zur Seite geschoben und an den Abgrund gedrängt.

Wo war Trewe? Gyltorn wollte zurück, das Pferd scheute im

Getümmel erschrocken, aber Tern trieb sein Tier erbarmungslos voran. Plötzlich zuckten all die Soldaten wie ein Mann zusammen. Mit einem schneidenden Knirschen und unter einem Regen von Splittern löste sich ein dunkler Schatten aus der Bergflanke, dicht über ihnen, und rauschte über sie hinweg. Ein zweiter folgte. Was war das? Vor ihnen brach ein mächtiges Stück Fels aus dem Berg, riss Männer in den Tod und verschwand mit dem halben Pfad in der Tiefe. Scharfe Steinsplitter schossen durch den allgegenwärtigen Staub. Jemand klammerte sich an sein Bein, rief mit heiserer Stimme seinen Namen. Gyltorn stieß ihn weg und blickte dann in das entsetzte Gesicht von Kapitän Draan, der über die Kante des Pfades stolperte und mit einem Schrei verschwand.

Wieder ein Schatten. Er zog über sie hinweg, lautlos, ohne das donnernde Gepolter der Felsen. Und er fiel nicht, wie es so riesige Felsen tun sollten, sondern schien wie ein mächtiger Greifvogel über ihnen dahinzuziehen.

Vor ihnen drängten schreiende Männer und herrenlose Pferde in heillosem Durcheinander über den halbierten Pfad. Hinter ihnen lagen viele, zermalmt vom Gestein oder zertrampelt von zahllosen Stiefeln, reglos am Boden. Das Tal war gefüllt mit Staub und Geschrei und dem hundertfach durch Echo verstärkten Grollen der Berge. Aber was waren das für riesige Schatten, die lautlos auf die Männer hinabzustoßen schienen?

»Nicht anhalten!«, brüllte Gyltorn. »Nicht anhalten!«

Nein, das konnte, durfte nicht sein! Es gab keine Drachen auf Edun, schon lange nicht mehr! Seine Sinne spielten ihm einen Streich. Oder?

Der Landgraf schloss die Augen und klammerte sich an seinen Retter, der sein Pferd in halsbrecherischer Geschwindigkeit zu Tale jagte. Und er betete zu allen Monden, dass der allgegenwärtige Gott des Todes ihn noch einmal verschonen möge.

»Was ist das für ein Donner?«, fragte Feja.

Fohas hatte sich einen Platz in der Mitte des Floßes gesucht. »Er kommt von den Bergen«, meinte er, »aber ich sehe keine Gewitterwolken. Es wäre auch die falsche Zeit, jetzt, zum Ende des Winters.« Er kauerte neben dem Leichnam von Warchas, den sie, in Felle eingenäht, mitgenommen hatten, weil sie ihn nicht »in fremder Erde verscharren« wollten, wie Nadras erklärte, als Feja noch einmal nach dessen Wunde sah. Ein Pfeil hatte ihn an der Hüfte getroffen.

»Viele seltsame Dinge geschehen mit dem Land«, meinte Dassach jetzt. Er hatte offensichtlich weniger Angst vor dem Wasser als Fohas und stakte das Floß stetig voran. Der Mothach war mit der Schneeschmelze weit über die flachen Ufer getreten, aber er war hier oben trotzdem nicht sehr tief und trug ihr Floß schnell voran.

»Vielleicht sind es Riesen, die mit ihrem Gebrüll den Feind in die Flucht schlagen«, sagte der junge Mur. Er trug seinen Verband am Oberarm mit Stolz. Ein Pfeil war ihm durch das Fleisch gefahren, hatte aber weder Knochen noch Adern verletzt.

Hanach lachte krähend. »Die Riesen sind noch länger fort als die Drachen, mein Junge. Und schon an die kann sich niemand mehr erinnern. Es mag ein Gewitter sein oder auch nicht. Jedenfalls ist es weit weg und geht uns vorerst nichts an.«

»Hanach hat recht«, sagte Fohas. »Behaltet lieber die Ufer im Blick. Irgendwo muss der Wagen sein, den Slendacha gesehen hat.«

»Dieser Fluss ist lang«, brummte der gutmütige Berroch, »und seht nur, wie weit er das Land überschwemmt hat! Was, wenn wir diesen Wagen übersehen? Irgendwann wird es Nacht.«

»Aber Slendacha sagte, dass sie Hügel hinter dem Wagen gesehen hat, und Hügel gibt es nur am südlichen Ufer. Hört also auf, die Berge anzustarren, und achtet auf das andere Ufer«, rief Nadras ungehalten. Er stand vorne und hielt nach Felsen, Eisschollen und anderem gefährlichem Treibgut Ausschau.

Fohas rückte vorsichtig näher an Feja heran, die am Rand des Floßes stand und schon eine ganze Weile das Südufer nicht aus den Augen ließ. »Es ist etwas dran an dem, was Berroch sagt. Meinst du, du könntest den Nykk fragen? Vielleicht kann er uns mehr zeigen.«

»Ich bin ihnen bisher fast immer nur nachts begegnet, und sprechen konnte ich überhaupt erst einmal mit einer von ihnen.«

»Aber du könntest es versuchen, oder? Immerhin hast du dieses Bild von dem Wagen doch auch am Tage gesehen.«

Feja nickte, seufzte und setzte sich nieder. Sie schloss die Augen, sammelte sich und steckte eine Hand in das eiskalte Wasser. Sie versuchte es, bis sie ihre Finger nicht mehr spürte. Dann zog sie die Hand enttäuscht aus dem Fluss.

Fohas legte ihr eine Hand auf den Arm. »Dann am Abend, Slendacha.«

»Ich heiße immer noch Feja«, gab sie missmutig zurück.

»Nicht mehr seit dem, was du mit diesem Felsen und dem Bogenschützen dahinter gemacht hast. Aber wenn dir Mondachstraija vielleicht doch lieber ist …«

»Es wäre mir vor allem lieb, wenn wir diesen Wagen finden würden.«

»Übe dich in Geduld, Slendacha. Es ist, wie Berroch sagte – dieser Fluss ist breit, lang und vor allem beunruhigend tief.«

Feja hielt die Spannung bald kaum noch aus. Nerius und der Ailon waren in Gefahr. Und was war mit Meister Caron? Warum war er nicht bei ihnen? Die Sorge ließ ihr keine ruhige Minute. Schon dämmerte der Abend, und noch immer fuhren sie durch eine menschenleere Gegend.

»Sollen wir ein Feuer machen?«, fragte Hanach. »Nadras wird bald nicht mehr erkennen, welche Hindernisse vor uns lauern, und auf diesem Fluss ist es verdammt kalt.«

Feja schüttelte den Kopf. »Dassach, du kannst aufhören, das Floß anzutreiben. Wir müssen langsamer fahren und natürlich ohne Feuer, denn das wäre meilenweit zu sehen. Die Monde geben uns genug Licht. Außerdem habe ich die Hoffnung, dass diejenigen, die wir suchen, weniger vorsichtig sind. Dann werden wir sie finden.«

»Im Mondlicht sieht das Land gar nicht so übel aus«, stellte Berroch einige Zeit später fest. »Ich frage mich, warum hier niemand lebt.«

»Weil selbst die Gauchen wissen, dass der Mothach das Land in jedem Frühjahr auf viele Meilen überschwemmt, Dummkopf«, gab Nadras zurück.

»Sagt, steigt dort ein neuer Mond über den Hügeln auf, oder brennt da ein Feuer am Ufer?«, fragte Mur plötzlich.

Feja starrte in die Nacht, und Nadras sagte: »Der Kleine hat recht. Dort lagert jemand.«

»Bring uns ans Ufer, Dassach«, entschied Fohas. »Um nichts in der Welt will ich von diesem treibenden Stück Holz aus kämpfen.«

Berroch half ihrem Steuermann mit einer zweiten Stange, das Floß ins Schilf zu lenken. Es gab einen Ruck, als sie auf Grund liefen, und Fohas fluchte kräftig, weil er beinahe ins Wasser gefallen wäre. »So kurz vor dem rettenden Ufer zu ertrinken, das sähe mir bei meinem Glück ähnlich«, murmelte er.

Feja sprang ins nur noch knöcheltiefe Wasser und half, das Floß sicher an Land zu ziehen. Sie sammelten sich an Land. »Sag, Slendacha, der Nykk hat dir nicht zufällig gezeigt, wie viele Wachen den Wagen begleiten?«

Feja schüttelte den Kopf.

»Ich glaube, es ist nur ein Feuer, nicht sehr groß«, meinte Nadras. »So, wie ich diese verweichlichten Aschlinge kenne, wärmt es nicht mehr als zehn oder zwanzig Mann.«

»Was denn nun? Zehn oder zwanzig?«, brummte Berroch.

»Wenn Hexer unter ihnen sind, sind zehn schon viel«, gab Hanach zu bedenken.

»Wir haben die Überraschung auf unserer Seite«, entgegnete Feja mit Nachdruck.

»Das hast du bei den Vier Schwestern auch gesagt. Und dann warst du es, die überrascht wurde«, meinte Fohas trocken.

»Aber hier hindern mich weder Tageslicht noch Nebel, meine Zauberkraft einzusetzen.«

»Seid ihr bald fertig? Wir haben den weiten Weg doch nicht gemacht, um hier Wurzeln zu schlagen, oder?«, fragte Berroch.

»Der Dicke hat wieder einmal ins Schwarze getroffen«, gab Fohas zu. »Wir werden also versuchen, sie zu überraschen. Wer bleibt hier und bewacht das Floß?«

»Bewachen? Wozu?«, fragte Dassach. »Ich werde jedenfalls nicht hierbleiben. Warchas kann das für uns übernehmen.« Unwillkürlich blickten sie alle zu dem in Fellen eingenähten Gefallenen, der einsam auf dem Floß zurückgeblieben war.

»Ich dachte, einer unserer beiden Verwundeten könnte vielleicht …«

»Wegen so einer kleinen Pfeilwunde lasse ich mir doch keine Jagd entgehen!«, rief Nadras leise.

»Ich auch nicht«, flüsterte Mur.

Sie zogen ihr Gefährt ein Stück weiter ans Ufer, fanden aber keine Gelegenheit, es irgendwo zu vertäuen.

»Noch ein Grund, dass hier nicht einmal die Gauchen wohnen wollen – keine Bäume«, stellte Fohas kopfschüttelnd fest.

Dann schlichen sie durch das hohe Schilf flussabwärts. Das Feuer war weiter entfernt, als sie gedacht hatten, aber endlich leuchtete es vor ihnen auf. Feja spähte durch das Schilf und zählte ein Dutzend Männer. Keiner von ihnen sah wie ein Zauberer aus. Da stand auch der schwere Wagen, den sie in ihrer Vision gesehen hatte, doch Nerius und den Ailon konnte sie nirgends entdecken.

»Nun? Wie ist dein Plan? Wirst du mit Blitz und Donner über sie kommen? Und wir hinterher?«, fragte Fohas.

»So ungefähr. Wir schleichen näher heran. Ihr werft eure Speere, ich werde sie erschrecken, und dann fallen wir mit Gebrüll über sie her.«

»Fast wie eine Treibjagd«, flüsterte Nadras.

»Aber dieses Wild hat Klauen aus Stahl, vergesst das nicht!«, mahnte Fohas.

Dann krochen sie voran. Feja legte einen Schattenschleier über das Schilf. Für die Soldaten am Feuer würde sich kein Halm bewegen. Immer noch konnte sie Nerius und den Knochenmann nicht sehen. Dann bemerkte sie die Schaufel, die an den Wagen gelehnt war. Und da war Erde, frisch aufgeworfen. Ihr lief es kalt über den Rücken. Kam sie zu spät? Hatten diese Männer Gräber ausgehoben?

Sie fühlte Wut in sich aufsteigen und hielt nach dem Anführer Ausschau. Da stand ein Mann in etwas besserer Rüstung, abseits der anderen, und starrte auf den Fluss hinaus. Sie tastete sich noch näher heran und gab Fohas, der dicht hinter ihr war, einen Wink. Er ließ den Ruf des Regenpfeifers hören, und sie schleuderte im gleichen Atemzug die Blutblende auf den Hauptmann. Der schrie getroffen auf, als er plötzlich nichts mehr sah. Jagdspeere sausten durch die Luft, Soldaten fielen. Feja sah, dass einer gleich zweimal getroffen wurde, sammelte sich kurz und schleuderte Kraft in die Glut des Feuers. Mit einem Knall flogen die brennenden Holzscheite auseinander. Die Warglinge stürmten schon mit lautem Gebrüll aus dem Schilf hervor.

Die Männer am Feuer waren verwirrt aufgesprungen, glühendes Holz flog ihnen um die Ohren. Ein oder zwei rissen ihre Schwerter heraus. Dann sahen sie die brüllenden Warglinge, warfen die Waffen weg und rannten davon.

»Ihnen nach!«, brüllte Fohas. »Sie dürfen uns nicht verraten!«

Feja stürzte sich auf den geblendeten Hauptmann, rang ihn nieder und setzte ihm ihr Messer an die Kehle. »Wen habt Ihr dort begraben, redet, Mann!«

Der Hauptmann erstarrte. »Begraben? Wer seid Ihr, und warum fragt Ihr …« Sie drückte die Klinge etwas nachdrücklicher gegen seinen Hals. »Haldis, Haldis haben wir begraben! Er … er hatte das Eisfieber. Deshalb wollten wir ihn in die Stadt bringen, aber er hat es nicht geschafft.«

»Feja, bist du das?«, ertönte eine Stimme aus der Dunkelheit.

»Nerius?«

»Hier, hinter dem Wagen!«, rief er.

Sie ließ den Hauptmann los und lief hinüber. Mur, der bei ihr geblieben war, kümmerte sich um den Gefangenen. Nerius und der Knochenmann waren an das Wagenrad gebunden worden. Sie durchschnitt die Fesseln und fiel ihrem Freund um den Hals. »Ich dachte schon, du seist tot!«, rief sie.

»Das wäre eher früher als später auch so gekommen«, erklärte der Ailon und rieb sich die Handgelenke. »Diese Männer hatten den Befehl, uns auf dem Weg nach Lente verschwinden zu lassen.«

»Und Meister Caron? Wo ist er?«

»Ermordet«, sagte der Knochenmann düster.

Feja schrie entsetzt auf.

Der Ailon erzählte ihr, was geschehen war: »Leider sind wir ausgerechnet Tyrbull Tygram in die Arme gelaufen. Und der hat uns dem Mann ausgeliefert, der schon Prinz Sifrid getötet hat. Und dann kam auch noch der Hochmeister des Flammenordens dazu. Es scheint, die ganze Welt hat sich gegen uns verschworen«, seufzte er. »Doch sag, wie hast du uns gefunden, und wie ist es dir ergangen?«

Feja konnte es immer noch nicht glauben, dass der Mann, der ihr so viel beigebracht hatte, wirklich tot sein sollte. Tränen stiegen ihr in die Augen. Sie erzählte stockend von ihren Abenteuern und von dem Bild, das ihr der Nykk gezeigt hatte.

»Er hat es dir gezeigt? Am helllichten Tag? Fürwahr, die Dinge ändern sich. Sagt, habt ihr auch dieses Knistern gespürt, das durch das Land lief? Selbst unseren Bewachern mit ihren Herzen aus Stein fiel es auf«, meinte der Ailon.

Feja seufzte und berichtete, dass Dregin vermutlich den Kristall der Feuermagier gestohlen hatte. Während sie erzählte, was sie doch nur gehört hatte oder vermuten konnte, kehrten die Warglinge nach und nach ins Lager zurück. Fohas ließ sich genau Bericht erstatten und sagte am Ende: »So sind uns wenigstens zwei entkommen! Was seid Ihr nur für Jäger?«

»Wir waren eben nur fünf, die sieben Soldaten gejagt haben. Und Nadras zählt nicht, weil er nicht schneller laufen kann als eine dreibeinige Gams«, meinte Dassach mürrisch.

»Wenigstens war ich nicht so dumm, zu zweit demselben Wild hinterherzujagen«, zischte der zurück.

Feja seufzte. »Lasst sie laufen. Wenn sie wirklich mit Verstärkung zurückkehren sollten, sind wir längst fort. Wir nehmen das Floß und wechseln auf die andere Seite. Dort werden sie uns nicht vermuten, und falls doch, kommen sie nicht hinüber.«

»Verzeih, Feja«, sagte Nerius, »meinst du das Floß, das da drüben gerade den Fluss hinuntertreibt?«

Feja fuhr herum. Ja, dort, mitten auf dem Mothach, trieb ihr Gefährt im Mondlicht davon.

Die Warglinge stöhnten. »Warchas!«, rief Berroch klagend. Feja rannte ins Schilf und weiter, bis ihr das eisige Wasser in die Stiefel lief. Die Kälte raubte ihr fast den Atem. Nein, sie konnte nicht hinterherschwimmen. Das Floß war verloren, und sie saßen auf der falschen Seite des Mothachs fest.

Am Fuß der Berge hielt Eron Tern sein Pferd an. Er hatte nach der ersten wilden Jagd den Sattel Gyltorn überlassen und das Tier am Zügel über den schmalen Pfad und durch die finstere Nacht geführt. Jetzt war es dem Zusammenbruch nahe. Gyltorn stieg ab. Er zitterte immer noch, obwohl sie dem Verhängnis vor Stunden entronnen waren.

»Ich muss Euch noch einmal danken, Tern«, sagte er.

»Dankt den Göttern, die uns beschirmt haben. Ich weiß nicht, wie oft wir um Haaresbreite dem Tode entgangen sind. Habt Ihr eine Ahnung, was das war, Marschall?«

»Nicht die geringste. Es war, als hätten sich die Berge gegen uns erhoben, und diese Schatten …«

»Ja, die Schatten«, murmelte der Ritter und klopfte seinem verängstigten Tier beruhigend den Hals.

Gyltorn blickte zurück. Da waren verstreute Lichter auf der Passstraße zu sehen. Ein paar Männer hatten also noch Fackeln, vielleicht waren es auch Feuermagier. Von denen waren viele entkommen, denn sie hatten sich ja schon zum Abmarsch gesammelt. »Wisst Ihr, ob Prinz Folgar dem Tod entronnen ist?«, fragte er.

Tern schüttelte den Kopf. »Ich sah ihn fallen, Herr. Gleich zu Beginn wurde er von einem Felsen zermalmt.«

»Ihr habt es gesehen?«

»Ich war kaum zehn Schritte von ihm entfernt und werde diesen Anblick nie vergessen. Auch Hochmeister Ferror und viele der Fürsten starben mit ihm.«

»Und Trewe? Mein Leibdiener? Habt Ihr vielleicht auch ihn gesehen?«

»Ich achtete nicht auf ihn, doch muss er nicht verloren sein. Wir gehören zu den Ersten, die es heil aus dieser Falle herausgeschafft haben. Da mögen noch viele folgen. Wenn Euer Leibdiener klüger war als wir, ist er vielleicht bergauf entkommen, denn bedeutend weniger Männer flohen in diese Richtung. Übrigens bin auch ich Euch zu Dank verpflichtet, Herr.«

Gyltorn sah ihn fragend an.

»Ich sah, wie Ihr Kapitän Draan in die Tiefe stießet. Damit habt Ihr eine große Last von meiner Schulter genommen, denn ich war ihm verpflichtet.«

»Augenblick … seid Ihr etwa der Mann, der sich auf dem Marsch bei mir melden sollte?«

»Der bin ich oder vielmehr war ich. Doch sagt, was ist das?« Der Ritter wies mit einem Nicken nach Süden. Jetzt sah Gyltorn es auch. Vor ihnen im Wald schienen Lagerfeuer zu brennen.

»Das ist der Tross!«, rief Gyltorn. »Kommt. Dort werden wir die Überlebenden sammeln. Wenn der Prinz tot ist, dann befehlige nun ich dieses Heer oder vielmehr das, was davon übrig ist.« Er starrte über die Schulter zurück in die Berge. Er hatte geplant, durch den Tod des Prinzen zum Befehlshaber des Heeres aufzusteigen und als siegreicher Marschall die Königstochter zu freien. Jetzt würde er ohne ein Heer und mit nichts als schlechten Nachrichten zum König zurückkehren.

Ginnar Dregin hatte seine Leute den ganzen Tag und die ganze Nacht unbarmherzig angetrieben.

»Lange halten die Pferde das nicht mehr aus«, meinte Sturmrat Valir.

»Müssen sie auch nicht. Wir sind fast am Fluss, und weiter müssen sie uns nicht tragen. Dann könnt Ihr sie meinethalben zum Abdecker bringen«, gab Dregin zurück.

»Habt Ihr inzwischen etwas von Bredhir gehört?«, fragte Valir leise.

Dregin schüttelte den Kopf. »Und genau deshalb sollten wir uns beeilen. Etwas muss schiefgelaufen sein. Und wenn die Feuermagier aus dem Langwald auf kürzestem Weg zu ihrer Feste eilen …«

»… dann sind sie vielleicht schon auf der Roten Heide«, ergänzte Valir. »Wir wären kaum in der Verfassung für einen weiteren Kampf«, fügte er hinzu.

»Die Männer werden sich schon wieder erholen«, gab Dregin zurück.

»Die Toten nicht.«

Darauf sagte Dregin nichts. Er hatte die Verluste nicht gezählt, aber sie waren schwer. Etliche Gewappnete waren gefallen und auch einige Brüder und Meister.

»Viele der Verwundeten sind schon zurückgefallen«, meinte Meister Svelgar, der zeitweise Dregins Pferd geführt hatte und neben ihnen ritt. Schwester Nemma gehörte zu jenen, die nicht Schritt halten konnten. »Es ist, als schüttele man welkes Laub von einem gefällten Baum.« Svelgar klang verbittert. Er hatte inzwischen erfahren, dass Meme Sulling, seine große, seltsame Liebe, in den Katakomben der Flammenfeste verbrannt war.

»Die Verletzten können nachkommen«, beschied ihm Dregin knapp. Er war der Meinung, dass ihr Sieg die Opfer wert war. Sie hatten den Glutstein und hatten dem Flammenorden einen vernichtenden Schlag versetzt. Er fragte sich, ob Bredhir in den Bergen ebenso erfolgreich gewesen war, und lauschte wieder in die Nacht. Noch hatte er nichts von seinem Meister gehört, und schon dämmerte der Morgen.

Dann zeigte ihm das Zwielicht plötzlich jemanden am Wegesrand, eine unsicher schwankende Gestalt. Er hielt verblüfft sein Pferd an.

»Meister Vithun?«

Ohne Zweifel, es war der Verkünder. Doch warum war er nicht auf der Graufeste? Oder war er das? Er lehnte an einer gemauerten Wand.

»Ginnar, mein Junge, bist du das?«, fragte der Alte mit heiserer Stimme. Sie war nur ein Flüstern in seinem Hinterkopf, und der Abot begriff, dass der Alte gar nicht hier war. »Die Verbindung!«, flüsterte er.

»Ich konnte nichts ausrichten«, stieß der Alte hervor. »Die Flammenmagier … sie kamen mit Feuer und Schwert …« Plötzlich stürmte ein Strom von wirren Bildern auf Dregin ein: ein Schiff, das am helllichten Tag zur Feste kam, Feuerbälle, die über die Mauern schossen, das Tor, das in einem Flammensturm zerbarst. Bruder Menrir, der verrückte Greis, der vor vielen Jahren selbst Abot gewesen war, schwankte mit wirrem Blick durch seinen brennenden Obstgarten; Dregin sah die wenigen Gewappneten und die jüngsten Schüler, die sich am Tor zur Oberfeste den Angreifern entgegenstellten und – verbrannten. Schwarzer Rauch stieg aus dem Tempel auf, und ein lodernder Brand verschlang das Haupthaus. Und da war der Verkünder, der Befehle brüllte – und dann taumelnd in die Gänge unter der Feste floh.

»Vithun, was …?«, stieß Dregin hervor. Er fühlte, dass er zu zittern begann. Er bekam keine Antwort, und die Gestalt am Wegesrand verblasste in den ersten Strahlen der Sonne.

»Der Verkünder? Was ist mit ihm?«, fragte der Sturmrat besorgt.

»Habt Ihr ihn nicht gesehen, Valir?«

»Wen?«

»Nichts, gar nichts. Nur eine Täuschung, die Dämmerung,« stieß Dregin hervor.

Ich sah ihn auch, Herr, flüsterte Span ihm durch die Schatten zu. *Ist es wahr? Die Graufeste wurde angegriffen? Sie wurde zerstört?*

Zu niemandem ein Wort, gab Dregin durch das Zwielicht zurück. *Zu niemandem ein Wort! Und still jetzt!*

Die Worte waren nur für ihn bestimmt, aber es waren fähige Meister hier, die sie vielleicht trotzdem hören konnten. Dregin war bis ins Mark erschüttert. Ferror hatte ihn getäuscht. Er hatte so getan, als gebe er sich geschlagen, und dann hatte er die kaum bewachte Graufeste überfallen. Es war beinahe der gleiche Plan, den er selbst verfolgt hatte.

»Der Sieg ist dennoch unser«, murmelte Dregin. Er spürte, dass Valir ihn besorgt ansah, aber er hielt sich grimmig entschlossen an dem Gedanken fest. Sie hatten den Glutstein, doch Ferror würde den Dämmerstein nicht in die Hände bekommen haben. Es war immer noch ein Sieg.

Unterdessen erreichten sie einen der vielen Bäche, aus denen sich der Mothach speiste, und endlich meldete Valir, dass er das Lager sehen könne. Er klang jedoch bestürzt.

»Was ist?«, fragte Dregin, denn die Sonne war aufgegangen, und er ritt blind.

»Die Flöße – sie sind fort!«

Dregin ertrug es kaum, den umständlichen Bericht von Meister Starf anzuhören, als sie dort angelangt waren. »Ein Mädchen und eine Hand voll Weren haben Euch also überwältigt?«, unterbrach er ihn.

»Sie … sie hat mir die Magie geraubt, Herr.«

»Kein großer Verlust, wenn Ihr mich fragt, Starf! Doch warum, bei den Monden, habt Ihr keine neuen Flöße gebaut?«

»Aber sie hat doch auch die Werkzeuge mitgenommen, Herr, die Sägen, Äxte, die Nägel und Seile!«

»Und niemand von Euch kam auf den Gedanken, den Fluss hinunterzugehen und zusammenzusuchen, was angetrieben worden ist? Geht, rasch, bevor ich mich vergesse!«

Die Männer schwärmten zu beiden Seiten des Flusses aus,

und tatsächlich schleppten sie schon nach kurzer Zeit die ersten Baumstämme heran.

»Das wird nicht reichen, um uns alle sicher nach Hause zu bringen, Herr«, stellte der Sturmrat fest.

»Ein Floß wird genügen. Damit schaffe ich mit einigen unserer Brüder den Glutstein zum Kronsee und weiter zu unserem Schiff. Ihr werdet die anderen nach Braake führen, Valir. Am besten, Ihr haltet Euch weit südlich des Flusses. Meidet die Straßen und schlagt Euch irgendwie nach Westen durch. Ich habe großes Vertrauen in Euch.«

Der Sturmrat nahm das Lob ohne erkennbare Regung zur Kenntnis. Falls er dem Abot Vorwürfe machen wollte, behielt er sie für sich.

Das Floß war schneller gebaut, als Dregin es erwartet hatte. Er ließ den Kristall mit der Schale so fest vertäuen wie nur irgend möglich. Die Holme warfen sie achtlos ans Ufer, obwohl der Rotschmied jammerte, wie viel Arbeit er hineingesteckt habe.

»Sie nehmen nur Platz weg. Schmiedet auf der Graufeste eben neue«, sagte der Abot. Dann wählte er Meme Salmango und Meister Svelgar, Span, Hallir, Gabra und noch drei Bogenschützen zur Begleitung aus. Viel mehr Platz bot das Gefährt nicht. Als sie ablegen wollten, sprang der Rotschmied auf das Floß.

»Meister Orchon? Ich kann mich nicht erinnern, Euch eingeladen zu haben«, rief Dregin ungehalten.

»Aber Ihr braucht mich, Herr. Niemand weiß mehr über die Tränensteine als ich. Seht, ich trage sie bei mir. Ihr werdet auch sie benötigen, wenn Ihr wieder auf der Graufeste seid.«

»Aber seid uns nicht im Weg! Span, Hallir, bringt dieses Floß in Fahrt. Svelgar, Gabra, helft mit. Ich will, dass wir dieses elende Mädchen, das immer wieder meine Pläne stört, einholen. Feja wird auf diesem Fluss sterben!«

»Und es gibt wirklich nur diese eine Furt über den Mothach?«, fragte Feja noch einmal. Sie liefen über die Hügel nach Westen. Das andere Ufer war kaum zu sehen, denn die Heide stand weithin unter Wasser.

Nerius nickte keuchend. »Zu dieser Jahreszeit schon. Es heißt schon seit Jahren, wenn nicht Jahrhunderten, dass sie dort irgendwann eine Brücke bauen wollen, aber der Ort ist den Königen wohl nicht geheuer.«

»Weswegen?«, fragte Feja, die diese Art von Unterhaltungen mit Nerius sehr vermisst hatte.

»Wegen des alten Fluchs. König Gimlar hat seinerzeit dort mit den Weren verhandelt. Er bot ihnen halb Edun als Geschenk, aber aus irgendeinem Grund lehnten sie ab. Und sie verhängten einen Fluch über den König und seine Nachfahren. Aber das habe ich dir doch schon erzählt, oder?«

»Kann sein«, meinte Feja. »Und diese Furt wird also bewacht?«

»Sie wurde es, als wir mit dem Wagen hindurchrollten. Das Heer ist in Richtung der Berge abgezogen, doch sind noch viele Männer der königlichen Garde dort. Sie bewachen Prinz Iske. Mit ihm will ich sprechen. Er muss mich anhören, denn mein Vater ist ein Großer des Reiches. Außerdem sind wir, aber auch das habe ich dir schon erzählt, weitläufig verwandt. Und dieses Mal werden wir hoffentlich nicht wieder ausgerechnet dem Mörder von Prinz Sifrid in die Arme laufen.«

»Dann käme die Wahrheit also endlich ans Licht?«

»Ich glaube nicht, dass es viel ändert, Slendacha«, merkte Fohas an, der vor ihnen lief. »Sie haben dir doch den Krieg erklärt. Und so mancher Mann ist deinetwegen gestorben.«

Feja nickte unglücklich, aber Nerius munterte sie auf: »Man nennt Gimlarin nicht umsonst den Gütigen. Der König hat die Macht, mit einem Federstrich all deine angeblichen Verbrechen zu tilgen.«

»Wenn du das sagst, Aschling«, meinte Fohas gedehnt.

Bis zum Abend hasteten sie westwärts, ohne eine Menschenseele zu sehen. Nerius hielt sich tapfer, und auch der Ailon erwies sich als zäh. Feja hatte vorgeschlagen, die beiden Pferde mitzunehmen, aber die Warglinge hatten es abgelehnt, sich mit so plumpen Tieren abzugeben. Doch jetzt waren die beiden Befreiten sichtlich am Ende. Feja schlug vor, am Ufer eine Rast einzulegen.

»Wir sollten eilen, wenn wir vor dem nächsten Morgen diese bewachte Furt durchqueren wollen«, meinte Fohas.

»Das sollten wir. Aber mir hat mal jemand gesagt, dass die Beine nicht schneller als der Kopf rennen sollten. Und ich will den Nykk fragen.«

»Du willst mit dem Mothach sprechen? Meinst du, er wird dir dieses Mal antworten?«

»Wir werden sehen. Ich denke, er weiß, was an seinen Ufern vorgeht. Vielleicht weiß er auch einen anderen Weg, uns hinüberzubringen.«

Fohas kratzte sich am Kinn. »Aus irgendeinem Grund glaube ich nicht, dass er uns helfen will. Hat er uns nicht das Floß weggenommen?«

»Vielleicht waren wir auch einfach nur nachlässig. Und er hat uns schließlich zu Nerius und dem Ailon geführt.«

»Ob er uns damit einen Gefallen getan hat?«, brummte Fohas.

Feja seufzte, ließ sich aber nicht beirren. Die Männer lagerten im Schilf, und sie suchte eine Stelle etwas abseits, um den Nykk zu rufen. Sie kniete am Ufer nieder und steckte die Hand ins Wasser. Es war immer noch eiskalt. Mit geschlossenen Augen versuchte sie, ihre Gedanken auf den Herrn dieses Flusses zu richten, aber das war schwierig, denn anders als bei all ihren Begegnungen zuvor hatte sie nicht das Gefühl, gerufen zu werden. Sie wartete. Bald konnte sie ihre Finger nicht mehr fühlen, und dann wurde die ganze Hand taub.

Gerade als sie, zitternd vor Kälte, aufgeben wollte, hörte sie ein leises Raunen. Sie öffnete die Augen. Dünne Nebelfetzen zogen über den Fluss. Oder war das kein Nebel? Die Schwaden bewegten sich nicht mit dem Wind.

»*Du hast uns gerufen*«, raunte es ganz nah.

»Ich brauche eure Hilfe«, sagte sie.

»*Alles ändert sich*«, lautete die rätselhafte Antwort.

»Ich muss auf die andere Seite des Flusses«, versuchte Feja es weiter.

»*Er hat den Stachel aus dem Fleisch gezogen*«, erwiderte das Raunen.

»Den Stachel? Der Kristall! Meinst du Abot Dregin – und den Kristall?«

»*Das Land erwacht. Wir erwachen. Er ist auf dem Fluss. Mit dem Stachel.*«

»Dregin ist auf dem Mothach?« Feja schluckte. Das waren nicht die Nachrichten, die sie sich erhofft hatte. Plötzlich erschien ein flüchtiges Bild im Nebel: der dunkle Umriss eines plumpen Gefährts, verzerrt schattenhafte Männer, die das Floß mit langen Stangen unermüdlich vorantrieben. Da war eine Schale mit einem schimmernden Stein. Einer der Schatten hatte seltsam weiß leuchtende Augen – Dregin!

»*Ist jener der, den du Abot nennst?*«

Da Bild zerfloss. Feja bildete sich ein, zarte Gestalten im Nebel zu sehen. Hatte sie es hier mit mehr als einem Nykk zu tun?

»Ja, er hat den Stein … den Stachel geraubt. Doch will er das Land nicht befreien. Er will den Stachel an anderer Stelle wieder einsetzen.«

»*Wir verstehen das nicht.*«

»Der Kristall verleiht ihm Macht. Das ist alles, was er will. Die Nykken oder das Land kümmern ihn nicht«, rief sie.

»*Er hat uns die Kraft zurückgegeben.*«

»Ohne es zu wollen! Und er wird sie euch wieder nehmen, sobald er in seinem Heim an der Küste ist.«

»*Du bist die, die an unserem Schlaf gerüttelt hat*«, stellte die raunende Stimme fest. »*Weit entfernt, im Westen.*«

»Ja, die bin ich. Ich habe einen Stein, einen Stachel beschädigt.« Sie suchte verzweifelt nach den richtigen Worten. »Dregin will ihn ersetzen, vielleicht sogar beide Stacheln verbinden.

Dann wird er ihn noch tiefer in die Erde, das Fleisch, hineintreiben. Könnt ihr ihn nicht aufhalten?« Sie bekam keine Antwort. »Oder könnt ihr wenigstens uns helfen? Wir müssen auf die andere Seite, doch die Furt ist uns versperrt.«

»*Vielleicht, vielleicht*«, raunte es. Feja glaubte, das Echo eines Lachens zu hören. Dann löste sich der Nebel auf. Sie zog die Hand aus dem eisigen Wasser. Der Schmerz brannte wie Feuer in den Fingern.

Sie kehrte zu ihren Gefährten zurück.

»Wir haben dich rufen gehört, Slendacha. Hat der Nykk geantwortet?«

Sie nickte. »Ich weiß nicht, ob er uns helfen wird. Er glaubt … oder sie glauben, denn dort waren mehrere …, dass Dregin sie befreit hat. Sie verstehen nicht, dass er den Kristall nicht ihnen zuliebe geraubt hat.«

»Das sind schlechte Nachrichten«, meinte Ailon Bainach.

»Ich habe noch schlechtere. Dregin hat ein Floß. Er ist auf dem Weg hierher, er ist schnell, und er ist nicht allein. Wir müssen weiter.« Sie fragte sich, ob Span unter den Schatten gewesen war, die sie gesehen hatte.

Fohas räusperte sich. »Wir könnten diesen Mann auch ins Leere laufen lassen. Wir verlassen den Fluss und gehen nach Süden. Edun ist groß. Wenn wir es nicht wollen, wird niemand uns finden.«

»Das war auch mein Gedanke, aber das geht nicht, Fohas. Dregin hat den Kristall. Er wird ihn in die Graufeste schaffen und mit neuer Macht neues Unheil über die Welt bringen. Wir müssen das verhindern. Nerius, du musst mit Prinz Iske reden. Wenn es Soldaten an der Furt gibt, können die den Abot vielleicht aufhalten.«

Die Warglinge schauten einander zweifelnd an, und Ailon Bainach verkündete düster: »Das wird böse enden.«

Aber Fohas erhob sich und sagte: »Worauf wartet ihr, Männer? Slendacha hat gesprochen!«

Die ganze Nacht hasteten sie im Licht der Monde über die

Hügel weiter nach Westen. Irgendwann behauptete Mur, er könne in der Ferne einen stehenden Stein sehen. Aber erst drei Hügel später bestätigte Hanach, dass es diese Steinsäule wirklich gab.

»Der Eidstein«, erklärte Nerius. »König Baldhar der Bewahrer hat ihn aufgestellt, als er den Weren den Langwald und die Mondberge auf ewig überließ.«

Keiner der Warglinge sagte etwas dazu. Vermutlich dachten sie, ebenso wie Feja, dass weder Wald noch Berge den utorischen Königen je gehört hätten. Feja blickte immer wieder über die Schulter. Sie befürchtete, dass der Nykk Dregin vielleicht sogar helfen würde. Dann könnte er sie einholen.

»Siehst du Soldaten an der Furt?«, fragte Fohas den Jüngsten kurz darauf. Das Lager zeichnete sich im Morgengrauen ab. Es brannten nur wenige Feuer. Und es lag ein gutes Stück von der Furt entfernt.

Mur schüttelte den Kopf.

»Gut, dann schlage ich vor, dass wir hinüberschleichen, bevor der Aschling bei diesem König sein Glück versucht. Er mag Erfolg haben, vielleicht aber auch nicht, und ich wäre lieber auf der richtigen Seite des Mothachs, bevor das entschieden ist.«

Feja stimmte zu, fand es allerdings seltsam, dass die Furt unbewacht sein sollte. Sie huschten geduckt voran, als Fohas warnend die Hand hob. Er wies auf den nächsten Hügel, wo sich eine einsame Gestalt im Morgengrauen abzeichnete. Es war eine junge Frau oder ein Mädchen, ganz in Schwarz gekleidet.

Sie duckten sich ins Gras. »Ist das … Bele?«, fragte Feja verblüfft.

Der Knochenmann beschattete die Stirn mit der Hand, starrte hinüber und sagte: »Sie ist es. Dregin muss wirklich verrückt geworden sein, wenn er dieses Mädchen auf die Menschen loslässt.«

»So ist sie eine Hexe?«, fragte Hanach. »Sie sieht gar nicht gefährlich aus. Eher verloren.«

»Sie ist die gefährlichste Zauberin, die ich kenne, Hanach. Halte dich von ihr fern. Sie kann dich mit der Kraft ihrer Gefühle in den Tod treiben«, warnte Feja.

»Aber warum steht sie da und auch noch ganz allein?«, wunderte sich der Wargling.

»Ich glaube fast, sie wartet auf uns«, murmelte Fohas.

»Ja, und sie hat uns gesehen«, bestätigte Mur leise.

Feja seufzte und erhob sich. Nerius folgte ihrem Beispiel. »Lass mich mit ihr reden, Feja.«

Sie hielt ihn am Arm. »Das ist zu gefährlich, Nerius. Du hast nicht gesehen, was sie vermag.«

»Feja aus dem Langwald!«, rief Bele. Ihre helle Stimme klang klar und rein in der Morgenluft. Ein eigentümliches Knirschen folgte, das Feja nicht einordnen konnte.

»Ich bin hier, Bele. Ich habe keinen Streit mit dir und komme in Frieden!«

»Du hast Malthur getötet. Du hast Prinz Sifrid ermordet. Und gewiss sind noch viele andere durch deine Hand gestorben, du Mörderin!«

»Das ist nicht wahr, Bele. Nichts davon ist wahr!« Da war wieder dieses Knirschen. Wo kam das her? Plötzlich wurde es von einem dunklen Stampfen und Klirren übertönt. Es schien von jenseits des Hügels zu kommen, auf dem Bele stand. Und erzitterte nicht der Boden unter ihren Füßen?

»Ich war dort, als Malthur fiel, Bele!«, rief Nerius jetzt. »Es war nicht Fejas Schuld. Tyrbull Tygram war es, der …«

Er kam nicht weiter, denn Bele schrie: »Lüge!« Und dann drehte sie sich um und rief: »So ergreift sie doch! Ergreift die Mörderin Eures Bruders, mein Prinz!«

Donner lief durch die Erde. Feja erstarrte. Auf dem Hügelkamm tauchte eine lange Reihe gepanzerter Reiter auf.

»Zum Fluss!«, brüllte Fohas. »Lieber ersauf ich, als mich niederreiten zu lassen!«

Feja drehte sich um und rannte. Zur Furt würden sie es nicht schaffen. Sie mussten auf kürzestem Weg in den Fluss.

Der Boden hinter ihr bebte unter den Hufen der Schlachtrösser. Feja lief um ihr Leben, brach durch das dichte Schilf und war bereit, sich in die eisigen Fluten zu stürzen. Doch da war kein Wasser.

Eine weite Eisfläche spannte sich schneeweiß über das Flussbett.

»Was, bei Edamara …«, stieß Berroch hervor.

»Frag nicht, lauf!«, zischte Nadras und rannte voran. Feja hetzte ihm hinterher. Sie hatte keine Zeit, darüber nachzudenken, wie der Fluss so schnell gefrieren konnte, und es war ihr auch gleich. Es klang hohl unter ihren Stiefeln.

»Bei allen Nykken, da ist gar kein Wasser unter diesem Eis«, keuchte Fohas. Jetzt sah Feja es auch. Das Eis bedeckte einen Hohlraum! Sie konnte graue Steine und zappelnde Fische dort unten liegen sehen. Es knirschte unter ihren Füßen, und dann kam ein Unheil verkündendes Knacken hinzu. Das Donnern der Hufe kam immer näher.

»Bei allen Monden, was bedeutet das?«, fragte Meister Svelgar. Skuran Orchon schreckte aus seinem Halbschlaf hoch. Er hatte sich mit den anderen an den Stangen abgewechselt. Unermüdlich hatten sie das Floß vorangetrieben. Gerade hatte Hallir gemeldet, dass er schon den Eidstein sehen könne.

»Was gibt es, Svelgar?«, fragte der Abot ungehalten.

»Das Wasser – der Pegel sinkt.«

»Und die Strömung … bei Stor, sie hat sich umgekehrt!«, rief Meme Salmango.

»Unmöglich«, rief der Abot, doch es stimmte.

Orchon sah, wie ihr Floß immer tiefer sank, weil das Wasser darunter schwand. Es schien tatsächlich flussaufwärts zu strömen. Ihr Gefährt stieß gegen einen Felsen, drehte sich, sank weiter und setzte schließlich auf dem schlammigen Grund auf.

»Und da vor uns, ist das Eis?«, fragte Gabra.

»Unmöglich!«, rief der Abot noch einmal.

Orchon betrachte fasziniert das weiße Flimmern flussabwärts. Ja, das war eine Eisdecke. Aber wie konnte das sein, wo es doch hier gar kein Wasser mehr gab? Und wo war dieses Wasser hingeflossen? Er drehte sich um und erbleichte. »Bei den Monden«, flüsterte er. Hinter ihnen hatte sich eine graue Wand aufgestaut, eine turmhohe Wand aus Wasser.

Feja hörte das Eis knirschen. Sie blickte über die Schulter. Die Reiter versuchten, ihre Pferde auf das Eis zu lenken, aber die Rösser scheuten zurück.

Sie konnten es schaffen!

Dann hörte sie die klare Stimme von Bele: »Worauf wartet Ihr, mein Prinz? Dort ist die Todfeindin des Reiches! Stellt sie, tötet sie, und die Barden werden Euren Mut in Liedern preisen!«

Da kämpfte ein Ritter in goldbeschlagener Rüstung mit seinem prachtvoll aufgezäumten Pferd. Ein blauweißer Wimpel leuchtete von seiner Lanze. Er reckte sie in die Höhe, stieß einen hellen Schrei aus und trieb sein Tier mit den Sporen hinaus aufs Eis. Seine Begleiter erwiderten den Kampfruf und folgten ihm. Die Ersten brachen fast sofort ein. Ihre Tiere steckten bis zur Brust in der seltsamen Eisfläche, aber die Reiter versuchten trotzdem wie besessen, sie voranzutreiben.

»Komm schon, Slendacha!«, rief Fohas. Feja riss sich von dem verstörenden Anblick los und rannte weiter. Sie hörte die Männer brüllen, die Pferde stöhnen, und dazwischen dröhnte der Hufschlag etlicher Pferde, die nicht durch die seltsame Eisdecke gebrochen waren.

Das andere Ufer rückte näher, das Schnauben der Rösser auch. Feja flog jetzt förmlich über das Eis und blickte nicht mehr zurück. Es reichte ihr, dass sie es knirschen und stampfen hörte. Die Verfolger, sie holten auf! Da brachen die ersten Schilfhalme durch die weiße Fläche, dann immer mehr, Feja rannte hindurch und spürte festen Grund unter den Füßen. Ihre Gefährten erwarteten sie, der Hufschlag wurde weniger, endete mit einem letzten, lauten Knirschen. Sie drehte sich um. Nun steckte auch der letzte ihrer Verfolger im Eis fest. Die Pferde wieherten markerschütternd, während sie vergeblich versuchten, sich aus dem Eis zu befreien. Die ersten Reiter sprangen aus ihren Sätteln und schickten sich an, die Verfolgung zu Fuß aufzunehmen. Der Prinz in goldbeschlagener Rüstung führte sie an. Und drüben, auf dem Hügel, stand klein und schwarz die Gestalt von Bele.

»Geben die denn niemals auf?«, stöhnte Fohas.

Feja hörte ein tiefes Donnern. Mur, der direkt neben ihr stand, wandte den Blick flussaufwärts und stieß einen Laut des Schreckens aus. Fejas Blick folgte dem seinen. »Bei allen Himmeln«, entfuhr es ihr.

Die Wand aus Wasser lehnte sich nach vorne und stürzte. Sie fiel mit Urgewalt ins Flussbett und raste flussab. Orchon hatte nicht einmal Zeit, einen Fluch auszustoßen. Die gewaltige Wassermasse packte das Floß, zerschmetterte es in seine Einzelteile und riss es mit den Männern und Frauen darauf fort. Orchon wurde ins Wasser geschleudert, kämpfte sich an die Oberfläche, aber die schweren Steine vom Mara-Tir zogen ihn wieder hinunter. Die Kälte raubte ihm den Atem. Er kämpfte sich nach oben, klammerte sich an einen Holzstamm, versank mit ihm, wurde mit dem wild tanzenden Stamm bedrohlich weit angehoben und sah vom grauen Wellenkamm aus, wie sich die Fluten auf eine Eisfläche stürzten, auf der sich, ameisengleich, Männer und Pferde verzweifelt zu retten versuchten. Der Mothach verschlang sie alle, ohne Unterschied, und dann verschlang er Skuran Orchon, der erst den Stamm aus den Händen und dann das Bewusstsein verlor.

Ginnar Dregin sah nichts. Er fühlte nur das eiskalte Wasser, das ihm den Atem abschnürte und ihn mit roher Gewalt hin und her warf. Einmal glaubte er, ein weißes Glühen zu sehen. War das der Kristall? Er konnte ihn nicht erreichen, denn er war nur noch ein Spielball der Naturgewalten. Etwas Schweres versetzte ihm einen harten Schlag, dann hörte er einen kläglichen Hilfeschrei und das durchdringende, von Angst erfüllte Wiehern der Pferde. Er verstand nichts davon, er verstand nur, dass ihm sein Sieg aus den Händen gerissen wurde. Wo war Hallir? Wo war Span? Wo war der Kristall? Er trieb hilflos in den eisigen Fluten. Das Ufer mochte furchtbar weit oder zum Greifen nah sein, aber er konnte es nicht sehen. Er rief nach Span, nach Hallir und Gabra, aber er bekam keine Antwort, und langsam zog seine immer schwerer werdende Robe ihn in die Tiefe.

Mit offenem Mund sah Feja zu, wie die Wassermassen das Flussbett hinabschossen. Sie war unfähig zu begreifen, was da vor sich ging. Sie standen nur wenige Schritte vom Mothach entfernt, aber die graue Walze trat nicht über die Ufer. Sie zerschmetterte das Eis und riss gepanzerte Reiter und Pferde mit sich fort. Entsetzliche Schreie gellten über das Wasser. Da, waren das nicht Stämme von einem Floß? Und dort, trieb da nicht eine Gestalt in grauer Robe dicht am Ufer vorbei? Sie rannte hin, packte die Gestalt am Kragen und zog sie an Land. Es war Span! Er war kalt und bleich.

»Span!«, flüsterte sie. Sie packte und schüttelte ihn. Er öffnete die Augen einen winzigen Spalt weit. Dann hustete er, und Wasser quoll über seine Lippen. »Span«, sagte Feja noch einmal. In ihr tobte eine Schlacht. Das war ihr Geliebter, der Mann, der sie in der Graufeste gerettet, und der Feind, der sie am Mara-Tir verraten hatte. Und jetzt lag er schwach und hilflos in ihren Armen. »Span«, sagte sie ein drittes Mal.

Sie bekam keine Antwort. Stattdessen schrie Nerius: »Feja, sieh doch! Der Kristall!«

Sie blickte auf.

Ja, da war er, mitten auf den tosenden Wellen trieb der Glutstein in einer großen Schale dahin, als ob die Urgewalt des Wassers ihm nichts anhaben könnte.

»Er darf nicht in die falschen Hände geraten!«, rief der Knochenmann und hastete ihm schon hinterher. Feja wusste, dass er recht hatte, aber sie konnte Span doch nicht hier liegen lassen! Er hustete wieder Wasser und hob abwehrend die Hand, als sie ihm aufhelfen wollte. Dann sah er sie an, nickte und lächelte. Alles in ihr sträubte sich dagegen, ihn zurückzulassen. Nerius und der Ailon waren schon fort. Reichte es nicht, wenn die sich um den Stein kümmerten?

Fohas packte sie am Arm und rief: »Slendacha, komm, da drüben wimmelt es von Feinden. Und der Mothach wird uns nicht ewig beschützen!«

Sie nickte und konnte sich doch nicht losreißen. »Dann beschütze Span«, murmelte sie in den Nebel, der wie aus dem Nichts über dem tobenden Fluss aufzog.

Sie gab den Warglingen ein Zeichen, und sie jagten gemeinsam der Schale hinterher. Es war eine Jagd des Schreckens, denn ertrunkene Männer und Pferde waren in großer Zahl ans Ufer gespült worden. Hier und da regte sich auch noch Leben. Aber Feja rannte weiter. Am anderen Ufer tauchten im Dunst immer mehr Männer auf. Vermutlich blickten sie mit dem gleichen Entsetzen auf die furchtbare Verwüstung. Sie durften auf keinen Fall den Kristall in die Hände bekommen! Die Schale schoss mit absonderlicher Anmut über den reißenden Strom dahin, so als wolle der Mothach sie gar nicht verschlingen.

Feja stolperte hinterher, doch war der Fluss viel schneller, und sosehr sie sich auch anstrengte, sie entschwand und wurde schließlich vom Nebel ganz und gar verschluckt.

Mornir Gyltorn hörte den Donner, und dann sah er, wie in einiger Entfernung eine gewaltige Welle den Mothach hinabschoss. »Bei den Göttern, was ist das?«, fragte Tern, der ihn begleitete.

Der Ritter hatte sich als brauchbare rechte Hand erwiesen. Er stellte keine Fragen, und es machte ihm auch nichts aus, Gyltorn sein Streitross zu überlassen, damit er bei seiner Rückkehr ins

Lager einen besseren Eindruck machte. Tern selbst hatte sich eines der Zugtiere des Trosses geliehen. Der wartete immer noch im Langwald darauf, dass weitere Männer aus den Bergen herabkämen; nur wenige Hundert hatten es bisher geschafft. Gyltorn hatte Meister Drekkar von den Erdmagiern den Befehl übertragen und ihn gebeten, später, wenn die Männer Mut gefasst hatten, wieder in die Berge hinaufzugehen und nach Überlebenden zu suchen.

Er aber war mit Eorn Tern zum Fluss geeilt, um Prinz Iske persönlich von den furchtbaren Ereignissen in den Bergen zu unterrichten. Er fand es wichtig, dies als Erster zu tun, denn so konnte er Herr über alle Deutungen der Ereignisse bleiben.

Doch nun sah er etwas, das er nicht begreifen konnte. Und was war das für ein Lärm? Er gab seinem Pferd die Sporen und eilte die Straße hinab Richtung Furt. Die Flut schien schon vorüber, dafür breitete sich plötzlich Nebel aus. Herrenlose Pferde irrten umher, und am Ufer entlang hetzten Männer nach Westen. Er sah noch einmal genauer hin. Dort, am Ende der kleinen Schar, war das nicht …?

»Tern, Euer Bogen!«, rief er. »Am Ufer! Das Mädchen! Das ist sie! Da ist die Mörderin von Prinz Sifrid! Tötet sie!«

Der Ritter legte einen Pfeil auf die Sehne, zielte – doch dann bockte sein Pferd. Es war nur ein kleiner Sprung, aber er genügte. Der Pfeil sirrte weit von seinem Ziel entfernt in den Fluss. Schon verschwand der Schemen des Mädchens im Nebel.

»Sollen wir ihr nach?«, fragte Tern, der versuchte, das Pferd wieder in den Griff zu bekommen. Gyltorn starrte in den Nebel, auf die verirrten Tiere und hörte die Klagerufe der Männer. Ein Rabe zog mit hässlichem Krächzen über sie hinweg. Gyltorn zuckte zusammen, fasste sich und schüttelte den Kopf.

»Seht Ihr nicht, was diese Hexe getan hat? Begreift Ihr nicht, über welche Macht sie gebietet? Selbst der Fluss und der Nebel gehorchen ihr. Es wäre Selbstmord, ihr zu folgen. Kommt, lasst uns den Prinzen aufsuchen.« Er sah dem Raben nach. Der, immerhin, schien das Mädchen verfolgen zu wollen.

Feja hastete mit ihren Gefährten immer weiter den Fluss hinab. Der Nebel hatte die Schale ihren Blicken entzogen, aber dennoch gaben sie nicht auf. Dann endete der Nebel so plötzlich, wie er begonnen hatte.

»Ich finde, diesen Schutz hätte uns dein Freund Mothach ruhig früher gewähren können«, keuchte Fohas.

»Und ich meine, dass der Nykk mehr als genug für uns getan hat, oder nicht?«, gab sie zurück.

Sie blieb stehen, denn es ging nicht weiter. »Was ist das?«, fragte sie verblüfft.

»Der Kronsee. Wir haben sein Ufer erreicht.«

»Und der Kristall?«

»Dort vorne!«, rief Mur und wies auf den See hinaus.

Ja, tatsächlich konnte Feja jetzt die Schale sehen. Sie trieb immer weiter auf die Wasserfläche hinaus. Aber da war noch etwas anderes, ein dunkles, plumpes Viereck, auf dem ein langes Bündel zu liegen schien.

»Ist das unser Floß?«, fragte Hanach.

»Ja, das ist Warchas!«, flüsterte Berroch.

»Er hat auf uns gewartet«, raunte Nargas voller Ehrfurcht.

Tatsächlich schien sich das Floß nicht zu bewegen. Ob es sich irgendwo verhakt hatte?

Die Schale mit dem Kristall trieb langsam genau auf das Floß zu. Endlich erreichte sie es, stieß sanft dagegen, kippelte leicht und fasste Wasser und dann noch einmal.

»Sie sinkt!«, rief Mur.

Jetzt sah Feja es auch. Die Schale ging langsam unter und mit ihr der Kristall. Einmal noch leuchtete er im Sonnenlicht des jungen Tages rötlich auf, dann verschwand er und sank hinab auf den Grund des Kronsees.

Dassach zog die Stiefel aus und legte sein schweres Lederwams ab.

»Was hast du vor?«, fragte Fohas stirnrunzelnd.

»Ich will meinen Gefährten holen. Er soll nicht auf diesem fremden Gewässer verrotten. Hilft mir jemand?«

Feja stürzte sich mit ihm in die kalte Flut, und gemeinsam brachten sie das Floß ans Ufer. Es ging so erstaunlich leicht, dass Feja sich fragte, ob nicht auch hier die Nykken ihre Hände im Spiel hatten.

Jemand packte Dregin am Kragen. Er schlug unwillkürlich um sich und fühlte, dass er ans Ufer gezogen wurde.

»Wer ist da?«, fragte er matt.

»Meister Svelgar, zu Euren Diensten, Herr«, kam es verbittert zurück. »Auch Bele ist hier, sie hat Euch gefunden. Ich will Euch zu Eurer Rettung gratulieren. Es ist allerdings gut möglich, dass wir drei alles sind, was vom Grauen Orden noch übrig ist.«

»Span? Meme Salmango? Hallir?«

»Vielleicht auf dem Grund des Flusses, vielleicht auch längst im Kronsee wie all die anderen Männer, die der Mothach in ihren schweren Rüstungen hinunterschleppen musste. Ich bin jedoch geneigt, das Beste zu hoffen, denn wenn ein fetter Schwertmeister und ein Blinder dieses Bad überleben, dann sollten es auch die jüngeren Brüder und Schwestern schaffen. Ich sah zumindest Euren Freund Orchon, nicht weit von hier, an Land kriechen. Dieser Narr hat selbst im Angesicht des Todes seine beiden kostbaren Steine nicht losgelassen. Doch jetzt ist er verschwunden.«

»Der Kristall!«

»Fort, davongeschwemmt, vermutlich verschlungen. Dann läge er auf dem Grund des Kronsees, gut bewacht von den kalten Leibern der besten Ritter des Königs. Wie ich von Bele erfuhr, weilt auch Prinz Iske unter ihnen.«

Dregin fror erbärmlich, und jeder Knochen in seinem Leib schmerzte. Er richtete sich auf und riss sich zusammen. Jemand stützte ihn. Es war Bele.

»Hier können wir nicht bleiben, Svelgar. Man wird bald wissen, was in der Flammenfeste geschehen ist.«

»Unsere Leute sind aber vielleicht noch irgendwo in der Nähe, Dregin«, wandte der Schwertmeister ein.

»Die können sich selbst behelfen. Das Schiff jenseits der Fälle, es wird uns zur Feste bringen!« Die Erinnerung an die Bilder, die ihm die Verbindung mit Vithun gezeigt hatte, durchzuckte ihn. Die Graufeste war zerstört. Doch das brauchten die anderen noch nicht wissen.

»Wenn die Flutwelle dieses Gefährt nicht auch verschlungen hat. Übrigens, ich glaube, ich habe Feja am anderen Ufer gesehen.«

Dregin erstarrte. »Seid Ihr sicher?«

»So sicher, wie jemand sein kann, der von tosenden Wogen umhergeschleudert wird, Dregin.«

»Sie war dort. Ich habe sie auch gesehen, Herr«, sagte Bele. Dregin fühlte die ungeheure Traurigkeit, die das Mädchen wie ein zu schwerer Mantel einhüllte. Aber darunter war noch ein anderes starkes Gefühl – Hass. Sie sagte: »Iske ist ihretwegen gestorben.«

»Der Prinz, ja«, murmelte Dregin, für einen Augenblick verlegen. »Ich weiß, du mochtest ihn.«

»Ja, ich mochte ihn. Er war freundlich. Aber er war nicht Malthur, Herr«, lautete die leise Antwort.

»Feja hat also beide getötet. Sie hat unendliches Unheil angerichtet«, murmelte der Abt. Zorn stieg in ihm auf, nein, es war mehr als Zorn, es war abgrundtiefer Hass auf dieses Mädchen, das immer wieder seine Pläne zunichtemachte. Still und kalt schwor er bei seiner Seele, Vergeltung zu üben für das, was Feja ihm und seinem Orden angetan hatte. Er streckte sich ächzend. Jeder Knochen im Leib schmerzte, aber das Gefühl kalter Entschlossenheit war zurückgekehrt. »Bele, du musst zurück nach Lente. Gehe zum König und sorge dafür, dass wir nicht in Ungnade fallen. Wirst du das schaffen, Bele? Ich weiß, ich kann mich auf dich verlassen.«

»Haltet Ihr das für klug, das Mädchen allein zurückzulassen, Dregin?«, fragte Svelgar, kaum dass Bele verschwunden war. »Die Macht ihrer Gefühle ist mörderisch.«

»Es ist die einzige Möglichkeit. Aber nun vorwärts, Svelgar, wir haben einen weiten Weg vor uns. Und nennt mich gefälligst Herr oder ehrwürdiger Abot. Ihr schuldet mir Respekt, denn ich bin immer noch das Oberhaupt des Grauen Ordens!«

13.

Die Weren feierten ein Fest. Sie feierten es in den Tälern und auf den Berggipfeln, in den Wäldern, den Städten, und sie feierten es auf dem Wolfshang, wo die Warglinge ihre Zelte aufgeschlagen hatten.

»Die Rückkehr der Alten Magie … ich hätte nicht geglaubt, dass ich das noch erlebe«, sagte Ailon Bainach und hob seinen Krug Giwach.

»Wir wussten es immer«, meinte Meister Adach. »Wir ahnten es schon, als das Maegadha das erste Mal über die Schwelle unseres Tempels trat.«

»Dann wusstet Ihr mehr als ich«, meinte Feja. »Außerdem ist es nicht mein Verdienst. Abot Dregin war es, der den Stachel aus dem Fleisch der Nykken zog, wie es Mothach ausgedrückt hat.«

»Aber nicht er hat den Kristall im See versenkt. Nicht er war es, der den Nykk überzeugte, uns zu helfen«, meinte Fohas und drückte ihr einen Krug in die Hand. »Lasst uns trinken. Auf den Sieg und auf die gefallenen Gefährten.« Er hob den Krug in die Richtung, in der Warchas, Tenach und die anderen Weren ruhten. Feja dachte, dass es sich gerade wegen der vielen Opfer nicht wie ein Sieg anfühlte. Aber auch sie hob ihren Krug. Und dann saß sie mit ihren Gefährten am Feuer und hörte sich die Heldengeschichten ihrer Abenteuer an, die Hanach zum Besten gab. Sie waren unverschämt übertrieben und hatten nicht viel zu tun mit dem, was wirklich geschehen war, aber selbst Feja fand sie unterhaltsam.

»Du bist ein Meister der Worte, Hanach«, lobte Fohas ihn lachend.

»Aber ich kann nichts erzählen, was nicht tapfere Männer vollbrachten. Und tapfere Frauen!«, rief er und prostete Feja zu. »Unsere Slendacha, sie lebe lang und glücklich – und möge sie ebenso gute Gefährten für ihr Lager wie für ihren Kampf finden!«

Feja verschluckte sich, hustete, und dann stimmte sie in das fröhliche Gelächter ein. Irgendwann jedoch bemerkte sie, dass einer nicht mit ihnen feierte. Sie erhob sich, suchte und fand Nerius allein am Rande des Wolfshangs sitzen.

»Dir ist nicht nach Feiern?«

Er warf ihr einen verbitterten Blick zu. »Sie feiern ihren Sieg über die Utorer. Hast du die Geschichten nicht gehört, die sie über den Murgatpass erzählen? Hunderte unseres Volkes sind dort gestorben, umgebracht von dieser werischen Hexe und ihrer Zauberkraft. Ich vermag nicht mit den Weren darauf anzustoßen. Und ich wundere mich, dass du es kannst.«

»Es tut mir leid um die vielen Gefallenen. Aber die Weren feiern das Leben, nicht den Sieg, Nerius. Sie feiern, weil die Utorer, um die du trauerst, nicht in ihre Berge und Täler eingefallen sind, um ihre Dörfer zu zerstören, und es wohl auch nie wieder versuchen werden.«

Nerius starrte sie an. »Ist dir nicht klar, dass mein Vater und meine Brüder wahrscheinlich bei den Männern waren, die den Pass hinaufmarschierten?«

»Aber … das wusste ich nicht, Nerius.«

»Dann weißt du es jetzt. Ich kann nicht länger bei diesen Leuten bleiben, Feja. Und ich mag die Alte vom See nicht mehr sehen, die vielleicht meine Brüder umgebracht hat. Ich gehe zurück nach Braake. Aber zuerst muss ich herausfinden, ob mein Vater unter den Opfern ist.«

»Du willst zum Pass? Glaubst du denn, dass es sicher für dich ist? Denk doch, was mit Meister Caron geschehen ist.«

»Das waren andere Zeiten, Feja. Damals habe ich noch versucht, deinen Namen reinzuwaschen. Doch wird das jetzt kaum noch möglich sein. All die schrecklichen Dinge sind deinetwegen geschehen, Feja. An deinen Händen klebt das Blut von Tausenden.«

Damit erhob er sich und stapfte davon.

»Er beruhigt sich schon wieder, Feja, und dann wird er einsehen, dass er dir unrecht tut«, meinte Ailon Bainach, der unbemerkt hinzugetreten war.

»Tut er das?«

»Natürlich! Nicht du hast die Aschlinge gezwungen, in den Krieg zu ziehen. Nicht du hast den Zorn der Berge geweckt.« Er nippte an seinem Krug. »Allerdings werden sie das vermutlich anders sehen. Ich fürchte, in diesem Punkt hat Nerius recht. Sie werden dich für die Schuldige an ihrem Unglück halten, schon deshalb, weil sie sonst sich selbst beschuldigen müssten. Ich denke, alles Wasser des Mothachs wird nicht ausreichen, um deinen Namen reinzuwaschen.«

»Na, besten Dank für diese ermutigenden Worte«, seufzte Feja.

»Nimm es nicht so schwer, kleine Gans. Nach jedem Winter wächst neues Gras, wie wir sagen. Und wenn das Gras nur lang genug wächst, wird es alle Taten, die guten wie die bösen, überwuchern. Und jetzt komm ans Feuer. Ich bin begierig zu hören, wie du mit der Kraft deiner Blicke einen ganzen Berg gesprengt hast, und Hanach will diese höchst wahre Geschichte nicht erzählen, wenn du nicht bei uns sitzt.«

Aber Nerius beruhigte sich nicht. Er packte am nächsten Tag sein Bündel. Feja versuchte vergeblich, ihn umzustimmen.

»Mein Verstand sagt mir auch, dass das alles nicht deine Schuld ist, Feja, doch mein Herz sagt etwas anderes. Und das wird so bleiben, bis ich weiß, wie es meinen Brüdern und meinem Vater geht.«

»Ich denke, es wäre gut, wenn ich den jungen Dimgast begleite«, meinte Ailon Bainach.

»Ihr wollt mich auch verlassen?«, fragte Feja.

»Es gab viele Verletzte unten am Pass und viele, die vermisst werden, weil der Weg unterbrochen ist und Männer dort oben eingeschlossen sind. Sie werden dankbar sein, wenn ein Ailon auftaucht, der sein Handwerk versteht. So kann ich mich endlich nützlich machen. Und danach werde ich hin und wieder für dich nach dem jungen Dimgast schauen«, fügte er mit einem verschwörerischen Zwinkern hinzu.

Feja seufzte. »Aber was ist mit diesem Landgrafen? Was, wenn Ihr ihm wieder über den Weg lauft oder andere Euch erkennen? Ein so hellhäutiger Were fällt doch gewiss auf.«

»Ich werde mich vorsehen, Feja, und zur Not werde ich so tun, als ob ich über all das gar nichts wüsste. Ich will auch die Kunde verbreiten, dass du in dieser Flut am Mothach umgekommen bist. Sie werden dich nicht mehr jagen, wenn sie dich für tot halten.«

»Und meint Ihr, sie sind bereit, das zu glauben?«

»Wenn sie eine Weile nichts von dir hören und sehen, bestimmt. Sie werden dich gewiss nicht vergessen, aber bald werden die Geschichten über dich nur noch Legenden sein. Und ich will an jedem Feuer, an dem ich mit anderen lagere, dafür sorgen, dass sie richtig erzählt werden.«

Feja begleitete die beiden ein Stück, obwohl Nerius das nicht wollte. Er wollte sich auch nicht umarmen lassen, was ihr einen Stich versetzte. Dafür fiel sie dem Knochenmann besonders innig um den Hals. Und der erwiderte, zu ihrer Überraschung, die Umarmung, zwinkerte ihr noch einmal verschwörerisch zu und verschwand dann mit Nerius hinter der nächsten Wegbiegung.

»Alle gehen sie«, murmelte Feja seufzend.

»Nicht alle«, meinte Meister Adach würdevoll und wirkte leicht beleidigt.

Je länger der König schwieg, desto mehr geriet Mornir Gyltorn ins Stottern. Er berichtete lang und umständlich von den Ereignissen auf dem Pass und an der Furt, kleidete den Tod der Prinzen in schöne Worte und rühmte ihre unvergleichliche Tapferkeit, aber Gimlarin der Gütige blieb stumm. Hörte er denn überhaupt zu? Die Nachricht vom Tod seiner beiden Söhne musste ihn schon Tage zuvor erreicht haben. Nun saß er wie versteinert auf seinem Thron, ganz allein in der großen Halle, und ebenso einsam und verloren fühlte sich Gyltorn, der in der Mitte dieser Leere stand. Mit belegter Stimme berichtete er schließlich, dass der Passweg immer noch unterbrochen war. »Der Herzog von Nargatt versucht, von Murgat aus zu den Eingeschlossenen vorzudringen, aber auch dieser Weg scheint blockiert, Hoheit.« Er hatte immer noch nichts von Trewe gehört, wollte aber nicht glauben, dass sein Halbbruder umgekommen sein könnte. Nein, Trewe war zäh.

Das Schweigen wurde immer bedrückender. Gyltorn hätte sich gerne zurückgezogen, aber er wagte es nicht ohne ein Zeichen des trauernden Herrschers.

Endlich sagte Gimlarin: »Die Prophezeiungen bewahrheiten sich also. In den Bergen erheben sich die Drachen. Sie haben meine Söhne verschlungen.«

»Ich sagte nicht, dass es Drachen waren, Herr«, wandte Gyltorn vorsichtig ein. Die Erinnerung an die Schatten über dem Pass erfüllte ihn immer noch mit Schrecken.

Gimlarin ging nicht darauf ein. »Das Reich endet, Lothfold. Und ich bin jener König, der das Leichentuch über seinen Leib ziehen muss.«

»Ohne Frage sind die Zeiten düster, Herr. Doch das Reich der Utorer wird auch dieses furchtbare Unglück überstehen.«

»Vielleicht«, sagte der König. Er blickte Gyltorn lange aus kummervollen Augen an. »Nun seid Ihr unsere letzte Hoffnung, Lothfold. Vielleicht gelingt es Euch, mit meiner geliebten Ifholde den sterbenden Zweig unseres alten Stammbaums zu neuer Blüte zu führen. Doch bezweifle ich, dass das Schicksal uns diese

Gnade erweist. Es hat das Ende des Reiches beschlossen, Schwiegersohn, und daran werdet auch Ihr nichts ändern können.«

Wieder nannte der König ihn Schwiegersohn. Ja, er segnete diese Verbindung und wünschte sich Enkel, von ihm, Mornir Gyltorn, dem letzten Spross eines lange verachteten Zweiges der königlichen Familie.

»Sagt mir, Marschall«, fuhr der König düster fort, »wäret Ihr bereit, in dieser dunklen Stunde auch noch die Last der Kanzlerschaft zu tragen? Es ist viel verlangt, doch weiß ich niemanden, dem ich diese Bürde sonst auferlegen könnte.«

Gyltorn traute seinen Ohren nicht. Der König bot ihm an, Kanzler zu werden? Unfähig, etwas zu sagen, nickte er bloß und musste doch an sich halten, um nicht in Siegesgeheul auszubrechen: Marschall, Schwiegersohn und nun auch noch Kanzler! Er konnte sein Glück kaum fassen!

Eine schlanke Gestalt löste sich aus dem Schatten des Thrones, eine junge, ganz in Schwarz gekleidete Frau. Hatte sie die ganze Zeit schon dort gestanden? Gyltorn gefror das Lächeln auf den Lippen.

»Ihr müsst das schwere Amt nicht alleine tragen, Kanzler«, sagte Bele von den Grauen Magiern. »Mein Orden wird … *ich* werde Euch bei allem, was Ihr tut, mit Rat und Tat zur Seite stehen.«

Er sah in ihre ruhigen Augen, und je länger er das tat, desto tiefer schien der Abgrund von Trauer und Hass zu werden, in den er hineinblickte. Ja, für einen Moment spürte Mornir Gyltorn, dass dieser Abgrund ihn verschlingen wollte, und eine Welle von Angst schwemmte alle Gefühle des Triumphes davon.

Feja stand am südlichen Ende des Steinjochs. Zu ihren Füßen breitete sich die ganze Welt aus. Unter ihr erstreckte sich der Königswald, und an diesem klaren Tag konnte sie über die Felder und Dörfer des Lothfolds hinweg bis zum Meer sehen. Und da, gerade im Osten, erblickte sie als grauen Fleck vor der See die große Stadt Lente.

»Es ist lange her, dass ich zuletzt hier war«, sagte die Alderlane. Sie trug den linken Arm wegen der Pfeilwunde immer noch in einer Schlinge und weigerte sich strikt, sich von Feja heilen zu lassen.

»Was wolltet Ihr mir zeigen?«

»Die Veränderung, Feja.« Sie wies hinab in den Königswald. Gar nicht weit entfernt lag ein großes Gemäuer, das Feja für die Festung der Feuermagier hielt.

»Diese Narren wissen es noch nicht, aber sie werden es nicht mehr lange dort aushalten. Die Festung stand vor Kurzem noch auf einer Lichtung, aber schon drängen die Bäume zurück auf ihren angestammten Platz. Und siehst du, wie Efeu über die Mauern wuchert? Er wächst schneller nach, als sie ihn ausreißen können. Dort – einer der Türme ist schon, von Wurzeln gesprengt, in sich zusammengebrochen!«

»Dann wird es wieder ein Ort für uns Weren«, murmelte Meister Adach. Feja war sich nicht sicher, ob er mit ihnen oder mit der Kröte sprach, die er immer noch bei sich trug.

»Und das sind keine Folgen von Dregins Angriff?«, fragte sie.

»Es sind die alten Mächte des Waldes, die wieder erwacht sind. Dies war ein heiliger Ort der Weren, bis die Hexer mit ihren Unglückssteinen erschienen. Lange war der Wald kraftlos, aber jetzt wird er die fremden Mauern nicht mehr lange dulden. Und das haben wir dir zu verdanken, Feja.«

»Nicht ich habe den Kristall gestohlen.«

Die Alderlane lachte heiser. »Dieser Abot kam doch nur hierher, weil du in seiner Feste ein erstes Loch in die Kerkerwand der Alten Magie geschlagen hattest. Das wollte er stopfen und hat dabei nur ein viel größeres geschaffen. Es ist also dein Verdienst. Jedenfalls in den Augen der Weren.«

»Der Nykk Mothach nannte die Kristalle Stacheln im Fleisch der Magie. Und wenn ich Nerius richtig verstanden habe, gibt es noch mehr davon.«

»Dennoch, der Damm ist gebrochen. Die alte Kraft kehrt zurück, aber es ist wahr, noch geben die Hexer nicht auf. Die Bruderschaften werden irgendwann begreifen, was hier vorgeht, und versuchen, es ungeschehen zu machen.«

Feja fragte sich, wie es wohl um die Graufeste stand. Bis zu ihr waren die Gerüchte gedrungen, dass die Feuermagier die Feste in Schutt und Asche gelegt hatten. Sie hatte sogar davon geträumt. Bruder Svelgar war durch seltsam graue Ruinen gewandert. War Abot Dregin tot? Und was war mit Span? Sie hatte immer noch vor Augen, wie traurig er sie angeblickt hatte, als sie ihn aus dem Wasser gezogen hatte. Er hatte sie verraten. Warum aber sagte dann etwas in ihr, dass sie ihm unrecht tat?

»Er fehlt dir, dieser Nerius, oder?«, fragte die Hüterin unvermittelt.

Feja seufzte. An ihn hatte sie gerade nicht gedacht. »Er sucht seinen Vater, ehrwürdige Alderlane.«

»Und er vermutet ihn unter den Toten am Pass, nicht wahr? Aber nicht ich habe die Männer erschlagen, es waren die Berge selbst, die sich gegen die Eindringlinge erhoben. Ich habe sie nur aufgerüttelt. Die Aschlinge hatten dort nichts verloren.«

Sie hatten den Pass auf geheimen Wegen überquert, weit von dem Ort der Verwüstung entfernt.

»Ich habe übrigens Gerüchte gehört, es seien auch Drachen dort gewesen.«

»Sind es vielleicht dieselben Gerüchte, die besagen, eine junge Frau aus dem Langen Walde habe Wyrmochs Fluch endlich zum Leben erweckt?«, fragte die Alderlane lächelnd.

Feja seufzte. »Für mich klingt das alles wie eine von Hanachs wilden Geschichten. Ich will aber nichts mehr von alten oder neuen Flüchen hören.«

»Dann kommen wir zur wichtigsten aller Fragen, Feja – was willst du nun tun?«

Feja ließ den Blick über den Königswald schweifen. Die Festung der Zauberer wirkte auf sie immer mehr wie ein Fremdkörper im dichten Grün.

»Darüber habe ich lange nachgedacht, ehrwürdige Alderlane«, antwortete sie schließlich. »Wir wissen beide, dass es nicht mein Schicksal ist, eine Ganesa zu werden.«

Die Alte nickte bedächtig.

»Von der Magie der Aschlinge habe ich auch genug«, fuhr Feja langsam fort. »Sie ist verführerisch, aber gefährlich. Und auch, wenn Fohas das anders sieht, glaube ich nicht, dass ich zu den Warglingen gehöre. Ich bin nicht einmal geschickt mit dem Jagdspeer.«

»Das ist wahr. Wir haben es selbst gesehen«, flüsterte der Kräutersammler verschwörerisch seiner Kröte zu.

»Ich muss immer wieder an das denken, was Meister Caron mir gesagt hat: dass ich auf der Suche nach meinem eigenen Weg sei. Ich weiß nicht, wo dieser Pfad verläuft, aber ich werde ihn nicht in der Einsamkeit der Berge finden. Die Welt ist groß, ehrwürdige Alderlane, viel größer als Edun. Ich will mehr von ihr sehen. Und vielleicht, vielleicht finde ich doch noch irgendwo eine Spur von meinem Vater. Es bedrückt mich, dass ich lange nicht mehr an ihn gedacht habe.«

»Das Maegadha soll die Berge nicht verlassen«, meinte der Kräutersammler, und die Kröte auf seiner Hand fiepte leise.

»Doch, das sollte es«, antwortete Feja mit einem Seufzer. »Ich kann aber auch nicht in den Langwald zurück, denn nach allem, was ich höre, jagen mich die königlichen Schergen immer noch. Erzählt man sich nicht, dass dieser Gyltorn vom Lothfold jetzt sogar Kanzler ist? Ausgerechnet der Mann, der Sifrid ermordete?«

»In die Berge wagen sie sich nicht, Maegadha«, warf Meister Adach ein.

Feja ging nicht darauf ein. »Es wird das Beste sein, wenn ich Edun für eine Weile verlasse. Zu viele Männer wollen meinen Tod.«

»Du hast dir Feinde gemacht, Feja, das ist wahr, aber du hast auch Freunde gewonnen – Freunde, auf die du dich in der Not verlassen kannst«, sagte die Alderlane.

»Ich weiß, sie würden ihr Leben für mich geben. Und auch das will ich nicht. Ich bin es ebenfalls leid, dass mich die Weren für ihre große Hoffnung halten. Ich will keinen Fluch vollstrecken, wenn das doch nur bedeutet, dass viele Menschen sterben müssen.«

Die Alderlane nickte. »Vielleicht musst du wirklich für eine Weile in die Fremde ziehen, doch du wirst zurückkehren, Feja aus dem Langen Walde, denn ich fühle, dass dein Geschick mit dem von Edun verwoben ist. Du kannst ihm nicht entrinnen. Dieser Kampf ist noch nicht zu Ende. Die Aschling-Zauberer haben eine Niederlage erlitten, aber sie werden bereits darüber nachsinnen, wie sie den verlorenen Stein ersetzen können. Und wenn es ihnen gelänge ... ich weiß nicht, ob die Weren noch einmal die Kraft aufbrächten, wieder tausend Jahre auf die Rückkehr der Magie zu warten.«

»Aber womöglich ist das weder mein Kampf noch meine Bestimmung. Ich weiß ja, dass die Weren an die Unabänderlichkeit des Schicksals glauben, aber viele Utorer, wenigstens die Graumagier, tun das nicht. Und auch deshalb will ich gehen. Ich will herausfinden, welche der beiden Seiten recht hat.«

Die Alderlane nickte. »Wann willst du uns verlassen?«

»Jetzt«, erwiderte Feja entschlossen. »Ich habe schon zu viele schwere Abschiede hinter mir. Und ich will nicht noch ein Fest mit Fässern voller Giwach über mich ergehen lassen. Grüßt die Warglinge von mir, ich hoffe, sie werden es verstehen.«

»Mit der Zeit werden sie das«, meinte die Alte bedächtig.

Feja umarmte den Kräutersammler, nahm ihr Bündel und begann unter dem Protest des Alten den Abstieg ins Tal.

Ein Rabe flog krächzend nach Süden. Sie schlug die gleiche Richtung ein, denn sie wollte zur Küste, auf ein Schiff und dann fort. Sie war jedoch noch nicht weit gekommen, als sie eine heisere Stimme rufen hörte. Sie drehte sich um. Es war Meister Adach, der ihr auf seinen dürren Beinen hinterherlief.

»Warte, Maegadha, warte!«

»Was gibt es, Meister Adach?«

»Ila ist der Ansicht, dass wir dich nicht alleine gehen lassen können.«

»Ila? Ist das der Name, den die Hüterin mir nie verraten wollte?«

Der Kräutersammler lachte und reckte ihr die Kröte in seinen Händen entgegen. »Das ist Ila«, sagte er. »Aber die Alderlane ist ganz ihrer Meinung«, fügte er hinzu.

Feja lächelte, schüttelte dann aber den Kopf. »Ich weiß nicht, wohin der Wind mich trägt, Meister Adach. Ich werde Edun auf jeden Fall für eine Weile den Rücken kehren.«

»Umso besser!«, jubelte der Alte. »Wir waren noch nie fort von dieser Insel. Endlich werden wir Länder sehen, die keiner unserer Ahnen je besucht hat. Neue Erinnerungen, nur für uns. Allerdings …«

»Ja?«

»Wir kommen doch zurück, oder? Die Alderlane hat versprochen, dass sie mir einen Tropfen vom Mara-Tir geben wird, wenn er sich weiter gefüllt hat. Wir kommen also zurück, oder?«

»Wir sind ja noch nicht einmal aufgebrochen, Meister Adach«, rief Feja lachend. »Aber ja, eines Tages, vielleicht, wenn die Monde uns wohl gesonnen sind, kehren wir zurück.«

»Das ist gut, denn Ila wird den Langwald vermissen.«

»Das werde ich auch, Meister Adach.«

Dann schulterte Feja ihr Bündel und wanderte mit Meister Adach – und Ila – nach Süden, der Küste und all den fremden Ländern jenseits des Meeres entgegen.